망국노 군상

망국노 군상 亡國奴 群像

초판 인쇄 · 2019년 5월 26일
초판 발행 · 2019년 5월 31일

지은이 · 주요섭
엮은이 · 정정호
펴낸이 · 한봉숙
펴낸곳 · 푸른사상사

편집 · 지순이 | 교정 · 김수란
등록 · 1999년 7월 8일 제2-2876호
주소 · 경기도 파주시 회동길 337-16(서패동 470-6)
대표전화 · 031) 955-9111~2 | 팩시밀리 · 031) 955-9114
이메일 · prun21c@hanmail.net
홈페이지 · http://www.prun21c.com

ⓒ 정정호, 2019
ISBN 979-11-308-1437-7 03810
값 29,000원

이 도서의 국립중앙도서관 출판예정도서목록(CIP)은 서지정보유통지원시스템 홈페이지
(http://seoji.nl.go.kr)와 국가자료공동목록시스템(http://www.nl.go.kr/kolisnet)에서 이용하
실 수 있습니다.(CIP제어번호 : CIP2019020181)

망국노 군상
亡國奴 群像

주요섭 장편소설

정정호 엮음

주요섭 朱耀燮 (1902~1972)

올해 2019년은 소설가 주요섭의 탄생 117주년, 타계 77주년이 되는 해이다. 주요섭은 작가 생활하는 동안 영문 중·장편소설 각 한 편을 포함하여 수십 편의 단편소설, 한 편의 중편소설 그리고 네 편의 장편소설을 창작했다. 그러나 그동안 국내 한국문학 학계와 문단에서 주요섭에 관한 관심과 논의는 「사랑손님과 어머니」 등 주로 단편소설에 국한되었다. 주요섭의 단편소설들은 대부분 선집으로 엮여 여러 곳에서 지속적으로 출판되었다. 이에 비해 주로 신문과 잡지에 연재되었던 네 편의 장편소설 중에서 『구름을 잡으려고』(1935) 등 일부만이 단행본으로 출판되었다. 편자는 그의 다른 장편소설에도 관심을 가지고 읽고자 단행본을 찾아보았으나 찾을 수가 없었다. 1950년대 말에 발표된 그의 나머지 장편소설 두 편은 단행본으로 출판되지 못하고 아직도 연재되었던 월간 문예지 『자유문학』에 파묻혀 있었다. 이에 편자는 잡지에 숨겨져 있어 알려지지 않은 장편소설들을 단행본으로 세상에 내놓아 햇빛을 보게 하고 싶었다.

비교문학에 관심을 가졌던 편자는 오래전 미국에서 영문학 공부를 할 때 문학 연구와 비평의 기초 작업으로 서지목록 작성과 정본(定本) 텍스트 편집의 중요성과 그 출간에 관한 기본 지식을 습득할 기회가 있었다. 이번에

『자유문학』에서 연재되었던 미간행 장편『망국노 군상』(1959~1960)을 복사해서 입력하고 각주를 달아 국내에서 최종적인 결정판 정본(definitive text)을 목표로 단행본으로 처음 내놓는다. 한국 현대소설을 좋아하고 작가 주요섭에 관심을 가진 독자들과 연구자들에게 이 소설이 주요섭 문학에 대한 새로운 논의가 되기를 기대한다.

『망국노 군상』은 일제강점기 1919년 서울에서 3·1만세운동이 시작되고 중국 상하이에서 4월 11일에 대한민국 임시정부가 수립된 이후를 배경으로 한 두 가족의 이야기이다. 일본 유학 후 다시 상하이로 유학 간 주인공과 일찍이 만주로 탈출한 또 다른 등장인물이 한반도, 일본, 상하이, 만주, 베이징에서 나라를 잃은 국민으로 숨어서 독립운동하거나 또는 일제에 협력하여 살아가는 모습을 파노라마식으로 그려내고 있다. 4·11대한민국 임시정부수립 100주년을 맞아 이 소설의 의미를 소설사적으로 다시 살펴보아야 한다.

동시에 이 작품은 소설가 주요섭 자신의 자서전적인 소설이기도 하다. 『망국노 군상』은 앞서 나온『일억오천만 대 일』의 후속편으로 집필 연재되었다. 따라서 이 두 소설은 다로 다른 독립된 장편소설이기보다 주제나 형식면에서 연속선상에서 반드시 함께 읽어내야 하는 자매소설이다.

국내 한국문학 학계와 문단에서는 일부 인기 있는 시인, 작가들에게 관심과 연구가 쏠리는 경향이 있는 듯하다. 독서계와 학계에 조류나 유행이 있는 것은 어쩔 수 없지만, 작가 주요섭에 대한 관심은 일부 단편소설에만 지나치게 편중되었을 뿐 소설가 주요섭에 대한 총체적인 논의가 부족한 것으로 보인다. 특히 네 편이나 되는 장편소설에 대한 관심과 논의는 별로 없었던 상태라 해도 과언이 아니다. 편자는 그러나 한국문학사에서 주요섭의 장편소설들이 '저평가된 우량주'라고 확신한다. 균형 잡힌 한국문학 발전과 연구를 위해서도 일부 시인, 작가들에만 편중되는 경향을 지양하고 이제는 좀 더 다양한 시인, 작가들의 발굴과 연구를 시작할 때가 아닌가 한다.

1920년대부터 이미 주요섭은 최초의 세계시민이었다. 일찍이 중학교 때부터 일본에 유학한 것을 비롯하여 중국 상하이에서 중·고등학교와 대학도 졸업하였다. 모두 영어로 강의하는 학교들이었다. 그 후 미국 스탠퍼드 대학교 대학원에서 교육학과 석사학위도 받았다. 단편소설에서 장편소설에 이르기까지 그는 한반도를 넘어 중국, 일본, 만주, 시베리아, 미국, 멕시코 등 외국을 무대로 삼았다. 따라서 그의 문학에는 '국제 주제'가 많다. 21세기는 사람과 지식과 기술이 대이동하는 시대다. 오늘날과 같은 세계화 시대의 추세를 주요섭은 이미 시작했다고 볼 수 있다. 일찍부터 한국문화와 한국문학의 세계화에도 엄청난 노력을 기울인 세계주의자였던 그의 문학 또한 세계문학의 맥락 안에서도 다시 읽을 수 있을 것이다.

편자는 이번 주요섭의 장편소설 발굴과 편집 작업을 위해 여러분들에게 도움을 받았다. 송은영 박사, 정일수 선생, 이병석 군, 허예진 양 등의 도움이 컸다. 국립도서관에서 오래된 신문, 잡지를 뒤져서 복사하는 작업 외 입력, 교정, 각주, 연보와 작품 목록 작성 등에 이르기까지 지루하고 고단한 작업 과정에서 그들의 도움이 없었다면 편자는 이 일을 끝내지 못했을 것이다. 이 자리를 빌려 고마움을 전한다. 그리고 이 소설에 많이 나오는 일본어와 중국어 표현에 대해 친절하게 응답해주신 교수님들께도 감사드린다. 그리고 소설가 주요섭 선생의 장남으로 현재 미국 동부 뉴저지주에 계시는 주북명 선생의 따뜻한 격려와 지속적인 협조에도 깊은 감사를 드린다.

끝으로 어려운 출판계 사정에도 불구하고 미간행 한국문학 작품 발굴 사업에 대한 사명감으로 주요섭 장편소설 출간에 선뜻 나서주신 푸른사상사의 한봉숙 사장님의 용기와 편집부 여러분의 노고에 큰절을 올린다. 아무쪼록 이번에 처음으로 세상의 빛을 보게 된 주요섭 장편소설 『망국노 군상』이 국내 독서계 나아가 문단과 학계에 널리 알려지고 읽히고 논의되고 연구되어 세계화 시대인 21세기에 주요섭 문학이 재평가받는 계기가 되기를 기대한다.

2019년 3월 1일
서울에서 3 · 1독립선언서가 선포되고
3 · 1만세운동이 시작되고
상하이에서 4 · 11 대한민국 임시정부가 수립된
100주년을 맞으며
정정호 씀

차례

일러두기

1. 소설 원문은 연재되었던 월간문예지 『자유문학』(1958.6~1960.5)에 실린 그대로 표기한다.
2. 띄어쓰기는 현대어법에 맞게 수정한다.
3. 한자만 표기된 경우 괄호 속에 한글을 써준다.
4. 문맥상 명백한 오자나 탈자인 경우 바로 잡는다.
5. 문장의 끝에 마침표가 누락된 경우는 모두 마침표를 넣어준다.
6. 대화는 " "로, 생각이나 강조, 외국어는 ' '로, 단행본은 『 』, 단편소설, 논문, 수필은 「 」, 영화, 연극, 노래는 〈 〉로 표시한다.
7. 이해하기 어려운 고어(古語)와 외래어 또는 방언이나 설명이 필요한 어휘는 각주에서 설명한다.

제2부 망국노 군상亡國奴群像

제1부(第一部)의 일(一)억오(五)천만 대 일(一)의 경개[1]

황보익준이의 가족과 문욱봉이의 가족, 이 두 가족의 四대(代)에 긍한[2] 흥망성쇠를 기록하여 이로써 최근 七十년간 우리 겨레가 겪어온 파란곡절의 일부 파노라마를 전개해보려는 것이 나의 의도이다.

황보익준이의 아버지는 부농(富農)이었으나 구한국 말기에 창궐하는 '불한당' 성화에 견데백이지 못하여 평양 성내로 이사한다. 익준이는 어려서부터 한문 공부를 열심히 하여서 과거에 응해보려고 했는데 때마침 과거제도가 폐지되기 때문에 목적을 달하지 못한다. 그러나 그 대신 그는 자기 자녀들은 모두 최고학부까지 공부시켜서 입신양명하는 것을 꼭 보고 싶어 한다. 한국이 일본에게 합병당하고 익준이는 예수교 교인이 되었으나 그의 자녀들 공부시킬 결심은 동요되지 않는다.

문욱봉이는 본래 사고무친한 장돌뱅이었는데 청일전쟁통에 획천금을 한다. 그러나 그의 아들인 택수는 어려서부터 도둑놈이 된다.

황보익준이의 자녀로는 맏딸 애덕이, 아들 위덕, 창덕 등이 있는데 창덕

---

1 이 소설은 원래 『동아일보』에 연재되었다. 매일 연재되는 작품의 특성상 나중에 읽기 시작한 독자들을 위해 작가 자신이 지금까지의 이 소설의 줄거리를 요약하였다.

2 긍하다 : 걸치다.

이는 쌍둥이로 태어났으나 그 쌍둥 아들은 난 지 몇 일 만에 행방불명이 된다. 창덕이는 다섯 살 때 발목을 삐여 평생 절름발이가 된다. 자기 자신이 불구자가 되었을 뿐 아니라, 그의 집 근처에는 정신병자들과 불구자가 많고 또 주민 전체가 미신 속에 헤매는 분위기 속에서 자라난 그는 의학을 전공하기로 결심한다.

그가 의학 전문학교 본과 一년에 첫사랑에 빠졌는데 그 여자에게 배반당하자 그는 모든 여자를 저주한다.

맏아들 웅덕이는 평양서 소학교를 졸업하자 곧 일본국 도꾜로 유학을 간다. 중학교 졸업을 앞두기 二주일 전 그는 귀국한다. 때는 一九一九년 三월, 그가 집에 돌아와보니 맏누나 애덕이는 三월 一일에 일본 경찰에 체포되어 간 것을 알게 되었다. 웅덕이는 비밀선전 출판물을 발행 배부하다가 체포되어 평양감옥 유년감에서 징역을 산다.

방랑객(放浪客)들

1

"노끈을 구해야지."

"노끈을 구한들 어데로 끌고 가서 목을 매니?"

"재밤중[1]에 변소로 끌구 가서 매 죽이는 도리밖에 없지 않니?"

"순순히 끌려 나올까?"

"우선 타올로 자갈[2]을 물리구 장지거리[3]해 잡아내두룩 해야지."

"다른 애들이 깨지 않을까?"

"노끈부터 우선 구해놓구 나서 방법을 강구하기로 하자꾸나."

중학생 七명은 노끈을 구하려고 학교 구내 구석구석 기웃거리며 다니기 시작했다. 한국인 중학생들이 중국인 동창생 한 명을 린치(私刑, 사형)할 준비를 하고 있는 것이었다.

중국인 학생으로부터 황보웅덕이가

---

1 재밤중 : '한밤중'의 북한말

2 자갈 : '재갈'(소리를 내거나 말을 하지 못하도록 사람의 입에 물리는 물건)의 북한말.

3 장지거리 : '다리쇠'(주전자나 냄비를 호로불 위에 올려놓을 때 걸치는 도구)의 평안도 방언. 여기서는 몇 사람이 다리쇠처럼 한 사람을 떠메고 가는 것을 의미하는 듯하다.

"망국노[4] 새끼가 주제 넘게시리!"

하는 욕을 먹은 데 대한 분풀이로 그 중국 학생을 목매 죽여버리기로 한국인 유학생 전체가 일치단결했든 것이었다.

미국 침례교(浸禮敎) 미숀이 경영하는 안성중학교는 중화민국 강소성 소주(蘇州) 시내에 위치해 있었다. 같은 이름 아래 남자 중학과 여자 중학이 병설되어 있었으나 캠퍼스는 따로따로 있었다. 남녀 중학 구내에는 수백 명식 수용할 수 있는 기숙사가 설비되어 있었다.

황보웅덕이와 강태섭 두 학생이 이 안성중학에 입학될 때 그 학교에는 이미 五명의 '꼴리런'(高麗人, 고려인) 학생이 공부하고 있었다.

웅덕이는 일본 도꾜에서 중학 졸업 두 주일 앞두고 귀국했기 때문에 중학은 이미 졸업한 것이나 마찬가지였으나 안성중학 二학년에 편입할 수밖에 없었다. 그의 영어 실력이 이곳 중학교 一년생 정도밖에 더 못 되기 때문이었다. 二학년에 들어가지고 그는 일어로 이미 배운 학과목들을 영어로 다시 배움으로써 거의 영어 실력을 쉽사리 획득할 수 있으리라는 교장의 의견에 웅덕이는 수응한 것이었다.

一九一九년 三월 여흘께 웅덕이가 도꾜를 떠나 귀국한 이유는 그때 일본 유학생 귀국 동맹 결의에 솔선하여 응했기 때문이었다.

고향 평양으로 간 웅덕이는 독립정신을 계속 고취할 목적으로 지하 신문을 발행 배부하다가 발각되어 평양감옥 유년감에서 六개월 징역사리를 하게 된 것이었었다.

일본인 소년 죄수가 만기 출옥을 하게 되자 웅덕이는 잡역이라는 임무를 맡게 되었다. 잡역이 주로 하는 일은 종일 마당에서 밀가루 풀을 쑤는 일이었다. 한 솟 풀을 쑤어서는 네모난 나무통에 되 담아다가 광 속에 보관하였다가 감방 안에서 담배 갑을 붙이는 소년 죄수들에게 계속 공급하는 것이었다. 뜨끈뜨끈하는 풀을 나무통에 담아 들고 광 안으로 들어가서는 그 되

---

4 망국노 : 亡國奴. 나라가 망하여 침략자에게 예속된 국민.

게 쑨 풀을 손구락에 묻혀서 빨아보면 그것은 설탕이 섞인 양 무척 달콤하였다.

거의 다 익어가는 풀 한 주걱을 떠서 둥글게 비져 가지고 풍노[5] 밑구멍 속에 넣어두면 그것이 노랗게 구어졌다.

이렇게 구어낸 풀떡은 왜떡보다 더 맛이 있었다. 바로 열 발자국 저쪽에는 당직 간수가 종일 서서 감시하고 있는 것이었으나 그 간수의 눈을 속여가면서 풀떡을 구어 먹는 웅덕이의 솜씨는 나날이 익숙해갔다.

소매치기 기술도 늘어갔다.

대변을 보려고 변소로 갈 때에는 간수가 서 있는 책상으로 가서 그 책상 위에 쌓여 있는 뒤지를 한 장 집어 가야 되는 것이었다. 이 뒤지는 얇은 마분지인데 그 크기가 손바닥 절반만큼밖에 더 않 되기 때문에 그것 한 장만 가지고 밑을 씻다가는 손구락에 똥을 묻히지 않을 수가 없었다. 이 뒤지를 한꺼번에 여러 장식 소매치기하는 방법으로는 간수의 얼굴을 똑바로 치어다보아서 간수의 눈이 웅덕이의 얼굴에 집중된 틈을 타서 손구락을 빨리 놀리는 방법이었다.

이렇게 소매치기 한 뒤지는 간수 몰래 감방 속으로 던져두었다가 밤에 그것으로 코도 풀고, 학도 만들고, 고니[6] 뚜는 말도 만들고 하였다.

당번 간수는 네 사람이 번갈아 서는 것이었다. 세 명은 일본인이었고, 한 명은 '노꼬지'라는 별명으로 불리우는 조선인 늙은이었다.

'호랑이'라는 별명을 가진 일본인 늙은 간수는 그의 눈과 수염이 범과 같았을 뿐 아니라, 성미도 범과 비슷하였다. 일본 '구우슈'라고 하는 지방에서 자랐노라고 하는 그는 짐짓 점심때면 자기 고향 자랑을 늘어놓군 하였다. '구유슈'는 '사꾸라' 꽃 많이 피기로 유명하고, 그러므로 해서 인재가 많이

---

5 풍노 : 풍로. 화로의 하나. 흙이나 쇠붙이로 만드는데, 아래에 바람구멍을 내어 불이 잘 붙게 하였다.
6 고니 : '고누'(땅이나 종이 위에 말밭을 그려놓고 두 편으로 나누어 말을 많이 따거나 말 길을 막는 것을 다투는 놀이)의 방언.

난다고 그는 노[7] 자랑하였다. 그리고 그는 잡범들보다 사상범 수감자들을 노골적으로 우대하였다. 사상범들은 모두 다 일어를 웬만큼 하기 때문에 통역을 통하지 않고도 이야기가 통한다는 것이 그의 우대의 한 가지 이유요, 또 사상범들에게는 외계로부터 편지가 많이 온다는 것이 그 다른 한 가지 중요한 이유였다.

"야, 이 자식들아, 이 학생들은 너이들처럼 도둑놈이 아니야. 가망 없는 독립운동 소동은 일으켰지만 그 기개만은 장하단 말야. 또 그리구 네놈들 일 년 이테 있어봐야 편지 한 장 받아보는 일 없는데, 이 학생들에게는 편지가 어떻게두 많이 오는지 그들이 삼 년 징역을 여기서 산다구 해두 못 받아볼 편지가 쌓여 있거든." 하고 '호랑이' 간수는 잡범들에게 훈시를 하군 하는 것이었다.

기결수가 받아 읽을 수 있는 편지는 보름에 한 통씩만으로 제한되어 있는 것이었다.

단 한 명인 '개고기' 일본인 소년 죄수에게 대하는 '호랑이'의 태도는 성난 범 이상이었다. '개고기'는 자기는 일본인이라는 우월감을 가지고 조선인 죄수들을 언제나 깔보고 있었기 때문에 그의 조선인 소년들 간 충돌은 끊일 사이가 없었다. 그럴 때마다 '호랑이'가 당번인 날에는 '호랑이'는 불문곡직하고 일본애 '개고기'를 끌어내다가 두들겨주는 것이었다.

"이놈아, 너는 통치자의 일원으로서 식민지 아이들에게 모범과 위신을 보여주어야 할 것인데 그래 그것들과 맞붙어 쌈질을 한단 말야." 하고 성낸 범처럼 울부짖는 '호랑이' 간수는 '개고기'를 사정없이 갈기군 하였다.

새파랗게 젊은 일본인 간수는 온종일 신경질만 부리었다. 그리고 그의 몸은 몹시 여윘기 때문에 그에게는 '깍쟁이'와 '말라꽁이'라는 두 가지 별명이 부여되어 있었다.

중년인 일본인 간수의 별명은 '어처구니'라고 웅덕이가 이름지어주었다.

---

7 노 : 노상, 언제나.

'어처구니'가 당직 서는 날이면 웅덕이는 몇 번이고 풀을 너무 많이 푼다는 주의를 받았다.

사실 웅덕이는 수요보다는 훨씬 많은 풀을 매일 쑬 수밖에 없었다. 감방 안에 앉아서 종일 담배갑을 붙이고 있는 소년들의 유일한 군것질은 간수의 눈초리를 피해가면서 풀을 집어 먹는 그것뿐이었다.

성년 죄수 四, 五명이 유년수 머리를 깎아주려고 오는 날 웅덕이는 풀을 더 많이 쑤어야 했다. 七호 밥을 먹는 그 이발사들은 틈만 나면 몰래 광으로 들어가서 나무통에 담겨 있는 풀을 먹는 것이었다.

웅덕이는 자기 자신이 벌을 받을 위험성을 각오하면서까지 이 성인 잡역들에게 호의를 베풀어주었다. 그들은 불쌍하게 역이고 동정하는 마음에서 울어나오는 일이기도 했지만, 웅덕이 자신과 동지들을 위하는 이기적인 동기도 없는 바 아니었다.

기결수가 되어 복역을 시작하던 날부터 식사 차입은 끊어지고 말았다. 차입해 오는 밥 덮는 종이에 먹으로 쓴 이름 글자 획에 바눌 구멍이 뚫려져 있는 것을 보아서 독립이 언제쯤 되는지를 알아보려고 했었는데, 사식 차입이 끊어지자 외부와의 연락은 절단되고 만 것이었다. 그래서 웅덕이는 이발사거나 취사부거나 청소부거나 간에 성인 잡역들을 담배 혹은 풀로 매수(?)해서 외부로부터 들어오는 정보 또는 성인감에 감금된 사상범들의 동태를 알아보려는 의도가 다분 작용되고 있는 것이었다.

'어처구니'는 불호령을 내렸다. 광 속에 두었던 풀 그릇들이 너무나 빨리 바닥이 들어나는 것을 그가 확인했기 때문이었다.

"쥐가 너무 많이 동해서 풀이 자꾸 없어져요." 하고 웅덕이는 임시처변으로 변명을 했다.

광 문 안에 들어서던 간수는 외마디 소리를 질으면서 뛰어나와 허리에 찬 칼을 쭉 뽑아 들었다. 그는 그 칼을 쥐고 서서 쥐가 나오기를 기다리는 것이었다. 쥐가 나오면 그 칼로 찔러 죽이겠노라는 것이었다. 이 어처구니 없는 꼴을 보는 웅덕이 머리속에서 이 일본인 간수의 별명은 '어처구니'로 그 자리에서 지어준 것이었다.

어떤 날 오후.

늦은 가을날이었으나 아직도 홑옷 작업복을 입고 있는 웅덕이는 풍노 불을 계속 쪼이기 위하여서만도 풀을 자꾸 계속해 쑤지 않을 수가 없었다. 갑자기

"야, 웅덕아." 하고 부르는 조심스러우면서도 애절한 목소리를 그는 들었다.

힐끗 치어다보는 그의 눈은 앞 창고 속에서 내다보고 있는 윤 선생의 시선과 마주쳤다.

"그 풀떡 한 개만……." 하고 말하던 윤 선생은 말을 채 맺지 못하고 얼굴을 돌려버렸다.

'얼마나 배가 곯으시면 윤 선생님께서' 하고 생각하는 웅덕이는 몸을 떨었다. 그가 몸을 떤 것은 이때 일어난 일진광풍 때문만은 아니었다.

웅덕이는 얼른 풀 세 덩어리를 비져서 풍노 밑에 넣었다. 당직 간수 쪽을 힐긋 하고 살피면서 풍노 밑을 자꼬만 들여다보니 떡은 어느새 노랗게 익었다.

간수의 고개가 딴 데로 돌아가기만 기다리면서 가슴을 조이고 있는데, 때마침 저쪽 건물 모퉁이에 손 구루마 하나가 나타났다. 다 붙여 쌓아놓은 담배갑을 넣어갈 나무 상자 둘을 포개 실은 구루마였다. 거의 본능적으로 풀을 한 번 휘젓고 나서 웅덕이는 구루마 쪽으로 달려갔다. 뚜껑이 없는 큰 상자를 내리우면서 들여다보니 상자 밑에 담배가 서너 꼬치 굴고 있었다. 소매치기에 익숙해진 웅덕이는 어느 틈에 그 담배를 주먹 속에 감췄다. 간수가 광께로 가는 것을 본 웅덕이는 날쌔게 풍노께로 가서 풀떡을 꺼냈다. 새까맣게 타서 비둘기 알만큼씩 줄어든 떡을 그는 웅켜 집었다. 손바닥이 데도록 뜨거운 것을 참으면서 그는 간수가 광 안으로 들어선 것을 확인하고 창고 앞으로 달려갔다. 두 손을 한꺼번에 들어 담배와 떡을 윤 선생께로 향하여 획 던졌다.

돌아서던 웅덕이는 음칫 놀랐다.

'호랑이' 간수의 범 눈이 그를 노려보고 있는 것이었다.

"고랴,[8] 무슨 짓이야?" 하는 간수의 노호 소리를 들으면서 웅덕이는 전신이 자즈러드는 것 같은 감각을 느끼었다.

"무어야?" 하고 '호랑이'는 또 소리 질렀다.

"아무것도 아닙니다." 하고 대답하는 웅덕이의 목소리는 입안에서만 맴돌았다.

'호랑이'는 뚜벅뚜벅 창고 앞으로 가서 버티고 섰다. "나이 어린 것을 추겨서 못된 짓을 한 놈은 누구야?" 하고 일본인 간수는 소리 질렀다.

창고 안에 감금된 이백여 명의 사상범 미결수는 모두 다 숨을 죽인 채 조용하였다.

"이 어린 것이 매 맞아 죽는 것을 보구야 자백하겠나?" 하는 간수의 목소리에 웅덕이는 몸을 떨었다.

"이놈, 이리 와."

웅덕이는 주춤주춤 '호랑이' 앞으로 갔다.

회차리가 등에 파고들었다.

"아야야!" 소리를 질으면서 웅덕이는 꼬꾸라졌다.

"무얼 던졌어?"

"풀을 조금……."

"누구에게?"

"무턱대구 그냥……."

"요 자식이." 소리와 함께 매는 사정없이 내려쳤다. 잇 사이로 신음 소리를 거듭 내는 웅덕이는 아무 말 않고 매를 맞고 있었다.

"무슨 일인가?" 하고 일어로 묻는 매서운 목소리가 가까이서 났다.

수시로 순을 도는 일인 간수부장이 나타난 것이었다.

---

8 고랴 : 야! 이놈아.

간수부장의 즉결 처분으로 웅덕이는 그 담장 잡역 역을 면직당하여 감방 속으로 들어가고, 창고 안에 갇힌 성인 미결 사상범들에게는 八자 밥이나마 주지 말라는 급식 중지 처벌이 내려졌다. 이틀을 꼬박 굶는 二백여 명 사상범들은 끝내 침묵을 지키며 참았다.

十一월 초하룻날 유년감 복역자들은 얇게 솜을 둔 퍼렁 수의를 입게 되었다.

일요일 아침에는 두 시간 공부가 없었고, 작업도 오정까지만 하고 점심 뒤에는 쉬었다.

이 쉬는 시간 중요한 소일꺼리는 옷을 벗어 뒤집어가지고 이 사냥을 하는 일이었다. 이 많이 잡아 죽이기 내기를 하는 것이 그들의 유일한 오락이었다. 이런 내기를 하는 데는 이 죽인 표적을 하는 종이가 소용되었다. 변소에 갈 때마다 여벌로 소매치기하여 감추어두었던 뒤지는 모두 이 피투성이가 되었다.

유년수 중 단 한 명도 옴 아니 옮은 아이가 없었다. 옴두꺼비처럼 된 전신 피부는 이한테 물리건 말건 옴 때문에 언제나 가려웠다. 가려운 것도 만성이 되어버려서 별로 긁지도 않고 그냥 지나게 되었다.

크리스마스 날 새벽.

감옥소 안에 갇힌 사람들은 모두 찬송가 소리에 놀라 잠을 깼다.

"고요한 밤, 거룩한 밤!"

감옥소 담 밖 먼 언덕 위에서 부르는 성가대의 남녀 합창 찬송 소리는 그 높은 벽돌담과 두꺼운 감방 벽을 뚫고 높고 낮게, 억세고 부드럽게, 흘러 들려왔다.

감방, 감방, 감방은 모두가 다 눈물, 눈물바다가 되어버렸다.

년말을 하로 앞두고 만기가 된 웅덕이와 태섭이 기타 몇몇은 밤이 어두어서야 감옥소 문 밖으로 나섰다.

출감하는 사람들의 가족들은 통틀어 마중 나온 모양이었다. 웅덕이는 맏누나 애덕이의 모습을 발견하지 못하였다. 二년 징역 언도를 받고 여자 감옥소에서 복역 중이라는 것이었다.

집에서는 따뜻한 온돌방과 흰 밥과 고기국이 웅덕이를 기다리고 있었다.

얇게 솜 둔 수의 하나만 걸치고 불기 한 점 없는 마루바닥에서 자 버릇한 웅덕이에게 절절 끓는 듯이 더운 온돌방이 도리어 불편했다. 잠은 좀체로 오지 않고 옴투성이인 전신 피부는 새삼스리 견딜 수 없이 가려워졌다.

이튿날 아침 그는 돼지고기 비계와 유황을 섞어 끓인 약을 전신에 고루고루 바르고 나서, 고약한 내음이 풍기는 유황 한 덩어리를 코를 막고 씹어 먹었다. 그리고 나서 그는 벌거벗은 몸에 담요 한 장을 칭칭 감고 종일 방안에서 뒹굴었다.

저녁때, 큰 다라이에 뜨거운 물을 하나 가득 담고 거기에 목욕을 하고 나니 몸이 날아나 갈 듯이 가볍고 상쾌하였다.

옴은 근치가 된 모양, 몇 일을 두고 허물을 벗으니 살이 도루 밴밴해졌다.

새해 둘째 일요일 아침 어머니는 "네가 감옥소에서 벌어온 돈이 십삼 원 이십일 전이더구나. 이 돈일랑 오늘 예배당에 가서 죄다 연보해라. 그 대신 내 그 돈 값어치 나가는 시계를 사줄 께니." 하고 말하였다.

몇 일 뒤 밤이었다.

"야, 웅덕아, 너 나하구 어데 좀 가자." 하고 아버지가 말했다. 영하 이십 도를 오르내리는 제일 추운 계절이었다. 웅덕이는 솜바지 저고리 위에 솜 둔 두루막이를 입고, 솜 둔 버선 위에 행견을 치고, '경제화'[9]라는 가죽신을 신고, 머리에는 남바우[10]를 폭 쓰고 나서 길을 떠났다.

눈이 겹겹이 얼어붙은 신작노 위로 발아래 저고리 우는 소리를 내면서 그들이 간 곳은 경창리 안 선교촌이었다. 앙상하게 가지만 남은 개나리 나

---

9 경제화 : 예전에 신던 마른신의 하나. 앞부리는 뾰족하며 울이 깊고, 앞에 솔기가 없이 한 조각의 헝겊이나 가죽으로 만든 것으로 좌우의 구별이 없다.
10 남바우 : 남바위. 추위를 막기 위하여 머리에 쓰는 쓰개. 겉의 아래 가장자리에 털가죽을 둘러 붙이고 앞은 이마를 덮고 뒤는 목과 등을 덮는다.

무 사이로 뚫린 언덕바지 길을 한참 올라간 그들은 모우리 목사 댁으로 갔다.

기와만 한국식 기와를 넣은 이층 벽돌 양옥 응접실과 현관 창문만이 불빛을 내보내고 있었다.

한국인 '곡상'(쿡)이 현관문을 열자 그 안에서는 더운 김이 훅 내달았다. 그리고 역하지는 않으나 이상한 내음이 코를 자극하는 것이었다.

응접실에는 모우리 목사 외에 낯설은 서양 남자 하나가 쏘파에 앉아 있었다.

"여기 이 손님은 중국 상해에서 오신 분입니다." 하고 모우리 목사는 한국말로 소개하였다. 상해에서 온 손님은 아버지와 먼저 악수하고 나서 웅덕이의 손을 꽉 잡았다. 그의 손이 엄청나게 크기도 하려니와 손아귀가 어찌도 센지 웅덕이 손뼈는 아스라지는 것처럼 아팠다.

의자에 앉자마자 쟁반 위에다가 김이 문문 오르는 차 넉 잔을 놔 든 '곡상'이 들어왔다. 이 차 냄새는 아까 현관에 들어설 때 맡은 그 내음과 비슷한데 빛갈이 짙은 자주빛이었다. 웅덕이가 한 목음 마셔보니 달기는 하면서도 쓴맛이 더했다. 안 마시면 실례가 될까 싶어서 한약 마시는 셈치고, 억지로 꿀꺽꿀꺽 마시였다. 커피라는 것을 입에 대보는 것은 웅덕이에게는 이것이 처음이었다.

"이분은 상해 신문 편집국장인데 이분이 웅덕이 너 고생한 이야기를 자세히 듣고 상해로 돌아가서 그 신문에다 내주려고 하는 것이다. 네가 겪은 대로 자세히 다 말해." 하고 모우리 목사가 말했다.

웅덕이가 말하는 것을 모우리 목사가 영어로 통역하였다. 四년 동안이나 일본서 영어를 배운 바 있는 웅덕이는 그 영어를 알아들어보려고 애를 썼다. 그러나 그에게는 그가 아는 말보다 모르는 말이 더 많을 뿐 아니라 그가 배운 발음과는 너무도 거리가 먼 이상한 발음이기 때문에 도무지 알아들을 수가 없었다.

웅덕이가 말하는 동안 외국 기자는 웅덕이의 모습을 유심이 노려보면서 그의 푸로파일[11]을 그리는 모양이었다.

　모우리 목사가 통역하는 말을 그 외국인이 받아쓰는 것을 보았다. 웅덕이도 꽤 알고 있는 영어 글짜로 쓰는 것이 아니라 까불까불, 꼭 곤두벌레[12] 뛰노는 그림 같은 것을 그적거리고 있는 것을 웅덕이는 봤다.

　웅덕이의 경험담을 듣는 모우리 목사는 가끔 가다가 주먹을 불끈 쥐기도 하고 발을 탕탕 구르기도 하면서, "야만, 야만의 행동이야—" 하고 소리 지르군 했다.

　그림을 다 그린 서양인 기자는 그 그림을 웅덕이에게 보여주었다. 면경을 통해 보아온 자기 얼굴과 비슷하게 되었다고 그는 느끼었다.

　'우리 임시정부가 있는 상해 영짜 신문에 내 얼굴그림이 나타나고, 내 감옥소 경험담이 실리게 되다니!' 하는 생각이 웅덕이의 가슴을 벅차게 하였다.

　'나두 상해에나 가봤으문' 하는 생각의 씨가 이때 그의 머리에 뿌려졌다.

　一九二〇년 四월 초순이 되자 각급 학교는 다시 문을 열고 수업을 시작했다.

　"독립만세"를 부른 지 一년이 넘도록 독립될 가망성은 아득하였다.

　파리 강화회의에 독립을 호소하려고 간 임시정부 대표들의 분투 노력하는 활동 상황은 한국글 신문인 매일신보에나 일본글 신문인 경성일보에나 단 한 줄도 보도되지 않으니 국내에서는 알 수가 없었다.

　一九一九년 一월 十八일부터 파리에서 열린 평화회의에서는 전승국들이 제각기 전리품을 더 많이 차지하려고 기를 쓰고 싸우고 있는 통에 '민족 자결' 문제는 토의에 안건으로 오르지도 못하였다. 미국 대통령 월손이 내세운 十四개 항목 제안도 거의 무시되고 있었다.

　앞으로는 영원토록 전쟁이 안 일어나도록 하는 방안으로 국제연맹 조직

11　푸로파일 : '프로필'(Profile, 얼굴의 옆모습).
12　곤두벌레 : 장구벌레의 북한말.

을 발안한 사람도 월손 대통령이었다. 전승국과 중립국 四十二개 국가 대표가 모인 자리에서 월손은 미국 대표로 국제연맹 조직에 서명까지 했다. 그러나 미국 상원(上院)에서 국제연맹에 참가할 것을 거부하는 결의를 했기 때문에 발안자인 미국은 그 기구에 참가하지도 않았다는 기사는 자세히 보도되었다.

"독립이 언제 될런지 알 수 없으니 학생들은 공부를 계속해야 된다."는 생각으로 학교는 모두 문을 다시 연 것이었다.

'하이카라'13 머리를 한 웅덕이는 숭실대학 一학년에 무시험 입학이 허락되었다. 일본국 도꾜에서 중학교 졸업장을 포기하고 귀국한 그는 중학 과정을 다 배운 것이라고 인정받았고, 또 그는 독립운동을 하다가 징역까지 살았으니 그 공노를 인정한 것이었다.

'하이카라' 머리를 생전 처음하려고 이발소로 가는 웅덕이는 도중에 생각에 골몰하였다.

'왼골을 탈까. 바른골을 탈까, 처녀들처럼 머리 중앙에 골을 탈까, 아니 그냥 올빽으로 할까?

이러한 몇 가지 '하이카라' 머리가 그 당시 동시에 유행하고 있었기 때문이었다.

'하이카라'라는 말은 '하이칼라'라는 영어를 일본인들이 그릇 발음하는 말이었다. '하이칼라'는 영국 신사들이 굽 높은 칼라를 목에 두르고 멋을 내는 유행이었는데, 일본이나 조선에서는 '멋'은 그 무엇이고 간에 모두 '하이카라'라고 하였다.

필수과인 일본어 교수는 나이 五十에 가까운 키 적은 일본인이었다. '아이끼'라는 성(姓)을 가진 이 일인교수를 학생들은 '오센세이'(御先生)라고 불렀다. '아오끼' 교수가 '선생' 위에는 '오'(御) 짜를 놔 부르는 것이 아니라는

---

13 하이카라 : 서양풍을 좇거나, 유행을 따르는 멋내기.

설명으로 한 시간을 허비했다. 그러나 학생들은 차를 '오쨔'(御茶)[14]라고 말하고, 밥을 '고항'(御飯)[15]이라고 하며, 아버지는 '오도오상', 어머니는 '오까아상' 하여 '御' 짜를 존칭으로 쓰면서 선생님만 그 존칭을 빼고 부르는 것은 실례라고 우겨대면서 그냥 '오센세이'라고 불렀다. 그리고 주위에 있는 모든 물건에도 '어'짜를 꼭 넣어서 '어책상', '어칠판', '어토필', '어지우개', '어구름다리', '어타구'라고 불렀다. 칭칭대 모퉁이마다 타구가 놓여져 있었는데 그것은 침을 아무 데나 탁탁 받고, 코를 아무 데나 핑핑 풀어 붙이는 악습을 교정하기 위한 조처이었다. '어나무', '어돌멩이', '어개새끼', 어데나 '어'를 붙여서 부르는 것은 젊은 학생들의 작난이기도 했으나 일본서는 존대한다는 뜻을 가진 이 '어'를 아무 데나 붙여서 말함으로써 일본 정치에 대한 일종의 소극적인 반항을 하는 그들이었다.

일본서 四年 동안이나 매 과목 매 시간 일어로만 공부한 웅덕이에게는 일어 시간은 유치하기 그지없고 지루하기만 한 한 시간이었다. 견대다 못한 그는 수업 중 손을 번쩍 들고,

"오센세이, 변소에 좀 가야겠읍니다." 하고는 교실 밖으로 나오군 하였다.

그는 변소로 가지 않고 뒤 마당으로 가서 정구(테니스)를 치군 하였다.

"어데서 그랬대?"

"바루 남대문 덩거덩(정거장)에서 그랬다구 합데."

"그래 죽였대나요?"

"죽이딘 못하구 그자 혁대를 파편이 뚫렀다나 봅데."

"인명은 재텐(人命在天)이니꺼니 할 순 없었디만 그거 참 분하게 됐군."

"범인은 직석에서 테포(체포)됐다나 봅데."

"누구래요, 범인이?"

"강우규[16]라고 하는 사람이래요."

---

14 오쨔 : 차(茶)를 공손하게 이르는 말.
15 고항 : 식사를 공손하게 이르는 말.
16 강우규(姜宇奎, 1855~1920) : 일제강점기 독립운동가. 1919년 9월 2일 서울역에서

"하여튼 영웅이야."

"아니, 안중근이 터럼 눅혈포(六穴砲)[17]루 쏘딜 않구……."

쑥덕, 쑥덕, 쑥덕.

조선인들이 전국적으로 독립만세를 부른 데 놀란 일본 정부에서는 초대 (初代) 조선 총독인 '데라우찌'[18] 육군 장군이 너무나 심한 무력 탄압 정치를 해온 것이 독립운동의 원인일 꺼라고 단정한 모양이었다. 그래서 일본 정부에서는 '사이또'[19]라고 하는 해군 제독을 제二대 총독으로 임명한 것이었다. 해군 제독 계급까지 올라가기는 했지만 전쟁에는 한 번도 참가해보지 못한 어진(?) 사람을 보내서 조선인들에게 선정(善政)을 베풀기만 하면 조선 민족은 만족하리라고 일본 정부는 믿은 모양이었다. 이 선정 사명을 띠고 부임해 오던 '사이또' 총독이 서울에 도착되자마자 남대문역 광장에서 폭탄 세례를 받은 것이었다.

첫 학기가 거의 끝날 무렵인 七월 하순에(그 당시 학제는 一년 三학기제였다) 한 친구가 웅덕이를 방문하였다. 웅덕이가 도꾜 유학 당시 동계 고등학교 재학 중이었던 김찬호였다.

저녁때 둘이서는 남문 바로 밖에 있는 청요리집 이층으로 가서 저녁을 함께하며 이야기 꽃을 피우고 있었다.

갑자기 문이 벌컥 열렸다.

'유까다'(더운 날 일본인이 걸치는 경편한 옷)를 입은 중년 사나이 하나가 들여

새로 부임하는 제3대 사이토 총독이 탄 마차에 폭탄을 던졌으나 암살에 실패했다. 1920년 11월 29일에 순국하였다.

17 눅혈포 : 육혈포, 탄알을 넣는 구멍이 여섯 개 있는 권총.

18 데라우찌 : 데라우치 마사타케(寺內正毅, 1852~1919), 일본의 군인·정치가. 이완용 친일 내각으로부터 경찰권을 이양받아 헌병·경찰을 동원한 삼엄한 공포 분위기 속에서 한국의 국권을 탈취했고 초대 조선총독으로 무단 식민 정책을 폈다. 특히 한국과 중국에서 일본의 제국주의 정책을 수행했다.

19 사이또 : 사이토 마코토(1858~1936), 일본 해군 대장, 정치인. 최장기 조선 총독과 일본 총리를 지냈다. 형식상의 문화 통치 정책을 추진하여 기존의 강압적 통치에서 회유적 통치로 방향을 돌렸다.

다보다가 문을 열어놓은 채 가버렸다.

문을 닫고 앉아서 잠시 이야기 하는데 문이 또 열리면서 아까 그자가 들여다보았다.

"이 무슨 무례한 짓이오?" 하고 찬호가 점잖은 일어로 꾸지졌다.

"고노야로, 후데이센진[20]다나."(이 자식 불순한 조선 놈이로구나) 하고 그 취객은 혀 꼬부러진 말을 하면서 개개 풀린 가는 눈으로 쏘아보는 것이었다.

"취했으면 취했지 무슨 턱에 개질알하는 거야." 하고 찬호는 고함을 질렀다.

"흥, 이 자식 검방지구나. 어데 두고 보자." 하고 소리 지르는 취객은 비틀거름으로 복도 저쪽으로 살아졌다.

"에, 기분 잡친다. 우리 다른 데루 가자구." 하면서 찬호가 먼저 일어섰다.

칭칭대 맨 밑 계단에 예의 그 취객이 앉아서 길을 막고 있었다.

"비키지 못해?" 하고 소리 질으는 찬호의 바지가랭이를 이 취한이 붙잡고 늘어졌다. 찬호는 바지가랭이를 나꾸챘다. 취한은 맥없이 벌렁 나자빠졌다.

카운터 뒤에 앉아 있던 풍뚱보 주인이 달려오더니 넘어진 취객을 안아이르키면서 두 청년에게,

"제발이 울리 살림이 좀 살려줘." 하고 애걸하는 것이었다.

"그게 무슨 소리요?" 하고 찬호가 물었다.

"이 날리(나리)가 경부도노(警部殿)[21]이십니다. 이 날리님 화나게 하문 울리 살림이 영업 취소당해. 경부도노가 경찰에서 덴화(전화)했으니까 이제 누가 올 껍니다."

이 말이 떨어지자마자 밖으로부터 출입문이 벌컥 열렸다.

정사복(正私服) 경관 네 명이 들어섰다. 그들 모두가 비틀거리는 취객을

---

20 후데이센징 : 불령선인(不逞鮮人). 일본 제국이 일제강점기 식민지 통치에 반대하는 조선인을 불온하고 불량한 반동적인 인물(독립운동가)로 지칭한 용어.
21 경부도노(警部殿) : '경부'는 우리나라의 경장에 상당하는 일본의 경찰 지위. '도노'는 존칭.

향하여 기척하고 경립을 붙였다.

"이 후데이센징 둘 다 잡아 가두어." 하고 '유까다' 입은 경부는 혀꼬부러진 목소리로 명령하였다.

불문곡직하고 웅덕이와 찬호는 포승에 손목이 묶이어졌다.

경찰서로 연행되어 간 두 청년은 감방에 갇히지는 않았으나 결박된 채로 복도 한옆에 쭈그리고 앉아서 밤을 샜다.

이튿날 정오가 되어서야 포승이 풀린 두 청년은 취조실로 불려 들어갔다. 취조 맡은 사람은 조선인 순사였다. 다짜고짜로 그 순사는

"젊은 것들이 술이 취했으면 가만히 자버릴 것이지 무슨 행패야. 술김에 그랬다구 하문 뭐 용서받을 줄 생각 하는가? 어림두 없지." 하고 말하였다.

"우린 술이라군 먹을 줄 모릅니다."

"그럼 어제 밤 일은 왜 생겼어?"

"누가 멜 했나요. 그 사복한 나리님이 공연한 트집을 잡았지요. 그 요리집 주인이나 하인들한테 물어보서요."

"흠. 술 못 먹는 놈은 술 취한 사람의 생리를 이해 못 할 거야. 그래 약간 미안하게 됐어. 그러나 시말서나 써놓으면 석방하지."

"우리가 뭘 잘못했다구 시말설 써요?"

"잘잘못간에 경관 위신을 세워줘야 되는 거 아닌가." 하면서 순사는 무엇인가를 쓰기 시작했다.

"자, 이 밑에 너이들 주소 성명을 기입하구 손구락 도장을 찍어. 그러문 곧 석방이야."

두 청년은 그 조이[22]에 씨인 일본글을 읽었다.

"졸자 백번 절하여 사과하나이다. 경부도노께옵서 사복(私服)을 입으셨기 때문에 귀하신 몸인 줄 알아뵙지 못하고 불경(不敬)스런 행동을 하게 되었습니다. 만번 죽여주서도 합당할 큰 죄를 지었사오나 지금 엎드려 애걸

---

22 조이 : '종이'의 방언.

하오니 이번 한 번만 용서해주십소서. 앞으로는 그런 무례한 행동을 절대로 않기로 맹서하오며 이처럼 사과 올리는 바이오니 너그러이 동찰하시와 관대한 처분을 내려주시기를 엎대여 비나이다.”

그해 여름 어떤 날 새벽 신시가에 있는 평안남도 도청 목조건물 청사 한 구퉁이가 문청 떨어져 나가고 유리라는 유리는 모두 다 산산이 깨졌다.

폭탄에 얻어맞은 것이었다.

비상경계가 전국에 선포 되었다. 길마다 골목마다 정사복 경관이 지키고 서서 지나가는 사람은 남녀노소 막론하고 몸 뒤짐을 했다.

뵈[23] 고이 적삼 바람으로 웅덕이는 거리를 꽤나 싸돌아다니었다.

길에서 몸 뒤짐을 당하는 그의 뵈 적삼 양쪽 주머니에는 신문지 조각이 한 뭉테기씩 불룩하게 넣어져 있었다. 이 신문지 조각들을 하나식 하나식 펴서 세밀하게 검사하고 난 순사는 짜증이 나서,

“이 새끼- 이런 휴지조각은 뭘 할라구 이렇게 많이 구겨 넣구 다니는 거야!” 하고 불호령을 했다. 웅덕이는 “예, 그건, 거저, 저는 원래 코를 많이 흘리기 때문에요. 요것으로는 모자라는데요.” 하고 대답하고는 신문지 조각 하나를 코에 대고 억지로 코를 풀었다.

바로 옆에서 몸 뒤짐을 당하는 양복 입은 신사가 있었다. 그의 양복 저구리와 바지 주머니를 삿삿치 뒤져보고 난 순사는, 꽤 불룩하게 나온 중년 신사의 배를 꾹꾹 눌러보면서,

“이 속엔 무엇이 들어 있오?” 하고 물었다. 신사는 시침이 뚝 떼고,

“예, 그건 밥이지오.” 하고 말했다.

또 아래와 같은 소문도 돌았다. 시골 사람 하나가 석양녘에 칠성문 밖 신작노를 걸어가고 있었다. 그의 뵈 적삼 양쪽 주머니에는 어린애 주먹만 한 깜안 참외가 한 개식 들어 있었다.

길목을 지키던 순사는 그 사람을 세워놓기는 하고도 설핀 뵈 주머니에

---

23 뵈 : ‘베’의 옛말.

빛이어 나오는 깜안 물건에 겁이 나서 제 손으로 꺼내보지 못하고,

"그 주머니 속에 든 거 그거 무어요?" 하고 물어보았다.

하루 종일 도처에서 수십 번 몸수색을 받아 짜증이 나던 이 시골 사람은 와락 두 손을 들어 참외를 한꺼번에 꺼내 들고는

"옛다 받아라." 하면서 참외 두 개를 순사에게로 던졌다. 폭탄 두 개를 맞는 줄로 착각한 순사는 뒤로 넘어지면서 기절해버리고 말았다는 이야기였다.

"야, 웅덕아, 너어, 무전 네행(여행) 좀 해보간?" 하고 오경신 아주머니가 물었다.

"왜 하필 무전 네행이야요?" 하고 웅덕이는 반문하였다.

"돈은 감추구 무전 네행인데 해본다는 거디."

이 말은 웅덕이의 호기심을 자극하기에 넉넉하였다.

"왜요?" 하고 웅덕이는 다급하게 물었다.

"그져 그럴 일이 있으니께니 말이디. 너, 밤 두 말 지구 한 십 리 걸어갈 수 있는 기운이 있니?"

"그까짓 두 말쯤 문제없어요."

"비밀두 잘 지킬 수 있구?"

"비밀이라니요? 왜요?"

"뙤새(매우) 위험한 네행이니께니 말이디."

'위험'이라는 말에 웅덕이의 호기심은 강렬한 모험심으로 변모되었다.

"무에 위태해요?" 하고 웅덕이는 물었다. 오경신 아주머니는

"왜놈에게 들키는 날에는 딩역(징역)을 또 가야 되거던. 그땐 몇 달이 아니구 몇 년 딩역이 될 것이니께니" 하고 말했다.

"그까짓 딩역 괜찮아요. 저 벌서 졸업한걸요. 들키긴 왜 들케요? 제가 멍텅구리 바본 줄 아세요."

"그래! 너 누구 동행할 수 있는 동무 하나 구할 수 있니."

"대레, 어딜 가는 건데요?"

"아, 참, 내가. 상해로 갔다가 오는 길……."

말이 끝나기도 전에 웅덕이는 전신이 찌르르하는 감각을 느끼었다.

"태섭이 하구 함께 가디요."

"아, 참, 그르티. 됴와. 그럼 말이다. 너 태섭이 더빌구 낼 새벽 일즉 우리 집으루 오나라. 부모님껜 눈치 뵈디 말구. 너이들 떠나보낸 뒤에 내가 어머니한테 알릴 께니." 하고 오경신 아주머니는 말했다.

2

늦은 가을날 새벽이었다.

부산발 신의주행 완행열차는 二十분간 머물렀던 평양역을 떠났다. 출발을 알리는 기적 소리는 맥이 없는 것같이 들리었다. 전 코쓰의 四분의 三을 달린 그 기관차가 피곤했던 것이었는지 혹은 저기압 관계였는지 알 수 없는 일이었다.

허스름한 옷을 입어 노동자로 변장한 황보웅덕이에게 이 기차 여행은 지루하기 한이 없었다. 도꾜에 유학하는 동안에는 중국 땅 봉천으로부터 한반도 남단 부산까지 직통하는 급행차만 타고 다녔었던 그는 기차 속력이 이렇게도 느리고 정거장이 그렇게 자주 있고, 또 한 정거장에서 그렇게 오래 머문다는 일은 처음 당하는 일이었다.

웅덕이의 기분을 알 리 없는 기차는 덜커덩덜커덩 하면서 북으로 북으로 달리었다. 그로써는 처음 보는 산과 시내와 밭과 초가집 마을들이 자꾸만 뒤로 뒤로 물러가고 있는 모양을 눈으로는 멀거니 내다보고 앉아 있는 그의 머리는 오경신 아주머니가 일러주던 일을 하나도 잊어버리지 않고 외워야만 된다는 강박감이 지배하고 있어서 보는 것이 인상에 남지 않았다.

덜커덩, 덜커덩하는 기차 구는 소리 박자를 따라 그는 속으로 바른편, 셋째번, 왼손편, 넷잿집, 넷잿집, 왼손편, 셋째번, 바른편 하고 자꾸만 반복하고 있는 것이었다.

저쪽 끝 출입구 바로 안 자리에는 노동자로 가장한 태섭이가 앉아 있는 것이었다. 그러나 웅덕이와 태섭이는 될 수 있는 대로 서로 시선을 피하기로 주의했다. 一, 二등 차깐은 달리지 않고, 길고 긴 화물차 맨 꽁무니에 三등객차 단 두 대가 달린 완행차이었기 때문에 일본인 승객은 하나도 없었다. 전부가 조선인 승객이면서도 양복쟁이는 히귀하고 거의가 다 바지 저구리였다. 이러한 승객들 틈에 끼어 앉은 웅덕이와 태섭이었건만 그들은 조심조심하지 않을 수 없는 것이었다.

"매국노 조선 놈 형사들은 가지각색 변장을 다 하구 다니니까 언제나 조심해야 된다. 심지어 거지루 변장한 형사 놈까지 있으니까 말이다." 하고 말하던 오경신 아주머니의 말이 틀림없다고 그들은 믿었기 때문이었다.

웅덕이는 눈을 감고 오경신 아주머니가 되뇌이던 주의사항을 자꾸만 회상해보았다.

"신의주 덩기덩(역)에 내려서는 압록강 델교다리(철교)를 걸어 건너가서 안동현으로 가야 한다. 다리를 건널 때까지두 붙어 가디 말구 멀리 떨어데 가야 한다. 너이들 둘 중 하나가 발각되어 붙잡히거들랑 본체만체 하구 하나만이라두 안동현까지 가야 한다. 다리 건너 안동현은 대국 땅이니꺼니 일본인이나 조선인 형사가 맥을 못 쓴다. 다리 건너 철길 왼손편으로 접어들어 한참 걸어 가다가 셋째번 네거리에서 바른편으루 꼬부라데서 가다가 그길 왼손편으루 넷째집을 찾아가야 한다. 안동상회라는 간판을 단 식료품 가게이다. 단층집이다. 안동현에는 이층 삼층집들이 수두룩한데 그 틈에 단층집이 끼어 있는 것이 유표하다.[24] 가게로 들어가서는 신경오라구 하는 사람을 찾아라. 내 이름을 꺼꾸루 부르면 되는 거니까 기억하기 쉽다. 키가 작달막하구, 눈이 가늘고 광대뼈가 툭 불거진 서른 살 난 사나이이다. 신씨를 맞나거들랑 굵은 밤 앓 사요? 하구 물으면서 왼손 엉지 손꾸락하구 새끼 손꾸락하구를 맞대구, 세 손꾸락을 펴서 그에게 보여라. 그리구 말이디 안동상회에 들어설 때까지 밤 자루 속에 보물이 감추어져 있다는 걸 눈

---

24 유표하다 : 有表. 여럿 중에 두드러지게 차이가 있다.

치채서는 않 된다. 순사거나 형사거나가 뒤져보자구 해두 시침을 뚝 때구 태연하게 밤 자루 입을 터놓구서 밤을 집어주어가문성 대할 수 있는 담이 있어야 한다." 하고 오경신 여사는 몇 번이고 되풀이해 다졌다. 그리고 또 웅덕이와 태섭이에게 그 말을 반복 시켰던 것이었었다.

밤 자루 중간쯤부터 밑에까지 밤들 사이사이에 숨긴 보물은 금, 은, 가락지들과 금, 은, 옥비녀들이었다. 한 개 한 개식 일일이 밤색 헌겁으로 싸고 흩치어서 밤 속에 감춘 것이었다.

이 패물들은 가정부인들뿐 아니라 기생, 갈보들까지가 그녀들 몸에서 뽑은 패물이었다. 상해에 있는 대한민국 임시정부로 보내는 그녀들의 정성어린 헌납품이었다.

두 소년은 신의주역에 무사히 내렸다. 그들은 앞서거니 뒤서거니 하여 압록강 철교 위를 걸었다.

상당한 거리를 사이에 두고 웅덕이의 뒤를 따라 가는 태섭이는 어렸을 적 일이 자연 회상되었다. 十년 전 그의 맏형님은 一〇五인 사건[25]에 연좌되어 일본 경찰에 체포되어 갔었다. 옥중 문초 때 너무나 혹독한 고문을 받았기 때문에 몸에 멍이 들어 옥사하고 만 것이었다. 그 당시 五백여 명이나 체포되었다가 기소된 인원은 一〇五명이었는데 그들에게 씨워진 죄명은 제一대 조선총독 '데라우찌'를 암살하려는 음모를 꾸미다가 미연에 발각되었다는 것이었다. 一九一一년 十二월 二十八일에 이 압록강 철교 낙성식이 이 철교 위에서 있었다. 이 낙성식에 참석하기 위하여 총독이 특별 열차를 타고 서울서부터 신의주까지 오는 도중에 그를 권총으로 쏴 죽일 계획으로 자객들이 개성, 신막, 사리원, 황주, 평양, 정주, 선천 차련관 등 각역에서 대기하고 있었다는 죄를 뒤집어씌운 것이었다.

안동상회 안방으로 들어간 웅덕이와 태섭이는 흰빛 노동복을 벗고 푸른

---

25 105인 사건 : 1911년 일본 총독부가 민족해방운동을 탄압하기 위하여 데라우치 마사타케 총독의 암살 미수 사건을 조작하여 105인의 독립운동가를 감옥에 가둔 사건. 애국계몽운동기의 비밀결사였던 신민회가 해체되는 원인이 되었다.

빛 중국 장옷을 입었다.

"하, 이거 유년수 수의 같아서 기분 잡치는데." 하고 말하는 태섭이의 말을 맞받아 웅덕이는

"말 말아. 이번 붙들렸드면 이번엔 벌경 수의를 입구 七짜 밥 밖에 못 얻어먹게 되었을 텐데." 하고는 둘이 다 소리 내 웃었다.

패물이 섞인 밤은 중국식 대치롱[26]에 옮겨 담고 그 위에 중국인 내복 몇 벌을 개켜 덮었다.

웅덕이와 태섭이는 신경오 씨를 따라 인력거를 타고 압녹강 하류 부두로 갔다. 그들은 생전 처음 타보는 인력거였다.

태고양행(太古洋行)이라는 간판이 걸린 영국인 경영상선회사로 가서 상해행 배표 두 장을 샀다. 마침 이튿날 새벽에 떠나는 배가 있었다.

배 위까지 따라 온 신씨는 두 소년을 데리고 선장실로 들어갔다. 선장은 영국 사람이었는데 중국말을 참 잘한다고 두 소년은 생각했다. 신씨와 선장이 중국어로 몇 마디 주고받더니 신씨가

"이 치롱은 이 선장실에 마껴두기루 했어. 상해에 도착되거들랑 이 방으로 와서 찾아가지고 내리면 돼. 상해에 다면 부두에 누가 나와 있을 것이니까 길 잃을 염려는 없으니 안심해." 하고 말했다.

태섭이는 배가 떠나기 전부터 벌써 그 이상야릇한 냄새에 못 견데어 속이 매식매식하다고 했다.

현해탄을 몇 번 건너본 경험이 있는 웅덕이는 그대로 꽤 견디었으나 사흘째부터 그도 멀미를 시작했다. 태섭이는 토하다 토하다 못해 마지막에는 노란 똥물까지 입으로 토하고 말았다. 선실은 바다물 속이어서 낮에나 밤에나 희미한 전등이 켜 있을 뿐 갑판에 올라가보기 전에는 밤과 낮을 분간할 도리가 없었다.

---

26 대치롱 : 대나무로 만든 치롱(싸리로 가로로 퍼지게 둥긋이 걸어 만든 그릇. 채롱과 비슷하나 뚜껑이 없다).

배는 잠시도 쉬지 않고 푸들푸들 떨면서 요란한 소리를 내고 있었다. 가끔 배가 턱턱턱턱 하면서 위로 향하여 올라갈 때마다 입에서는 신물이 돌았다. 입을 악물고 겨우 참노라면 금시 배는 쭈욱 아래로 내려갔다. 이때 오장육부는 모두 뒤틀리는 것 같고 게워놓을 음식이 배 속에 들어 있지 않음에도 불구하고 헛구역질을 턱이 아파 오도록 하다가 똥물까지 겨워놓군 하는 것이었다.

'이런 고생을 할 바에는 차라리 금방 죽어버리고 싶다'고까지 생각되는 것이었다.

낮인지 밤인지 모르면서 잠드는 것만이 고통으로부터의 해방이었다. 며칠이 지나갔는지 대중 잡을 수 없으려니와 그런 걸 생각할 수 있는 기력도 남아 있지 않았다.

비몽사몽간에 두 소년은 청어로 뭐라고 꾁꾁 소리를 듣는 것같이 느끼면서 선실이 차차 비어 드는 것을 봤다. 누가 발길로 툭툭 차면서 몸을 잡아 일으키는 것이었다. 억지로 일어서니 다리가 후들후들 떨리었다.

"쾌쾌디, 쾌쾌디, 쾌쾌디(빨리)." 하고 소리 지르는 사람이 두 소년의 등을 밀었다.

칭칭대로 향하여 걸어갔다. 배가 푸들푸들 떨기는 하나 기울거리지는 않았다. 어둑신한 층계를 기다싶이 올라가니 위 문을 통하여 내리쪼이는 햇빛이 눈이 부시기는 했으나 살 것 같은 기분이 났다.

선객들은 그 넓은 갑판 위에 일열로 늘어서 있었다. 그 줄 한 끝에 서면서 고개를 처든 웅덕이는 흠칫 놀랐다. 그는 눈을 몇 번이고 껌뻑거리었다. 바로 그의 눈앞에는 까맣게 높은 대리석 건물들이 줄지어 서 있는 것이었다. 이렇듯이 높고 육중하고 아름다운 건물들이 삼림 속 나무들이 서듯 서 있는 모양은 도꾜에서도 그는 본 일이 없었다. 그는 이 건물들 앞에서 그 어떤 위압감을 느끼는 것을 억제할 수 없었다.

한참을 얼빠진 듯이 바라다보고 있던 그의 눈이 아래로 약간 움직이었다. 그는 또다시 눈을 몇 번이고 껌뻑거릴 수밖에 없었다.

자동차, 자동차, 자동차. 한 줄로 잇대어 가고, 한 줄로 잇대어 오는 자동차의 홍수.

그는 지금 바로 국제도시 상해 뺀드를 보고 있는 것이었다.

백구보다도 더 흰 제복을 입고, 흰 모자 테두리에 금박을 한 서양 사람 서넛이 나타났다. 그들은 서 있는 승객 앞으로 천천히 걸어가면서 각개의 얼굴을 유심히 살펴보는 것이었다. 이들의 자태가 살아진 뒤 조금 후에 선원 하나가 무엇이라고 소리를 지르자 승객들은 와 헤지며 앞을 다투어 선실로 도로 들어가는 것이었다.

두 소년은 그 어둡고 냄새 고약한 선실로 도로 들어가기가 싫었다. 그래서 어물어물하고 있노라니 선실 문이 메이도록 승객들이 나오고 있었다. 손가방, 대치룽, 보따리를 두세 개씩 든 승객들이 밀고 밀리고 아우성을 치면서 나오고 있었다.

부두에서는 바퀴 달린 구름다리가 배 옆을 향하여 굴러오고 있었다. 승객들은 앞을 다투어 그쪽으로 몰려갔다.

웅덕이와 태섭이는 선장실로 들어가서 치룽을 찾았다. 맡길 때에는 달리지 않았던 꼬리표가 한 개식 잡을손에 달려 있었다.

배에서 내렸다. 앞서 가는 사람들의 뒤만 따라갔다. 그 사람들은 부두에 서 있는 한 건물로 줄지어 들어가고 있었다. 뒤따라가며 쳐다보니 그 건물에는 영어로 CUSTOM이라고 쓴 현판이 걸려 있었다. 영어 실력이 바튼 웅덕이는 '커스텀'은 '풍속'을 의미하는 단어로만 알고 있었기 때문에 풍속 건물로 왜들 들어가나 하고 의아했다.

차례가 되어 웅덕이도 그 건물 안으로 들어갔다. 길고 긴 대 위에 승객들의 짐이 모두 올려놓여져 있었다. 승객들은 가방 뚜껑을 열고 보따리는 풀어놓았다. 흰 제복에 흰 모자를 쓴 영국인 중국인 관리들이 짐 하나식 하나식 세밀하게 뒤져보는 것이었다.

웅덕이의 가슴은 성큼했다.

'예까지 이것 가지구 와서 여기서 들킨다면?' 하는 두려운 생각에서였다.

안동현서 떠날 때 신경오 씨 말은 상해 부두에 누가 마중 나온다고 했던 것이 회상되었다. 그래서 그는 두리번두리번 방 안을 샅샅이 살폈으나 모두가 짐 검사받는 손님들과 검사하는 관리들뿐이었다.

영국인 세관리 하나가 웅덕이와 태섭이의 치룽이 있는 데로 가까이 왔다. 웅덕이의 가슴은 두근두근하였다. 억지로 침착한 태도를 꾸미면서 밤 위에 덮은 옷가지를 걷었다. 그의 손은 떨리었다.

영국인 관리는 치룽 속을 들여다보지 않고 손잡이에 매여 있는 꼬리표를 붙들고 찬찬히 들여다보는 것이었다. 꼬리표를 보고 웅덕이의 얼굴을 보고 하던 그 영국인 관리는 아무 말 없이 그 꼬리표에 동그란 도장을 꼭 눌러 찍었다. 태섭이 앞에 놓인 치룽도 마찬가지로 뒤져보지 않고 꼬리표에 도장을 눌러주었다. 벌건 흔적이 나지 않고 퍼런 흔적이 나는 도장이었다.

세관 건물 밖으로 나서자 중국 옷을 입은 중년 사나이 하나가 맞받아 왔다. 양손을 한꺼번에 내밀면서

"수고를 했구나!" 하고 한국말로 말하였다. 그 사나이는 두 소년의 손을 한목에 잡고 여러 번 흔들었다.

"자, 저리루 가지." 하면서 그 남자는 앞섰다.

인력거를 타고 그들이 간 곳은 프랑스 조계 주택지 안에 서 있는 굉장히 크고 호화스러운 서양식 주택이었다. 대문에는 중국인 수위가 지키고 있었다. 인력거 세 채는 대문을 지나 들어가서 현관 층층대 밑에 채를 내려놓았다.

그들은 복도를 지나 한 방문 안으로 들어섰다. 바로 마즌편 벽에는 벽 거의 절반이나 채우는 커다란 태극기가 걸려 있었다. 이 기를 보는 두 소년의 눈에는 이슬이 맺히었다.

그 방 가운데 쏘파에는 중년 낫세[27]나 되어 보이는 사람이 앉아 있었다. 그는 일어서서 두 소년의 머리를 쓸어주면서

---

27 낫세 : '나쎄'(그만한 나이에 대한 속된 표현)의 오류.

방랑객(放浪客)들

"참으로 장하다. 너이들 애국심에는 감격 아니할 수 없다." 하고 말했다. 이 사람은 키가 적고 몸도 가냘푼 편이었으나 몸 마디마디가 강철처럼 탄탄해 보이었다. 얼굴은 둥그나 몹씨 적고 사물사물 얽어 있었다.

패물들이 감추인 대치룽 안으로 손을 넣는 그의 팔은 떨리었다.

"자, 차 선생, 우리 이거 함께 펴봅시다." 하고 얽은 사람은 두 소년을 부두까지 마중 나갔던 사람에게 말했다. 차 선생은

"나두 조력은 해들이지요. 하지만 보관 책임은 김 선생이 가지고 계시니까 자세히 살펴보세요." 하고 말했다.

넓직한 책상 위에 한 개식 놓여지는 금, 은, 옥 패물들은 유리창을 통하여 들여 비치는 석양을 반사하여 찬란 영롱하게 반짝이었다.

"아, 아, 이 정성 어린!" 하고 목메인 소리로 중얼거리는 김 선생은 그 패물 한 개 한 개식 손바닥에 올려놓고 감상하는 것이었다.

"이 피 어린 정성이 담긴 패물들은 우리 겨레가 영원토록 지닐 수 있는 민족 얼의 상징이로다. 지금까지 모인 것을 다 합치면 대두 두 되 폭이 넉넉히 된다. 앞으로 얼마가 더 들어올런지 알 수 없으나 우리는 이것을 영원히 보관할 결심이다. 독립이 된 뒤 한성(서울)에 독립기념관을 웅장하게 짓고 그 문 바루 안에 단을 쌓고 이 패물들을 유리함에 넣어서 영세토록 보관할 것이다." 하고 김 선생은 말 했다. 그리고 나서 그는

"아, 너이들 배 멀미나 몹시 하지 않았니? 몹시 피곤해 보이는구나. 여보 차 선생, 이 학생들 데리구 가서 한턱 잘 먹이시오." 하고 말했다.

두 소년은 근처 음식점으로 인도되었다. 자리에 앉자마자 중국인 '훠지'(급사)는 김이 물물 나는 물수건을 갖다 주었다. 며칠 물 구경을 못한 손과 얼굴은 이 하얀 수건을 금시에 깜앟게 물들여주었다. 딱끈한 노란 차도 한 잔식 갖다 주었다.

무슨 요리인지 이름도 모르면서 두 소년은 접시들을 번쩍번쩍 비웠다.

차 선생은 벌서 수저를 놔버리고 차만 홀짝홀짝 마시면서 두 소년이 탐식하는 꼴을 바라다보고 있었다.

두 소년의 수저질이 좀 뜸해지고, 꺼륵꺼륵 트림을 하는 것을 보고야 그는 "인젠 그만 먹지. 식곤증에 걸릴가 바 겁이 난다." 하고 말했다.

그제서야 두 소년은 너무나 무턱대고 많이 먹은 것이 미안한 생각이 들었다. 멋모르고 수십 원어치 음식을 한 끼에 먹어버린 것이 아닌가 생각되어서 그들은

"이거 너무 과용하시게 해서……."

하고 말하는데 차 선생은

"너이들 먹은 것이 얼마에치나 돼 보이니? 내가 말하문 깜짝 놀랄 것이다. 오십 전어치도 채 못 먹었어." 하고는 허허 웃었다.

"여기서는 달걀이 일 전에 두 알이다." 하고 깨우쳐주기까지 했다.

웅덕이와 태섭이는 하비로 큰 거리 뒤에 있는 '농당' 한 채 이층 '떵즈깨'(亭子間)에 묵게 되었다.

상해 외국조계 내 주택지대는 거의 '농당' 일색이었다. 쎄멘트·콩크리트 이층 긴 건물 사오동이 한 농당이었다. 이층 주택이 따로따로 떨어져 있는 것이 아니라 주택 열채가 벽으로 간을 막고 죽 붙어 있는 긴 집이었다. 열 세대가 살 수 있는 이 긴 건물 다섯 줄 가량이 줄줄이 서 있는 것이 한 농당이었다. 줄 사이에는 포장된 좁은 골목이 있고, 이 골목마다 앞뒤 끝에는 육중한 쇠몽둥이 문이 달려 있었다. 밤에 이 문들만 닫아놓으면 그 농당인 五十세대는 그 어떠한 강도에게로부터도 습격을 받지 않고 발 펴고 편히 잘 수 있는 것이었다.

집 한 채에 한 세대가 세들어 사는 것이 원측이었으나 집세가 아쉬운 가정에서는 아래층이나 윗층 한 층만 쓰고 한 층은 다시 세를 놓아도 무방하였다. 매 채 이층으로 올라가는 칭칭대 뒤에 조그마한 방이 있는 것을 가르켜서 떵즈깨라고 하였다. 이 방은 식모를 위해서 만든 방이었다. 그러나 식모까지 두고 살 형편이 못 되는 한교들은 집 한 채에서 두 세대가 노나 살고 식모 방은 독신자에게 세놓는 것이었다.

두 소년이 들어가 잘 떵즈깨에는 접었다 폈다 할 수 있는 침대 두 개가 맞

붙어 놓여 있었다.

"자 피곤할 텐데 어서 푹 자라구. 변소는 바루 이 침대 아래 있어." 하고 차 선생은 말했다. 침대 아래에는 나무 뚜껑이 덮인 동그란 나무 변기가 한 개 놓여 있었다.

이튿날 새벽에 잠이 깨자 그들 귀에 들어오는 도시의 소음은 그들이 생전 처음 듣는 이상한 소리였다.

"쓱싹, 쓱싹, 쓱싹" 소리가 사방에서 들려왔다. 톱질하는 쓱싹 소리와는 다른 쓱싹 소리였다.

호기심에 사로잡힌 그들은 농당 안 골목에 나서 보았다. 퀴퀴하고 시큼털털한 내음이 새벽 공기를 가득 채우고 있었다.

이 집에서도 저 집에서도, 마즌편 집에서도, 집집마다 나무통 변기 몇 개식을 문 앞에 내놓고 소제를 하고 있는 것이었다. 지나간 二十四시간 동안에 그득이 찼던 대소변을 쏟아버린 빈 변기 안에 물을 조금 담고, 대 비로 쓱싹쓱싹 안쪽을 닦아내는 것이었다.

변소는 없이 방마다 변기를 가진 도시가 이 상해이었다. 새벽마다 공무국에서 돌리는 분료 츄럭들이 전 시가지를 다 돌아 분료를 실어 간다는 것이었다.

세숫물은 대야 三분지 一도 찰가말가 하는 소량이었다. 주인 할머니가
"물이 귀한 고장이니까 물을 애껴써야 해." 하고 주의를 주는 것이었다.

고양이 세수를 하고 난 두 소년은 거리 구경을 나갔다. 주전자를 든 남녀노소가 길이 메이도록 오가고 있었다. 끓인 물을 파는 가게가 수없이 많았다. 펄펄 끓른 물 한 공기를 엽전 한 푼에 파는 장사였다. 엽전을 가지지 않은 사람들은 손구락 두 마디만큼씩한 나무 조각 한 개로 물 한 공기를 사는 것이었다. 동전 한 푼이 엽전 열 푼 혹은 나무 조각 열개와 교환된다는 것이었다. 엽전 다섯 푼이나 나무 조각 다섯 개를 주면 끓는 물 한 주전자 가득 살 수 있다는 것이었다.

멀리 갔다가는 길을 잃어버릴가 봐 겁이 난 그들은 집으로 도로 왔다. 아

래층 대청에는 조반상이 준비되어 있었다. 집주인은 한인이었으나 조반 식사는 중국식이었다. 둥근 식탁에 전 식구가 빵 둘러앉고 식탁 위에는 웅덕이와 태섭이는 처음 보는 음식이 놓여 있었다. 깨곰보가 돋은 적고 동그란 떡은 '쑈빙', 기름에 튀겨낸 꽈배기는 '유자궤'라고 했다. 호콩도 한 접시 놓여 있었는데 속껍질은 베끼지 않은 채로 소금 섞어 구은 호콩이었다.

각자 앞에는 좁쌀 죽 한 사발식이 분배되었다. '토깡'이라고 하는 수까락은 자루가 거의 없고 오묵한 사기 수까락이었다.

두 소년은 먹는 법을 몰라서 남의 눈치만 슬슬 보았다. 푸석푸석하면서도 끈기가 있는 꽈배기는 절반 접어서 죽에 치고 호콩도 집어서 속껍질 베껴서 죽에 쳤다. 소금 묻은 호콩이 짭잘하기 때문에 간장을 죽에 칠 필요 없이 간이 맞고 또 그 맛도 별미였다. 깨 묻은 쑈빙은 구수하였다.

차 선생이 찾아왔다.

그들은 다시 임시정부 청사로 갔다.

응접실에서 그들은 얼굴이 히멀끔하며 흰하게 생기고 양복을 입은 중년 신사와 만났다. 차 선생은 그분이 안 선생이라고 소개해주었다. 안 선생은

"들으니 자네들은 둘이가 다 중학 정도 학업을 수료했다는데?" 하고 물었다. 두 소년은 그렇다고 대답했다.

"그러면 자네들은 공부를 더 계속하는 것이 좋다고 나는 생각하네. 집에서 매달 학비를 보내줄 수 있는 여유도 있을 것이라는 말도 들었는데. 여기는 물까가 싸서 한 달에 일본 돈으로 오 원만 가지면 공부할 수가 있어. 학비, 기숙비 다 합쳐서 말이지. 자네들처럼 중학까지 마친 청소년들은 공부를 계속하는 것이 그 무엇보다도 가장 적합한 독립운동이란 말야. 국내와 비밀 연락을 하다가 왜놈에게 잡히어 징역을 또 하기에는 자네들은 너무나 아까운 몸이란 말야. 국내와의 연락은 나이 늙은 사람도 할 수 있고, 소학교밖에 못 마친 사람들도 넉넉히 할 수 있는 일이야. 내 말 좀 명심해 들어보게. 가령 지금 당장 우리가 독립을 한다손 치더라도 독립국가를, 그것도 왕정(王廷)이 아니고 우리에게는 처음인 민주주의 국가를, 운영하기에는 각

방면의 기술자가 너무나 부족한 것이 실정이야. 기술자가 거의 없다싶이 하고 또 문맹이 전 인구의 八할 이상을 차지한 현 상태에서 지금 독립을 해도 그 독립을 며칠 유지해나가지 못하게 된단 말야. 또 그리구 말일세, 정치적 독립만 가지구는 나라를 유지하지 못해. 경제적 자급자족과 군사적 방어의 힘이 뒤받침 못 해주는 한 자주독립 유지는 불가능하다는 말일세. 그러니까 자네들 같은 젊은이가 할 일은 공부를 더해서 실력을 길러야 한단 말일세. 가장 시급한 것은 농학, 응용화학, 교육학 등이고 그다음으로 군사학, 경제학, 정치학, 법학, 외교학, 이 모든 방면의 기술을 가진 사람이 적어도 몇만 명은 있어야만 우리나라 독립을 유지해나갈 수가 있다는 말이야. 그러니까 자네들은 자네들이 가진 소질과 취미에 따라 공부를 계속하는 것이 곧 독립운동일세. 지금은 학기 중간이 되어서 학교에 입학은 못 하지만 사월 셋째 학기 초에는 입학할 수가 있어. 그동안 무엇보다도 영어를 열심히 공부해야 되네. 이 나라에서는 소학교 일 학년 때부터 영어가 필수과로 되어 있고 중학교 이상 교과서는 한문만 제외하고는 전부 다 영문으로 된 교과서이기 때문에 중학교에서도 영어 실력 없이는 공부를 할 수가 없어."

이렇게 타이르는 안 선생의 진지한 태도에 두 소년은 감동했다. 그들은 학업을 계속하기로 작정하고 그 사연을 편지로 써서 국제우편 편으로 집으로 보냈다.

수요일 저녁.

웅덕이와 태섭이는 三·一 교회라고 이름 지은 한인 예배당으로 갔다.

예배당 강내 뒤 벽에는 커단 태극기가 걸려 있었다. 예배를 시작하기 전에 회중은 모두 다 일어섰다. 먼저 태극기에 배례하고 나서 애국가 四절을 합창하였다.

> 一, 동해물과 백두산이
> 마르고 닳도록
> 하느님이 보우하사

우리나라 만세

무궁화 삼천리

화려강산

대한 사람 대한으로

기리 보전하세

二, 남산 위에 저 소나무

철갑을 두른듯

바람서리 불변함은

우리 기상일세

三, 가을 하늘 광활한데

높고 구름 없이

밝은 달은 우리 가슴

일편단심 일세

四, 이 마음과 이 뜻으로

충성을 다하여

괴로우나 즐거우나

나라 사랑하세

〈올랭싸인〉[28] 곡조에 맞춘 이 노래를 목청껏 부르면서 웅덕이와 태섭이
는 물론 그 밖 많은 사람들이 눈물을 좔좔 흘리었다.

설교는 손 목사가 했다. 그는 '독립선언서'에 서명한 三三인 중 한 분이
었다. 그는 솔가[29]하여 상해로 와서 '농당' 한 채에 세들어 산다는 것이었다.

그의 설교 요지는 이러하였다.

한민족이 지금 왜정 아래서 신음하는 것은 옛날 유대족이 에집트에서 종
사리하던 것과 같은 것이니 '모세'와 대비할 수 있는 위대한 지도자가 조만

---

28 올랭싸인 : 올드 랭 사인(Auld Lang Syne). 1788년에 작곡된 곡으로 곡명은 '그리운
옛날'이라는 뜻. 전세계적으로 이별할 때 불리고 있으나 실제 가사는 다시 만났을
때의 기쁨을 노래한 내용이다. 안익태가 현재의 애국가 곡조를 만들기 이전 1900년
을 전후하여 이 곡조를 따서 애국가를 불렀다.
29 솔가 : 率家. 온 집안 식구를 거느리고 가거나 옴.

간 나타나서 우리 민족을 구원해줄 것이라고 하였다.

며칠 못 되어 웅덕이는 변비증으로 고생하게 되었다. 그 넓은 도시에 변소라고는 하나도 없는 모양이었다. 개인 집에도 변소가 없을 뿐 아니라 공동변소도 없었다.

밤낮 침대 밑에 놔두는 나무 변기에 소변을 볼 수가 있었으나 대변은 통 볼 수가 없었다. 뚜껑은 덮어두는 변기였으나 뚜껑을 열면 구린내가 코를 찌르고, 동그란 변기 주둥이 가장자리가 언제나 축축했다. 거기에다가 노란 마분지를 겹겹이 뺑 돌라 깔고 그 위에 엉뎅이를 대고 아무리 오래 앉아 있어도 대변은 나오기를 거부하는 것이었다.

집주인 아들에게 이 고충을 이야기하였다. 그 청년은 빙그레 웃으면서

"첨 한 달은 누구나 다 겪는 신고지요. 당분간 프랑쓰 공원 안에 있는 공동변소로 가는 수밖에 없다우." 하고 말했다.

"그럼 그 공원이 어데쯤 있는지 좀 아르켜주시오. 머리가 띵하고 전신이 찌쁘드하구 아주 죽을 지경이야요." 하고 웅덕이는 말했다.

"그 중국옷 입구는 공원에 들어가지 못합니다. 공원대문에다가 '중국옷이나 일본옷을 입은 사람과 개는 들어오지 못함' 하고 써 붙여 있거든요. 그리구 안남(베트남─그 당시 벳트남은 프랑스 속국이었다) 순경이 언제나 지켜 서서 감시하구 있지오. 왜, 양복은 없오?"

"집에서 돈이 와야 양복을 사 입을 수 있어요."

"그럼 말이오, 내 양복을 잠깐 빌려주지. 약간 크긴 하겠지만 잠시 입구 갔다가 오는 것이니까 상관없겠지요."

자기보다 나이 많은 사람의 양복을 빌려 입으니 칼라부터가 우선 너무 헐렁헐렁하였다. 그러나 할 수 없는 일이었다. 넥타이를 매본 일이 없는 그인지라 주인집 아들이 매줄 수밖에 없었다. 코트 소매는 손잔등을 덮었다. 바지가랭이도 땅에 끌리었다. 할 수 없이 바지가랭이 끝만 두 번 접어 올리고 길로 나섰다.

행인들이 모두 자기만 노려보면서 웃는 것같이 생각되어서 거리 구경도

못하고 앞만 보며 걸어갔다.

프랑스 공원은 그리 멀지는 않았다. 주인집 아들이 자세히 가르쳐준 대로 수십 개 테니스 코트를 지나가서 못가에 다달아보니 과연 아담하고도 깨끗해 보이는 공동변소가 있었다. 대변소 문을 열고 들어가 보니 구린내는 나지 않고 깨끗하기도 했으나 그곳 변기 역시 타고 앉아야만 하게 된 하얀 사기 변기였다. 냄새가 않 나니 오래 앉아 있을 수도 있으리라고 생각한 그는 변기를 타고 앉았다.

여러 날 만에 용변을 하고 나니 몸뿐 아니라 머리까지도 상쾌해졌다.

일어나 돌아다보니 그가 눈 대변이 변기 밑 얕은 물에 잠기기도 하고 떠 있기도 했다.

"대변을 누고 나서는 쇠사슬을 잡아 다녀서 대변이 씻겨 내려가도록 해야 됩니다." 하고 일러주던 주인집 아들 말이 생각났다. 앞 벽에 드리워 있는 쇠사슬을 살그머니 당기었다. 움쯕도 안 하는 것이었다. 살근살근 여러 차례 잡아당기어보았으나 쇠사슬을 까딱 않 하였다.

'그대루 두어두구 나가구 말까' 하는 생각이 났다. 그러나 그대로 두고 나갔다가 외국인에게 창피당할 것 같은 두려움이 생겼다.

그는 쇠사슬을 힘껏 당기었다. 솨르르 하면서 변기 뒤로부터 맑은 물이 콸콸 쏟아져 나와 대변을 몰아 변기 밑구멍 속으로 흘려 내려 보냈다. 그런데 물은 멎지를 않고 그냥 계속해서 콸콸 쏟아져 나오고 있는 것이었다.

'물을 멈추게 하는 법까지 배워 가지구 올걸 잘못했군' 하고 생각하면서 혹시나 하고 그 쇠사슬을 올려 보았다. 쇠사슬은 손 위에 접히어 내릴 뿐 꼭대기까지 올라가지가 않았다. 그는 쇠사슬을 한 번 더 당겨보았다. 아까 모양으로 끌려 내려오지 않고 그냥 있었다.

'하, 고장이 났나 보구나. 내가 아마 너무 급히 잡아당겼지. 에라, 망신하기는 매일반이니 얼른 내빼고 말아야지' 하고 생각하는 그는 얼른 뛰쳐나와버렸다. 누구한테 들킬새라 그는 문간께로 향하여 걸음을 재촉하였다.

금발벽안(머리털은 금빛이고 눈빛은 새파란) 젊은 여인들이 그 역시 금발벽안인 어린애를 바퀴 달린 요람에 싣고 공원 안을 오락가락하는 것이 계속 그의 눈에 띄었으나 그는 이 진귀한 광경을 눈여겨 볼 마음의 여유가 없이 자꾸 걸었다. 얼른 뛰어 달아나고 싶은 생각도 났으나 그러다가는 도리어 의심을 살까 겁이 나서 뛰지는 못하고 빨리빨리 걸었다.

공원 문을 나서면서도 수위가 목덜미를 잡는 것 같은 공포에 몸을 떨면서 앞만 바라다보며 급급히 나갔다. 첫번 옆골목으로 들어서서야 그는 휴우 한숨을 쉬면서 걸음을 느리었다.

'필연쿠 변소에는 홍수가 났겠지' 하고 생각할 수 있게까지 정신이 안정되자 그는 혼자서 끼득끼득 소리 내 웃었다.

'보강노'라는 이름을 가진 거리에 빼곡이 차 있는 여러 '농당' 주민의 대다수는 한국인이라는 것을 그는 알게 되었다.

그리고 그들 한교들은 벌서부터 생계의 위협을 받고 있다는 사실도 그는 알게 되었다. 그들은 취직을 하려고 해도 우선 말이 서툴 뿐 아니라, 특별난 기술을 가진 이가 별로 없었다. 큰 거리 집에 세든 몇몇 사람은 구두니, 만년필이니 따위 소매상을 차려놓고 있었다.

전차 '인스펙터' 직이 한인들이 취직할 수 있는 유일한 직업이었다. 한인 '인스펙터'를 한두 사람씩 본 결과 그들은 중국인 '인스펙터'에 비하여 월등하게 정직하고 부지런하다는 정평을 얻게 되었다. 그래서 전차 회사에서는 한인 '인스펙터'가 추천하는 한인이면 무조건 채용한다는 것이었다. 이 자리에 취직하면 봉급도 괜찮을 뿐 아니라 제모와 제복을 전차회사에서 제공해주기 때문에 옷 걱정은 안 하게 되는 것이었다.

상해 프랑스 조계 네거리를 이리저리 달리는 전차 임금은 구역제로 되어 있었다. 한 구역 표 값은 동전 서 푼이었다. 전차를 타면 그 즉시 한 구역이면 한 구역 표, 세 구역이면 세 구역 표를 사게 마련이었다.

그런데 승객과 차장 간에는 종종 묵계(黙契)가 성립되어 있어서 세 구역 갈 손님이 표를 사지 않고 있다가 두 구역 지나서야 동전 다섯 푼을 차장에게 주면 차장은 서 푼짜리 한 구역 표를 끊어주어 두 푼은 자기 앞 불노소득이 되고, 승객은 너 푼을 않 내고도 세 구역을 타는 것이었다.

이러한 차장과 승객 간 부정행위를 적발하는 책임을 맡은 사람이 '인스펙터'였다. '인스펙터'는 아무 데서나 아무 전차나 수시로 올라타고는 승객들이 가진 표를 일일히 검사하는 것이었다. 표를 아직 사지 않은 손님이 발견되면 즉석에서 차장에게 명령하여 표를 팔게 하고 표를 산 승객일지라도 그 구역을 넘어서까지 타고 앉아 있는 승객이 발견되면 그 표는 압수되고 새로히 표를 사게 하는 것이 '인스펙터'의 일이었다.

집으로 편지 낸지 두 주일 후에 웅덕이는 집으로부터 보내온 등기편지를 받았다. 기다리고 기다리고 있었던 돈이 온 것이었다. 현금이 아니고 일본 우편국 환표였다. 그가 기대하였던 것보다 훨씬 많은 十원이었다.

이 환표를 현금으로 바꾸려면 공동조계(共同租界)에 있는 일본 우편국으로 가야만 했다. 공동조계라는 것은 제一차 세계 대전 후에 미국, 영국, 일본 조계를 모다 합쳐가지고 세 나라 정부가 공동 관리하는 조계였다. 이 공동 조계에는 한인들이 함부로 드나들 수 없는 지대였다. 거기에는 일본 영사관 경찰서 고등계가 있었다. 일본 경찰에서 배일 사상을 가졌다고 의심하는 한인이 만일 '가든·뿌릿지'를 건너서 이 공동조계 안에 한 발자취라도 들여놓았다가는 그가 일본 형사에게 체포되더라도 누구하나 말리거나 항의할 자가 없었다.

그러므로 친일파를 제외한 대부분 한교는 프랑스 조계와 이전 독일조계였던 지역 내에서만 발 펴고 살 수 있는 것이었다. 프랑스 조계는 프랑스 정부 통치하에 있었기 때문에 프랑스인, 안남인, 그리고 프랑스 공무국에서 채용하는 중국인 순사나 형사 외에 다른 나라 경관은 얼씬하지도 못하였다. 옛날 독일 조계이었던 지역은 제一차 대전에 독일이 패배하자 중국 정부에서 접수하여 중국시공무국이 다스리고 있었다. 일본 경찰은 쉴 새 없이 프랑스 조계와 이전 독일 조계 공무국에다가 한인 독립운동자들을 지명

수배까지 해서 체포해 넘겨달라고 요청했으나 프랑스나 중국 당국에서는 그 요구에 절대로 응하지 않았다.

3

집에서 붙여온 돈을 찾으려고 공동조계로 갈 때, 아직 지리에 서투른 웅덕이는 주인집 아들의 신세를 질 도리밖에 없었다.

일본 우편국에서 일본은행권 一원짜리 열장을 받아든 그는 그 돈을 중국 돈으로 바꾸어야만 되었다. 세계 각국 여러 나라 돈을 바꾸어주는 전장(錢 狀)은 어느 거리나 곳곳이 있었다.

주인집 아들 뒤를 따라 웅덕이는 한 전장으로 들어갔다. 오늘은 카운터 군데군데에는 중국 돈 一원짜리 은전과 十전짜리 은전들을 한가운데 못을 박아 꽂아놓은 것을 그는 봤다.

"여기 이것들은 말요, 이 전장에서는 가짜 돈은 손님에게 내주지 않는다는 광고입니다. 혹시 위조 돈이 들어오더라도 그걸 손님에게 속여 넘기지 않고 이렇게 못을 박아서 못 쓰게 만들었노라는 자랑입니다." 하고 주인집 아들이 설명해주었다.

전장 三면 벽에는 세계 각국 화폐와 중국 돈의 환률을 전시하는 패쪽이 꽂히어 있었다. 그것을 살핀 웅덕이는 일본돈 一원은 중국돈 一원(元) 五각 (角)의 율로 바꿀 수 있다는 것을 알게 되었다.

주인집 아들은 그 일람표를 치어다보지도 않고, 카운터 뒤에 서 있는 중국 사람에게 상해 방언으로,

"일본돈 시방 시세가 얼마지요?" 하고 묻는 것이었다.

"파는 거요, 사는 거요?"

"파는 거."

"이퀘 쓰꼬 응(一원 四十五전)."

"터무니없는 소리."

"우린 에누리 절대 않 해요. 어제보다 일본돈 시세가 내려가구 있어요."

"내려가긴 왜 내려가? 괘난 소리지 이쾌 응꼬 쌔(一원 五十三전)으로 합시다."

"않 돼? 그럼 다른 데루 가지." 하면서 집주인 아들은 돌아섰다.

"아, 어, 이리 와요. 얼마요 대관절?"

"一원짜리 열 장."

"十五원짜리 하면 十五원 三十전 주지오만 一원 짜리는 그렇게 않 돼요."

"十원짜리건 一원짜리건 마찬가지지요."

"마찬가지가 아니야요. 一원짜린 싸요. 十五원 二十전 들일께니 파서요."

"그럼 그만둬." 하고 집주인 아들은 한 번 더 돌아섰다.

"十五원 二十三전 드리지요." 하고 중국인이 소리 질렀다. 주인집 아들은 못 들은 체하고 그냥 나갔다.

웅덕이도 딸아 나갔다.

그들은 다음 전장으로 갔다. 거기서 주인집 아들은 첫 집에서 하든 것과 마찬가지로 오래 흥정을 했다. 거기서 나와서 또 다른 집으로 갔다.

들어가고 나오고, 들어가고 나오고 하기를 열 번도 더하고 나서 그들은 도로 맨 첫 번 들렸던 전장으로 들어갔다.

아까 이집에서 얼마까지 흥정이 되었었는지 웅덕이는 이미 잊어버렸다. 그러나 그 전장 사무원이나 주인집 아들은 잊어버리지 않고 기억하고 있었다. 두 말 더 않고 일본돈 十원은 그 전장 서랍으로 들어가고 그 대신 번들번들하고 큼직한 은전 열다섯 개가 요란한 소리를 내며 카운터 위에 얹어졌다. 그 뒤로 일 각(一角)짜리 조그만 은전이 네 개, 그리고 동전이 열 아문 개 놓여졌다.

주인집 아들은 그 一원짜리 은전을 한 개 한 개식 카운터에 때리면서 그 금속성 소리를 귀기우려 듣고 나서야,

"괜찮군." 하고서 웅덕이 손에 넘겨주었다. 그리고는 동전을 세여보고

난 그는

"아니 오늘 대양(大洋) 시세가 요것밖에 않 된단 말요?" 하고 따지었다.

"이것두 후히 드린 것입니다."

"여보, 오늘 당신네 집을 특별이 찾아와서 당신네 돈버리 시켜주었으니 어서 이짜꼬쯔(十전)만 더 내시오."

"샤샤농(고맙습니다). 자 동빼(동전) 댓 잎 더 드리지요." 하면서 그는 동전 다섯 개를 더 놓았다.

주인집 아들은 그 동전을 쓸어 모아 웅덕이에게 주고 나서 일 각짜리 은전은 한 개식 일일이 깨물어보고 나서야,

"괜찮군." 하면서 웅덕이에게 주었다.

상당히 묵직한 돈을 받아 들면서도 웅덕이는 어리벙벙하기만 했다. 돈 바꾸는 일이 이렇게도 까다랍고 복잡한 것이라는 것을 처음 보는 그였었기 때문이었다.

나온 김에 웅덕이는 기성복 집으로 가서 양복 한 벌을 사기로 했다. 기성복도 여러 집 돌고 나서 수십 번 입어보고 주인집 아들의 유창한 상해 말로 깎고 또 깎아서 웅덕이 몸에 꼭 맞는 신사복 한 벌을 샀다.

혁대 와이샤츠와 칼라와 넥타이를 사는 데도 여러 집을 돌며 오래오래 승갱이를 하고 나서야 샀다.

집으로 돌아온 웅덕이는 양복을 혼자 입으려고 했다. 칼라 뒤에 뚫린 구멍을 와이샤츠 목 뒤에 달린 단추에 끼우는 일은 손쉬운 일이었으나 그걸 입고 나서 칼라 앞 구멍을 와이샤츠 목 단추에 끼우는 일은 쉽지가 않았다. 면경 앞에 서서 드려다보면서 얼굴을 찡그려가며 수십 차 노력하고서야 겨우 끼웠다. 넥타이 혼자 매기를 배우는 일은 더 한층 어려웠다. 한 시간이나 애를 써서 넥타이를 매고 나보니 칼라는 손때가 새까맣게 묻었고, 칼라 위 가장 자리는 땀에 흥근이 젖어 있었다.

상해 겨울은 그리 춥지 않은 편이었다. 농당 안에 난방 장치라고는 없이

지났다. 주인집 할머니는 밤마다 캐쉐(끓인 물) 일 전 어치를 사다가 물돼지에 넣어 발치께 넣고 잠을 잔다고 했으나 젊은 웅덕이는 그럴 필요가 없었다.

자기 스스로 시간표를 짜 가지고 대부분 시간을 영어자전과 씨름하면서 보냈다.

이듬해 三월 하순에 웅덕이와 태섭이는 소주[30]행 기차에 올라탔다.

상해 북잔(北驛)[31]에서부터 소주 사이는 산은커녕 언덕 하나 없는 망망한 평야였다.

소주역에 내렸다. 역전 광장에는 말채찍을 한 개식 든 늙은 남자 젊은 남자로 가득 차서 뚜르고 나갈 수가 없는 형편이었다. 상해를 떠날 때 줏어들었던 예비 지식이 없는 두 학생은 아무 채찍이나 한 개식 받아들었다. 그제서야 말몰이꾼들은 비껴 나갈 길을 티워주었다.

저쪽에 수백 필 서성거리고 있는 짐승은 말이 아니고 조그만 나귀와 노새들이었다. 채찍을 몰이꾼에게 돌우주고 그가 가르치는 노새 등에 올라앉았다.

노새 고삐를 꽉 글어쥔 몰이가 노새를 인도하여 달리기는 하지만 처음 타보는 웅덕이로서는 떨어질가 바 겁이 나서 안장 앞 뿌다귀를 꽉 끌어 잡고 있으니 전신이 괴롭기 한이 없었다.

목에 달린 방울들을 짤랑짤랑하면서 조막 노새들은 발사이로 뚫린 좁은 길을 달리었다. 몰이는 목청것 소리를 질러서 걷는 사람들을 비키라고 하고 노새에게 욕도 퍼부었다.

저쪽에 고색창연한 돌 성이 나타났다.

성문 안 거리는 눈코 뜰 수 없도록 혼잡하였다. 좁디좁은 길에 나귀, 노새, 이인교(二人橋), 어깨 앞뒤로 육중한 상자 혹은 치룽 한 쌍식을 출렁거리면서 껑충껑충 뛰는 짐꾼들, 도보로 걸어가고 오는 행인들이 서로 밀치고 밀리우고 아우성 치고⋯⋯ 혼란 그것이었다.

---

30 소주 : 쑤저우(蘇州). 중국 장쑤성(江蘇省) 남동부 타이후호(太湖) 동쪽에 있는 호반 도시.
31 북잔(北驛) : 상하이 북역.

상해에서는 발길에 채일 만큼 흔한 양치(인력거)가 여기에는 한 채도 없었다.

길 보다도 운하가 더 많아 보이였다. 이딸리아의 베니스를 구경한 일은 없었으나 소주는 동양의 베니스라고 누가 말하던 것이 사실인 양 느껴졌다. 그러나 동양 베니스는 더럽기 그지없는 도시요, 그 운하 물은 구정물 한 가지였다. 운하 가에 선 집들은 출입문을 운하께로 내고 있었는데, 이 집에서는 그 물에 채소를 씻고 있는데 그 옆집에서는 변기를 부시고 있었다.

그 수많은 운하들을 건느는 벽돌 다리는 몹시도 갑파롭고, 칭칭대는 어찌나 총총한지 금방 노새 발굽이 헛집고 넘어지면서 한 사람은 까맣게 내려다보이는 물에 빠져버릴 것만 같았다. 그럴 때마다 웅덕이는 안장 앞 뿌다귀를 더 힘껏 끌어쥐고, 위몸을 앞으로 굽히고는 눈을 즈리 감군 하였다.

운하로 다니는 배들이 지장 없이 다리 밑을 통과할 수 있도록 하기 위하여 다리 중턱을 그렇게 높이 놓은 것이리라고 그는 생각했다. 그리고 인력거가 없는 이유도 이 다리 칭칭대 위를 굴러가기 불가능하기 때문일 것이라고 생각했다.

한 시간 착실히 달려서 학교 문 밖에서 노새에게서 내릴 때 그의 팔은 후들후들 떨리고 다리에서는 쥐가 일어났다. 세 시간 기차 여행보다 이 한 시간 노새 잔등 여행이 몇 곱절 더 피로하였다.

그 뒤로 웅덕이는 요금은 좀 더 들더라도 이인교로 다니게 되었다.

학교 측에서는 미리 연락을 받았노라고 하면서 八명식 수용하는 기숙사로 인도했다.

일요일이었다.

멀리서 첫 종 치는 예배당 종소리가 들려왔다. 학생들은 모두 교정에 모였다. 일렬로 나라니 서는 것이었다. 웅덕이도 그 열에 끼어 섰다. 교문 밖을 나선 그들은 일렬로 거리거리를 걸어갔다. 학생 대부분은 중국옷을 입었고, 양복 신사복을 입은 학생도 더러 있었다. 한인 학생들은 전부 양복을 입었다.

그들이 간 곳은 교회가 아니고 여자 중학교 간판이 달린 학교였다. 이 여중학교 대문으로부터 여학생이 한 명식 나왔다. 대문 밖에서 남학생 한 명과 여학생 한 명식 짝을 지어 어깨를 나라니 하고 두 줄로 거리거리를 걸었다.

여학생과 나라니 걸어보는 일이 생전 처음인 웅덕이는 가슴이 울렁거리고 수집기만 했다. 제 짝 얼굴도 똑바로 보지 못하고 앞만 보면서 걸었다.

앞서 가는 여학생들 뒤 모습에만 그의 정신이 팔렸다. 그녀들의 뒤 모습은 한결같이 수수하였다. 치마 저구리를 입었는데 저구리가 엉뎅이까지 내려오는 긴 저구리였다. 빛깔은 청색과 남색으로 통일되어 있었다.

이 단조스러운 모습 중에서 그래도 산뜻한 빛을 내주는 것은 그녀들 각자 머리에 한 송이씩 꽂은 가지각색 생화(生花)이었다. 그녀들이 신은 신도 남색 아니면 꺼문 헌겁 신이었다.

앞서 가는 남녀 학생들은 제 짝끼리 도란도란 이야기를 하며 걸어갔다. 그러나 웅덕이는 벙어리인 양 묵묵히 걸었다. 혹시 짝이 말을 걸어오더라도 당황하게만 될 그였다.

교회까지 간 그들은 쌍쌍이 안으로 들어가서 맨 앞 벤취부터 차례로 자리 잡아 앉았다.

두 여학생 틈에 끼여 앉은 웅덕이는 좌우쪽 팔에 와 닿는 보드러운 촉감에 황홀하였다. 날씨는 그리 싸늘하지도 않고 덥지도 않은데, 양족 끝에 느끼는 체온은 따스하여 그의 전신을 그닐그닐하게[32] 해주었다.

머리마다 꽂은 여러 가지 꽃향기의 복합인지, 처녀들 몸에 뿌린 향수 내음인지, 혹은 그녀들의 체취인지, 하여튼 향기가 웅덕이의 후각을 자극시키였다. 그는 숨을 깊이 들이 쉬었다.

웅덕이의 짝인 여학생이 고개를 그에게로 약간 돌리면서 무어라고 말을

---

32 그닐그닐하다 : 벌레가 기어가는 것처럼 살갗이 자꾸 또는 매우 근지럽고 저릿한
    느낌이 든다.

건네었다.

겨울 동안 상해 말을 좀 배우노라고 하기는 했지만 그는 그녀의 말을 알아들을 수가 없었다. 단지 그녀의 목소리가 명쾌하고 말의 억양이 음악적이라는 것을 느낄 따름이었다. 그의 상해 말 지식이 모자랐는지, 혹은 소주 말이 상해 말과는 판이했는지, 또 혹은 그가 너무나 수집으면서도 황홀한 감정의 포로가 되어 있었기 때문인지, 그는 그녀의 말뜻을 포촉[33]하지 못하였다.

웅덕이의 어리둥절한 꼴이 우습게 보였는지 그 여학생은 방긋 웃으면서 말을 또 건네었다.

웅덕이의 눈과 그녀의 눈은 한순간 맞우쳤다.

순 동양적인 그녀의 눈, 외면 가장자리는 약간 위로 치켜져 있었다. 아래위로 빠뜨락 곡선을 그으며 내솟은 속눈섭이 그의 신경을 사로잡았다.

사방에서 소근소근하던 소리가 갑짜기 뚝 끊지고 모두가 정면을 바라다보았다. 정면으로 얼굴을 돌리면서 웅덕이는 가는 한숨을 쉬었다. 목사가 강단 뒤에 서 있는 것이었다.

모두가 일어섰다.

옆 여학생이 찬송가를 펴들고는 둘이 함께 보자는 듯이 웅덕이 옆으로 조금 내밀었다. 찬송가 한 페지를 폐 붙잡은 그녀의 엄지손구락만이 그의 눈에 꽉 찼다. 말갛게 투영되어 보이는 손톱에 그는 홀리었다.

찬송가 곡조는 웅덕이도 잘 아는 곡조였다. 그러나 순한문으로 쓰여진, 그것도 문어체(文語體)가 아니고, 백화문(白話門)[34]으로 쓰여진 가사의 뜻은 알뜻 모를 뜻한데 그 발음은 전연 생소한 것이었다.

그는 어색을 감추기 위하여 입을 덜썩덜썩하면서도 곡조만 웅얼거리였다.

찬송가 부르기가 끝나자 모두 앉았다.

기도가 시작되었다.

---

33 포촉 : 포착(捕捉)의 잘못. 요령이나 요점을 이해.
34 백화문 : 구어체로 쓴 중국어.

웅덕이는 그가 맨 앞 뻰취에 앉지 않고 중간쯤 줄에 앉게 된 것을 다행하다고 생각했다. 그는 고개를 숙인 채 눈을 뜨고 짝 여학생의 얼굴을 훔쳐보았다.

그녀는 다소곳이 눈을 감고 있었다. 칠흑 같은 머리털 앞자락을 뒤로 올려 빗지 않고 한 치쯤 아래로 내리 빗어서 머리털이 一자로 그녀의 이마를 삼분지일쯤 가린 것이었다. 그 모습은 빛갈만 다를 뿐이지 그가 어렸을 때 만들어 가지고 놀던 송낙[35]과 흡사하였다. 그녀가 입은 저구리는 동정 대신에 거의 반 뼘이나 되게 높은 칼라가 달려 있었다. 칼라의 앞 가운데가 약간 벌려져 있는데 그 속으로부터 백옥 같은 목이 수집은 듯이 방싯 내다보고 있었다. 칼라로부터 그녀의 바른편 옆구리까지 섶이 비스듬이 여미어져 있고, 그 옆구리에서부터 저고리 기장에 걸치어 섶이 있었다. 이 섶에는 단추 몇 개 채와져 있었다.

좌우 쪽에서 보내주는 보드럽고도 따뜻한 체온에 도취된 그는 그날 예배 순서가 어떻게 진행되었는지 기억할 수가 없었다.

예배가 끝나고 일어서서 밖으로 나갈 차례를 기다리는 동안 그녀는 또 말을 건넷다.

웅덕이는 서투른 영어로 자기는 소주 말을 모르노라고 말했다. 그녀 역시 서투른 영어로 그가 어느 성(省) 사람인가 물어보았다. 그는 코리언이라고 대답했다. 약간 놀라는 표정을 하는 그녀는

"아!" 하는 감탄사를 말하면서 웅덕이의 얼굴을 뚫어지도록 응시했다.

교회 밖을 나서서 여학교까지 가는 동안 그들은 서투른 영어로 이야기를 주고받았다. 서로 통성명부터 했다.

후난잉(胡蘭映)이라고 하는 그녀는 영어로는 자기 이름을 '쑤산나 후'라고 부른다고 아르켜주었다. 웅덕이의 영어 이름은 무엇이냐고 그녀는 물었다. 그는 영어 이름은 없다고 대답했다.

---

35 송낙 : 예전에 여승이 주로 쓰던, 송라를 우산 모양으로 엮어 만든 모자.

"영어로 말이 통하면서 서로 영어 이름을 부르는 것이 좋지오." 하고 그녀는 말했다. 그녀는 다시

"소학교 시절부터 우리는 꼴리전(고려인)을 무척 존경해왔어요." 하고 말했다.

"누구 아는 이가 있어요?" 하고 묻는 웅덕이의 말에, "안중근 의사(義士)를 모르는 사람은 하나도 없어요. 소학교 교과서에 그분의 고사(故事)가 자세히 실려 있는데요." 하고 말했다.

여중학교 교문까지 여학생들을 모셔다주고 난 남학생들은 두 줄로 행진하여 학교로 갔다.

웅덕이보다 먼저 와 공부하는 한인 학생의 입을 통하여 이 남녀 학생 동행의 목적을 그는 알게 되었다.

'남녀 七세 부동석'(남녀는 七세 때부터는 한자리에 앉지 못한다)이라는 유교(儒敎)의 철측을 타파하고 남녀 간 정상적인 교제를 장려하는 초보적인 시도라는 것이었다.

이날 밤부터 웅덕이는 같은 방에 기숙하고 있는 중국인 학생들에게 소주 말을 배와달라고 신신 부탁하였다.

일요일 예배 때 남녀 학생이 짝을 묻는 데 있어서 주일마다 짝이 바꾸어지는 것이 통례였다. 그러나 몇 주일 못 가서 후난잉 양은 기어코 웅덕이 짝이 되어주었다.

소문은 전 교내에 떠돌았다.

중국인 남녀 중학생 중에도 더러는 만학이기 때문에 二, 三년 과년한 학생들이 있었다. 그러나 나이 二十이 거의 다 되여서 중학교 二학년생이 된 사람은 이 웅덕 하나뿐이었을 것이었다. 여자는 남자보다 조숙하는 것이기 때문에 후 양은 자기보다 나이 三, 四년 위인 웅덕이와 사귀고 싶었던 모양이었다. 그녀는 三학년생이었다.

웅덕이와 후난잉은 연애를 한다는 까십이 교장 귀에까지 들어갔다는 소문이 돌았다. 그러나 미국인인 그 교장은,

"남녀 학생들이 사귀어서 사랑하고 결혼할 수 있는 기회를 주기 위해서 그렇게 하는 것인데 이것은 반가운 소식이오." 하고 말했다는 소문도 돌았다.

더구나 한 十여 년 전에 윤태오라는 한인 노(老)학생이 이 중학에 재학 중 그 여중학교 학생 하나와 연애하게 되어 결혼해 가지고 지금 한국으로 가서 단란한 생활을 하고 있으니 반가운 일이라고 말했다. 이번 만일 웅덕이와 후난잉 양인이 결혼하게 된다면 그것은 두 번째 맞는 국제결혼 경사라고까지 교장은 말했다고 하는 것이었다.

이러한 소문이 나자 웅덕이는 될수록 난잉 양을 피하려고 하였다. 그러나 난잉은 그 어떤 수단을 쓰는지 번번이 웅덕이 짝이 되었다. 이에 대하여 어떤 중국인 학생이 웅덕이를 질투하게 된 것이다.

하기 방학을 앞두기 두 주일 전 일요일 저녁때 그 중국인 학생이

"망국노 새끼가 주제 넘게시리!" 하고 웅덕이를 맞대놓고 욕한 것이었다.

이 욕에 흥분된 한인 학생들은 총단결하여 자기를 린치하려고 하는 것을 눈치챈 그 중국인 학생은 교장에게 보호를 청하였다.

한인 학생 전체는 교장실로 불리워 갔다. 교장이 순순히 타일렀다. 그리고 그 문제의 학생으로 하여금 사과를 하게 하여서 문제는 더 확대되지 않았다.

웅덕이는 기분이 좋고도 언짢은 티렘마에 빠졌다. 한 여성, 더욱이 엑쏘틱한 외국 여성이 자기를 따른다는 것은 그의 자존심을 북돋아주었다. 그러나 그는 아직 어리게 보이는 후 양을 연애 상대자로 역이지는 않았다. 더구나 '망국노'라는 지칭을 받는 그는 결혼 문제보다도 '망국노'를 면하는 일에 전심전력할 것을 거듭 맹서하였다. 후 양이 그를 자기 오빠를 따르는 기분으로 대하는 것이라고 믿고 싶었다. 그러나 또 그는 무뜩무뜩 후 양의 자태가 그의 마음 눈에 어린어린하는 것을 금할 수가 없었다. 자기가 해서는 않 될 연애에 아주 빠져버리기 전에 자기 자신을 구원하여야 되겠다고 그는 결심했다.

학기말이 앞으로 두 주일밖에 않 남았으므로 무슨 핑계를 만들어서라도 주일 예배에 참석하지 않으려고 궁리했다.

때마침 다음 일요일에는 상해에 있는 안성소학교 학생들 대운동회가 독

일공원에서 거행된다는 소식을 받았다. 안성소학교는 한인(韓人) 어린이들을 가르치는 유일한 한인 학교였다.

일본기 대신에 태극기가 섞인 만국기가 공중에 나부끼는 것을 보는 웅덕이의 코언저리는 시큰하였다.

만리타국에서 자기 본국 말을 재잘거리면서 밀려다니는 어린이들의 모습은 대견하기 짝이 없었다.

一백 미터 경주가 있었다. 골인 선에는 1, 2, 3자를 쓴 기를 세 사람이 들고 서 있었다. 一착한 학생이 얼떨결에 2자 기를 붓잡고 二착한 학생이 1자 기를 잡았다. 三착한 학생은 3자 기를 잡았다. 기를 들고 섰던 사람들은 학생들이 잘못 바꾸어 든 기를 바꾸어주지 않은 체 그냥 수상 탁자를 향하여 걸어갔다.

관중 가운데서 항의가 들어왔다.

"기를 잘못 잡았어도 一착한 아이가 一등이요."

그리자 한쪽에서는 반박이 나왔다.

"먼저 들어왔건 나중에 들어왔건 기를 잡은 것이 제 등수다. 기를 잘못 잡은 건 그애 불찰이다."

"아니요. 그건 운동법이 아니요. 기보다도 一착한 것이 더 중요한 것이요."

"운동법이구 개똥법이구 꿩 잡는 놈이 매라구 기 잡은 대루 합시다."

"법두 모르구 떠들지 말아요."

"언제부터 운동법을 그리 잘 배왔노? 우린 그래 법두 모른단 말인가."

"이 개자식 입 닫혀. 네가 무어 잘났다구."

"이 자식 왜 욕질이야."

툭탁툭탁 주먹 쌈이 시작되었다.

웅덕이와 태섭이는 쓴 입맛을 다시면서 나오고 말았다. 둘이서는 묵묵히 자꾸 걸었다.

경마장 울타리 밖에 다달은 그들은 마치 약속이나 했던 듯이 우뚝 발을 멈추었다.

경마장 스탠드에 빼곡하게 찬 관중의 절대 다대수는 서양인 남녀였다.

말달리는 것을 두어 차례 보노라니 그들의 울분은 풀리고 경마 구경에는 흥미를 잃어버렸다.

"기차 시간은 안즉 멀었구, 저 신세계(新世界) 구경이나 하자." 하고 태섭이가 말했다.

"또 폭탄이 터지문 우리두 밥수깔 놓게!" 하고 웅덕이가 허들갑을 떨었다.

"겁두 많아. 하나, 당분간 괜찮을 거야. 멋모르는 새주인 이탈리아인두 정신 채리구 적당한 '세금'을 받었을 꺼니까. 그러고 않았으문 다시 개업하라구 내버려두질 않았을 터이니까."

신세계라는 五층 건물은 경마장 바로 옆에 있는 건물로 시민 오락 장소였다. 얼마 전에 이 건물은 폭탄 세례를 받았던 것이었다. 폭탄을 던진 자는 '류망'이라고 하는 강도 단체이었다. 폭탄을 던지게 된 이유는 상해 사정을 잘 모르는 새주인이 류망패 두목에게 '세금'을 받히지 않기 때문이었다.

상해에서는 그 어느 나라 조계 내에서나 또는 중국 정부 관할 내인 구시가에서나 간에, 크고 적건 영업을 계속하려면 이 류망패에게 매달 돈을 주어야만 하였다. 음식점에서는, 조그마한 과자점을 경영하더라도, 이 류망패 쓸개들에게 음식을 무료로 제공해야만 되었다.

비단옷 소매를 조금 접어 올리고, 머리는 올빽하고, 모자 않 쓰고, 비단 신 신고, 독특한 걸음걸이로 다니는 젊은 중국인들은 류망패 졸개라는 것을 알아채리는 사람만이 영업을 할 수 있었다.

류망이라는 도둑 단체는 국제적 조직체를 갖고 있다는 것이었다. 상해라는 데가 원래 세계 각국 인종과 그들의 혼혈아들의 전람회와 같은 도시이었으므로 국제적 조직이라는 일은 있을 수 있는 일이었다.

영업주들이 이 류망패 두목에게 정기적으로 일정한 돈을 기부(?)하면 그 영업장은 류망들의 습격 대상에서 제외될 뿐 아니라, 경찰의 힘이 모자를 때에는, 그 보호까지도 류망이 책임진다는 것이었다.

몇 해 뒤 일이었지만 대한민국 임시정부에서도 이 류망의 덕을 본 일이 있었다. 일본인 사복형사들이 권총으로 무장하고 몰래 프랑스 조계로 들어왔다. 한인 독립운동 요인 한 분의 집을 불시에 습격하고 권총으로 그 요인을 위협하여 택시에 태와 납치해 갔다. 택시는 질풍같이 달리어 가든 뿌릿지를 넘어가 일본 영사관 경찰서까지 갔다. 그 경찰서 유치장 안에 그 요인은 구금되었다. 이러한 행동은 국제법을 유린한 일본 측 만행이었으나, 사전 예방을 하지 못한 프랑스 조계 공무국에서는 일본 측에 엄중한 항의를 보내는 데 끝힐 뿐 이미 수감된 사람의 석방 반환을 강요할 수는 없었다.

임시정부에서는 류망을 고용하는 도리밖에 없었다. 그 당시 구매력으로 보아 막대한 금액인 八千 원 돈을 류망 두목에게 주고 일본 유치장에 구금된 애국자 구출을 의뢰하였다. 일본영사관 유치장 앞문은 무장한 일인 순경들이 주야 철통같은 수비를 했고, 감방 뒤면 창은 견고한 철창문으로 방어되어 있었을 뿐 아니라, 그 아래는 바로 황포강이었는데, 수면에서 감방 뒤면까지의 거리는 三十척도 더 되었다. 제아모리 날고 기는 류망일지라도 이러한 어려운 탈옥에 성공할 수 있을까가 의문이었다. 그러나 류망 두목이 돈을 받은 바루 그날 밤 그 애국자는 류망패 보호하에 임시정부 청사까지 무사히 돌아왔다.

신세계로 들어간 두 학생은 밴밴한 흙 마당에 보재기를 한 장 펴놓고 그 위를 손바닥으로 쓸기도 하고 주먹으로 쾅쾅 때리기도 하던 요술쟁이가 갑자기 무엇이라고 소리를 지르면서 그 보재기를 걷어 올리자 땅 위에는 금붕어 두 마리가 담긴 어항이 솟아나는 구경을 했다. 이것을 본 관중은 동전 한 푼식을 던저주었다.

두 학생은 딴 곳으로 갔다. 꼽새[36] 어린이 하나가 두 팔을 다 뒤로 구부리어서 제 발꿈치를 잡고 있는 것이 보였다. 몸이 뒤로 활처럼 휘여저 있는 모

---

36 꼽새 : '곱사등이'(척추 장애인을 낮잡아 이르는 말)의 북한어.

습을 하고 있는 이 소년은 심한 고통을 느끼는 양 울상을 하고 연성 신음하고 있었다. 중년인 주인은

"자, 여기 동전 열 푼만 차면 이 아이는 이 고통을 면하게 될 것입니다."
하고 관중에게 말하였다.

동전 몇 푼이 던져졌다.

"자, 인제 세 푼만 더." 하고 주인은 소리 질렀다.

웅덕이와 태섭이도 두 푼씩 던져주고 자리를 뜨고 말았다.

꼭두각시 연극도 구경했다.

세 빨도 더 되게 긴 나무 다리 거의 꼭대에 발판을 메고 그 위에 올라서서 뒤뚱뒤뚱 걸어 다니는 색씨들의 곡예 구경도 했다.

동전 한 푼만 주면, 조롱에 갇히어 있던 새가 깡충깡충 뛰어나와서 조롱 앞에 놓여 있는 나무상자 속에 주둥이를 넣어 똘똘 말린 조이 조각 한 개를 물어냈다. 그 조이에는 그 돈 낸 사람의 그날 운수가 적히어 있는 것이었다.

넓은 방 뒤 높은 단 위에 도사리고 앉아 있는 노인은 부채를 폈다 닫았다 하기도 하고 닫은 부채로 단 위를 탁탁 치기도 하면서 청산유수 같은 주변으로 삼국지 고사 이야기를 내리 섬기고 있었다. 뺑 둘러서서 듣고 있는 청중은 각자가 일일이 돈을 내도 좋고 않 내도 좋은 것이었다. 그러나 아기자기한 대목에 이르러서 그 이야기꾼이 잠시 이야기를 끊고 차로 목을 축일 때마다 여기저기서 동전들이 날라와 단 위에 떨어지는 것이었다.

두루두루 맨 꼭대기 층까지 다 구경하고 나니 날은 어씰해 있었다.

인력거를 급히 모라 역에 다다르니 남경행 급행열차는 기적을 울리며 떠나가고 있었다.

"이거, 큰일 났군. 가만 있자 다음 차가 몇 시에 있지?" 하고 말하는 웅덕이는 대합실 벽에 붙어 있는 열차 운행 시간표를 골몰이 쳐다보았다.

웅덕이와 태섭이가 소주 역에 내린 때는 자정이 넘은 뒤였다. 나귀 몰이 꾼더러 안성중학까지 가자고 했다. 몰이꾼 말이 사방 성문이 이미 다 닫혔기 때문에 성안으로 들어갈 수가 없다는 것이었다.

"하, 그거 참. 그럼 이 밤을 어데서 새나?" 하고 태섭이가 말했다.

"성문 밖에는 여관이 많습니다." 하고 몰이꾼이 말했다.

성문 밖은 불야성을 일운 큰 도시였다. 나귀 값을 치르고 여관 문 안으로 들어서면서,

"야, 너 돈 얼마나 남았니?" 하고 묻는 말이 두 학생 입에서 동시에 나왔다.

"설마 저놈이야 달래라구? 좌우간 묵고 볼 일이지." 하고 태섭이가 말했다.

떠블 삔 두 개가 놓인 방으로 두 학생은 인도되었다. 방에 들어가 앉기도 전에 수십 명의 꽃 같은 색씨들이 습격해 들어왔다. 짙은 머리 기름과 분 냄새가 방 안에 가득했다.

회박처럼 진하게 분 바른 얼굴들, 두 뺨은 발가우리하게, 입은 주홍빛으로 연주칠한 어여쁜 얼굴, 얼굴, 얼굴들이 두 학생의 시선을 사로잡았다. 어린애처럼 보이기도하고 인형처럼 보이기도 하는 이 젊은 창녀들은 제각기 독특한 교태를 피우면서 골라잡아주기를 기다리는 모양이었다.

"어, 이런 데가 있는 줄 알았드라문 상해서 저녁을 굶고라도 돈을 남겨 가지구 올껄." 하고 태섭이가 말했다.

웅덕이는 어리벙벙해 서 있었다.

창녀 몇은 두 침대로 가서 걸쳐 앉았다. 그녀들이 입은 옷은 휘황찰란한 비단 옷이었다. 그런데 그녀들이 입은 옷은 치마저고리가 아니고 치마 대신 바지를 입은 것이었다.

신은 신이라도 전부가 여러 가지 색깔의 비단 신. 신코에는 비단실로 꽃이며 나비며를 수 놓은 신이었다.

"다들 나가줘요. 우리는 졸려." 하고 웅덕이가 서투른 말로 말했다.

창녀들은 아무 말 않고 깔깔깔 웃기만 했다. 침대에 걸쳐 앉았던 창녀들은 겨드랑까지 들어내논 미끈한 팔을 내밀면서,

"미남자 이리 와요." 하고 말했다.

"어서들 나가줘요." 하고 웨치면서 웅덕이는 손으로 출입문을 가르쳤으나 까르르 웃음이 터질 뿐 한 여자도 나갈 기색은 보이지 않았다.

태섭이가 문께로 갔다. 바로 문 안에 서 있는 한 창녀의 팔을 잡고 문께로 끌었다. 팔을 잡힌 창녀는 간드러지게 웃으면서 태섭이 목을 끌어안았다.

다른 창녀들의 눈, 눈, 눈은 모두다 웅덕이에게로 집중되었다.

추파와 애원이 겹친 적고 큰 눈매들이었다.

웅덕이는 현기증을 느끼었다.

그는 발낄질을 하기 시작했다. 창녀들은 비명을 지르면서 앞을 다투어 도망갔다.

태섭이도 자리를 부뜰고 늘어진 창녀의 아래도리를 발로 냅다 찼다. 그녀는 욕설을 퍼부으면서 문지방을 넘어섰다.

두 학생은 급히 문을 닫았다. 안에 달린 고리쇠를 채왔다. 그래도 마음이 놓이지 않는 웅덕이는 육중하고 뒤가 높은 의자들을 모주리 들어다가 문 안에 겹겹이 쌓아 빠리케드를 만들었다.

둘이서는 침대에 누었으나 잠이 오지 않았다.

"허, 그것 참. 하루밤 데리구 자는 데 값이 얼마인지 물어봐둘껄." 하고 태섭이는 목소리를 내서 그의 생각을 되풀이했다.

"야! 너, 고래 넌 돈이 있으문 그런 것 데리구 잘라구 했디? 요물." 하고 웅덕이가 대꾸했다. 태섭이는 "말두 말아. 잡아 내쫓을라구 맘먹구 고년 팔을 부뜰었는데, 웬걸, 아, 그저 전신이 짜르르 하더라." 하고 말하며 입맛을 다시었다.

중국식 간략한 조반을 낀 숙박료는 二인분 합하여 三十전이었다.

둘이의 주머니를 다 털어보아도 十전이 모자랐다.

태섭이를 인질로 여관에 남겨두고 웅덕이 혼자서 二인교를 타고 학교로 갔다.

"네가 이왕 그곳에 가 있다고 하니 그 유명한 한산사(寒山寺)[37]를 꼭 구경

---

37 한산사 : 중국 장쑤성 쑤저우시 교외의 평차오전(楓橋鎭)에 있는 절.

하도록 해라. 소주성 밖 한산사, 야밤중 종소리에 나루배가 이른다, 라고 하는 유명한 시구가 있다. 그리구 야밤중에 어찌어찌하여 나루배가 건너오게 되었다는 옛날이야기는 너도 나도 들은 기억이 있을 께다." 하는 구절이 편지 안에 들어 있었다. 웅덕이가 아버지로부터 받은 편지 안에.

그 옛날이야기는 웅덕이가 어렸을 때부터 여러 번 들었었고 또 남에게 이야기해 들려주기도 한 것이었었다.

옛날도 옛날 어떤 나그네가 산속 길로 가고 있었다. 푸드득 소리에 놀라 보니 꿩 한 마리가 큰 뱀에게 물리어서 요동하고 있는 것이 보였다. 뱀은 금시 그 꿩을 삼킬 참이었다. 꿩을 불상하게 본 그 사나이는 활을 쏘아 뱀을 죽여버렸다. 꿩은 살아나 날아가버렸다.

그날 밤 이 나그네는 소주 성문 밖 어떤 여관에서 하루 밤 묵게 되었다. 잠결에 깨여보니 큰 뱀 한마리가 바로 옆에서 그를 노려보고 있는 것이었다. 뱀은

"나는 원수를 갚으려고 왔오." 하고 말했다.

"내가 너에게 무슨 적악을 했기에 나를 원수라구 하노?"

"당신이 아까 낮에 내 남편을 죽였읍니다."

"음. 그러나 내가 그 뱀을 죽이지 않을 수 없게 된 것은 불상한 꿩을 살려 주기 위함이었거든. 그 뱀이 꿩을 잡아먹으려고 하지 않았던들 내가 그 뱀을 죽였을 리 만무하고, 나는 꿩에게 적선을 한 것인데."

"하여튼 간에 저는 내 남편의 원수를 갚아야 하겠읍니다. 당신이 적선 하노라고 내 남편을 죽였다 하오니 그 판단은 부처님이 내리시도록 하는 것이 좋겠읍니다. 제가 지금부터 당신 몸을 감고 있겠는데 새벽이 되어 한산사 종이 울릴 때까지 당신이 숨 막혀 죽지 않고 살아날 수 있는 힘을 부처님께서 점지하신다면, 저로써도 어찌할 수 없는 일이 되겠읍니다."

말을 맞이고 난 뱀은 이 사람 몸을 칭칭 감기기 시작했다. 가슴둘레까지 뱀에게 감긴 그 사나이는 호흡하기가 어렵게 되었다. 날이 새기는 아직도 먼 야밤중이었다.

그런데. 갑자기 한산사 절 종은 울리기 시작했다.

"뗑, 뗑, 뗑, 뗑" 네 번 자그마하게 울린 종소리는 한 번 더 크게 "뗑" 울리고는 잠잠하였다.

흠칫 놀란 뱀은 아무 소리 없이 결박을 풀고 스르르 창밖으로 기여 나가 버리고 말았다.

그 나그네는 급급히 일어나 밖으로 나갔다. 종소리만 듣고 새벽이 다 된 줄 알고 건너온 나루배를 타고 그는 강을 건넜다. 건너가자마자 그는 한산사로 가보았다.

종각 앞에는 여러 중들이 모여서서 떠들고 있었다. 종이 혼자 울었다는 것은 참으로 기괴한 일이었다. 등불을 켜들고 이리저리 비추어보았다. 바로 종 밑에 꿩 다섯 마리의 시체가 누어 있는 것을 그들은 발견하였다. 네 마리는 새끼 꿩이고 한 마리는 어미 꿩이었다. 그들 모두가 골이 터져 죽은 것이었다.

꿩은 자기 한 몸뿐 아니라 새끼들 목숨까지 희생하여 보은한 것이었다.

웅덕이의 창안으로 한국인 학생 대부분이 한산사 유람을 갔다. 맨 앞서 달리는 나귀 몰이꾼은 큰 주추돌 같은 것을 가르치면서,

"이것도 옛날 한산사 절 주추돌이었지오." 하고 설명해주었다.

온전한 주추돌, 깨진 주추돌, 온전한 돌다리, 깨진 돌다리, 아무렇게나 나자빠져 있는 수많은 돌기둥을 좌우 쪽으로 보면서 두 시간이나 달려서야 그들은 절을 발견하였다. 초라하기 짝이 없는 절이 금방 쓸어질 것같이 보이였다. 이 절에 중이 살지 않기 시작한 것은 수백 년 전부터라고 몰이꾼이 설명하였다. 종각도 지붕은 다 없어지고 기둥들만 엉성하니 남은 종루였다.

그 전설로 유명한 종은 매달려 있지 않고 땅에 떨어져 있었다.

학생들은 돌을 집어 때려보았다. 종소리는 제대로 은은하고 여음도 오래 끌었다.

4

일본 도꾜 정거장 호텔에서는 민원식이라고 하는 조선인이 칼 맞아 암살되었다. 그는 소위 국민협회(國民協會)[38]라는 단체의 회장이었다. 이 협회의 목적은 조선 독립은 단념하고 그 대신 일본 통치하에서 조선인에게도 참정권(參政權)을 달라고 일본 정부에 애원하는 데 있었다. 민 회장이 일본인 정객들과 만나 참정권 허락 호소를 하려고 도꾜까지 갔었는데 칼침 한 대 맞고 죽은 것이었다. 자객은 二十八세 나는 양근환이었다.

아일랜드 독립운동단체인 '씽펜당'[39]에서는 한 번 더 반영(反英) 폭동을 일으켰다.

중국 상해에 본거를 둔 대한민국 임시정부 부서는 대통령, 국무총리, 외무총장, 내무, 재무, 군무, 법무, 학무 등 총장으로 구성되어 있었다. 청사 내 종업원은 三백 명에 달하였다. 이 三백 명 중에는 사무직원 외에 국내 각 지방에 설치된 '통편'(지하 독립운동단체)과의 연락을 맡은 사람, 무기를 숨겨 가지고 국내로 들어가서 군자금을 모집해 오는 사람, 만주 각지에 산재하는 무장 독립군과의 연락관, 일본인 정계 요인과 조선인 친일파를 암살하는 임무를 맡은 사람, 한반도 내 일본인 관청에 폭탄을 던지는 사명을 띤 사람, 그리고 몇 명의 러시아 과격파 스파이와 일본 경찰 앞잡이 스파이도 잠복하여 있었다.

쏘련의 공산주의 사상은 대한민국 임시정부 각료 한 사람에게까지도 전염되었다. 국무총리 이동휘는 그 적을 사면하고 쏘련 모스코로 갔다.

그는 볼쉐비키 정부와 교섭하여 다량의 무기를 받아 만주 길림성에 있는

---

38 국민협회 : 일제강점기인 1920년 조선총독부 경무국의 조종으로 조직된 친일 단체. 민원식 등이 1920년 1월 18일 기존의 친일 단체인 협성구락부를 확대 개편해 설립했다. 국민협회는 민원식이 주창하던 신일본주의를 기치로 내세우며 반독립 친일 여론의 조작과 선전에 앞장섰다.
39 씽펜당 : 신페인당. 1905년 창설된 아일랜드의 공화주의 정당. 신페인이란 아일랜드어로 '우리들 자신' 또는 '우리들만으로'라는 뜻이다.

한국 독립군 사령부로 수송하였다.

상해 중국학교 학생 十八개 단체 연합 궐기 대회에는 二만여 명의 남녀 학생이 참가하였다. 그 대회에서는 五개조 결의를 통과시켜 중국 정부에 건의하였다.

1. 중국과 일본 간의 군사협약(軍事協約)은 이를 무효로 선언하라.

2. 일본이 중국 내에 얻은 조차지(租借地)는 허락하지 말라.

3. 산동(山東) 문제는 중일 양국이 직접 교섭하는 것을 거절하고, 이 문제 해결은 국제연맹에 제소하라.

4. 현재 중국이 일본과 교섭하고 있는 차관(중국 정부에서 일본으로부터 빚을 얻는 것)은 일체 취소하라.

5. 쏘비엩 정부의 통첩을 승인하여 구제정(舊帝政) 러시아 정부가 중국에 파견한 공사 영사(公使, 領事) 등의 승인을 취소하라.

그런데 중국 정부의 힘은 수도인 북경 시내에 국한되어 있었다. 각 청마다 독군(督軍)[40]이라는 무력가들이 있어서 제각기 사병(私兵)을 길러 세력 확충에 호시탐탐하고 있었다.

가을 신학기에 웅덕이와 태섭이는 상해대학 중학부 三학년에 편입되었다.

여름방학 동안 집에 다녀올 수 없는 것은 아니었으나 왕복 노비가 적지 않은 돈이었을 뿐 아니라, 영어와 중국 백화문(白話文)을 더 공부하여야만 공부에 지장이 없으리라 깨달았든 것이었다. 그들은 북사천로에 위치한 기독교 청년회 기숙사에 기숙하면서 그 청년회 주최로 여는 하기 강습소에 다

---

40 독군(督軍) : 중국 신해혁명 후에 각 성에 둔 지방관. 본래는 군사 장관이었으나, 대개 성장을 겸하여 문무의 권한을 장악함으로써 모두가 독립한 군벌을 형성하였다.

녔다.

상해의 삼복더위.

밤 자정이 넘었어도 방 안은 찌는 듯이 물쿠었다.[41] 소로에 면한 창문들은 열어 노나마나였다.

숙사 한 방에 씽글 뻗이 두 개나 놓여 있기 때문에 따로따로 누어 있었으나 견딜 수 없도록 무더웠다. 침대 위에 삿자리를 깔고 쪽 벌거벗고 홋이불도 안 덮고 누었건만 땀이 비 오듯 했다. 똑바로 누으면 금시 잔등과 엉뎅이가 달아오르고, 모로 누으면 그쪽이 금시 달아올랐다.

부채질을 하다가 팔이 아파서 쉬면 그 더위는 더 견딜 수가 없었다. 목이 갈해서 냥캐쉐(끓였다가 시킨 물)을 마시면 그것은 금시 땀이 되어 배설되었다.

"야, 우리 공원으로나 가보자." 하고 웅덕이가 제의했다,

"흥, 벌거벗구두 더워 죽겠는데 옷을 입으면 더 덥지."

"그래두 밖은 좀 서늘할 꺼 아니야. 강바람을 쐬면 살 것 같다."

둘이서는 노타이 바람으로 거리에 나섰다. 바람 한 점 없이 무더웠다. 비지땀을 흘리면서 좀 걸어가다가 양처(인력거)를 탔다. 인력거가 빨리 달리는 통에 얼굴과 들어내 논 팔에 마찰되는 공기는 좀 시언했다.

'이 양처꾼처럼 위통을 벗고 홋 잠뱅이만 입고 맨발로 달리면 얼마나 시언할까?'

공원 안으로 들어갔다. 앞이 툭 티인 강이 나타나니 보기만 해도 시언한 것 같았다. 그러나 강변으로 가보아도 예기했던 것처럼 시언하지가 못했다.

강을 면한 벤취는 모두 다 만원이었다. 어데고 좀 앉기라도 하면 서늘할 것같이 생각되나 앉을 자리는 없고 서성거리기만 해도 땀이 솟았다. 가만이 서 있으니 조름이 왔다. 아무 데나 누어서 한잠 자고 싶었다.

"몇 시나 됐니?"

---

41 물쿠었다 : 날씨가 찌는 듯이 더웠다.

"세 시."

둘이서는 도로 숙사로 갔다. 대문 안에 들어서서 벽돌건물 벽에 손을 대보니 아직도 뜨뜻하였다.

이렇듯이 더운 데 대비하기 위하여서 교통순경이 서는 자리마다 양산을 펼쳐 세워놓았다. 보통 양산의 五배도 더 되는 큰 양산이었다. 프랑스 조계 교통 정리를 맡아보는 베트남인 순경들은 그나마 특산인 챙 넓은 초립을 쓰고, 저고리는 반소매 노타이, 바지는 무릎 위까지밖에 더 내려오지 않는 짧은 바지를 입고, 맨발에 쌘달을 신고 그 큰 양산 아래 서 있었다.

공동조계 교통 정리를 맡아보는 인도인 순경들 복장은 베트남 사람 비슷했으나 머리에는 초립을 쓰지 않고 누르스름한 무명천을 수십 겹 겹쳐 둘러 머리위로 반자 가량이나 우뚝 솟아 있었다. 이 머리 수건은 처음 보는 사람에게는 맨머리보다도 무척 더 더워 보였다. 그러나 인도 사람들은 그것이 세상 어떤 모자보다도 제일 씨언하다고 했다. 인도 본국에서는 일반 주민도 이런 육중해 보이는 수건을 둘러서 일사병을 예방한다는 것이었다.

상해대학 부속 중학교는 남학교뿐이오 여학교는 없었다. 상해 시내에 사는 학생들까지도 모두 교내 기숙사에 수용하고 주말에도 한 달 한 번만 외출을 허락하였다.

캠퍼스 한쪽이 넓은 황포강에 면한 교정은 굉장히 넓을 뿐 아니라, 체육관외에 노천 스포츠 설비가 완비되어 있기 때문에 방과 후 자유 활동에 아무런 지장도 없었다.

식당은 학생 자치회에서 운영하였다. 식사에 대하여 학생 간에 불평이 있을 때에는 그 즉각 개선되거나 음식 청부업자를 갈아버릴 수 있었다.

둥근 식탁 하나에 서너 명식 둘러앉게 마련이었다. 어떤 한 식탁에 놓인 한 접시 음식에서 파리가 한 마리 섞인 것이 발견되면 그 음식 전체는 쓰레기통으로 들어가고, 업자는 그 벌로 매 학생에게 달걀 두 알식을 무료 봉사해야만 되는 것이었다. 한 식탁에 앉은 한 학생의 생일이 되면 그 사실을 미리 업자에게 통고하여 그날 저녁에는 그 식탁에 한하여 보통 식사 외에 밀

국수를 무료로 제공하게 되어 있었다. 그러나 식사시간은 아침, 점심, 저녁 딱 한 시간식으로 제한되어 있어서 그 시간 내에 빠지는 학생은 별도로 돈을 내고 사 먹어야 했다.

식사 중 그 넓은 식당은 '바벨'탑이 되군 했다. 각 지방에서 유학 오는 학생들이 말하는 말은 중국어이기는 하면서도 발음이 너무나 판이하기 때문에 외국어 마찬가지였다. 그러기 때문에 이 식사 때만이라도 고향 사투리를 실컷 지꺼릴 수 있는 시간을 얻기 위하여 한 식탁에 한 고향 사람들끼리 모여 앉게 마련이었다. 이 식탁에서 상해 말로 이야기하면 바로 그 옆 식탁에서는 광동 말, 그 옆 테불에서는 남경 말, 또 그 옆에서는 소주 말, 그 옆에서는 항주 말, 그 옆에서는 양구 말−황포강 하나를 사이에 둔 상해 말과 양구 말이 외국어처럼 서로 달랐다.

표준어인 관화를 배운 사람들도 그 관화 발음에 고향 사투리 발음이 너무나 많이 섞였기 때문에 의사가 별로 통하지 못했다. 그렇기 때문에 학생들은 식사 때라야 제 고향 말을 실컷 지꺼리고, 공부는 영어로 하고 학생 자치회 회의 때 용어도 영어요, 방과 뒤 몇이 모여도 영어라야 피차 의사가 통하였다.

웅덕이는 여름 방학 동안에 영어 강습을 받았기 때문에 한문 시간 외에는 수강에 지장이 없었고, 어느 지방에서 온 학생들과 맞서도 영어로 말을 하기 때문에 서먹서먹하지가 않고 외국인 같은 느낌도 서로 가지지 않았다. 그러나 매 주일 한 시간식 있는 중국어 작문 시간마다 그는 쩔쩔 맸다. 작문 짓는 용어는 중국인 학생들에게도 문언(文言)체를 쓰건 백화체를 쓰건 자유였으나, 문언도 백화문도 서툴은 웅덕이는 두 가지 체를 뒤섞어서 작문을 지어 받히는 도리밖에 없었다. 그 다음 시간 작문 선생이 도로 내주는 웅덕이의 작문 평에는 언제나 한결같이 "뜻은 매우 좋으나 문장은 엉망진창이다. 한 가지 체로 통일하도록 노력하라."고 쓰여 있었다. 그러나 그 선생이 웅덕이에게 낙제 끗수는 한 번도 주지 않았다.

웅덕이는 한문과 작문 외에 다른 과목은 우등을 할 수 있었다. 그리고 그의 나이가 동급생 평균 나이보다 두세 살 위이었으므로 그가 四학년으로 진급하자 학생자치회 일원으로 당선되기도 했고, 졸업 앨범 편집위원회에서는 그가 영문판 편집위원장으로 피선되었다. 앨범 절반은 중국문으로 하고 절반은 영문으로 꾸미는 것이 이 학교 전통이었다.

겨울에는 집에서 엿강정을 국제우편 소포로 줄곧 대주었다. 한국식 엿강정을 처음 맛본 중국인 동창생들은 체면불구하고 덤벼들어서 귤 궤짝 하나 가득 담긴 엿강정이 앉은자리에서 밑바닥이 나군 했다.

중학을 졸업하고 난 여름방학에 황보웅덕이는 집으로 갔다. 동계대학에는 무시험으로 입학하게 되어 있었음으로 그에게는 입시 준비가 필요 없었다.

고향인 평양까지 가는 빠르고 싼 길은 상해서 일본인 경영 여객선 三등을 타고 일본 나가사끼까지 가서 거기서 三등 기차를 타고 모지까지 가서, 거기서 나룻배로 시모노세끼로 건너가, 거기서 다시 관부(시모노세끼와 부산 간) 연락선으로 부산까지 와서, 중국 봉천행 급행차를 타고 평양까지 가는 노정이었다.

일본 나가사끼에 도착한 것은 밤이었다. 웅덕이는 밤차를 타고 모지까지 갔다. 일본 기차는 궤도 폭이 조선기차 궤도 폭보다 좁았기 때문에 한 자리에 둘식 앉아도 몸이 불편할 정도로 꼭 끼었다. 중년 낫세나 되어 보이는 일본 여자와 어깨를 바싹 대고 앉게 되었다. 四년 만에 그는 일본 여인만이 발산하는 비린내 비슷한 내음을 실컷 맡게 되었다.

처음에는 똑바로 앉아 상반신을 꼿꼿이 세우고 잠이 들었던 그 여인이 얼마 지나자 머리를 웅덕이의 어깨 위에 살몃이 올려놓았다. 그 숱이 많고 높디높게 틀어 올린 '히사시가미'[42] 머리털 가락들이 웅덕이의 뺨을 간지럽게 했다. 기차의 요동을 딸아 머리털의 간지럼은 더해갔다. 아니 기차의 요

---

42 히사시가미 : 앞머리를 모자 차양처럼 내밀게 한 머리. 이 머리 모양은 메이지 후기에서 다이쇼 초기에 유행했다.

동보다도 여인의 머리털이 자기 뺨에 와 닿는 것을 평범하게 생각하지 않고 그리로 과분의 신경을 집중시켰기 때문에 더 심한 간지러움을 느낀 것인지도 모를 일이었다. 그의 성욕이 자극되었다.

웅덕이는 마즌편과 옆 의자를 살펴보았다. 잠이 들었는지 안 들었는지는 알 수 없었으나 승객 전부가 눈을 감고 있었다. 그는 자기 어깨에 몸을 탁실리고 잠자는 여인의 얼굴을 가까이 들여다보았다.

뽀얗게 분가루 묻은 뺨.

반쯤 연 그 엷은 입술.

와락 끌어안고 싶은 충동을 가까스로 억제하면서 그는 눈을 감았다. 그러나 그의 신경은 옆에 착 달라붙은 보드러운 살결이 기차 요동에 딸아 한들한들하는 데로만 집중이 되어지는 것을 어찌할 도리가 없었다. 정신이 그닐그닐해졌다.

그러나! '민족적 원수인 왜녀에게서까지 정욕을 느낀다는 것은 매국노 행동이 아닐까! 연애는 국경이 없다구 하든데. 그러나 일본은 숙적(宿敵)이 아닌가. 그런 적이 아닌 외국 여자라면.'

그의 안막에는 미쓰 후의 모습이 아련이 떠올랐다. 지나간 이테 동안 한번도 다시 맞나본 일이 없었건만 그녀의 형태는 또렷하였다.

'미쓰 후는 외국인이기는 하지만 원수는 아니지. 그러나 어쩌자는 거야?'

미쓰 후의 명상은 좀체로 떠나가지 않았다. 그러나 그녀의 모습은 깨끗하고 숭고하였다. 그 순결한 모습이 그의 안막에 남아 있는 동안 그는 옆에 착 달라붙어 앉아 있는 일본 여인의 촉감에 아무런 흥분도 느끼지 않았다. 모든 정서를 순화시켜 주는 미쓰 후의 모습이었다. 이 안정된 감에 사로잡힌 그는 잠이 들었다.

기차가 멎는 통에 잠이 깼다. 잠을 깬 옆 여인은 얼른 머리를 치우면서

"아, 미안해요." 하고 웅덕이에게 말하면서 엷은 미소를 지었다.

"천만에요." 하고 대답하는 것이 그의 인사성일 것이라는 것을 알기는 하면서도 그는 수치스러운 생각이 들어서 입속으로만 웅얼거리면서 외면하

고 말았다. 그녀가 세상모르고 자고 있는 동안 그는 몇 시간 전에 처음 본 그 여자에게 향하여 음탕한 생각을 품었다는 것이 부끄러웠다. 그의 그 음 난한 생각을 만일 그녀가 눈치챘다면?

미안하다는 말은 그녀가 할 것이 아니라 도리어 그가 그녀에게 했었어야 옳을 것이었으리라고 그는 생각했다.

역에서 내리고 오르는 승객들로 잠시 어수선했던 객차 안이 다시 조용해 졌다. 기차가 제 속력을 다 내기도 전에 벌써 옆의 여인은 잠이 드는 모양이 었다. 웅덕이는 저도 모르는 사이에 곁눈질을 했다. 소매통이 굉장히 넓은 '기모노'가 새삼스리 눈에 똑똑하게 뛰었다. 그러자 그가 十三세 때 전차 안 에서 겨드랑까지 들어나는 여학생의 팔을 처음 보고 어린 소견에도 망칙스 럽게 생각했었던 일이 회상되었다. 그가 도꾜에 유학 처음 갔을 때 일이었 었다. 생전 처음 전차를 탔는데 마침 앉을 자리가 있어서 그는 앉았다. 금시 자리가 다 차자 뒤로 들어온 승객들은 머리 위에 느러트리어 있는 동그란 손잡이를 부들고 섰다. 소매통이 넓은 '기모노'를 입은 여자들이 손을 머리 위로 올리어 그 손잡이를 잡는데 소매가 스르르 흘러내리면서 팔이 겨드랑 밑까지 노출되는 것이었다. 겨드랑밑 털까지가 눈에 띠었다. 남자 겨드랑 밑에 털이 난 것은 여러 번 본 그였으나 여자의 겨드랑 밑에도 털이 있다는 것은 이상하게 생각되었다.

도꾜에서 공동 목욕탕에 갈 때마다 벌거벗은 일본 남자 몸을 수없이 볼 수 있었었다. 그런데 일본인 몸에는 거의 다 유난이 털이 많았다.

"아직 원숭이에서 덜 진화된 열등 족이기 때문이지." 하고 말하던 목사님 말이 옳다고 그는 생각했다. 일본 사람 중에는 사실 꼭 잿내비[43]같이 생긴 사람이 수두룩했다. 그리고 남녀 간 정조 관렴도 짐승 한가지라는 말을 노 상 들어왔었다. 그런데 옆에 앉아서 그의 어깨에 머리를 얹고 자고 있는 이 일본 여인. 그녀는 정말 졸리어서 그의 어깨를 베고 자는 것일까? 혹시 그

---

43 잿내비 : 잰내비. '원숭이'의 함경도 방언.

녀도 그처럼 촉감에 쾌감과 흥분을 느끼어서 몸을 바싹 대고 눈 감고 있는 것이 아닐까! 나이로 보아서는 유부녀일 텐데. 그러나 혼자 여행을 하고 있으니. 그 지역에 내리거든 뒤를 좀 밟아볼까? 아니 지금 당장 키쓰 도둑질은 할 수 있는 것이 아닌가!

그는 그녀의 얼굴을 가까이 들여다보았다. 반쯤 열린 입 가장자리에 침을 흘리고 있었다. 다른 때 같으면 그 침이 더러워 보였을 것인데 지금 그는 그 침을 맛보고 싶은 변태적인 욕정을 느끼었다. 그는 입을 삐죽 내밀고 그녀의 얼굴을 향하여 고개를 숙이었다. 그러나 그는 입술이 요구하는 만족보다 더 강렬하게 더 잔인하게 만족을 강요하는 거기를 주체하기 어려웠다. 그는 체면 불구하고 그녀의 몸 전체를 껴안고 싶었다.

그는 몸소리쳤다. 그는 벌떡 일어섰다. 기댔던 어깨가 없어지자 잠깐 눈을 뜨고 무언가 가늘게 중얼거린 그녀는 상반신을 빈자리에 눕히면서 그냥 잤다.

웅덕이는 세면실로 갔다. 물을 틀어 세수를 했다. 면경을 들여다보았다. 미남자처럼 보였다.

그는 자리로 돌아가지 않고 세면실 벽에 등을 기대고 섰다. 선채 선잠이 들었다. 서서 자는 그는 그가 十七세 때 관부 연락선에서 겪었던 한 가지 에피쏘드를 꿈꾸었다. 그날 밤 삼등 선실은 초만원이었다. 삼등 선실은 넓은 '다다미' 방 하나만이었다. 배가 떠나고 모두 자려고 눕자 나란히 눕기도 하고 꺼꾸로 눕기도 하고 남의 발 옆에 머리가 가게 눕기도 했으나 몸과 몸이 서로 닿았다.

웅덕이 오른편에는 남자 하나가 그의 머리를 같이하여 나란히 눕게 되었는데 왼편에는 일본인 젊은 부부가 웅덕이 몸과는 꺼꾸로 누었다. 그 부인의 벗은 발이 웅덕이 머리에 와 닿았다. 사시장철 맨발 생활을 하는 그들인지라 발은 손보다도 더 자주 씻음으로 고린내는 나지 않았다.

잠결에 가슴이 답답한 것을 느낀 웅덕이는 눈을 떴다. 옆에서 자는 일본 여인의 발 하나는 그의 가슴 위에, 또 하나는 그의 목 위에 얹히어 있었다.

가슴에 얹힌 그녀의 발목을 들어 내려놓던 그는 전신이 짜르르 하는 것을 느끼었다. 이런 느낌은 그에게 생전 처음이었다. 내려 놨던 그녀의 발은 금시 다시 그의 가슴 위로 올라왔다. 그녀가 의식적으로 그러는 건지 잠결에 무의식적으로 그러는 건지를 분간할 도리가 없었다. 그녀의 얼굴은 웅덕이의 발치에 있었으니까. 웅덕이가 다시 그 발목을 들자 짜개발인 발구락들이 오물오물 움직이었다. 그는 그 발구락들을 꼭 오무려 붙잡았다. 그의 손바닥 속에서 그녀의 발구락들은 꼼지락거리었다. 그와 때를 같이하여 그의 목에 얹힌 그녀의 발구락이 그의 턱을 간지럼시키는 것이었다.

'이 여인이 작난을 하자는 걸까! 자기 남편을 바로 옆에 누여놓고. 장난은 재미있을지 모르나 남편이 눈치챈다면!'

웅덕이는 얼른 그녀의 두 발을 한꺼번에 들어 내려놓으면서 고개를 들어 그녀의 하반신을 보았다. 짝 벌리어져 있는 '기모노' 자락 아래로 그녀의 허벅다리, 아니 거기까지 빤히 들여다보이는 것이었다. 즈로스[44]도 입지 않은.

왈칵 구역질을 느낀 그는 도로 돌아누어버렸다.

웅덕이는 도로 제자리로 갔다. 옆에 앉은 그 여인은 상반신을 빈자리에 눕힌 채 그냥 자고 있었다.

"여보세요, 좀." 하고 나즈막한 목소리로 부르면서 그는 그녀의 팔을 가볍게 두드리었다. 그녀는 음쪽도 하지 않았다.

"미안하지만 좀 일어서야겠어요." 하고 말하면서 그는 그녀의 팔을 붙들어 올렸다. 손을 통하여 전신은 감전되는 것 같았다. 잠시 가라앉았던 욕망은 전신에 다시 용솟음쳤다. 언뜻 그는 여정에 대한 그의 견해, 관념, 호기심, 욕망이 요 몇 해 동안에 변화되어왔다고 느껴졌다. 좋은 길로의 변화가 아니라 나쁜 길로의 변화라고 생각되었다. 나쁘다고 생각은 하면서도 그의 본능의 발달을 그는 억제할 수가 없었다.

---

44 즈로스 : drawers. 여성용 팬츠.

팔을 들어도 일어나지 않는 이상 그는 그녀의 상반신을 안아 일으키어서라도 자기 자리를 찾을 권리가 있다고 생각되었다. 떳떳한 핑계였다. 그는 바른 팔을 그녀의 가슴 밑으로, 왼팔을 머리 밑으로 마주 넣고 안아 일으키었다. 두 팔의 감촉은 현기증이 날 정도였다. 그러나 그의 하반신은 몇 배나 더한 만족을 요구하는 것이었다. 물불을 헤아릴 수 없는 지경에 그는 이르렀다. 그는 그녀의 상반신을 힘껏 껴안고 그의 사타구니를 그녀 무릎에 갖다 대고 마구 비볐다.

"에그머니" 하는 그녀의 놀라는 소리가 그의 귀에는 벼락 치는 소리처럼 들렸다.

허둥지둥 기차 문 밖으로 나간 그는 승강구 계단 위에 펄석 주저앉았다. 만족을 보지 못한 흥분은 주체할 수 없도록 최후 만족을 요구하는 것이었다. 절대적 명령이었다. 그는 머리털을 쥐여뜯으면서 몸부림쳤다. 두 다리를 모듭고 막우 굴렀다. 옷싹하면서 만족이 이르렀다. 긴장이 탁 풀리니 그는 수치스러운 마음을 억제할 수 없었다. '내가 어찌다가 이토록 음탕한 놈이 되었는가? 더구나 원수인 왜년에게. 아, 더러운 자식. 나는 더러운 자식이다. 천하에 더러운 자식!'

아침 일찍 시모노세끼를 떠난 연락선은 해 질 무렵 부산에 입항하였다. 조선 사람 승객 수효는 일본인 수효의 二十분지 一이 될까 말까 했다. 배에서 내린 웅덕이는 남들이 가는 뒤로 따라갔다.

"어이." 하는 소리에 눈을 돌려보니 양복 입은 사나이가 웅덕이에게 손짓하면서 "잠간 이리 와." 하고 일어로 말했다. 다 같이 양복을 입은 승객 중에서도 조선인 타입의 얼굴을 대번 식별하는 재주를 가진 일본인 형사 중 한 사람임을 웅덕이는 곧 알았다.

그는 수상 경찰서까지 이끌리어 갔다. 무엇보다도 맨 먼저 거짓말 말라는 호통을 받았다. 웅덕이는 학생이라고 자처하지만 형사는 그를 학생으로 인정할 수는 없다고 호령호령하였다. 정말 학생이라면 복장이 우선 '쓰메

이리'[45] 교복이어야 하고 머리는 빡빡 깎아야만 할 것인데, 머리가 뻐젓이 '하이칼라'요 신사나 입는 '세비르' 양복을 입은 폼이 학생으로 인정할 수는 절대로 없다고 고집하는 것이었다.

백 마디 변명이 소용없으리라는 것을 알아챈 웅덕이는 손가방을 열고 졸업 앨범을 꺼냈다. 자기 사진이나 있는 페지를 찾아서 형사 코앞에 디밀었다. 앨범을 받아 든 형사는 거기 난 사진과 웅덕이 실물 얼굴을 몇 번이고 비교해보더니 여기저기 펼쳐 보면서,

"한문은 너무 어렵고 영문엔 소경이구, 허, 참." 하고 웃으면서 앨범을 덮어놓았다.

"중학교[46]는 내지(일본)에서도 얼마든지 다닐 수 있는데 왜 하필 상해야?" 하고 따지는 형사의 물음에 웅덕이는 대답이 궁했다. 그러나 왜경 취조를 몇 번 겪어본 그는 얼른 임기처변으로

"학비가 내지보다 반밖에 안 들기 때문에 상해로 갔어요." 하고 대답했다. 이 변명이 형사 귀에 납득이 되지 않는 모양이었다. 다른 여러 심문이 오가고 난 뒤 형사는

"배일 분자 후떼이센징(불순한 조선인)의 소굴인 상해에 가서 공부한다는 것은 그 동기부터가 불순하거든. 학생을 빙자해가지고 가정부(假政府)[47] 밀사로 들어오는 것이지. 내 말이 맞지."

"아닙니다."

다시 지루한 심문이 계속되었다.

"몸 뒤짐, 짐 뒤짐을 해야지." 하고 형사는 말했다. 그 많은 양복 안팎 주머니를 다 샅샅치 뒤지고 넥타이를 풀게 하고 구두와 양말을 벗게 하고 결국 쪽 벌거베꼈다.

---

45 쓰메이리 : 쓰메에리. 깃의 높이가 4센티미터쯤 되게 하여, 목을 둘러 바싹 여미게 지은 양복. 학생복으로 많이 지었다.
46 중학교 : 지금의 고등학교.
47 가정부(假政府) : [대한민국] 임시정부.

그 다음 짐 검사를 시작했다. 큰 가방 하나 작은 가방 하나 두 개뿐이었다. 이 가방들은 상해를 떠날 때 그곳 세관에서, 나가사끼에 내릴 때 그곳 세관에서, 시모노세끼에서 배를 탈 때 또 그곳 세관에서, 그리고 부산에 내려서 부산 세관에서 일일히 검사당했으나 아무 말 없이 통과된 짐들이었다.

큰 가방 다 뒤지고도 헛탕을 친 형사는 작은 가방을 뒤지기 시작하였다. 그의 손에는 무엇 딱딱한 것을 신문지로 싼 것을 집어 들었다. 그는 큰 발견이나 한 표정으로 급히 신문지를 한 겹 두 겹 베끼었다. 손구락만 한 쓰다 남은 세수비누 쪼각이 나타났다. 형사는 골을 내면서 그 비누 조각을 책상 위에 던지었다. 옆에서 구경하고 있던 주임은 반색을 하면서

"오오, 요런 비누 조각까지 싸 가지고 다니는 것을 보니 모범학생이로군!" 하고 감탄하였다. 그러나 사복형사는

"이런 게 다 앙큼한 속임수의 하나일런지도 모르지요." 하고 말했다.

사방에 흐트러놓은 짐을 둘러보며 형사는

"다 도루 넣."라고 했다.

웅덕이가 허둥지둥 빨리 서둘며 틀어 넣은 것을 보는 형사는,

"그리 서두를 필요는 없어. 급행은 지금 막 떠났으니까." 하고 말했다.

일본 경찰의 트릭을 두서너 번 겪어본 웅덕이는 쉬 놓여 나가지 못하리라는 것을 직각[48]했다.

"밤차는 이미 노치구. 내일 아침 급행으로 갈 밖에 없지, 빨라도. 여관에 들면 비용이 들 께구. 어때 학생, 여기서 하루밤 지나는 것?" 하고 형사가 말했다.

"조사 다 끝나지 않았어요. 왜⋯⋯."

"구금이 아니야. 여기 숙직실이 센징(조선 사람) 여관보다는 깨끗하니까. 편의를 봐주는 거야. 식사는 음식점에 전화하면 배달해줄 게고. 저녁 주문해줄까?"

---

48 직각 : 直覺. 보거나 듣는 즉시 깨달음.

수상경찰서 숙직실에서 웅덕이는 숙직하는 형사와 함께 하로밤 묵었다.

늙수구레한 숙직형사의 입을 통하여 웅덕이는 자세한 이야기를 들었다. 웅덕이에게 대한 혐의가 풀리지 않았기 때문에 평양 경찰서로 신원조회 전보를 쳤다는 것이었다.

집에서는 모두 다 웅덕이를 반기었다. 그중에도 눈물까지 흘리면서 제일 반기는 분은 할머니였다. 웅덕이를 부여잡는 그녀는

"못 보구 죽을 줄 알았더니……."

이윽고 눈물을 걷우고 치마 고름으로 코를 푼 할머니는

"야, 너 공부니 뭐니 다 관두구 어서 당가(장가) 들두룩 해라. 네가 이 집 당손(장손)이 아니가! 증손주나 업어보구 날 죽게 해다구." 하고 말하는 할머니의 충혈 된 눈을 보면서 웅덕이는

'내일 이라두 오래간만에 보통강엘 가서 거머리를 잡아다 들여야겠군!' 하고 생각했다.

맏누님 애덕이는 징역 삼년을 살고 나와서 서울 근화대학당에 다니고 있고, 아우 창덕이는 서울 에비슨 외과전문학교에 다니고 있다는 소식을 편지로 이미 알고 있었는데 그들은 아직 방학이 안 되어서 집에 오지 못했다는 것이었다. 누이동생 순덕이는 벌써 처녀꼴이 나서 여학교에 재학 중이었고, 광덕이와 신덕이도 이미 소학교 학생들이었다.

이튿날 어머니는 모자 바지 저구리와 두루마기를 내 놓셨다. 그것을 입은 웅덕이는,

"이거 뭐 짱아[49]처럼 날아다니란 말인가?" 하면서 웃었다.

부채를 들고 휘적휘적 대문 밖을 나서자마자 알룩달룩한 파라솔 한 개와 마주쳤다. 파라솔을 홱 제끼는데 그 아래에 나타나는 여성은 앞집 딸이었다. 그녀 역시 짱아 날개 같은 치마 저구리를 입었는데 저구리는 녹두색 치

---

49 짱아 : '잠자리'(어린이 말)

마는 흰 빛갈 이었다.

"아, 웅덕이. 왔다는 소식은 들었다. 그래 상해 재미가 어때?" 하고 말하면서 그를 쏘아보는 그녀의 둥글고 큰 눈은 이상야릇한 빛을 발산하였다. 그는 놀라고 어색해졌다. 이 처녀가 앞집 셋째 딸인지 넷째 딸인지 얼른 분간할 수가 없었다. 자세히 보니 넷째 딸이었다.

"너 넷째 아니가? 몰라보게 컸구나. 여러 해 만에 보는 오빠에게 넵을 해야디. 해라를 해서야 쓰나." 하고 웅덕이는 말했다. 이 말에는 대꾸도 하지 않고 그녀는 이상한 교태를 피우면서,

"청국 체니[50]는 발이 작아서 되뚝되뚝 것디?"[51] 하고 묻고는 그를 똑 바로 치어다보았다.

"아니야. 신식 네자(여자)는 발을 졸라매디 않아."

"흥! 됐새 반했구만. 웅덕이 가슴을 녹이는 청국, 청국내 한번 봤으면."

웅덕이는 얼굴을 붉히었다. 얼굴이 벌게가지고 아무 대꾸도 못하는 웅덕이 꼴을 눈 흘겨 본 그녀는 파라솔을 활짝 벌리어 얼굴을 가리우고,

"흥, 내, 웅덕이 어든 네자한터 당개 가나 두구 볼껄." 하고 배앗드시 말했다. 그녀는 잘 가라거나 또 보자는 말도 없이 앞서서 걸음을 빨리하였다. 쫓아 갈 생각 없이 그녀의 뒷모습을 멀거니 보면서 천천히 걷는 그의 머리속에 언듯 소학교 시절 어떤 일이 회상되었다. 소학교 학생 때 그는 미국 가서 공부하고 돌아왔다는 어떤 중년 사나이가 이 처녀의 맏누나인 맏딸에게 부지런히 보내는 편지 심부름을 멋도 모르고 해준 일이 있었었다.

九月 초 신학년 대학 공부는 시작되었다. 웅덕이는 교육학을 전공하기로 했다.

---

50 체니 : 처녀.
51 청국 체니는 발이 작아서 되뚝되뚝 것디? : 중국 여성들은 어려서부터 엄지 이외의 발가락들은 발바닥 쪽으로 접어 넣고 헝겊으로 동여매어 자라지 못하게 하였다. 이것을 전족(纏足)이라 하며, 여성들의 자유를 구속하기 위한 풍습이었다.

첫날 첫 교시에 웅덕이는 미쓰 후를 그와 한 클라스에서 발견했다. 대학은 남녀 공학이었는데 四十명 한 클라스에 여학생은 셋뿐이었다.

강의가 끝나자 웅덕이는 미쓰 후와 복도를 나란히 걸으면서 이야기했다.

"놀랐지오?" 하고 미쓰 후가 먼저 말을 걸었다.

"놀랐어요. 중학에서는 상급생이었던 당신이 대학에 와서는 동급생이 되었으니."

"놀란건 그것뿐이서요?"

"어, 그, 미쓰 후가 레지가 다 된 것 두 놀랍구 이렇게 다시 만나게 된 것 두 놀랍구요."

"놀랍기만 해요?"

"반갑기두 하구요."

"반갑기두 하구요. 만 미지근한데요."

"무척 반가와요."

"엎질러 절 받기로군요. 호, 호. 미스터 황보가 이 대학으로 올 줄은 나두 몰랐어요. 난 미국이나 유롭으로 가심 줄로 생각했지요. 갑자기 교회에도 않 오시구 제 졸업하는 날 식 구경도 않오구……."

"미안하게 됐읍니다."

한국인 상급생들의 권유로 웅덕이는 합창대에 가입했다. 그의 목소리를 테스트해본 음악교수는 그의 목소리가 뻬이쓰라고 하면서, 뻬이쓰 대원이 부족했었는데 잘 되었다고 했다.

상해대학에 재학 중인 한인 학생으로는 웅덕이보다 상급생이 다섯 명, 그와 동급생이 여섯 명이었다. 그들 모두가 다 남학생이었다. 상급생 중에는 나이 三十이 넘은 학생도 한 사람 있었다. 교육과 전공은 웅덕이 하나뿐이고 정치학, 외교학, 법학, 과학, 경제학, 서회학 순서로 되어 있었다. 그들 반 이상이 합창대 대원이었다.

합창대 연습은 강당겸 교회로 쓰는 홀에서 했다. 남녀학생 각 三十명식 합계 六十명 혼성 합창대였다.

합창대 외에 기악단도 있었다. 피아노에 남학생 한 명, 바이올린 여섯 명 중 여학생이 세 명인 작고도 야릇한 기악단이었다. 미쓰 후는 합창대에서는 엘토, 기악단에서는 퍼스트 바이올리스트였다.

교내 연주회를 앞둔 두 주일 동안은 합동연습을 했다.

기악단이 연습하는 동안 뻰취에 앉아서 기다리는 웅덕이는 빅톨·유고 작『레·미제라불』영역판을 탐독하고 있었다. 뒤로부터 어떤 손이 와서 책을 홱 빼앗았다. 미쓰 와일리라고 하는 미국인 노처녀 영어 교수였다. 책뚜껑 제목만 본 그녀는,

"오, 코쎄티한테 반했구먼." 하고 크게 소리 지르면서 웃었다.

얼굴을 붉힌 웅덕이는 강단 쪽을 힐긋 쳐다보았다. 미쓰 후는 악보에만 눈을 주고 바이올린을 열심이 켜고 있었다.

'코쎄티라는 소설 인물보다도 바로 저기에 귀여운 실제 인물이 있는데. 그러나 이국 여성을 사랑하는 것은 조국에의 반역이 아닐까? 우정이면 아무 상관없지. 그러나 연정? 우정? 그 경계선은 어데다 그어야 할까? 소설을 읽으면서 페지 위 글자들이 눈에는 사물사물 빛외이면서도 뇌신경이 그 글자들의 눈미를 포철하는 기능을 잃어버린 것은 웬일일까? 활자 대신에 미쓰 후의 모습이 페지 위에 떠오르군 하는 것은 어인 일일까? 그렇게도 언제나 명랑했었던 미쓰 후의 요새 태도가 시무룩하게 보이는 것은 나의 착각일까? 그녀와 맞날 수 있는 도수가 줄어들기만 하는 것은 어인 일인고? 나 자신은 왜 그녀를 만날 때 이전처럼 유쾌해지지 못하고, 말문이 막히고, 어색해지고, 가슴이 울렁거리고, 행동이 자연스럽지가 못하고, 시선이 마주칠까봐 겁이 나는 것은 웬일일까? 그렇게 만나고 싶어 하다가도 그녀의 모습이 멀리보이면 나는 피해버리는 것은 무슨 모순인가.'

웅덕이의 생각은 다람쥐 채바퀴 돌듯 한 바퀴만 계속 돌면서 마음과 몸의 피곤을 느꼈다.

5

열흘밖에 더 안 되는 겨울방학이 되자 상해 시내에 집을 가진 학생들은 다 집으로 가고 먼 곳에서 유학 온 학생들은 그냥 기숙사에 남아 있었다.

크리스마스 이브에 웅덕이는 딱터 죤슨 교수댁 파티에 초대받았다.

학장을 비롯하여 교수 전체가 각기 사택에서 학생들을 위한 크리스마스 및 신년 파티를 여는 것이었다. 교수진은 九十퍼센트가 미국인이었고 十퍼센트만이 중국인이었다. 교수들은 학교 캠퍼스 한쪽에 위치한 교수 사택촌에 들어 살고 있었다.

기숙사에 남아 있는 남학생 수는 二백여 명인데 여학생 수는 불과 四十명이었다. 파티는 반듯이 남녀 동수로 청하는 것이었기 때문에 하로 저녁에 두 교수댁에서밖에 더 파티를 열지 못하는데 남학생들은 단 한번 초대받고 여학생들은 다섯 번식 초대를 받았다.

죤슨 교수댁 파티에 초대받은 남녀 학생 합계 四十명은 우선 제비를 뽑아 남녀 학생 한 쌍식 짝을 지였다. 식탁에 앉을 때부터 커피가 나올 때까지 남학생들은 각기 제 짝인 여학생에게 대하는 미국식 예의 교육 실습을 했다.

웅덕이의 짝이 된 여학생은 三학년 학생이었다.

식사가 끝나자 교수 부인의 지도 아래 여러 가지 께임이 있었다. 맨 첫 번 께임은 색종이로 뾰죽 모자를 먼저 만들어 쓰기 내기였다. 웅덕이는 손재주가 없어서 종이만 몇 장 꾸기고 찢고 종내 모자는 못 만들었다. 그의 짝인 여학생은 눈을 흘기면서

"미쓰 후가 없으니까 생투정을 하는구만요." 하면서도 깔깔 웃으면서 제가 만든 모자를 웅덕이 머리에 씌워 주었다.

'난잉이는 누이동생 같아서 내가 귀애 하는데 꽤니들 색안경을 끼구 그러는 구만.' 하고 그는 혼자 생각했다.

그 여학생은 손재주가 있어서 모자 먼저 만들어 쓰기 경기에 꼬래비는 면하였다.

영도(零度)를 오르내리는 겨울날 아모런 난방장치도 없는 상해대학 기숙사 방에서 황보웅덕이가 교육학 복습과 예습을 하고 있을 때 그의 고향인 평양에서는 그의 동생인 창덕이가 의학 책과 씨름하고 있었다. 창덕이는 솜바지 저고리를 입고 뜻뜻한 온돌방에 앉아서 공부하고 있었다. 바깥 공기는 영하 十七도였다.

상해에서 양력설을 쇠는 사람은 서양인들뿐이었고 중국인들은 설이 아직 멀었다고 개미처럼 부지러니 일을 하고 있었다.

평양서도 '왜설'[52]은 신시가에서만 쇠고 구시가 조선인들에게는 동짓날 국을 쒀 먹은 뒤 한 달이 더 있어야 설이 오는 것이었다.

설이건 말건 겨울이면 하로 건너 만두국을 끓여 먹는 것은 창덕이네집 가풍이었다. 더구나 창덕이는 만두국을 매일 먹어도 물리지 않는다는 것을 잘 아는 할머니는 며누리를 독촉하여 밤늦도록 만두를 빗게 하였다.

억지로 '왜설'을 지켜야만 하는 학교들이 一월 열흘께 개학을 하게 되자 창덕이는 서울로 갔다. 서울 근화학당 재학 중인 맏누나 애덕이는 짧은 겨울방학에는 그냥 서울에 남아 있었었다.

"냉면두 먹을 줄 모르는 사람들이 살구 있는 서울에서 웬걸 그 애가 만두국을 한번이나마 얻어먹었겠니!" 하시면서 어머니는 꽁꽁 언 만두 거의 백 송이를 차곡차곡 치룽 속에 담았다.

그래 보여도 사각모를 쓴 전문학교 학생인 창덕이인지라 신식 왜가방이 아닌 구식 치룽을 들고 기차에 오르는 일은 반가운 일이 결코 아니었다. 그러나 겨우내 만두국 한 그릇 못 먹었을 누님이 가엽기도 하고 저자신도 만두국이라면 사죽을 못 쓰는 판인지라 창피를 무릅쓰고 그 싸리대로 엮은 치룽을 들고 나섰다.

남대문 역[53]에 내린 것은 땅거미가 질 무렵이었다.

52 왜설 : 일본인들이 쇠는 설. 신정. 양력설.
53 남대문 : 오늘의 서울역은 경인선이 완전 개통된 1900년에는 경성역이었다. 그 후 1905년 남대문역으로, 1923년에 다시 경성역으로 명칭이 바뀌었다. 1925년 경

출찰구 밖에서 창덕이는 일본인 순사에게 연행되어 역전 파출소까지 갔다.

언 만두송이가 하나 가득 든 치룽 뚜껑을 열던 그 일인 순사는 "에키!" 소리를 지르면서 뒤로 물러섰다. 그는 허겁지겁 포승을 풀어 다짜고짜로 창덕이 손과 팔을 묶었다. 파출소 안에는 그 일인 순사와 창덕이 단 두 사람밖에 없었다.

"웨 이러는 겁니까?" 하고 창덕이는 일어로 항의했다.

"고노야로 다마레(이 자식 잠잘고 있어) 학생을 가장하구 폭발탄을 나르는 네놈. 잘 걸려들었다."

"폭발탄이라니요?"

"이 자식 내가 모를 줄 아는가? 저게 폭발탄이 아니구 무엇인가! 그것두 한두 개가 아니구 한 치룽 가득히."

"세상에 하얀 폭발탄이 어데 있어요?"

"숨기노라구 위장(僞裝)한 것이지. 내가 속을 줄 알구."

"그건 국 끓여 먹는 만둡니다. 내지인(일본인)들이 잡숫는 '만쥬'와 비슷한 것입니다."

"듣기 싫여."

밖으로 지나가는 사람들은 유리창을 통하여 포승진 사각모 학생을 곁눈으로나마 유심히 바라다보면서 지나갔다. 일인들의 눈에서는 분노에 찾거나 조롱하는 빛이 발산되고 조선인들의 눈에서는 존경하는 빛과 동정하는 기색이 역력히 나타났다.

어처구니가 없기는 하면서도 창덕이 마음속에는 영웅심이 치밀어 올랐다. 제二대 조선 총독인 '사이또'가 바로 이 역전에서 폭탄 세례를 맞은 일, 평양시내에 있는 평안남도 도청건물이 폭탄을 맞은 일, 서울에 새로 짓던 동양척식주식회사 건축도중에 폭탄을 맞은 일, 경복궁 바로 앞에 새로 짓던 총독부 청사가 폭탄을 맞은 일 등이 창덕이의 기억 속으로 휙휙 지나갔다.

성역사가 완성되었고, 해방 후 1946년 11월 1일부터 서울역으로 이름이 바뀌었다.

'전문학교 학생으로 가장한 독립청년단원 역전에서 체포'라고 쓰인 신문 三면 기사 제목도 그는 연상했다.

지나간 三년 동안 조선어 신문들 사회면에는 하로도 빠짐없이 독립운동 단체원들이 대량 검거되었다는 기사가 두세 건식 의례히 났었다. 단체 이름들도 가지각색이었다. 독립당,[54] 혈복단(血復團),[55] 독립군 환영단,[56] 보합(普合)단,[57] 대동(大同)단,[58] 건국(建國)단,[59] 광복(光復)단,[60] 대한애국부인단, 한족회(韓族會),[61] 적십자 의용단, 대한독립부인청년단,[62] 군비단,[63] 결사대(決死隊), 태을교(太乙敎),[64] 회복(恢復)단,[65] 대한독립연합청년단,[66] 대한독립자유(自

---

54 독립당 : 대한민국임시정부의 독립운동을 측면에서 지원하기 위하여 의정원 의원 윤기섭, 김상덕 등 20여 명이 주축이 되어 임시정부 산하 단체로 1920년대 초 중국 상하이에서 조직되었던 독립운동 단체.

55 혈복단(血復團) : 1910년대 말 중국 상하이와 국내에서 결성된 항일독립운동단체.

56 독립군 환영단 : 1919년 2월 권학규, 이동욱 등이 조직한 단체.

57 보합단 : 1920년 평안북도 의주를 거점으로 활약한 항일무장독립운동단체.

58 대동단 : 1920년 2월 전협, 최익환 등이 서울에서 조직한 독립운동단체.

59 건국단 : 대한건국단. 1920년경 윤태병, 윤상기, 백남식 등이 독립사상을 고취하며 군자금을 모금하기 위하여 조직했다.

60 광복단 : 1913년 경북 풍기에서 조직된 독립운동단체. 채기중·유창순·유장렬·한훈·강병수 등이 비밀결사인 대한광복단을 조직하여 광복운동을 전개한 데서 시작되었으며, 1915년 대구의 박상진·양제안·우재룡 등이 가담한 후 '광복회'로 바꾸었다.

61 한족회(韓族會) : 1919년 3·1운동 직후인 4월 초 남만주 지역 독립운동단체들이 부민단을 중심으로 독립투쟁의 총본부로 군정부를 구성하는 한편 동포자치기관으로 결성한 단체.

62 대한독립부인청년단 : 1919년 평안남도 대동에서 조직되었던 여성 독립운동단체. 상해 대한민국임시정부 요원 곽치문의 부인 박치은이 여자도 남자와 동등하게 독립운동을 하여야 한다는 취지로 조직하였다.

63 군비단(軍備團) : 1919년 3월 만주 창바이현(長白縣)에서 조직된 독립운동단체.

64 태을교(太乙敎) : 1921년 신현철(申鉉喆)이 창시한 종교.

65 회복(恢復)단 : 조선국권회복단. 1915년 경상북도 달성(지금의 대구광역시 달성군)에서 조직된 독립운동단체로 국권회복운동과 단군 봉사를 목적으로 조직하였다.

66 대한독립연합청년단 : 1920년 평안남도 지역에서 조직된 독립운동단체. 독립군 자금을 모금하여 대한민국임시정부에 보내고, 임시정부로부터 무기를 배급받아 친일분자를 처단하며, 항일독립전쟁이 개시되면 결사대를 조직해 무력투쟁을 전개하고, 국내에 파견되어 오는 독립운동가들에게 숙식을 제공하고 안내하였다.

由)단, 여자독립단, 중흥(中興)단,[67] 의용단,[68] 향촌(鄕村)회,[69] 의용대,[70] 대동청년독립단,[71] 공성(共成)단, 임시정부외교(外交)단, 국민회,[72] 신민(新民)단,[73] 계혈(鷄血)단, 불변(不變)단,[74] 등등. 그리고 공산주의자들에 의한 적화(赤化)운동 단체로 사회장이니, 노농(勞農) 정부 지부니, 심지어는 무정부(無政府)주의단 이라는 것까지도 있었다.

이러한 여러 단체의 이름만을 신문지상에서 보아왔던 창덕이는 그 단체원들이 검거될 때의 기분이 어떠하리라는 것은 실감할 수가 없었다. 그러나 지금 포승으로 결박되어 있으면서도 이처럼 태연자약할 수 있다는 것은 자기는 직접 독립운동에 가담하고 있지 않는 증거라고 생각되어 미안하기 그지없었다.

창덕이의 이 태연자약한 모양이 일인 순사의 비위를 상하게 하였음인지 그 순사는 벼란간 창덕이를 때리고 차기 시작했다. 한참 맞고 있노라니 파출소 문이 열리면서 순사 하나가 들어왔다. 일인 순사는 때리기를 끝이고

"굉장한 놈 하나 잡았오." 하고 일어로 자랑하였다.

"무엇을 한 놈인데요?" 하고 묻는 순사의 일본어 발음으로 보아 이 순사는 조선인이라는 것을 창덕이는 알 수가 있었다. 그래서 그는 조선어로

"저기 저 만두를 보구 폭발탄이라구 저를 포박했어요." 하고 말했다.

조선인 순사는 치룽께로 가서 물꾸러미 들여다보다가 만두 한 송이를 집

67　중흥단(中興團) : 1920년대 초 만주에서 조직되었던 독립운동단체. 한족회의 분신으로 만주 통화현 칠도구에 그 본부를 두었다.

68　의용단 : 1919년 평양에서 조직되었던 독립운동단체.

69　향촌회 : 대한국민회부인향촌회. 상하이 임시정부를 지원할 목적으로 1919년 평안남도 순천에서 예수교의 장년부인들이 중심이 되어 조직하였다.

70　의용대 : 1938년 10월 10일 중국의 임시수도 한커우에서 김원봉에 의하여 창립된 한국독립무장부대.

71　대동청년독립단 : 조선청년독립단. 1918년 일본 동경에서 조직되었던 독립운동단체.

72　국민회 : 1909년 미국에서 조직되었던 독립운동단체.

73　신민단 : 1919년 러시아 블라디보스토크에서 조직되었던 독립운동단체. 신민회, 대한신민회, 또는 신민단으로도 불렸다.

74　불변단 : 천지불변단. 1919년 중국 톈진(天津)에서 조직되었던 항일독립운동단체.

어 들었다.

"아, 아. 아부나이(위험해)." 하고 기겁을 떠는 일본인 순사는 도망 갈 태세를 취하였다. 크게 웃는 조선인 순사는 "우마이 데스요(맛이 좋아요)." 하면서 만두송이를 코밑에 대고 맡아보았다.

"아니 그래 그게 정말 먹는 거요?" 하고 묻는 일본인 순사는 어색한 표정으로 창덕이와 조선인 순사의 얼굴을 번가라 보았다.

"냄새만 맡아두 입에 군침이 도는걸요." 하고 말하는 조선 순사는 낄낄낄 크게 웃었다.

"야단은 떨 걸 다 떠는군. 날 왜 속였어?" 하고 억지소리를 지르면서 일인 순사는 창덕이를 다시 발로 차기 시작했다.

"속이기는 누가……."

말이 채 끝나기 전에 일인 순사의 주먹은 창덕이의 입을 갈기었다.

입술이 터졌다. 그러나 호소무처[75]였다.

기미년 독립만세 데몬스트레슌이 있는 이태 후에 중학교를 졸업한 창덕이는 에비슨 의학전문학교에 입학했다. 그 당시 의과를 전공할 수 있는 학교는 서울에 세군데 뿐이었다. 국공립으로는 경성제국대학(京城帝國大學) 의학부와 경성의학전문학교가 있었는데 이 두 학교는 주로 일본인 학생들을 위한 학교이었으므로 교수진도 일본인 일색이었다. 사립으로는 미국 미쏜이 운영하는 에비슨 의학전문학교 하나뿐 이었는데 여기서는 조선인 학생들을 위주로 했고 교수진 절대 다수가 미국인이었고 조선인도 몇 분 계셨다. 누님도 형도 독립운동 하다가 감옥사리를 했는데 일본인 교수 밑에서 공부 한다는 것이 창덕이 비위에 맞지 않았고 미쏜계통 중학교 졸업자는 미쏜계통 전문학교로 진학하는 것이 통례이었기 때문에 그는 이 학교를 택했던 것이었다.

---

75 호소무처 : 呼訴無處. 억울하고 원통한 사정을 호소할 곳이 없음.

그가 공부를 시작한 지 두 달이 채 가기 전에 그는 이 학교를 택한 것이 잘 되었다고 절실이 느끼게 되었다. 그것은 五월 말결에 경성의학전문학교 조선인 학생들은 전부 동맹휴학 투쟁을 하게 된 것이었다.

五월 二十六일이었다.

일본인과 조선인 학생들이 공학하는 경성의전 一학년 학생들은 해부학 강의를 들었다. 해부학 강의를 마친 그들 학생들은 해부실로 가서 해골 실물을 견학하기로 했다. 해부실이 너무나 좁았기 때문에 一학년 학생 전부가 다 들어갈 수는 없고 일인학생과 조선인 학생 합하여 열 명만이 들어가게 되었다. 그 이튿날 일본인 교수 의학박사 구보(久保)는 해부실에 비치되었던 두개골(頭蓋骨) 한 개가 없어졌다고 하면서 그것은 조선인 학생이 도둑해 갔음에 틀림없다고 단언했다.

"너이들 조선 사람은 해부학상으로 보아 원래 야만에 가까울 뿐 아니라 너이들의 지나간 역사를 보더라도 도둑놈 근성을 가진 족속인 만큼 너이들이 도둑질 해간 것은 틀림없다."고 구보 교수는 폭언을 했다. 그러자 이에 호응하는 일본인 학생들은 저이끼리 회의를 열었다. 이것을 본 조선인 학생들은 一학년 학생뿐 아니라 상급생까지 전부 모여서 진상을 밝히기로 했다. 그러나 그들이 개회도 하기 전에 일인 교수 사, 오명이 들어와서 학생들을 쫓아내려고 했다. 일인은 무슨 짓을 하건 내버려두고 조선인만 탄압하는 그 처사에 학생들은 분개했다.

바로 일전에도 일본 오사까(大阪)차는 도시에서 일인들과 조선인들이 어떤 술집에서 싸움이 버러저서 중상자마저 나는 참사가 있었었다. 그런데 일본 경찰은 선손을 쓴 일인들은 하나도 구속하지 않고 피해자인 조선인들만 구속하는 행동을 감행했었다.

사사건건 차별대우를 하는데 격분한 학생들은 일인 교수들을 모조리 몰아내고 회를 열었다. 그들은 두 개 조목의 요구조건을 통과시키고 그것은 학교장에게 제출하고 四十八시간이내에 해결을 지어주지 않으면 동맹휴학으로 들어간다고 통고하였다. 두 조목의 결의는

一, 구보교수의 말이 조선인은 해부학 상으로나 국민성으로 보아 야만이라고 하였으니 그 선생은 마땅이 학생일동에게 그 자세한 연구를 학리상으로 강의하여 줄 것.

二, 구보 교수의 교수는 받지 않을 터이니 속히 처치해줄 것, 이었다.

그 이튿날 학교에서는 조선인 학생들만 따로 모아놓고 문제의 구보 교수와 그 밖 일인 교수 사, 오명이 나타났다. 구보 교수는

"나는 본래 흥분하기 잘하는 사람이어서 학문을 연구하는데 열심한 나머지 탈선하여 그와 같은 말을 하였다고 하면 이는 나의 본의가 아니니까 취소한다." 하는 애매한 발언을 하고는 곧 퇴장해버렸다. 애매하기 그지없을 뿐 아니라 '면'자가 붙은 어리벙벙한 취소는 받아들일 수가 없다고 학생들은 말했다.

일본인 교장은 요구 조건을 각하한다는 통고와 함께 동맹휴학을 감행하면 학생 전부 퇴학처분을 하겠노라고 위협하였다.

그 이튿날 선동자 九명에게는 퇴학, 조선인 학생 전체는 무기정학에 처한다는 공고가 나 붙었다. 그 즉시 조선인 학생들은 전부 동맹 퇴학원을 제출했다. 그러자 동대문 경찰서에서는 十一명 학생을 체포해 갔다.

사태를 수습해보려고 동문회(同門會)와 학부형회를 소집하여 학생들에게 상학을 권면했으나 실패하고 분규는 거의 한 달을 끌었다. 그동안 구보 교수는 칭병[76]하고 집에서 두문불출하였다.

"구보야, 너 같은 놈은 아무 자격도 없는 놈이니 박사호를 도로 받히고 똥통 구루마나 끌어라." 하는 투서도 받고 또 폭행당할 우려가 있다고 하여 순사들의 보호까지 받는 그는 신문지상에 사과 담화를 발표했다.

六月 二十五일에 이르러서야 학부형 대표와 학생 대표 연석회의에서 분규는 해결되었다. 학교 측에서는 퇴학생들에게는 가(假)입학, 정학생들에게는 복교시키기로 양보한 것이었다.

---

76 칭병 : 稱病. 병이 있다고 핑계함.

이러한 학생 투쟁이 계속하고 있는 동안 서울 시내 한쪽에서는 조선민족 미술관 설립을 후원하는 기금(基金)을 쌓는다는 미명(美名)하에 일본인 부처의 강연회와 음악회가 개최되고 있었다. '야나기'(柳宗悅)라는 일본 사람은 도꾜에 있는 동양대학 교수이며 시인(詩人)이었고 그의 아내 겸자(兼子)는 유명한 성악가이었다. 남편인 '야나기' 교수는 종로기독교 중앙청년회관에서 '민족과 예술의 관계'라는 제목으로 일어로 강연을 했고, 그의 아내는 경운동 천도교 중앙회당에서 독창회를 열었는데 일본 처녀 '마에다'(前田嶺子)양의 찬조 출연까지 있었다.

그 해 여름 방학동안 창덕이는 의학 공부와는 동 떨어진 독서, 강연, 연극, 음악, 영화 등을 싫것 감상할 수가 있었다.

기미년 독립운동에 충격을 받은 일본 정부는 조선인들의 환심을 사기 위하여 조선글로 발행되는 세계의 일간신문 발행을 허가하였고 정기 간행물 몇 가지도 발행 허가를 주었다. 그러나 잡지에 실릴 원고는 사전에 총독부 도서과 검열을 통과해야만 했다. 원고를 제출하면 한 달 뒤에야 찾아오는 그 원고에는 '두 자 삭제'니, '석 줄 삭제'니 '전문(全文) 삭제'니 하는 붉은 도장으로 만신창이가 되어 나오군 하는 것이었다.

독립운동을 계기로 하여 민족의식이 한결 더 강해진 대중은 좀 더 배우고 싶은 욕망이 솟아올라서 조선글로 쓴 것이면 무엇이고 다 읽고 싶어 했다. 정기 간행물로는 학생계, 신(新)청년, 여자계, 여학생, 청년, 현대, 계명(啓明), 아성(我聲), 신천지, 신민공논(新民公論), 낙원대중시보, 공제(共濟), 개벽(開闢), 창조 등과 도꾜에 유학하는 조선학생들이 편집 발행하는 학지광(學之光) 등이 있었다. 단행본으로 한 해 동안에 출판되어 나온 것은 '우국지성(憂國至誠)의 뜨거운 피눈물! 그리고 列士(열사)'라는 부제가 달린 『데모쓰테네쓰』 웅변집을 비롯하여 『순국열녀(殉國烈女)』 『짠 따크』, 『자유의 신(神)』, 『루쏘』, 『윌손』, 『理想村(이상촌)』, 『타골』, 『성길사한(成吉思汗)』,[77] 『시문독본(詩文讀

77　성길사한(成吉思汗) : 칭기즈칸.

本)』, 『실지응용작문대방(實地應用作文大方)』, 동화집, 『익살주머니』, 『자습지나어[78]집성(自習支那語集成)』, 『어이켄 철학』,[79] 『군선요리제법』, 『과격파 운동과 반(反)과격파 운동』 등이 나오고 번역물로는 톨스토이의 『나의 참회(懺悔)』, 그리고 신소설로는 『박명화(薄命花)』, 『사랑의 한』 등등이 있었다.

여름방학을 이용하여 계몽 강연을 할 목적으로 十三도 도시를 고루고루 순회하는 학우회(學友會－도쿄에 유학하는 조선인 학생들로 조직된) 강연단과 그 역시 도쿄에 유학하는 조선인 여학생들로 조직된 여학생 강연단의 강연들은 도처에서 감명 깊은 환영을 받았다. 강연회라면 의례히 강단 상좌를 차지하고 앉는 일본 경관이 연설 도중에 번번이 주의(注意)와 중지(中止)와 해산을 명하기 때문에 민중이 일본 정치에 향하는 적개심은 더 한층 고무되었다.

도쿄에 유학하는 조선인 학생들로 조직된 동우(同友)회 순회 연극단 공연을 창덕이도 가보았다. 연극을 시작하기 전에 홍영후[80]씨의 바이올린 독주와 윤심덕[81] 양의 쏘프라노 독창이 있었다. 연극으로는 〈최후의 악수〉[82]와 〈김영일의 죽음〉[83]이 상연되었는데 창덕이가 가진 손수건은 땀이 아닌 눈물로서 화락 젖었다.

서울에서 조직된 갈돕회(고학생들의 相助會(상조회))[84]에서도 순회 연극을 했다. 간곳마다 입장료 수입보다도 관중으로부터 답지하는 찬조금 수입이 더

---

78 지나어 : 중국어.

79 『어이켄 철학』 : 『베이컨 철학』의 오류인 듯하다.

80 홍영후 : 본명은 홍난파(1898~1941). 한국의 작곡가·바이올리니스트. 도쿄신교향악단의 제1바이올린 연주자가 되었으며 조선음악가협회 상무이사를 지냈다. 총독부의 정책에 동조하여 대동민우회(大同民友會), 조선음악협회 등 친일단체에 가담했다.

81 윤심덕(1897~1926) : 성악가이자 배우. 대표 작품으로는 〈사의 찬미〉가 있다. 1926년 애인이었던 연극인 김우진과 동반 자살.

82 〈최후의 악수〉 : 홍난파 작. 『매일신보』 1921.4.29~6.7(40회 완) ; 박문서관, 1922(67쪽)

83 〈김영일의 죽음〉 : 조명희(1894~1938) 작. 동양서원, 1923. 조명희의 첫 번째 희곡집.

84 갈돕회 : 1921년 여름 창단된 고학생들의 자치단체. 윤백남·이기세의 지도와 조선노동공제회의 후원을 받아 전국 주요 도시를 순회공연했다.

컸다.

러시아 해삼위[85]에서는 교포들의 제二세 청춘 남녀들로 조직된 고국방문 음악 무용단도 도처에서 대환영을 받았고 공연 때마다 동정금이 많이 들어올뿐 아니라 그 지방 유지들의 환영회도 성대했다.

활동사진은 미국 것이나 일본 것이나 국산 영화나가 모두 다 무성 흑백 영화뿐이었다. 한국 영화로는 연쇄극[86]이라는 것이 무엇보다 더 환영을 받았다. 영화를 돌리다가 문뜩 영화는 끊고 실 무대가 나타나서는 그 영화에 나오는 남녀 배우들 실물이 등장하여 한 막 연극을 삽입하군 하는 것이었다.

미국 영화도 가장 인기가 큰 것은 한번에 두 권[87] 혹은 네 권밖에 상영하지 않는 연속물이었다. 가장 아슬아슬한 대목에서 끝이 나고 그 뒤 것은 한 주일 후에야 계속되는데 높은 낭떨어지에서 말 탄 채로 떨어진 주인공이나 귀신 붙은 성 속에 감금된 공주의 운명이 어떻게나 전개되는지, 한 주일 기다리는 것이 지루하고 초조스럽기 한이 없었다. 거의 一년이나 계속 상영된 연속영화 〈유령기수(幽靈騎手)〉의 운명은 과연 어떻게 진전되는가를 창덕이는 동창생들과 내기를 걸기도 하였다.

서울 장춘당 공원에서 놀던 일본인 몇이 조선 소녀 하나를 겁탈하려다가 들키었다. 거기서 놀던 조선인들은 그 일인들을 때리려고 달려들었다. 수가 모자라는 일인들은 황금정(현 을지로) 쪽으로 도망갔다. 격분한 그 근방 주민들까지 합세한 四백여 명 조선인들은 일인들의 뒤를 딸아 그들이 탄 전차를 습격했다. 일본 순사들의 칼부림 때문에 군중은 해산되고 수십 명이 체포되었다.

경성부 위생계에서는 파리 한 마리에 三리(厘)식에 (十厘가 一錢이고 白권이

---

85 해삼위 : 블라디보스토크(러시아 동부 해안 도시).
86 연쇄극 : 키노드라마. 연극에 영화를 섞어 상연하는 특수한 연극. 영상막을 설치해 두고, 연극을 공연하다가 무대 위에서 실연하기 어려운 장면에 이르면 미리 촬영해놓은 영화를 방영하면서 이어간다. 우리나라 최초의 연쇄극은 1919년 10월 27일에 단성사에서 공연된 신극좌(新劇座)의 〈의리적 구투(義理的仇鬪)〉이다.
87 두 권 : 두 편 또는 두 번의 오류인 듯하다.

一환) 사 들인다고 공고하였다. 첫 년에 파리 장사 五백여 명이 모여들어 十四만 마리의 파리를 위생계에서는 샀다. 이렇게 많은 사람들이 파리를 팔려고 올 줄은 예기하지 못했던 위생계에서는 당황하여 파리 값을 一리로 떨구었으나 파리 팔러 오는 사람들은 나날이 늘어갔기 때문에 파리 사기를 중지해버리고 말았다.

서울 시내 전차 요금은 한 구역에 五전씩이었다. 경성전기회사에서는 일본인 촌인 용산 지구에 한하여 구역제를 폐지하였다. 이 차별대우에 격분한 청량리 왕십리 마포 등 조선인 주민들은 연일 궐기대회를 열어 경전에 항의하였다. 그러나 몇일 못가서 주민 궐기대회는 경찰에 의하여 탄압되고 전차요금 차별대우 폐지 운동은 좌절되고 말았다.

한국인 민족의식의 상징인 경복궁을 눈에 띠지 않도록 하고 경복궁이 지닌 민족정기(精氣)를 말살하기 위하여 일본 정부는 조선총독부 신청사를 경복궁 바로 앞에 짓기 시작하고 광화문을 딴 데로 옮겨다 지었다. 총독부 신청사 기공식이 있던 날 어떤 조선인 이발사 하나는 신마찌(新町) 유곽에서 몸을 파는 한 창녀와 정사(情死)를 했다. 이발소 소독약인 '호르마린'[88]을 한 사발식 마신 것이었다. 또 이날 전라남도에서는 담배 경작자 百여 명이 군청을 습격하여 폭행을 가했다. 전매국에서 사들이는 잎담배 값을 갑자기 내린데 대한 불평표시였다. 경상북도 어느 골에서는 휴지가 되어버린 옛 제정 러시아 루불 지폐로 조선인을 속여 먹는 일인들이 횡행했다. 못쓰게 된 루불 지폐를 일본서 새로 찍은 지전이라고 속인 것이었다. 평안북도 어떤 읍 경찰은 수십 명 청년을 체포하였다. 그들이 지은 '죄'는 다름이 아니라 독립운동 테로범으로 사형 집행이 된 시체가 고향으로 운반되어 오는 것을 환영한 것이었다.

경성부민(서울시민)들에게 매일 오정을 알리기 위하여서 남산위에 비치한 대포로 매일 정오에 공포 한방식 쐈다. 그러나 그것만으로는 시간 맞추

---

88 호르마린 : 포르말린. 독성을 지닌 무색의 자극적 냄새가 나는 유해 화학물질.

기가 불편하다고 하여 정오에는 각 교회당에서는 종을 치고 모든 공장에서는 일제히 기적을 불라는 명령을 내렸다. 그러나 그것으로도 시간 관념이 보급되지 못하였다고 하여 부(府)에서는 전기회사에 부탁하여 전기불 켜고 끄는 시간을 매일 일정하게 하라고 하였다.

九十六명에 달하는 조선인 유지들이 조선 교육 실태를 조사하기 위한 위원회를 조직하였고 '조선인의 문화 향상과 사회개량'을 목적으로 하는 계명(啓明)구락부가 발족하였다. 이 구락부의 첫 개량 사업으로 어린이들에게도 '해라' 하지 말고 경어(敬語)를 쓰자고 주장했다.

중화민국 광동성(廣東城) 상하 양원(兩院)에서는 긴급회의를 열고 손 문(孫文)씨를 총통(대통령)으로 선거하고 연성(聯省)자치안을 통과시키었다. 북경정부는 놀라 자빠지고 호북(湖北)성 독군(督軍) 오 패부는 제 三성부를 수립한다고 선언했으며 외몽고(外蒙古)는 독립을 선언했다.[89] 이창(宜昌)과 무창(武昌)[90]에서는 병란(兵亂)이 일어나서 시가지를 무자비하게 약탈하였다. 사단장들이 제배만 불리고 사병들은 굶기는데 대한 분노 폭발이었다. 상해에서는 학생 궐기대회가 개최되어 북경정부 내각(內閣) 개조에 친일분자(親日分子) 입각 반대를 결의했다.

자칭(?) 아일랜드 대통령 데 발레라는 영국 수상 로이드 죠지에게 편지를 보내 아일랜드 독립 문제를 토의하는 무조건 회담을 하자고 제의하였다.

미국 뉴욕에 있는 '말코니' 회사 사원 하나는 화성(火星)에서 지구로 보내오는 무선전신을 받았다고 발표하였다.

누님 애덕이를 인력거에 태워 가지고 창덕이는 모교부속병원을 향하여 달리었다. 인력거꾼이 어찌도 빨리 뛰는지 창덕이의 절름발이 걸음으로는 딸아 갈수가 없었다. 전차길에 나서자 창덕이는 전차를 타고 가서 병원 문

---

89 이창(宜昌) : 중국 후베이성 서부의 하안 도시.
90 무창(武昌) : 후베이성 우한시의 한 지역.

전에서 인력거를 만났다. 바른쪽 아래 배가 갑자기 견델수 없이 아푸다고 하는 애덕이가 몸을 비비꼬면서 신음하기 때문이었다.

급성 맹장염이라는 진단이 내렸다. 당장 수술하지 않으면 죽는다는 것이었다. 누님을 입원시킨 창덕이는 부모 대신 서약서에 이름 쓰고 도장을 찍었다. 수술 받다가 환자가 죽더라도 그 책임을 병원 측에 묻지 않는다는 내용의 서약서였다.

수술 입회를 하기 위하여서는 병원에서 빌려주는 흰 까운을 입고 수술실로 들어가야 된다고 하는 것이었다.

수술실로 들어가니 흰 삼각수건을 쓰고 흰 까운을 입고 흰 고무장갑을 낀 간호원 셋이서 수술 준비를 하고 있었다. 이윽고 애덕이를 담은 들것을 두 남자 간호원이 매고 들어왔다. 흰 홋이불을 덮고 들것에 반듯이 누어 들어오는 누님의 모습을 보자 창덕이의 가슴은 선뜻하였다. 무섭고 불안한 생각이 그를 휩싸는 것이었다. 들것에서 수술대로 옮겨 뉠 때 애덕이는 몸을 비틀면서 신음을 계속했다.

흰 칼, 집개 핀쎈트,[91] 꺽쇠, 까제 등을 실은 키 큰 쟁반이 환자 옆에 놓여지자 집도할 의사와 조수 두 명이 들어왔다. 모두가 흰 두건을 쓰고 흰 까운을 입고 흰 고무장갑을 끼고 흰 마스크로 코 아래를 가리웠기 때문에 누가 누가인지 얼른 알아볼 수가 없었다.

조수 하나가 수술대 머리맡게로 몽혼제[92] 흡입시키는 도구를 끌고 갔다. 높은 의자에 자리 잡은 그는 마스크 같은 것을 애덕이의 코 위에 덮었다. 에테르 냄새는 창덕이 코에도 약간 맡아지는 것같이 느끼었다.

"숨을 깊이 쉬지 말고 평상대로 쉬시오. 긴장하지 말고 맘 턱 놓고 하나 둘 세 보시오." 하고 조수는 애덕이에게 말했다.

열을 다 세기 전에 그녀의 목소리는 들릴락 말락 하다가 잠이든 듯 고요

---

91 핀쎈트 : 핀셋(pincette). 손으로 집기 어려운 작은 물건들을 집는 데 쓰는 의료용 족집게.
92 몽혼제 : 마취제.

해졌다. 몸을 뒤틀지도 않고 신음소리도 없어졌다.

환자 옆에 지키고 섰던 의사는

"준비 다 됐오?" 하고 몽혼시키는 조수에게 물어봤다. 조수는 고개를 끄덕이었다.

여 간호원 하나가 홋이불 아래도리를 걷고 애덕이 아래 배에 타올을 덮고 수술 받을 자리만 조금 드러냈다. 의사는 고무장갑 낀 손을 내밀었다. 간호원이 얼른 까제 한 개를 그 손에 쥐여주었다. 의사는 그 까제로 환자가 드러내 놓은 자리 피부를 닦고는 방바닥에 그 까제를 던졌다. 간호원은 수술용 적은 칼을 의사의 손에 얹어주었다. 의사 마즌편에 서 있는 조수가 손을 내밀자 간호원은 꺽쇠같이 생긴 기구를 그 손에 쥐여주었다.

의사가 환자의 피부 겉층을 싹 베자 피가 나왔다. 조수는 그 피줄기를 꺽쇠를 집어서 딱아놓았다. 간호원은 까제로 피를 닦아내고 그 피묻은 까제를 방바닥에 던졌다. 베어져서 시뻘겋게 들어난 살 안에 누르스름한 지방질 층이 나타났다. 칼은 이 지방질 층을 벴다. 피가 솟아올랐다. 꺽쇠로 찝고 까제로 피를 닦아내고 칼은 더 깊이 약간 내리 긋고 피는 더 많이 솟아오르고 꺽쇠 까제…… 숨소리만 들리는 정막 속에서 익숙하기 짝이 없는 무언극은 질서정연하게 급속도로 진행되고 있는 것이었다. 창덕이는 자기 맥박이 뛰는 소리를 듣는 것처럼 느끼었다. 의사도 조수도 간호원도 모두가 사람이 아니라 일종의 기계 부분품처럼 창덕이에게는 보였다.

'나도 몇 해 뒤면 저런 기계 부분품이 되고 말겠지!' 하고 그는 생각했다.

수술하는 적은 칼을 쓰는 기술만은 창덕이도 어지간이 익숙해져 있었었다. 그러나 그가 여태까지 그 칼로 째본 것은 산 사람의 살이 아니고 나무잎 개구리 그리고 최근에 송장 살이었다. 나무 잎을 벨 때 그는 처음이었만 손이 떨리지 않고 마음도 아푸지가 않었었다. 그 뒤 개구리 살을 점여 낼 때 그 살이 파들파들 떠는 것과 마찬가지로 그의 손구락과 마음이 떨었었다. 그 뒤 송장 살을 도려 낼 때 그 살이 떨지는 않았으나 지독한 소독약 냄새에 구역질이 났고 싸늘한 송장 촉감에 소름이 끼치어서 그의 손은 와들와들 떨리었다. 몇 학생은 그 자리에서 토하고 몇 학생은 도망 가버리고 말았으나 창덕이는 몸과 마음의 동요를 가까수로 억제하면서 송장 살을 점여냈다. 그러나 혹시 실수하여 손을 베면 그것은 곧 자살행위라는 주의를 받은 생각이 문뜩 났다. 떨리는 칼이 엷은 고무장갑을 뚫고 손구락을 건들인 것 같은 감을 느끼는 그는 몸서리를 치면서 칼을 던지고 허겁지겁 밖으로 나갔다. 고무장갑을 벗기가 무섭게 손구락을 자세히 살펴보았으나 베진 자리는 없는 것 같았다. 그래도 안심이 안 되어 쨍쨍 햇빛이 쪼이는 데로 나가서 고무장갑을 펴들고 바늘구멍이라도 났나하고 살펴보려고 했으나 겁을 집어먹은 그의 가슴은 떨리기만 했다. 그는 그 고무장갑 검사를 동창생에게 부탁하고 말았다.

창덕이가 본격적인 해부학 실험에 들어선 것은 아니었다. 단지 동식물과 사람의 세포조직을 현미경을 통하여 직접 관찰하므로써 예비지식을 얻는 실험에 불과했던 것이었다.

교수의 친절한 지도를 받으면서 창덕이는 나무잎 조각을 오려서 그것을 두껍고 작으마한 장방형 유리판에 발라놓고 그 위에 물약 한 방울을 떨구었다. 그 유리판을 현미경 아래 판대기에 밀어 끼웠다. 그리고는 전기불을 켰다. 시꺼멓고 금이 간 둥근 통을 통하는 빛이 현미경 렌즈와 유리판을 맑게 비추어 주었다.

교수의 지시대로 현미경 조절 손잡이를 이리저리 돌리면서 창덕이는 열심이 들여다보았으나 그의 눈앞에는 아모 것도 나타나지 않았다. 세포조직이 어떻게 생겼다는 것은 교과서에 난 그림을 보아 대강 짐작하고 있는 그였다. 그 비슷한 것이 통 나타나지가 않았다.

학생들을 차례로 보살펴 주던 교수는 창덕이 뒤로 와서

"잘 보이나?" 하고 물었다. 창덕이는 대답 대신 얼른 얼굴을 들고 옆으로 비켜섰다.

"어데" 하면서 눈을 현미경에 댄 교수는 대수롭지 않은 태도로 조절손잡이를 한두 번 돌리더니

"자" 하면서 얼굴을 들었다.

창덕이는 다시 현미경을 들여다보았다. 잠시 동안 그에게는 아무것도 보이지 않았다. 그러나 벼란간! 선과 선이 명확하게 분별되는 수다한 무늬들이 그의 눈앞으로 툭 튀어 올랐다. 제각기 세포핵을 가진 세포들의 파노라마가 교과서 그림보다 몇 배나 더 선명하게 더 생생하게 더 실감 있게 보이는 것이었다. 그는 요술에 걸리기나 한양 한참이나 들여다보면서 거듭 감탄했다.

"자, 다들 발견했으면 보이는 그대로 그려서 바치면 이 시간 공부는 끝나는 겁니다." 하고 교수는 말했다.

그 다음 개구리 살의 세포조직을 볼 때에도 창덕이는 현미경 쓰는 방법이 아직 서툴렀다. 그때에는 교수가 일일이 조절해주지 않고 학생 각자가 독자적으로 해보라고 내 버려둔 것이었다.

옆 학생들은 벌서 개구리 세포를 그리고 있는데 창덕이는 아직 현미경속에 나타나는 세포를 포착하지 못하고 있었다. 현미경 조절 손잡이에 역정을 내는 창덕이의 마음은 초조하기 그지없었다. 거의 다 그린 옆 학생의 그림을 힐끗힐끗 곁눈질해 보면서 창덕이는 그대로 그리고 있었다. 그의 눈치를 챘는지 교수는 가까이 와서 창덕이 앞 현미경을 들여다보았다.

"아니, 이 속에는 자네가 그리고 있는 것과 같은 무늬가 나타나 있지 않은데." 하고 따지었다. 얼굴만 붉힌 창덕이는 아무 말도 못했다. 교수는

"과학에는 협잡이나 대략이나가 절대로 용인되지 않는다는 것을 처음부터 각오해야 되는 거야. 자기 자신이 사실을 발견하고 그 사실에 아모런 과장이나 편견을 가미하는 일없이 사실을 사실 그대로만 발표하는 것이 과학자의 일이야. 그러할 자신이 없으면 애초부터 과학연구는 단념해버리는 것이 좋아." 하고 말했다.

수술하던 의사는 고개를 들어 벽에 걸린 시계를 쳐다보았다. 그 다음 몽혼시키고 있는 조수를 힐끗 보고 난 그는 다시 수술대 위로 고개를 숙이었다.

벽상에 걸린 시계를 창덕이도 쳐다보았다. 그러나 몇 시, 몇 분이라는 관념이 그에게 생기지가 않았다. 시계추가 규칙적으로 왔다 갔다 하는 것만이 유난히 크게 뜨이고 젝걱 젝걱 소리가 갑자기 너무 크게 들리었다.

시간은 흘렀다.

수술하는 의사의 눈섭에는 땀이 매쳤다. 간호원 하나가 까제로 그 땀을 연성 닦아주고 있었다. 땀을 닦아낸 까제와 피 묻은 까제와 핀쎈트 등이 거의 쉴 새 없이 방바닥에 떨어졌다. 의사도 그러려니와 조수나 간호원들의 동작도 기민하기가 짝이 없었다. 그러나 이 수술이 무척 지루하게 창덕이에게는 느껴졌다.

의사는 또 시계를 쳐다보았다. 눈만 노출된 그의 표정은 알아볼 수가 없었으나 마스크를 쓰지 않은 조간호원들의 얼굴에서 초조하고 겁에 질린 표정을 창덕이는 발견할 수 있었다.

의사가 시계를 쳐다보는 도수가 너무나 빈번해졌다. 약간 떨어진 곳에 서서 구경하는 창덕이의 눈에는 수술 받는 자리가 들여다보이지는 않았으나 의사의 손구락이 애덕이 배 속으로 자꾸 들어갔다 나왔다 하는 것같이 보였다. 밸[93]을 꺼내 만저보기도 하는 것 같았다.

의사의 눈섭에 매치는 땀을 닦아주는 간호원이 제일 분주한 사람이 되었다. 시계를 또 쳐다 본 의사가 몽혼시키는 조수를 바라다보자 그 조수는 고개를 흔들었다.

맹장을 자른 것 같지는 않은데 의사는 가위를 던저 버리고 간호원은 바늘에 실을 끼웠다. 도려냈던 구멍을 꿰매는 것이었다. 서너뜸 꿰매고 난 의사는 긴 한숨을 쉬면서 한 거름 뒤로 물러섰다. 그는 고무장갑을 벗으면서

"맹장염이 아니었구 회[94]의 작난이었어. 대장 속에 큰 회 두 마리가 만져지더군." 하고 말하고는 밖으로 나가버렸다.

---

93 밸 : '배알'의 준말. 창자를 속되게 이르는 말.
94 회 : 회충.

창덕이는 어안이 벙벙했다. 한 조간호원이 수술기구가 담긴 소판을 뒤로 밀어내자 정간호원이 까제로 수술한 자리를 덮고 다른 조간호원이 붕대로 감고 있는 동안 몽혼시키던 조수는 몽혼기계를 방 한 모퉁이로 밀어다 놓고 나가버렸다. 남자간호원 둘이서 들것을 가지고 들어오자 여자 조간호원 둘이서는 아직 무감각한 환자의 몸을 부축하여 들것에 옮겨 뉘였다. 들것이 나가자 조간호원들은 방바닥에 지저분하게 널려 있는 피 묻은 까제, 땀 묻은 까제, 수술기구들을 주섬주섬 집어서 바퀴달린 테불 위에 싣고 나가버렸다. 정간호원이 혼자 남아서 방바닥을 샅샅치 살펴 보고나서 장갑을 천천히 벗고 마스크 고름을 풀었다. 그녀는 긴 한숨을 쉬면서 아직 멍하니 바라다보고 있는 창덕이에게로 피곤한 미소를 보냈다.

수술실 안에는 그들 둘 외에는 아무도 없었다.

창덕이는 겨우 용기를 내서

"맹장염이 아닐지라도 이미 쨈 김에 잘라버렸으면 좋을 것이 아닙니까?" 하고 말했다.

정간호원은 한 번 더 수술실을 휘둘러보면서 창덕이에게로 가까이 왔다.

"맹장을 종내 발견하지를 못했어요." 하고 그녀는 속삭이었다.

"아니 맹장이 없는 사람두 있어요?" 하고 다급하게 묻는 창덕이의 목소리는 상당히 컸다.

"쉬!" 하고 간호원은 주의시키고 나서 "없는 사람은 없지만 아마 제 위치에 있지 않았나 봐요. 딴 위치까지 찾아보려면 배를 좀 더 길게 쨰야 하겠는데 그럴 시간이 부족했어요. 몽혼을 너무 오래 하면 생명이 위험하거든요." 하고 속삭이었다.

입원실로 간 창덕이는 애가 탔다. 몽혼에서 아직 깨나지 않은 누님은 고통을 모르고 잠잘고 있으나 몽혼에서 깨날 때 다시 맹장염의 고통을 느끼게 된다면……아니 지금 당장 맹장이 곪아 터지는 것도 감각 못하고 저러고 있는 것이 아닐까? 생각만 해도 무서운 일이었다. 맹장이 터지면 죽는 것이었다. 속수무책이었다.

겁이 더럭 난 창덕이는 아직 깨나지 못한 누님을 그냥 둔 채 학교 건물로 가서 곽 교수 연구실 문을 두드리었다.

사연을 듣고 난 곽 교수는

"어느 분이 집도했는데?" 하고 물었다.

"박 교수께서요."

"흠 그이는 약간 서툴다고 소문 난 분인데. 강 교수에게 부탁했더면 좋았을 것을."

"오늘은 박 교수 당번이기 때문에 별수 없었어요. 급성이기 때문에 당장 잘르지 않으면 터진다는 걸요."

"허 그거 참! 나는 그 방면에는 백지나 다름이 없는데…… 지금 몇 시지? 우리 강 교수 댁으로 찾아가 볼까?"

강 교수는 마침 댁에 계셨다.

사연을 듣고 잠시 침묵을 지키던 강 교수는 침통한 표정을 지으면서

"오진(誤診)이기를 바라는 도리밖에 없는데!" 하고 혼자 말하듯 말하는 것이었다.

6

오진(誤診)이었기 다행이었다.

급성 맹장염이 아니었다는 것이 시일이 경과함에 따라 증명되었다. 그러나 수술한 자리는 아물지를 못하고 곪아서 고름이 질질 흘렀다. 퇴원을 하고서도 애덕이는 보름이나 매일 병원에 다니면서 고름을 닦아내어야 되었다.

두어 달 후에 애덕이는 또다시 하복부 거의 같은 자리에 격심한 아픔을 느낀다고 불평했다. 풋내기 의학도인 창덕이의 눈에도 그쪽이 부어올랐다는 것이 발견되었다.

애덕이는 다시 입원했다.

병실 침대에 누어서도 그녀는 몸을 뒤틀고 팔다리를 허우적거리면서 눈

을 즈리감고 이를 뽀드득뽀드득 갈면서 고통하기 때문에 진통제 주사 한 대를 놔주고 나서야 진찰이 가능했다.

그러나 진단은 쉬 내려지지 않았다.

아프기는 계속 아픈 모양이었다. 진통제를 놔주면 조용 하다가도 약 기운이 진하자마자 그녀는 몸부림치면서 얼굴이 햇슥해지고 눈이 뒤집혔다. 그러나 몰핀 주사를 자주 마주면 중독이 되어 폐인이 된다고 의사는 시약하기를 꺼리었다.

밤에도 애덕이는 잠 한숨 못 들고 그냥 아프다고 엉엉 울기까지 했다. 옆에 지키고 앉아서 밤을 새운 창덕이는 훤하자 마자 밖으로 나가 거리 약방으로 가서 몰핀 주사약을 사다가 제가 몰래 놔주었다.

사흘째 되던 날 아침 창덕이는 곽 교수에게 불리워 갔다. 불러놓기는 하고도 어색하리만큼 오래오래 담배만 계속 피우고 있던 교수는 헛기침을 두 번 하고 나서

"누나가 말이지. 누나가……아파하는 꼴이 말이지…… 어, 그거, 어…… 가식은 아니겠지?" 하고 뚱딴지같은 질문을 던졌다.

"가식이라니요?"

"어, 그거…… 음. 정말 아푸지는 않을 것을 말이지, 그…… 아, 억지로 꾸며서, 어, 그…… 억지로 아픈 체 하는 것이나 아닌지…….."

창덕이는 어안이 벙벙했다.

"가식할 이유가 어데 있어요?"

"글쎄. 허…… 누나가 말야, 어……혹시, 그, 그, 혹시 말이지, 혹시 매시꺼워하는 때가 없…… 없든가?"

"그런 기색은 못 봤는데요. 밥은 통 못 먹지만요. 꼽박 굶구 있어요."

"그래? 그럼 그 신것…… 신것을 먹구 싶다구 하지는 않든가? 혹시."

"예, 본시부터 '나쯔미깡'⁹⁵을 무척 좋아해요. 그래 제가 일부러 진고

---

95 나쯔미깡 : 여름 귤.

방랑객(放浪客)들

105

개[96]까지 가서 철늦어서 무척 비싼 '나쯔미깡'을 사다가 줬지만 그것 한쪽도 먹지 못해요. 먹기는커녕 물 마실 기력도 없나 봐요."

"허어, 그렇다. 그것 참……."

어떤 생각이 번개같이 창덕이의 머리를 스쳤다. 그는 황급하게

"아아니 그래 우리 누님이 설마……."

하고 말을 계속하지 못하였다. 눈치를 챈 곽 교수는

"그러기 말일세. 나두 그럴 리는 만무하다구 꼭 믿구 있지만 의사들의 공통되는 의견이……."

"그건 불가능한 일입니다. 또 설사 그런 일이 있다면 누나가 여기 이 병원으로 오기까지 미련한 누나가 아니야요."

"그러기 말이지. 나두 산부인과나 전공했드라면 내 친히 진찰이라도 해볼 수 있으련만…… 내 딱터 부라운한테 한번 의논해보기루 하지."

복도에 나선 창덕의 머리는 얼떨떨했다. 복도에서 만나는 의사, 간호부, 심지어는 동창생들까지도 그를 별스런 눈초리로 노려보며 지나가는 것이었다.

누나가 절대로 그럴 리가 없다고 확신하기는 하면서도 그의 얼굴은 홧홧 달아 올라왔다.

한 시간 뒤 병원 의사는, 인턴까지도, 통틀어 나서 애덕이 진찰을 차례로 했다. 궁금증을 견디지 못하여 결강까지 하면서 입회한 창덕이는 진찰하고 있는 의사들 각기의 얼굴 표정을 살피기에 여념이 없었다. 그러나 의사의 얼굴들은 모두다 가면인양 무표정이었다.

진찰을 끝내고 사무실에 모인 의사들은 구수회의[97]를 했다. 임신에 틀림없다는 것이 거의 공통된 의견이었다. 창덕이는 약이 올라서 절대로 그럴

---

96 진고개 : 서울 중구 충무로 중국대사관 뒤편에서 세종호텔이 있었던 고개. 땅이 매고 질어서 한자로는 이현(泥峴)이라 불리고 한때 남산골로도 불렸다.

97 구수회의 : 비둘기들이 모여 머리를 맞대듯이 여럿이 한자리에 모여 앉아 머리를 맞대고 의논함. 또는 그런 회의.

일이 없다고 거듭 맹서했다.

김 인턴(그는 창덕이와 상당히 친한 사람이었다)이 얼굴을 붉히면서

"제 의견도 외람되지만 말씀드려볼까요?" 하고 주저거리면서 말했다. 의사들은 대답 없이 코웃음 치는 태도였다. 창덕이는 일부의 희망을 품고 김 인턴의 입을 주시하였다.

"제 미련한 소견에는 그것이 혹시나 난소에 혹이 생긴 것이나 아닌가 하고……."

김 인턴의 말이 채 끝나기 전에 딱터 부라운의 얼굴이 홱 변하는 것을 창덕이는 봤다. 딱터 부라운은 아무 말 없이 사무실에서 나갔다. 창덕이도 뒤따라 나갔다.

"반시간 후에 나의 방으로 와보시오."

하고 딱터 부라운은 미국어식 액쌘트가 다분이 섞인 조선말로 창덕이에게 말했다.

창덕이가 한 시간이나 기다린 뒤에야 딱터 부라운이 나타났다.

"아직도 단정할 수는 없지만도 환자가 참말로 아파하는 것이 분명하니까 이상한 일입네다. 그러나 우리 의사 책임 너무나 중하지요. 황보 학생 하나님 앞에 맹서할 수 있오?" 하고 딱터 부라운이 말했다.

"예, 맹서 합니다."

"그러면 만약 실수할 때 학생은 어찌할 것입니까?"

"딱터 부라운님을 절대 믿습니다."

딱터 부라운의 집도로 애덕이의 아래배는 다시 째졌다. 입회하는 창덕이 눈에 딱터 부라운은 하느님처럼 보이고 수석 간호부는 천사처럼 보였다.

이번에는 오진이 아니었다. 난소를 잘라내고 이미 배를 가른 김에 맹장까지도 잘라냈다.

수술이 다 끝나고 난 뒤 수석 간호원만이 혼자 남아서 뒤치닥거리를 끝낼 때까지 창덕이는 그냥 서 있었다. 수석 간호원이 마스크를 풀자 그는 가까이 가서 허리가 땅에 거의 닿도록 절을 했다.

"참 누명을 벗게 해주어서 감사합니다." 하고 그는 말했다.

"누명만 벗었나요, 천만다행이 목숨도 건졌지오. 하루만 더 지체했드라면 누님은 천당으로 가셨을 것이니까요. 누님도 창덕씨처럼 얌전하시리라고 나는 믿고 있었기 때문에 그런 일은 없었으리라고 생각했드랬어요."

창덕이의 얼굴은 갑자기 달아올랐다. 수석 간호원도 웬일인지 그녀 얼굴(그 밉고 애교까지 통 없는 얼굴)에 홍조가 솟아올랐다. 그리고 그녀의 눈에서는 수수꺼끼 같고 신비스런 광채가 서리는 것을 그는 봤다. 황망히 그녀의 시선을 피하면서 그는 뛰어나가고 말았다.

혼자 남은 간호원은 창문께로 가서 벽에 기대섰다. 육체의 피곤보다도 마음의 허전한감이 그녀를 엄습했다. 그녀는 창밖을 내다보았다. 잎이 무성한 오동나무 두세 그루가 그녀 눈에 띄었다. 오동잎이 한 개식 두 개식 뚝뚝 떨어졌다. 바람은 한 점도 없는데.

'어느새 또 가을. 겨울이 오고, 봄이 왔다 가고, 여름이 왔다 가고, 또 가을! 무미건조한 세월. 같은 오동나무에 자란 그 수다한 잎새 중에서도 어떤 것은 왜 저렇게 남보다 먼저 떨어지고 말까! 나는' 하고 생각하는 그녀의 눈에는 눈물이 글성했다. '애덕씨는 그래도 임신했다는 누명이라도 쓸 만큼 애교가 있는 노처녀인데. 내가 만일 정말 임신했다고 해도 그걸 곧이들을 사람은 없겠지. 더구나 그녀는 존경받는 교원, 나는 멸시받는 간호부. 그래도 어리고 뱬뱬한 것들은 개인병원에서 쏙쏙 뽑아 가는데 나 혼자만은!'

두 달 전 일이 그녀에게 회상되었다. 애덕이가 공연한 수술을 하고 병실에 누워 있을 때 수석 간호원인 그녀는 무슨 이유로 그 병실엘 그렇게도 자주 드나들었던가? 입원환자 맥박 세고 체온 재보는 일은 간호부 양성소 학생들이나 하는 일인데. 결국 그녀는 애덕이의 얼굴에서 창덕이의 모습을 발견하려고 했던 것이었다. 그 당시 그녀는 그 동기를 스스로 적극 부인했었지만 지금 그녀는 시인하지 않을 수 없었다.

'부질없는 생각' 하고 탄식하면서 그녀는 머리를 흔들었으나 눈물이 주루루 흘러내리는 것을 금할 수 없었다. '남보다 먼저 떨어지는 오동 잎!'

거뜬해진 몸으로 병실 침대위에 누워 있는 애덕이는 며칠 밀린 신문을 뒤적거려 읽어도 괜찮을 만큼 회복되었다.

한때 청국 황제로 사억만 백성을 호령한 일이 있는 선통(宣統) 황제[98]는 지금 북경 고궁 한구석 방에 연금되어 그 헤아릴 수 없이 많은 보물을 한두가지씩 팔아서 겨우 연명하고 있다는 기사를 그녀는 읽었다.

에집트 혁명당 수령 '자굴파샤'의 부인은 "전능하신 알라여! 우리의 망명자들로 하여금 조국에 속히 돌아오게 하사 독립의 태양 아래서 그 빛을 받게 해주옵소서." 하는 기도를 매 가정에서 매일 한번 식 드리라고 호소하였다는 기사도 났다.

인도의 '깐디'는 무저항 반영(反英)운동의 한가지로 이번에는 납세거부(納稅拒否)로 항거하라고 방방곡곡 돌아다니며 선동하고 '나이두'[99] 여사도 거기 가담했다고.

새로 독립된 아일랜드 공화국 의회에서는 초대 대통령으로 '굴리피스'씨를 선출했고, 흑룡강 건너 동쪽 러시아와 조선반도 경계선 근처에는 二만여 명의 조선인 망명객들이 모여들어 신한촌(新韓村)[100] 정부를 수립했다고. 그런데 계룡산 속에서는 차경석(車京錫)이라고 하는 상투 튼 사나이가 황제가 될 꿈을 꾸고 있는데 그가 영도하는 훔치교[101](보천교라고 하기도 하고 태을교

---

98 선통(宣統) 황제 : 중국 청의 마지막 황제. 본래 이름은 아이신줴뤄 푸이(愛新覺羅溥儀). 1908년 3세의 나이로 청의 12대 황제가 되었지만 1912년 신해혁명으로 퇴위했다. 1934년 일본에 의해 만주국의 황제가 되었으나 일본의 패전으로 소련에 체포되었다가 중국으로 송환되었다.

99 나이두 : 사로지니 나이두(Sarojini Naidu, 1879~1949). 인도의 여류시인이자 사회운동가이며 정치가로, 영어로 된 시집을 발표하였다. 여성해방운동과 반영민족운동에 참여했으며 봄베이 시의회 의원, 인도국민회의 최초 여성의장, 런던 원탁회의 인도대표 등을 역임하였다.

100 신한촌(新韓村) : 일제강점기에 러시아 연해주의 블라디보스토크에 자리 잡고 있던 한인 집단 거주지.

101 훔치교 : 차경석이 창시한 증산교 계열의 신종교. 차경석은 천지개벽의 문로가 자기에 의하여 열린다고 주장하면서, 자신은 동방연맹의 맹주가 될 것이고 조선은 세계통일의 종주국이 될 것이라고 예언하였다.

라고 하기도 하는) 교도들은 차씨가 천자(天子)되는 야망을 속히 달성시키기 위하여서 매일매일 "훔치훔치 태을천상원군 훔리치야 도래흘리 합리사바하"라는 주문을 외우고 있었다.

창덕이가 들어오기 때문에 애덕이의 신문 읽기는 중단되었다.

"누나 이걸 좀 봐요" 하면서 창덕이는 엽서 한 장을 내밀었다. 집어서 온 편지려니 하고 읽어보니 뚱딴지 소리가 적혀 있었다.

"좋은 운수를 위하여 이것을 아홉 장의 엽서에 기록하여 그대가 '호운' 되기를 바라는 사람에게 보내시오. 아흐레만 지나가면 그대에게 좋은 운수가 돌아올 것이오, 이 사슬을 끊으면 크게 악운이 있오. 이 사슬은 미국 어떤 사관(士官)에게서 비롯된 것인데 아홉 번 지구를 돌지 않으면 안 됩니다. 二十四시간이 지나가기 전에 쓰기를 바라오. 좋은 운수를 위하여"

다 읽고 난 애덕이는 웃으면서

"이게 무슨 장난이니?" 하고 물었다.

"글쎄, 나두 모르겠어요. 요새 이것이 대유행이라는데요."

"호운을 바라거들랑 너두 아홉 장을 써 돌리렴으나."

"二十세기 문명 시대에 이런 편지로써 돌린다는 것은 시대착오구요, 또 이것 때문에 요새 경찰에서 취체가 심하게 됐대요. 깟닥하다가는 콩밥 먹게요."

"이게 뭔데 경찰에서까지……."

"일본 어떤 비밀 결사가 시작한 동지끼리의 암호 편지래요."

새파랗게 질린 애덕이는 그 엽서를 갈기갈기 찢고 또 찢어서 쓰레기 바구니에 던졌다.

봄 새 학기가 시작되자 상해대학 학생 황보웅덕이는 크로스컨츄리 경주 팀에 참가했다. 캠퍼스 내에도 축구를 비롯하여 정구, 야구, 농구, 육상경기 등을 연습할 수 있는 모든 설비가 완비되어 있었고, 꽤 큰 체육관도 있었다.

그러나 웅덕이는 중학교 시절에 그런 팀에 들 수 있는 재주나 기술이 없었기 때문에 그런 팀에 참가할 자격이 없었다. 크로스컨츄리 연습은 건장한 두 다리만 가지면 족하였다. 그뿐 아니라 방과 뒤에도 외출이 금지(사학년 학생은 차한에 부재) 되어 있는 이 대학에서 크로스컨츄리 연습만은 문자 그대로 시골 길과 밭 두덩과 언덕과 개천을 달리는 운동이었기 때문에 방과 후 교외를 마음대로 달릴 수 있는 호기심에 그는 이끌리었던 것이었다.

밭두덩을 달리면서 보면 좌우 쪽 밭 여기저기 육중하게 보이는 관(棺)이 뜨믄뜨믄 놓여 있는 것이 보였다. 송장이 담긴 이 관들은 상주(喪主)의 소유 밭이 아닐지라도 아무개네 밭에나 갖다 놓아도 말리지 못하는 것이 이 지방 관습이었고, 이 관이 놓인 자리에는 보십[102]이 얼씬하지도 못하는 것이었다. 오래된 관은 썩어서 그 속 뼈들이 노출되어 있는 것도 더러 있었다. 연습으로부터 돌아오는 길에 해골 박아지를 줏어다가 생물과 학생에게 부탁하여 손질 해가지고 기숙사 방 책상 위에 '마스콭'으로 놔두기도 했다.

한 달에 한번 식 크로스컨츄리 경주시합이 있었다. 상대 팀은 상해 거류 서양인 남자팀 이었다. 한동안 일착은 서양민들이 도맡아했다. 일착한 사람에게는 상해대학 여학생이 꽃다발을 증정하여 그 승리를 축하하는 것이었다.

경기가 끝나면 참가했던 선수 전부는 여학생 기숙사 밑층 응접실에서 열리는 다과회에 초대받았다. 여학생들이 손수 만든 과자와 차 혹은 커피를 그녀들이 나누어주어 써비스하는 것이었다. 이 다과회 때마다 후난잉 양은 웅덕이에게만 특별히 과자도 더 갖다 주고 커피도 두 잔 석 잔 더 따라주는 것이었다. 아니 그것은 웅덕이의 자가도취인 착각이었을지도 모를 일이었다.

六月 학년 말을 앞둔 마지막 크로스칸츄리 경주에서 웅덕이는 간신히 일착을 했다. 상해대학 학생이 일착을 한 것은 여러 해 만에 처음 있는 일이라

---

102 보십 : '보습'(쟁기)의 오류.

고 하여 학생들은 물론 교수들도 매우 기뻐하였다. 그런데 난처한 일이 생겼다. 이때까지 서양인들이 일착할 때마다 여학생들이 돌려가며 꽃다발을 증정했었다. 그런데 웅덕이가 일착을 한 이날 중국인 여학생들은 모두 비실비실 피하고 누구 하나 나와서 꽃다발을 증정하려 들지 않았다. 미쓰 · 후도 얼굴을 손으로 가리우고 웃을 따름 꽃다발을 들고 나서지를 않았다. 할 수 없이 미쓰 · 딸이라고 하는 놀웨이계 미국인 올드미쓰 교수가 웅덕이에게 꽃다발을 안겨주었다. 그날 다과회에서 웅덕이는 승리의 꽃다발을 그가 앉은 옆 테불 위에 놓고 나서 차 대접을 받았다. 이 날 웅덕이에게 과자와 커피를 날라다 주는 여학생은 후 양이 아닌 딴 여학생이었다.

학년말 시험 준비에 바쁜 웅덕이는 도서관에서 밤늦도록 공부를 했다. 도서관에서 나오다가 그는 미쓰 · 후와 딱 마주쳤다. 그녀는 혼자서 바이올린 케에스를 들고 이층 음악관 층층대로 걸어 내려오고 있었다. 우연 중에도 우연! 무언중에 바이올린 케에스를 받아 든(교수 부인들로 부터 미국 예의작법 훈련을 받은 것의 실천) 웅덕이는 후 양과 나란히 서서 여학생 기숙사로 향하여 천천히 걸어갔다.

이전 같으면 학과 공부에 관한 이야기 외에도 서로 자기 나라 풍속 습관 이야기꽃이 피었으련만 이 밤 그들 둘은 묵묵히 걸었다. 어색하고 면구스럽기 짝이 없었다. 여름방학이 임박했으니까 방학 풀랜 같은 것이나 서로 이야기하면 태연스러울 수가 있는 것이었으나 웅덕이의 가슴은 울렁거렸을 뿐 말문이 막히고 말았다. 침 넘어가는 소리가 유난히 크게 제 귀에 들리었다.

여학생 기숙사 정문 앞에 다다르자 기계적으로 후 양은 손을 내밀고 웅덕이도 기계적으로 바이올린 케에스를 건네주었다.

"방학 중 미스터 황보는 고향에 다녀 오겠지오?" 하고 말하는 그녀의 목소리가 좀 떨리는 것같이 웅덕이에게는 들리었다.

"아니오. 그냥 눌러 있을 작정입니다." 하고 말하는 자기 목소리도 무척 어색하다고 느껴졌다.

"고마워요, 미스터 황보. 굳나잍." 하고 말한 후 양은 문을 열고 안으로 들어가버렸다. 그도 "천만에요, 굳나잍 미쓰 후." 하고 말하기는 했으나 그 것은 문이 닫힌 뒤였다. 여자가 들어갈 문을 남자가 열어주지 않는 것은 미국식 예의에 벗어지는 일이었으나 웅덕이는 그런 걸 생각할 경황이 없었다.

남학생 기숙사를 향하여 시름없이 걷고 있는 웅덕이의 마음은 전에 없이 산란했다. '난잉 이는 귀여운 동창생이야' 하던 그의 생각이 "난잉이는 내 누이와 비슷해." 하는 중얼거림으로 변한 것은 수개월 전이었다. 그런데 이 밤 어둠 속을 거닐면서 그는 "이런 것을 플라토닉 러브라고 하는 것일까?" 하고 중얼거리었다.

그는 머리를 저었다. 그는 방향을 바꾸어 강께로 갔다. 배 한척 뜨지 않은 어둠속에 강은 공허해 보이기 그지없었고 강변을 때리고 물러나는 철석 철석 소리가 왜 그런지 구슬프게 들리었다.

하늘에는 별이 총총했다. 별들은 무슨 일로 밤마다 저렇게 애절한 광채를 지구로 보내주고 있을까?

여름 방학이 되었다.

여학생 기숙사에는 남아 있는 학생이 한 사람도 없이 비였다는 말을 웅덕이는 들었다. 남학생 큰 기숙사도 비여 놓고 식당 바로 옆에 있는 소 기숙사로 옮기었다. 三百여 명 학생 중 여름 방학동안 까지도 기숙사에서 나는 학생수효는 三十명 정도밖에 더 안 되었다.

소 기숙사로 짐을 옮기고 정리를 하기 전에 강태섭이가 불쑥 웅덕이를 찾아왔다. 태섭이는 악수하는 손을 두 손으로 꼭 잡은 채 다짜고짜로

"내 급한 일이 생겼으니 돈 좀 꿔줘." 하고 말하였다.

"왜 갑자기?"

"훅워레[103] 죽이는 약을 곧 사 먹어야 되겠어서 말이야."

---

103 훅워레 : hookworm. 십이지장충.

"그럼 쉬 떠나기 되는구먼."

"그래."

"축하해. 그래 어느 배루 떠나니?"

"그것은 아직 미정이야." 하고 말하는 태섭이의 어조는 어덴가 어색스러운 데가 있다고 웅덕이는 느끼었다.

대변 검사에서 훅워㎜이 발견되면 미국 입국은 여행권에 비자까지 맡은 사람도 허락되지 않는다는 것은 웅덕이도 듣는 풍월로 알고 있었다. 배가 미국 싼푸란시스코 항구에 도착되면 동양 사람은 그냥 상륙시키지 않고 천사도에 있는 미국군 수용소에 일단 수용시킨다는 것이었다. 거기서 대변 검사를 해보아서 훅워㎜이 발견되지 않으면 그 이튿날 상륙을 허락하고 만일 훅워㎜이 발견되면 그 섬 병원에 강제 입원시켜서 약을 먹여 훅워㎜을 근절시킨 뒤에야 상륙을 허락하는데 그 기간이 반달 이상 한 달이나 걸린다는 것이었다. 이 훅워㎜은 사람의 발바닥 가죽을 뚫고 들어가서 위장까지 가서 번식하는 해로운 기생충이기 때문에 미국인들은 이 기생충을 몹시 무서워한다는 것이었다.

태섭이는 대학에 진학하지 않았었다. 중학을 졸업하자 그는 고등교육은 선진국인 미국으로 가서 받아야만 한다고 부모의 허락까지 받고 미국까지 갈 노비까지 타가지고 상해로 도로 왔든 것이었다.

한국인이 중국 국민으로 '귀화'하고 중국 정부로부터 외국행 여행권을 발부받고 외국대사관 비자까지 맡아주는 일을 도맡아 해주는 한국인 한 사람이 있었다. 태섭이는 중국 정부 청사거나 미국 영사관에는 한번 발길을 해보는 일도 없이 중화민국 국민이 되고 미국행 여권도 나오고 비자까지 얻어놓은 것이었다. 그는 이런 일은 처음부터 끝까지 주선해주는 김 씨가 갖다 주는 서류에 서명하고 도장 찍고 사진 내주고 비용 부담으로 그뿐이었다.

며칠 뒤 태섭이는 웅덕이를 또 찾아 왔다. 돈을 또 꾸어 달라는 것이었다. 웅덕이에게도 돈이 없었다.

"중국인 학생한테 꾸어서라도 좀 변통해줘." 하고 태섭이는 애원까지 했

다. 웅덕이는

"창피한 소리 작작하구 이, 삼일만 기다려봐. 학비 올 때가 돼가니깐. 학비 오는 대로 내 갖다가 줄게. 딸라 사둔 것 좀 도로 팔아서 임시 쓰도록 하게나." 하고 타일렀다.

"딸라를 팔았다 샀다 하면 손해가 아닌가. 푼전이 아까운 처진데. 급해서 그래."

"무에 그리 급하단 말야?"

"급용 좀 꿔달라는데 그래 친구지간에 이러긴가?"

"글쎄 며칠만 기다리라는데 왜 이러는 거야? 내가 있구두 않 꾸어준단 말인가? 내 언제 자네한테 빗졌든가?"

태섭이는 발끈 꼴을 냈다.

"응, 좋아. 좋아. 의성 황꼽재기보다두 더 인색한 자식. 관둬! 너 아니라도 나 굶어죽지 않아. 절교다, 절교."
하고 소리 지른 태섭이는 휙 돌아섰다. 웅덕이가 붙잡는 손을 뿌리치고 태섭이는 횡하고 나가버렸다.

며칠 뒤 웅덕이가 태섭이 하숙집을 찾아 갔다가 그가 하숙집 밥값까지 잘라먹고 행방불명이 되었다는 소식을 들었다.

태섭이는 집에서 논을 팔아 가지고 온 미국 갈 노자를 한 달 동안에 탕진하고 만 것이었다. 중국 기생에게 반했든 것이었다.

집으로 돈을 더 보내달라고 할 면목이 없는 그는 그 기생에게 모든 사정을 다 털어 고백하고 나서 자기는 정처 없이 유랑의 길을 떠나겠노라고 했다. 그랬더니 그 기생은

"그런 큰 포부를 품으셨으면 제가 여비를 들일게 미국으로 가서요. 남아 대장부가 일개 창녀에게 돈을 다 뿌리고 나서 큰 포부를 헌신짝처럼 버린다는 것은 안 될 말입니다. 자, 여기." 하면서 돈 주머니를 즉석에서 내놨다.

그는 그 돈으로 미국행 배표도 사고 딸라도 얼마간 샀다. 그런데 그는 국부에 부스럼이 난 것을 발견했다. 병원에 가보았더니 매독이라는 진단이

내렸다. 매독은 불치의 병이고 자손에게 유전까지 시키는 무서운 병이라는 것을 그도 줏어들은 일이 있었다. 더구나 혹위癌을 가진 사람도 받아들이지 않는 미국에서 매독환자를 받아들일 리가 없다고 그는 생각했다. 그는 그가 맛들인 여인의 육체의 노예가 되어버린 자신을 발견했다. 그는 十퍼센트 손해를 보아가며 배표를 물렀다. 그는 그 기생에게로 도로 갔다. 대노한 그 기생은

"이처럼 옹졸하고 무정견[104]한 사나이는 보기 처음이오. 꼴두 보기 싫으니 썩썩 나가요." 하고 호령하면서 등을 밀어 내쫓았다. 그는 자포자기 하여 이 기생 저 기생 이 갈보 저 갈보에게 옮겨 다니면서 돈을 또다시 탕진하고 말았든 것이었다.

상해에 있는 대한민국 임시정부와 만주에 있는 통의부[105]가 주동이 되어 중국 각지에 산재해 있는 독립운동단체 총연합을 목적으로 한 대의원 회의가 三 · 一교회 예배당에서 진행되고 있었다.

상해에서 개최된 중국국민 외교(外交)大會(대회)에서는 '조선독립승인'을 만장일치로 가결하고 그것을 워싱톤 군축(軍縮)회의에 전보로 요청하였다. 대한민국 임시정부 대통령과 미국 교포 대표들은 이미 워싱톤으로 갔었다. 일본, 미국, 영국, 프랑스 대표들이 참석한 그 군축회의에다 대고 민족자결 원측에 입각한 조선독립문제를 의안에 상정시켜 보려고 가진 애를 다 쓰고 있었다.

상해 세관 부두에 내리는 일인 '다나까' 육군 중장은 권총 조격을 받았다. 상해에서 독립운동에 종사하는 요인들을 돈으로 회유해보라는 일본 정부 사명을 띠고 밀파되어 온 자들은 쥐도 새도 모르게 일일이 암살되었다. 일본경찰 앞잡이인 조선인 간첩들도 프랑스 조계 내에 발을 들여놓았다가는 영낙없이 납치되어 농당 뒷방으로 끌리어 갔다. 그들이 비밀을 다 분 뒤에

---

104 무정견 : 無定見. 자신이 주장하는 일정한 의견이 없음.
105 통의부 : 統義府. 1922년에 남만주 일대의 각 독립 단체들을 통합한 단체로 군사조직과 자치행정 기구를 갖추었다.

는 그 방에서 암살되어 방바닥 밑에 파묻히었다.

압록강과 두만강 건너 쪽에는 조선독립군이 집결되어 거의 날마다 강을 건너 일본 군대에 도전했고 조선반도 방방곡곡에 무장한 독립군이 침투하여 일본 헌병대와 경찰서 주재소를 무시로 습격했다.

임시정부 요인 한두 분은 군자금 얻을 교섭을 하기 위하여 쏘련으로 갔다.

일본 수도 도꾜에서는 그 나라 왕궁 입문인 이중교에 폭탄이 떨어지고 수상(首相)이 암살되었다. 일본 각지에서도 일본인 과격파들의 반정부 선전과 소요가 나날이 늘어갔다.

마침내 일본 정부에서는 대한민국 임시정부와 직접 교섭해볼 수 있는 길을 모색하기에 이르렀다. 일본 정부에서는 주(駐)상해 영국공사를 통하여 대한민국 임시정부에 교섭해 왔다. 양국이 직접 만나 회담을 하고 싶으니 임정 대표를 도꾜까지 보내달라는 요청이었다. 대표 신변보호는 영국정부가 책임진다는 것이었다.

임시정부에서는 일본 정부가 솔선 조선독립을 승인한 뒤에라야 회담에 응할 수 있다고 대답했다. 그러나 일본 좌익계열에서는 일본 정부 당국과 직접 만나서 단판을 해보는 것은 미쩌야 본전이라고 했다. 그래서 그들은 자기네끼리 여 씨를 뽑아 일본 도꾜로 보냈다.

장 씨를 통역으로 한 여 씨 대 일본 정부 대표 회담은 아무 소득이 없었고 여 씨는 상해로 도로 갔다. 그러나 일본 정부에서는 여 씨를 국빈(國賓)처럼 '아까츠끼' 별궁(別宮)에 머물으게 한 것은 일본의 굴욕이었다고 떠들어 대서 일대 파문을 일으켰다.

워싱톤 군축회의에서는 일본이 중국 산동(山東)을 중화민국에 반환한다는 결의와 대형군함 건조에 제한을 가한다는 결정이 내렸을 뿐 조선독립 문제는 상정되지도 못했다.

상해서 개최되었던 대의원 대회는 갑론을박만 되풀이하다가 결렬되어 버리고 말았다. 이 회의 여파는 인성소학교 학생 어린이들에게까지 파급되어 그들 간에 '의정원 노리'라는 새로운 싸움이 성행하게 되었다. 그리고 만주서 왔던 대의원들은 귤을 구경도 못했던 시굴뜨기였다는 소문을 남겼다. 귤을 생전 처음 보는 그들은 귤껍질을 베끼자 알맹이는 조금도 없이 큼직큼직한 씨만인데 무얼 먹느냐고 투덜거렸다는 것이었다. 그러나 이 대회 때문에 덕을 본 것은 만주에서 벼농사하는 조선 농부들이었다. 상해 근방 중국인 농부들이 논에 물을 퍼 올릴 때 박아지로 퍼 올리지 않고 물방아 비슷한 나무틀을 놓고 그것위에 사람이 올라가서 발로 그 틀을 굴리기 때문에 노력은 덜 가고 물은 수백 배 더 빠르게 끌어 올리는 것을 목격한 만주대의원들이 만주로 돌아가서 조선인 논에 그 방법을 보급시킨 것이었다.

임시정부 청사는 옮기지 않을 수 없는 비운에 빠지게 되었다. 큰집 집세 내고 큰집 살림할 수 있는 경제력이 없어졌기 때문에 농당 방 한간을 빌리고 살림을 줄이게 된 것이었다.

과히 크지는 않으나 쇠 금고 속에 가득 차게 보관되어 있는 패물들을 팔아 쓰면서라도 체면을 유지해야 한다는 축도 있었으나 그 금고를 맡은 김 선생은 한사코 그것을 반대했다. 그 패물들은 한 민족 부녀들의 얼이 깃들어 있는 보배인 만큼 그 고귀한 물건에 손을 댈 수가 없다고 그는 고집했다.

"두고 보시오. 독립이 이룩된 뒤 우리는 한양 한복판에 독립기념관을 세우고 그 건물 정문 바로 맞은쪽에 대를 쌓고 이 패물들을 전부 유리함 속에 넣어서 보관하게 될 터이니, 그때까지 나는 이 보물을 결사 수호하겠오. 이 보물은 우리 겨레가 가진 독립정신의 상징인 만큼 우리 민족이 살아 있는 한 영원토록 진렬 보관되어 후세에 구감이 될 것이요." 하고 그는 말했다.

여 씨가 일본 도꾜에서 일본 정부 대표와 회담할 때 통역이 되었던 장 씨의 아우인 장 씨가 주동이 되어 十여 명 청년을 임시정부 유지비를 벌기 위하여서는 강도질이라도 해야 되겠다고 결심했다. 그들은 각기 권총을 옷속에 감추고 국제도박장으로 갔다. 도박장 안은 전 세계 남녀 인종의 축도였다. 도박 도구로는 룰렛을 비롯하여 포커, 글짜 맞추기, 펜텐(조그마한 종지로 노란 공을 퍼내서 유리관에 쏟아놓고는 그것을 저까락 끝으로 한알식 굴리어 내서 맨 마지막에 콩 한 알이 남느냐 두 알이 남느냐 하는데 돈을 대는 노름) 등이었다.

도박군들은 모두 눈이 뻘개서 도박판 들여다보기에 여념이 없고 판돈이 여기저기 수북히 싸인 때를 기하여 보내는 장 씨의 암호로 청년들은 사방에서 일시에 권총을 빼들고는

"손 들엇!" 소리를 웨쳤다.

비명을 지르면서도 손을 번쩍 든 도박꾼들은 방 한 모퉁이로 몰아다 벽을 향하여 세워놓고 세 청년은 계속 도박꾼들 등 뒤에 권총을 겨누고 있고 남어지 칠팔 명 청년은 자루를 하나식 꺼내들고 도박판으로 달려가 판돈을 쓸어 넣기 시작했다.

그러나, 웬걸! 사방 벽으로부터 총소리가 나는 것과 거의 동시에 판돈 쓸어 넣든 청년들은 일시에 나자빠지기도 하고 꺼꾸러지기도 했다. 도박꾼에게 권총을 겨누고 있던 청년들도 총 한방 쏠 틈이 없이 꺼꾸러지고 말았다.

도박장 사면 벽에는 군데군데 가리워둔 총구가 뚫어져 있고 그 뒤 복도로는 권총 가진 경비원이 二十四시간 경호하고 있다는 사실을 이 청년들은 모르고 덤벼들었던 것이었다.

북경에 있는 북경반점(호텔)에서는 이 씨라고 하는 조선 사람이 각국 사절단과 귀빈을 초대하는 八만원짜리 만찬회가 있었다고 중국 각지 신문들은 대서특서하여 기사를 냈다. 북경반점 창설 초부터 뿐 아니라 전 중국 유사 이래 하루저녁 八만원짜리 호화판 연회는 처음이었다는 것이었다.

"웬 돈일까? 어떤 미친놈의 짓일까?"

하는 숙덕공론이 조선 사람들만 모여도 화제의 중심이 되었다.

쏘련 일크츠크에서 그 이 씨가 공작금으로 대양 二十만원을 받아 냈다는 소문이 자자하게 돌았다. 이 씨가 상해에 나타난 증거는 없었으나 모모 씨가 남어지 돈을 놓아가졌다는 소문이 떠돌았다. 그 돈 몇 만원을 놓아받았다는 의심을 받게 된 윤 씨는 백주 도로에서 권총에 맞아 즉사했다.

이 암살을 교사했다는 혐의를 받은 여 씨 집에는 괴한들이 습격하여 여 씨
는 물론 그의 아내 그리고 자식들까지 늘신하도록 때려눕혔다는 소문이
돌았다.

물론 다른 이유도 있었겠지만 이 돈 때문에 조선인 중에는 내분(內紛)이
시작되었다. 공산주의자들은 일크츠크파와 상해파로 분열되고, 민족주의
자들 간에는 공산당자금을 얻어 쓰기 위하여 공산당과 합작하여 그들을
이용하자는 파와 그것을 극력 반대하는 파 두 파로 분열되었다.

돈을 얻어 쓰기 위하여 임시로나마 공산당을 이용하려 들다가는 도리어
그쪽에 이용당하기가 쉽다고 생각하는 임정의 재정은 나날이 더 궁핍해가
기만 했다. 단간 사무실로 이사 간 임정에 모여앉을 자리도 없는 것이 사실
이었으나 요인들은 미국으로 하와이로 중국 내 동북 방면 또는 간도 방면으
로 뿔뿔이 가버리고 말단 몇 사람만 남게 되었다. 직원 대부분은 제절로 해
고되고 말았다.

금고를 신주 위하듯 하는 김 선생은 몇 남지 않은 동지들의 이상한 눈초
리를 눈치채게 되고 뒷공론이 분분한 것도 알게 되었다.

어떤 날 오후 김 선생은

"날도 맑고 컬컬하기도 한데 우리 황포강 뱃놀이나 한번 갑시다." 하고
말을 꺼냈다. 귀가 솔깃해지는 유혹이었다.

"백알[106]이나 몇 병하구 호콩이나 두어 되 가졌으면 넉넉하지 않소." 하고
김 선생은 다시 말했다.

"배쌌하구, 그 많은 돈을 어데서……."
하고 차 씨가 의아스러운 표정으로 말했다.

"그 맛돈은 내가 마련했으니 염려말고 어서들 갑시다."
하고 김 선생이 말했다.

초라한 쩽크 한 척을 세낸 뱃놀이이기는 했지만 독한 백알에 얼근해서

---

106 백알 : 배갈. 고량주.

김 선생은 자그마한 열쇠 한 개를 쳐들어보였다. 그는

"여러분이 까놓고 이야기 하지는 않지만 나는 여러분의 기분을 눈치챘으이다. 그러나 내가 죽었으면 죽었지 그 패물까지 팔아먹을 수는 없습니다. 자 보세요. 이 금고의 열쇠가 어데로 가나."면서 열쇠를 강물 위로 홱 내던졌다.

풍당 소리가 들릴락 말락 열쇠는 자취를 감추고 말았다.

"동해물과 백두산이……." 하고 어느 누가 선창했는지도 모르게 일동은 제 목청 다하여 합창하였다.

방황(彷徨)

1

"조선 교육협회"[1]에서는 교육 선전 목적으로 전국 순회 강연회를 열었는데 각처에서 관중들의 지지를 받아 즉석 즉석에서 찬조금이 답지하였다.

경북 어떤 공립보통학교 학생 전체는 동맹휴학을 단행했다. 그들이 학교 당국에 제출한 항의서 내용은

1, 학생들로 하여금 소년단에 가입 못하도록 하는 것.

2, 일본인 훈도(교원)들이 조선인을 멸시할 뿐만 아니라 학생들 구타가 심함.

3, 일본인 훈도들의 설명은 알아들을 수가 없음. 특히 여자반에는 일본인 여훈도만 있고 조선인 훈도는 통 없기 때문에 공부가 불가능함.

평북 어떤 공립보통학교에서는 조선인 훈도 전원이 총사직했다. 일본인 교장이 딴 학교로 전근되자 조선인 수석훈도가 임시로 교장 서리를 해왔었는데 총독부 학무과에서는 정교사도 못 되고 촉탁으로 있었던 일본인을 교장으로 임명한데 대한 항의였다.

평남 어떤 미쏜계통 사립 중학교 학생들이 맹휴[2]로 들어갔다. 그 이유는

---

1 조선교육협회 : 1923년 민립대학교 설립을 목적으로 서울에서 조직된 교육단체.
2 맹휴 : 동맹휴학을 줄여서 이르는 말.

그 학교도 일본 정부 문부성 인정(文部省 認定)학교로 만들어주기 전에는 공부하지 않겠다는 이유였다. 그들의 선배들은 三·一 독립만세 때 주동역할을 했었는데 그 후배들은 일본 문부성 인정을 못 받은 중학교는 졸업하고는 일본통치하에서 말단 벼슬도 못해 먹는다는 데 불평을 토로한 것이었다.

천도교와 불교에서는 파벌분쟁이 일어나 야단법석인데 태백산 속에는 백백교³라는 것이 새로 생겨서 무지몽매한 백성들을 현혹시키었다. 이 교의 교리(敎理)는 "하늘 앞에 사람이 아뢰면 사람은 왕성하게 되고, 마음을 희고 희게 하면 모든 병은 없어진다"라는 간단한 것이었다. 입교자는 냉수 한 그릇 떠놓고 "천제전 고인 인왕성 백백휴면심 지병소멸"이라는 주문을 외면되었고, 신도들이 모여서는 남자 어른들은 "백백백 의의의 적적적 감응감 감응 하시옵숭성"을 부르고, 여자 어른들은 "백의부인 선선감감응"을 부르고, 소년들은 '백웅선' 소녀들은 '백선웅'이라고 제창하였다.

전남 어떤 도청재지 조선인 주민 간에는 젊은 여자 코를 꼐서 주리를 돌린다는 소문이 돌았다. 유부녀로 딴 남자와 정이 들어 남편을 독살한 독부 형벌을 그 식으로 하여 본보기를 삼는다는 것이었다. 그 코 꼐운 여인 구경을 하려면 경찰서 마당으로 가보라고 순사들이 다니며 선전하였다. 경찰서 마당이 남녀노소로 가득 찬 때 서장이 나타나서 그런 유언비어에 속는 것은 야만이라는 일장 훈시를 하고는 소방대 호수를 들이대고 물을 뿌려 군중은 모두 도망갔다.

평양에서는 상사뱀에게 휘감긴 여인이 있다는 소문이 떠돌았다. 그 여인

---

3 백백교 : 1923년 우광현이 창시한 종교. 전정예의 백도교를 개칭하여 세운 신종교이다. 우광현은 백도교 교주 전정예가 1919년에 사망하자, 그의 죽음을 숨기고 전정예의 아들 전용해와 상의하여 시신을 암매장하였다. 그런데 1920년 평안남도 강서의 정성희가 그의 아버지 정근일이 백도교에 빠져 재산을 탕진한 데 격분, 경찰에 고발하자 경찰이 수사에 착수하면서 전정예가 죽은 사실이 밝혀지게 되었고, 많은 신도들이 이탈하였다. 이에 우광현은 교명을 백백교로 바꾸고 전정예를 교조로, 그리고 자신을 교주로 하는 새 교단을 창설하였다.

은 보통강에서 빨래를 하고 있었는데 빨래 광우리 속에 큰 뱀 한 마리가 서리고 있는 것을 발견하였다고. 그것을 복(福)뱀이라고 생각한 그녀는 뱀이 든 채 광우리를 이고 집으로 돌아가는데 도중이 그 뱀이 기여 내려와서 그녀의 몸을 휘감았다고. 그녀는 그길로 도립 사혜병원으로 갔다고. 병원에서는 뱀에게 독약을 먹여 죽여보려고 했으나 뱀이 먹기를 거절하기 때문에 할 수 없이 뱀 몸둥이를 토막토막 잘라 죽여서 문밖 쓰레기통에 내버렸다고. 병원 문밖은 장날보다도 더 분잡하게 되었다. 그러나 그들은 모두 실망하지 않을 수 없었다. 사실은 어떤 여인의 아랫배가 붓고 아파서 병원에 입원하고 있었는데 돌연 피 묻은 포도송이 같은 것이 한 되가량 하문[4]으로 흘러내린 것이었다. 의사들은 희귀한 연구 자료를 얻었다고 기뻐하여 그것을 줏어서 알콜 든 병에 보관한 것이었다. 그 물건의 정체는 포도장귀태(葡萄醬歸胎)[5]였다.

서울 한강 인도교에서는 투신자살하는 사람이 나날이 늘어가고 있었기 때문에 용산경찰서에서는 자살방지 표어 현상모집을 했다. 응모된 수백 개 중에서 일본어로 '쪼또 마떼'(잠깐 기다리시오)라는 표어가 당선되었다. 푸른 바탕에 흰 글자로 이 표어를 써넣은 현판이 인도교 양쪽 입구와 중간에 세워졌다.

조선인 어린이들을 올바른 길로 인도하고 좀 더 사랑해주어야 되겠다는 취지로 어른들이 어린이회를 조직하고 그 첫 회합에서 매년 五월 一일을 '어린이날'로 하기로 결성하고 아래와 같은 호소문 수천 장을 찍어 거리에 뿌렸다.

1. 어린 사람을 헛말로 속이지 말아주십시오.
2. 어린 사람을 늘 가까이하시고 자주 이야기해주십시오.

---

4 하문 : 음부.
5 포도장귀태(葡萄醬歸胎) : 포도상귀태(葡萄狀鬼胎). 임신 초기에 태반의 영양막 세포가 이상 증식하여 자궁 내에 포도송이 모양의 낭포(囊胞)가 가득 차는 병리학적 이상임신.

3. 어린 사람에게 경어를 쓰시되 늘 부드럽게 하여주십시오.

4. 어린 사람에게 수면(잠)과 운동을 충분하게 하여주십시오.

5. 이발이나 목욕 같은 것을 때 맞추어 하도록 하여주십시오.

6. 나쁜 구경을 시키지 마시고 동물원에 자조 보내 주십시오.

7. 장가와 시집보낼 생각 마시고 사람답게만 하여주십시오.

조선총독부 주최인 제一회 조선미술전람회가 열렸다. 동양화, 서양화, 조각, 글씨 네 항목 출품 작품 수천 점 중에 一등 입선은 하나도 없고, 二, 三, 四등 입선만 몇 점식 있었다. 동양화 二등 입선에 조선인 一명과 일본인 一명, 三등에 조선인 二명과 일본인 二명, 四등에도 조선인 三명과 일본인 三명, 모두 동수였다.

서양화 입상은 조선인은 한 명뿐이요, 일본인은 六十여 명에 달하였다.

조각 입상에도 조선인은 한 명도 없고 일본인이 十一명 글씨 입상에는 二, 三등에 조선인만이 三명인데 일본인은 한 명도 없었고 四등에는 조선인 三명 일본인 四명이었다.

그 당시 한반도내 총 인구수는 조선인이 二천만 명, 일본인이 十五만 명이었다.

영국이 인도를 착취하기 위해서 조직한 동인도주식회사를 흉내 낸 일본 동양척식주식회사에서는 조선인 농토를 강탈하여 일본인 이주민에게 주는 일에 바빴다. 조선인 농가들은 바가지만 차고 솔가하여 압록강과 두만강을 건너 북으로 북으로 쫓기어 갔다.

일본 안에 있는 일본인 공장주 또는 건축 청부업자들은 일부러 직원을 조선으로 보내 조선인 노동자들을 감언이설로 꼬여 집단적으로 모집해 갔다. 같은 일을 시키면서도 동족인 일인에게는 노임도 제대로 주고 사람 대접을 해주어야 되는데 조선인을 부릴 때에는 노임도 싸게 주고 대접도 개 돼지 대우를 해도 무방하다는 그들의 심뽀였다. 일본 신농천 강 수력 발전소 건축공사를 맡은 일인 청부업자는 조선인 노동자 六백 명을 모집해 갔다. 그들을 모집할 때 내건 대우 조건은 떠나갈 때 매인당 四十원식

돈을 미리 꾸어주고 현장에 가서 노동할 때에는 하루 八시간 노동에 매달 八十원식 월급을 준다는 좋은 조건이었고. 그러나 그들이 가서 막상 일에 착수해보니 매일 새벽 네 시부터 저녁 아홉 시까지 하루 十二시간 노동을 강요당하는 것이었다. 게다가 먹을 것도 제대로 주지 않으니 병들어 죽는 사람이 늘어갔다. 도망하는 사람이 생기기 시작했다. 겨울에 도망하다가 붙들린 사람은 벌거 베끼운 채 온몸에 칼침을 맞고 눈 속에 생매장되었다. 남아 있는 사람들이 도망갈 염두를 못 내게 하는 본보기였다. 걸음이 빨라서 일본인 십장에게 붙잡이지 않은 도망꾼은 권총에 맞아 죽었다. 그 시체를 끌어다가 남들이 보는 앞에서 강물에 던져 띄워 내려 보냈다. 이렇게 죽은 사람이 백여 명에 달한 뒤에야 일본 경찰에서는 조사를 시작했다.

상해에는 조선공산당이 조직되어 버젓이 내놓고 적화운동을 개시했다.

토요일 밤 가든뿌릿지 공원 안 뺀취에 홀로 앉아 있는 웅덕이 코에는 짙은 향내가 물씬 맡어졌다. 양장한 한 여인이 지나가면서 손수건을 떨구었다. 학교에서 서양식 예의를 배워 실제 응용해본 일이 많이 있었으나 여자가 떨어트린 손수건을 집어주는 신사 행동은 처음 경험하는 그였다. 그는 허리를 굽혀 그 손수건을 집었다. 집어 들고 일어서기가 무섭게 어느새 그 여인은 달려들어 웅덕이를 얼싸안고 입술에 키쓰를 해주는 것이었다. 그는 어안이 벙벙했다. 쪽쪽쪽 소리 내 세 번 입을 맞추어주고 난 그녀는

"당신 고마워요" 하고 악쎈트가 별한 영어로 말했다. 어렴풋한 속에서 봐도 그는 젊은 서양 여자였다. 얼벌벌해진 웅덕이는 뺀취에 도로 앉았다. 그 여인도 옆에 앉았다.

"어서 가시지오." 하고 그녀는 다시 서투른 영어로 말했다. 영문을 모르는 웅덕이는

"어데로?" 하고 물었다.

"제 집이 깨끗하구 조용해요."

웅덕이는 깨달은 듯했다. 붉은 천지가 된 고국을 버리고 나온 백계 러시

아 귀족들이 아내나 딸을 내세워 몸을 팔게 하여 호구[6]한다는 이야기를 들은 적이 있기는 했으나 설마 사실 그럴까 하고 그는 의심하고 있었다. 더구나 공원에서 이런 수단까지 써서.

호기심을 것잡을 수가 없었다. 정욕도 것잡을 수가 없이 치밀었다. 그러나 그에게는 돈이 넉넉히 없었다. 아니 그보다도 여태 지켜온 동정을 밀매음부에게 유린당하고 싶지가 않았고 돈을 주고 성행위를 한다는 것은 인간 지말이나 할 행동이라고 그는 느끼었다. 그러나 몸을 산다던가 안산다거나 하는 것은 둘째 문제고 돈만 있었더라면 이런 기회에 따라가서 그들이 사는 모습도 구경하고 사연을 들어보고 싶기도 했다. 그러나

"미안하지만 지금 돈이 없어서요." 하고 그는 변명하였다.

"그럼 손수건은 웨 집었어요?"

"예의를 지켰을 따름입니다."

잠시 웅덕이의 얼굴을 노려보던 그녀는 그의 몸을 꽉 껴안으면서 귀에다 입을 갖다 대고

"내일 밤 이맘때 이 자리에서 만나요." 하고 속삭이고는 홀딱 일어나서 가버렸다.

기숙사로 돌아와 자리에 누은 웅덕이는 그가 어떤 코스를 밟아 학교까지 왔는지 기억할 수가 없었다. 줄곧 그 러시아 여인의 채취와 향내와 키쓰가 그를 동행해 온 것만은 틀림없었다. 여성의 포옹을 받고 키쓰까지 한 것은 그의 생전 처음 경험이었다.

토요일 밤만 되면 그는 가든뿌릿지 공원으로 가고만 싶었다. 학비를 받아든 날 그의 욕망은 더했다. 그러나 그는 용감히 싸웠다. 행방불명된 강태섭이의 신세 생각이 그의 이 투쟁에 큰 도움이 되었다. 그러면서 그가 상해 시내로 가서 식사를 하게 되는 경우에는 그는 북사천노에 있는 러시아인 경영 식당을 단골로 다니기 시작했다. 그가 내세우는 핑게는 값이 싸고 또 러

---

6   호구 : 糊口. 입에 풀칠을 한다는 뜻으로, 겨우 끼니를 이어 감을 이르는 말.

시아 쑆은 한국 국처럼 호더분하고 만두국과 비슷한 음식도 먹을 수 있다는 데다 두었다. 二十전짜리 쑆 한 그릇만 주문하면 식탁 위에 언제나 수북히 쌓여 있는 면보[7]는 제한 없이 몇 개던지 집어 먹을 수 있는 것이었다. 흰 면 보가 아니고 검으테테한 것이기는 하나 그러나 그런 면보가 가진 독특한 구수한 맛이 있었고 영양가치도 흰 면보보다 더 있다는 이야기도 그는 줏어들은 것이었다. 늙은 주인 내외의 풍체가 늠늠한 것으로 보아 그들도 망명해 온 귀족이라고 생각되었다.

망국노의 비애는 그 종족 여하를 불문하고 얼마나 처참하다는 것을 그는 볼저리게 느끼었다.

조선인 옥씨가 경영하는 배달공사 광고는 상해 중국신문들 광고판 밖 三 단 전체를 차지하고 거의 매일 났다. 독일서 수입해 오는 보약(補藥)만 전문 으로 파는 상점인데 광고 한 쪽 끝에는 八十도 더 나 뵈는 노인 사진을 내 고 그 반대쪽에는 새파랗게 젊은 사나이 사진을 내고는 보약을 여섯 달만 복용하면 이렇게 젊어진다고 광고하는 것이었다.

이약 광고 옆에는 제一차 대전에 패망하여 휴지가 된 마르크 지폐를 싸 게 판다는 광고가 났다. 그 괴이한 광고들을 글자 그대로 옮기어보면 "독일 이 빈궁을 가장하는 것은 한 책략에 불과하므로 독일 재정의 장래 부활은 만천하 정치가, 경제학자가 공인하는 것이 사실. 불과 몇 해 안에 마르크의 원가 회복은 명약관화라. 지금 영, 미, 프랑스, 이딸리아, 일본 등 경제가, 실업가, 자산가 노동계급까지 서로 다투어 사서 보관하고 있으니 천재일우 인 기회를 잃지 말라."

이러한 협상으로 돈버리에 급급하고 있는 이 옥씨는 一〇五인 사건 때 연 유자로 제일 나이 어린 청년이었고 三·一 독립운동 때에는 一월 중순에 독립선언서를 한번 읽고는 그것을 기억하여 三월 一일에는 줄줄 외여 선포

---

7   면보 : 면포(麵麭)의 방언. 개화기 때에 빵을 이르던 말. 중국에서 만든 단어를 우리 한자음으로 읽은 것이다.

방황(彷徨)

하기 때문에 천재로 알려졌던 사람이었다. 옥씨가 중국으로 오게 된 동기는 그의 은사로 남경에 망명 온 애국지사의 사랑하는 젊은 첩을 모셔다 주는데 있었다. 은사가 병석에 누워서 빈사상태에 있을 때 옥 씨는 은사의 애첩과 간통하고 있다가 은사가 죽자 그녀와 함께 상해로 와서 내놓고 동거 생활을 했다. 기생 출신인 그 여인은 바이올린을 잘 켰다. 그녀는 상해에서 자기보다 젊은 총각과 또 눈이 맞아 필립빈 마닐라로 사랑의 도피를 하고 말았다.

상해, 남경, 항주 여러 중국인 대학에 유학하고 있는 조선인 학생들은 '조선화동(華東)유학생연합회'를 조직했다. 창립총회에 참석한 회원 수가 백여 명에 달했다. 여기서 유학생 축구팀이 구성되어 여름 방학을 이용하여 고국방문 친선 껨을 하기로 했다. 이 소식에 접한 서울 어떤 신문에는 아래와 같은 사설이 게재되었다.

"상해는 중국의 한 지명(地名)에 불과하고 한 항구에 불과하지만 상해라는 말을 들을 때 우리는 일종의 긴장, 회포, 희망, 동경의 기이하고도 복잡한 감정을 품게 되는 이유는 어데 있는가? 이 지명이 우리에게 특별한 감상을 일으키게 하는 원인은 이 지명이 우리 생활 또는 정신에 대하여 끊을래야 끊을 수 없는 일종의 미묘한 연쇄가 있기 때문이다.……상해, 상해에는 우리 조선민족을 위하여 머리가 희여진 사람이 허다하며, 아! 병들어 신음하는 사람도 허다하며, 굶주림의 고초를 겪는 사람도 허다하며 철천의 원한을 품은 채 이 세상을 떠나 고초를 잊어버린 사람도 있으나 그 밖에 계속 몸과 마음으로 그 고초를 겪고 있는 사람이 허다하며, 기개를 가진 청년, 의기남아들이 모여 혹은 고국형제의 마음과 뜻을 고무코저 여름 겨울 낮과 밤을 불구하고 동서남북으로 분주하는 것을 상기할 때 우리는 가슴 벅찬 감흥과 긴장을 깨닫는 도다.……상해학생단의 고국방문이여! 우리는 제군을 마지함에 어떤 말을 해야 할지를 모르노라. 제군은 건강하였는가? 얼마나 고생했으며 얼마나 사모하였으며 고국을 얼마나 그리워하였는가? 우리는 실로 제군의 손을 잡고 모든 일을 위하여 모든 우리 형제를 위하여 울고자 하노라. 제군의 고생을 생각할 때 또 우리의 현재의 장내를 생각할 때 우리 정을 표현하는데 있어서 서로 안고 서로 우는 외에 무슨 적당한 방법이 있으리오.……청년에게 귀한 것이 의기(意氣)이며 민족전진에 귀한 것 역시 의기인줄 아노라. 제군은 이것을 명심하여 고국 형제의 의기를 자라나게 하고 마음의 뜻을 고무하고저 특히 운동단을 조직하여 고국을 방문하는 것을 감사하노라. 묻노니 제군의 고국에 대한 인상이 어떠한가? 지방인사에게 바라노라. 이번 멀리서 온 의로운 형제를 위하여 환영의 정을 표시해주기를 절망하노라. 외로운 자 서로 위로하자 아니하면 그 누가 우리의 외로움을 위로해주리오."

부산에 내린 이 축구팀은 마산, 진주, 대구, 대전 등지에서 경기를 마치고 서울까지 왔다. 그러나 여비가 부족하게 되어 여관에 들지 못하고 만석꾼이라는 정평을 받는 백 씨 댁 사랑채에서 합숙하면서 쨈을 하게 되었다.

이와 때를 같이하여 황보웅덕이는 중국 절강성 항주 고적을 답사하고 있었다. 기숙사 한방에서 기거하던 동급생 뽀 유짱이라는 중국인 학생이 방학동안 자기 집으로 가서 함께 지나자고 요청한 것이었다. 유짱의 집에 가서야 웅덕이는 유짱이에게는 이미 아내가 있고 아들까지 있다는 사실을 발견했다. 그리고 문밖에서는 절대적인 내외를 하는 중국인 가정이 집안에서는 가족 간은 물론 손님 앞에서도 내외를 하지 않는다는 풍속도 알게 되었다. 유짱의 아버지는 생선 새우젓 조개젓 등속 도매상이어서 큰 상점을 가지고 있었고 그 안채가 밖앗뜰 안뜰 여럿을 가지고 다섯 동의 건물을 가진 주택이었다.

식사는 전 가족과 웅덕이까지 한 식당에서 하게 되었다. 그래서 식사 때마다 웅덕이는 유짱의 조부모, 부모, 형제자매, 형수, 조카들, 그의 아내와 아들, 그리고 그의 아버지의 첩 세 명까지 전부 만나게 되었다. 아버지의 제일 나이 어린 첩은 十七세 소녀였다. 맏아들보다 十五년이나 나이어린 여자였다. 유짱이의 할머니는 유짱이와 웅덕이를 꼭 한 식탁 좌우에 앉히고 극진한 써비스를 아끼지 않았다. 식탁 중앙에 놓인 음식접시들로부터 음식

방황(彷徨)

131

을 연성 날라다가 웅덕이가 든 밥 공기위에 놔주는 것이었다. 그 노파는 자기가 먹던 젓가락을 깨끗하게 하노라고 입으로 쪽쪽 빨고 나서 그 젓가락으로 음식을 집어서 웅덕이 밥 위에 놔주는데 구역질이 났다. 그러나 먹지 않으면 실례가 되겠기에 웅덕이는 얼른 집어 입에 넣고는 씹지도 않고 꿀떡 삼키군 했다. 노파는 잘 먹는 것이 대견하다고 쉴 새 없이 음식을 집어다 주었다. 더구나 뱀고기 회를 연성 집어다 주는 데는 질색이었다.

웅덕이의 상해 말 실력도 아직 서툰 데다가 항주 말은 마치 외국어처럼 판이함으로 웅덕이는 그 가족의 말의 한마디도 알아듣지 못하고 유짱이가 통역을 하여 겨우 의사가 통했다. 그러나 그의 할머니는 손자가 상해 말과 영어를 잘하는 것이 무척 대견한 모양 손자의 어학실력에 혹하여 쉴 새 없이 웅덕이에게 말을 걸어오는 것이었다.

중화민국 중앙정부는 북경에 엄연히 존재해 있었으나 그것은 유명무실이고 각 성 독군(督軍)들이 세력투쟁에 급급하여 제각기 사병(私兵)들을 무한정 도살장으로 몰아 보냈다. 동삼성(東三省) 독군 장 작림(그는 본래 마적 두목)과 호남성 독관 오 패부가 동맹하여 호북성을 침략하는 통에 황하와 양자강 주변 일대에는 전쟁구름이 덮여 있었다. 이러한 신문보도를 매일 읽으면서도 웅덕이는 유짱의 인도를 받아 서호 주변 명승지를 매일 유람하고 있었다.

서호가 천하 명승 중의 하나라고 하는 것은 웅덕이도 벌서부터 잘 알고 있었으나 막상 배를 타고 그 호수 위에 떠보니 물은 잿빛이고 배 젓는 노는 뽀얀 흙탕을 일쿠어놓는 것이었다. 웅덕이는

"이 망망한 큰 호수 물이 왜 이렇게 얕을까?" 하고 혼자 말하듯 했다.

"얕다니? 천만에. 몇십 길이 되는지 모르게 깊은데." 하고 유짱이가 말했다.

"배 젓깨가 저렇게 흙탕을 일으키는데두."

"그건 재야 재. 이 주변 여러 절에서 생기는 재를 수천 년 동안 이 호수에 버렸기 때문에 그런 거야. 그러기 때문에 여기서 빠지는 날에는 수영선수

라도 헤엄도 처보지 못하구 재속에 파묻혀 죽기 마련이지."

배에서 내린 그들은 꼭 一〇八계단이라는 돌층계를 걸어 올라갔다. 층계 옆 질적한 골자기에서는 서너 명의 깍쟁이[8]들이 구렁이를 연성 잡아내고 있는 것을 웅덕이는 봤다. 그는

"웬 뱀이 저처럼 많을까?" 하고 물었다.

"불공드리러 오는 선남선녀들이 부처님 앞에서 놔주는 뱀들이 이 골자기를 타고 내려오는 것을 도루 잡는 것이야. 부처님께 곱게 보이기 위하여서 그들은 살생을 안 한다는 증거로 산 뱀을 놔주거든. 저 깍쟁이들한테서 사 가지고 올라간 뱀을. 놓여난 뱀이 이 골자기를 타고 내려오면 저 깍쟁이들이 도루 잡아 팔구. 그야말로 영원 연쇄 윤환이지."

절이라고 하면 평양 영명사 정도로밖에 더 인식 못 하고 있었던 웅덕이는 이 절을 보자 기가 탁 질렸다. 너무나 웅장한 건물, 집채같이 크게 선(立) 부처, 앉은 부처, 누은 부처 상(像)들, 그리고 四월 八일도 아닌데도 밀려오고 밀려가는 수천 명의 순례자들. 두 아름도 더 돼 보이는 거창한 쇠 향노마다 재가 가득가득 차 있고 그 옆 가게에는 산데미같이 싸인 향은 물론 은지(銀紙)로 마무리한 종이돈이 불 난 듯 팔리고 있었다. 이 종이 돈을 향노에 태워서 부처님께 뇌물을 준다는 것이었다. 며칠만에 한 번식 재를 꺼내서 녹아 뭉친 납은 절 소유가 되고 재는 서호에 버린다는 것이었다. 특히 젊은 여인들만이 들끓는 절 안에는 자식을 점지해주는 관세음보살 상이 얼굴에 인자스런 미소를 띄고 서 있었다.

석양녘이 되어서야 두 학생은 다시 배를 타고 석호를 건넜다. 잔잔한 호수에 어둠의 장막이 내리자 호수는 신비경으로 변했다. 종이 초롱으로 장식한 자그마한 배들이 여기저기 나타났다. 가까이 오는 한 배를 바라다보니 울긋불긋한 바지 저구리를 입은 소녀들이 십여 명 타고 있었다.

"저 색시들만 골라 싯고 좀 놀아볼까? 내 아내에게는 폭노하지 않는다는

---

8 깍쟁이 : 땅꾼(뱀을 잡아 파는 것을 직업으로 하는 사람)과 뱀장수를 일컫는 말.

약속하에." 하고 유짱이 말했다.

"어떤 아가씨들인데?"

"기생이지."

"어떻게 알아?"

"옷을 보면 대번 알지. 화류계 여자나 첩은 치마를 입지 못하는 법이니까."

유짱이 아버지의 첩들이 치마는 입지 않고 바지저구리 바람으로 드나드는 것을 봤던 것이 웅덕이에게 새로이 인식되었다. 같은 배에 타지 않고 가까이 떠있는 딴 배에 타고 있는 그녀들만 보아도 이미 눈이 현혹되었고 얄라이샹(밤에만 양기를 뿜는 꽃) 냄새가 후각뿐 아니라 전 신경을 자극하는 것이었다. 그녀들은 제각기 미리에 얄라이샹 꽃 한송이식을 꽂고 있는 것이었다.

일본 여행 중 일본 여자들에게 느꼈던 정욕, 소주성 밖 여관에서 본 중국 창녀들에게서 느꼈던 메시꺼움, 백계 러시아 밀매음의 입술…… 후잉난이에게 대한 순정한 사랑의 감정…… 삽시간이기는 했으나 이런 것들이 그의 의식을 스치고 지나갔다. 웅덕이는 고개를 흔들면서 "그만두지." 하고 말했다.

불야성을 이룬 치야⁹에 내린 그들은 그 수많은 요리집 중 한 채로 들어갔다.

"서호 특산을 대접하지." 하고 유짱이는 말했다.

서호 특산은 길이 두자나 되는 도미였다. 그러나 한입 맛본 유짱이는

"이거 먹지 마. 나쁜 자식들." 하고 말하고 그는 성난 목소리로 훠지(하인)를 연거퍼 불렀다. 훠지가 나타나자 "이거 바꿔 와." 하고 유짱이는 호령하였다. 훠지는 어색한 웃음을 띄우면서

"스, 스(그러지요), 미안하게 되었습니다." 하고 사과하면서 한 조각밖에

9 치야 : 서호에 있는 거리 이름

뜯어먹지 않은 생선 접시를 들고나갔다.

"왜 그래?" 하고 웅덕이는 묻지 않을 수 없었다.

"금방 잡은 생선이 아니야. 타지에서 온 사람에게는 속일 수 있지만 항구 토백이인 나는 못 속이지. 十분 전에 잡은 생선과 五분 전에 잡은 생선 맛이 판이하거든."

밤거리에 나서니 번화가 좌우 쪽에는 남루한 옷을 걸친 남녀노소 거지가 빈틈없이 一렬로 앉아 있었다. 인력거를 타고 앞서 가는 유짱이는 가끔 동전 몇 푼식 그들 거지 앞으로 던져 주었다. 웅덕이도 덩다라 동전을 던저 주지 않을 수 없었다. 중국 간곳마다 거지가 앉은 것은 도처에서 웅덕이가 이미 봐온 것이었으나 이렇게 전 시가거리 거리에 가득 찬 거지 떼를 보는 것은 그에게 처음이었다.

집 앞까지 가서 인력거에서 내리자마자 웅덕이는 웬 거지가 그렇게 많으냐고 물었다.

"거지가 아니구 농민들이야. 오늘이 七월 七석이라 이날 밤에는 근린 농민들이 통틀어 나서 도회지로 구걸 오는 것이 오래된 풍습이거든. 그리구 부처님에게 곱게 보이기 위하여서 도시인들은 이 농민들에게 다문 얼마식이라도 혜시 아니할 수 없지." 하고 유짱이는 설명했다.

주택 대문이 있는 옆골목으로 들어서는 웅덕이는 또 한 가지 진기한 일을 목격했다. 집집마다 사다리를 놓고 지붕위에 올라가 무엇인가를 펴놓고 있는 것이었다. 의아스러운 눈초리로 이 지붕 저 지붕을 치어다보고 섰는 웅덕이의 팔을 잡아끌고 유짱이는 대문 안으로 들어갔다.

"오늘밤 자정에는 하늘에 계신 옥황제께서 사자(使者)를 내려 보낸다는 거야. 그 밀사들이 집집마다 돌아다니면서 착한 일을 하는 집인지 악한 일을 하는 집인지 일일이 다 조사한다는 거야. 그런데 말이지 일 년 내내 나쁜 짓 한번두 안하구 살아 온 집이 있을 턱이 없을 것이 아닌가. 그러나 밀사들이 나쁜 집이라고 보고를 올리게 되면 그 집은 천벌을 맞거든." 하고 유짱이는 말했다. 웅덕이는

"일종의 미신." 하고 말했다.

"미신은 미신이지만 수천 년 내려온 습관이기 때문에 거의 무의식중에 그렇게 믿게 되는 것이지."

"그런데 지붕에 무얼 올려놓는 것은 또 무슨 풍속인가?"

"마장 판을 차려놓는 거야."

"왜 하필 지붕에 올라가서 마장을 해야 하나?"

"사람들이 하는 것이 아니라 옥황상제의 밀사들이 노름을 하라고 차려놓는 거지."

밀사들이 조사차 내려오다가 지붕에 차려놓은 마작판을 보고는 그냥 지나갈 수가 없어서 한짱만 하고 내려간다는 것이 그만 꼽박 밤을 새우게 된다는 것이었다. 동이 틀 때에야 정신이 든 밀사들은 하늘로 올라갈 수밖에 없는데 마작에 미쳐서 조사 못했노라고 보고할 수는 없기 때문에 악한 가정은 발견 못했노라고 꾸며 보고하기 때문에 인간은 천벌을 면한다는 것이었다.

석간신문을 보는 절강성 독군 노영상이는 귀주, 사천 호남 독군들과 동맹을 맺어 호북성을 들이 친다는 보도가 크게 났다. 강소성 독군 제섭원이는 중립을 결정했다는 보도도 나 있다.

"사태가 만만치 않은데." 하고 둘이서는 말했으나 피곤하여 곧 잠들고 말았다.

이튿날 두 학생은 전당강 쪽으로 갔다. 강변 한곳에 순 요리집으로만 구성된 동리가 있었다. 그 모두가 다 대만원이었다. 여러 요리집을 거치어서야 겨우 그들은 이층으로 올라가서 강가에 면한 테불 앞에 마조앉았다. 물 축인 타오르와 차가 오고 호박씨 수박씨를 담은 접시가 왔다.

"전당강 특산으로 요기나 하구 그것을 구경하구 나서 다른데루 가기로 하지." 하고 유쨩이는 말했다.

"그것이라니?"

"일 년에 단 한번 오늘 이 자리에서만 구경할 수 있는 위관이 있지."

"무언데?"

"미리 설명해주면 재미없으니 잠시 기다리라구. 실물이 나타날 때까지."

간장 초 양념이 담긴 접시가 오더니 뒤이어 뚜껑 덮은 사발이 식탁 위에 놓여졌다.

"서뿔리 하다가는 이 귀한 요리가 도망가 버리기가 쉬우니 조심해야 돼." 하면서 유짱이는 상아 젓가락을 들고는 고개를 사발 옆에 바짝 갖다 대고 뚜껑을 조심스럽게 한쪽만 방싯 열고서 무엇인지를 집어냈다. 젓가락에 잡혀서 바들바들 떨고 있는 것은 메뚜기만큼이나 큰 새우 한 마리였다. 바들바들 떠는 그 새우를 양념장에 찍어 가지고는 입안으로 넣고 입을 다물고 호물호물 씹는 것이었다. 웅덕이도 뚜껑을 방싯 열었다. 새우 서너 마리가 톡톡 튀어 나왔다. 황겁히 뚜껑을 닫은 웅덕이는 식탁위에 팔닥팔닥 뛰는 새우를 집으려고 했으나 새우들의 동작이 어찌도 빠른지 한 마리도 집지 못하고 새우들은 어느새 식탁 아래로 뛰어 내려가고 말았다.

"하, 이거 한 마리 값이 얼만데!" 하고 웃으면서 유짱이는 묘한 솜씨로 새우 한 마리를 젓가락에 집어서 웅덕이 입 앞으로 내밀었다. 얼른 받아 문 웅덕이는 입을 다물고 씹어보았다. 싸늘한 것이 잇 사이에 자각자각 했으나 무슨 맛인지는 알 수가 없었다.

웅덕이는 온갖 신경을 다 써가면서 유짱이의 도움으로 생새우 한 사발을 겨우 다 먹고 나서 창밖을 내다봤다. 아래 강변에는 수백 수천 사람이 모여서 웅성거리였다.

갑자기 "와!" 하는 환성이 들리는 것과 동시에 유짱이는

"자, 저걸 봐." 하고 소리 질렀다. 유짱이가 손으로 가르키는 강을 바라다보니 강 전체에 걸치어 언뜻 보기에는 뿌연 휘장 같은 것이 세 길도 더 높게 밀고 올라오고 있는 것이었다.

"아니 저게!" 하고 웅덕이는 소리지르지 않을 수 없었다.

"그것이 조수 밀려들어오는 거야." 하고 유짱이가 설명하는데 그 일어선 물 담벽이 어떻게도 급속도로 닦아오는지 금시 요리집까지 삼킬 것 같았다. 웅덕이는 얼결에 식탁위로 뛰어 올라섰다.

"여기까진 오진 못하는 것이니까 겁내지 말구 자세히 내려다보기나 해. 금시 도루 밀려 내려 갈 것이니까." 하고 유짱이가 웃으면서 말했다.

물 담벽은 갑자기 우뚝 서서 한동안 호눅호눅 춤을 추다가 스르르 미끄러져 내리기 시작했다. 물 담벽은 점점 높이를 줄이면서 후퇴했다. 五분 시간이 다 가기 전에 강은 원상을 회복했다.

집으로 돌아오는 중노에서 석간신문을 사보니 강소성 중립을 못마땅하게 본 절강성 독군은 강소성을 들이치고 있다는 보도가 나 있었다. 학교는 강소성에 두고 몸은 절강성에 와 있는 두 학생은 불안하기 그지없는 마음을 품은 채 잠자리에 들었다. 웅덕이는 잠들 수가 없었다. 유짱이는 자기 집에 와 있는 몸인 만큼 전쟁이 오래 끌면 결강할 우려밖에 없는 몸이었으나 웅덕이로써는 전난 속에 제 아무리 동창생의 집이라고는 하나 오래 신세를 지게 된다는 것은 민망스러운 일이었다. 더구나 만일에 그가 일본인으로 오인 받게 된다면 자기는 총살당할 것이오 유짱의 가족에게로 화가 미칠 것임에 틀림없었다. "나쁜 쇠로는 못이나 만들고 사람 못난 것은 군인이 된다."는 말 문자 그대로 질도 나쁘고 단순히 고용군대인 각성 군인들이 저이들끼리는 매일같이 싸우면서도 배일사상은 누구나 다 한결같이 갖고 있었음으로 전쟁터 어느 쪽에서나 일본인 혹은 일본인으로 오인 되는 사람이 발견되기만 하면 즉석에서 무조건 총살한다는 것을 웅덕이도 유짱이도 잘 알고 있었다.

이튿날 아침 조간신문을 보니 강소성 독군이 절강성 독군 군대 압력에 못 견데여서 타협안을 내놓았다는 보도가 났다. 강소성 군대를 전투에 투입시키지는 않겠으나 절강성 군대가 강소성 지역을 통과하는데 합의했다는 내용이었다. 이 기사를 읽은 유짱의 얼굴에는 안도와 기쁨이 겹친 표정이 나타났다. 그는 혼자서 역으로 가본다고 하여 집을 나갔다.

두 시간 후에 유짱이는 새 맥고모자와 색안경 한 개와 단장과 영자신문 한 뭉텡이를 사들고 희색이 만면하여 돌아왔다.

"여객차는 운행이 금지되고 상해행 군용열차만이 다니게 되었대. 그런데 마침 장군 급이 타는 一등 기차 한량이 달린 군인 수송열차가 오전 중으로 떠난대. 우리 연극 한차례 꿈일때가 왔어.” 하고 유짱이는 말했다.

여태 입지 않고 가방에 넣 두었던 흰 싸지[10] 양복을 꺼내 대려 입고 흰 구두에 약칠을 새로 하여 신은 웅덕이는 맥고모자를 쓰고 색안경을 끼고 한손에는 단장, 한손에는 영자신문을 들고 거울에 비치어 보았다.

“됐어, 됐어!” 하고 유짱이는 거듭 감탄하였다. 유짱이는 새 중국옷을 입고 중국 헌겁 신을 신고 그 더위에도 불구하고 비단 마구자까지 겹쳐 입고 나섰다.

“황보 군, 지금부터 자네는 황장군의 비서야.” 하고 유짱이는 말했다.

군 참모처럼 보이는 유짱이와 장군 비서처럼 보이는 웅덕이는 인력거를 몰아 역까지 갔다. 역 광장에는 퍼런 헌겁 군화를 신은 젊고 늙은 군인들로 가득 차 있었다. 더러는 맨땅에 더러는 맷돌만큼식 큰 밀가루 떡을 깔고 앉아 있었다. 유짱이 앞서고 그 뒤를 따르는 웅덕이는 최대한 어깨를 재면서 안하무인격으로 역구내로 들어갔다. 차량을 몇十대나 달았는지 까맣게 끝이 보이지 않는 三등 객차들은 군인으로 가득 찼고 맨 끝에 반은 식당 반은 一등차인 차량 한대가 연결되어 있었다. 이 一등차 앞에 웅덕이가 서 있게 하고 유짱이는 역장실로 들어갔다. 금시 유짱이 뒤를 딸아나오는 역장은 웅덕이에게 가까이 이르자 기척하고 경립을 붙였다. 웅덕이는 단장을 약간 들어 답례했다. 역장은 굽신거리면서 웅덕이를 一등 차간 앞으로 인도했다. 그 차간은 아직 비어 있었다. 식당으로 통하는 문 바로 안 자리에 웅덕이는 앉았다. 역장이 나가자 유짱이는

“배짱을 부려야 돼.” 하고 속사기였다.

“염려 말아.” 하고 웅덕이는 대답했다.

유짱이가 내려가자 웅덕이 가슴은 울렁거렸으나 그는 재주껏 거만과 태

---

10 싸지 : 서지(serge). 무늬가 씨실에 대하여 45도로 된 모직물. 바탕이 올차고 내구성이 있어 학생복 등을 만들 때 사용된다.

연을 유지하면서 영자 신문을 펴들고 읽기 시작했다. 어느새 식당 문이 열리며 흰 까운을 입은 중년 뽀이가 물수건을 들고 와서 대령했다. 물수건을 받아든 웅덕이는 색안경을 벗어 앞 탁자위에 놓고서 물수건을 양손에 든 채 얼굴을 휘휘 돌리어 세수를 했다. 이렇게 하는 것이 중국인 습관이라는 것을 그는 잘 알고 있었다. 중국말을 귀신같이 잘하고 중국옷을 입은 일본인 스파이들이 이 얼굴 닦는데 실수하기 때문에 본색이 탄로된다는 이야기를 그는 들었었던 것이었다. 그리고 나서 그는 아직도 읍하고 서 있는 보이에게 일부러 어색한 중국 관화 발음으로

"중국차 대신 커피 한잔." 하고 명령했다.

"스, 스." 하면서 물러가는 뽀이 뒷모습을 보면서 웅덕이는 "파쓰"다 하고 생각했다.

커피를 마시고 있노라니 마구자까지 입은 뚱뚱보 늙은이 하나가 영급 견장을 단 군복을 입은 두 장교의 호위를 받으며 창밖을 지나갔다. 그것을 겻눈으로 힐끗 본 웅덕이의 가슴은 콩알만 해졌으나 그는 영자신문 전장을 펴서 얼굴을 가리우고 골돌히 읽는 체 했다. 호위장교들이 꽥하고 소리 지르는 것을 들은 그는 뚱뚱보 장군이 기차에 올르고 장교들이 경립을 붙여 인사하는 모습을 맘속에 그렸다.

신문을 읽고 있기는 하나 한구절도 그는 이해하지 못했다. 식당 뽀이가 물수건과 차잔과 차 주전자를 나르는 것을 보아 몇 사람이 타는지를 짐작하면서 그는 한 번도 뒤를 돌아다보지 않았다.

기차가 떠났다. 그때에야 그는 안도의 한숨을 쉬었다. 신문을 접어 탁자위에 놓고 난 그는 서양식으로 한 다리를 다른 한 다리 무릎위에 걸쳐놓고 뒷머리를 의자 뒤에 기대고 눈을 감았다. 어제밤 거의 뜬눈으로 샌 그였으나 잠이 올 리가 없었다.……씽가포어 화교의 아들로 태어나서 영국으로 가서 공부했기 때문에 중국어가 서툴다고 변명을 해야지. 허나 만일 그 황장군이 이 차에 탔다면? 아니 황장군은 어제 오후차로 이미 떠나갔다고 유짱이가 분명이 말했지 —다람쥐가 채바퀴 도는 모양으로 그는 꼭 같은 생각

을 거듭 되풀이했다. 기차가 정거장에 머물지 않고 최대속도로 달리는 것으로 보아 네 시간만 가슴죄면 상해역에 도착할 것이라고 생각되었다.

다시 물수건을 들고 들어온 뽀이가

"선생은 무슨 채로 하실가요?" 하고 물었다. 그는 퉁명스럽게

"양차이(양식)." 하고 말했다. '그렇지 됐어 이만큼 건방지게 굴면 되는 거야.' 하고 그는 만족했다.

점심을 먹고 얼마 있노라니 기차는 기적을 울리며 속도를 늦추었다. 한참 후에 밖을 내다보니 '상해남잔(남역)'이라고 쓴 간판이 천천히 뒤로 물러갔다. 이윽고 기차는 쐐 소리를 발하면서 멎었다. 일어설가? 말가? 한참 망설이다가 결심한 그가 일어서서 돌아다보니 평복 입은 뚱뚱보가 내리고 있고 역시 평범한 장성급 (웅덕이는 그렇게 생각했다) 넷이 여기저기서 기지개를 켜며 일어서고 있었다. 복도로 나서는 웅덕이를 쳐다보면서 그들은 그냥 서 있었다. 웅덕이 등골로는 소름이 흘렀다. 짙은 색안경으로 가리어진 그의 눈이 얼마나 당황해 있는가를 그들은 보지 못한 모양이었다. 웅덕이는 뚱뚱보 뒤를 바싹 따라가는 것이 유리하리라고 생각했다. 출찰구는 군복 입은 군인들이 지키고 있고 플랫폼에는 아무도 없었다. '에라, 최후 일각' 하고 결심한 그는 걸음을 빨리하여 뚱뚱보를 따라잡고는 그 뒤를 느린 걸음으로 따라갔다. 바로 이 장군의 비서인양으로 남들에게 보이기 위해서였다. 그런데 이 뚱뚱보의 걸음은 너무나 느리었다. 일각이 여삼추라는 과장이 그리 큰 과장이 아니라고 지금 그에게는 생각되었다.

겨우 개찰구까지 가자 밖에 서 있는 군인들은 경립을 부쳤다. 그러나 뚱뚱보는 긴 소매에 가린 손잔등이 약간 나타났다가 도로 숨는 정도 손을 움직이는 것으로 답례하는 것이었다. '이 뚱뚱보도 나처럼 가짜가 아닐까?' 하는 엉뚱한 생각이 그의 뇌를 스치고 지나갔다. 뚱뚱보가 나간 뒤에도 군인들은 경립을 그냥 부치고 서 있었다. 얼떨결에 웅덕이는 외면하면서 단장을 약간 들었다 놓으면서 출찰구를 걸어 나갔다. 금방 목덜미가 붙잡히는 것 같아서 오줌을 쌌다. 그리면서도 그는 걸음을 천천히 해보려고 가진

애를 다 썼다.

2

◇지난호까지의 줄거리◇

황보익순이의 아버지는 자작농이었는데 구한국 말년에 불한당 습격에 못 견디어서 농토를 팔고 평양시내로 이사한다. 익순이는 소매상을 경영하며 슬하에 六남매를 둔다. 그는 자식들을 모두 다 기어코 고등교육을 시키려고 노력하고 있다. 맏딸 애덕이는 三·一 운동 때 주동자의 한 사람이어서 三년 징역을 살고 서울로 올라가 여학교 교원이 되고 맏아들 웅덕이도 三·一 운동 때 징역을 살고는 중국 상해로 가서 상해대학에 다니는데 그곳 중국인 여학생 후잉난 양과의 교유가 차차 연정으로 변하기 때문에 번민한다. 둘째 아들 창덕이는 서울 에비슨 의과전문학교 학생인데 어렸을 때 부상으로 절름발이가 되었다. 창덕어와 함께 탄생한 쌍둥이 남아는 젓떼기 전에 행방불명이 되었다.

익준이의 가정과 한 동리에 사는 문욱봉이는 본시 사고무친한 장돌뱅이 이었었는데 청일전쟁 때 불의의 재산을 모아 졸부가 된다. 그의 아들 택수는 소학교 때부터 어린이 깡패 두목이오 도둑질이 심해서 소학교 때 퇴학을 당한다.

*　　　　*　　　　*

"결국 이 글월을 올리기로 결심했습니다. 이 결심에 도달할 때까지의 주저와 번민, 그런 고통스러운 긴 사연은 성략[11]하기로 하옵고 얼마 전부터 나

11　성략 : 省略. 생략.

는 마음의 동요를 느끼기 시작했다는 사실만은 솔직히 고백합니다. 내가 당신을 처음 사귈 때에는 지금 이러한 격심한 고통에까지 있으리라고는 꿈에도 생각 못했었습니다. 이럴 줄 알았더라면 애당초 당신과 자주 만나지 않았더면 좋았을 걸 하고 생각하기도 합니다. 그러나 나는 후회하는 것은 아닙니다. 당신과 만나 태연하게 대하던 시절은 재미가 있었고, 내 마음에 일종의 동요가 일어나기 시작할 때에는 흥미뿐이 아니라 아기자기하고 일종의 행복감을 고통스러우면서도 행복을 느끼는 이상야릇한 감정에 사로잡히게 되었습니다. 장미꽃 가지에는 반드시 가시가 있지요."

여기까지 단숨에 내리 읽은 황보웅덕이는 숨을 모라 쉬면서 눈을 감았다. '내가 할 소릴 그녀가 하고 있군.' 하는 생각이 들었다.

웅덕이가 모험을 무릅쓰고 상해까지 돌아와서 학교로 가자 편지 여러 장이 그를 기다리고 있는 것을 그는 발견했다. 그중에도 특히 꽃송이가 그려져 있는 분홍 봉투가 눈에 띠자 그의 가슴은 철렁했던 것이었다. 눈이 딴 데로 좀체로 옮아 가지지 않으면서도 편지 부피가 꽤 두껍다는 것을 얼마 후에야 인식했다.

어머니, 할머니, 누님, 누이동생 이외에는 그가 편지를 써 보낸 일이 없었고 그들 외 딴 여자한테서 편지를 받아본 일이 통 없는 그였다.

봉투를 뜯는 그의 손구락은 떨리기만 했었다. 지금 편지를 들고 있는 그의 손이 계속 와들 와들 떨고 있었다.

잉난이의 모습이 그 언제보다도 더 또렷하게 그의 감은 눈 안막에 떠올랐다. 그녀의 얼굴은 웃기도 하고 울기도 하고 짜증낸 것처럼 보이기도 하고 고민하는 표정을 나타내는 것 같기도 하고 놀리는 것 같기도 하며 비꼬는 것 같기도 했다.

심호흡을 하고 난 웅덕이는 다시 눈을 떴다.

"결혼을 마즈막 꼴로 목적하지 못하는 남녀 간 연애는 불순한 것이라는데 대하여 당신도 동감일 것입니다. 당신이나 나나가 둘이다 선진 국가에 태났던들 아니 동서양 튀기들의 도시인 상해에서 영주해도 무방할 수 있는 처지에 처했다고 하면 우리도 행복할 수 있을 것입니다. 그러나 불행인지 행인지 당신이나 나는 우리들 개인의 운명보다도 조국의 운명을 더 중요시하지 않을 수 없는 처지에 놓여 있습니다. 당신의 대중은 일본 식민지주의 학정 아래서 신음하고 있고 내 나라 백성들은 명색관은 독립국 백성이면서도 현재 우리 꼴은 국제적 식민지밖에 더 안 되는 처참한 위치에 놓여 있다는 사실을 당신도 잘 알고 계실 것입니다. 홍콩도 아모이도 상해도 천진도 그리고 동三성 전체가 모두 외국 손아귀 속에 들어가 있을 뿐 아니라, 외국인들은 일본 놈들까지도 소도[12] 치외법권이라는 미명하에 그들이 우리나라 영토 안에서 그 아워런 짓을 하고 다녀도 우리나라 법은 그들에게 적용되지 못하고 있습니다. 어데 그뿐입니까? 전국에 있는 세관도 철도도 체신 사업도 소금 석탄 채굴 판매권까지도 모두 다 외국에 저당 잡혀버린 이 나라! 이렇게까지 되게 된 책임은 과연 누구에게 있는 것입니까? 언필칭 지도자들의 이기적인 행동과 무능을 들추고 나섭니다만 지도자들이 그렇게까지 하고 있는 것을 수수방관하고 있을 수밖에 없는 미개하고 어리석은 대중이 최종적 책임을 져야 하는 것이 마땅할 것이 아니겠습니까? 일반 대중이 깼다고만 하면야 지도자들의 그런 짓을 묵과하지 않겠지요. 민중이, 아니, 청년 층만이라도 깼다면야 독군들이 제각기 제 세력만 확장하려고 하는 내란에 총밥이 되지는 않겠지요! 내가 이 편지를 쓰고 있는 지금 당장 그리 멀지 않은 데서 포성이 은은이 들려오고 있습니다. 무엇을 위한 누구를 위한 전쟁입니까? 이 무의미하다기보다도 내 민족을 더욱더 망치게 하는 동족상쟁이 만일 오래 계속된다면 이 편지가 당신 손에 들어갈 때까지 몇 달이 걸릴지 모르고 내가 가을 신학기가 돼서 등교하게 될 수 있을런지도 의문이지요. 나는 이 편지를 그냥 써서 곧 부치렵니다. 흔들리는 내 감정을 봉쇄해버리려고 하는 발버둥입니다. 물을 모래 위에 쏟아놔야 다시 줏어 담지 못하지오."

웅덕이는 가슴이 웅쿨하여 눈을 감았다. 감긴 눈 사이선 눈물이 비집고

---

12 소도 : 소위.

나와 뺨으로 내리 흘렀다. 그는 이를 악물고 울음을 억제하노라고 애썼으나 소용없는 일이었다.

'이런 때 울지 않으면 언제 울겠노!' 하고 악마가 꼬였다.

'아니다. 구구절절 옳은 말이다. 나무 이런 생각을 해온 지가 오래지 않으냐 하고 그는 자신에게 다짐 주었다. 그러나 눈물은 좀체로 멎어주질 않았다. 그냥 한참 울고 나니 가슴이 좀 후련해졌다.

"그러면 대중을 깨울 수 있는 직전 코쓰는 어데서 발견될 것입니까? 당신께서 나보다 더 잘 알고 계실 것을 가지고 중언부언하고 있는 내가 당돌합니다. 그러나 이것은 당신에게 보다 더 내 자신의 마음을 다짐하는 도구로 써내려가는 것입니다. 나는 직선 코쓰는 교육 그 한 가지 길밖에 없다고 확신합니다. 그렇습니다. 내가 그 많은 학과 중에서 하필 교육과를 전공하게 된 이유는 그 필요성이나 자신에게보다도 우리 대중에게 있다는 사실을 자각했기 때문입니다. 당신이 교육학을 전공하시게 된 동기도 역시 그러한 각오에서 이뤄졌음에 틀림없지요. 나의 일생은 작으마한 나 한 몸만을 위하여 바쳐서는 안 될 것이오 내가 사랑하는 어떤 한 사람에게만 바쳐도 안 될 것이오 오로지 내 조국, 아니 조그마한 내 고향 사람들에게 바쳐야만 할 지상명령을 받고 있는 것입니다. 당신도 마찬가지 운명에 사로잡혀 있지요. 우리가 우리 자신만의 행복을 탐내서 상해 같은 국제도시에서 가정을 이루며 산다고 가정하면 당장에는 무척 행복하겠지요. 그러나 우리는 두고두고 양심의 가책이라는 채죽질 형벌을 면치 못하게 될 것입니다. 혹시 내가 당신을 딸아 귀국으로 간다면 그것은 내가 내 동포에게 거대한 반역이오, 당신이 혹시 나 때문에 중국에 그냥 머물러 살게 된다면 그것은 당신 동포에게 대한 반역이 아니겠습니까! 나는 중국의 딸이오. 당신은 고려의 아들입니다. 두 나라 다 가장 불행한 처지에 놓여 있는 나는 용감 하렵니다. 당신도 용감하리라고 믿어요. 당신과 다시 만나는 기회를 없애기 위하여서 나는 다른 대학으로 전학해버릴가 하는 생각 쫓아 해 봤습니다. 그러나, 그러나 그렇게 도피를 하는 것은 비겁하고 나약한 행동이라고 나는 깨닫게 되었습니다. 나의 의지력을 테스트해보기 위하여서라도 나는 한 캠퍼스 안에서 당신을 자주 만나야 하겠습니다. 자주 만나면서도 이기적인 개인감정을 억제할 수 있는 냉혈동물이 될 수 있는 시련을 쌓도록 하는 것이 닥쳐 올 첩첩한 난관을 돌파할 수 있는 의지력을 기르는 방법이라고 믿는바 입니다. 당신도 이 시련에 싸워 이기리라고 믿습니다. 이만 펜을 놓습니다.

　　당신의 영원한 친구

　　후난잉"

　　'나보다 더 과단성을 가진 용감한 투사!' 하고 웅덕이는 감탄했다. 집에서 온 편지에는 맏누님 애덕이가 쉬 결혼을 하게 되었으니 개학 전에 한번 집에 다녀가라는 사연이 적히어 있었다. 신랑은 에비슨 의과 전문학교 부속 병원 인턴이라고 쓰여 있었다.

　　"아니 이거 누구야? 창덕이 아니라구! 참 오래간만이로구먼……그런데 네가……네가……어떻게……이런 데까지……." 하고 말하는 사람은 러시아식 류바스카 저고리를 입은 청년이었다. 턱밑은 물론 양쪽 귀 아래로부터 턱에까지 고슴도치 털처럼 빳빳한 수염이 수부룩 돋은 얼굴에 큰 눈망울들이 부리부리 하고 키가 크고 어깨가 떡 벌어진 사나이었다.

　　러시아 치타[13] 역을 얼마 전에 떠난 일크츠크[14]행 열차 안이었다.

　　기차간은 간마다 러시아인만으로 초만원이어서 앉을자리커녕 설자리도 마땅한 데가 없었다. 이 차간에서 저 차간으로 자리를 찾아 헤매던 한국 청년 하나가, 서 있는 승객들 사이로 비비대며 지나가다가, 자리에 앉아 있는 단 하나의 황색 얼굴이 눈에 띄이자 멈칫 서서 물끄럼이 들여다보다가 반가운 마음으로 수작을 건 것이었다.

　　'창덕'이라고 불리운 청년은 놀란 눈으로 구레나룻 청년의 얼굴을 노려

13　치타 : 러시아 시베리아 남동부 바이칼호수 동쪽에 있는 도시로 러시아 횡단열차
　　가 정차하는 곳이다.

14　일크츠크 : 이르쿠츠크. 바이칼호수 남서쪽에 위치한 시베리아 중심도시.

볼 뿐 꽉 담은 입을 열지 않았다. 반가운 인사를 받고도 일어서지도 않고 의아스러운 눈으로 상대방의 얼굴을 노려보기만 하고 있는 이 청년은 푸른색 중국옷을 입고 놋요강 뚜껑같이 생긴 납작 모자를 쓰고 있었다.

"야, 네가 날 몰라본단 말가? 나 택수야 택수." 하면서 구레나룻 청년은 소리 질렀다. 중국복을 입은 동양청년은 더욱더 의아한 표정으로 택수를 노려보고만 있었다. 화를 버럭 낸 택수는

"이 짜식이 벼란간 귀먹어리가 됐단 말인가?" 하고 소리 지르면서 앉아 있는 청년의 어깨를 웅켜잡았다. 앉아 있는 청년은 노했다기보다도 어처구니가 없다는 표정으로 꼼작 않고 택수를 그냥 노려보면서.

"제거 섬마똥시?(이게 무슨 물건인가?)" 하고 중국말로 말했다.

"이 자식이?" 하고 꽥 소리 지르면서 한대 갈겨주려고 번쩍 들었던 택수의 주먹은 공중에서 멈칫 서버렸다. '창덕이가 언제 중국말을 이처럼 유창하게 배웠을까?' 하는 의문이 그의 뇌리를 스치고 지나갔기 때문이었다.

"내가 잘못 봤을 리는 없는데, 참 이상한 일이군." 하고 혼자말 하듯 중얼거린 택수는 그 자리를 떠나가고 말았다. 여러 러시아 사람들 앞에서 창피를 당한 것같이 느꼈기 때문이었다.

그 다음 다음 차간에 가서야 택수는 차간 문 앞 벽에 기대고 설 수 있는 자리를 발견했다.

차내는 독한 담배 연기로 자욱하고 퀴퀴한 치쓰 냄새와 독한 워트카[15] 술 냄새가 그의 후각을 자극했다. 그도 바지주머니에서 적고 얄핀한 워트카 병을 꺼내서 두어목음 선채로 마시었다.

어렸을 적부터 도벽을 길러온 문택수는 절도죄로 一년동안 감옥사리를 했었다. 낮에는 감옥소 안에 있는 공장으로 가서 노동에 바빴거니와 감시하는 간수들의 눈치가 심해서 수인들간 이야기할 기회가 통 없었다. 그러나 밤에는 감방 안에 누워서 옆 사람과 더부러 밤 깊도록 속삭이고 이야

---

15 워트카 : 보드카. 러시아의 대표적인 강한 독주.

방황(彷徨)

기를 할 수가 있었다.

누가누가 어느 달에 출감하면 어느 날 어데서 만나서 좀 더 큰 도둑단체를 만들어서 좀 더 조직적으로 대규모로 도둑질을 해보자는 약속이 속삭임의 대부분이었다.

택수의 귀를 가장 솔깃하게 만들어준 긴 이야기는 종신 징역을 살고 있는 중년 사나이가 속삭이었다. 이 중년 사나이는 함경북도와 평안남도 일대에 있는 관청과 일본인들의 간담을 서늘케 해주던 의병(義兵)대장의 부하였노라고 자기소개를 했다. 택수의 출감 날자가 얼마 남지 않았다는 것을 알게 된 그 의병은 밤마다 택수를 옆에 누이고는 의병들의 호탕한 생활을 과장하여 들려주는 것이었다.

三・一독립운동이 있기 수년 전 의병대장은 부하 수명만 데리고 일본 경찰 주재소를 습격하다가 그만 생포되고 말았다. 그는 사형선고를 받았다.

감옥소 간수 틈에까지 잠복하여 있는 의병의 비밀 연락을 받은 의병들은 대장이 사형집행 되기 전에 그를 구출하는 결사대를 조직하였다. 三十여 명이 한마음 한뜻이 되어 야음을 타서 감옥소 높은 담밖에 대기하고 있었다. 내응[16]을 받은 그들은 대장 구출에 성공하였다. 그러나 간수들과의 교전통에 의병 十여 명이 사살되고 부상으로 인하여 멀리 도망가지 못한 三명은 체포되고 말았다.

그들 모두가 종신징역 선고를 받은 것이었다.

"자네가 출감 하거던 말이지, 이 근방에서 어물어물 하지 말구 함경북도로 가란 말야. 웅기 정거장에서 내려서 서북쪽으로 五十리 가량 가면 말이지 종산동이라는 동리가 있어. 종산동 북편 산이 제일 높은데 말이지. 그 산을 넘어가는 소로로 한 五리 올라가면 단 十여호 되는 촌락이 있는데 길가에 객주집이 한 채 있어. 산길을 다니는 사람들은 대개 이 객주집에서 참을 하거나 하루밤 묵게 마련이란 말이지. 그러니까 자네는 종산동에서 오후

16 내응 : 內應. 내부에서 몰래 외부와 적과 통함.

늦게막이 떠나서 가다가 그 객주집에서 하루밤 묵으란 말이야. 틈을 타서 그 객주집 주인에게 내 이름을 대주면 말이지 자네는 무조건 의병이 되는 거야. 어때? 자네 기골을 보니 대장께서두 좋아하실 꺼야."

초가을 어떤 날 아침.

회령읍 일본인 우편소 뒤뜰에는 유개 마차 한대가 서 있고 그 주위에는 정사복 경관 수십 명이 호위하고 있었다.

새빨간 행낭을 한 개씩 걸머진 인부들이 줄지어 우편소 뒷문으로 나와서 행낭들을 마차 안에 차곡차곡 쌓고 있었다. 모두 열아홉 개의 행낭이었다.

허리에 차는 큰 칼 대신에 소총을 한 자루씩 멘 일인 말탄 순사 네 명이 앞뒤로 호위하는 마차는 달리기 시작했다. 신작로라고 하기는 하지만 길이 너무나 울퉁불퉁했기 때문에 마차 속도는 그리 빠르지가 못했다.

한 三十里 가량 달리자 강파라운[17] 벼랑 밑을 지나가게 되었다. 호위순사 하나가 일어로

"저 벼랑 꼭대길 좀 보시오. 웬 연기가 오르고 있으니." 하고 말머리를 나란히 하고 가는 다른 호위 순사에게 말을 걸었다.

"음, 저거, 아마 화전(火田)민이 부대를 만드는 모양이구면요." 하는 대답이었다.

"화전민이라니? 그게 뭡니까?"

"당신은 이곳으로 부임해 온지가 얼마 안돼서 모르는 모양입니다만 여기 산꼴 요보상(조선인)들은 좋은 토지 다 뒤두고 하필 산비탈 미개간지에 불을 질러서 태우고 부대농사 짓는 놈이 꽤 많지요. 나무숲에 불을 질러 태워버리고 일구기 때문에 그걸 화전이라구 하지요."

"요보상은 역시, 농민두 야만이군요."

"암 야만이구 말구요. 농부뿐 아니라 도시에 사는 놈들도 모두가 야만인

---

17 강파라운 : '가파른'(산이나 길의 경사가 비탈진)의 함경도 방언.

걸요."

　얼마 안가서 좌우 쪽으로 높은 벼랑 사이를 뚫고 나간 길에 마차는 다달았다. 그 길이 급커부로 돌았기 때문에 마차는 속도를 늦추고 천천히 몰수밖에 없게 되었다.

　땅땅땅땅! 땅땅땅땅!

　눈 깜작할 새 기마 순사 네 명은 말에서 떨어졌다. 놀란 말들은 흐흐흥 소리를 지르면서 네 굽을 모아 내달리기 시작했다. 마차를 끄는 말도 경마나 하듯이 기를 쓰고 달리기 시작했다. 땅 위에 떨어진 순사 중에는 이미 죽은 놈도 있고 굼틀거리면서도 누은 채 총을 재는 놈도 있었다. 또 다시 좌우 쪽 벼랑 위에서는 화약 연기가 풀석풀석 나면서 땅땅땅땅 소리가 연거퍼 났다. 호위순사 네 명은 다 죽었다.

　급속도로 달리던 마차는 급 커부를 돌다가 말이 꺼꾸러지면서 마차는 옆으로 나자빠졌다. 길을 질러놓은 굵은 통나무에 앞다리가 걸리어서 말이 꺼꾸러진 것이었다.

　땅에 굴러 떨어졌던 말몰이꾼은 권총을 빼들고는 무작정 쏘기 시작했다. 총알 여섯 알이 다 나가자 그가 방아쇠를 아무리 잡아당기어도 헛탕이었다. 땅에 누어서도 마차에 매인 몸이기 때문에 일어서지 못하는 말은 입에 거품을 물고 허우적거리고 있고 권총탄환을 다시 재면서 일본말로 온갖 욕설을 다 쏟아놓는 몰이의 발악 외에는 사방에 정숙이 깃들이었다.

　앞에 보이는 좌우 쪽 낮은 언덕 애솔[18]밭 사이로 흙 묻은 옷을 입은 농민 수십 명이 나타났다. 호미를 들거나 지게를 진 농민들이 아니고 제각기 장총을 한 자루씩 들고 빈 푸대를 한 개씩 어깨에 얹은 장정들이었다.

　떨리는 손으로 권총 탄환을 끼우노라고 허둥지둥 하고 있던 말몰이꾼은 휙 돌아서서 오던 길로 뛰어 도망하기 시작했다. 몇 발자국 못가서 그도 뒤통수에 총알을 맞고 넘어져 죽고 말았다.

18　애솔 : 어린 소나무.

망국노 군상

150

二十명도 더 되는 의병들은 리레이식으로 마차 속에 쌓인 행낭을 한 개씩 끌어내서 푸대 속에 넣었다. 문택수는 일을 거들어주지는 않고 서성거리면서 감독만하고 있었다.

묵직한 푸대 한 개씩을 질머진 장정들은 산지사방 흩어져서 소나무 숲 사이로 자취를 감추어버렸다. 산골짜기는 조용하고 모여드는 쉬파리떼 날개 소리만이 정숙을 깨뜨리기 시작했다.

회령으로부터 운기동까지 호송되던 일본 정부 공금 三十八만 원이 송두리채 의병대 소유로 되어버렸다. 아니 의병대가 아니라 수십여 곳에 자리 잡고 있는 독립군 한 대대의 소유가 된 것이었다. 따로 따로 별동대로 활약하는 독립군들은 쏘련과 만주, 만주와 조선, 조선과 쏘련 등 국경지대 삼림 속에 근거지를 두고 있는 것이었다.

문택수가 인솔하는 독립군 한 대대는 멀리 시베리아를 향하여 행군을 하게 되었다.

三十八만 원이라는 거액의 일본 돈을 빼앗아 오기는 했으나 그 돈이 탄환과 피복과 식량으로 바꾸어지지 못하는 한 그것은 휴지나 다름없었다. 식량은 당분간 근방 농촌에서 구할 수가 있었으나 피복 감을 끊으려면 도회지로 가야만 했고 탄환이나 무기를 구입하는 데 있어서 일본 돈을 가지고는 불가능한 일이었다. 서로 통할 수 있는 중국인 마적단에게 부탁하여 무기를 살 수 있기는 하지만 다액의 일본 돈을 국경 근방에서 뿌리는 일은 일본군 토벌대를 스스로 끌어들이는 미련한 짓이 될 것이었다.

어떤 날 연대장은 택수를 불렀다. 시베리아로 돈을 가지고 가면 거기서 탄환과 기무기를 손쉽게 살 수 있으리라는 것이었다. 시베리아 삼림 속에서는 제정러시아의 군대 간 내란이 벌어져서 저이끼리 싸우고 있는데 그 어느 쪽도 독립군과는 우군(友軍)이 될 수 있고 또 나날이 구매력이 떨어지고 있는 루불돈보다도 안전성을 유지하고 있는 일본 돈에 그들 구미가 법쩍 동할 것이라는 말이었다. 러시아 말을 귀신같이 하는 청년도 몇 있으니까 데리고 가면 아무 지장 없이 성공하리라는 말이었다.

제一차 세계대전이 몇 해를 두고 끄는 데 실증이 난 제정 러시아 대중은 소수 과격파의 선동에 쉽게 휩쓸리어서 一九一七년 三월에 각처에서 혁명이 일어났다. 전선에 나가 싸우던 군대 반란이 나는가 하면 모스코 군중은 독재자 쟈르 황제와 그 가족을 학살하기에 눈이 벌개 돌아갔다. 몇 해 전부터 스윗즐랜드에 망명 가 살고 있었던 레닌은 이 소식에 접하자 곧 국내로 돌아와서 공작하여 동년 十一월에 쏘비엘 정부를 수립했다. 그러나 과격파(볼쉐키)를 따르는 사람 수효는 전인구에 비하여 너무나 적었기 때문에 쏘비엘 정부는 마음을 놓을 수가 없었다. 그래서 대다수 대중의 지지를 얻을 목적으로 레닌은 두 가지 과단성 있는 정책을 실시했다. 그 하나는 서부전선에서 전투를 멈추게 하고 적국인 독일군과의 즉각 강화회의를 연 것이었고, 그 둘째는 귀족 대지주 계급의 소유 토지 전부를 몰수하여 농노(農奴)들에게 무상 분배해주는 것 그것이었다. 강화회의 개최는 군인들과 그 가족들의 환심을 사는 데 성공했고, 농토 개혁은 농민들의 쏘비엘 정부 지지를 가져오게 되었다.

그러나 혁명에 반대하는 장군 몇은 백군(白軍)이라는 새로운 이름으로 불리우는 군인들의 도움을 받아 여러 곳에 반공(反共)정부를 수립했다. 반공 정부들 중 가장 중요한 것은 콜챡 제독이 영도하는 시베리아 반공 정부, 유데니치 장군이 영도하는 뽈틱해 주변 반공 정부, 그리고 데니킨 장군이 영도하는 러시아 남쪽 지방 반공 정부였다.

이 반공 정부를 위하여 싸우는 백군을 대항하여 싸우기 위하여서 쏘비엘 정부는 급작히 적군(赤軍)이라고 부르는 十만대군을 편성하여 레온·드로츠키 지휘하에 두게 되었다. 이리하여 백군 대 적군 간 전투가 도처에서 벌어지게 되었는데 적군 세력이 커지는 것을 싫어하는 영국과 프랑스는 남방 백군을 지원하기 위하여 흑해 주변으로 자국 군대들을 파병했고, 일본은 시베리아 백군을 도와주기 위하여 일본군을 시베리아로 파견했던 것이다.

이러한 미묘한 국내정세를 잘 알 리가 없는 독립군 수뇌부에서는 당지에서 줏워 듣는 풍설만 가지고 그에 따르는 행동을 취할 수밖에 없었다.

시베리아 삼림 속으로 들어선 독립군은 모르는 사이에 포위당하고 말았다. 전투의사가 없다는 표시로 흰 기를 앞세우고 행군하고 있었으므로 전투는 별로 없이 무장해제만 당했다. 독립군은 일대대 병력밖에 없었을 뿐 아니라 화력보다도 돈을 더 소중하게 보호하고 가던 그들이었던 만큼, 전투해 봤대사 승산이 없었고 공연한 사상자만 내게 될 것을 각오하고 순순히 무기를 내려놓았다. 키가 크고 퍼런 군복을 입은 러시아 군대는 독립군의 적이 아니었다.

독립군들이 지고 있는 배랑 속에는 현금 뭉텡이가 가득가득 차 있는 것을 발견한 러시아 군인들은 눈이 둥그레져서 이 사실을 사령관에게 급히 보고한 모양이었다. 사령관도 침착을 잃었는지 독립군 지휘관을 막사로 맞아드리지 않고 제가 뛰여 나와 허둥지둥 달려왔다.

통역을 대동한 택수가 앞으로 나서자 러시아 장교는 다짜고짜로 바른 손부터 내밀었다. 택수가 악수에 응하자 러시아 장교는 왼팔로 택수의 어깨를 글어안았다. 백군인지 적군인지 아직 분간은 할 수가 없었으나 그 러시아 장교의 손아귀가 어떻게도 센지 택수의 손이 아플 지경이었다. 악수하면서 제 손이 아픔을 느낀 것은 택수에게 처음 있는 일이었다. 그러나 그는 손을 빼려고 하지 않고 마주 꽉 글어 쥐었다. 러시아 장교도 아픔을 느꼈는지 택수의 어깨를 안았던 왼팔을 내리우고 주먹을 꽉 쥐면서 바른손을 더 힘세게 쥐는 것이었다. 택수는 아픔을 무릅쓰고 이를 악물면서 손을 더 꽉 쥐었다. 서로 저리어 들어오는 손을 놀 생각은 않고 두 젊은 장교는 마치 닭 싸우듯 눈을 마조 노려보고 있었다. 두 장교의 눈알은 충혈이 되고 이마에는 구슬이 맺혔다.

마침내 쥔 손힘을 느꾸는 러시아 장교는 러시아 말로 무엇이라고 말했다.

"그이가 말이오, 저는 주인이고 대대장님은 손님이께니 손힘 쓰기 내기엔 주인이 양보한다구 그래요." 하고 통역이 말했다. 악수는 풀렸다.

러시아 장교는 손짓으로 막사를 가르키면서 택수더러 같이 들어가자는 시늉을 했다.

마주 앉은 두 장교는 워트카를 마셔가면서 통역을 통하여 회담에 들어갔다.

탄환과 무기는 五十 리 밖에 있는 연대 본부에 얼마던지 싸여 있으니까 독립군이 가지고 온 돈 값어치는 내일에라도 팔아줄 수가 있다고 장담하는 러시아 장교는 우선 술 마시기 경쟁이나 해보자고 말했다.

중국 백알은 이미 몸에 밴 택수였으나 워트카는 백알보다도 더 독하다고 그에게는 생각되었다. 그러나 그는 술 마시기 내기에 질수는 없었다. 손힘 내기에는 러시아 장교가 주인이라는 핑게로 패배를 부인할 수 있었으나 주량에는 주객(主客)이 문제될 리가 없었다.

얼마나 마셨고 얼마 동안이나 쓸어져 잤는지는 모르나 택수가 정신을 차린 때 그가 차고 있었던 권총은 온데 간데가 없어진 것을 그는 발견했다.

통역을 통하여 독립군 전원은 포로가 되었다는 것도 알게 되었다. 그러나 포로를 수용할 수 있는 건물이 없었으므로 그들은 포로라기보다도 좋게 말하면 무기 못 가진 공병(工兵)이 되었고 나쁘게 말해서 강제 징용된 노무 부대였다.

조금도 당황한 기색을 나타내지 않는 택수는 기회를 노리기 시작했다. 탈주할 수 있는 기회를 노리는 것이 아니라 주객이 전도 될 수 있는 엉큼한 기회를 노리는 그였다.

그날 밤 기습을 받았다.

밤새도록 잠 한숨 못 자고 포화 속에서 날뛰던 기억 외에 두서를 차릴 수 있는 기억이 택수의 머리에 남아 있지 못했다. 하여튼 독립군 손에도 무기가 들리어 있었고

"개 죽엄하지 말구 왼쪽으로 도망가앗!" 하고 소리 지르면서 날뛰던 기억은 생생했다.

"왼쪽으로 도망가앗." 소리가 메아리처럼 여기저기서 크고 적게 총탄소

리에 섞여서 들려오던 기억도 있었다.

동이 트고 총소리가 멎어진 때 택수는 어떤 고지에 다달아 있는 자신을 발견했고 독립군 대부분이 그리로 모여들었다. 러시아 병정은 한 명도 보이지 않았다.

화력은 꽤 확보되었으나 식량이 없으니 한시바삐 삼림을 헤어나가야만 될 판이었다.

길 안내자라고는 지남침[19] 한 개밖에 없었다. 이름은 지남철이지만 바늘 끝이 가르치는 방향은 북쪽이니까 그 바늘 반대 방향으로 나가면 되리라고 생각했다.

멀지않은 곳에서 돌연 나팔 소리가 들려왔다. 이 나팔 곡조를 듣는 독립군 전원은 놀람보다도 긴장과 적개심이 앞섰다. 틀림없는 일본군 나팔곡조였다.

피가 끓어올랐다.

독립군은 전투태세를 갖추고 척후를 나팔 소리 들려오는 방향으로 내보냈다.

"왜병이 냄샐 맡구 예까지 우리 뒤를 추격해왔을까?" 하고 한 사람이 말했다.

"글세, 설마."

"어제 밤 기습 해 온건 왜병이 아니구 분명 러시아 군병이었는데."

"러시아 군이 왜병에게 원병을 청한 것은 아닐까?"

"글세 그럴지두 모르지."

"백군이 적군이?"

"거야 알 수 있나, 우리 돈을 떼먹은 놈이 백군일까 적군일까?"

"백군 적군 자꾸 하니깐 소학교시절 생각이 나는구만, 대운동회 때 편 갈

---

19   지남침 : 指南針. 자침(磁針. 중앙 부분을 수평 방향으로 자유로이 회전할 수 있도록 한 작은 영구 자석)으로 언제나 남북을 가리키도록 만든 기구.

으던 생각이." 하고 택수가 처음 말했다.

"백군이건 적군이건 우리 아랑곳 할꺼 업지요. 우린 왜병만 골탕 멕이문 되는 거니까."

척후병 한 명이 돌아왔다.

"요 넘어 꽤 넓은 공지가 있습니다. 거기에 왜병과 러시아병이 집결되어 있습니다." 하는 것이 그의 보고였다.

"우리 돈 떼먹은 놈들두 있어?"

"얼굴까지 알아볼 수 없구요, 복장으로 봐서 알게 된 것입니다."

"사기(士氣)를 돋구려고 나팔까지 부는걸 보면 왜군은 어제 밤 참패한 군 대를 응원하려고 왔음에 틀림없어요."

"우리를 공격하려고 집결한 것은 아닐까?" 하고 택수가 물었다.

"이쪽으로 그들이 보낸 척후병은 발견 못했습니다." 하고 척후가 대답했 다.

"아이고 분해, 그렇게 죽을 고생을 해 강탈해 가지구 두만강 위험지대까 지 꿰뚫고 가져온 돈을 왜놈에게 도로 뺏기다니! 저 밑에 있는 러시아 군 대가 왜병에게 내통했을 거야."

"아니 그보다도 이거 보시오. 만약 이틀 전에 우리가 왜병한테 들켰더라 면 무슨 꼴이 됐겠어요. 아슬아슬하군요."

"잡담은 그만 하구 우리 이제 어떻게 한다?" 하고 택수가 말했다.

"왜군이 목전에 있으니 그냥 둬두고 갈순 없지."

"그렇지, 그래."

"그런데 모두 몇 명이나 돼 보여?" 하고 택수가 좀 전에 돌아온 척후에게 물어보았다.

"아마 사·오백 명 실히 돼 뵈요."

"흠, 그럼 지금 우리 병력가지구 공격은 위험천만이지. 밤에 어둠을 타서 기습하여 몇 놈 쥑이구는 내빼는 게 수지."

"신난다!"

일본군 나팔 소리가 또 들려왔다. 돌격을 명령하는 나팔이었다.

"대낮에!" 하고 택수는 놀라 소리쳤다.

척후 몇 명을 더 내보냈다.

"마즌편 고지로 개미떼처럼 기여 올라 가구 있습니다."

"러시아군은 우익을 담당하고 왜병은 좌익을 담당한 총공격입니다."

"인해(人海)전술입니다."

척후들로부터 이런 보고가 연성 들어왔다.

콩볶듯하는 총 소리와 함께 왜병들이 돌격할 때 지르는 독특한 함성까지 들려왔다.

"러시아군과 왜병이 반원형을 짜고 기어오르고 있습니다."

"출혈이 많습니다. 시체를 밟고 넘고 하면서 그냥 기어오르고 있습니다."

척후들의 보고는 계속 들어왔다.

택수가 말을 가로챘다.

"왜군이 좌익을 담당했다지?"

"예."

"그럼 우린 왜군 옆과 뒤를 바싹 딸아 가자구. 골짜기로 내려가지는 말고 산허리를 차고 기여가, 매병 一매타 간격을 두구 三열로 들키지 않두룩 자 가자."

택수 자신도 될 수 있는 대로 왜병 옆 가까이로 나가 애솔을 방패로 하여 기여 따라가면서 전세를 관찰했다.

출혈이 대단한 것도 무릅쓰고 왜병과 러시아군은 병력을 자꾸만 투입하는 것이었다.

왜군은 앞만 향하여 기여오르고 있으므로 옆과 뒤를 숨어 따르는 독립군의 위협은 느끼지 못하는 모양이었다.

고지 중간 허리쯤에서 백병전이 벌어졌다. 단병접전[20]이었다.

---

20 단병접전 : 短兵接戰. 일대일 육박전. 칼이나 창 따위의 단병으로 적과 직접 맞부

언뜻 고지 꼭대기에서 붉은색 기빨이 숨박곡질 하고 있는 것을 택수는 봤다. 붉은 빛은 잔학성을 폭발시키는 흥분제가 되었다.

"사격" 하고 택수는 소리 질렀다. 왼쪽과 뒤로부터 오는 뜻하지 못했던 일제 사격에 왜병은 놀라서 갈팡질팡하기 시작했다.

"돌격" 하고 웨치면서 택수는 단병 접전장으로 뛰어들었다.

대낮이었지만 그의 눈에는 사물이 똑똑이 보이지 않고 흐리뭉덩하게 흐늘거리는 전체 색깔만 보였으며 총소리 환성 신음도 제대로 들리지 않았다.

"난 조자룡이닷!" 소리만 계속 지르면서 그는 미친듯이 날뛰었다. 그가 읽은 삼국지에 나오는 수백 명 장수중에 그가 제일 숭배해온 장수는 상산 조 자룡 뿐이었었다.

동에 번쩍 서에 번쩍!

전투가 산허리 아래로 내리 밀리기 시작하자 독하기로 소문난 왜병들도 후퇴가 아니라 허둥지둥 도망치기 시작했다.

이 짤막한 한 전투에서 택수는 러시아 적군 눈에 영웅으로 인식되었다. 그 이튿날로 택수는 치타에 있는 적군 총사령부를 향하여 길을 떠났다.

치타에서 택수는 두달 동안 세뇌(洗腦)를 받았다.

뽈틱[21] 방면 백군이 페트로그라드(래닌그라드)교외까지 육박해 왔었으나 적군에게 결정적인 패배를 입은 그때 적군은 시베리아 백군 섬멸은 문제없다고 생각하게 되어 택수를 전선으로 돌려보내지 않고 스파이로 쓰기로 한 것이었다. 정보원이 되기로 응낙한 택수는 스파이 전술을 본격적으로 배우기 위하여 기차를 타고 일크츠크로 가는 도중이었다.

차간 벽에 기대선 채 깡 워트카에 취해버린 택수는 갑자기 무릎을 탁 쳤다.

딪치는 전투.
21 뽈틱 : 발트해(Baltic Sea). 폴란드, 리투아니아, 스웨덴 사이의 바다.

'옳지 창덕이 녀석도 스파이가 된 모양이지, 역시 약은 놈이야. 제 맡은 일의 성질로 보아 아무리 친한 친구를 만났더라도 그 정체를 파악하기 전에는 모르는 체 하는 것이 현명할 꺼야, 난 바보짓을 했구나.' 하는 생각이 그에게 났던 것이다.

두 시간 그냥 달린 기차는 처음으로 멈추었다. 서 있던 승객들보다도 자리에 앉았던 승객들이 더 많이 내렸다. 그러나 그들은 자리를 그냥 확보하기 위하여서 가방은 물론 보따리 모자 심지어는 먹다 남긴 시꺼먼 면보 덩어리와 누런 치쓰까지 제자리에 놓고 내리는 것이었다.

자리에 아무것도 놓지 않고 내리는 자리를 점령하기 위하여 여태 서서온 승객들은 내리지 않고 있다가 빈자리 다툼에 차간은 수라장이 되어버렸다. 택수는 자리 잡을 것을 단념하고 플랫폼을 내다보았다. 별로 큰 정거장은 아닌데 플랫폼은 어느새 승객들의 산책 도로가 되어버렸고 저쪽에는 매점도 있고 그 옆에 길고 큰 유기 싸모왈[22] 차 끓이는 주전자가 있는 것이 그의 눈에 띠었다. 그걸 보니 갑자기 목이 갈하고 또 두 시간 서 있기만 한 다리가 걸음을 걸리어 피곤을 풀어 달라고 졸르고 있는 것을 새삼스리 인식했다.

그는 차에서 내렸다. 싸모왈 부근에는 사람들이 겹겹히 둘러서 있었다. 그중 유독 중국옷을 입은 창덕이 모습이 유표하게 얼른 눈에 띠었다. 먼발치에 서서 택수는 창덕이를 노려보았다. 시선을 맞추어보고 싶은 충동을 금할 수 없기 때문이었다. 그러나 창덕이는 한눈도 팔지 않고 손에든 차잔만 응시하고 있었다.

'내가 저 새끼를 아는 체 한 것이 정말 잘못이었을까? 내가 수작을 걷지 않았었더라도 저 새끼는 날 알아봤을 꺼야. 그리구두 시침이를 뗀 것은 필유 곡절이란 말야. 저 새끼는 어느 쪽 스파이일까? 하고 생각하는 택수의

---

22 싸모왈 : 사모바르(samovar). 러시아 전통 주전자. 구리, 은, 주석 따위로 만드는데 중앙에 상하로 통하는 관이 있어 그 속에 숯불을 넣어 물을 끓인다.

방황(彷徨)

등골로는 어름물이 내리흘렀다. '어떤 일이 생기더라도 저 새끼를 부뜰고 늘어저서 그 정체를 파악해봐야겠다.' 하고 결심한 택수는 창덕이에게로 향하여 걸어갔다.

차를 다 마신 창덕이도 걷기를 시작했다. 창덕이의 걸음걸이를 본 택수는 흠칫 놀라면서 우뚝 섰다. 그는 창덕이의 다리 놀리는 것을 보는 데만 정신이 팔렸다.

'아니 내 눈이 환장을 했단 말인가? 여우에게 홀렸다 내가!' 하는 생각을 하면서 택수는 입을 쩍 벌리고 서서 뚜벅 뚜벅 걷는 이 청년의 다리에서 눈을 떼지 못하였다.

이 청년은 절름발이가 아니었다.

3

문택수로부터 황보창덕이라고 오인 받은 중국옷 입은 청년은 이상야릇하고 복잡한 감정에 사로잡혔다.

러시아 복색을 한 생전 처음 보는 어떤 청년이 이상한 언어로 말을 걸어오면서 무척 친숙한 것 같은 표정을 짓는 것을 볼 때 그는 저윽이 놀라고 어리둥절해졌었다. 그 청년이 다른 차간으로 가버린 뒤에도 그 청년의 목소리는 쉽사리 잊어지지가 않고 귀에 그냥 웅웅 울리는 것 같았다. 그 말이 무슨 뜻인지는 알 수가 없었으나 그 억양이나 발음은 어딘가 귀에 익은 것 같은 기분을 억제할 수 없는 것이었다. 남자의 목소리가 아니라 여자의 목소리로 그 비슷한 발음을 언젠가 들었던 것 싶기도 했다. 어렴풋하게나마 낯이 익은 것 같은 인상을 주는 근원을 찾아보려고 그는 눈을 감았다. 금생에서가 아니라 전생에서 몇천 년 전 아니 몇만 년 전에 그 비슷한 억양을 띤 언어를 들어본 것 같기도 했다.

치운 겨울 밤. 어둑신한 냉방에서 어떤 여인의 신음소리를 들었던 것 같은 기억이 나는듯 했다. 매서운 바람이 앞을 막는 캄캄한 밤에 땅에 쌓인 흰

눈의 반사만으로 좌우 지적을 분간할 수 있는…… 땅땅땅 총소리, 그리고는 생각이 뚝 멎어버렸다. 유성기 태협이 다 풀린 것처럼 기억력을 소생시킬 수 있는 자극이 없어진 모양이었다. 그는 아까 그 이상한 청년의 모습과 말을 회생해보려고 노력했다. 그러자 상당히 똑똑하게 다시 기억이 떠올랐다.

"야, 난 너에게 못할 짓을 한 나쁜 년이다." 하는 가냘픈 목소리. 이 말을 중국어로 들었었는지 러시아어로 들었었는지? 아니 아까 그 청년이 말하는 그런 억양과 발음을 가진 말이었다고 생각되었다. "그 벌로 난 지금 죽는다. 죽기 전에 할 말이 있다. 잘 들어라. 잘 들어. 너는 내 아들 내 아들 내 아들……" 유성기 소리판 줄 하나가 퉁겨진 것처럼 같은 말이 되풀이되었다. 그의 기억은 태협에 녹음되어 있는 것이 아니고 구식 아교 레코드판에 녹음되어 있는 것과 마찬가지였다. 그 소리판을 十여년동안이나 잘 간수하지 못하고 풍우한설에 되는대로 내 굴렸기 때문에 판이 우물쭈물해지고 선이 여기저기 퉁겨졌고 선이 달고 달아서 아주 뭉개져 없어진 대로 있었다. 게다가 판위를 돌고 있는 바눌이 쇠바눌이 아니고 제二차 세계대전 말기에 일본 공장들이 만들어내던 참대바눌이었기 때문에 멀쩡한 선 위에서 나오는 소리도 희미하기 짝이 없었다. 유성기가 축음기로 변했다가 전축으로 다시 변했으나 그의 뇌신경은 아직 유성기 그대로이었으므로 태협을 연성 감아주어야만 판이 도는 것이었다.

"너는 내 아들이 아니다 아니다 아니다 아니다." 그는 바눌을 옮겨 놨다.

"너의 부모는 정말 부모는 쓰르르 쓰르르 쓰르르 쓰르르……" 판이 아모리 계속 돌아도 바눌은 뭉개진 판 위를 돌고 있을 따름이었다.

목소리는 더 회생되지 않았으나 광경은 무질서하게나마 뜨믄뜨믄 회상되었다. 어두운 밤. 치운 겨울밤. 어린 그는 무슨 짐을 지고 걸어가고 있었다. 응 그게 아마 소금이었지. 하여튼 무거운 자루를 그는 등에 지고 있었고 어머니도 무거운 자루를 머리에 이고 얼음 위를 걷고 있었다. 이런 일이 여러 번 있었다. 그러나 그것은 언제나 밤이었다. 낮에는 그런 일이 절대로 없었다.

소금은 퍼런 장옷을 입은 남자에게서 사다가 얼어붙은 강[23] 얼음을 타고 건너서 때 묻은 흰옷 바지저구리를 입은 여인에게 팔군 했다. 소금을 사는 이쪽 동리에는 벽돌집이 많았고 강건너 소금 파는 동리는 흙벽한 초가집뿐이었다.

소금을 날르다가 일본 경찰에 들키면 총살당한다는 소문을 들었던 기억도 회상되었다. 아나나 다르리. 어떤 날 밤 눈 덮인 강위에 총소리가 들렸고 어머니는 얼음판에 꼭구라졌다. 소금 짐 다 내버리고 신음하는 어머니를 질질 끌면서 가던 길을 되돌아 왔던 생각이 되살아났다.

그리고는 또 어떤 밤, 밖에서는 개가 미친 듯이 짖어대고 말 발굽소리가 요란히 들리고 또 총소리. 그는 이불을 푹 쓰고 오들오들 떨고 있었다.

아버지 얼굴이 떠올랐다. 어머니 모습보다는 약간 더 선명하게 보였다. 중국 사람임이 분명했다. 그리고 머리칼이 곱슬곱슬하고 얼굴빛이 흰 어린이들 모습. 러시아 어린이들이었다. 낮에는 그 러시아 어린이들과 놀기도 하고 한자리에 앉아 공부도 하다가 밤이 되면 대문간 방으로 가서 아버지 옆에 자군 했다. 낮에는 러시아어로 지꺼리고 밤에는 아버지와 더불어 중국말을 했다. 그랬는데 지금 차중에서 어렴푸시나마 회상되는 또 한 가지 다른 말. 어찌된 셈인지 알 수가 없었다. 어머니가 쓰던 말처럼 생각되기도 하는데.

좀 더 똑똑한 기억이 있었다. 낮에는 러시아인 집안 소제도 하고 뜰도 쓸고 장작도 패고 하다가 밤이면 주인집 아들딸과 함께 모여 앉아서 러시아 역사와 지리도 배우고 옛날이야기 책도 읽고.

이름은 어머니가 지어주었는지 아버지가 지어주었는지 알 수 없었으나 그의 이름은 왕우시였고 러시아인 주인과 그 가족들은 그를 이반이라고 불렀다.

---

23 강 : 압록강이나 두만강.

주인집 전 가족이 몰살당한 것은 三년 전 일이었다. 그러니까 그가 열아홉 살 나던 해였다. 주인 가족을 한 뜰에 몰아놓고 몰살한 군복입지 않은 군인들은 주인과 동족인 러시아 사람들이었다. 그 몰살당하던 광경은 지금에도 눈에 선하지만 우리는 그걸 기억에서 지워 버리려고 무진 애를 써왔다.

우시와 그의 아버지인 늙은 쿡은 러시아 적군 부정규군의 포로가 되었다. 쿡은 그 부정규군 식사 차려주기에 바빴고 우시는 장교 한 사람을 딸아다니면서 러시아어와 중국어 통역을 했다.

적군이 완전 승리를 걷우자 우시는 치따로 보냄 받아 거기 러시아 학교에서 공부를 하게 되었다.

그는 지금 모스크바 대학으로 유학하는 도중이었다. 여비는 치따학교 교장이 대주었고 모스코바까지 가면 대학 기숙사에 유숙하면서 무료로 공부할 수 있다는 것이었다. 치따학교 교장이 써준 편지를 그는 안주머니 속에 소중히 간직해 가지고 가는 길이었다.

그러던 중 차내에서 그는 우락부락한 택수에게 잠시나마 시달리게 된 것이었다. 불유쾌한 일에 틀림없었다. 택수의 의도가 어데 있는지 알 수가 없었다. 혹 무슨 연극이 아닌가, 아니 그 청년이 좀 돌지 않았는가 하고 그리 생각했다.

정거장에 내려서 차를 마시고 있을 때 그가 목격한 택수의 기이한 행동으로 그 청년은 돌았음에 틀림없다는 결정을 내렸다.

제자리로 돌아와 앉은 우시는 마음이 조마조마했다. 그 정신병 환자가 어느 때 다시 나타나서 어떤 광태를 부릴런지 예측할 수 없었다. 그러나 무연한[24] 바이칼 호를 한 옆에 끼고 기차가 달릴 때까지 택수는 다시 나타나지 않았다.

이튿날부터 기차는 밀림지대 속을 달리기 시작했다. 기차 궤도만 내놓고

---

24 무연한 : 아득하게 넓은.

좌우 쪽은 아름도리[25]도 더 되고 키가 까맣게 큰 수림이 가득 차 있었다. 좌우 쪽으로 한 메타 저쪽으로 보이지 않으리만큼 빽빽하게 나무가 서 있었다.

몇 시간씩 단숨에 달리다가야 역에 도착하군 하는데 내리고 타는 손님은 별로 없고 빽빽한 삼림 속에 조그만 고도처럼 되어 있는 역 광장은 지루한 승객들의 운동장 역할을 할 따름이었다.

이틀 가고 사흘 가도 밀림은 그냥 계속되었다. '아니 이 기차가 이 미궁 같은 삼림 속에서 길을 잃어버리구 무작정 헤매고 있는 것이 아닌가' 하는 터무니없는 공포까지도 느끼게 되었다. 이 공포가 옳은 공포라고 시인이나 하는 듯이 기차는 역도 아닌 삼림 속에 급정거했다. 불길한 예감을 느낀 우시는 부지중 억 소리를 지르며 후덕덕 일어섰다. 얼른 승객 대다수도 역시 마찬가지였다. 모두 창밖을 내다보려고 머리와 어깨 쌈이 맹렬하게 벌어졌다.

"와!" 하는 환성이 갑자기 터졌다. 승객들은 앞을 다투어 차에서 내리려고 야단법석을 했다.

사슴, 사슴, 사슴, 말 만큼식이나 커 보이는 사슴들이 앞을 다투어 기관차 앞 궤도를 매워 껑충껑충 뛰어가고 있었다. 일방통행이었다. 궤도가 지평선까지 곧게 벋은 것 같은데 기관차 앞 궤도는 사슴과 노루로 가득 차있었다. 어떻게도 빽빽이 몰리어 뛰어가고 있는지 하나하나 따로난 즘생같이 보이지가 않고 흐늑흐늑 하는 무지개가 한 시간도 두 시간도 계속 머물러 있는 것처럼 보였다. 처음에는

"장관이다!" 하고 감탄했던 승객들도 얼마 않가서 현기증이 나버렸고 세 시간째 잡히자 구경이 아니라 지루하기 짝이 없게 되었다.

궤도를 넘어오는 짐승 떼가 좀 뜸해지자 여기저기서 빵빵빵 총소리가 났다.

---

25 아름도리 : 아름드리. 둘레가 한 아름이 넘는 것을 나타내는 말.

사슴 노루 몇 마리가 대열 옆으로 픽픽 쓸어졌다. 궤도를 넘어선 사슴들은 대열을 떠나 좌우 쪽으로 갈팡질팡 달리었다. 기관차 가까이서 구경하고 있던 사람들은 사슴뿔에 받기고 노루 발굽에 채여 땅에 딩굴었다. 짐승 저이끼리도 받고 차고해서 넘어지는 놈들이 상당히 많았다. 땅에 딩구는 사람들과 사슴들은 제각기 독특한 비명을 지르면서 엎치락뒤치락 씨름을 결사적으로 했다. 어린 노루 허리를 부둥켜 잡고 씨름한 끝에 산 노루를 생포하는 사람들도 있었다.

어안이 벙벙해진 우시는 멀찌감치 서서 손에 땀을 쥐어가며 이 진기한 수라장을 멍하니 바라다보고만 있었다.

기차 꽁무니 근처에서는 어느새 노루 가죽을 베꼈는지 각을 떠가지고 피 뚝뚝 흐르는 날고기를 물어뜯어 먹는 사람 수효가 늘어가고 있었다. 사슴 수효가 좀 줄어지자 궤도를 겨우 뛰어 넘고는 제풀에 픽픽 쓸어지는 놈이 늘어갔다. 대열 뒤로 딸아오면서 며칠 생판 굶은 놈들이 기진맥진해 쓸어지는 것이었다.

사람이 가서 쳐들어도 짐승은 약간 허우적거릴 뿐 대항하거나 도망하지 못하였다. 이런 다 죽어가는 사슴이나 노루를 한 마리식 매여다가 객차에 싣는 승객들끼리 아우성을 치며 밀치고 밀치우고 밟히고 밟고 하는 것이었다.

어데서 갑자기 꺼냈는지 칼과 푸대를 들고 나선 승객들은 맥없이 누어 있는 노루를 타고 앉아 녹용만 도려내서 푸대 속에 넣으며 돌아가기에 바빴다.

굶어죽은 노루와 사슴들이 빈틈없이 가득 가득 쌓이고 각 떠진 노루 고기가 손마다 들린 기차는 다시 떠났다. 대부분 남녀 승객들은 날고기를 안주하여 워트카를 마시는 동안 더러는 날고기 싼드윗치를 만들어 먹고들 있었다. 승객마다 식료품을 한 푸대씩 휴대하고 다니는 이유를 우시는 깨달은 상 싶었다.

사흘 뒤 일이었다. 기차는 아직도 밀림지대를 벗어나지 못한 채 그냥 달리고 있었다. 산화때문에 나무가 거의 다 타버린 광장도 두세 곳 지나 왔다. 기차 바퀴에 무엇이 치우는지 물큰물큰 하는 감각이 승객들을 놀라게

165

하더니 기차는 속력을 주리기 시작했다. 창밖으로 내다보니 수만 아니 수십만 마리의 들쥐가 깜앟게 뭉치어 기차를 습격해오고 있는 것이 보였다.

기차는 선 뒤에도 쥐들은 엎치고 덮치고 수없이 바퀴 아래로 몰려 지나갔다. 궤도 전반에 걸치어 반자 높이나 되게 덧 엏히어서 흐늑흐늑 달려가는 쥐 모습이 징그럽기도 하려니와 내려가 보려고 발받이까지 간 승객들도 감히 발을 내리집지 못하고 바라다보고만 있었다. 중간에 팩팩 쓸어지는 놈도 부지기수였으나 산 놈들은 시체를 그냥 배고 그 위로 홍수 지나가듯 흘러지나갔다. 두 시간 만에 쥐떼 이동은 끝이 났으나 쥐 죽은 시체가 궤도 위까지 채와져 있었음으로 기차는 떠나지 못했다. 쥐 시체위로 그냥 들다가는 찢기는 살이 미끄러워서 기차가 탈선한다는 것이었다.

*　　　*　　　*

一九二五년 五월 三十일.

중국 상해 공공조계 거리거리에서 중국인 남녀학생들의 시위행렬이 있었다. 부랑카드를 들고 '타도 일본 제국주의', '타도 영국 제국주의', '살인한 일본인을 이법처단하라', '피해자 유가족에게 위자료를 주라', 하는 등등 구호를 부르짖으면서 질서정연하게 행진하는 그들이었다.

복잡한 상가 남경노를 방해 받음 없이 무사히 통과한 행렬은 미국인 영국인들만이 모여 사는 주택지대로 들어섰다. 거기 이미 대기하고 있던 소방대 호스 물벼락을 맞은 학생들은 후퇴하고 말았다. 공공조계는 미국, 영국, 일본 삼개 국이 공동으로 관리하는 조계였는데 가든 뿌릿지 서쪽 시가지 치안은 미국과 영국이 맡고, 일본인이 많이 살고 있는 다리 동쪽 치안은 일본과 영국이 맡아보고 있었다.

가든 뿌릿지 동쪽 일본인 시가지에서 시위 행렬하려고 하던 학생들은 처음부터 일본인 순경과 인도인 순경의 제지로 옥신각신하다가 총소리가 나게까지 되자 학생들은 뿔뿔이 헤졌다. 총소리에 놀라 도망가기는 하면서도 그들의 걸음은 마치 약속이나 한 듯이 동양 제 二 방직공장께로 몰려갔다.

팔뚝처럼 굵은 쇠창살로 만든 육중한 대문은 닫혀 있는데 그 밖으로 수천 명 학생이 집합했다. 대문 가까이 있는 학생들은 철문을 흔들기도 하고 발낄로 차기도 하면서 고래고래 소리 질렀다.

"살인 한 똥양꿰즈(일본 놈) 이리 내 보내라."

"문 부수구 들어가 그놈 잡아내자."

"직공 여러분 그 왜놈 잡아 이리 내보내요. 처벌은 우리가 할 테니."

"동맹파업으로 항의 하시오."

앞에서도 옆에서도 뒤에서도 제각기 소리를 지르기 때문에 무슨 소리를 하는지 알아듣기 어려웠다.

뒤에 선 학생들이 자꾸만 앞으로 밀기 때문에 문가에 서 있는 학생들은 수천 명 체중에 눌리어 그 육중한 철문이 안으로 휘어지기 시작했다. 한쪽에 딱딱한 쇠, 한쪽에는 물렁물렁하기는 하지만 천근도 더 되는 압력, 중간에 끼운 학생들은 비명을 발했다. 앞에서 밀리우는 학생들은 뼈가 불어진다고 아우성치고 뒤에서 미는 학생들은 "왜놈 죽여라!" 소리를 거듭 웨쳤다.

갑자기 따따따따! 총소리가 연겊어 나면서 비명 소리는 하늘을 찌르는 듯했다. 철문과 사람 무게 사이에 끼여서 숨까지 막혀 허덕거리던 학생들 몸은 갑자기 편안해지고 빽빽이 뭉친 살덩이들은 흐늑흐늑하기 시작했다.

"여러분 동지, 진정하세요." 하는 고함소리가 여기저기서 찡찡 울렸다.

"저놈들에겐 총이 있구 우리는 맨주먹입니다."

"희생자 두 명이 났습니다."

"사 오명이 부상을 입었다."

"진정합시다."

"더 대항하다가는 무고한 피만 더 흘리게 될 것이니 자중 합시다."

"우선 부상한 동지들을 병원으로 매어 가야지요."

"투쟁이 끝난 건 아닙니다."

"학교로 돌아가서 지시를 기다려요."

여러 말이 여기저기서 터져 나왔다.

양수포 일대 공장지대에 자리 잡고 있는 세 개의 큰 직조공장은 일본인 소유였다. 사무직원과 직공 감독까지는 전부 일본인이고 직공전원은 중국인 남녀였다.

며칠 전 일이었다. 동양 제二방직공장에서 일하는 직공감독 중 하나인 일본인이 중국인 직공 한 명을 거의 죽도록 때렸다. 직공들이 제지하려고 모여들자 일본인 감독은 권총을 난사하여 수명이 즉사하고 수명은 중경상을 입었다.

살인한 일본인 감독은 아무런 벌도 받지 않고 뻐젓이 의시대고 다니고 있고 죽은 직공들은 장례비도 주지 않고 부상자 치료도 해주지 않는다는 소문이 파다하게 퍼졌다.

이 소문이 대학생들 귀에까지 들어간 것이었다.

대학교 학생 총연합회 간부와 중학교 학생 총연합회 간부는 긴급 연석회의를 열었다. 여기서 선출된 대표들이 공장 지배인도 찾아가고 치안을 맡은 공무국 국장도 면회했으나 아무런 소득도 없었다.

전체 남녀학생 시가지 데몬스테슌으로 발전되게 된 것이었다. 시위행렬로도 아무런 효과도 보지 못하고 다시 사상자만 내게 된 것이었다.

학생 총연합회에서는 문제된 그 공장 직공 전원 동맹 파업 선동에 성공했다. 뒤이어 일본인 경영 공장 직공들은 전부 파업으로 들어갔다. 파업한 五만여 명 직공은 강단에 있는 경마장에 전부 수용되었다. 남녀 학생들이 소매를 걷어 올리고 나서서 주먹밥을 만들어 나눠 주었다. 웅덕이는 주먹밥 만드는 재료 구입 단에 한목 끼여 딸아다녔다.

돈을 타러가는 파업지휘본부 사무실에는 학생 대표 외에 일반인도 두세 명 끼어 있었다. 엄청나게 많은 돈이 수송되었는데 그 출처가 어덴지는 알 수가 없었으나 돈은 얼마던지 있었다. 손때가 도무지 묻지 않은, 조폐공장에서 직접 나온 것같이 보이는, 반들반들한 대양 은전이 무데기로 있었다.

돈을 받아들고 나오던 웅덕이는 멈칫 발을 멈추었다. 마주 오고 있는 청년의 얼굴이 낯익게 생각되기 때문이었다. 낯은 익으나 어데서 봤었는지 기억이 나지 않았다. 중국옷을 입은 중국 청년은 분명한데 동창생도 아니오 아는 사람도 아니였다.

두 청년은 두어 걸음 마주 바라다보며 지나쳤다.

길거리에 나서면서 웅덕이는 소스라쳐 놀랐다. '창덕이 하구 신퉁이두 같구나' 하는 생각이 그제서야 스치고 지나가기 때문이었다.

파업은 확대되었다. 일본인 상사나 영국인 상사에서 일하던 중국인 종업원 전체가 파업을 단행했다. 뒤이어서 일본인 가정과 영국인 가정에서 일하던 중국인 남녀 역시 파업에 가담했다.

남녀 하인들을 거느리고 호강해 온 영국 여인들이 손수 구럭[26]을 들고 시장에 나타나는 진풍경에 상인들은 눈이 휘둥글어지고 막 비싸게 불러 폭리를 취했다. 그러나 그것도 하루뿐, 그 이튿날부터는 시장 상인들도 영국인에게는 물건 팔기를 거부했다.

일본인들 가정은 영국인 가정들처럼 곤경을 겪지 않았다. 일본인이 모여사는 구역에는 일본인이 경영하는 시장이 있었기 때문이었다.

일주일 만에 파업은 끝났다. 일본인 공장 대 학생대표 공무국 대 학생 대표는 매일 만나 승갱이를 하다가 공무국에서는 그 살인한 일본인을 체포하고 공장 측에서는 학생대표 요구조건 전부에 다 동의하고 실천으로 옮기게 되어 문제는 해결된 것이었다.

그러나 학생들의 운동은 그것으로 끝나지 않고 장기전으로 들어갔다. 각학교별로 국민계몽 유세대를 조직했다. 오후 방과 하자마자 유세대들은 인근 촌락을 차례로 순방하였다. 八명 一대로 조직된 유세대에 웅덕이도 참가하였다.

촌락 앞 타작마당에 촌민을 집합시킨 학생들은 우선 중국 국가부터 제창했다. 그러나 국가를 부르는 것은 학생들뿐이오 촌민들은 남녀노소를 불문

---

26 구럭 : '망태기'(짚으로 만든 가방)의 평안도 방언.

방황(彷徨)

하고 국가 가사나 곡조를 아는 사람은 거의 없었다. 한 학생이 나서서 일본과 영국을 타도하는 열변을 토하고 나서는 다시 국가를 부르고. 그러나 웅덕이가 보기에는 촌민 전체가 문맹이오 서양식 곡조는 첨 듣는 것 같았다. 대학생들이 쓰는 유식한 어휘를 촌민들이 제대로 다 알아듣는지도 의문이었다.

＊　　　＊　　　＊

소경이 눈을 떴다. 벙어리가 말을 했다. 앉은뱅이가 일어섰다. 三十년 배아리가 감쪽같이 쾌차되었다.

이런 소문이 평양 근린 예수교인 간뿐 아니라 전 시민의 호기심을 자아내는 화제꺼리가 되었다.

"야 창덕아, 앉은뱅이가 일어섰다는데 절름발이쯤은 식은 죽 먹기 아니겠니. 어서 가보자." 하는 할머니의 눈물겨운 강권에 못 견딘 창덕이는 절름거리면서 예배당으로 갔다. 무더운 여름날이었다.

목회 뜰은 임시 옥외 병원이 되어버린 양 들것에 누워 있는 중병환자를 비롯하여 외눈깔 곰배팔이 얼굴이 노랗고 피골이 상접한 골병환자들로 가득 차 있었다. 들것에 누어 있는 환자들한테서는 썩은 냄새가 풍기였다. 교회당 안에서는 예배가 한창이었다. 창덕이는 교회 안으로 들어가보았다. 황해도 출신인 김익두 목사는 땀을 흘리며 설교에 도취되어 있었다.

"……나는 금강산 산꼭대기 깊은 굴속에서 四十일간 금식 기도를 올렸읍니다. 처음 사나흘이 가장 어려웠고 그 뒤부터는 성신의 두호를 받아 별로 고통을 느끼지 않고 밤낮 기도만 했지요. 한 달이 다 지나가도록 하느님의 부르심이 없기 때문에 나는 무척 고민했읍니다. 만 四十일이 되는 새벽녘이었읍니다. 내 머리는 속 빈 바가지처럼 되었읍니다. 성화(聖火)가 굴속을 가득 채왔읍니다.

'익두야!' 하고 부르는 목소리를 나는 들었습니다. 그때 내 가슴이 어떻게 됐다는 걸 짐작 할 수 있간쉐까? 나는 '주의 종 여기 있나이다.' 하고 말했읍니다. '나 하느님은 너에게 은혜를 내리노라. 내 독생자 예수에게 주었던 것과 같은 힘은 너에게도 주노니 가라. 가서 이적을 행하여 나에게 영광을 돌릴지어다.' 하는 목소리를 나는 분명 들었습니다. 그러나 형제자매 여러분. 죄를 회개하고 주님을 믿는 자에게만 이적은 나타나는 것입니다. 죄를 벗어버리고……." 하면서 김 목사는 양복 저구리를 벗어 강대 위에 놨다. "이와 같이 죄를 벗어버리고 회개하고 주님을 믿는 자만이 구원을 얻을 수 있는 것입니다. 여러분 죄를 회개했시까? 믿음을 굳건하게 붙을었시까? 이적을 바라십니까? 그렇시까? 않그러시까?" 회장 가운데서 웃음소리가 났다. 김 목사는

"여러분 내가 했시까 하는 것이 우습시까?" 하고 소리 질렀다. 교회 안은 웃음바다가 되고 말았다. "회개할지어라!" 하고 김 목사는 벼락같은 소리를 지르면서 주먹으로 강당을 때리다가 양복 저구리를 아래로 떨어뜨리었다. 그러나 웃는 사람은 하나도 없었다. 회중 모도가 고개를 푹 숙이고 있었다. "다 같이 기도합시다." 하고 부드러운 목소리로 말하면서 김 목사는 눈을 감고 두 손을 쳐들었다.

"……이 버러지 같고 초개같고 똥 같은 죄인들의 죄를 사하여 주시옵기를 간절히 바라옵나이다." 회중가운데는 "아멘." 하고 크게 부르는 사람들도 있고 "으흐흐흐." 하고 신음하는 사람들도 많았다. "또 간절이 비옵는 바는"을 수십 번 되풀이 하는 긴 기도는 끝났다.

"자 회개하는 자는 모다 이 앞으로 나오라." 하고 김 목사가 웨쳤다. 여기 저기서 남녀 몇 사람이 일어나 강대 앞으로 가 꿀어 앉았다. 김 목사는 다시 두 손을 벌리면서

"주여 이 착한 종에게 권세를 주시옵소서. 잃었던 양을 다시 찾았아오니 은혜를 베풀어주옵소서. 주 예수 그리스도의 이름으로 비나이다. 아멘."

김 목사는 밖으로 나왔다. 들것에 누어 있던 환자들은 갑자기 생기를 얻

어 목사께로 빌빌 기여갔으나 목사의 몸은 벌서 뛰여 달려간 환자(?)들에게 삽시간에 포위되고 말았다.

창덕이는 멀찌감치 서서 구경했다.

벼란간 "할렐루야" 소리가 터져 나오더니 "四十년 속아리가 싹 없어졌읍니다." 하는 간둥[27] 소리가 쩡쩡 울리었다. 둘러싼 사람들은 모두 발을 동동 굴리면서 "할렐루야"를 불러댔다. 벌벌 기어가던 중 환자들도 안수를 받기도 전에 벌떡벌떡 일어서면서 "할렐루야"를 불렀다. 앉은뱅이는 온몸을 뒤틀면서 앙금앙금 급히 달려갔다.

"목사님, 목사님" 하고 소리소리 질렀다. 군중을 헤치고 나타난 김 목사는 앉은뱅이 어깨에 손을 얹고 "사탄아 물러가라. 내 명령하노니 믿음이 있거던 일어서라." 하고 웨쳤다. 앉은뱅이는 전신을 뒤틀면서 일어서려고 가진 애를 다 썼으나 소용없었다.

"믿음이 부족한 자여! 믿음이 없는 자에게는 이적이 없나니라." 하고 꾸짖으면서 김 목사는 다른 환자에게로 갔다. 앉은뱅이는 미친듯이 부르짖으면서 몸뿐 아니라 얼굴 근육까지 뒤틀면서 땅에 딩굴었다.

창덕이는 돌아서고 말았다. 제아무리 할머니의 강요이기는 했었으나 소위 의학도인 그가 예까지 왔던 것이 부끄럽기 한이 없고 후회막급이었다. 그는 절름거리면서 뛰기 시작했다. 길모퉁이를 돌아서니 길가 작으마한 초가집 쪽대문 밖에는 사람들, 특히 아녀자들이, 겹겹이 모여 있는 것을 그는 봤다. 지나가면서 자세히 보니 그 집 뜰에서 진행되고 있는 푸닥거리 구경에 도취해 있는 것이었다.

'이적과 굿' 창덕이는 울어야 할지 웃어야 할지 알 수 없었다. '내일로 서울로 도루 가야겠다.' 하고 그는 생각했다. 개학날까지 아직 열흘이 더 남아 있었으나 할머니의 성화를 피하기 위하여서 하루바삐 상경하여야 되겠다고 결심했다.

27 간둥 : 간증(干證). 기독교에서 자신의 영적 체험을 고백하는 일.

       *   *   *

중국 상해 교포 간에는 칠성교(七聖敎)[28] 전도사들이 가가호호 방문하며 포교에 바빴다. 칠성교 교주는 임시정부 요직에 있은 바 있었던 조 신앙이라는 五十대 노인이었다. 예수, 모하멧트, 석가모니, 공자, 노자, 조로아스터 그리고 조 신앙 자기까지 합친 일곱 명의 성현이 다 모인 종합 종교라는 것이었다. 전도사들 중에서도 가장 열성이 있는 사람은 교주의 애기를 배였노라고 자처하는 어떤 노처녀였다.

김 선생이 거의 혼자 지키다싶이 해온 임시정부는 간판 하나밖에 남은 것이 없는 신세가 되었다. 열쇠를 황포강에 넣어버려서 열수 없게 만들어 놓았던 금고, 국내 부인들이 정성으로 임정에 보내준 패물들이 들어 있는 그 금고도 이미 파괴된 것이었다. 그 금고를 신주 위하듯 하던 김 선생이 거리에 나간 동안 젊은이 몇이 와서 금고를 깨트리고 패물들을 꺼내 노나가지고 자취를 감춘 것이었다.

간판만 들고 나선 김 선생은 중국인 중년 하인의 집에 유하는 식객으로 전락되었다. 임정 초창기부터 고용해 써온 하인이 푼푼저금하여 농당 반채세를 얻어 살고 있었는데 이 하인의 간곡한 요청을 거부할 수 없었고 설혹 거부한다고 해도 당장 갈 곳이 없게 된 김 선생이었다. 조반은 이전 하인에게 얻어먹기는 하나 점심 저녁까지 폐를 끼칠 수는 없었기 때문에 낮에는 길거리로 쏘다니면서 점심을 굶고 저녁이 되면 교포 이 집 저 집 들리어서 밥을 얻어먹게 되었다. 한 끼에 七인분 밥을 혼자 잡수셨다는 일화로 널리 알리어져 있는 김 선생이 지금에는 굶기를 먹기보다 더하며 떠돌아다녔다.

속상해, 일 상해, 의 상해, 돈 상해, 몸 상해! '상해(上海)'는 '상(傷)해'가 되고 말았다.

---

28 칠성교 : 1922년에 창립되었던 도교계 신종교.

방황(彷徨)

　　　　　　＊　　　　＊　　　　＊

　서울에서 발족하여 十三도 방방곡곡에 퍼졌던 '조선물산장려회'[29]가 창설된 지 불과 二년에 흐지부지하게 되고 말았다. 한일 합방 이래 밀물 밀려오듯 들어오는 일본 상품을 배격하고 조선 안에서 조선인의 손으로 만들어진 물품만을 사용하여 조선인의 경제력을 길러보자는 운동이었다. 일산품을 막는 것은 일종의 애국운동이기도 했다.

　창립총회 결의문은 아래와 같았다.

　1. 의복은 우선 남자는 주이[30]를, 여자는 치마를 본목(本木)[31]에 염색하여 입자.

　2. 음식은 설탕, 소금, 청량음료를 제외하고는 전부 토산(土産)을 사용하자.

　3. 일용품은 가급적 토산을 사용하되 부득이한 경우에 한하여 외국품을 사용한다 하더라도 경제적 실용품만 써서 가급적 절약하자.

　그러나 이 운동에 대항하기 위하여서 일본 제조업자들은 모든 물건을 덤핑했기 때문에 가난한 조선 사람들은 값싼 물건을 사 쓰지 않을 수 없게 되었다.

　지나간 이태 동안 수십 차례의 모임도 가지고 기금도 꽤 장만했던 '조선민립대학기성회(朝鮮民立大學期成會)'가 총독부로부터 해산 명령을 받아 실패로 돌아가고 말았다. 조선인들끼리 민간의 힘으로 대학을 하나 세워보겠다는 기성회가 생길 때 총독부 당국은 "그까짓 가난하고 단합력이 없는 센징(조선인)들이 하는 일이 성사되기 만무하다"는 견해를 품고 방관 태도를 취해왔다. 그러나 이태 동안 들어온 기부금 액수가 대학 건설하기에 넉넉한 액수에 달했다. 기성회에서는 민립대학 설치 허가원을 총독부에

29　조선물산장려회 : 1920년과 1923년 평양과 서울에서 각각 조직된 국산품 장려 민족운동단체.

30　주이 : 주의(周衣)의 평북 방언. 외투용으로 겉에 입는 한복.

31　본목 : 다른 섬유가 섞이지 않은 순수한 무명.

제출했다. 당황한 총독부는 허가를 거부하고 기성회 해산을 명령한 것이었다.

4

상해대학 캠퍼스 분위기는 어수선해졌다. 클라스 결석생이 드문드문 생기고 식당 식탁에도 이 빠진 것 같은 빈자리가 여기저기 있었다. 참새 천 마리가 모여 떠드는 것처럼 학생들의 목소리와 웃음소리가 천정까지 가득 채우군 하던 소음이 거의 없어지고 음식 씹는 입다심 소리가 유표하게 더 크게 들렸다.

부학장 겸 정치학 교수인 챵 박사는 교내 사택을 비우고 전 가족이 상해 외국조계로 피신했다는 소문이 돌았다.

광동성 광동에 있는 국부군 사관학교인 황포군관학교[32] 교장인 장개석 장군이 영도하는 북벌군은 파죽지세로 속속 북상하고 있다는 신문보도가 매일 탑 뉴쓰로 게재되었다. 이 군관학교에는 한국인 청년도 수십 명 있다는 소문을 황보웅덕이는 듣고 있었다.

一九二七년 봄이었다.

토요일 오전 수업을 마친 웅덕이는 점심을 드는 둥 마는 둥하고 교문을 나섰다. 군공노 신작로는 짝지어 걷는 학생들로 가득 찬 것 같았다. 몇 대 안되는 외바퀴 쇼차(小車)는 바퀴 좌우 쪽에 각 두 명씩 네 명의 학생을 태우고 달팽이 걸음을 하고 있었다. 쇼차 미는 장정의 얼굴에서는 땀이 비 오듯하고 들어낸 종아리 근육은 울퉁불퉁 나오고 시퍼런 정맥 핏줄이 지렁이가 붙은 양 불룩불룩하였다.

양수포에서 시작되는 공동조계 경계선은 때 아닌 철조망으로 뺑 둘러 격리되어 있고 길은 급조 바리케트로 막혀 있었다. 육중한 수건으로 머리를

---

32 황포군관학교 : 중국 국민 지도자 쑨원(孫文)이 중국 국민혁명에 필요한 군사간부를 양성하기 위해 1924년 1월에 중국 광저우에 설립한 군사학교.

동인 인도인 군인들이 예와는 달리 담총하고 지켜서 있었다. 바리케트에 좁게 달린 통행구 뒤에 학생들은 일렬로 줄지어 섰다. 하나씩 하나씩 몸수색을 당하고야 조계 안으로 들어섰다. 상해 와서 공부하기 시작한지 五년이나 되었으나 이런 일을 당하기는 웅덕이에게 처음이었다.

공동조계인 강변에는 군데군데 임시 텐트가 쳐 있어서 인도군과 일본군이 주둔하고 있고 영국인 장교들은 모터싸이클을 타고 순찰 돌고 있었다. 강에는 영·미 프랑스 일본 등 국기를 띠운 군함들이 여기저기 정박해 있었다.

전차를 타고 가든·부릿지까지 가니 거기서 승객은 다 내리라고 하는 것이었다. 종전 같으면 승객이 타고 앉은 채 다리를 건너서 에드워드까지 가면 거기서 운전수와 차장만이 내리고 별다른 복장을 입은 운전수와 차장이 올라타고 그냥 운행했었는데 다리 이쪽이 갑자기 종착역이 돼버린 것이었다. 다리 입구에는 바리케트가 설치되어 있고 좁은 통로 옆에는 일본 육전대 군인들이 서서 행인 하나하나씩 몸수색을 하고야 다리를 건너가게 허락하였다. 다리 저쪽에도 바리케트가 있고 거기서는 프랑스 해병대 군인들의 몸수색을 받고야 프랑스조계 안으로 들어갈 수 있었다.

범대아로 큰 상가 인도위로 걸어가다가 마주 오는 챵 교수를 만났다. 국민당 강소성지부 간부인 그는 반갑게 웅덕이 손을 붙잡으면서

"우리 국부군이 오늘밤 안으로 도원 병영을 함낙 시킬 것이오." 하고 희색이 만연하여 말했다. 국민당 당원이라는 혐의만 받아도 강소성 독군이 고용한 군인에게 무조건 총살당하는 것이었기 때문에 챵 교수는 프랑스조계 내에 피신해 와 있는 것이었다.

웅덕이는 부강리에 있는 강 선생 댁으로 갔다. 예기했던 바와 마찬가지로 이집 대청에서는 마장에 정신 팔린 사람들이 핑·깡·홀라만 연성 소리 지르고 있었다. 마장을 처음 배우노라고 옆에서 밤 세워 이때가지 구경하고 있었노라는 김 군을 꾀어 가지고 웅덕이는 프랑스조계 경비상태 구경을 나갔다. 중국인 시가지를 면한 거리거리에는 철조망이 둘러치고 그 안에 대포도 걸어놓고 장갑자동차 기관총까지 대기시켜 놓은 것을 그는 봤다.

프랑스 장교와 안남인[33] 군인, 장총으로 무장한 중국인 순경 둘까지 철통같이 수비하고 있었다. 철조망 한 군데 좁은 통로를 터놓고 아우성치고 덤비는 중국인 남녀노소 피난민들을 한 사람씩 손목을 이끌어 받아 드리고 있었다. 보따리, 대치룽 등을 한 개씩 든 피난민들은 서로 앞서 들어오려고 밀치고 끌어당기고 하였다. 뜯어먹다 남은 생선 대가리가 삐죽 내다보고 있는 치룽을 치켜들고 들어오는 칠순 노파도 있었다.

돌아오며 보니 거리거리 빈 벽마다 경고문이 붙어 있었다. 오늘 중으로 어떤 변이 생길지도 모르니까 주민들은 각자 주의하기를 바란다는 경고문이었다. 갑자기 불종이 울고 츄럭탄 군인들이 대야를 두드리면서 시가를 돌때에는 주민들은 모도 집안으로 들어가고 길거리에 나다니지 말라는 이 경고문은 프랑스 조계 공무국에서 발표한 것이었다.

강 선생 댁으로 다시 간 웅덕이는 오래간만에 김치를 맛있게 얻어먹고 그 집 '떵즈께'[34]에서 잤다. 밤새 아무 별고도 없었다.

이튿날 아침에도 중국인 시가지로부터 피난민이 계속 들어 올 뿐이오 대포 소리만이 멀리서 은은히 들려왔다. 마음 턱 놓고 점심을 사먹은 웅덕이는 영화관으로 갔다.

세 시나 되었을까? 무성영화가 갑자기 유성영화로 변하였다. 영화에 전쟁 장면이 나타나는데 밖으로부터 콩 복는 듯하는 총소리가 요란하게 났다. 영화관 안은 수라장이 되어버렸다. 그러나 총소리가 멎기 전에 아무도 밖으로 나갈 염두를 못 내고 초조하게 서성거리고 있었다. 밖이 조용해지자 관중은 앞을 다투어 나가버렸다. 웅덕이도 나왔다.

시가는 소음으로 가득 놓을 뿐 별 이상이 없어보였다. 아니 복사천로를 걸어 올라가며 보니 공동조계와 중국 정부 관할 경계선에 위치한 상점들, 그것이 영국인 소유였건 미국인 소유였건, 중국인 소유였건 막론하고, 이

33 안남인 : 安南人. 인도차이나 반도 동부에 사는 남방계 몽골족의 하나. 베트남인.
34 떵즈께 : 앉은뱅이 걸상(?).

층마다 영국군이 점령하고 창문 밖으로 총을 내밀고 있었다.

벼란간 뒤에서 총소리가 났다. 거리를 걷고 있던 사람들은 제각기 비명을 지르면서 갈팡질팡했다. 마침 옆 골목을 발견한 웅덕이는 그 골목 안으로 황급히 뛰어 들어갔다. 총소리는 골목 안까지 따라들어 오는 것 같고 금방 총알에 맞는 것 같았다. 부지중 그는 어떤 여염집 대문짝에 몸을 실리었다. 대문짝이 안으로 쉽사리 열리는 통에 그는 대문턱 안에 넘겨졌다. 어데선가 간들어지게 웃는 여자 목소리가 났다. 허둥지둥 몸을 일으키고 웃는 소리 나는 쪽을 돌아도보니 언듯 보아도 폴츄기스[35] 여인으로 보이는 젊은 여자가 그의 눈에 띠었다. 그녀 옆에 서서 파입[36]을 문 채 빙그레 웃고 있는 사나이도 폴츄기스 타입이었다.

부끄럽고 면구스러워진 웅덕이가 쩔쩔매는 꼴을 본 그 남녀는 웃음을 끝히고 여자가 서투른 상해 사투리로 "아무 걱정 말구 피신하세요." 하고 말했다. 그녀의 목소리가 미쓰 후잉난이의 목소리와 비슷하다고 느끼는 그는 가슴이 울렁거리는 것을 금할 수 없었다.

어느새 총소리는 없어지고 거리의 소음이 다시 시작되었다. 웅덕이는 폴츄기스 남녀에게 감사하다는 인사를 하고 밖으로 나갔다. 큰 길에 나서자 바로 상무인서관책사 지점 앞길 복판에 어떤 처녀애 하나가 넘어져 있는 것이 눈에 띠었다. 남누한 옷을 걸친 그녀의 입에서는 피가 우구구 솟아오르고 옆구리 곁 길바닥에는 피가 흥근히 고이고 있었다. 전신에 격련을 일으키는 그녀의 눈은 원망하는 듯 애원하는 듯 허공을 응시하고 있었다. 이 처녀에 주위에는 물건 몇몇이 흩어져 있고 두 손은 무엇을 쥐었는지 꼭 주먹 쥐고 있었다. 젊은 노동자 하나가 달려가더니 어린 시체 옆에 떨어져 있는 동전 한 푼을 잽사게 줏어 들고 뺑소니쳤다. 비단 옷을 입고 지나가던 늙은 신사 하나는

35 폴츄기스 : 포르투기스(Portuguese). 포르투갈 사람.
36 파입 : 파이프.

"원 저런놈! 쯧쯧." 하고 혀를 찼다. 인력거, 마차, 자동차가 쉴 새 없이 이 거지 시체를 피하여 휙휙 지나갔다.

무장해제를 당한 중국군인 수십 명이 인도군 호위하에 이끌리어 가고 있는 것이 보였다. 물으니 강소성 독군의 군인들이 조계 안으로 피신해 들어오는 것을 무장해제 시키노라고 잠시 교화가 있었다는 것이었다.

홍쿠로 네거리까지 웅덕이는 갔다. 조계 밖 지대에는 오른 손에는 총을, 왼손에는 빈손을 둘 다 머리위에 높이 든 중국 군인이 수백 명도 더 되어 보였다. 그들 한 명 식 바리케트까지 와서는 인도 군에게 총을 빼앗기고는 조계 안으로 들어오고 있었다. 바리케트 이쪽 길에는 압수한 총더미가 여기저기 무질서하게 쌓여 있었다.

공동조계와 프랑스조계 경계선에서 다시 몸수색을 당한 웅덕이는 은은한 포성을 들으면서 강 선생 댁으로 도로 갔다. 강 선생 댁에는 중국인 노파 식모 하나만이 혼자서 집을 지키고 있었다. 가족은 통틀어 공무국으로 갔다고 식모가 아르켜 주었다. 무슨 일이 생겼느냐고 물어볼 경황도 없이 웅덕이는 공무국계로 걸음을 빨리했다.

공무국 뜰은 장터처럼 들끓었다. 그 틈에서 강 선생가족이 한데 모동켜서 있는 것을 웅덕이는 겨우 찾아냈다. 강 선생과 중국남자 십여 명은 금방 공무국장을 면회하고 있다는 것이었다. 강 선생의 망내 딸은 프랑스 천주교 수녀들이 세운 성·패밀리 여중학교에 재학 중인데 그 학교는 조계 밖 중국인 시가지 복판에 위치해 있었다. 그 학교 법칙이 학생은 전부 교내 기숙사에 기숙하게 되어 있는 것이었다. 학생은 중국인 소녀가 대다수요 한국소녀도 십여 명 있었다.

북벌군 강소성 성내까지 이르렀다는 신문보도를 읽은 학부형들은 수삼일 전부터 학생들을 조계내로 피난시킬 계획을 세웠으나 중국인 시가지에 잠복하여 테로운동을 하고 있는 공산당 편의대(便衣隊)[37]의 준동이 도리어

---

37 편의대 : 임시 편성된 비정규군.

더 위험하다는 정보를 입수했었기 때문에 철수 도중에 만일을 염려하여 차일피일 주저하고 있었다. 그러나 이날 오후부터 그 학교 주변이 포격을 받고 있었기 때문에 시급히 피난하도록 해달라는 요청을 공무국장에게 하기 위하여 부형들이 거의 전부 모여든 것이었다.

국장실에서는 교섭이 어느 정도 진척되고 있는지 알 수 없었으나 뜰에서 안절부절하고 있는 가족들 눈에는 성 패밀리 학교 부근에서 솟아오르는 검은 연기가 클로즈업되고, 화염 속에서 갈팡질팡하는 딸들이 모습이 눈에 보이는 듯 했다.

결단을 내리지 못하고 번민하는 국장은 자리에서 일어나 창밖을 내다봤다. 뜰에 하나 가득 찬 얼굴 얼굴 얼굴. 초조하고 애원하고 절망하는 수백 쌍의 눈매. 국장은 마침내 단안을 내리고 프랑스군 중에서 결사대를 모집했다. 결사대에 자원하고 나서는 프랑스 군인들은 동양 소녀들의 안위를 염려했다기보다 그들 동족인 수녀들의 안위를 더 염려한 것인지도 모를 일이었다.

앞뒤로 장갑자동차의 호위를 받는 추럭 두 대가 떠나갔다. 미친듯이 환호하며 이 결사대를 환송하는 부모들의 눈에는 눈물이 빛났다.

두 시간 뒤 강 선생의 딸은 무사히 집으로 돌아왔다. 바로 학교 본판이 직격탄에 명중되어 불붙기 시작할 때 결사대가 도착하여 구원을 받았노라는 것이었다.

이튿날 아침 호외에는 새벽녘에 북벌군이 도원 병영을 완전 점령하였다는 뉴쓰가 나 있었다. 한결[38] 내내 서문 밖에서 총성과 기관총 소리가 계속되었다. 총소리가 뜸해지자 웅덕이는 서문께로 가 보았다. 시가전은 이미 끝나고 철조망 저쪽에는 시체들이 길을 메우다 싶이 쌓여 있었다. 철조망을 가운데 두고 저쪽은 지옥, 이쪽은 천당이었다. 좀 더 자세히 보려고 철조망께로 가까이 가려고 했더니 프랑스 군인이 총을 겨누면서 가까이 오지 말

38 한결 : 한껏. 반나절. '한낮'의 평안도 방언.

라고 호령하였다. 웅덕이는 학교로 도로 갈 생각으로 발길을 에드워드로 쪽으로 돌렸다.

공동조계 안으로 들어가려고 하니까 철조망을 수직[39]하고 있는 일본 육전대가 가로막았다.

"몸수색 받으면 통과 될 수 있지 않습니까?" 하고 웅덕이는 일본인 장교에게 영어로 말했다.

"직업은?" 하고 장교는 반문하였다.

"대학생입니다."

"오, 학생. 학생은 절대로 통과시킬 수 없오." 하고 딱 잘라 말하는 것이었다. 그곳을 물러 난 웅덕이는 철조망을 딸아 내려가면서 통로로 터놓은 데 마다 발을 멈추고 통과해보려고 시험해보았으나 번번이 실패하였다.

한 곳에는 꽤 점잖은 영국인 장로가

"정말 학생이면 성·요한 대학 학장의 증명서를 갖구오면 통과시킬 수 있오." 하고 친절하게 가르쳐 주었다. 성·요한 대학은 영국국교인 성공회 미쑌이 운영하는 대학이었다.

"저는 성·요한 대학 학생이 아닌데요." 하고 웅덕이가 말했더니

"공산주의자가 아니라는 증명을 갖구 오라는 말입니다." 하고 장교는 말했다.

웅덕이는 다시 그 길을 슬금슬금 내려갔다. 한 통노에는 중국인 순경 두 명과 나이 오십도 더 돼 보이는 미국인 장교 하나가 수직하고 있는 것을 그는 봤다. 이때 번득 그의 머리에는 한 꾀가 생각났다. 늙은 미국인 장교 앞으로 간 그는

"저는 중국인이 아니고 코리언이니 통과 시켜주십시오." 하고 말했다.

"증거가 어데 있오? 내 눈에는 동양 사람은 다 챠이니스로 보이는데." 하고 장교가 웃으면서 말했다.

---

39 수직 : 守直. 건물이나 물건 따위를 맡아서 지킴.

웅덕이 머리로는 한 기억이 핏득 회상되었다. 그는 양복 저구리 왼편 가슴 주머니로부터 명함 한 장을 꺼내 들었다. 몇 일 전 강 선생 댁에서 처음 통성명한 어떤 상인의 명함이었다. 명함을 받아 든 미국인 장교는 얼굴을 찡그리고 한문 글자를 잠시 들여다보다가 그 명함을 중국인 순경에게 건네 주면서

"이즈 히 코리언?" 하고 물었다.

명함을 들여다보는 순경은

"스리, 스리, 꼴리전, 꼴리전." 하고 말했다.

남의 명함을 보이고 난관을 돌파한 웅덕이는 전차를 타고 양수포 종점에 가 내렸다. 군공노로 나가려고 하니 바리케트를 지키는 인도 군인이 막았다.

"난 저기 저 학교로 돌아가는 학생입니다." 하고 웅덕이는 영어로 말했다. 인도군인이 영어를 못 알아듣는 모양이었다. 인도인이 영어를 모를 리 없고 웅덕이 자신의 영어 실력이 모자라는 것 같은 자격지심을 느끼면서 그는 손을 들어 널리 보이는 학교 건물을 가르키면서 영어로 천천히 다시 말했다.

인도군인은 빙글빙글 웃기만 하면서

"까두리꼬시, 까두리꼬시." 하고 이상한 말을 할 뿐 몸수색할 생각도 않하고 통과시킬 기색도 보이지를 않았다.

상해대학 학생들이 모여들기 시작했다. 마침 카메라를 가진 학생이 있었다. 인도병 보고 사진을 같이 찍자고 형용하니 그는 좋아라고 벙긋거리면서 웅덕이와 악수한 채로 포즈를 취했다. 그리자 인도병들은 너도 나도 모여들어 학생들과 악수하고 사진을 찍었다. 사진을 찍어주어 기분을 좋게 해주고 난 학생들은 제각기 손짓, 몸짓으로 통과시켜달라는 의사를 표시했다. 한 인도병은 "까두리꼬시"만 연달하고 다른 한 인도병은 두 팔을 짝 벌리고 휙휙 내 저어서 새가 날아가는 시늉을 하면서 히죽히죽 웃었다.

하기는 이런 때 새가 부럽다고 웅덕이는 생각했다.

해는 누엇누엇 넘어가는 학생들은 초조해지기 시작했다.

저쪽 군공노 쪽으로부터 걸어오는 사람이 있는 것이 눈에 띠었다. 석양에 텅 빈 신작노 위에 단 한 사나이가 긴 그림자를 밟으면서 걸어오는 것이었다. 그의 모습을 알아보게 되자 바리케트 이쪽에 연금되어 있는 四十여 명 학생들은 환성을 터뜨렸다.

그는 생물과 주임 교수 맹 박사였다. 가까이 온 맹 교수는

"시내로부터 학장한테서 전화가 왔는데 학장께서 지금 미국영사관에 가 계신다오. 학생들 통과 교섭을 하시고 있는 중이니 염려 말고 좀 기다리시오." 하고 말했다.

얼마 되지 않아 미국인인 학장이 택시를 타고 왔다. 학생들은 환호와 박수로 학장을 맞았다. 학장은 인도병에게 편지 한 장을 내보였다. 미국영사관에서 발행한 공문이었다. 그러나 인도병 중에는 영문 편지를 읽을 줄 아는 사람이 하나도 없으니 답답한 노릇이었다. 그들은 편지를 돌려 들여다보면서 "까두리꼬시"만 반복하는 것이었다.

모터싸이클 한 대가 통통거리며 왔다. 순찰하는 영국인 장교였다. 편지를 읽은 그 장교는 인도말로 인도병에게 명령을 내렸다. 학생들은 몸수색도 받지 않고 하나식 바리케트를 통과해 나갔다.

학생들이 빈 길을 터벅터벅 걸어가노라니 뒤로부터 군용 츄럭이 급속도로 달려왔다. 비켜서는 학생들 옆으로 그 츄럭은 지나갔다. 미국 해병대 한 소대가 탄 츄럭이었다. 앞서 달려간 그 츄럭은 신작노에서 바른쪽으로 꺽기는 소로로 돌아갔다.

웅덕이 일행이 교문 앞까지 다달은 때 날은 엇슬해졌다. 남녀노소로 만원이 된 츄럭이 마주 나오다가 멈추었다. 츄럭에 탄 사람들은 모두 손을 저으면서 작별 인사를 하는 것이었다. 학교 캠퍼스 내 교수 사택 촌에서 살던 미국인 교수들과 그의 가족들이었다.

교내에 들어가자마자 웅덕이 일행은 식당으로 직행하였다. 저녁식사가 이미 시작되어 있었는데 四十여 명 학생이 착석하고도 빈자리가 상당히 많

았다. 상해 외국조계 내에 집을 가진 학생들은 기숙사로 돌아오지 않은 것이었다.

미국인 교수 가족들은 다 미국 군함으로 피난시켰다는 말을 들었다.

저녁 식사가 끝나자 그 자리에서 학생 전체 임시 총회를 벌였다. 오늘 밤 캠퍼스가 위험하게 될지도 모르니까 자위책을 세워야 한다는 것이었다. 무엇보다도 여학생 기숙사 방위 문제가 제일 어려운 일이었다. 기숙사에 남아 있는 학생 수 체크를 해보니 남학생이 六백 명 여학생이 八十여 명이었다.

패주병이 쫓끼어 가면서 지나가는 길가 민간인 약탈을 자행한다는 것은 상식이었다. 강만 경마장에서 후퇴하는 패잔병이 오성쪽으로 가려고 군공 노로 들어서게 된다면 그들은 학교를 그냥 지나가지는 않을 것이라는 것이 공통된 견해였다. 남학생들은 재물이나 빼앗기면 그만이지만 여학생들은 겁탈을 면치 못할 것이 큰 문제였다. 이 문제 토론이 시작되자 사회자인 자치회 회장을 바라다보는 웅덕이의 머리속에는 후잉난 양의 모습이 새삼스럽게 떠올랐다. 정식으로 발표한 것은 아니지만 회장과 잉난 양은 이미 약혼한 사이이고, 졸업식 끝나는 대로 곧 결혼식을 올리기로 되어 있다는 풍설이 전교에 퍼져 있었다. 그 날은 앞으로 백날밖에 더 않 남아 있었다.

캠퍼스 한 면은 넓은 강에 면했기 때문에 그 방면 파수는 十여 명이면 족했고, 신작노에 면한 교문을 중심으로 강만 경마장 쪽 울타리와 여학생 기숙사 사위 방위에 중점을 두기로 결의했다. 그리고 남학생 전체가 두 시간 교대로, 二메타 간격을 두고 파수 서기로 작정했다. 자위대 본부는 여학생 기숙사 아래층 응접실로 정했다.

그리고는 무기 점고에 들어갔다. 피난 가는 교수들이 남기고 간 권총이 세 자루, 미국 해병대가 남기고 간 소총이 열 자루 그것뿐이었다. 그런데 권총이나 소총을 다루어 본 학생은 단 한 사람도 없었다.

박물관을 열었다. 거기 진열되어 있는 쇠부치란 쇠부치는 다 꺼냈으나 힘을 쓸 수 있는 물건은 명나라 때 긴 칼, 송나라 때 단도, 진나라 때 창, 삼국시대 청용도(靑龍刀) 등 몇 개뿐이었다. 명나라 때 긴 칼은 둘이 들어도 잘

들 수 없을 만큼 무거웠다.

체육관 창고를 또 열었다. 야구 방망이가 가장 센 무기요, 핏솟쇠덩어리, 디스커스원반, 정구라켓 채까지 다 집어냈다. 이런 '무장'을 가지고 총 가진 패잔병 떼를 무슨 재주로 막아낼 수 있을 건가? 그러나 학생들의 의기만은 충천하였다. "좋은 쇠는 글방으로 가고 나쁜 쇠는 군대로 간다."는 중국 속담을 문자 그대로 믿는 학생들은 군인들을 여지없이 깔보고 있었기 때문에 군인들이 제아무리 훌륭한 총을 가지고 달려든다 할지라도 정구채만 가지고도 넉넉히 막아 낼 자신을 가진 것 같았다.

방위태세 준비가 끝나자 배전실에 배치된 학생이 스윗치를 켰다. 눈 깜짝할 새 전교는 암흑세계로 변했다. 본부인 여학생 기숙사 응접실 창문은 모두 담요로 가리우고 촛불을 켜놓았다.

밤새도록 멀리서 대포소리만 은은히 들려올 뿐 가까이서는 아무런 사고도 생기지 않았다. 아침이 되자 긴장이 풀리고 도리어 싱겁기 한이 없었다.

조반을 끝내고 상해 시내로 전화를 걸어봤더니 중국 정부 관활 시가지 대부분은 독립군에게 점령되었고 쟈베이 근방에서 지금도 시가전이 벌어지고 있다는 소식이었다. 쟈베이는 학교로 부터는 삼십 리나 되는 먼 곳이오 외국조계 저쪽에 있는 시가였다. 시가전 구경을 하고 싶어 좀이 쑤시는 학생은 웅덕이에게만 국한되어 있지 않은 모양이었다. 몇몇이 떼를 지은 학생들은 교문을 나섰다.

군공노와 양수포 간에 친 바리케트는 쉽게 통과되었다. 어제 저녁 경험을 보아 이 학생들은 조계 간을 자유로 드나들 수 있는 특권을 가진 줄로 알았던지 인도병들은 군대식 경립까지 붙이며 통과시키는 것이었다. 웅덕이가 "까두리꼬시" 하고 말을 걸자 인도병들은 유쾌하게 웃었다.

염려되는 것은 북사천노 뒤 중국인 관할 농당에 사는 박 군과 그 밖 몇 한국인 학생들의 안위였다. 박 군은 조선서 고등보통학교를 졸업하고 상해대학에 유학하려고 온 학생이었는데 영어 실력이 대단히 부족했기 때문에 영국 어린이들만이 다니는 소학교에 입학하여 영어를 배우고 있었다. 그의

키는 열 살 난 소년처럼 적었기 때문에 무릎 위에 치는 짧은 바지인 소학교 교복을 입고도 어색하게 보이지 않았다.

그가 살고 있는 농장 근방에서 어제 밤새도록 시가전이 벌어졌었다고 하는데 그가 조계내로 피신을 할 여유가 있었는지 염려를 금할 수가 없었다. 설사 시간적 여유가 있었다고 해도 일본 사람은 보기도 싫어하는 그가 일본인 시가지 안으로 피신하려고 들지는 않았으리라고 생각되기도 했다.

웅덕이와 중국학생 몇은 공동조계와 하니닝노가 교차하는 십자로까지 갔다. 이곳 철조망은 일본 육전대가 도맡아서 수직하고 있었다. 여기서부터 신공원까지는 외국조계가 아니고 큰 길을 면한 좌우 쪽 상점들만이 비공식으로 조계당국 관할하에 놓여 있고 그 바로 뒤 주택지대는 중국 정부 관할 아래 있었다. 그랬기 때문에 상점 뒤 골목에는 패잔병이나 편의대원이 아직 숨어 있을 가능성이 많았다.

길 좌우 쪽 상점 대부분이 일본인 소유였다. 일본 옷을 입었거나 양복을 입고도 전형적인 일본인 티가 나는 사람들에게 한하여 왕래가 허락되고 중국인 출입은 일본병이 막았다. 양복을 입은 웅덕이는 시침이 떼고 앞서 걸어가서 무사히 통과되었으나 그 뒤를 딸으던 중국옷 입은 동창생들은 제지당하여 못 들어섰다. 웅덕이 혼자서 일본인 소학교 앞까지 걸어갔다. 바로 그 위 농당에 박군이 살고 있었다. 그 농당으로 들어가는 골목길로 그가 들어가려고 하니까 거기를 지키고 있는 일본 군인이

"위험하니 못 들어갑니다." 하고 일본어로 말하며 막았다.

"저는 농당에 살고 있는 친구들이 피난을 했는지 못했는지 궁금해서 그럽니다." 하고 웅덕이는 일본어로 말했다.

"글쎄요? 대개는 다 피해 들어왔다고 보는데요. 만일 남아 있었으면 벌써 시체 되지 오랄 것입니다." 하고 일본병은 말했다.

웅덕이는 신공원까지 갔다. 공원 뒤 길로 살작 들어가 볼 생각이었다. 그러나 공원 근방에서는 패잔병들과 일본군 사이에 총질이 시작되기 때문에 그는 단념할 수밖에 없었다.

그는 몸수색을 받고 프랑스조계로 들어갔다. 곧장 서문께로 가 보았다. 철조망 저쪽 거리거리에는 청천백일만지홍(靑天白日滿地紅)기[40]가 펄펄 날리고 있었다. 국민정부기는 본래 청천백일기였었는데 이번 북벌에 국부군과 공산군이 합작하면서 기에 붉은 바탕을 가하여서 청천백일만지홍기가 된 것이었다.

웅덕이는 발을 돌려 쟈베이께로 가봤다. 철조망 저쪽에서는 아직 시가전이 한창이었고 유탄이 윙윙 소리 내며 지나갔다. 그는 바리케트 가까이로 고개를 숙이고 갔다. 몸은 바리케트 뒤에 가리우고 카메라만 위로 번쩍 들고 샷타를 눌렀다.

"헤이, 유 크레지!" 하는 벼락같은 호령 소리가 나더니 거대한 영국군인 하나가 달려들어 웅덕이를 반짝 들어가 길에 내동댕이쳤다. 모자가 벗겨져 땅에 굴렀다.

"죽고 싶어 그러는 거야?" 하고 욕을 퍼부으면서 영국군인은 물러섰다. 둘러 선 사람들은 모두 웃음보를 터뜨렸다. 얼굴이 벌개진 웅덕이가 후덕덕 일어나면서 모자를 집어 들었다. 중절모 꼭대기에 총알구멍이 댕공 뚫려 있었다.

학교로 돌아온 그는 그날 밤 새벽 두 시부터 네 시까지 보초를 서 달라는 쪽지를 받았다. 한잠 자고 나가려고 자리에 누웠으나 잠이 올 리 만무했다. 뒤채기만 할 바에는 차라리 본부로 가서 커피나 마셔가며 차례를 기다리는 것이 좋을 상 싶었다.

야구 뱃을 둘러매고 기숙사 문밖으로 나서니 얼마 멀지 않은 곳에서 개 짖는 소리와 총소리가 뒤섞여 들려오고 "쥬밍아, 쥬밍아!(사람 살리오, 사람 살려)" 하고 울부짖는 여인네 비명 소리도 들리었다.

소름이 끼치면서도 긴장이 심신을 사로잡았다.

어두운 참대 밭을 걸어가노라니 언덕을 철썩 철썩 때리는 강물 소리가

---

40 청천백일만지홍(靑天白日滿地紅)기 : 중화민국의 국기.

전에 없이 더 크게 들리었다.

"쥬밍아!" 하는 찢는 듯한 여인의 부르짖음.

웅덕이는 무심코 하늘을 쳐다보았다. 말 없는 밤하늘 은하가 유난히도 더 밝게 하늘 허리에 길지어 있었다.

"마음이 뒤숭숭하거나 비관될 때에는 밤하늘 별을 쳐다보시오." 하고 충고해준 사람은 천문학 교수인 하이징거 박사였다.

잉난이의 절교장 비슷한 편지를 읽은 날 밤 웅덕이는 강가에 혼자 앉아서 별들을 하염없이 쳐다보고 있은 일이 있었다. 수십만 광년(光年) 저쪽에서 빛을 발한 것이 수백억 년 간 창공을 달려 지금 그의 안막에 들어오는 그 별! 그런데 인생은 七十년 살기도 어려운 것이 아닌가. 인생은 무엇이고 연애는 무엇이고 공부는 무엇인가? 눈 한번 깜짝하는 순간보다도 더 짧은 인생. 수를 헤아릴 수 없는 태양계 한 개를 돌고 있는 작으마한 한 유성(遊星) 한 구석에 태나서 사는 인간. 이 지구상에 사람이라고 불리우는 동물이 생긴 것은 단 수십만 년 전 일이라고 교수는 '단' 자에 힘을 주어 설명해주었었다. 수십만 년 동안 사람이라는 게 나고 죽고, 현재 지구상에 살고 있는 인구는 이십억이나 된다고 하는데 그중 한 목 낀 미미한 존재. 앞으로 몇 억 년이나 될런지 이 지구가 존속하는 한 계속 나고 죽고 나고 죽고. 무한 다한 이 인생의 미미한 고리 밖에 더 않되는 웅덕이라는 사나이.

자기 한 몸의 존재가 그 얼마나 미미하고 무가치 하다는 것을 느낀 그날 밤 그의 마음은 한결 후련해졌었다.

그러나 이 밤. 죽이고 죽지 않으려고 몸부림치는 것이 최대 목적으로 된 이 순간. 죽이고 살려달라고 빌고 "쥬밍아!" 소리는 더 자주 들려 왔다.' 오천년 역사를 가졌다고 자랑하는 한민족끼리의 살육과 약탈과 겁탈 북벌군으로 말하면 중화민국 통일을 방해하는 독군들을 멸망시키고 통일 성업을 성취하기 위한 투쟁이라는 대의명분이나 들고 나섰지만 독군들의 사명으로 고용된 군인들은 무엇 때문에 목숨을 내걸고 싸우고 있는 것일까? 그들도 별을 쳐다보고 인생의 허무를 느꼈다는 말인가!

예수교를 전도하여 중국인의 영혼을 천당에 보내주도록 하기 위하여서 일가친척과 정든 고향을 내 버리고 만리타향 생소한 이 고장까지 와서 종교 교육에 헌신적으로 노력하고 있던 미국인 교수들과 가족들은 무슨 목숨이 아까와서 학교를 거의 무방비 상태에 내버려두고 군함위로 피난을 갔을까? 당장 죽으면 극락으로 갈텐데 어째서 그 고생 없고 병없는 영생으로 갈 수 있는 기회를 피하고 이 괴로운 세상에 하로라도 더 머물러있고 싶어 하는 것일까?

그리고 지금 웅덕이 자신은! 사람 살리라는 아우성 소리를 들으면서도 달려가 살려줄 생각은 추호도 없이 야구 방방이 한 개라도 제 몸만 보호해 보려고 하는 이기적이고 어리석은 생각! 방금 죽을런지도 모르는 몸으로 별을 쳐다보며 걷는 뱃심. 그 많은 별 중 더러는 수억 년 전에 벌써 그 존재가 없어져 버렸을 런지도 모를 일이 아닌가? 지금 본체는 없어지고, 없어지기 직전에 발산한 빛을 그는 보고 있는 것이 아닐까? 그 빛이 한순 뒤에 자기에게는 보이지 않게 되고 지구보다 더 멀리 있는 어떤 별에 사는 어떤 동물들은 계속 볼 수 있게 될 것이 아닐까?

모를 일이었다. 정말 모를 일이었다. 별빛을 발한 그 본체는 이미 없어졌는지 모르나 별빛은 너무나 냉담하였다. 지구상에 인류라고 하는 동물이 살기 시작하는 첫날부터 별들은 밤낮 그 꼴을 봐 왔을 것이 아닌가. 그런데 별들은 동정심도 애착심도 통 없다는 말인가? 무감각일까? 아니 한초도 쉬지 않고 내려다보고 있는 별들은 인생의 모순을 비꼬고 숭보고 있는 것이 아닐까.

본부 안은 역시 잠 못 든 학생들로 가득 차 있었다. 출입문을 닫으면 총소리나 비명이나 개 짖는 소리가 무척 희미하게 들리다가 문이 열릴 때마다 크게 들려왔다.

"여러분 다 나가서 보초를 증강합시다. 조름이 올 리 없고 여기서 새나 밖에서 새나 새기는 마찬가지이니." 하고 누가 제안했다.

제각기 칼이나 정구채니 등을 들고 줄지어 밖으로 나갔다. 바깥 공기는 갑자기 싸늘하게 느껴졌다.

남녀들의 비명 소리 총소리 개 짖는 소리는 더 요란스럽게 들려왔다. 소리 나는 쪽을 바라다 보아도 어둠 밖에 아무것도 보이지 않았다.

갑자기, 실로 갑자기, 총소리도 개 짖는 소리도 비명 소리도 싹 없어지고 말았다. 학생들은 눈을 더 크게 뜨고 응시하면서 귀를 기우렸으나 아무것도 보이지 않고 들리지도 않았다. 흐르고 흐르는 강물 소리만이 정적을 깨뜨리고 학생들의 숨소리가 보통 이상으로 크게 들리었다.

아무것도 들리지 않는 것이 도리어 더 큰 공포를 자아냈다.

일초, 이초, 삼초.

조금 전까지 듣던 것이 환상이었거나 꿈이 아니었던가 하고 웅덕이는 의심했다. 그렇지 않으면 위험은 어둠속에서 더 가까이 기어오고 있는 것이 아닐까. 발 자취소리가 들리나 하는데 전 신경은 집중되었다. 중국 군인들이 신는 군화는 가죽신이 아니고 헌겁신이기 때문에 아주 가까이 오기 전에는 들리지 않을 것이다.

이제 발자취나 이야기가 가까이 오고 있는 패잔병에게 들릴까봐 겁이 난 학생들은 말도 주고받지 못하고 조용히 한 자리에 서 있었다.

긴장된 신경은 금방 산산히 쪼개질 것 같았다.

봄밤이 이렇게도 길었던가?

날이 훤해지자 학생들은 긴 한숨을 쉬었다.

웅덕이가 잠을 깼 때는 오정이 좀 지나서였다. 조용했다. 강당으로 가서 이야기를 들었다. 상해주변은 완전히 북벌군 손에 들어 갔다고 하고 이날 저녁에 북벌군 사병들을 학교로 초대해 다가 환영회를 열기로 하고 학생회 간부가 교섭차 갔다고 하는 것이었다.

한동안 자취를 감추었던 학생들이 거의 다 돌아 왔고 국민당원들과 공산당원들은 본색을 들어내고 의기양양하게 뽐내며 돌아갔다.

저녁때까지 몇 시간 여유가 있으므로 웅덕이는 상해로 가보기로 했다. 박군의 안위가 궁금하기도 했고 시가전을 치룬 거리 구경도 하고 싶어서였다.

학교 대문에는 벌서 청천백일만지홍기와 소련 적기가 교차되어 서 있으면서 전승군이 오기를 기다리고 있었다.

박 군과 그 밖 한국인 학생들은 피난할 사이도 없이 그 농당이 북벌군 선봉대에게 포위되었기 때문에 무사하였다. 그 농당으로 맨 먼저 달려든 북벌군 소대는 한국인 소위가 지휘하는 소대였다. 이 한국인 소위는 황포군관학교를 갓 졸업하여 소위 임관을 받은 청년이었다. 그와 약혼한 처녀가 이 농당에 살고 있었는데 약혼녀를 구하기 위하여 죽엄을 각오하고 선착으로 달려든 것이었다.

박 군과 함께 웅덕이는 쟈베이쪽으로 가보았다. 아무도 수직하지 않고 내버려둔 철도망을 지나 역 옆 시가지를 구경했다. 큰 거리는 문자 그대로 폐허가 되어버렸으나 좁은 골목들은 피해를 도무지 입지 않은 것 같았다. 골목골목은 청천백일만지홍기와 적기의 홍수요, 벽마다 전선주마다 국민당과 노농러시아를 찬양하는 포스터로 가리워져 있었다. 그리고 큰 집 대문짝에는 국민당 지부니 쏘비엘 세포니 하는 간판들이 먹물로 새롭게 걸리어 있었다.

저녁때 학교에서 거행되는 북벌군 환영회에는 한 중대만이 참석하였다. 여학생들이 정성들여 주는 찻잔을 받는 사병들이 너무 지나치도록 황송해 하는 모습은 도리어 민망하였다. 차 한 잔 식만 마시고 난 중대는 남경공박전에 곧 참가하여야 된다고 하며 급히 떠나가고 말았다.

이튿날 아침 상해 방면에서 다시 총소리가 들려왔다. 이상스럽고 놀라워서 전화로 알아보았더니 국부군[41]이 구테타를 이르커서 공산군을 성멸[42]하는 중이라는 것이었다.

식당에 가보니 어제 으시대고 다니던 공산당원들은 나타나지 않고 국민당 당원들은 긴장한 모습을 띠고 있었다. 국민당원들이 주동되어 교문을

41　국부군 : 중화민국 국민의 군대.
42　성멸 : '섬멸'의 오기인 듯하다.

지키면서 학생들의 외출을 금했다. 그러나 웅덕이를 포함한 네 명 한국인 학생들에게는 행동의 자유가 보장되었다.

웅덕이와 한국인 학생들은 상해계로 나갔다. 조계 밖 시가지로 들어가 봤다. 적기는 싹없어지고 청천백일만지홍의 독무대가 되었고, 어끄제까지 소련 찬성 포스터가 붙었던 자리마다 '적색 제국주의 타도'라고 쓴 슬로간 이 붙여져 있었다.

다시 서문께로 가보았다. 서문 밖 광장에는 작두 수십 개가 설치되어 있 었다. 피가 뚝뚝 흐르는 남자의 머리들이 담긴 새도롱 수십 개가 나무 가지 가지에 매달려 있고, 전선주 발드림[43] 갈퀴마다 여자들의 머리가 댕공댕공 매달려 있었다. 공산당원 혐의를 받는 자는 남녀를 불구하고 목이 작두에 잘리어 나무가지나 전선주에 매달리는 것이었다.

5

"평양이 낳은 세계적 대학자.

황보웅덕 박사 대강연회.

연제. 여권(女權) 운동의 사(史)적 고찰.

장소. 백설행 기념관.

일시(日時). 九월 二十일 하오 七시

주최. 무궁화 꽃회.

후원. 동양신보사 평양지국.

　한성일보사 평양지국.

　중앙일보사 평양지국.

　매일신문사 평양지국.

　패강(浿江) 문예사."

어마어마한 간판이었다. 이런 광고판이 평양시내 요처마다 세워져 있었

---

43 발드림 : 발을 디디는 고리.

다. 굉장히 과장된 선전 간판인 동시에 웅덕이에게는 민망하고 거북스러운 일이었다.

웅덕이는 자기가 '세계적 대학자'라고 자처하지도 않았을 뿐 아니라 그것은 사실과는 너무나 먼 과장이었다.

그는 중국 상해대학에서 교육학을 전공하고 나서 다시 그 학교 대학원에서 교육학 석사 학위를 수여받은 사람이요 박사가 아니었다. 그러나 그 당시 조선인 사회에서는 외국 유학생이 환고향하기만 하면 그를 무조건 일률적으로 박사라고 불러주었고, 아무런 부문에서도 조금만 두각을 나타낸 사람이면 모두가 '세계적 거물'이라고 추켜세우는 것이었다.

七年 전에는 안창남이라고 하는 비행사를 세계적으로 가장 우수하고 귀신같은 재주를 가진 천재라고 국내 각 신문이 十여 일을 두고 톱기사로 추켜올렸었다. 일본 내에서의 비행 경기에서 수十명 일본인 비행사들을 패배시킨 승리자가 안창남이라고 대서특서 했었다. 그가 고국방문 비행을 결행할 수 있도록 만들어준 것도 국내 신문들과 유지들의 독심양면 후원으로 이루어진 것이었다. 고국 방문 비행이라고 하기는 했지만 일본서 서울까지 비행기를 타고 날아오는 것이 아니라, 비행기를 해체하여 배에 실어서 인천까지 보내오고, 그것을 여의도 비행장까지 츄럭으로 실어다가 놓고, 거기서 모두어 꾸며 가지고 '고등 비행술' 재주를 서울 상공에서 보여주는 것이었다.

그러함에도 불구하고 그는 "공중 나는 데는 귀신처럼 능난한 신비적인 천재"라고 조선인 전체가 떠받혀 주었던 것이었다.

또 요새 와서는 엄복동이라는 청년이 서울에서 거행되는 자전거 경주에 일본 사람들을 모두 물리치고 一등을 했다고 해서 '세계적 귀재'라는 칭호를 받게 되었다.

또 얼마 전에는 조선 유사 이래 처음이기는 하지만 부부 음악회가 있었는데 남편은 바이올린을 켜고, 아내는 쏘푸라노 독창을 하고, 부부 합주 합창도 했는데, 서양 음악 감상 정도가 아직 미미한 이때 그들 부부는 '세계적 대음악가'로 통하게 되었다.

또 그리고 조선인만으로 조직된 축구팀이 일본 원정을 가기만 하면 그 팀을 보내는 조선 내 조선인들이나, 마지하는 재일본 교포들은 이 팀을 '세계무적강팀'이라고 믿고 감격하는 것이었다. 일본인 팀과의 경기에서 조선 팀이 골 한 개만 집어넣어도 관람석에 있는 교포들은 박수뿐 아니라 발을 동동 구르면서 만세 만세를 부르고 환희의 눈물을 쫙쫙 흘리는 것이었다.

이러한 과장과 과도한 감격을 느끼도록 만들어주는 데는 충분한 심리적 원인이 있었다.

일본인들은 조선인을 가르켜 무조건 '야만'이니 '바보'니 하고 멸시하기만 했기 때문에 일본인이 '바보'라고 보는 사람들 중에도 일본인만큼한 수준에 도달한 사람이 있거나, 일본인 보다 더 낳은 사람이 생길 때 조선인은 전 민족적으로 만족과 환희와 감격을 느끼는 것이었다. 또 이것은 피 통치자인 조선 민족이 통치자인 일본민족에게 대항하는 유효적절한 방법이기도 했다.

교육학을 전공한 웅덕이가 얼토당토않은 '여권' 문제 강연을 한다는 것은 사실 우스깡스럽기 짝이 없는 일이었다. 그러나 거기에는 기막힌 이유가 있었다.

웅덕이가 귀국한 목적은 국내에서 교원이 되기를 지망하는 데 있었다. 그러나 그를 교원으로 채용해주려는 학교는 하나도 없었다. 조선 총독부 학무국에서 발행해주는 교원자격증을 발부 받지 못한 것이 한 가지 중요한 일이었고, 그보다도 웅덕이는 배일(排日)사상을 가진 요시찰인이라는 낙인을 받은 사람이었기 때문에 사립학교에서까지도 그를 경이원지[44]하는 것이었다. 총독부에서 교원자격증 발부를 거부하는 이유는 웅덕이가 조선이나 일본 내 중학을 졸업하지 않았다는 이유였다. 일본 영토 안에 있는 중학을 졸업한 자가 아니면 외국에서 제아무리 박사학위까지 받아 가지고 왔다고

---

44 경이원지 : 敬而遠之. 겉으로는 공경하는 체하면서 실제로는 꺼리어 멀리함.

하더라도 조선인 학생들을 가르칠 수 없다는 것이다.

배일사상을 가졌다는 낙인을 받게 된 데에는 두 가지 이유가 있었다. 그 하나는 외국 유학을 하되 왜 하필 상해 일본 정부와 조선 총독부가 사갈시[45] 하는 대한민국 임시 정부가 있는 소재지요, 일본인에게 대한 테로리스틱한 행동이 쉴 사이 없이 계속되고, 일본 경찰의 앞잡이인 간첩이나 친일파는 이 잡듯 뒤져서 암살해버리는 그런 상해로 유학을 간 의도부터가 불순하고, 六·七년 있는 동안에 어떤 배일운동을 했는지 알 수 없는 신용할 수 없는 인물이라는 트집이었다. 그 둘째 트집은 얼마 전에 웅덕이가 국내 어떤 신문에 연재한바 있는 「조선 교육의 결함」이라는 긴 논문이 위정자의 비위를 거슬린 데 있었다. 교육시설을 비롯하여 총독부나 도(道)예산 면에 나타난 교육 보조비 액수에 있어서 조선 내 일본인 학교와 조선인 학교차별이 너무 많은 것과, 교과과정의 모순이며, 교원 대우에 있어서 일본인 교원과 조선인 교원 간 차별이 심하다는 등 광범위한 면에서 조선내의 교육은 조선에 와 사는 소수 일본인이 주(主)가 되고, 절대 다수인 조선인은 종(從)이 되어 있다는 사실을 정확한 통계 숫짜까지 들어서 신란하게 비판한 논문이었다. 그렇듯이 과격하게 조선 내 교육 실패를 훼방한 자에게 교원자격을 인정해줄 수 없을 뿐만 아니라, 시간 강사로라도 채용하는 학교에는 후환이 있으리라고 협박한 것이었다.

배운 재주를 써 먹을 수 없게 된 웅덕이가 아버지 집에서 무위도식하는 클클한[46] 생활에 진절머리가 나 버린 어느 날 조신성 여사가 그를 이문골 어떤 양식 음식점으로 점심 초대를 한 것이었다. 조신성 여사는 소녀쩍 과부로 五十대 나는 여자이었는데 '무궁화 꽃'이라는 여성단체 회장이었다. 그 단체 간부 몇 명과 웅덕이는 식탁에 둘러 마주 앉았다.

---

45 사갈시 : 뱀이나 전갈을 보듯이 한다는 뜻으로, 어떤 대상을 몹시 싫어함을 이르는 말.
46 클클하다 : 마음이 시원스럽게 트이지 못하고 좀 답답하거나 궁금한 생각이 있다. 또는 마음이 서글프다.

평양 시내 신시가(일본인들만이 사는 지역)에 양식 음식점이 세군데 있었는데 경영주는 모두 일본인이었다. 양식이 어떤 것인지 먹어보고 싶은 호기심도 있고, 서양 음식을 먹는 것이 개명한 사람의 표식이라는 허영심도 있는 조선 사람들도 양식집으로 손님을 초대하기 시작했다. 그러나 거기에는 여러 가지 불편이 있었다. 구시가 (조선인들만이 사는 지역)에서 신시가 까지 가는 길이 우선 너무 멀었고, 교의에 앉아서 음식을 드는 것이 불편하기 그지없었다. 저까락으로 집어가 먹는 것이 아니고 삼지창을 들고 칼로 베먹어야 하는데 칼이 잘 들지를 않아 고기 덩어리를 접시 밖으로 밀어내는 일이 허다하였다. 게다가 값은 냉면이나 장국밥보다 네 곱절이나 더 비싸면서도 음식이라는 것은 접시에 풀이나 발라놓은 것처럼 적은 분량이었기 때문에 먹으나 마나였다. 그뿐 아니라 식사 끝내고 나갈 때 조선인 손님은 일일히 몸 뒤짐을 당하는 창피를 겪어야 했다. 양식 식탁에 놓는 은(銀) 기명 도난사건이 자주 나는데 그것은 모두 조선인 손님의 손버릇이라고 욱여대는 경영주들이었다. 또 그리고 조 만식 선생이 영도하는 토산물 장려운동이 활발하게 전개되고 있는 그때 일본인이나 중국인이 경영하는 음식점으로 간다는 것은 죄 짓는 것 같은 기분을 느끼게 되는 사람 수효가 나날이 늘어가고 있었다.

이 기회를 타서 구시가 중심지대인 이문골에 새로 시작된 조선인 경영 양식집은 개점 초부터 인기가 대단했다. 첫째 접시마다 음식이 흐더분하면서도 값은 싼 것이 좋았고, 교의에 앉지 않고 그냥 장판방에 책상다리하고 앉아 먹는 것이 편했다. 그리고 이 양식점 경영자 겸 쿡인 조선 사람은 미국인 선교사 집에서 수十년간 쿡 노릇을 한 기술자로 순 미국식 음식을 만들어 파는 것이었다. 일본인이 경영하는 양식집에서는 순 프랑스식 요리를 판다고 하는데 평양 사는 조선인들 입에는 프랑스식 음식보다 미국식 음식이 구미에 맞았다.

점심을 먹어가며 조 여사가 웅덕이에게 청탁하는 것이 여권운동에 대한 강연이었다.

"너무 학술적으로 하는 것은 피해주서요." 하고 조 여사는 덧붙여 말했다.

"왜요?"

"우리네 사람들은 아직 민도가 낮아서 너무 학술적인 강연을 하면 알아듣지도 못하고 흥미가 없습니다." 하고 조 여사가 말하는데 한 간부가 맞받아서 "작년에 미국서 오신 김 박사께서 새 이야기 강연을 했는데 그 숫한 외국 새 이름부터가 우선 우리 귀에 서툴거니와 새 이야기가 우리에게 무슨 도움을 줄 수가 있어야 말이지요. 중간에 청중이 자꾸 빠져 나갔어요. 그러나 그분은 자기가 전공한 것은 새에 대한 학문인만큼 딴 이야기는 할 자신이 없노라고 변명까지 해가면서 그냥 새 이야기만 계속했어요. 청중은 다 나가 버리고 우리 간부 몇 이만 체면상 마지못해 그냥 남아 있는데두 그분은 제 할 이야기를 끝까지 다하구야 그만두시드군요." 하고 말했다.

"그러나 그분은 아주 유명해지지 않았어요. 새 박사 하면 모르는 사람이 없게 되었으니." 하고 조 여사가 웃으면서 말했다.

"그럼 맛 좋구 값싼 비빔밥식 강연을 하면 되겠군요." 하고 웅덕이는 말했다.

강연 날이 되자 백선행 기념관은 시간이 되기 전에 아래 위층이 다 터질 만큼 청중으로 가득 찼다.

백선행 기념관은 대동문 안 서쪽에 세운 순 돌집 건물이었다. 백선행여사는 열일곱 살 때 시집갔다가 그 이듬해 과부가 되어 슬하에 자식하나 없이 三十여년간 수절해 온 열녀였다. 죽은 남편이 물려준 토지가 좀 있었으나 그녀는 시종일관 그야말로 그자 그대로 악의악식하고 동전 한 푼에도 부들부들 떠는 수전노 생활, 그러다가 현금이 좀 생기자 돈노이[47]를 하여 큰 재산을 잡은 여인이었다. 명일[48] 때 소작인들이 닭이나 생선을 선사로 들고

---

47 돈노이 : 돈놀이(남에게 돈을 빌려주고 비싼 이자를 받는 대금업).
48 명일 : 名日. 명절과 국경일.

찾아오던 그걸 하나도 먹지 않고 손수 시장으로 들고 나가 팔아서 현금으로 바꾸는 지독한 과부라고 소문나 있었다.

돈노이를 하지만 낮놓고 기역자도 모르는 문맹인 그녀는 채용증서가 필요 없었다. 기억력이 어찌나 좋았는지 수 十명 채무자의 채무액과 이짜액수와 이짜 들어오는 날을 일일이 꿰뚫고 있었다. 그녀 기억력에 놀라는 사람 간에는 그녀가 산적가락을 비치해 놓고 큰 산적 적은 산적을 이리저리 배치하여 기억에 돕는다는 소문까지 퍼뜨리었으나 그것을 보았다는 사람은 하나도 없는 만큼 뜬소문이었을 것이다.

이렇게 지독한 그녀였건만 한번 단단히 속아 넘어 간 일이 있었었다. 원숭이도 나무에서 떨어지는 수가 혹시 있다는 명구 그대로였다. 어떤 날 거간[49]이 와서

"아주머니, 어제 밤 꿈자리가 참 좋았지오." 하고 다짜고짜로 말했다.

"아니, 그건 어떻게 알우?"

"제가요, 아주머니가 용이 되어 여의주를 물구 승천하는 모습을 꿈에 봤어요. 사랑양반이 계신 분이라면 득남이 틀림없으나 아주머니에겐 횡재할 징조 밖에 다른 것이 될 수 없지오."

"글쎄."

"그런데 말입지요. 제 꿈이 꼭 들어맞았습니다. 거간 붙일 좋은 자리가 나타났어요. 아주머니가 횡재하문 저두 구전이 두둑해지거든요. 대동강 건너 미림이라는 데가 있읍지오. 아시지오. 十만평두 더 되는 큰 산이 있읍지오. 지금은 밴밴한 산이지만 과수에는 더할 나위 없는 옥토라는 걸 어떤 왜놈이 눈치챘대요. 그 왜놈이 그 산을 송두리 채 사달라구 벌써 며칠 전에 저에게 부탁해 왔어요. 그동안 제가 신에 불이 나도록 왔다 갔다 한 긴 사연은 거두절미하구 간단히 말씀 드리자면 횡잽니다 횡재야요. 제게 그 맛돈이

---

49 거간 : 居間. 사고파는 사람 사이에서 흥정을 붙임. 또는 그런 일을 하는 사람. 거간꾼.

있다면 그걸 제가 사서 낼 도로 넘겨 팔아도 한 미천 톡톡히 벌겠지만 저 같은 놈이야 그런 거액의 돈 구경이나마 할 수가 있겠읍니까? 횡재두 이만저만한 횡재가 아닌데요."

"여러 말 말구 값이나 이야기 해보슈."

"예, 예. 산 주인은 평당 一전오리문 팔겠다는데 살 사람은 二전오리까지면 떼 오라는 거야요. 어제 다 저녁때 제가 들은 말입니다. 사는 사람두 계약금이니 중금이니 잔금이니 할 것 없이 일시금을 지불하겠다는 겁니다. 제게 一千五백원이라는 돈이 있으면 단 이틀 동안에 千원돈을 벌 텐데. 허나 저이 같은 거야 뭐 평생 거간이나 해먹을 팔자를 타구 난 놈이니깐 구전이나 두툼히 주시면 그것으로 감지덕지 합지오니까. 그래 어느 분과 흥정을 붙여 볼가구 생각하다가 잠시 들렀는데, 하, 글세 제가 아주머니가 여의주를……아, 이거야 신령님이 점지해주신 것이 아니오니까. 산삼은 그 산삼 주인이 될 사람 눈에만 보인다는 것 마찬가지로 신령님의 조화지오. 또 그리구 제가 석 달 전에 중개해 드린 그 一千二백원 원금 들어올 날이 바로 오늘이 아닙니까? 만사가 다 제꺽쩨꺽 들어맞는 걸요. 이게 다 신령님의 덕택입지요. 산매매 들어맞는 걸요. 이게 다 신령님의 덕택입지요. 산매매가 다 되게 된 때 千여원 목돈이 척 들어오고. 三백원만 더 보태시면 됩니다."

매매는 성립되었다. 산토지 문서를 받아 쥔 백 여사는 평생 처음 두툼한 구전을 주었다. 내일 도로 팔아 달라는 부탁을 하고, 거간도 약속했다. 그러나 사흘이 다 못가서 그녀는 깜족같이 속은 것을 깨달았다. 용꿈을 꾼(?) 덕택에 격외의 구전을 울여 낸 거간은 온데간데없어지고 당황해진 백 여사는 다른 거간에게 부탁하여 자세히 아아 본 결과 그 산은 석비리 돌산으로 풀도 잘 자라지 못하는 박토라는 것이었다. 백선행여사는 머리 싸매고 사흘이나 누어 있었다고 한다.

그러나 그 뒤 일 년이 채 못가서 그녀는 그 산을 평당 五전식에 팔게 되었다. 그야말로 깜짝 놀랄만한 횡재였다. 어떤 일본 사람에게 판 것이었다.

그 산 전체가 쎄멘트 원료인 것을 발견한 일본인이 산 것이었다. 그가 일본 쎄멘트 회사에 다시 팔아넘길 때 또 얼마나한 폭리를 보았는지는 알 도리가 없었다. 그러나 시골 농민이 우연히 파낸 고려자기가 도회 사람한테 五十전에 팔리고 그것을 조선인 골동품상에게 十원에 팔아넘기고, 그것을 일본 도꾜로 가지고 간 그 일본인은 五백원을 받고 팔았다는 소문이 자자한 것으로 보아 무식과 유식의 차이가 가히 짐작할 수 있는 것이었다.

백 여사가 돌산을 팔아 졸부가 되었다는 소문은 가는 곳마다 화제꺼리가 되었다.

"아주머니, 그처럼 전화위복이 된 것은 오로지 주님의 은혜로 된 것입니다. 주님을 믿어서 하느님께 영광을 돌리는 것이 올바른 일이오, 주님을 믿으면 그런 복이 연거퍼 내릴 것입니다. 더구나 주 예수그리스도를 믿으면 이 세상에서 복을 누리게 될 뿐 아니라 죽은 뒤 영혼은 천당으로 가서 영원한 복낙을 누리게 될 것입니다. 아주머니 우리 함께 기도합시다." 하고 악착같이 물고 늘어지는 권사 여인들의 수十차 내방을 받은 백 여사는 예수를 믿게 되고, 얼마 뒤 세례를 받을 때 목사가 선행(善行)이라는 이름을 지어준 것이었다.

백선행 여사가 기념관을 짓는 거액의 돈을 내놓게 만든 데는 조 만식 선생의 공로가 컸다.

그 당시 평양 부(府)민이 수백 명이나마 한자리에 모일 수 있는 건물이라고는 서기산 남쪽 기슭에 세운 공회당 하나밖에 없었다. 그런데 이 공회당은 일본인 촌인 신시가에 있었기 때문에 구시가에 사는 조선인들에게는 거리가 너무 멀었을 뿐 아니라 조선인이 그 건물을 빌려 쓰는 것은 과장되는 표현이기는 하지만 "하늘의 별따기"처럼 어려운 것이었다. 그랬기 때문에 구시가 중앙지대에 회관을 하나 마련하고 싶은 것은 유지들의 공통된 큰 소망 중 하나였다.

어떤 겨울 날 오후 조 만식 선생은 백선행여사 댁을 방문했다. 서울 같았

으면 대문 밖에서

"이리 오너라." 하고 소리를 지르는 것이 예의였으나, 평양에는 그런 풍속이 없었기 때문에 "주인 계십니까?" 하고 말하면서 문짝을 쾅쾅 뚜드리는 것이 통예였다.

대문 안에서 고무신 끄는 소리가 나더니 대문이 열렸다. 문을 여는 사람은 백 여사 자신이었다.

"아, 이거 선생님께서 어드캐……." 하고 말하는 백 여사는 상당히 당황한 표정이었다.

"좀 말씀 드릴 일이 있어서 뵈오려 왔는데요. 좀 들어가두 괜찮겠읍니까?" 하고 조 선생이 물었다.

"하, 이거 방이 너무 누추해 와서……."

"누추한 걸 가리는 내가 아니라는 것은 세상이 다 아는 일인데……."

백 여사는 허둥지둥 방안으로 들어가더니 전등불을 켰다. 밖은 아직 밝지만 대낮에도 언제나 어둑신한 안방은 캄캄한 것이었다.

평양서 몇째 안가는 큰 재산가이면서도 백 여사가 살고 있는 집은 대문간에 달린 광 한간과 댓평 밖에 더 안 되는 뜰 저쪽에 부엌달린 온돌방 한간밖에 더 안 되는 단출한 집이었다.

심부름하는 총각이나 계집애 하나 안 두고 사는 것이었다.

조 선생은 방안으로 들어갔다. 전기 켠 방이지만 어둑신했다. 오촉 전구한 개가 켜있을 따름이기 때문이었다. 그리고 냉기가 횡 도는 방이었다. 방석 한 개도 없는 모양, 요를 접어서 아랫목에 펴 놓았는데, 거기에 조 선생더러 앉으라고 하는 것이었다.

"방이 추워서 이거 원." 하면서 몸을 후르르 떠는 백 여사는 이어 "불을 좀 짚어야지요." 하고는 샛문(방에서 부엌으로 통하는 문)을 열었다. 방 벽에 꽂힌 못에 걸린 전등 줄을 배껴들고 부엌으로 나갔다. 그 전등을 부뚜막 위에 벽에 박힌 못에 걸었다. '아니 전기 값이 몇 푼 나간다구 전구 한 개를 가지구 왔다 갔다 할까. 참 구두쇠로군' 하고 조 선생은 생각했다.

백 여사가 아궁에 넣는 연료는 '솔깽이'[50]가 아니고 새[51]였다.

'봉이 김 선달만 같아도 솔깽이 장사를 좁은 골목길로 끌어들여서 양쪽 집 벽에 솔가지들이 비비 대도록 만들어 솔잎을 많이 떨구어놓고는, 생트집 잡아 도루 보내고 길에 떨어진 솔잎을 긁어모으기라도 했을 텐데, 이런 융통성조차 없는 구두쇠 과부한테 내 말이 통할 수 있을까? 하고 조 선생은 의아하지 않을 수 없었다.

새타는 매캐한 냄새가 방안까지 퍼져 들어왔다.

얼마 뒤 백 여사는 전등을 들고 방안으로 도루 들어왔다. 냉기가 가시는 것 같지는 않았다.

이날 조 선생의 공작은 실패로 돌아갔다. 조 선생은 낙심하지 않고 꾸준히 十여차나 드나들어 결국 백 선생 기념관을 건축하는 기금 희사 받는데 성공한 것이었다.

강연회 날 기념관으로 인도된 웅덕이는 아래위로 할 것 없이 청중으로 대만원이 된 것을 보고 지극히 놀랐다. 단상 위로 올라가 사회자 옆 의자에 앉은 그는 청중을 내려다보고 치어다 보았다. 아래층이고 위층이고 청중은 맨 바닥에 책상다리하고 비좁게 앉아 있었다. 청중은 절대적 다대수가 남자들이오, 여자석인 한쪽 옆에 모여 앉아 있는 여자 수는 기껏 五十명 정도로 보이었다. 여권운동에는 여자들보다도 남자가 더 흥미를 가졌는가 하고 그는 의아하였다.

이층은 전부 남자 차지인데 맨 앞줄에는 험상궂게 생긴 청년들이 모여 앉아 있었다. 덥수룩한 머리는 빗질을 통 안한 것처럼 보이고, 며칠째 면도도 하지 않은 얼굴들이었다.

금빛 테를 두른 모자를 쓰고 검정제복 어깨에 경부 견장을 단 경관 하나가 허리에 찬 긴 칼을 쩔럭거리면서 단상에 나타났다. 사회자인 조신성 여

---

50 솔깽이 : 솔가지. 생 소나무 가지.
51 새 : 새초. 억새(볏과의 여러해살이 풀)의 북한 말.

자가 마주 나가 공손히 절을 하고, 그 경관을 사회석 옆 의자에 모셔다 앉혔다.

웅덕이는 강연을 시작했다. 서구 몇몇 나라에서 전개되어 온 여자참정권 획득 운동 투쟁사를 대강 이야기하고 난 그는 "그런 나라에서는 남성들만이 가진 참정권을 여성에게도 동등하게 부여해 달라는 열렬한 투쟁을 해왔고 또 하고 있는데, 지금 우리 형편으로 보면 여성 참정권은 둘째로 남성의 참정권도 전적으로 거부되어……."

"벤시 쮸이."(변사 주의하라)하는 일본말 호통소리가 들려왔다. 흠칫 놀란 웅덕이는 말을 중단하고 그 소리 나는 쪽을 돌아다 봤다. 임석 경관이 두 손으로 환도 자루를 꽉 끌어 쥐고, 상반신을 좀 내민 체, 웅덕이를 노려보고 있는 것이었다. 청중 중에서는

"그냥 말씀 하시오, 해요." 하고 격려하는 고함소리가 여기저기서 났다.

"사실 있는 말을 하는 것도 않 됩니까?" 하고 웅덕이는 일본어로 경관에게 따지었다.

"안 돼. 그런 불온한 말 한마디만 더하면 강연중지다." 하고 경관은 협박하는 것이었다.

청중은 박수를 치기 시작했다. 경관은 벌떡 일어서더니

"이렇게 하면 해산 명령을 내릴 테니 주의." 하고 소리 질렀다. 박수는 곧 멎었다.

잠시 혼돈에 빠졌던 웅덕이는 머리를 겨우 정돈하고, "그럼 이야기를 좀 바꾸겠읍니다. 여성은 남성의 노리개가 아니고 남성과 동등한 인격의 소유자라고 부르짖는 운동에 대해서 한 말씀하겠읍니다. 놀웨이 극작가 입센은 〈인형의 집〉이라는 희곡에서 여주인공 노라가……."

"집어쳐라." 하는 야유가 쨍 울리었다. 이층 앞자리에 앉았던 청년들이 한꺼번에 우 일어서면서

"그런 불죠와 이야기는 소용없어."

"호화스런 생활에서 놀아나는 노라 따위 이야기는 집어쳐라."

"불죠와인 너 따위가 무슨 횡설수설이냐."

"불죠와 엉터리 연사 내려가라."

"무산대중 여성 투쟁……."

이때까지 빙그레 웃고 있던 경관은

"무산대중" 소리에 분연히 일어섰다.

그는 앞으로 뛰여 나와 이층을 향하여 주먹을 휘둘으면서

"조용해, 그따위 야유를 하면 모두 체포해 간다." 하고 호통쳤다.

책상 위에 놓인 주전자 물을 컵에 부어 홀홀 마시면서 웅덕이는 '잘못 걸려들었군.' 하고 강연 나선 것을 후회했다. 그의 머리는 더 혼란해 졌다. '왜놈 경관 비위에 거슬리는 말을 해도 안 되고, 저런 조선인 청년들이 싫어하는 말을 해도 안되고.' 어떤 생각이 번개같이 스치고 지나갔다.

강연 요지를 적은 조이 조각에 적혀 있지 않은 어떤 돌발적인 생각이었다.

"그럼 여러분, 여권운동에 대한 말은 말썽이 많으니 그만 두기로 하고, 여성만이 가질 수 있는 헌신적인 인간애에 대해서 몇 말씀 드리겠읍니다. 천사 같은 인간애의 화신인 나잇팅겔 여간호원 이야기는 어떻습니까?' 하고 그는 말했다. 여자석에서 박수가 터져 나왔다.

박수는 금시 남자석에까지 전염되었다.

"천사가 다 뭐야? 집어쳐라." 하고 이층에서 다시 야유가 터졌다.

"저 새끼들 내 쫓아라." 하는 노호소리가 위 아래층 청중 속에서 나왔다. "조용해요." "어서 말씀 하시오." 하는 고함소리도 들렸다.

정확한지 안한지는 말하고 있는 웅덕이 자신까지도 똑똑히 몰랐으나, 그는 몇 해 전 읽었던 책의 기억을 더듬어가면서 나잇팅겔 이야기를 했다. 모두 다 조용히 듣는 것이었다.

"이처럼 세계적으로 유명해진 나잇팅겔이 죽자 그의 시체를 넣은 관은 국기로 싸고……."

"변사 주의." 호통이 등 뒤에서 또 났다. 웅덕이는 왈칵 반발심이 복받여

서 "프랑스의 구국여신인 쟌 닭……." 하는데 "변사 정지" 하는 성낸 목소리가 나면서 경관의 손이 웅덕이 팔을 잡고 나꾸챘다.

청중의 박수 소리, 경관의 노호소리, 청중의 노호소리, 조 여사의 애원소리, 무엇이 무엇인지 분간할 수 없는 혼돈이 계속되었다. 어느 결에 그렇게 되었는지 웅덕이는 강단 뒤 의자에 앉아서 손수건으로 얼굴을 문지르고 있는 자신을 발견했다.

무엇이라고 경관과 옥신각신하던 조 여사는 강대 앞으로 나서더니

"여러분 미안하지만 강연은 이 정도로 끝맺겠습니다. 그러나 제가 몇 말씀 아뢸 것이 있습니다." 하고 말했다.

그녀는 '무궁화 꽃회'에 대한 소개를 자세히 하고 나서

"여러분의 경제적 후원이 없으면 우리 회 사업은 불가능 합니다. 지금 이 자리에서 여러분의 기부금이 답지하기를 고대하겠습니다." 하고 말을 끝냈다. 이 말이 끝나기가 무섭게 '무궁화 꽃회' 회원이라고 보이는 수십 명 젊은 여인들이 활동을 개시했다. 더러는 폭은 좁고 기장이 긴 백노지 몇 장식을 들고 강단위로 올라와서는 뒷벽에다가 압정으로 꼭꼭 꽂아놓는 것이었다.

"아무개씨 一금 百원."

"아무개씨 一금 八十원."

"아무개씨 一금 五十원." 등등.

멍하니 강대 뒤 벽을 치어다보고 있는 청중들 사이를 비집고 몇 회원들은 기부금을 요청하는 모양이었다. 슬금슬금 남의 눈치를 살펴보면서 일어나 나가는 사람들이 많게 되었다.

웅덕이에게는 불쾌하기 짝이 없는 광경이었다. '결국 이 짓에 이용당했구나.' 하고 생각하니 분노와 수치감이 겹쳐 솟아올랐다. 얼굴에 숯불을 끼얹어주는 것 같은 감이었다. 그는 벌떡 일어서서 강단 옆 담 뒤로 숨어버렸다.

며칠 뒤.

"패강 문예사 편집국장"이라는 명함을 내미는 한 청년이 웅덕이를 찾아왔다. 三十분동안이나 요령부득인 횡설수설을 늘어놓던 그 청년은 마침내 신문지에 싸들고 왔던 원고 뭉텡이를 내놨다.

"패강 문예는 관서 유일의 종합잡지입니다. 만난을 돌파하고 그 어려운 인가를 받았고 원고 검열도 이처럼 다 맡아놨습니다만." 하고 용건 이야기를 시작한 그 청년은 웅변조로 한참 늘어놨다.

결론은 창간호를 발행할 수 있는 만단 준비가 다 되어 있지만 돈이 없어서 아직 출판을 못하고 있는데 앞으로 한 달 이내에 발간하지 못하면 인가 취소가 되니까 좀 도와 달라는 간청이었다.

교육계에서 버림받은 웅덕이에게는 새 서광이 비치는 것 같은 기쁨을 주었다. 민족계몽은 교실에서만 될 수 있는 것이 아니라, 언론기관을 통해서도 될 수 있다는 큰 기대가 그의 마음을 사로잡았다. 인쇄비용은 그리 큰돈도 아니었다. 그가 반년이상이나 꾹 집에 죽치고 앉아서 클클해하고 있는 꼴을 민망스럽게 여기는 아버지가 그만 돈은 선뜩 내주리라고 믿어졌다. 그는 선뜩 응락했다.

"감사합니다. 그리고 이 잡지가 월간인 만큼 벌써 제 二호 원고가 다 준비되어 있어야 할 것이었지만 아직 원고 수집도 못하고 있는 형편이올시다. 어떻습니까? 제二호는 중국에 오래 계시다가 오신 선생님의 원고를 주로 한." 하고 청년은 말했다.

"글쎄요. 좋겠지요."

"어련히 알아 하시겠읍니까 만은 중국문학, 교육, 정치, 경제, 사회 등, 제반 문제에 대해서 선생님이 대부분 집필해주셨으면 하는데요."

"그렇게 다방면을 쓸 수는 없지만……."

"그곳 학생생활에 대해서 쓰실 말씀이 참 많으실텐데요."

"좀 생각해 보지요."

"고맙습니다. 그리구 아시다싶이 원고가 매우 바쁩니다. 검열 맞는데 꼭 두 달이 걸리니까요."

"몇 번에 노나서 검열 맞도록 하면 되지 않겠오."

"그게 그렇게 되지 못하니깐 질색이지요. 권두사부터 편집후기까지 전부 한꺼번에 제출해야 됩니다."

"음, 생각해보지요." 하고 말하는 웅덕이는 원고 쓸 재료도 풍부히 가지고 있었고, 며칠 들어 앉아서 글이나 쓰면 클클증도 면할 것 같아 속으로 은근히 기뻤다.

바로 그 이튿날 편집국장은 영업국장이라는 중년 사나이와 함께 웅덕이를 또 찾아왔다. 한참동안 횡설수설하고 난 그는

"이번 선생님의 용단은 우리 관서 문화계를 살리는 중차대한 일이올시다. 선생님을 주필로 모시면 저이들 같은 무명한 인간들이 잡지를 내는 것보다 사회적으로 지대한 영향이 있을 것입니다. 우리 관서 문화계의 대표자가 되시는 생각으로 본사 주필이 되어주시면 무한한 영광이겠습니다." 하였다.

"뭐 그렇게까지……."

"아, 아닙니다. 이 잡지가 사느냐 죽느냐 하는 문제가 선생님 손에 달려 있읍니다." 하고는 또다시 웅변조로 수천 어에 달하는 열변을 토하였다. 웅덕이는 승낙하고 말았다. 어깨가 쓰윽 올라가는 것 같았다.

"감사합니다, 선생님. 자, 여기 명함까지 박아 가지구 왔읍니다." 하면서 그는 명함 곽을 내놨다. 그리고는 당장 각 기관에 취임 인사를 가야한다고 떠들어댔다. 웅덕이가 잘 응하지 않는 것을 본 영업국장이

"선생님께서는 원래 학자시고 또 해외에 오래 나가계셨기 때문에 우리 형편을 잘 모르실겝니다. 그러나 사업을 하려면 취임 인사 도는 것이 관례로 되어 있기 때문에 꼭 하셔야 됩니다. 우리 관서 문화계를 위하셔서……."

억지로 몰려다닌 이 취임 인사에서 웅덕이는 한 번 더 속고 이용당했다는 사실을 얼마 뒤에 알게 되었다.

웅덕이가 각신문사 지국장을 비롯하여 관공서 최고책임자들 혹은 그 대

리들 (전부가 다 일본인이), 그리고 큰 상공 기업체 장들에게 취임 인사를 하는 동안 영업국장이라고 하는 자는 서무계로 가서 찬조금 또는 광고비를 강요했던 것이다.

분통이 치밀었으나 이미 저질러놓은 일을 따져 봤댔자 제가 더 바보같이 되겠기 때문에 꾹 참고 원고 쓰기에 전 정신을 쏟았다. 일주일 동안에 근 二백매에 달하는 원고를 탈고했다.

창간호가 나오기도 전에 제二호 원고는 검열관에게 제출되었다.

창간호 이외는 아담하게 나왔다. 그러나 권두에 상당한 페지수를 차지한 도지사, 평양부윤, 학무과장, 상업회의소 회두(전부 다 일본인 등)의 축사는 웅덕이의 비위를 상당히 거슬리었다. 그뿐 아니라 뒤표지 한 면 다 차지한 일본 술 광고를 비롯하여 전 광고의 五분의 四가 일본 상품 광고인데는 기가 막혔다. 토산장려 운동을 거족적으로 하고 있는 이때, 편집국장이 염불처럼 오이던 소위 '관서 문화계의 대표'가 이런 광고투성으로 나왔다는 데는 아연하지 않을 수 없었다.

웅덕이는 커다란 환멸을 느꼈다.

검열 마친 원고가 두 달 뒤에 나왔다. 웅덕이가 쓴 원고 전체는 붉은 잉크 투성이가 되어 나왔다. 붉은 잉크로 두 자, 석 자, 열 자, 한 행, 두 행, 十 행 등 아래위로 괄호를 치고는 그 옆에 삭제(削除)라는 붉은 도장들이 날 보라는 듯이 찍혀 있었다. 「중국 학생 운동 약사」라는 논문에는 '전문삭제'(全文削除)라는 붉은 도장이 찍혀 있었다.

하도 기가 막힌 웅덕이의 정신은 한동안 멍해졌다. 한참 뒤에 '아무 일도 할 수 없는 세상이로군' 하는 한탄이 나왔다.

우수 경첩에는 대동강이 풀린다.

웅덕이가 동면에서 깨났다.

대동강 가를 거니는 웅덕이는 소년 때 노스탈쟈에 사로잡혔다.

대동문을 드나드는 물지게꾼들의 모습은 여전하고, 강을 건너가고 건너

오는 나루배 모양도 여전하지만, 강변 성 위로는 일본식 석축이 더 올려 쌓이고 그 위는 넓은 신작로가 되어 있었다. 축대 밖 강변에 서 있는 어물 거간 도매상 건물들은 숫기와와 암기와가 겹물린 옛날 집 그대로요, 신작노 위에 세운 건물들은 대개 다 양철 지붕이오, 간혹 가다가 일본 기와를 덮은 집도 있었다.

대동문에서 북쪽으로 뻗은 신작노 좌우 쪽에는 요리집들이 즐비했고, 강가 언덕에는 철을 기다리는 요리집이 아직 동면하고 있었다. 기생학교로부터서는 벌써부터 장구 소리와 애띤 병아리 기생들의 소리연습이 한창이었다.

청류벽 아래로 내려가는 길 어구에는 이끼 낀 송덕비들이 그냥 옹기종기 서 있고, 빤히 내려다보이는 반월도는 벌거숭이 모래밭 그대로요, 반월도와 능라도 사이의 여울은 제가 먼저 풀렸노라고 자랑이나 하는 듯이 춤추고 노래 부르며 굽이굽이 흘러흘러 가고 있었다. 그는 청류벽 위 길로 들어섰다. 왼편에 있는 관악묘 지붕 틈새에서는 벌서 풀 엄이 돋아나오고 있고, 단청은 고색창연한 그대로였다. 관악묘 문직이인 주쟁이 관상이 어렸을 때에는 그렇게도 무섭게 보였었는데 지금 그의 눈에는 단지 징그럽고 괴이한 카리카츄어에 불과했다.

능라도 가상이를 둘러 싼 수양버들 가지가지가 윤나 보이고, 버들피리 닐리리 소리가 금시 들려오는 것 같았다. 맛 좋은 수박 생산지로 알려져 있는 능라도 한 복판에는 청청한 물결이 잔물결치고 있었다. 정방형인 여러 개의 여과지(濾過池)가 의좋게 나란히 누어 있는 것이었다. 강 건너 평야에는 파랗고 노란 모제익이 수 놓아져 있고 점점이 여기저기 돋아 있는 나즈막한 산들과 멀리 병풍 친 검은 산맥은 아직도 잠자고 있는 것 같았다. 수원지를 제외하고는 풍경에 별반 변화가 없었다.

'강산은 이처럼 아름답건만!' 하고 생각하는 웅덕이는 한숨을 쉬었다.

서쪽을 보니 골짜기 가득 찬 아카시아 숲은 앙상한 가지들만 내놓고 있고, 저쪽 기자림은 만년 사시 청청 소나무가 꾸준히 신선미를 지키고 있었다.

을밀대 성곽은 이전보다 좀 더 퇴락해진 것처럼 보이고 추녀 안은 회벽을 했는데 그 흰빛은 그 건물의 조화를 말살시키는 것이었다. 밑에 있을 기린 굴! 소년 시절 그 굴은 들여다 만 보아도 무서웠거니 단군이 그 굴로 들어가서 청류벽 밑으로 뚫고 나가, 강 속에 보일락 말락 한 조천석에 올라 승천했다는 전설이 다시금 생각났다.

동남쪽을 바라다보니 얼마 멀지않은 저쪽 아카시아 숲 위에 일본 국교인 신사(神社)건물 괴상야릇한 지붕이 마치 도전이나 하는 듯이 삐죽 나와 있었다. 그리고 그 앞 만수대 상봉에는 평안남도 도청청사라는 콩크리트 건물이 위세 당당하게 떡 버티고 서 있었다. 보기가 싫어서 웅덕이는 홱 돌아섰다.

인적 없는 을밀대 허물어져 가는 성곽에 가슴을 대고 밴밴한 모란봉과 그 저편 주암산을 바라다보고 있던 웅덕이는 부지중 "고구려의 영화!" 하고 중얼거리면서 눈물이 핑 돌았다.

파란곡절이 많은 한반도였다. 외적의 빈번한 침입. 그러나 조상들은 끝내 굴하지 않고 끝까지 조국을 지켜 왔건만 그 피를 물려받은 웅덕이 자신은.

十여년만에 큰 뜻을 품고 고향으로 돌아왔건만 고향은 그를 반겨 맞지 않았을 뿐 아니라 하나의 이용감으로 우룽 같은 것이었다.

왜놈이 받아주지 않는 것은 당연한 일이겠거니와, 같은 동족이 위선과 이용거리로만 대해주는 그 괘씸한.

"강산은 의구 하건만 사람은 변한다."고들 하건만 지금이 강산도 많이 변했고 사람들의 변화는 너무나 비참한 것이었다.

'결국 나는 영원한 방랑자!'

눈물이 좌르르 흘러 내렸다.

6

"조국아 잘 있거라!" 하고 속으로 중얼거리는 황보웅덕이는 눈시울이 뜨거워지는 것을 감각했다.

> "간다 간다 나는 간다,
> 너를 두고 나는 간다.
> 내가 가면 아조 가며,
> 아조 간들 잊을소냐?"

하고 읊던 二十년 전 망명객들의 심정을 이해할 수 있을 것처럼 느껴졌다. 대한제국인 조국의 운명이 바람 앞에 놓인 촛불 같은 위기에 처해 있는 실정을 가슴 깊이 아파하면서 '내일을 위하여' 외국으로 망명해 가던 그들의 심경을 동정할 수 있었다.

봉천행 급행차 三등 객실 한 모퉁이에 앉아서 뒤로 뒤로 휙휙 지나가는 조국 강산, 초가집들, 흰옷 입은 동포들을 넋 없이 바라다보고 있는 웅덕이었다.

한반도의 북쪽 마지막 정거장인 신의주 역을 떠난 지 얼마 않 되어 기차는 속력을 약간 늦추는데 바퀴 밑 소음은 더한층 요란해지고 좌우 쪽에 서 있는 싯벌건 강철 홍여[52]들은 위압감을 주면서 뒤로 뒤로 지나갔다. 조국 땅으로부터는 한발자욱 두발자욱 자꾸만 더 멀어지고 있는 것이었다. 七년 전 일이 번득 그의 머리를 스치고 지나갔다. 그때 그는 이 철교 옆 인도 위를 걸어서 건너갔던 것이었다. 패물을 감춘 밤 자루 하나씩을 지고 강태섭이와 딴 쪽을 걸으면서 앞서거니 뒤서거니 하며 피차 모르는 체하고 건너갔었던 것이었다. 다리가 어떻게나 길어 보이는지 거리는 십리도 더 되는 것 같이 초조하고 지루한 걸음걸이였었다. 일본 형사나 순사한테 잡힐 가바

---

52 홍여 : 홍예(虹霓). 무지개같이 휘어 반원형의 꼴로 쌓은 구조물.

마음이 조마조마 하면서도, 일변 조국의 독립 쟁취를 위하여 일생을 바친다는 벅찬 감격을 품고 건너간 것이었다.

그런데 오늘 이 꼴! 동포에게 대한 환멸을 느끼고 정처 없이 떠나가는 그였다.

태섭이는? 미국으로 유학 갈 노비를 중국인 기생 갈보들에게 송두리 채 헌납하고 난 그는 상해에서 자취를 감추고 말았었다. 그런데 지나간 겨울 어떤 날 이른 아침에 평양 길거리에서 웅덕이는 태섭이를 만났다. 태섭이가

"웅덕아" 하고 부르지 않았던들 웅덕이는 태섭이를 알아보지 못하고 그냥 지나가 버렸을 것이었다. 태섭이는 두루막이도 입지 않고 동저고리 바람으로 대로를 걸어가고 있는 것이었다. 때가 몇 달이나 두고 꼈는지 흰 무명바지 저고리가 새까매져 있었고, 모자 쓰지 않은 맨머리는 몇 달 채나 이발사의 손을 거치지 않았는지 귀를 덮고 있었다. 얼마동안이나 면도도 하지 않았는지 코 아래 수염과 턱수염은 자랄 대로 자라서 입을 거이 가리다싶이 한 것이었다. 몇 일간이나 잠을 안 잤는지 개개풀리고 충혈 된 눈 가장자리에는 누런 눈꼽이 그냥 끼어 있었다. 때가 진득진득 하는 손으로 웅덕이의 손을 붙잡고 히죽이 웃는 그의 잇발은 황금빛이었고 잇몸은 웨일인지 먹물을 들인 양 새깜했다.

"참 오래간만인데. 쟁반이나 함께 해보세나, 해장겸." 하고 말한 태섭이는 웅덕이 대답도 듣지 않고 손을 붙든 채로 저만치 있는 국수집으로 끌고 갔다. 상해서 작별하던 날 돈 못꾸어준다고 절교를 선언했던 사실을 태섭이는 잊어버린 모양이라고 웅덕이는 생각했다. 그렇게 헤졌던 것이 웅덕이의 마음에는 못이 박혀 아직 뽑아내지 못하고 있는 것이었다.

쟁반에 고인 고기 국물을 쉽게 마실 수 있도록 해주기 위해서 서로 쟁반을 처들어주게 될 때까지 이야기를 독차지 했던 태섭이의 입을 통하여 웅덕이는 이 친구의 지나온 사연을 꽤 세세하게 다 들었다.

태섭이는 천신만고 끝에 집으로 돌아왔다. 가산을 거이 탕진한 아들이었

건만 아들에게 대한 사랑이 가시지 않은 그의 아버지는 이리저리 주선하여 태섭이를 서울로 보냈다. 어떤 고무신 생산 공장 서울 출장소 주임으로 태섭이가 임명된 것이었다. 그 당시 평양은 고무신 생산지로 전 조선에서 이름나 있었다. 양말 생산도 꽤하고 있었다.

서울 서대문께에 고무신 도매 및 소매상점을 차려놓은 태섭이는 수금한 돈을 본사에 잘 보내지 않고 조선인 일본인을 가리지 않고 기생과 갈보들에게 고시라니 받혔다. 일 년이 채 못 되어 그는 횡령 사기죄로 고발되어 六개월 징역을 살았다. 출감하자마자 그는 또 다시 평양 아버지에게로 찾아갔다. 아버지의 사랑은 변하지 않았으나 신용을 전적으로 잃어버린 태섭이는 마장판 개평쟁이로 전락되고 말았다. 밤낮 가리지 않고 마장판에 붙어 있으면서 개평을 떼다가 그 개평 뗀 돈이 마장 한판 할 수 있는 금액에 달하면 저도 들어붙어서 몇 장하고, 많이 따게 되면 은근짜[53] 집에 가서 술 마시고 오입하다가, 돈이 떨어지면 다시 마장판으로 기어들고, 집에 않들려 본지 벌써 여러 날이라는 것이었다.

조반 값은 웅덕이가 치르겠다는 것을 기영고 말린 태섭이는

"자네는 학박사가 돼서 그야말로 금의환향했지만 고등 룸펜[54] 밖에 더 못 돼지만, 난 이 꼴을 하구두 피양 개명에서는 개평쟁이로 유명해져서 어느 노름판에 가더라도 날 푸대접하지는 못하느니." 하고 뽐냈다.

*　　　*　　　*

기차바퀴의 음률적인 덜커덩 소리가 웅덕이 귀에는 "잘 가라, 잘 가라, 잘 가라." 하는 조롱 소리로 들렸다.

중국 땅에 들어서서 첫 정거장인 안동현역에서 기차는 한 시간 머물렀

53　은근짜 : 몰래 몸을 파는 여인을 상스럽게 부르는 말.
54　룸펜 : 부랑자 또는 실업자를 이르는 말.

다. 일본 세관원에 의한 짐 검사가 한 시간 걸리는 것이었다. 조선서 만주로 밀수출하는 물품으로는 금과 아편 뿐 이었고, 밀수입해 오는 것이 보석, 시계, 카메라, 담배, 설탕, 소금 등 여러 종류였다.

세관 관리들이 차에 올라타서는 승객들이 휴대하는 짐을 일일이 열라고 하여 검사했다. 차에 검사가 끝나면 수하물이나 소하물로 탁송한 큰 짐짝들을 플랫홈에 내려놓고 짐짝 입회하에 검사하는 것이었다.

탁송한 짐이 없는 웅덕이는, 남들이 짐 검사 받는 동안 플랫홈 한 끝머리로 가 서서 강 건너 신의주 쪽을 멍하니 바라다보고 있었다. 신의주는 전형적인 일본인 도시였다. 일본인 도시이기는 하면서도, 여기서는 보이지 않지만, 조선인들끼리만 살고 있는 의주 시가가 더 번화하다고 웅덕이는 노들어 왔다. 일본인 상인들이 조선반도 내 도시상권을 다 장악했지만, 의주와 개성 두 도시의 상권은 아직 조선인 손에 있다고 하는 것이었다.

웅덕이의 눈은 신의주에 고착되어 있으면서도 그의 마음눈으로는 서울 풍경을 회상하고 있는 것이었다.

남산 상상봉에는 일본 신사(神社)가 자리 잡고 있었다. 서울뿐 아니라 일본인들이 와 사는 부(府), 읍, 면 어디나 그 지방 명당자리에는 신사가 세워져 있는 것이었다. 맨발에 게다짝을 짜락짜락 끄는 일본인 남녀들은, 그 크고 육중한 '도리이'[55](돌 문)아래를 지나가서 신사 쪽으로 올라갔다. 신사 앞까지 간 그들은 돌확[56]에 담겨 있는 물을 나무로 마든 둥근 물푸개로 퍼서는 마시기도 하고 손도 씻었다. 그리고는 귀신을 모신 건물 앞으로 가서는, 잠들어 있는 귀신을 깨기 위하여 줄을 잡아 다니면 방울들이 요란히 울리는 것이었다. 그 다음 나무 동인 수전궤에 동전을 던지고 난 그들은 손벽을 짝짝 치고는 절하고, 절하고 나서는 손벽을 짝짝 치고, 이렇게 되풀이하는 것이었다.

---

55 도리이 : 일본 신사 입구에 세우는 기둥 문.
56 돌확 : 돌을 우묵하게 파서 절구 모양으로 만든 물건.

웅덕이가 중학 시절 일본 도꾜에 유학할 때 이런 풍속을 거이 매일 보다 싶이 했었지만, 이런 짓을 조선에 와서까지 하는 것이 밉살스럽게만 보였다. 그러나 十년 뒤에 어떤 일이 생기리라는 것을 이날 그는 예견하지 못했다. 그로부터 十년 뒤 조선인들 간에도 자진하여 신사에 가서 결혼식을 올리는 자가 생겼는가 하면, 신사참배를 싫어하는 조선 사람들에게까지 참배를 강요시키게 되었던 것이다. 학교에서 또는 직장에서 집단적으로 신사까지 올라가서 참배하도록 강요당했을 뿐 아니라, 전차를 타고 남대문을 돌때에도 여차장의 명령에 따라 승객들은 모자를 벗고 신사 쪽을 향하여 절을 해야만 하게까지 되었던 것이었다.

'도리이' 밖 광장을 둘러친 돌난간에 허리를 대고 기대선 웅덕이의 눈은 삼각산 꼭대기에 잠시 멈추어졌다가 천천히 서쪽으로 옮기어갔다. 삼각산으로부터 북악까지의 자태는 옛날모습 그대로였으나, 경복궁 모습은 그 바로 앞에 세운 거대한 총독부 청사 돌집으로 가리워져서 보이지가 않았다. 그 최신식 건물 앞 좌우 쪽에는 수백 년 전 조선인 석공(石工)들의 손으로 쪼아 만든 돌 해태 한 쌍이 고개를 개우뚱하고 남산을 쳐다보고 있었다. 조선 총독부 전매국에서 만들어 파는 담배 중 해태표가 제일 비싸고 마꼬표가 제일 싸다. 일본인들은 거이 다 일본서 수입해온 '아사히' 표와 '시끼시마' 표 담배를 피웠고, 조선인 농부들은 '기사미'를 곰방대에 담아 피웠으며, 양반 노인들은 장수연을 장죽에 담아 피웠다.

웅덕이는 마꼬 한 개를 꺼냈다. 노랗게 마른 솔잎 두 개(이 마른 솔잎은 담배 가게에서 팔고 있었다)를 담배에 끼워 가지고, 마꼬갑 안에는 의례히 한 개씩 들어 있는 담배 물부리에 끼워서 입에 물었다.

남산 북쪽에도 종로 이남은 일본인 촌이었다. 길과 동리 이름까지도 전부 일본 이름이었다. '고가네 마찌 잇쬬매'부터 '고 쬬매'까지, '난라이몽 도오리', '흠 마찌', '신 마찌', '나미끼 마찌', '쇼와 도오리', '아사히 마찌', '사꾸라이쬬', '하세가와 쬬', '타께소이 쬬' 등등. 여기저기 우둑우둑 높이 솟은 백화점들도 모도 다 일본인 소유인 '미나까이', '히라다', '미쓰꼬시', '쬬

지야 등 이었고, 조선인이 경영하는 백화점은 종로에 있는 화신과 부인상
회 단둘뿐이었다. 은행도 조선인 경영은 조일은행 하나뿐 이었고 수십 개
도 넘는 은행들 모두가 일본인 경영이었다. 일본은행권 백 원짜리는 태환
권인데 반하여 조선은행권 백 원짜리는 아모런 담보도 없이 찍어낸 그림딱
지였다.

그 수다한 카페와 빠도 대부분 일본인 경영이었고, 농토의 八十%가 일본
인에게로 소유권이 넘어갔다는 신문기사를 읽은 일도 있었다.

웅덕이는 군입맛을 다시면서 돌아섰다. 광장을 가로질러 걸어가서 남쪽
난간에 기대섰다. 남산 남쪽은 전부 다 일본인 촌이었다.

북악 앞에 옹기종기 게딱지같이 납작하게 붙어 있는 초가집 한와집[57] 들
도시와 이 남산 앞뒤 쪽 일본인 도시와의 차이는 문자 그대로 하늘과 땅의
차이였다.

웅덕이는 눈을 감았다. 쪼글쪼글 늙은 할머니 얼굴이 아련히 따올랐다.
지금쯤 그녀의 살은 다 썩어 흙으로 환원되고 뼈만 남아 있을 것이었다.

"애, 너두 얼뜬 당갤(장가를) 가야 하디 않니?" 하시던 가랑가랑하는 목소
리가 다시금 들리는 것 같았다.

"증손주나 하나 안아보구 죽게 해주려마. 네 나이 내일 모레 三十이 아닌
가!"

"네가 이집 당손이가 아니가? 네가 몬춤 당갤 가야 네 아우도 장갤가구
누이도 시집을 가디."

"애덕이는 체니(처녀) 귀신이 되는 줄 알았더니 어뜨케 용하게 시집을 갔
지만, 순덕이년 나이가 발세(벌서) 스물세 살이 아니가? 난 열여섯에 시집
왔는데 그때 해내비 나이가 열두 살이었다. 그놈의 뒤상이 어서 뒈리기나
하문 늙마에 좀 팬안하게 살아보겠는데. 내 원. 노망은 나보다두 더 심하문
성두 해마당 더 핑핑해가기만 하니! 그 뒤상 꼴보기 싫어서 내가 몬춤 가야

망국노 군상

57　한와집 : 조선 기와로 된 집.

겠다. 그러니 나 죽기 전 증손주나 한번 안아보게 해다우. 창덕이 녀석두 인젠 핵굅(학교를) 졸업하구 의원님이 됐데는데 개두 어서 장갤 보내야디. 너 무슨 턱에 동생들 잔채 꺼지두 훼방을 놓는 거야? 응…… 네 애비두 인제 얼마 안가서 항갑(환갑)이라, 잉. 항갑 때꺼정 손주 하나 못 보는 건 챙피한 일이다."

"뭐? 용건이 새끼! 개야 김가디 황보가가? 하긴 그 새끼 잘 겼더라, 제 에밀 닮아서 그래두 친손주만이야 하갔니?"

웅덕이 장가보내려고 애타 하는 사람은 할머니 한분뿐이 아니었다. 평양서는 부모 친척이 다 나서서 며느리감 선을 보고 다녔고, 직업적 매파들이 문지방이 달 정도로 드나들었다. '무궁화 꽃회'에서 강연을 시킨 동기 중 하나도 조신성 여사가 신랑감인 웅덕이 선을 널리 보여주려는 노파심이었다는 말을 그 뒤에 들은 일이 있었다. 기자묘 솔밭 속에서 불고기 대접도 몇 차례 받았고, 창경문 안 요리집에 초대 받아 어죽을 얻어먹은 일도 여러 번 있었다. 그 초대가 모두 다 선보기 위한 것이었었다는 이야기를 그 뒤 들었다.

서울에 들렀을 때에는 누님과 매형이 웅덕이를 끌고 교회로 간일이 있었다. 예배가 끝나 교회 밖으로 나오자마자 누님은,

"얘 그 피아노 타던 체니 어떻든?"

하고 물었다. 피아노 치던 처녀를 유심히 보지 않았던 그는 대답이 궁했다. 그러나 서울 어떤 집 신부감 오빠되는 사람이 일부러 평양까지 가서 웅덕이 아버지 집 근처를 조사하고, 부청에 들려 호적등본 열람도 한일이 있었다는 이야기도 뒤에 들었다. 나이 二十八세가 되는 사나이가 아직 총각이라는 것이 믿엄지가 않았고, 호적에 총각으로 적혀 있기만 하면 육체적으로는 총각이 아니어도 상관없다는 사고방식이었다.

"할머니. 지금 시대는 전과는 달라요. 맏아들이 장갈 가야만 동생들을 살린다는 사고방식은 시대착오야요. 그리구 창덕이두 지금은 결혼할 생각도 못하고 있지만 二, 三년 뒤 봉급을 받기 시작하게 되면 그때 장가 들겠노라

구 하던데요. 걔는 앞으로 밥버리할 희망은 가지고 있지만 저는 국내에서는 밥버리할 도리가 없어요." 하고 그는 할머니 말씀에 방패를 들었던 것이었다.

"원 너두. 그래 네 애비가 맏며누리 건사 못해주겠니? 그리구 밥버릴 왜 못한다는 말인가? 개똥이는 서울 가서 공부하고 오더니 칠골면 면서기가 됐구. 차돌이는 일본엔가 갔다 오더니 피양(平壤) 부 의원이 됐대더라. 넌 박사꺼정 하구 와서 밥버리 못 한다니 거 무슨 소린가?"

그때 웅덕이는 수첩을 꺼내 펴고 그가 언젠가 적어 두었던 그 당시 몰래 유행하던 민요를 크게 읽었다.

"우리 아들 면서기라
월급 받아 일백쉰냥
쉰냥을랑 쌀값 주고
수무닷냥 면장주고
주재소의 순사부장
술먹자고 찾아오고
군청에서 군주사가
양복입고 출장오면
앞집술집 갈보집에
돈쓰라고 끌고가네
면서기질 三년만에
七백쉰냥 빚을졌네
논밭사긴 고사하고
관저대접에 집 팔았네."

"그럼 넌 순사부장이 되거나 군주사가 되려무나." 하고 할머니는 말했었다.

그 할머니가 손자가 군주사 되는 것도 보지 못하고, 증손주 안아볼 욕망도 일으어보지 못한 채 세상을 하직한 것이었다. 시들대로 시들고 쪼골쪼

골 하던 할머니의 얼굴. 이가 하나도 남아 있지 못했기 때문에 말씀하실 때 음성이 새나와서 쉬쉬 소리가 자꾸 나곤 했었다. 게발같이 여윈 손구락으로 연성 엿을 집어주시면서 먹으라고 강권하시던 할머니. 눈에서는 쉴 새 없이 진물이 나와서 그걸 비비는 손잔등, 검으스름한 점으로 가득한, 손잔등은 언제나 젖어 있었다. 겨울이었기 때문에 거머리를 잡아다 들이지 못한 것이 한이었다.

기적이 울렸다. 악몽에서 깨나는 것처럼 놀라면서도 안도감을 느끼는 그는 한숨을 쉬며 허둥지둥 뛰어갔다. 움직이기 시작하는 기차 맨 뒤차에 뛰여 올라탔다. 제자리로 돌아가 앉을 생각도 없이 승강대 맨 밑 층계에 선채, 양쪽 손으로 쇠기둥을 꽉 붙들고 점점 더 멀어지는 조국 땅을 하염없이 바라다보고 있었다.

기차궤도가 꺾이어 압록강 건너 풍경이 싹 사라져 없어지고 말 때 웅덕이의 뺨으로는 두 줄기 눈물이 흘러내렸다.

봉천역에 내린 것은 땅거미가 질 무렵이었다. 여기서 기차를 갈아타고 우선 종착역인 북평[58]까지 가볼 심산이었다. 직업도 구할 수 없고 동포에게서도 환멸을 느끼는 웅덕이는 상해로 가볼 생각이었다. 상해까지 불쑥 가봤댔자 무슨 뾰죽한 수가 그를 기다리고 있을 것은 아니었으나, 그러나 모교도 있고 동창생도 많은 곳인 만큼 등은 대고 비벼볼 자리는 있을 상 싶었다. 중국에 七·八년이나 살았으면서 양자강 이북 땅은 구경도 못 했으니, 이 기회에 육로로 내내 기차를 타고 가면서 구경도 하고 싶었고, 북평에도 동창생이 더러 있는 것을 알고 있는 그였다.

그래도 결단을 내리지 못하고 차일피일하다가 그가 용단을 내린 동기는 갑자기 태극기가 그립고 애국가를 목청껏 다시 불러보고 싶은데 있었다.

몇 달 전 일이었다. 안질에 몇일 고생하던 웅덕이는 도립병원인 자혜병원으로 진찰을 받아보려고 갔다. 구시가에도 조선인 병원이 없는 것은 아

<hr>

58 북평 : 北平. 베이징(北京)의 옛 이름.

니었으나 피천 한푼[59] 벌이도 못하고 있는 그는 값이 제일 싼 도립병원으로 가기로 한 것이었다.

서기산을 넘어 공회장을 지나 일본인 촌으로 들어서던 그는 가까운 곳에서 어린이들이 합창하는 소리를 들었다. 일본 국가 합창이었다. 쳐다보니 머지않은 곳에 있는 심상소학교 (일본 어린이들만 다니는) 건물이 보이고, 그 교정에 있는 지붕 꼭대기에는 '일장기'라고 부르는 일본 기가 걸려서 아침 미풍에 나부끼고 있었다. 보기가 싫어 외면했다.

도립병원에 가려면 그 심상소학교 건물 앞을 지나가야만 했다. 정문 밖으로 지나가며 힐긋 들여다보니 교복을 입은 남녀 일본 어린이들이 줄지어 모여서서 저의 나라 국가를 제창하고 있는 것이었다.

그 이튿날 아침 웅덕이는 일부러 보통학교(조선인 어린이들만이 다니는) 근처도 가보았다. 아침 조회시간에 어떤 행동을 하는가가 보고 싶어서였다.

교복을 입고 三三五五 떼 지어 모여들고 있는 어린이들 모습은 멀리서 보아서는 심상소학교 학생인지 보통학교 학생인지 얼른 분간할 수가 없었다. 교모[60] 앞에 단 교표만이 다를 뿐 교복은 꼭 같기 때문이었다. 그 어린이들에게로 가까이가자 참새처럼 조잘거리는 그들의 말이 들렸다. 그 말은 일본어가 아니고 분명 조선어였다.

학생들이 교문에 들어서자마자 제각기 모자를 벗고 기척자세[61]를 하고 동쪽을 향하여 허리 굽혀 절을 했다. 그리고는 몸을 돌리어 교문 안 가까이 벽에 대서 세워놓은 작으마한 건물을 향하여 절을 했다.

웅덕이가 소학교 시절에는 이런 일이 없었었다. 그가 다닌 학교가 미국인 미숀 계통에서 운영하는 사립학교였기 때문에 공립인 보통학교와는 달랐었는지도 모를 일이었다. 그가 중학 공부를 일본 도꾜에서 할 때 그도 일본 학생들이 볼 때에는 북쪽을 향해 절하고 나서, 다시 일본왕 '매이지 덴

59　피천 한푼 : 노린동전. 매우 적은 돈.
60　교모 : 학교에서 정한, 학생들이 쓰는 모자.
61　기척자세 : 차렷 자세(평안도 말).

노'가 내린 '교육칙어'를 봉안(받드러 모신) 했다는 조그만 건물에 향하여 절을 하군 했었다. 그가 다닌 중학교는 도꾜에 있는 일본 왕궁 남쪽에 위치해 있었기 때문에 북쪽을 향하여 왕궁에 절을 하군 했었는데, 조선에서는 도꾜 전체가 동쪽에 있으니까 무턱대고 동쪽으로 절을 하면 '황성요배'가 되는 모양이었다.

서울서 부산으로 내려가는 기차도 역에서는 상행(上行)이라는 패쪽을 내걸군 했다. 대일본제국 영토 안에서는 도꾜를 향하는 것이 올라가는 것이오, 도꾜를 떠나면 어느 방향으로 가나 내려가는 것이었다.

한곳에 오래 서성거리고 있기가 멋적게 생각된 웅덕이는 천천히 걸어가기 시작했다. 저쪽 거리까지 갔다가 되돌아 얼마 오며 보니, 보통학교 교정에도 일본기가 띄워 있고 어린이들의 합창 소리가 들려왔다. 그 노래는 "동해물과 백두산이"로 시작되는 애국가가 정녕 아니고, "기미가 요와"로 시작되는 일본말 일본국가 분명했다.

웅덕이 등골로는 소름이 흘러내렸다.

"저 어린이들이 장차……."

그는 도망하다 싶이 걸음을 빨리하였다.

얼마 후 걸음걸이를 늦추면서 그는 불쑥 "뻔뻔한 자식들!" 하고 중얼거렸다. 그에게는 회상되는 일이 있었다. 재작년 여름 대동강 홍수는 몇十년내 처음인 큰 홍수라고 떠들어 댔다. 제방 한쪽을 뚫고 밀려들어오는 붉은 물이 삽시간에 남문 안밖 일대를 침수시켰다. 홍수가 들이밀리는 속도가 너무나 빨랐기 때문에 수해 가족들은 거이 빈손 들고 높은 데로 피신했다. 비는 그냥 악수로 퍼붓고 있었다.

물난리 구경을 나갔던 웅덕이와 몇몇은 수해민이 수용되어 있다는 남문교회 예배당 안을 들여다봤다. 일본인 가족도 여러 세대 있었는데 이 수용소에서까지 그들은 한곳에 따로 모여 자리 잡고 있었다. 그 일본인 가족들은 개개가 다 작으마한 '가미다나'(신주)를, 그 복새통에 어느 겨를에 떼 가지고 오는지는 알 수 없었으나, 하나씩은 벽에 기대 세워놓고 그 앞에서 손

벽을 쳐가며 빌고 있었다. 이 꼴을 본 웅덕이의 입에서는 부지중

"뻔뻔한 자식들!"이라는 욕이 튀어나왔던 것이었다. 예수교 덕택에 비도 안 맞게 되고 밥도 얻어먹게 된 그자들이, 예수교 성소 안까지 자기네 귀신을 끌고 들어와서 그 귀신에서 감사를 드리는 것인지 무엇을 비는지 하는 것을 볼 때, 그에게는 그 철면피한 행위가 밉고 괘씸하게 보였던 것이었다.

조선 어린이들까지도 일본기에 절을 하고 일본 국가 제창이 강요되는 꼴을 보게 된 웅덕이는 차라리 다시 외국으로 가서 저만이라도 태극기를 맘대로 보고 애국가도 맘대로 불러보고 싶어졌던 것이었다.

*   *   *

봉천역 규모는 일본 도꾜역 규모 못지않게 굉장하였다. 그리고 어데를 보나 중국 냄새 나는 데는 한 곳도 없고 일본의 연장이었다. 땅은 중화민국 영토였으나 만주 일대 통치는 마적 출신인 장작림[62]이라는 독군이 하고 있었고 철도 운영권은 일본인 회사인 만철 회사에서 장악하고 있었다. 이 일대에 철로 궤도를 처음 부설한 것은 중국인이나 중국 정부가 아니었고, 청나라 시절에 러시아 정부가 부설해 놓은 것이었다. 지금 일본이 이 철로를 운영하게 된 것은 一九〇五년 노일전쟁에 일본이 이긴 덕택이었다.

봉천역 앞 광장 모양은 일본 도꾜역이나 조선 서울역이나 비슷했는데 그 넓이만은 서울역의 十배, 도꾜역의 三배 정도 더 넓었다. 역전 광장 한옆에 인력거가 대기하고 있는 것도 서울이나 조선 것보다는 거칠게 생긴 것이 상해 인력거와 비슷했고, 인력거 군들의 험상궂은 모습은 상해 인력거군들보다 더 심하게 보였다. 역 광장 마즌편에 대기하고 있는 수십 대의 마차는

---

62 장작림(張作霖, 1873~1928) : 중국의 군인 및 정치가. 중국민족 수립 후 봉천에 가 1919년에 봉천 독군 겸 성장이 되어 동북지방의 실권자가 되었다. 그후 중앙정부에 진출하여 베이징 정부를 장악하기도 했다.

서울서나 도쿄서나 상해에서는 볼 수 없는 진기한 풍경이었다.

북평행 급행차가 몇 시에 떠나는가를 확인하기 위하여서 웅덕이는 대합실로 도로 들어갔다. 밤 열한시에 떠나는 것이라는 것을 그는 알았다. 그는 침대권을 샀다.

짐이라고는 손가방 하나밖에 없는 그 가방을 '한 시간 짐 맡아두는 곳'이라는 간판이 달린 곳으로 가지고 가서 맡겼다. 홀가분한 몸으로 그는 시가지 구경에 나섰다.

역 앞 도시는 순 일본식이었고 거리에 나다니는 사람 대부분도 일본사람들이었다. 그리 머지않은 곳에서 그는 七층집 백화점을 발견했다. 백화점 내 상품 진렬 광경은 서울에 있는 백화점들과 대차 없었으나, 여점원들이 울긋불긋한 원색 비단 옷을 입은 것이 눈을 현혹하게 만들어주었다. 이들 중국인 여점원들은 모두 영화배우처럼 보였다. 원피스 칼라가 너무 높아서 목이 거북하게 보일정도고, 아래 폭 좌우 쪽을 무릎에까지 터놓아서 미끈미끈한 종아리들이 숨박꼭질하는 이 옷은 웅덕이가 상해를 떠나던 때까지도 영화배우들만이 입던 옷이었다.

백화점 안 식당은 역시 지하실이었다. 식당문밖 좌우 쪽에는 거대한 유리 케이스가 서 있고, 그 케이스 안 층계 층에는 양식, 왜식, 청요리 음식 견본들이 진렬되어 있어서 보기만 해도 구미가 동했다. 음식 견본 앞에 마다 성가표[63]가 놓여 있었다.

분량 흐더분하고 값싼 것을 먹기로 작정했다.

식권을 사려고 돈을 꺼내보니 조선은행권 밖에 없었다. '아차, 중국 돈으로 바꾸어 가지고 올걸' 하고 생각하면서도, 미심결에 일원짜리 지폐 한 장을 그냥 내밀었더니, 식권 파는 아가씨는 아무 말 없이 받아 넣고 식권과 함께 거스름돈을 내밀었다. 잔돈은 일본. 조선, 중국 백동전이 다 섞여 있었다.

---

63 성가표 : 가격표.

저녁 먹고 나서 거리에 나서니 러시아 음악이 그의 귀를 간지럽게 해주었다. 다방이었다. '커피나 한잔' 하고 생각하면서 그는 다방 문을 열고 들어섰다. 손님들은 전부 양복 입은 동양인들인데 레지들과 마담은 러시아 아가씨들 뿐 이었다.

이 러시아 다방에서도 일본 돈이 문제없이 통용되었다.

다방 문을 나서니 인력거 서너 대가 한꺼번에 달려들면서 골라잡으시라고 아우성을 쳤다. 이런 일은 상해에서도 늘 겪은 일이었으나, 이곳 인력거군들의 말은 그 톤이 상해말 보다는 너무나 억세기 때문에 기분이 상했다. 그냥 휘적휘적 걸어가는데도 인력거군 하나는 악착같이 따라오면서 타라고 성화를 먹였다. 그러나 그는 걷고 싶었다.

어둑신한 옆 골목을 들여다보니 지붕과 건물 전면 이마에 온통 울긋불긋한 꼬마전구로 얼기설기 장식해 놓은 집이 가장 뚜렷하게 시각을 자극했다. 어슬렁어슬렁 가까이 가봤다. 월츠 곡이 은은히 새나왔다.

댄스 홀이었다.

문을 열고 들어섰다. 고전적인 일본 '기모노'로 휘감은 중년 일본 여인이 일본어로 "어서 오십시오." 하고 반가이 맞아주었다. 홀 안은 거이 만원이었다. 댄서들은 모두가 다 러시아 여인들이오, 그녀들을 안고 돌아가는 남자들은 모두 동양인이었다.

어렸을 때부터 음악에 둔재인 웅덕이는 음정 하나 제대로 잡지 못하는 위인이었다. 상해대학 재학 시 중국인 동창생들 중 댄스에 미친 학생들이 더러 있었었다. 댄스를 배우자고 꼬이는 동창생들도 있었으나 그는 애초부터 겁을 집어먹고 배울 엄두도 못 내었다.

그런 그가 지금 무슨 턱에 이 댄스 홀 안에 들어섰는가? 저도 모를 일이었다. 그러나 이미 발을 들여놓은 이상 그냥 나가기도 면구스럽고, 술이나 좀 팔아주면서 남 춤추는 구경이나 해보리라고 마음먹고 마담의 뒤를 따라갔다. 마담이 지정하는 테불 뒤에 앉았다.

앉기가 무섭게 묘령의 댄서가 조르르 와서는 서투른 일본말로 "춤춥시다." 하고 청했다. 짙은 향내가 그를 아찔하게 했다. 웅덕이는 고개를 저으면서 역시 일본 말로 "춤 출줄 모릅니다." 하고 말했다.

"그럼 내 방으로 올라가요." 하면서 그녀는 손을 붙잡고 끌었다. 웅덕이 전신은 감전되는 것처럼 짜르르했다. 보드러운 손길, 백설같이 흰 얼굴과 들어낸 어깨, 석류처럼 빨간 입술, 현기증 일으키는 향내.

몇 해 전 상해 가든−부릿지 공원 벤취에서도 한번 이런 러시아 여인의 체온과 체취를 느꼈던 일이 있었었다. 그 때에는 어둑신하기 때문에 그녀의 얼굴을 똑똑히 보지도 못했었고, 돈도 없었고, 학생 시절이었다. 그러나 지금!

그리 밝지는 않으나 오색이 영롱한 전기불이 뱅뱅 돌면서 시시각각으로 변하는 무지개 속에 쌓여 있는 이 젊은 외국 여인의 풍만한 어깨와 가슴, 새파란 눈, 점점 더 따스해 들어오고 자릿자릿한 촉감.

'에라 나중엔 삼수갑산을 갈망정.'

그는 벌떡 일어섰다. 일어서면서 찬물을 확 끼얹는 것 같은 생각이 그의 머리를 때렸다.

"너두 나두 망국노, 망국노 신세."

하고 조선말로 울부짖으면서 그는 손을 뿌리쳤다.

웅덕이는 자꾸자꾸 걸었다. 청춘의 정열, 망국노의 비애, 개인 또는 민족적 울분과 것잡을 수 없는 열패감에서 잠시나마 도피해보는 수단으로 그는 지향 없이 자꾸 자꾸 것기만 하는 것이었다.

웅덕이는 북평행 급행 三등 침대차 간으로 들어갔다. 침대권에 지정된 번호가 붙은 침대를 찾아 헤맸다. 그가 누울 위층 침대를 찾기는 찾았는데 웬일인지 커텐이 닫혀있었다. 커텐을 드르륵 열었다. '유까다'(일본 잠옷)만 걸친 어떤 사나이가 누워서 코를 골고 있는 것이었다. 그는 자기 침대권 번호를 다시 보고 침대 옆 담에 붙어 있는 번호와 대조해보았다. 틀림없었다.

남의 침대를 차지하고 뻔뻔스럽게 잠까지 들어버린 작자를 깨워가지고 직접 담판을 해볼 마음은 굴뚝같았으나 그 자가 조선 만주로 돌아먹은 '노가다'거나, 게다가 술이 대취했다고 가정한다면, 까딱하다가는 도리어 봉변을 당할 것 같아서 꾹 참았다. 그는 차장한테로 찾아갔다.

차장은 자는 손님을 말로 깨우다가 효과를 못 보자 흔들어 깨웠다. 잠을 깬 승객은 다짜고짜 노발대발하여 입에 담을 수 없는 욕을 퍼붓기 시작했다. 차장은 어데까지나 친절하고 공손한 태도를 견지하면서

"실례올시다만 승차권을 좀 보여주십시오." 하고 말했다.

"여기가 개찰구야? 개찰구를 통과했으니 승차권 가진 것이 확실치 않은가." 하고 그 손님은 일어로 반말을 했다.

"어데까지 가시는지요?" 하고 묻는 차장의 말은 그냥 까딱 않는 경어였다.

"자네 이동 경찰인가? 허, 참, 귀찮게스리. 장춘 종점까지 가서 내릴터니까……."

"아니 이 차는 북경 행입니다." 하면서 팔뚝시계를 들여다 본 차장은

"장춘행 급행열차는 三분 뒤에 五호 홈에서 떠납니다." 하고 말했다.

승객은 벌에게 쐬기나 한 것처럼 화다닥 일어나다가 머리를 천정에 쾅 받았다. 아야야 아푸다는 소리를 질으면서 허겁지겁 내려온 그는 벗어 놨던 양복바지 저고리를 한 손에 웅켜쥐고, 한손에는 손가방과 구두를 들고 자리옷 바람으로 허둥지둥 승강구께로 달려갔다.

벗은 양복저구리를 손가방위에다가 개켜 얹어놓아 벼개를 삼고, 바지는 입은 채 웅덕이는 침대위에 누웠다.

자고만 싶었다.

기차가 아직 떠나기 전이지만 커텐을 치고 눈을 감았다.

사방에서 일본말로 떠드는 소리 때문에 잠을 들 수가 없었다. 조선에서나 만주에서나 급행열차의 三등석까지도 일본인 전용인 감이 있었다.

커텐을 걷고 신문 한 장을 펴들었다. 역 대합실 매점에서 파는 수십 종 신문 중에서 특히 중국 신문 한 장을 사가지고 왔던 것이었다. 오래간만에 대하는 백화문(白話文) 신문이었다. 눈은 활자 위를 오르고 내렸으나 의미는

하나도 포착할 수가 없었다. 그동안 벌써 백화문을 다 잊어먹었단 말인가?

기차는 떠났다. 속력을 냄에 따라 기차바퀴 소음은 더 커져서 사람들의 떠드는 소리를 삼켜 버렸다.

웅덕이가 들여다보고 있는 백화문 신문 한문 글자들이 더러 한글로 변해 가고 있었다. 그는 장판방에 누워 있는 것 같은 착각을 느끼었다. 바퀴가 쉴 새 없이 덜커덕거리는 것이 주룩주룩 내리는 장마비 소리같이 들리기도 했다. 지루한 장마에 서울 누님댁 건너방에 혼자 누워서 애꾸진 묵은 신문지들에게 화풀이 하고 있는 자기 모습을 회상하고 있는 것이었다. 진종일 꼭 같은 신문들은 재독 삼독 사독하고 있는 그였다. 눈에 띠는 대로 사설, 외신 뉴스, 독자투고란, 횡설수설란. 소식란, 총독부 사령란, 광고, 만화, 사회면 기사, 경제면, 연재소설, 신간소개, 광고.

사설은 공백이 많았다. 사회면 기사에도 가끔 허연 공백이 도전하는 듯 마주 노려보고 있었다. 총독부 도서과 검열관, 비위에 거슬리는 기사는 연 판을 깎아버리고 인쇄했기 때문에 생긴 공백이었다. 네 페지밖에 더 않되 는 신문지 것만 기사보다도 광고가 지면을 더 차지하고 있었다. '카레이 비 누', '가오 비누', '구라보 가루치약', '오리지나루 향수', '카오루', '인단' 모 두 거리 거리 전선주마다 벽마다에서 보던 광고들이었다. 임질매독 근치 약, 만병통치약, '대학 눈약', 기침 약, 위장 약, 감기 약, 피부병 약, 털 나게 해주는 약, 콧병 약, 머리 염색하는 약, 건뇌 약, 생식기 회춘약, 약, 약, 약, 약 광고 천지였다. 그것도 모두가 일본서 수입 해다가 판다는 약 광고였다. 운동구, 만년필, 이발기계, 풍금, 우유, 시계, '모리나가'표 초콜렛과 캬라멜 모두가 일본 상품 광고 투성이었었다. 그뿐이 아니었다. 우편환으로 일본 어데어데 송금해주면 극비밀리에 우편으로 보내준다는 광고로는 '나체 미 인사진 화집', '돈보다도 더 중대한 비밀 사진', '연애 서간집', '청춘 남녀가 즐기는 비밀 사진', '남녀 생식기 전서', '여자의 나체미' 등등 광고는 하루도 빠지지 않고 매일 각 신문에 다 나고 있었다.

사회면 기사의 대부분을 차지하는 것은 강도, 살인, 강간, 자살, 방화, 밀매음 취체, 도박장 취체, 위조지폐 취체, 이혼소송, 괴질창궐, 복어알 먹고 전몰한 가족, 가짜 형사, 소작쟁의, 노동자 동맹파업, 빈번한 학교 분규, 강연회 중지, 경찰의 인권유린, 일본인과 조선인 차별대우, 일본에서의 조선인 학살, 만주에서의 조선인 이민모집, 도시에서 쫓기어나서 변두리로 이사 가는 조선인 가족들──불유쾌하고 몸서리처지는 뉴스 투성이이었다. 일본인에게 읽히기 위하여 내는 일본문 신문이 아니라, 조선인에게 읽히기 위하여 조선인이 내는 조선 신문들이 모두 이 꼴이었다.

기차는 그냥 달렸다. 허허벌판인 만주 평야를 꿰뚫으며 줄기차게 달리는 것이었다.

웅덕이의 조름은 더욱 더 멀어가기만 하고 정신이 더 또렷해가기만 했다.

덜커덩 덜커덩하는 바퀴 소리가 웅덕이의 귀에는 "망국노, 망국노, 꼴 봐라, 꼴 봐라, 어데루, 어데루, 망국노 망국노, 이놈아, 이놈아, 웅덕아, 웅덕아, 덜난 놈, 덜난 놈, 망국노, 망국노"로만 들렸다. 한분한초도 쉬지 않고 기차바퀴는 웅덕이를 정죄하고 있는 것이었다.

7

이튿날 밤 황보웅덕이는 북평 남문 밖 어떤 중류 여관 딱딱한 떠불벳 위에 활개 펴고 누워 있었다. 어제밤 기차에 좁고 짧은 침대에서는 새우처럼 꼬부리고 누워서 옴짝 못하면서도 거의 뜬눈으로 새우다싶이 했으나 지금 이 넓고 긴 침대위에서는 바로 눕거나 모로 눕거나 엎치락뒤치락 자유자재로 움직일 수 있음에도 불구하고 그는 좀체로 잠을 들지 못했다.

중국인들만이 와글와글하는 고장에 왔으나 제이고향에 온 것 같은 기분이기는 하면서도 여러 가지 잡념과 불안이 그의 몸과 마음을 고문하는 것이었다. 아무리 생각해 봤댔자 생각만으로는 해결될 수 없는 문제요 생각하면 할수록 더욱더 민망해지기만하고 초조해지기만 하는 것이어서 오늘 새벽부터의 일을 찬찬히 새김질해 정신을 수습해보려고 애썼다.

만주 장춘발 북평행 급행열차가 산해관[64] 역에 다달은 때는 동이 틀 때였다. 황해바다 동쪽 수평선에서 얼굴을 내미는 해는 살을 부채살 펴듯 펴서 만리장성 검푸른 담에 장미꽃빛 광채를 수놓았다.

웅덕이는 플랫홈으로 내렸섰다. 만리장성에 대한 전설을 어렸을 적부터 흔히 들어왔었고 사진도 더러 본 일이 있었으나 그 실물이 이처럼 너무나 엄청나게 웅장하고 위압을 주리라고는 예기하지 못했었다.

보통 풍경사진들은 실물보다 사진이 더 웅장하고 아름답게 보이는 것이 원측인데 이 장성 실물은 사진보다 몇 백배 더 장엄하고 위대하게 보였다.

넋을 잃고 까맣게 높은 성벽을 한참 쳐다보고 있던 그의 눈은 산맥을 따라 구불구불 기어가는 것 같은 용중에도 제일 큰 용의 몸집을 따라가면서 더욱 더 크게 띄어지고 입까지 쫙 벌렸다.

장관의 장관이오 신비의 신비였다.

수다한 전설의 근원이 되고 조선서 부르는 노래가락의 가사까지 되어 있는 이 장성은 수백만 명 사람들의 땀과 피의 결정체였다. 서울을 둘러싼 성곽에 비하면 배나 더 높은 이 성곽은 돌로 쌓여진 것이 아니라 반발씩 되는 검푸른 벽돌로 쌓여진 것이었다.

기초 한길만은 돌이었으나 그 크기가 사방 여섯 자였다.

서울 성곽에만 눈에 익었었던 그가 소주 성을 두룬 성곽을 처음 볼 때 입을 벌렸었는데 이 만리장성 모습에는 기가 탁 질리고 말았다. 참말로 만리나 되는 긴 성을 내내 이 모양으로 쌓았을까! 석자 길이밖에 더 안 되는 꼬마 폭포를 묘사 할 때에도 비류 삼천척(飛流 三千尺)이라고 과장하고 먼지가 날리는 광경도 홍진만장(紅塵萬丈)[65]이라는 등 엄청난 과장을 즐기는 중국 사

---

64 산해관 : 山海關. 중국 만리장성의 동쪽 끝에 위치한 베이징으로 가는 중요한 관문.
65 홍진만장(紅塵萬丈) : 햇빛에 비치어 붉게 된 티끌이 높이 솟아오름.

람들인지라 역시 과장이리라고 생각되기는 했으나 이런 성곽을 단 백리라도 정말 쌓았다면 그것만으로도 세계의 자랑일수 있으리라고 그는 생각했다.

플랫홈에는 팟죽장사, 순두부 장사, 국수 장사, 쇼빙과 유자꿰 장사, 삶은 달걀장사, 삶은 물밤 장사, 줄에 줄렁줄렁 꿴 아가위[66] 장사, 시뻘겋게 색칠해 구운 통닭장사 등 상해거리에서 보던 그대로였다.

뜨끈뜨끈하는 순두부 두 사발로 요기하고 나서 조선 돈 五전짜리 백동전 한 푼을 주었더니 육중한 중국 동전 몇 푼을 거슬러주는 것이었다. 통닭 장사에게 一원짜리 지폐 한 장을 주고 그 돈어치 닭을 달라고 했더니 닭 여섯 마리를 꺼칠꺼칠한 마분지에 싸서 주었다. 十전에 수무개 주는 깨묻힌 쇼빙[67]도 사서들고 그는 차에 올랐다.

기차가 떠나자 중국인 판매원들이 물수건도 돌리고 차도 딸아주었다. 달리기 시작한지 반시간도 못되어 평야를 달리기 시작했다. 만리장성 근방 험준한 산악지대가 언제 어데 있었드냐는 듯이 무연한 수수밭 평야 속을 기차는 맴돌고 있었다.

얼마 뒤 수수밭은 논으로 대치되었다.

지평선 끝까지 누렇게 익은 벼가 흐늑흐늑 파도치고 있었다. 그 황금빛 파도위로 큰 구름떼들이 그림자를 던지면서 지나가고 있었다. 웅덕이는 하늘을 쳐다봤다. 금시 그의 눈은 둥그래졌다.

구름떼 중 하나가 급속도로 논 위로 내리덮이는 것이었다. 구름이 아니고 파들파들 나는 곤충 떼였다. 수만 마리의 곤충 떼.

"메뚜기로구나!" 하고 웅덕이는 부지중 소리 질렀다. 미국인 여류 소설가 펄 벅이 써 내놓은 대지(大地)에서 메뚜기 떼가 주는 피해 상을 읽었던 일이 회상되었다. 그러나 메뚜기 떼가 이렇게 많이 거의 하늘을 덮도록 집단적

---

66 아가위 : 산사나무 열매.
67 쇼빙 : 소병(중국과자).

으로 습격하는 것이라고는 상상하지 못했었다. 몇천 아니 몇만 마리의 메뚜기가 논에 내려앉아 한꺼번에 벼를 다 먹어버리고 나서 유유히 그 다음 논으로 떼 지어 날아간다는 것은 몸서리쳐지는 광경이었다.

좀 넓은 논뚝마다 남녀노소가 다 모여서 싯벌건 깃발을 마구 흔들고 꽹과리를 때리면서 아우성을 치며 날뛰었다. 그러나 메뚜기들은 소경인양 귀먹어리인양 한 뙈기를 다 뜯어먹고는 와그그 날아올라 다음 뙈기로 가서 내려앉는 것이었다. 메뚜기 떼들이 달리는 기차 좌우 쪽을 싸고 따라오는 것인지 기차가 메뚜기 떼 속에서 그냥 맴돌고 있는 것인지를 분간할 수가 없었다.

공중을 떠돌고 내려앉고 올라 날고 하는 메뚜기 떼 모습은 몇 시간을 가도 꼭 같고 변하는 것은 아우성치고 발버둥치며 싯벌건 기치를 날리고 징을 울리는 농민들의 모습뿐이었다. 기차 궤도 연변 사·오백리 수천 동리들 주민 전부가 뚝에 나서서 안절부절 하는 것이었다. 기차 타고 가는 웅덕이의 안계가 못 미치는 지평선 저쪽 광경도 대동소이하리라고 그에게는 생각되었다.

곤충의 횡포! 인류의 과학이 제아무리 고도로 발달된다 하더라도 곤충과의 생존경쟁에는 결국 패배하리라고 예언하는 글을 웅덕이는 읽은 적이 있었다. 종말에 가서 이 지구상 인류는 멸종되고 곤충의 독차지가 되리라는 무시무시한 예언이었다.

처음에는 신기하게 보이었던 메뚜기 떼 행패가 얼마 못가서 괘씸하고 밉게 보이고 속수무책으로 갈팡질팡하는 농민들이 측은하게 보였으나 그것도 몇 시간 내리 계속 보게 되자 별반 흥미를 자아내지 못하는 평범한 일이 되고 말았다.

오후 여섯 시 반 북평역 앞 광장에 나선 웅덕이는 인력거군들에게 포위당하고 말았다. 포위망을 겨우 뚫고 나간 그는 우선 역전 전장(錢將)으로 가서 조선 돈을 중국 돈으로 바꾸었다. 조선은행권 一원이 중국돈 五각(五十전)이었다.

인력거를 잡아타고 "커잔" 하고 그는 말했다. 여관을 상해서는 '커재'라고 하는데 아마 북경 발음으로는 '커잔'이라고 할상 싶어서 그렇게 말한 것이었다. 인력거군은 의사스런 얼굴로 웅덕이를 바라다 볼 뿐이었다. '커잔'을 대여 세번 연거퍼 말해도 인력거군에게는 통하지가 않았다. 할 수 없이 웅덕이는 두 손바닥을 합쳐가지고 왼들 볼에 갖다 대고 고개를 개우뚱하게 잠자는 시늉을 해보였다. 그때에야 버룩 웃는 인력거군은 고개를 끄덕이더니 돌아서서 달리기 시작했다.

첸먼(前文)이라는 현판이 붙은 남문은 서울 남대문 보다 十배나 더 커보였다. 번화가 복잡한 거리를 달릴 때 웅덕이는 여관 간판 붙은 집을 찾기에 눈이 벌겠으나 눈에 띄이지 않았다. 얼마 뒤 인력거는 한적한 주택지대로 들어섰다.

이 자가 고등 호텔로 모시려나? 하는 생각이 든 그는 저윽이 불안을 느끼었다. 호주머니가 든든치 못했기 때문이었다.

여관 간판이건 아무 간판도 달려 있지 않은 주택처럼 보이는 집 앞에 인력거는 섰다. 대문은 좍 열려 있었다.

응접실이 그리 넓지는 못했으나 고급 가구로 가득 차 있는 방이었다. 까만 칠을 올려 반들거리는 참나무 교의 위에는 수놓은 비단 방석이 깔려 있고 비단보 씨운 탁자, 사방 벽에 걸리어 있는 십장생(十長生)화폭들, 사치한 응접실이었다.

교의에 앉자마자 문밖에서 무어라고 고함지르는 소리가 나더니 마구자까지 입은 점잖은 중년 사나이가 들어서서 두 손을 모아 쥐어 인사했다. 바로 그 뒤를 따라 묘령의 여인 하나가 헌겁 신을 신고 소리 안 나게 문안으로 삽분 들어섰다. 남자가 소리를 지르는데 화류계 여자 이름이었다. 여자가 치마를 입지 않고 바지저고리 바람인 것으로 보아 매음녀에 틀림없었다. 얼굴 화장은 안했으나 빛이 강한 원색 옷을 입은 그녀는 방긋 추파를 던지고는 밖으로 나가버렸다. 뒤이어 다른 여자가 들어서고 남자는 그녀 이름을 크게 불렀다.

몇 해 전 소주 성의 어떤 여관에 들었을 때에는 매춘부 수십 명이 한꺼번에 침실로 몰려 들어와 선을 보이는 것을 웅덕이가 경험해본 일이 있었는데, 여기서는 응접실로 갈보 하나하나씩 들여보내면서 이름까지 불러 선을 보이는 것이었다. 웅덕이는 저윽이 놀랐으나 '눈요기쯤 공짜로 한들 어떠리.' 하고 그냥 앉아 있었다. 七, 八명 가량의 여인 선을 보이고 난 남자는 무엇이라고 말을 하는데 알아들을 수가 없었다.

"색시는 소용없으니 침실로나 인도해주지오." 하고 상해말로 말했다. 남자는 "덩이덩" 하고 말하면서 손짓으로 좀 기다리라는 시늉을 하고는 밖으로 나갔다.

좀 있더니 노파 하나가 그 외씨[68]같이 적고 뾰죽한 발로 되똥되똥하면서 걸어 들어왔다. 그녀는 유창한 상해 말로,

"아직 어둡지가 않아서 색시들이 다 모여들지 않아 미안합니다." 하고 말했다. 알아들을 수 있는 상해 말에 반색을 하는 웅덕이는

"나는 색시는 소용없고 며칠간 묵기만 하려고……."

"아아 여긴 여관이 아닌데요." 하고 노파가 말했다.

"베찡에는 첨 오는 길이라서 몇도 모르고 양처군한테 그냥 끌려왔는데……."

"아니 여관으로 가서 적적하게 혼자 주무시는 것보다 이왕 오신 김이니 여기서 재미 보도록 하시지오. 밤이 되면 수十명 색시가 모여들고 상해색시도 서너 있어요."

"아니, 며칠 묵어야 하겠으니 어데 가까운데 여관이나 알려 주시오, 이 고장말을 몰라노니 참 밤에 심심하문 놀러 오지오." 하면서 웅덕이는 가방을 들고 일어섰다.

노파는 가방을 빼앗으면서

"이 고장 말이 서툴러서 그러시는군요. 제가 여관을 잡아 들이지오." 하

---

68 외씨 : 오이씨.

고는 되똥되똥하면서 앞서 걸어 나갔다. 그 뚱뚱한 몸을 그 작은 발이 받들 어주는 것만도 기적처럼 보이는데 걸음걸이가 꽤 빠른 것이 참으로 신기했 다. 여자 발을 조이지 않는 만주족이 정권을 잡은 지 三백여년이나 되었는 데도 구습을 지키는 한족 여인은 지금 투쟁이 실로 호구를 하고 있고나 하 는 생각이 든 웅덕이는 갑자기 민족 흥망성쇠를 느끼는 감상가가 되여버렸 다.

대문밖에 나서서 인력거 한 채를 잡아 세운 그녀는 그 인력거군에게 북 경말로 무엇이라고 지꺼려대더니 웅덕이에게로 고개를 돌리며 상해말로

"이관 이름은 북경 말로 칭풍입니다. 칭풍이라고 하면 모르는 양처군이 없으니 밤에 꼭 들려 재미보세요." 하고 신신당부 하는 것이었다.

이렇게 되어 그는 남국밖 여관에 들게 된 것이었다. 뒤에 안 일이었지만 '켜잔'이란 말을 인력거군이 못 알아들은 이유가 있었다. 북경 말에는 꼭 같 은 음에도 사성(四聲)이 있었기 때문에 이 사성발음을 제대로 똑똑이 내기 전에는 알아듣지 못한다는 것이었다. '켜잔'이라고 해서는 안 되고 '켜우 짠'이라고 발음하면서 '켜'에 약간 힘을 주고 '우"를 약하게 다시 '짠'은 아주 강하게 발음했어야 한다는 것이었다.

"그런들 원 기차가 방금 와 닿은 역 앞에 가방 들고 나선 사람이면 여관 으로 모실만한 쎈쓰도 없이 양차를 끌어 먹자니 하긴 덕택에 공짜 눈요기는 했지만." 하고 말하면서 웅덕이는 껄껄 웃었다.

아침 조반으로는 흰 죽에 소금 발라 볶은 호콩을 반찬으로 하여 상해시 절 생활을 재음미했다.

웅덕이는 베치즈 거리에 있는 협화 의원을 찾아갔다. 여관을 나서기 전 에 그는 '북지자 협화의원'이라고 한문글자로 써놓은 쪽지를 하인에게 보여 주면서 북경발음을 여러 차례 반복하여 배워가지고 나선 것이었다.

협화의원은 '북경 연합 의과대학' 부속병원 이름이었다. 미국인 석유왕 럭키펠러 재단에서 운영하는 대학이었다. 웅장한 五층 건물은 최신식 서양 병원 건물인데 지붕만은 중국식 청기와였다.

현관에서부터 영어가 통했다.

"딱터 김을 좀 만나려고 왔는데요." 하고 영어로 말했더니 중국인 사무직원이

"三층十호 연구실로 가 보시지오." 하고 영어로 말했다.

여러 가지 약냄새가 뒤섞여 나는 복도 흰 까운을 입고 흰 두건을 쓴 간호부들이 종종 걸음하고 진찰 차례를 기다리는 환자들이 뻰취에 앉아 있는 모습 등은 그 의상이 다를 뿐 어데서나 볼 수 있는 광경이었다. 그러나 그 복도가 너무나 엄청나게 넓은 것과 바닥이 대리석인 것이 어마어마하였다. 뒤에 들은 이야기이지만 딱터 김의 아버지가 아들이 근무하고 있는 이 병원 구경을 왔다가 대리석 현관에 들어서면서 고무신을 벗고 주저앉아서 "야 이거야 이거!" 하고 감탄하면서 손바닥으로 자꾸만 살살 쓸고 있었기 때문에 간호부들이 허리를 잡고 웃었고 딱터 김은 얼굴이 홍당무가 되어 쥐구멍을 찾고 있었던 일이 있었었다는 것이었다.

딱터 김은 놀라면서도 무척 반갑게 웅덕이를 마지하였다.

"소식두 없이 어떻게 이게 얼마 만이오!" 하고 되뇌이면서 딱터 김은 웅덕이 손을 오래오래 놓지 않고 마구 흔들어댔다. 상해대학 二학년까지 웅덕이와 한 클라스에서 공부하다가 북평 연합의과대학예과 입학시험 치르려고 북평으로 왔던 김국일이었다. 그가 외과의로 수술에 능하다는 소문이 상해 한국인간에 퍼져 있었었다.

간호부가 들어와서 수술 준비가 다 되었다고 알리었다.

"오늘 바쁘오?" 하고 국일이가 물었다.

"별루."

"그럼 나 수술하는 구경 좀 할래?"

"괜찮을까?"

"따라 와."

둘이서는 수술 준비실로 들어갔다. 조수인듯한 중국인 의사에게

"딱터 황보를 소개합니다. 이분 역시 외과의사입니다." 하고 엉뚱한 소

개를 국일이는 했다.

이 손님을 수술실로 모시려는 것이라는 것을 눈치챈 간호부가 수술복을 웅덕이에게 입히어주었다. 웃음을 가까스로 참는 웅덕이는 절에 간 색시 노릇을 했다.

대학 재학시 그리 좋은 성적을 내지 못했었던 국일이의 수술 솜씨에는 놀라지 않을 수 없었다. 재주라는 재주는 모두가 손가락에 집중되어 있는 것같이 느껴졌다.

수술을 끝내고 다시 연구실로 온 때

"오늘 수술이 세 차례나 있구 강의시간도 있기 때문에 오후 다섯 시까지 난 눈코뜰새두 없는데 어떻게 하나? 구경이나 다니다가 오후 다섯 시쯤 다시 들여 줄 수 없어? 저녁식사나 같이 하게." 하고 국일이가 말했다. 말하는 태도가 따돌리려고 하는 것 같은 기색은 별로 아니었다.

웅덕이는 배치로즈거리 북쪽을 향하여 거닐었다. 순전히 외국인 고객을 상대로 하는 상가처럼 보이는데 양품점, 의류점, 귀금속 전문 상점, 쑤부니어 전문점, 양탄자점, 골동품점, 순서양식 문방구점 등이 즐비해있는 거리로 인도에 내놓은 노점은 하나도 없는 깨끗하고 아담한 거리였다. 서양인이 경영하는 점포도 더러 있었다. 남문 밖 중국인 상대 상가에 비하면 한산하기 그지없는 상가였다.

첫 네거리에 잠시 서서 사방을 둘러보았다. 북쪽은 울창한 가로수가 뒤덮힌 주택가요, 동쪽 길 좌우 쪽은 전형적인 중국식 상가였다. 서쪽에는 다리가 놓여 있고 그 다리 건너 쪽에는 까맣게 높은 붉은 흙담이 서 있는 막다른 골목이었다. 싯벌건 담 위에 지붕처럼 기와를 이었는데 그 기와는 황금빛으로 빛나고 있었다.

웅덕이의 발은 자연 그 쪽을 옮겨져 갔다.

다리 밑은 연꽃나무로 가득 차 있는 폭이 꽤 넓은 운하였다. 왕궁 밖으로 둘러 판 운하임에 틀림없다고 그는 생각했다. 왕궁 사이를 둘러 판 운하는 일본 도꾜에서도 그는 늘 보아왔었다. 일본 왕궁 밖 운하 가장자리에는 소나무가 서 있었는데 이 북평 왕궁 밖 운하 가장자리에는 수양버들이 늘어져 있었다. 도꾜 왕궁성곽은 고색창연한 돌 성곽이었는데 이곳 왕궁 성곽은 황기와 지붕을 가진 붉은 흙담이었다.

다리를 건너 그 담 가까이로 가보니 북쪽으로 얼마 안 가서 담 위에 지은 八각당이 아담한 자태로 서 있는데 기둥 틀은 전부 적색이오, 지붕은 황금색이었다. 남쪽으로 얼마 머지않은 곳에 역시 누런 기와를 이은 큰 문이 있었다.

그 문 홍여[69]에는 태묘(太廟)라고 쓴 현판이 달려 있었다. 입장료는 五전이었다.

태묘 안 뜰은 수백 년 이상 묵어 보이는 늙은 향나무들로 가득 차 있었다. 향나무 맨 꼭대기마다 하얀 학들이 도사리고 앉아 있기도 하고 날아오르기도 하고 내려앉기도 했다. 나무 아래 습한 풀밭은 학 똥 천지였다.

담 안에 있는 또 하나의 담 안으로 들어서니 웅장한 건물이 서 있었다. 청(淸)나라 대대손손 황제와 황후들의 신주를 모신 사당이었다. 간간 문이 다 좌 열려 있어서 뒷벽에 세워 논 위패들과 향노와 제사상이 빤히 들여다보였다. 위패 모신 건물은 앞뒤 二동이었다. 뒤 건물 맨 마지막 간은 은근 방이 아니고 반간방이었다. 웅덕이는 뒤돌아서 걸어가며 二동 건물의 방 수효를 세 보았다. 모두 三十二간 반이었다.

다시 안담 밖으로 나온 그는 참대로 엮은 긴 의자와 나무탁자가 있는 것을 발견하고 그 긴 의자에 비스듬이 누워 앉았다. 저쪽 다방으로부터 남자 급사가 차 쟁반을 들고 왔다. 우선 물수건을 웅덕이에게 준 그 급사는 탁자 위에 차잔을 놓고 차를 붓고 수박씨 한 접시도 놓았다. 웅덕이는 동전 다섯 푼을 주었다.

조용하였다. 지나다니는 구경꾼도 드물고, 도시 소음으로부터도 멀리 떨

---

69 홍여 : 여기서는 홍예문(虹霓門). 문의 윗부분을 무지개 모양으로 반쯤 둥글게 만든 문.

어져 있는 자금성(紫金城) 구석 정원 한 구퉁이에 편히 누워 있으니, 참대 가죽 의자가 좀 불편하기는 하나 조름이 사르르 왔다. 자금성이 一九一二년 전까지는 서양인들이 '금지된 도시'라고 불렀던 황궁이었었다. 지금 그가 五전 내고 들어와서 값싼 차를 마시고 누워 있을 수 있게 된 것은 손일선[70]이의 덕택이었다.

잠시 잠들었던 것 같은데 깨서 시계를 보니 오후 네 시였다.

배가 출출한 것을 느꼈다.

김국일이는 그가 근무하는 의과대학 사택 촌에 살고 있었다. 二층 벽돌 양옥이었다.

웅덕이를 마지하는 미쎄스 김은 키가 호리호리하고 허리가 가는 중국 여자였다. 동그란 얼굴이 감으잡잡하고 올롱한 눈 가장자리는 검어스리한 여자인데 악수하는 그녀의 손이 웅덕이 손바닥에 싸늘하고 딱딱한 기분을 느끼게 해주었다. 아름다운 얼굴이라고 할 수는 없었으나 어덴가 애교가 있는 여자요 남쪽 북건성 사람 타입이었다.

중화민국은 五족의 연합체로 이루어진 공화국이었기 때문에 건국 초 국기는 五색으로 되어 있었다. 한족, 몽고족, 만주족, 모족, 하까족등 五족인데 각 족속 언어 풍속이 다를 뿐 아니라 얼굴모양도 상당히 달랐다. 북건성 일대는 하까족의 근거지였다.

현관 이층으로 올라가는 층층대, 응접실이 모두 순서양식이고 창문에 드리운 커텐 방바닥에 깐 카펫까지도 서양식인데 가구만은 동서양 절충이었다. 순 서양식 수전식 변소 겸 욕실인 방으로 들어가서 세수를 하고 나오자 딱터 김의 두 어린 딸이 중국옷을 입고 웅덕이 앞으로 와서 중국식 절을 했

---

70 손일선 : 손문(孫文, 1866~1925). 중국의 혁명적 민주주의자. 반청 혁명을 목표로 하여 1894년 흥중회를, 1905년 중국혁명동맹회를 설립했고 1911년 신해혁명에서 임시대통령에 추대되어 다음해 중화민국의 성립과 동시에 대통령에 취임하였지만, 원세개에게 양보하고 사임하였다. 그의 사상은 객관적으로는 부르주아적 민주주의자였지만 스스로는 사회주의자라 자칭했으며, 혁명적 민주주의, 자본주의의 길을 거치지 않는 사회개혁, 그리고 토지개혁도 목표로 했다.

다. 앞머리를 내리워 이마 절반을 가리운 것도 중국식이었다.

"오냐 참 이쁘구 얌전하구나." 하고 웅덕이가 조선말로 말했더니 두 소녀는 못 알아듣는 양 말뚱말뚱 쳐다보기만 했다. 딱터 김이 북경말로 통역해 주니까 그녀들은 수집어하면서 몸을 꼬았다.

식당 설비도 순 서양식이었다. 납킨이 식탁위에 놓여 있는 것까지도 그러나 식탁에 놓인 기명은 중국식이어서 용을 그린 접시 옆에 상아 저까락과 쥘손이 거의 없는 토깡(숫깔)이 놓여 있었다. 중국인 남자 쿡이 들고 들어오는 음식은 순 북평식 요리였다.

식사 때 회화는 조선어 영어 북경어 상해어가 뒤섞여서 두서없는 회화였다. 딱터 김의 아내는 북경어, 상해어 영어가 모두 다 유창했다. 조선어는 국일이와 웅덕이 단 둘 간에게 만 통하는데 그들 둘이서 조선말을 하면 부인과 딸들은 신기하고도 의아스러운 표정으로 바라다보았다. 그러나 부인의 얼굴에는 좀 못마땅해 하는 눈치가 있다는 것을 눈치 챈 웅덕이는 조선말은 쓰지 않기로 조심했다.

식사가 끝나자 다시 응접실로 가서 커피도 마시고 담배도 피우는 것은 서양식이었다. 서양식 예의를 차리는 부인은 영어로 웅덕이에게 잠시 용서를 빈다고 하고는 딸들을 시켜서 손을 흔들며 〈엉클 굳나잇〉을 부르게 하고는 앞세우고 二층으로 올라갔다. 국일이도

"나두 잠시 올라갔다 와야겠으니 잠깐만 기달려 주어요." 하고 뒤따라 올라갔다. 단란하고 행복스러운 가정, 하고 생각하는 웅덕이에게 후잉난 생각이 왈칵 났다. 후 양은 이 미쎄스 김에 비하면 훨씬 더 아름답고 얌전한 처녀이었었다. '조국이 날 받아들이지 않을 줄 미리 알았더라면 후 양과 결혼해서.' 제절로 한숨이 나왔다.

국일이는 금시 도로 내려왔다. 파입에 담배를 담으면서,

"며칠간이나 여기 머물을 예정이오?" 하고 물었다.

"며칠 걸리면 북경 구경이 다 끝날 수 있겠오?" 하고 웅덕이는 물었다.

"그야 구경 나름이지. 최소한 열흘은 가져야할걸 그동안 우리 집에 와서

머물도록 해요. 방금 내 처 승락이 내렸으니……."

"아니 딱터는 굉장한 판관[71]이구만."

"그런게 아니라 아내가 본 우리나라 사람 인상이 매우 나빴기 때문에 나두 그동안 골칠 알았어. 내 실수기는 했지만 결혼한 지 얼마 안돼서 친구 하나를 집에 초대했는데 이 작자가 예의도 통 지키지 않구 조선말로만 지꺼려대면서 마누라 흉을 봤단 말이오. 말은 알아듣지 못하면서도 눈치는 채고 저를 모욕했다구, 우리나라 사람이면 다 그러리라구 착각을 하구 있었어. 그런데 오늘 아내가 웅덕이한테 홀딱 반했어. 내가 질투를 느낄 정도야. 그만큼 내 아내는 솔직하기두 하구 보통 파쓰가 아니라 우등 파쓰거든. 지금 당장 짐을 옮겨오라는 거야. 아, 잠깐 내 전화 좀 걸구."

문밖에 나서서 인력거를 붙잡자 국일이는 "빼이하이" 하고 인력거 군에게 말했다. 인력거는 전문과는 반대방향으로 달리기 시작했다.

"전문 밖 여관에 방을 잡았는데." 하고 웅덕이가 말했다. "아직 초저녁인데 북해 구경부터 하구."

상당히 복잡한 상가를 달리고 있는데 그 소음 속에서 웅덕이는 청아하게 우는 꾀꼬리 소리를 들었다. 고개를 돌려보니 어떤 상점 문 위에 새장이 여러 개 달려 있었다.

석양이 깃들이기 시작하는 고궁 높은 담정을 끼고 달리노라니 중년 사나이 사오 명이 새 초롱을 하나씩 들고 담 밖 가까이 산보를 하고 있었다. 고궁 안에 자유롭게 자라는 새들이 부르는 노래를 조롱 속 새에게 들려 배워주려고 매일 그곳을 거닌다는 것이었다.

북해는 청조 말기 서태후(西太后)[72]가 자기 공원으로 지어놓은 것이었는데 지금에는 서민들도 입장료 五전만 내면 들어가 놀 수 있게 된 공원이었다.

71　판관 : 判官. 심판관, 재판관.
72　서태후(1835~1908) : 19세기 말과 20세기 초 중국의 혼란기에 황제의 권위를 무력화 시키고 국정의 실권을 쥐고 흔들었던 여걸. 말년에는 사치와 향락으로 지내 국고를 탕진하였고 청나라 마지막 황제인 세살짜리 부의(溥儀, 1906~1967)를 세우고는 병사했다.

평지를 파서 못을 만들고 그 흙으로 산을 만들어 왔는데 그 못은 향주 서호만큼이나 크고 산은 평양 모란봉의 열 곱절은 되었다. 이 산 상상봉에는 보통 절에서는 볼 수 없는 이상한 탑이 서 있었다. 그 탑은 라마교[73] 절탑이라고 국일이가 설명했다. 이 라마교식 탑은 사리를 겸한 것인데 서태후가 총애하던 라마승이 죽자 그 시체를 화장하고 재여서 골라낸 사리를 함에 넣어 안치하고 그 위에 탑을 세웠다는 것이었다.

못을 면한 산 아래턱 가장자리는 돌난간이 세워져 있는데 돌기둥 개개다 용이 아니면 봉황새 모양 조각이 색여져 있었다. 돌난간 바로 위에는 다방과 요리집들이 줄지어 서 있었다. 이 건물들을 바치고 있는 아름드리 기둥들은 모두 붉은색이오 천정에는 오색이 영롱한 용, 봉황새, 연꽃, 나한들의 상들이 그리어져 있었다.

방바닥은 사방 석 자나 되게 큰 푸른 벽돌로 깔려 있었다.

국일의 뒤안 따라가는 웅덕이는 기암괴석으로 쌓올린 굴속으로 들어섰다. 꽤 어둑신했으나 머리 위로 어슴푸레한 황혼이 들여다보고 있어서 발을 헷디딜 염려는 없었다. 몇 걸음 안 올라가서 굴이 꺾이는데 그 모통이에 판판한 돌 하나가 의자 비슷하게 놓여 있었다.

"아직 장가 안 들었다구 했지. 여기 한번 앉아보라구. 오늘 밤 당장 서태후 침실로 모셔갈 것이니깐, 단, 쪽 벌거벗구서." 하고 말하는 국일이는 하하하 웃었다.

굴 꺾이는 곳마다 판판한 돌이 앉기 좋게 놓여 있었다. 이 돌 자리에마다 미혼인 미남자들 하나식은 벌거벗겨 앉히워놓고 서태후는 이굴을 오르내리면서 그들 몸을 애무해주다가 마음에 꼭 드는 자가 있으면 내시에게 명령하여 그날 밤 그녀 침실로 데려가군 했었다고 하는 것이었다.

이 인조 석굴은 라마 탑 옆에서 끝났다.

---

73 라마교 : 불교가 티베트에 들어가 만들어진 불교의 일파로 중국의 만주, 몽고, 부탄, 네팡에 널리 퍼져 있다. 특히 만주족을 세운 청나라 때 라마교는 중국에서 융선하였다.

그들은 이 탑 옆 노천 다방에 자리 잡고 앉았다. 남쪽 일대에는 빈터는 별로 없이 건물과 담만으로 빽빽하게 가득 찬 지밀[74] 내궁이었다. 그 황금빛 지붕들은 저녁노을에 반사하여 눈이 부시도록 번쩍거리고 있었다. 장관이었다.

서쪽에는 중남해라고 하는 인조 못이 있어서 북해 못지않게 흐늑거리고[75] 있었다. 생전 처음 보는 아름다운 풍경이었다. 동쪽과 북해 담 넘어 북쪽은 황혼이 깃들인 삼림이었다.

"시가지에서 그리 멀리 오지 않은 것 같은데 시가지는 보이지가 않으니 이상한데." 하고 웅덕이가 중얼거렸다. "저기 저기 저기 동서남북이 다 시가지지. 그러나 거리마다 집 뜰마다 나무가 너무 빽빽하게 들어섰기 때문에 웬만한 고층 건물이 아니면 나무잎에 가려서 보이지가 않는 것이지. 한바퀴 둘러볼까? 저기 저것이 북문인데 그 북문까지 집이 꽉 들어차 있지만 보이지 않는 거요 저기 저것이 남문. 남문께는 고층건물이 더러 있어서, 저것이 북경호텔……."

"아, 이거 무슨 바람이 불어서!" 하고 반갑게 말하는 목소리가 뒤에서 나며 웅덕이 어깨를 치는 사나이가 있었다.

안응권이었다. 응권이는 상해 교통대학 재학 중 스포츠맨으로 날리던 조선 사람이었다. 축구, 야구, 농구 선수였었는데 스포츠 관계로 웅덕이와는 자주 만나군 했었던 지기지우[76]였다.

"아 자네두 북평 와 있었구만 난 몰랐어." 하고 제치면서 웅덕이의 손을 좀체로 놓지 않고 그냥 흔들었다.

"아까 딱터 김 전화 받구 나두 깜작 놀랐어. 반가워 참 반가워. 뜻이 통하는 동포가 너무나 없어서 참 적적하거든."

---

74 지밀 : 至密. 지극히 은밀하고 비밀스럽다는 의미에서 대전, 내전 등 임금이 늘 거처하던 곳을 이르던 말. 대전, 내전 등이 있다.
75 흐늑거리고 : 흐느적거리고.
76 지기지우 : 知己之友. 자기의 속마음을 참되게 알아주는 친구.

중국차를 호박씨 수박씨 안주로 홀짝 홀짝 마셔가면서 세 사나이의 이야기는 끝이 없었다. 그러다가 웅덕이가 정처 없는 길을 떠났다는 말을 하자 응권이는 와락 달려들어 웅덕이 두 손을 다 꽉 잡았다.

"응 그래! 잘 왔어 잘 왔어. 우리 대학으로 와?" 하고 소리 질렀다. 웅덕이에게는 귀가 번쩍 뜨이는 반가운 말이었다. 안응권이는 조부 때부터 천주교 신자였다. 응권이가 체육학을 전공한 것은 아니었으나 그가 대학 재학 시 중국스포츠계에 명성을 떨치었고 一九二五년에는 중국팀의 한 멤버로 극동 올림픽에 출전했던 일도 있었으므로 북평에 신설하는 카토릭 계통 숭인대학에 체육 교수로 초빙되었던 것이었다.

"자네 전공이 영문과는 아니지만 영어를 가르칠 자격은 넉넉하지, 안 그런가! 그런데 일이 참 묘하게 됐어, 이번 학기에 새로 오기로 되어 있던 영어 교원이 그만 갑자기 올수 없게 되었거든 그렇잖아두 바루 오늘 아침 교수회에서두 영문과 과장이 야단났다구 걱정을 하던데 참 절호의 기회야. 낼 아침 우리 학교루 와. 문제없이 취직될 거야. 수업은 벌써 시작되었는데 갑자기 교수를 구하지 못해서 골치 앓구 있는 판이니." 하고 응권이는 서둘러댔다.

그날 밤 웅덕이는 국일의 집 객실에서 세상모르고 푹 잤다.

이튿날 아침 중국식 조반을 먹으면서 미세스 김은

"미스터 황보가 숭인대학에 취임할 가능성이 백퍼센트 있다지오. 참 좋아요. 오늘이 마침 토요일이라 내가 취임 축하연을 멋지게 차려 놓기로 했으니까 여섯시까지엔 꼭 돌아오셔야 해요." 하고 말했다.

안응권이의 소개로 웅덕이는 잉첸리라고 하는 영문과 과장을 그의 사무실에서 만나 봤다.

8

웅덕이는 상해대학 대학원 석사학위 증서를 숭인대학 영문과 과장 잉첸리 씨에게 제시했다. 어린 양가죽에 반들반들 빛나는 정자로 쓴 증서였다. 그는 졸업 앨범도 제시했다. 앨범 영문판 편집부장으로 황보응덕의 이름이 인쇄되어 있었다. 이런 증거물이 안응권이의 소개를 뒷받침해준 것이었다.

당장 취직이 되었다.

꿈같기만 했다.

응권이의 인도로 대학 근처에 있는 어떤 중국인 '뽀판'(하숙집)으로 가서 방 한간을 잡아 났다. 거기서 얼마 멀지않은 응권의 집으로 갔다. 김국일이 가족이 들어 살고 있는 협화의원 사택에 비하면 손색이 많은 집이기는 했으나 건물이나 정원이 순 중국식인 것이 응덕이 마음에 들었다. 중국옷을 입은 부인이 반갑게 마지해주었다. 언듯 봐도 응권이 나이보다는 十년도 더 젊어 보이는 여인이었다.

"상해서 얻어가지구 왔지." 하고 응권이가 말하는데 아주 흡족한 표정이었다.

"제가 인성 소학교를 다닐 때 황보 선생님을 가끔 뵈었어요." 하고 그 부인이 말했다.

조선식 점심 대접을 받았다.

응권이의 인도로 응덕이는 오후 한결 고궁 구경을 다녔다. 천안문 안으로 들어간 그들은 옛날에는 궁전이었던 건물들이 박물관으로 변한 여기저기를 구경 다녔다.

만조백관들로부터 황제가 국궁을 받던 근정전 층층대는 대리석으로 되어 있었다. 좌우 쪽 층층대로 걷는 시신들의 부축을 받아 왕 혼자만이 오르내렸다고 하는 통 대리석은 층층대로 되어 있지 않고 비스듬이 놓여 있는데 그 넓이가 한팔, 길이는 三十척가량되게 커보였다. 그 전면에 구불구불하는 용 모습이 조각되어 있었다.

"같은 값이면 다홍치마라구 이 용을 밟구 올라가 보지." 하고 말하면서 응덕이는 그 통 대리석 위로 올라섰다.

"에헴!" 하고 헷기침을 하면서 있지도 않은 수염을 두 손으로 쓰다듬어

내리는 시늉을 했다.

"왕의 걸음걸이는 어땠을까? 이랬을까." 하면서 그는 점잖은 걸음으로 천천히 발을 내놨다. 비눌 돋은 용 몸집 조각이 상당히 울퉁불퉁했기 때문에 조금도 미끄럽지는 않았다.

"이만하면 부축을 안 받고두 넉넉히 걸어올라 갔을 텐데, 왕이라는 것들은 모두 다리병신이었던 모양이지." 하고 크게 소리 지르는 웅덕이는 찌르르해 들어오는 통쾌감을 느끼는 것이었다. 조선 안에서 공부하는 학생들과 선생들은 수만 리 멀리 있는 일본 황궁을 향해서 아침마다 절을 해야만 되는데, 언제고 한번 일본 궁전도 이처럼 박물관이 되는 때가 있어서 일본 왕이 혼자만 거닐던 층계를 평민들도 맘대로 걸어 다닐 수 있을 때가 오기를 그는 갈망하는 것이었다.

건물 주인이야 바뀌건 말건 위엄을 어느 때나 지키면서 떡 벋히고 서 있는 그 고색창연한 건물 앞 좌우 쪽에는 아람드리도 더되고 세 길로 더 넘는 한 쌍의 청동 향노가 녹쓴 채 서 있었다. 향이 꺼진지는 오랬건만.

옥좌는 낡았으나 통나무를 파고 봉황새를 조각한 그 모습은 그대로 지니고 있었다. 이 옥좌 좌우 쪽에 파수병 모양 서 있는 장대에 꽂혀있는 공작새 깃도 퇴색되어 도리어 보기에 숭했다. 까맣게 높은 천정에 울긋불긋하게 그리어져 있는 봉황새와 연꽃과 팔선녀와 十장생들도 퇴색되어 있었다.

외국 사절들을 접견하는데 썼다는 건물은 골동품과 외국 정부에서 선사받았다는 서양 공예품의 전시장으로 되어 있었다. 입구 정면에는 뚱뚱한 장정 몸짓만큼이나 큰 초록색 옥이 서 있었다. 이 통 옥 전체에 산과 정자와 골짜기 흘러내리는 개울과 다리와 도사들과 승녀들 모습이 여실하게 조각되어 있었다.

유리창 안에 보관되어 있는 상아 제품으로는 필통, 산수, 풍경, 인물상, 동물상 등이 수두룩했고, 금은 좌명 옥그릇, 금강석, 비취, 호박 모두 눈이 부실 지경이었다.

세계 각국으로부터 선사받은 시계만 진열해 놓은 방으로 들어갔다. 수백 개의 형형색색 괘종과 좌종과 회중시계가 제각기 저부터 먼저 보아달라는 듯이 교태를 부리고 있었다. 뻐꾸기시계는 시들해 보일 정도로 많고 장방형 나무 궤짝 한 옆에 시계 판이 달린 이상한 시계는 비스듬이 누어 있었다. 이 시계는 태협을 감아줄 필요가 없이 하로 한번 방향을 바꾸어 누여놓기만 하면 제대로 간다는 것이었다. 길이가 여섯 자에 높이가 두자나 되는 금시계는 코끼리 형상이었다. 이 코끼리 입 좌우 쪽으로 뻗어 나온 이빨 사이에 시계 판이 놓여 있었고 그 긴 코가 왔다 갔다 하며 초를 세고 있었다. 그보다도 가장 이채를 띤 시계는 색색 유리로 만든 오리 새끼 열두 마리가 유리로 만든 못 한 가장 자리에 일렬로 서 있는 시계였다. 연못가에는 색유리로 만든 여러 종류의 나무가 서 있고 시계 판은 그 역시 유리로 만든 꼬마성당 뾰죽 탑에 붙어 있었다. 많은 구경군이 둘러서서 가끔 가다가 회중시계를 꺼내 보군하는 것이었다. 웅덕이도 시계를 꺼내봤다. 다섯 시 十분 전이었다. 이 오리새끼 떠있는 못 시계 시계판 바늘도 다섯 시 十분 전을 가르키고 있었다.

"이 시계가 시간을 알리는 꼴은 한번 볼만하니 十분이라두 기다려서 보구 가는 것이 좋을꺼야." 하고 구미를 도꾸었다.

지루한 十분이었다. 모든 눈은 이 시계 바늘 움직이는 데만 정신이 쏠려 있고 더러는 제 시계를 꺼내보기도 했다. 마침내 다섯 시 정각이 되었다. 뎅뎅, 땡땡, 땅땅 크고 적은 종소리가 진렬실을 가득 채우는 것 같고, 인조 뻐꾸기 우는 소리도 사방에서 났다. 그러나 사람들의 눈은 모두 열두 마리 오리새끼에 집중되어 있었다. 열한마리도 열세마리도 아니고 꼭 열두 마리인 것으로 보아 시간이 되면 이 오래새끼들이 어떤 동작을 하리라고 짐작은 갔었다. 아니나 다르리, 맨 앞에 있는 오래새끼 한마리가 고개를 간들간들하면서 못 가상자리를 빠른 속도로 한 바퀴 돌았다. 그 다음 오리가 또 돌고, 또 그 다음 이렇게 다섯 마리가 차례로 돌고는 더 돌지는 않는 것이었다.

그들은 황제의 거처실이 있는 궁 안의 궁으로 갔다. 가면서 응권이는

"청조가 망한 뒤 그 마지막 왕이었던 어린 부의가 이 건물 안에 연금되어

있었는데 염석산[77]이라는 독군이 북경을 점령하자 부의를 끌어내 죽여버린다는 소문이 돌았지. 이 눈치를 챈 일본 영사관에서 수위들을 매수해서 부의를 구원해 천진으로 피신시켰지. 천진에 일본 조계가 있으니까. 그날부터 이때까지 이 건물은 손 안대구 고대루 두어두었기 때문에 구경하면 재미있는 게 많아." 하고 설명했다.

건물 정면 낭하에는 건네줄 두틀이 매여져 있고, 여자용 자전거 한대가 놓여 있었다. 순 중국식 침실 옆에는 욕실이 있는데 그 욕실은 순 서양식이오 쓰다 남은 비누 조작과 구겨진 타올도 고대로 손안대고 놔두었다.

어린 부의가 공부하던 방 가구는 책상과 그 앞에 놓인 서양식 의자 한 개를 제외하고는 순 중국식이었다. 화류에 자개 박아 만든 평풍이며, 벽 옆에 붙여놓은 조그만 탁자 위마다 놓여 있는 옥과 비취와 상아로 만든 장식품을, 차종[78]과 차잔까지 모두 전시장에서 보던 것과 같은 골동품이었다. 그러나 부의가 앉아 공부하던 책상 위 장식이라고는 파란색 유리 속에 오층 탑 모형이 들어 있는 한 뼘밖에 더 안 되는 장난감이었다. 조선 내 백화점에서도 十전에 파는 일본제 장난감이었다. 그 옆에는 소학교 셈본책 제 二十四면이 펼쳐진 채로 놓여 있었다. 도망칠 때 얼마나 당황했었다는 것을 가이 짐작할 수 있었다.

*　　　*　　　*

"루밍춘"이라고 쓴 간판이 달려 있는 중국 요리집 이층 격리된 한 방에서는 十여 명의 남녀 손님들이 웅덕이와 응권이의 도착을 기다리고 있었다. 웅덕이가 아는 손님으로는 딱터 김 내외, 응권이의 아내, 그리고 十여년 전

77　염석산(閻錫山, 1883~1960) : 옌시산. 중국의 정치가. 타이위안(太原)을 거점으로 산시(山西) 면로주의(외교상의 불간섭주의)를 표방하고 독립왕국을 형성하였다. 반공내전에 패한 후, 타이완으로 건너가 총통부 자정 및 국민당 중앙평의원이 되어 반공저술에 전념하였다.
78　차종 : 찻종. 차를 따라 마시는 종지.

에 평양서 뵈운 일이 있었던 박 응수노인 뿐이었고 그밖에 사람들은 초면이었다. 굉장히 뚱뚱하고 키가 적고 말 상판을 가진 중년 서양여자는 박 응수씨의 부인이라고 소개받았다. 환갑이 다 되어 보이는 박 응수씨보다는 二十년도 더 젊어 보이는 여자였다. 뒤에 안 사실이지만 평양서 수十년동안 어떤 사립 전문학교 교수로 계셨던 박 응수씨가 이 미국인 여자의사와 눈이 맞아 사랑의 도피로 수년 전부터 북평에 와 살게 되었다는 것이었다. 딱터 스미드라는 미국 여자는 조선서 미슌 계통 병원에 의사로 재직 중에 박응수 교수와 연애를 하게 되었다는 것이었다. 그들의 연애는 사회에 굉장한 물의를 일으켰기 때문에 딱터 스미드가 권고사직을 받고 북평으로 와서 독일인이 경영하는 병원에 취직해 가지고 박 응수씨를 모셔다가 사랑의 보금자리를 폈다는 것이었다. 새파랗게 젊은 한국인 남자는 협화의원에서 인턴으로 일하고 있는 총각 의학도라고 소개를 받고, 그 남어지 중국 처녀들은 딱터 김의 처제들과 그녀들의 동창생이라고 소개받았다.

그들과 일일히 악수를 하던 웅덕이는 맨 마지막 악수하는 처녀 얼굴을 볼 때 가슴이 뭉클해 졌다. 이때까지 악수해온 처녀들은 그렇지가 않았었는데 이 처녀만은 얼굴을 붉히는 것이었다.

만찬 광경은 음식만은 중국요리였으나 대화는 일종의 국제 회합 같은 기분을 자아냈다. 영어는 누구에게나 다 통했고 그 다음이 상해말, 그 다음이 북평말이오, 조선말이 통하는 사람은 조선인들에게 국한되어 있었다.

싯벌건 둥근 식탁 하나에 일곱명식 둘러앉았다. 웅덕이가 주빈으로 앉은 식탁에 세 명의 처녀가 앉았다. 그러나 그의 눈이 한 처녀에게로만 자주 가는 것을 그는 억제하기 어려웠다. 바로 마조 앉은 그 처녀에게로 눈이 자주 가는 것은 당연한 일이었음에도 불구하고 그의 눈이 그녀 얼굴을 볼 때마다 그는 남들이 유심히 주목하고 경계하는 것같이 생각되어서 시선을 얼른 딴데로 돌리군 했다. 그가 외면하고 있을 때에도 그녀의 눈매가 그의 왼쪽 뺨을 간지럼 시켜주는 것 같은 이상야릇한 기분을 느꼈다. 그러나 정면으로 마주 바라다볼 용기는 나지 않아서 모르는 체하고 있다가 그녀의 시선이 딴 데로 간 것처럼 느껴질 때라야 그는 그녀 얼굴을 힐긋 도둑질해 보았다. 도둑질해보다가 그만 들켰다. 한순간 만났던 그들의 눈은 동시에 당황하게 서로 피했다.

그녀의 얼굴은 동그란 편이고 눈도 동그랬다. 동양 사람의 코로는 약간 높은 코였다. 그 오똑한 코에 그는 견딜 수없는 매력을 느꼈다. 그의 코는 비교적 낮은 코였다. 그래서 어렸을 때부터 '납작코'라고 놀림 받은 일이 많이 있었었다. 손가락으로 코를 꼭 잡고 수시로 잡아다니면 코가 높아질 수 있다는 엉터리 말을 줏어 들은 그는 얼마동안 코를 자꾸 잡아 다녔었다. 코가 조금도 높아지지는 않았으면서 무심코 코를 잡아다니는 못된 버릇만 가지게 되었다. 그녀의 약간 높은 코에 그렇게 매력을 느끼는 것은 그의 납작코에 대한 일종의 열패감에서 오는 반발심인지도 모를 일이었다. 그녀의 얼굴색은 미국인 딱터 스미드의 얼굴보다도 더 희게 보였다. 짙은 분을 바른 것은 아닌데 피부자체가 유달리 흰 모양이었다. 젓가락을 놀리는 그녀의 손도 유달리 하얗게 보였다. 입술에 루쥬를 바른 것 같지는 않은데도 약간 발가스름하게 혈색이 좋았다. 머리털과 눈동자가 새까맣지 않았더라면 서양 여자거나 동서양인의 반종[79]이라고 착각할 정도였다.

웅덕이는 엉뚱하게도 그녀 나이가 몇 살이나 되었을까? 하고 생각했다. 二十세 미만이라고 추측되었다. '나보다 거이 十년이나 어리구면. 이름이 무어더라? 아까 소개받을 때 그녀의 성만이라도 명심해 들어둘걸! 이름을 물어 볼까? 쑥스러운 생각이야. 어느 대학 학생일까? 숭인대학 학생이었으면!' 이렇게 생각하는 그는 이런 일에 왜 관심이 많게 되는지 스스로 계면적게 생각되었다.

그는 용기를 냈다.

"여러분은 어느 대학 학생입니까?" 하고 그는 국일이의 처제처럼 보이는 처녀에게 물어봤다. '왜 직접 물어보지 못하고 딴 학생에게 묻는가? 바보,

---

79 반종 : 半種. '튀기', '혼혈'.

바보.'

"연경 대학" 하고 그녀는 말했다.

"모두 다?"

"예" 하고 모두들 대답하는데 얼굴 둥근 처녀만은 방긋 웃기만 하는 것이었다.

"당신도?" 하고 그녀를 마주보면서 묻고 싶었으나 혀가 말을 듣지 않았다. 한 식탁에 앉은 다른 처녀들과는 아무 거리낌 없이 말을 주고받을 수 있는데 유독 이 한 처녀에게 만은 자꾸만 수집음을 느끼게 되는지 저도 모를 일이었다.

"요다음 일요일 우리 모두 만수산[80]으로 피크닉 갑시다." 하고 응권이가 제안했다. 반대하는 이가 하나도 없었다. 웅덕이는 동그란 얼굴만 바라다봤다. 그녀는 방그레 웃고 있었다.

청일 전쟁 때 패배의 쓴맛을 본 서태후는 청국 해군을 확장 강화한다는 조건으로 프랑스 정부로부터 수천만 프랑의 차관을 얻었다.

그 돈을 가지고 서태후는 북경 교외 十里허에 이궁(離宮) 건설을 시작했다. 땅을 파서 쌓아 만든 산은 그녀의 만수무강을 비는 뜻으로 '만수산'이라고 이름 짓고, 땅 파내 이루어진 못은 '곤명호'라고 이름 지었다. 여름 한철 지나기에 편리할 침실과 별궁은 물론 절까지 건축해놓고, 이 건물에서 저 건물로 가는 길은 전부 지붕 있는 회장으로 연결시켜서 비가 오는 날에도 우비 소용없이 어데로나 다닐 수 있게 만들어 놨다.

이 거창한 공사가 끝나자 이궁 개관식을 성대하게 열었다. 청국정부 요인은 물론 주 청국 각 대사관과 공사관 외교사절단 전부를 초청하여 대 주연을 베풀었다. 이 잔치에 초대받은 프랑스 대사의 마음은 저윽이 불안했다. 프랑스 정부로부터 꾼 돈으로 군함은 한척도 짓지 않고 이 호화스러운

---

80 만수산 : 완서우산(萬壽山). 중국 베이징 북서쪽 교외에 있는 명승지. 베이징 구시가에서 북서쪽으로 10킬로미터 떨어진 하이뎬구(海淀區)에 있다.

이궁을 짓는데 다 소비했다는 사실은 공공연한 비밀이었기 때문이었다. 물론 담보물은 충분히 쥐고 있었으니까 프랑스 정부에서 손해볼 것은 없는 것이었으나 남의 나라에서 빚을 얻어가지고도 서태후 저 하나의 호사를 위하여 국운을 돌보지 않은 것이 괘씸했고, 청국의 장래를 걱정하지 않을 수 없는 것이었다.

연회 좌석은 만수산 상상봉에 지은 대청 안에 배설되었다. 거기서 앞을 내다보면 인조 곤명호 푸른 물결이 까맣게 멀고 넓게 내려다보이고 왼편에는 작으마한 섬이 하나 있고 그 섬과 육지(?)를 연결시키는 대리석 다리가 눈에 띄었다. 반달 같은 아취 열일곱 개나 있는 긴 석교였다. 이쪽 가에는 쓰다 남은 대리석으로 배 모양으로 만들어서 영원토록 정박시켜 둔 것도 보였다.

마주 앉은 프랑스 대사를 바라다보면서 서태후는 "낙성식은 해군 작전훈련연습 사열로 시작합니다." 하고 말했다. 이 말을 프랑스어로 통역하는 동안 서태후의 가는 눈에는 놀리는 것 같은 미소가 반짝이고 있었다. 통역이 끝나자 깜짝 놀라는 프랑스 대사의 얼굴을 뚫어지도록 노려보는 서태후의 두터운 입가에는 승리의 미소가 깃들어 있었다. 이 프랑스 대사는 앞서 여러 차례 공식으로 또는 비공식으로 서태후에게 해군 양성에 어서 착수하라고 경고했던 것이었다.

이윽고 못 저쪽 끝 까맣게 보이는 두 갈래 운하입구로부터 한 쌍의 기함(?)이 나타났다. 바른쪽에 나타나는 기는 노랑바탕에 흰빛 호랑이를 그린 기요, 왼쪽에 나타나는 기는 흰 바탕에 푸른빛 용을 그린 기였다. 각기 기함을 따르는 소형 나무배들은 크고 적고 울긋불긋한 기치들을 휘날리면서 천천히 나타났다. 태고적 군복으로 차린 장수들과 군병들이 배 위에서 창과 칼과 쇠곤봉들을 곡예하듯이 휘들으고 있었다. 못 중간에서 두 함대(?) 격전이 벌어졌다. 수백 척으로 추산되는 조그만 목선들이 이리 엉키고 저리 엉키면서 창검을 두르는 용사(?)들이 적선위로 뛰어올라가 단병접전을 하는 것이었다. 서로 멀리 떨어져 있는 배끼리는 화살을 비 오듯 퍼부었다. 두 함대는 사열대 가까이로 오면서 전쟁흉내를 내는데 그것은 삼국지 광경이 二十세기에 출현한 셈이었다. 의상이라든지 무기의 삼국당시 고증이 제대로 되었는지 안 되었는지는 꼭이 알 수 없는 노릇이었으나 실감은 넉넉히 나타내는 전투모습이었다. 사열대에 차마시며 앉아 있는 내외 귀빈들은 너나없이 손에 땀을 쥐면서 한 눈 팔지 않고 바라다보는 것이었다.

이것이 二十여년 전에 있었던 일이었다. 그 여걸이었던 서태후의 몸은 이미 썩어 흙이 되었을 게이나 그녀가 이 이궁에 기거할 때 쓰던 옷과 기명과 장식품, 심지어는 화장품까지도 고스란히 유리장 속에 보관되어 있어서 十전 입장료를 내는 사람들의 흥미 있는 구경거리가 되어 있었다.

서태후가 쓰던 침실과 침대와 벼개와 요와 이불 자리옷 등을 일일이 다 구경하고 난 웅덕이 일행은 그녀가 쓰던 화장실로 들어갔다. 금 은 보석 옥 비취 호박 금강석으로 뒤덮여 있는 귀걸이와 팔찌 등속이 무지개처럼 빛나고 있었다. 그녀가 쓰던 머리 빗 쥘손[81]에도 금강석이 총총히 박혀있었다.

돈 四十전을 별도로 내면 그 빗으로 머리를 빗어볼 수 있다고 그 방직이가 손을 벌리면서 말했다. 웅덕이 일행 중 다른 여자들은 모두 고개를 흔들면서 "벌서 빗질해본걸." 하고 거절했으나 유독 얼굴과 눈이 동그란 처녀가 四十전을 내고 그 빗을 집어 들었다.

"자요." 하면서 그녀는 그 빗을 웅덕이 앞으로 내밀었다. 모두가 껄껄 깔깔 다 웃는데 웅덕이만은 당황하여 얼굴을 붉혔다.

"난 작년에 빗어 봤어요. 푸로페써 황보가 빗어보시라고 세낸 것이어요." 하고 그녀는 영어로 말했다.

웅덕이 일행은 점심 보따리를 제각기 풀어났다. 그 광대한 이궁 한 모퉁이에, 무슨 목적이 있었는지는 모르겠으나, 따로이 높은 붉은 담정으로 둘러막은 아담한 정원 안에서였다. 웅덕이 일행 더러는 평평한 돌 위에, 더러는 풀밭에 삥 둘러앉은 것이었다.

---

81 쥘손 : 어떤 물건을 들 때에, 손으로 쥐는 데 편리하게 된 부분.

박 응수의 부인인 미국여인은 쌘드윗치, 김국일의 부인인 중국여인은 중국음식, 안응권이의 부인인 조선여인은 조선 음식과 김치를 내놨다. 김치를 보고 "얼시구 좋다."를 조선말로 부르는 사람은 박 응수노인이었다.

"난 얻어먹으려구 아무것두 안가지구 왔는데요." 하고 영어로 말하는 사람은 협화의원 세균과 인턴으로 있는 방 관석이었다.

"난 내 동생들 목까지만 가져오구 딱터 방목은 안 가져왔는데요." 하고 국일이의 부인은 손가락을 홰홰 저으면서 말했다.

여자들은 모두가 까르르 웃었다.

웅덕이가 펼쳐 놓은 것은 삶은 달걀 설흔 알이었다.

"어머나!" 하고 소리 지르는 이바(국일이의 처)는 두 눈을 솟구치고 혀를 쑥 내밀었다. 껄껄껄 깔깔깔 웃음보가 터졌다.

"노총각이 저렇게 달걀을 좋아하면 탈인데." 하고 응수노인이 조선말로 놀렸다. 조선 사람들은 모두 다시 와르르 웃었으나 미국인여자와 중국인들은 의아스럽다는 표정으로 웃는 얼굴을 번갈아 살피기만 했다. 얼굴과 눈이 동그란 처녀는 생글생글 웃고 있는 것을 웅덕이는 봤다. '조선말을 알아듣고 웃는다고 볼 수는 없는데 남이 웃으면 딸아 웃는 명랑한 여성이로구나.' 하고 그는 생각했다.

웅덕이가 달걀을 설흔 알 식이나 삶아 달래 가지고 온 데는 이유가 있었다. 어제 저녁때 사온 달걀 처치가 곤란했기 때문이었다. 그가 기숙하고 있는 하숙 방세는 한 달에 二원식 내고, 끼니는 매끼 식당에 나가 사 먹어야했다. 이것이 이곳 풍속이었다. 내일 아침부터는 조반 식 전에 방에서 생달걀을 한 두알 먹을 생각으로 그는 돈 一원짜리 대양 한 푼을 뽀이에게 내 주면서 달걀을 사오라고 했었다. 뽀이가 무엇이라고 말을 하는데 웅덕이는 얼른 알아듣지는 못하고 고개만 끄덕이었었다. 그런데 좀 있다가 그 뽀이는 달걀 한 뻬켓 가득 들어다 그의 방안에 놓고 나간 것이었다. 一원어치 달걀이 일백열 알이었다.

                    *   *   *

　노랗게 마른 수양버드나무 잎이 길에 길에 마당에 마당에 황금 카펫을 깔아주던 시절이 어느덧 지나가고, 북해공원 못 위에서 안응권 내외와 더부러 스켓타기를 즐기는 시간이 왔다.

　웅덕이가 사귀게 된 세 가정에서는 제각기 크리스마스 또는 신년축하 파티에 그를 청했다. 파티에 오라는 초청을 받을 때마다 그의 머리에 떠오르는 모습은 얼굴과 눈이 동그란 처녀였다. 그러나 그녀는 영 나타나지 않았다.

　'이름이나 알아 두었던들.' 하고 후회는 하면서도 지금 새삼스레 불쑥 누구에게나 물어보는 것이 쑥스럽게 생각되어서 묻지 못했다.

　먹고 마시고 떠들고 노래 부르고 하며 시간가는 줄 모르게 즐기다가 새벽녘이 되어서 쌀쌀한 하숙방으로 들어서는 그는 고독을 느꼈다. 파티가 화려했으면 했었던 그 반비례로 혼자 있는 것이 쓸쓸했다.

　난로 놔주지 않은 하숙방 침대 자리 속에 파묻어 두었던 뜨거운 물돼지에 발을 대고 녹이면서 누어 있노라면 그의 감은 눈에 아련히 떠오르는 것은 동그란 처녀 얼굴이었다.

　"클레오파트라." 하고 그는 무심코 중얼거렸다. "그렇지 그녀는 나의 클레오파트라다. 아니, 아니, 그녀를 그 요염하고 음탕하고 지독히 독한 클레오파트라와 비교할 수는 절대로 없지. 그러나 그녀의 코— 그 코만은." 그날 오후 그는 어떤 역사책을 읽다가 "만일 클레오파트라의 코가 단 한 푼만 낮았던들 세계역사의 방향은 달라졌을지도 모른다."라는 구절을 읽었던 것이었다.

　'나의 귀여운 클레오파트라. 야, 어리석은 소리 작작해라. 나이가 나인데. 그리구 너는 대학 교수, 그녀는 대학 재학생. 그러나 내가 직접 가르치는 제자는 아닌데 뭘 그래. 어쩌면 그렇게 파티에 한 번도 않 올까? 병이 났나? 이 미친놈아, 그녀가 병이 났건 말건 네게 무슨 상관이냐? 주제넘고 염치없는 놈. 아, 그러나, 그러나, 나의 클레오파트라, 클레오파트라! 내가 왜 이럴까? 이렇게 마음이 그녀에게는 끌리는 것은 잉난이에게 대한 배신이 아닌가? 아니지. 배신했다고 할 수 있다면 잉난이가 먼저 했지. 그러나 그걸 배신이라고 규정지을 수가 있을까? 민족적 역경에 좌우되는 생명들이기 때문에 헤어진 것인데 그걸 배신이라고 할 수가 없다. 그때 그 일은 당연했고 민족을 자랑하는 진정한 발로였지. 잉난인 지금 어데 살고 있을까? 애기도 낳았겠지. 누굴 닮았을까? 그런 건 네가 무슨 턱에 생각하구 있니? 행복하게 살고 있을까? 암 행복해야지. 잉난, 길이길이 행복을 빌어요. 충심으로.'

잉난이의 모습과 그가 억지로 부르는 클레오파트라의 모습이 번갈라 떠올랐다. 잉난이 모습은 클레오파트라 모습만큼 선명하지 못했다. 상처를 치료해주는 최상 약은 시간이라고 하는데 그 말이 옳은지도 모를 일이었다. 그러나 야속하기 한이 없는 일이었다. 잉난이의 얼굴은 오밀쪼밀하고 정적인데 반하여 클레오파트라의 얼굴은 서글서글하고 동적이었다. 잉난이의 몸집은 날씬하고 섬세한데 반하여 클레오파트라의 몸집은 오동통했다. 두 여자 다 안아볼 기회를 가져보지 못했으나 만일 안아본다면 잉난이 몸은 연연하리라고 상상되고 클레오파트라의 몸은 탄력이 있으리라고 생각되었다.

"한 사나이가 두 여인을 진정으로 사랑할 수 있다."고 남이 말한다면 웅덕이는 목에 핏대를 올려가면서 반박했을 것 이었다. 그러나 지금 그는? 어떤가? 잉난이는 만일 아직 결혼하지 않고 그냥 처녀로 있다고 가정한다면 그는 그녀를 계속 사랑할 것인가? 그녀가 만일 과부가 되었더라도 그는 그녀를 계속 사랑할 것인가? 지금 두 여인의 모습이 번갈아 그의 앞에 떠오르는데 클레오파트라의 모습보다도 잉난이의 모습은 상당히 희미해졌다. 그것을 전자는 본지 몇 달밖에 않됐고 후자는 못 본지 몇 해나 되었다는 사실만으로 해명될 것인가? 사랑이 식어버린 것은 아닌가? 잉난이를 첨볼 때 그가 첫눈에 홀린 것은 아니었다. 몇 해 사귀고 나서야 우정이 변하여 애정이 되었던 것이었다. 그러나 클레오파트라에게는? 바로 첫눈에 애정을 느꼈다는 것을 부인할 도리가 없었다.

"모순이다! 모순!" 하고 그는 저 자신에게 소리 질렀다.

그가 가르치는 클라스마다 몇몇식 여학생이 있기는 했으나 그들의 얼굴과 눈이 동그랗지가 못했기 때문에 그에게는 흥미가 없었다.

북평의 봄소식은 버들개지가 맨 처음 전해오지만 솜 같은 버들 꽃이 거리거리를 눈먼 듯 덮어놓기 전에 집집 정원에서는 '하이탕'[82]이라고 하는 벚꽃이 만개하여 전 도시에 달콤한 향기를 뿜어 보내는 것이었다.

북평 북문 밖 二十里 떨어진 곳에는 빠다츄(八大處)[83]라는 산맥이 평풍[84] 치고 있었다. 이 팔대처중 가장 가까운 봉오리가 향산인데 이 향산은 '하이탕'이 제일 호더분하게 피고 절도 있는 산이었다. 어떤 일요일 아침 웅덕이는 자전거를 타고 향산까지 갔다. 이삼일 전부터 이날 향산으로 피크닉 가자고 김국일 내외와 전화로 약속이 되었었던 것이었다. 국일이의 아내 생각이 날 때마다 웅덕이는 동그란 얼굴의 소유자인 처녀를 생각하군 했었다. 이번 피크닉에는 그녀가 꼭 같이 오리라는 예감이 든 그는 새벽부터 가슴이 부풀어 올랐다.

절에서 열시에 만나기로 약속되어 있었는데 절 앞에 다달아서 시계를 꺼내보니 아홉시였다. 자전거 맡겨두는 곳에는 수십 대의 자전거가 벌서 맡겨져 있었으나 절 구내는 한적했다. 그는 근방 구경을 떠났다.

졸졸졸 재잘거리면서 빠르게 내리흐르는 실개천을 따라 내려가 보았다. 강파로운 경사와 경사 사이에 약간 평평한 데가 있고 거기에는 방 한간 넓이만한 적은 못이 자연적으로 형성되어 있었다. 금붕어 수십 마리가 그 못 속에서 한가하게 떠다니고 있었다. 시내 중산공원 문안에 들어서면 왼편쪽

---

82 하이탕 : 꽃해당화. 꽃사과나무의 하나.
83 빠다츄(八大處) : 바다추, 중국 베이징의 황가원림(皇家园林) 풍치지구에 위치한 명소.
84 평풍 : '병풍'의 북한 말.

광장에는 아람드리도 더 되는 수십 개 질 버주기[85] 속에 길리우고 있는 수천 마리의 금붕어를 구경할 수가 있었다. 금빛, 은빛, 알룩달룩한빛, 심지어는 새까만 빛 붕어들이 오글오글 뒤끓고 있었다. 앞머리는 툭 불거진 눈만으로 뒤덮인 놈, 몸집이 똥똥한 놈, 꼬리가 몸보다 더 긴 놈, 꼬리가 거의 없는 놈, 가지각색 금붕어들이 있었다. 처음 볼 때에는 호기심에 가득차서 시간 가는 줄 모르고 五十여개의 버주기 속을 다 구경했지만 몇 번 보고난 뒤로는 그리 흥미가 없었다.

그러나 이렇게 산골작이 조그마한 못에다 기르는 금붕어 떼는 그로 하여금 그냥 지나가게 놔주지 않았다. 그리 큰놈들도 아니고 빛갈과 생김새도 모두 비슷비슷한 금붕어들이었지만 좁은 버주기 속에서 활개를 펴지 못하고 오굴대는 붕어들만 보아온 그의 눈에 무척 자유스럽게 제 맘대로 헤엄쳐 다니는 것같이 보였다. 그러나 그놈들은 언제나 떼를 지어 몰려다니는 것이었다. 단 한 놈도 대열에서 떨어져 나가는 놈 없이 앞서가는 놈 뒤만 따르는 것이었다.

웅덕이는 옆에 있는 바위위에 앉았다. 몰려다니는 금붕어 떼 앞장을 서는 특별한 놈이 있는가 없는가를 찾아보려고 열심이 들여다봤다. 아무리 오래 지켜보아도 앞장 서는 놈이 지정되어 있거나, 임명되어 있거나, 선출되어 있는 것이 아니라는 것을 그는 발견했다. 어데를 가나 인간사회에서는 감투 쌈 때문에 볼일을 못 보는데 익숙진 그에게 이 발견은 중대한 발견이었다.

금붕어 사회에 있어서는 소위 지도자라고 자처하거나 떠받들어주는 일도 없는 양, 맨 뒤나 앞으로 따라가던 놈이라도 무슨 생각이 들어서 돌아서거나 옆으로 방향을 돌리면 그 남어지 붕어가 모두 그 뒤를 따르는 것이었다. 앞서 가는 놈이 언제나 앞서가는 것이 아니고 제 멋대로 앞서거니 뒤서거니 하여 한가스럽게 떠돌아다니는 것이다. 그리고 그놈들은 이 적은 못

---

85 버주기 : 버치. 자배기보다 조금 깊고 아가리가 벌어진 큰 그릇.

방황(彷徨)

안에 사는 것으로 만족하는 모양이었다. 올리받이는 물결이 센 만큼 거슬러 올라갈 엄두도 못내는 것은 당연한 일이었다. 그러나 물이 흘러내려가는 좁은 물목께로 가서는 가만이 떠있기만 하면 제풀에 아래로 떠내려갈 것이건만 그놈들은 기를 쓰고 보다 더 힘을 내서 헤엄쳐서 그 급류에 휩쓸려 내려가지 않았다. 급류로 변하는 바위틈에 혹시 철사망 같은 것을 쳐서 금붕어들이 휩쓸려 내려가는 것을 막는 것이 아닌가 하고 유심히 들여다보았으나 아무것도 보이지 않았다. 눈에 보이지 않는 가는 철망을 친 것이나 아닐까하는 생각으로 작으마한 나무 가지를 꺾어서 던져보았더니 그 나무가지는 뱅글뱅글 돌면서 급속도로 휩쓸려 내려가고 말았다. 이렇게 가두어놓지도 않고 그냥 놔 기르는데도 그놈들이 도망갈 생각을 품지 않고 이 못 속에서만 맴돌고 있는 것이 이상하게 생각되었다. 그러나 '이것들은 무엇 때문에 무엇을 바라보고 사는 것일까?' 하고 그는 생각해보았다. 아무리 궁리해보아도 모를 일이었다. 진정 모를 일이었다. 그냥 천천히 정처 없이 떼 지어서 쉴 새 없이 떠돌아다니는 것이 그들의 생활목적이요 의욕인 것처럼 보였다. 오고가고 오고가고 아무 의식도 없이.

율동적인 움직임을 단 한초도 쉬지 않고 계속하고 있는 금붕어 떼 관찰에 정신이 팔려 앉아 있던 웅덕이는 벼란간 후덕덕 일어섰다. 그가 너무도 급하게 홱 돌아다 봤기 때문에 고요하게 헤엄쳐 다니던 금붕어들이 놀라 질서가 문란해지는 꼴을 그는 보지 못했다. 그리고 그는 기대에 어그리어지는 광경에 저윽이 낙망했다.

재잘거리면서 가까이 오는 사·오명 여자들 중에서 클레오파트라의 모습은 발견하지 못했기 때문이었다.

六월 하순 북대하[86] 해변에서 웅덕이는 그렇게도 그리던 클레오파트라를 만났다. 六월 중순에 대학 졸업식이 끝나고 석 달간 하기 방학이 시작되었

---

86 북대하 : 北戴河. 중국 허베이성 친황다오시의 관광지. 베이징에서 동쪽으로 280km 떨어진 휴양지로 길게 뻗어 있다.

다. 딱터 김 내외의 초청을 받은 그는 북대하 해수욕장으로 왔던 것이었다.

북대하 역에 내릴 때부터 이 피서지는 국제도시의 축도라는 것을 직각 알 수가 있었다.

금산취라는 좁고 높은 반도를 중심으로 하여 그 반도 양쪽은 물론 아래의 二十리도 더 되는 해변에 수천동의 별장이 드문드문 서 있는 굉장히 길고 넓은 별장 지대였다.

딱터 김의 처가대 별장으로 웅덕이가 초대된 것이었다.

수영복 입은 자리만 내놓고 전신이 구동색이 된 때 음력 보름달이 되었고 날씨가 맑았다. 밝은 달밤에 자전거를 몰아 금산취 꼭대기까지 왕복해 보자는 제안에 웅덕이도 선뜻 응했다. 남녀노소 할 것 없이 북평이나 천진에서 해수욕 오는 사람들은 거이 다 자전거를 기차에 탁송하여 싣고 내려온 것이었다.

아스팔트로 포장된 넓은 길 좌우 쪽은 울창한 소나무 숲이었다. 달빛과 솔가지 그림자가 교차되어 명암의 모제익[87]이 된 매끄러운 길을 달리면서 웅덕이는 고향 평양 기자림 속을 달리는 착각을 일으켰다.

금산취 꼭대기 음식점에 들어서는 순간 그는 클레오파트라를 본 것이었다. 그의 가슴이 그토록 뛰는데 그도 놀라지 않을 수 없었다. 그녀는 제 나이 또래 처녀 대여섯 명과 둘러앉아 밤참을 먹고 있는 참이었다. 웅덕이 일행은 그녀들과 한데 어울렸다.

五十대 남자를 비롯하여 十대 처녀까지 포함된 남녀 二十여 명이 앞서거니 뒤서거니 한꺼번에 귀로에 올랐다. 자전거 네 대가 나란히 달려도 지장이 없는 넓은 길이었다.

누가 선창했는지는 모르나 노래가 시작되자 순식간에 남녀혼성 합창대가 되어 명암이 교차되는 길 위로 자전거 속도에 딸아 이동되고 있었다.

올리받이가 되자 웅덕이는 차츰 뒤떨어졌다. 기운이 모자라서라기보다

---

87 모제익 : 모자이크.

도 혹시나 클레오파트라도 뒤떨어져주었으면 하는 기약 없는 소망에서였다. 다시 내림받이가 된 지점에 다달아서 돌아다보니 그가 맨 뒤에 떨어져 있는 것을 발견했다. 그리 강파로운 경사가 아니었기 때문에 페달을 놀리지 않고 있어도 술술 달려 내려갔다. 얼마 안가서 앞선 사람 하나를 딸아잡을 수 있었다. 클레오파트라였다. 다른 일행은 상당히 앞서 달리고 있었다.

갑자기 급경사가 되어 뿌레익을 잡아야만 하게 되었다. 옆에서 달리고 있었던 클레오파트라가 갑자기

"어머니!" 소리를 지르면서 땅에 딩굴었다. 급정거한 웅덕이는 자전거를 뉘여 놓고 그녀에게로 달려갔다. 땅에 주저앉아 있는 그녀 어깨를 얼덜결에 얼사안고 일으켜주면서 "몹시 다쳤어요?" 하고 다급하게 그는 물었다.

"괜찮아요." 하고 그녀는 대답했다.

그녀를 일으켜 세우고도 등뒤로의 포옹을 얼른 놔주지 못하는 그는

"정말 괜찮아요?" 하고 다시 물었다.

"정말 괜찮아요." 하고 그녀는 대답했다. 그는 그녀의 몸에 감았던 두 팔을 다 걷우었다.

세 걸음도 다 떼놓지 못하고 그녀는 "아이쿠" 하는 신음소리를 내면서 주저앉았다.

"웨 그러세요?" 하고 웅덕이가 물었다.

"발목을 삐었나 봐요." 하고 말하는 그녀는 왼쪽 발목을 문질르고 있었다.

"문질러 드릴까요?" 하는 말이 웅덕의 목구멍까지 나왔으나 혀가 말을 듣지 않았다. 그 대신 그는 "어서 병원으로 가 봐야지요. 자전거는……." 하면서 살펴보니 그녀의 자전거가 보이지 않았다.

"저 밑에 굴러 떠러졌을 거예요." 하고 그녀는 말했다.

깊은 골짜기였다. 밑에까지는 달빛이 비치지 않아 시컴언 동굴처럼 보였다.

"내 자전걸 타세요. 내 끌어다 드릴테니." 하다가 다시 "아니, 빨리 병원

으로 가야겠으니까 짐 싯는 뒷자리에 타세요." 하고 그는 말했다.

그녀의 벗은 두 팔은 웅덕이의 허리를 감싸고, 배에 와서 두 손을 맞대고, 그녀 상반신은 그의 등에 착 달라붙었다. 그는 뿌레익을 잡고 적당한 속도로 달렸다.

등에 스며드는 체온, 허리와 배에 꼭 붙은 탄력 있는 그녀의 팔과 손의 감촉.

황홀하였다.

그는 갑자기 소스라쳐 놀랐다. 어떤 생각이 스치고 지나갔기 때문이었다. 총망중에는 그런 생각이 미처 떠오르지 못했었는데 지금 마음의 안정이 이르자 떠오른 생각이었다.

주저앉은 그녀의 어깨를 안아 일으킬 때 그가 얼떨결에 "몹시 다쳤어요?" 하고 물어본 말은 영어가 아닌 조선말이었었다. 그녀의 대답도 조선말이었었다. 이때까지의 대화가 무의식중이기는 하지만 조선어였다. 그녀의 조선어가 유창했을 뿐 아니라 이북 사투리를 약간 낀 조선말이었다.

호기심을 걷잡을 수 없게 된 웅덕이는 "아니, 어데서 조선말을 배우셨어요?" 하고 불쑥 물었다.

"어머님한테서요." 하는 것이 그녀의 대답이었다.

"아니, 어머님께서는 그럼……."

"조선 사람이요."

웅덕이의 신경은 짜르르했다. 뒷덜미에 느끼는 그녀의 숨소리만이 짜르르하게 만든 원인이 아니었다.

놀랍기도 하고 반갑기도 한 감정이었다.

병원으로부터 나오는 미쓰 한은 웅덕이의 부축을 받아 자전거 안장에 올라탔다. 그녀 왼발 발목은 붕대로 칭칭 감겨 있었다. 그녀가 탄 자전거를 끌고 웅덕이는 오리도 더되는 길을 걸어 그녀의 별장까지 갔다.

달이 서쪽으로 기우러져 있었다. 달빛에 언뜻보면 피서지 별장이라고 보이기보다도 본격적인 과수원이었다. 그 과수원 한 구석에 벙갈로 한 채가 졸고 있었다. 별장 대문은 열려 있었다. 베란다까지 올라가는 도중에 돌 층층대가 있었다. 웅덕이는 미쓰 한을 업고 올라갈 수밖에 없었다.

베란다 저쪽으로부터

"너 인제 오니?" 하고 조선말로 묻는 여자 목소리가 들려왔다.

"예. 그런데 손님 한 분을 모시고 왔어요. 어머니." 하고 미쓰 한이 대답했다.

"그래." 하는 목소리가 나더니 어머니 모습이 모퉁이를 돌아 나타났다.

웅덕이에게 업히어 있는 딸을 본 어머니는

"이게 웬일이냐?" 하고 놀라고 두려워하는 목소리로 소리 지르며 뛰어왔다.

"발목을 약간 삐었어요, 어머니. 걱정 마세요. 황보 교수께서 친절히도 절 예까지 바라다 주셨어요."

테레스[88]까지 가서 미쓰 한을 긴 등의자에 내려앉히고 나서 치어다보니 그 여자의 어머니는 양장을 하기는 했으나 어데서 만나보더라도 진작 조선 중년부인이라는 걸 알아볼 수 있는 티피칼한 조선인 타입이었다.

이 중년 여인이 젊었을 적에 (미쓰 한의 아버지를 만나기 전에) 천진 어떤 병원에 간호부로 있었다는 지식을 웅덕이는 이미 얻어갖고 있었었다. 그리고 그가 세 시간 전까지도 클레오파트라라고 지어 불러온 처녀의 이름은 한진주라는 것도 알고 있었다. 웅덕이가 끌어주는 자전거에 타고 오는 미쓰 한은 그녀 가정에 대하여 꽤 자세한 이야기를 그에게 들려준 것이었었다.

미쓰 한의 아버지는 놀웨이 사람이었다. 나이는 어머니보다 二十五년 만이었다고 했다. 아버지의 성은 놀웨이 말로 한슨이었는데 중국 사람들은 그를 한 손(韓孫)선생이라고 불렀고 그도 중국에 귀화할 때 그 한문 성명으로 귀화한 것이었다. 한슨 씨는 청나라 시절부터 천진시 상두도 회사 기술고문으로 있었다. 근 三十년간이나 그 회사 고문으로 있다가 천진서 별세

88 테레스 : 테라스.

했다.

미쓰 한의 어머니가 十九세때 한슨 씨와 결혼했다. 한슨씨가 병이 들어 반년동안이나 입원하고 있는 동안 극진한 간호를 아끼지 않은 젊은 간호부에게 푸로포즈 한 것이었었다. 미쓰 한의 어머니는 진남포 태생이었다.

미쓰 한이 무남독녀였다. 그녀가 열 살 때 아버지가 죽었다. 아버지가 남긴 유산과 퇴직금으로 상당히 부유한 생활을 할 수 있었다. 그러나 어머니가 폐병에 걸렸기 때문에 북대하 해변에 있는 별장을 사가지고 일 년 내내 요양을 하기 여러 해가 되었다. 어머니가 북대하에 영주하게 되면서부터 진주는 천진과 북평 학교 기숙사생활을 하게 되었고 방학 때마다 어머니와 함께 지냈다. 북평으로부터 북대하까지 기차로 열 시간 걸렸다.

미쓰 한의 별장에 객실이 있었기 때문에 그날 밤 웅덕이는 그 집에서 묵었다. 아니, 그날 밤뿐 아니라 九월 초에 개학할 때까지 그는 그 집에 묵었다.

북평으로 올라 갈 때 웅덕이와 진주는 기차 일등을 타고 올라갔다. 웅덕이가 대학에서 받는 보수는 기차 일등을 타도 괜찮을 만한 정도였다.

치욕(恥辱)의 나날

1

황보창덕이는 북평에 가 있는 형 웅덕이에게서 온 편지를 읽었다.

그의 가장 큰 관심을 끈 구절은 "발진티프스' 전염 매개체는 이(虱)라는 사실을 나는 요즈음에야 처음 알게 되었다. 의학도인 너는 진즉부터 물론 알고 있었겠지만 그 방면에는 문외한인 나에게는 놀랄 만한 새 지식이다. 이곳 협화의원에서 세균학을 연구하고 있는 조선 사람 방광석이라는 인턴한테서 배운 지식이오 그의 연구실 설비와 연구 과정도 구경할 기회를 가졌었다.

발진티프스 예방 주사약은 이의 창자를 꺼내서 만든다고 하는 말에 나는 한 번 더 놀랐다. 이 한 마리 한 마리 왜놈에게 발진티프스 균을 주사해 넣어 발병시켜가지고는 그 이 창자를 빼서 예방주사약을 만든다고 하니 그야말로 진합해산'이라는 말이 이런 데 적절히 해당되나 보다.

그런데 문제는 그 숫한 이를 어데서 구하느냐가 큰 문제일 것이다. 내가 평양 유년감에서 부역 중에는 일요일 오후마다 이 사냥 내기까지 하도록 수인들 몸마다 이가 득실득실했지만 발진티프스에 걸리지 않은 것은 아마

---

1 진합해산 : 진합태산(塵合泰山)의 오기인 듯. 티끌 모아 태산.

기적이었을 것이라고 지금 생각된다.

그런데 이 협화의원에서는 수천수만 마리 이를 길러내는 묘한 방법을 쓰고 있는 것을 나는 목도했다. 거지가 길거리에 채일 정도로 많은 이 땅이 아니면 그런 방법은 엄두도 내지 못할 것이다. 그 병원 지하실 한방에는 거지 수十명이 멀뚱멀뚱 앉아 있었다.

넙적다리를 내놓고 거기에 이를 붙여 피를 빨아먹게 하고들 있었다. 작으마하고 납작한 나무 상자 하나씩을 벗은 넙적다리에 꽉 대고 있었다. 이 나무상자 속에는 이가 드글드글하고 상자 한쪽에 덮어놓은 가는 망사를 통하여 거지의 피를 빨아 먹는다. 보통 중국인들은 제 몸에서 이를 잡으면 제 피를 빨아 먹은 놈이라고 피를 도로 찾으려고 잇발로 깨물어 피를 쪽쪽 빨아내고야 죽이는데 이렇게 피를 자진하여 제공하는 거지도 있으니 돈의 위력에는 혀를 빼돌릴 수밖에 없다. 한꺼번에 五분간 수백 마리 이에게 피를 제공하는 댓가로 동전 두 푼을 받는다고 한다. 동전 두 푼 벌기 위하여 五분간 가려운 것을 참는다는 것은 여기저서도 대륙성 기질을 발휘하는 것이다. 그 껌뻑껌뻑하고 앉아 있는 거지꼴을 보기만 해도 내 몸에도 이가 스물스물 거리고 있는 것 같고 가려움을 느끼는데.

조선처럼 거지가 그리 많지 않은 곳에서 이 배양을 어떤 방법으로 하고 있는진 저윽이 궁금하다. 거지가 설사 많다 한들 조선 사람으로써는 이에게 피 빨리우는 돈벌이를 하려 들진 않을 거다. 아마. 이는 거지에게 기생시켜서 배양하지만 고 깨알 같은 이 되놈에게 주사를 놓고 다시 해부해서 창자만 도려내는 일이 여간 아니라고 딱터 방도 말하더라. 그래서 그분은 진금 달걀 노란자 속에 발진티프스 균을 배양하는 연구에 몰두하고 있노라고 하더라. 너에게 참고될가 싶어서 몇 마디 적어 보내는 것이다."

창덕이는 벌써부터 임상과 수술은 집어 치우고 곽 교수 밑에서 세균학을 연구하고 있었다.

재학 시절에는 외과 특히 수술을 전공하려고 마음먹었었다. 누님이 복부수술할 때 서투른 수술 때문에 공연한 고생을 하는 것을 보고 자기는 장차 실수 않는 명수술의가 되어보려는 의욕을 강하게 가졌었다. 그리고 시체 해부하는 때에도 대부분 학생은 게우기도 하고 뛰어나가기도 하고 악취가 역겨워서 마스크를 쓰기도 했지만 창덕이는 구역질까지 느끼지는 않았었고 때로는 소독약 냄새가 구수하게 생각되기도 했었다.

"소독약 냄새가 도리여 구수한데 왜들 그러나!" 하고 그가 언젠가 말했을 때 담당 교수는

"황보 군은 후신경의 불구자로군" 하고 놀려준 일이 있었다. 신경쇠약에 걸린 사람이 악취를 구수하게 생각하는 것이라는 학설도 있었다.

그러나 그가 맨 처음 맹장 수술을 할 때 수술이 싫어졌던 것이었다. 환자의 산 살을 벨 때 느끼는 기분은 죽은 살을 해부하던 때 느낀 것과는 판이했다. 체온이 있어서 딱끈 딱끈하는 살이 장갑 낀 손가락에 느껴지는 것이 웬일인지 몸서리 쳐졌고 조금만 째도 피가 자꾸 나오는 것이 현기증을 일으키게 해주는 것이었다. 손이 자꾸 떨렸다. 혹시 실수나 하지 않을가 하는 위구[2]를 억제할 수 없어서 마음이 조마조마했다. 얼마간 해 나가면 무감각하게 된다고 선배들이 말해주긴 했으나 창덕이에게 그 말이 통하지가 않았다.

그뿐 아니라 수술실 수석 간호원인 밉게 생긴 노처녀의 태도가 심상치 않은 것을 그는 눈치챘다. 얼굴은 밉게 생겼으나 마음은 곱다고 생각되고 천진난만하게 보였다. 첫사랑, 순진한 사랑에게 채우는 쓴맛을 본 그는 여자의 천진난만을 위선으로만 보게 되었고, 유곽을 드나들면서 수많은 갈보들의 몸을 소유해본 그에게 여자라는 것은 누구에게나 육체만을 제공해주는 색마라고밖에 더 생각되지 않았다. 게다가 성병까지 몸에 지니고 다니는 그는 평생 결혼하지 않기로 결심했다. 돈이 있는 곳에는 여인의 육체는 얼마던지 있다고 그는 단정했다.

그러면서도 그는 저도 모르는 사이에 그 간호원의 순정에는 자석이 끼어

---

2 위구 : 危懼. 염려하고 두려워함.

있다고 느껴졌다. 범죄 의식의 화신이 된 쇠부치인 그는 그 순진한 자석에 이끌리어져서는 안 되겠다고 발버둥쳤다.

망서리고 있는 참에 그는 파슈츄어[3] 일대기 영화 구경을 하게 되었다. 이 영화에 깊이 감격된 그는 파스츄어 전기 한 권을 샀다. 일본어로 쓰여진 이 책을 그는 단숨에 내리읽고는 다시 여기저기 연필로 줄을 그어가면서 재독 삼독했다.

본래는 불구자가 아니였었던 파스츄어가 중년에 와서 뇌일혈로 인하여 얼굴이 찌그러지고 한쪽으로 끼우러진 불구자가 되었다는 대목을 읽을 때 창덕이는 다리병신이 된 자기와 어덴가 일맥상통하는 데가 있다고 느겼다.

그 당시 의학계의 권위자들 모두가 파스츄어를 조롱하고 적개심을 품고 대해주는데도 굴하지 않은 그는 "질병과 미생물 간에는 불가불리의 관계가 있다."고 용감하게 고집세우는 대목에서 창덕이는 탄복하여 마지않았다.

"파스츄어는 해부 방법도 몰랐고, 수술용 칼을 쓸 줄도 몰랐다."는 대목에서 창덕이는 무릎을 치면서 기뻐했다.

누에가 병드는 근원을 연구하는 대목에서 창덕이의 머리 속에는 매년 누에를 치시던 할머니 모습이 나타났다.

미친개에게 물려서 공수병(恐水病)에 드는 환자에게 미치지 않게 하는 주사약을 파스츄어가 발명하는 데 성공했다는 대목에 일으러서는 소학교 때 공수병에 들려 죽은 동창생 생각이 났다.

"파스츄어 생애의 절정"이라는 장에 이르러서 창덕이의 눈은 활자 위를 달리고 있고 기억은 어제 본 영화장면을 회상하고 있었다. 그가 만든 예방 주사의 효능을 중인[4] 앞에서 증명하던 그날. 一八八一년 六월二일!

---

3 파스츄어 : 루이 파스퇴르(Louis Pasteur, 1822.12~1895.9). 프랑스의 화학자 · 미생물학자.
4 중인 : 衆人. 많은 사람.

예방주사를 맞은 양 二十五마리와 맞지 않은 양 二十五마리. 주사 안 맞은 양떼는 비칠비칠하는 두세 마리만 남겨놓고는 다 몰사했는데, 주사 맞은 양들은 모두가 싱싱하게 날뛰는 광경 이 광경 묘사에 있어서는 글로 쓴 책에서 보다도 영화장면이 더 인상적이오 생생하였다. 책에서 그런 사연이 쓰여지지 않았지만 영화에서는 이 극적인 실험 결과를 보려고 모여들었던 군중이 살아 있는 양떼 모습을 보고 놀라고 환성 지르는 그 감격이 채 사라지기도 전에 그 옆에 자리 잡은 곡마란 패가 재주넘는 데 혹하여 그리로 와 몰려가던 꼴. 거기 대한 창덕이의 분노는 그의 결심에 부채질을 해주었다. 그는 그날로 곽 교수 연구실 문을 뚜드리던 것이었다.

　　형 웅덕이의 편지를 받기 전까지 창덕이는 파리 다리에 묻어 다니는 세균 연구에 몰두하고 있었다. 그리고 고추가루가 장질부사균에 대한 저항력을 가지고 있는가 없는가를 실험하고 있었었다.

　　그해 여름 장질부사 전염병이 조선반도 전역에 창궐해 있었다. 그런데 이상한 일은 장질부사로 인한 사망률이 조선인과 일본인간에 엄청난 차이가 있었다. 장질부사로 인한 사망률이 조선인에게는 五퍼센트 밖에 더 안 되는데 반하여 일본인에게는 九十九 퍼센트였다.

　　조선인은 어렸을 적부터 고추가루를 상식했기 때문에 위장의 저항력이 강해서 사망자가 적고 일본인은 고추가루두 통 먹지 않기 때문에 위장이 약해서 죽는 것이나, 아닌가 하는 소문이 돌았다. 과학적으로 근거가 있는지 실험해보기도 전에 일본인은 고추가루 먹는 광증에 걸렸다. 습관 않된 고추가루 먹는 것이 일본인, 특히 어린이들에게는, 거이 불가능에 가깝다는 것을 눈치 챈 약삭빠른 일본인 약장수들은 기니네[5] 가루 넣는 교갑에다 고추가루를 넣어서 약으로 팔기 시작했다. 조선 내에서는 고추 값이 폭등하고, 일본내 교갑 제조업자들은 전예에 없었던 대량 긴급 주문을 받았다.

　　고추가루가 가진 항생성 여부에 대해서 긴가민가 하는 곽 교수는 창덕이

5　기니네 : 키니네(kinine). 해열제, 학질 특효약.

치욕(恥辱)의 나날

에게 숙제를 주어 그 연구를 시켰던 것이었다.

　그러나 웅덕이의 편지를 읽은 곽 교수는 그 즉석에서 창덕이에게 발진티
브스 균을 달걀 속에 배양해보라는 숙제를 주었다.

＊　　＊　　＊

　딱딱한 나무 바닥 침대였다.

　황보웅덕이가 잠을 들지 못하는 이유는 등에 배기는 딱딱한 널판지 때문
만은 아니었고, 밤새도록 커져 있는 十촉짜리 전구 때문만도 아니었다.

　옆 침대에서 코고는 중국인 중년 사나이의 드르렁 소리만이 웅덕이의 잠
을 방해한 것도 아니었다. 딱딱한 의자에 오래오래 앉았다가 조름이 오면
화다닥 정신 차려 감방 안을 오락자락 하는 중국인 간수의 발자국 소리만이
그의 잠을 막은 것이 아니었다.

　아내의 안위와 안응권 부처의 안위가 그 무엇보다도 근심되어 잠을 이루
지 못하는 것이었다. 감방 안이기는 하지만 웅덕이 자신이 파격의 우대를
받고 있는 사실로 미루어 볼 때 아내도 우대를 받고 있으리라고 생각되기는
했으나 그러나 임신 五개월이 된 그녀의 건강이 염여되는 것이었다. 더구
나 첫 애기인데.

　웅덕이 내외가 수 북평 일본 영사관 경찰서 특고계 사무실에 거이 한 시
간이나 앉아 있는 동안 어느 딴 방으로부터는 안응권이 아내가 "아야야!"
소리를 내기도 하고 비명을 지르기도 하고 흐느껴 울기도 하던 그 목소리가
웅덕이 귀에 아직도 쟁쟁 남아 있는 것이었다. 그리고 조선인 형사의 조선
말 거치른 목소리. "마사꼬니 시즈꼬니 하는 어여쁜 내지(일본) 이름이 얼마
던지 있는데 어째서 딸 이름을 마리아니 데레사니 무슨 소린지 알 수 없게
지었느냐 말이야!"

　"걔들 영세 받을 때 신부님이 지어주신 이름이지오." 하는 안 부인의 떨
리는 목소리.

"신부는 어느 나라 사람이야?"

"첫애 때는 중국인이었고 둘째 애 때는 미국인이었어요."

"천황폐하(일본왕)의 적자(赤子) 이름을 외국 사람이 지어주어도 되는가? 너는 대일본제국의 신민이 아닌가? 똑바루 말해."

"……."

"맛을 좀 봐야겠나?"

"에고고, 아야야!"

때리는 소리는 들려오지 않는 것으로 보아 무슨 다른 방법으로 악형을 하는 모양이었다.

웅덕이의 아내인 진주는 울상이 되어 몸서리쳤다. 웅덕이도 얼굴을 찡그리었다.

도시 알 수 없는 일이었다. 이 특고계 사무실로 웅덕이 내외가 이끌리어 오기 전에 그의 집은 조선인과 일본인 형사들에 의하여 가택수색을 받았었다. 두 시간이나 걸려 샅샅이 다 뒤졌으나 압수된 것은 하나도 없었다. 그리고 아무런 설명도 없이 웅덕이 부처는 이곳으로 연행되어 온 것이었다.

응권이의 아내가 지르는 비명 소리를 들을 때 웅덕이는 몇 일 전 응권이의 편지를 받았던 것이 회상되었다. 천진서 써 보낸 편지였다. 그는 얼마 전에 솔가하여 북평과 북대하 중간에 있는 탕산 석탄광으로 갔었다. 영어로 쓴 그 편지에는 천진까지 오게 된 이유는 일언반구도 언급하지 않고 끝머리에 가서 "재작년만 해도 오늘에는 국수를 먹었을 텐데, 아, 아!" 하는 탄식이 있었다. 그날이 중화민국 국부인 손 일선의 생일이었다. 북평이 일본군에게 점령되기 이전에는 이날마다 가가호호 국기를 띄우고 학교마다 기념식을 끝내고는 전교생이 국수를 먹군 했었었다. 일본군 천하가 되자 손 일손의 생일 기념도 없어지고 말았던 것이었다.

一九三七년 가을에 화북 일대가 일본군 점령하에 들게 되자 친일파들이 판치고 돌아가게 되었다. 화북 일대 중국인 체육회와 일본인 체육회가 합동하여 새로운 발족을 보게 되었다. 이 기사가 각 신문에 대서특서 보도되었고 중국인 반 일본인 반으로 선출된 새 임원명단도 게재 되었다.

三주일 뒤 응권이는 아버지(별명으로 봉투에 적힌)의 편지를 받았다. 홍콩서 온 편지였다. 상해 남경등 화동일대도 일본군에게 점령되었기 때문에 중화민국 정부는 곤명으로 천도했다. 대한민국 임시 정부도 중화민국 정부와 공동보조를 취했다. 빈사상태에 빠졌었던 대한민국 임시 정부가 중화민국이 남경을 수도로 정할 때 그 정부의 경제적 원조를 받아 소생되고 강화되었던 것이었다. 장개석 군대가 북벌할 때 생사를 같이한 조선인 장병들의 공로로 대한민국 임시정부가 중국 정부의 후대를 받게 된 원인이었었다. 응권이의 아버지는 임정 요인 중 하나이었는데 그는 어떤 사명을 띠고 홍콩에 가 있는 모양이었다.

"웅덕이, 이 편지 좀 봐, 아버님께서 대노하셨어. 내 이름이 중일합동 체육회 역원 명단에 올른 신문을 보셨다구. 난 이미 학교에 사표를 냈어. 아버님 말씀은 홍콩으로 오라구 하셨지만 그곳은 이곳 사정을 모르시고 하시는 말씀이야. 홍콩으로 가라구 왜놈들이 가만 내버려둘 리가 있나. 난 탕산으로 가기로 했어. 석탄광에 우리 사춘이 기사로 있는데 가기만 하면 일자리 하나 줄 수 있을 거야." 하고 응권이가 말했었다.

손가해서 탕산으로 가는 것을 역까지 나가서 배웅해주었었는데 응권이가 무슨 일로 천진까지 왔으며 응권이의 아내가 무엇 때문에 일본 경찰에 부뚤려 와서 고문을 받고 있고 웅덕이 부처는 또 왜 잡혀 왔는지 모두가 수수꺼끼였다. 천진서 어떤 비밀화합에 참석했던 응권이가 어떤 비밀사명을 띄고 북평서 내려 잠입했다가 왜경에게 체포되고 이어서 그의 아내도 체포된 것이 아닐런지. 그러나 그녀가 문초 받는 내용은 딸들의 이름 시비─영문을 모를 일이었다.

一九三三년에 일본군대는 만주전체를 무력으로 점령했다. 국제연맹에서는 일본을 침략자로 규정지었다. 일본은 즉시 국제연맹에서 탈퇴하고 이어서 '만주제국' 독립을 선포했다. 청나라 최종 왕이었다가 망하고 중화민국이 되자 북평 궁전 한구석에 연금되어 있었던 부의를 만주국 황제로 만들고 '선통황제'라고 추대했다. 북평궁에 연금되어 있는 소년 부의를 일본인이 구해내다가 천진 일본족계에서 보호하다가 얼마 뒤 일본으로 데려다가 먹여살리던 청년이었다. 장춘(長春)을 신경(新京)이라고 고쳐서 수도로 삼았다. 중화민국과의 국경은 만리장성이었다.

만리장성 산해관 서쪽 백 리에 있는 향촌 일대에서는 농민폭동이 일어났다.

북평서는 순경반란사건이 일어났다.

천진서는 똥 퍼가는 인부들이 시가지 시위행진을 했다. 천진시가 오물 처분을 시영으로 한다고 발표했기 때문에 반대한다는 것이었다.

향촌 농민 폭동을 중국 내 일본신문, 조선 내 일본신문, 일본 내 일본 신문들은 중화민국 인민의 민심이 장개석정권의 학정에 반항하는 것이라고 대서특서해 냈고 중국 신문들은 일본과 만주국에서 파견한 五열의 작희[6]라고 보도했다.

북평 시내 순경반란사건을 일본문 신문들은 중국 정부의 부패성 폭로라고 보도했고 중국 신문들은 일본과 만주국 간첩들이 쿨리(노동자)들을 고용하여 순경제복을 입혀 내세운 조작이라고 보도했다. 순경제복을 만든 천진 일본족계 내 일본인 경영 공장 이름까지 폭로했다.

천진 시내 똥 푸는 사람들 시위도 중국 신문에서는 일본인과 만주국 五열들이 중국인 쿨리들을 매수해서 꾸민 연극이라고 보도했다.

몇 일채 북평 시내에는 괴이한 풍설이 돌았다. 조만간 '태평성국'이라는 나라가 새로 설립된다는 유언비어였다. 몇 일 뒤 석간신문에는 그야말로 기상천외인 뉴스가 보도되었다. 천진으로부터 급속도로 달려오던 기관차 한대가 성문 밖에서야 겨우 멈추게 되었다는 기사였다. '태평성국'이라고 쓴 부랑카드를 단 기관차 한대가 미친 듯이 천진 북경 간 선로를 달렸다고. 급보에 접한 북평시 당국이 성문을 닫아서 "태평성국이 들어오는 것을 막

---

6 작희 : 作戲. 방해함.

앗다. 북평 역 五百미터 밖에 있는 선로는 성문 밑에 부설되어 있었기 때문에 그 육중한 문을 기관차로도 부수지를 못한 것이었다. 기관차는 천진 일본조계 역에서 떠났다."는 것이었다.

중국 정부는 일본 정부에 엄중 항의했다. 그러나 일본 정부는 기관차 도둑놈은 만주제국 국민이기 때문에 일본서는 처벌이 불가능하다고 대답했다. 중국 정부가 만주에 항의를 내면 그것은 만주제국을 승인하는 일이 되겠기 때문에 안 될 일이었다.

여름 방학이 되었다. 아내와 함께 북대하 처가로 내려가던 웅덕이는 천진역에 내렸다. 천진역은 일본조계 안에 있었기 때문에 프랑스 조계나 중국 관할 시가지로 가는 사람들도 일본조계를 지나가지 않을 수 없었다. 중국 시가지는 그리 멀지 않았다. 아내의 옛 동창생이었던 중국 처녀가 얼마 전에 결혼을 했는데 그 신혼부부를 북대하 별장으로 초대해서 밤차로 함께 내려가기로 편지 연락이 되어 있었다. 그들의 집이 빤히 바라다 보이는데 있었으므로 웅덕이 부처는 걷기로 하였다. 쇼윈도를 통한 일본상품 눈요기를 하면서 인도 위를 천천히 걸었다. 차도에서 갑자기 자동차 한대가 급정거했다. 고개를 들어보니 이상한 기를 단 고급 세단이었다. 급히 내리는 군복 입은 사나이는

"여, 웅덕이." 하고 소리 질렀다. 별 한 개 달린 군복을 입은 중년 사나이였다.

"아 누구라고? 택수 아닌가!" 하고 웅덕이도 소리 질렀다.

"자네 소식은 시시콜콜 다 듣고 있지." 하는 택수는 악수하는 손을 더 힘주어 꽉 쥐었다. 웅덕이는 손을 빼려고 했으나 택수의 억센 손은 요지부동이었다.

"그런데 자네는 어느 나라 장군인가? 가짠가 진짠가?" 하고 웅덕이는 놀려주었다.

"소식불통이로군. 과연 학자야. 허기는 학자는 그래야 되는 거지만. 나는 말이지 겉으로는 가짜가 아닌 진짜 만주제국 소장이야. 속이야 누가 아나!

자네가 스윗홈을 꾸몄다는 것두 나는 알구 있어. 소개해주어야지."

웅덕이는 택수를 아내에게 소개했다.

"제수님, 우린 참으로 수십 년 만에 만났는데요. 이런 때는 어떻게 하는 건지 아시지요. 술이나 한잔 나누게 허락해주서야 돼요." 하고 택수는 수선을 떨었다. "아, 바로 여기 좋은 데가 있구면." 하면서 그는 이때까지 꽉 쥐고 있었던 웅덕이 손을 끌었다.

"이 더운데⋯⋯."

"더우니까 어름 채운 냉맥주가 필요한 거지. 자, 제수님, 맥주는 술이 아니고 청량음료지오. 그렇찮아요."

"같은 값이면 하이알라이로 가야지 않어. 시원한 걸 찾는다면."

"거긴 이 군복 입구는 못가는 데야. 저기 세운 차도 저 다리를 넘어갈 수가 없구."

맥주 컵을 가운데 놓고 떠버리는 사람은 택수 하나뿐이었다. 모두가 다 자화자찬이었다.

"이래 봬두 나는 태평성국 황제 될 번 했거든."

"아니 자네가 그럼⋯⋯."

"암, 그렇구말구. 내가 북평역에 도착하기만 했던들⋯⋯ 자네두 벼슬 한자리 할 번했지."

"에끼 이 사람."

"어데 그뿐인가. 농민 폭동이니 순경 발란이니 모두 이 골통에서 나간 것이지." 하면서 택수는 제 머리를 때렸다.

"그런 똥 통 푸개두⋯⋯."

"목적을 위해서는 수단방법을 가리지 않는 거야. 두고 보게. 별의 별 일이 다 생길 테니. 이 골통은 무궁무진이니까. 도박은 도박이지만, 암, 큰 도박이지. 인생 자체가 결국 도박이 아닌가, 이 사람! 도박의 묘기는 언제나 따는 축에 앞장서야 하는 거야."

북평 서남쪽 七十리에는 긴 석교가 있었다. 이 돌다리는 十三세기 때 벌써 서양 사람 간에 유명해졌고 그들은 '말코 폴로 브럿지'[7]라고 불러왔다. 이태리인인 말코 폴로[8]가 이 다리 구조를 극구 칭찬했었기 때문이었다.

一九三七년 七월 七일 밤 이 노구교 근방 평야에서 일본군 병사 하나가 실종되었다. 천진 주둔 일본 군대가 야간 연습을 하는 동안에 실종된 것이었다.

"황군(일본군) 일명 불법 납치"라고 쓴 신문기사 제목이 엄지손가락 만큼식 큰 활자로 일본신문에 톱기사로 게재되었다. 이 신문이 거리에 나오기도 전에 벌써 일본 정부는 중국 정부에 엄중 항의했다.

북평 시내 중국신문들은 '갈보집에서 잔 일본 군인'이라는 제목으로 일본어 신문에 응수하고 그 실종되었다는 사병이 연습 중 몰래 중국인 갈보집에 가서 데리고 잤다는 창녀 이름과 사진까지를 증거로 게재했다.

일본군이 북평을 향하여 진군을 시작했다는 풍설이 파다하여 북평 시민들은 전전긍긍했다. 시 당국에서는 사방 팔대문을 다 닫아버리고 성외와의 통행은 전적으로 불허했다. 백만 시민이 매일 소비하는 수만 톤의 채소는 마차나, 외바퀴차나, 장정이 어깨에 멘 쌍쌍 광주리에 담기거나 실리어 들어오지 못하고, 성위에서 노끈을 내려 보내 그 노끈으로 채소 가득 담긴 광주리들을 매서 끌어올렸다.

전화로 담판을 강요하는 일본측 대표와 회담할 중국측 대표는 성위로 기어 올라가서 채소 담아 올린 빈 광주리를 타고 성외로 나갔다.

옹덕이 내외는 이 여름에도 북대하 별장에 이미 가 있었으므로 그 몇일

---

7   말코 폴로 브럿지 : 마르코 폴로 다리. 베이징 남쪽 융딩강(永定河)에 있는 다리로 본래 이름은 노구교(盧溝橋), 마르코 폴로가 그의 여행기에서 "아름답기 그지없는 다리"라고 묘사한 데서 마르코 폴로 다리라는 별명으로 알려졌다.
8   마르코 폴로 : Marco Polo(1254~1324). 중세 이탈리아의 동방 여행가.

간 북평 시민들이 겪은 긴박감은 경험하지 못했다. 단지 라디오 방송을 들어 그날그날 정세를 짐작할 수 있을 따름이었다. 그러나 七월 중순 북평 방송은 친일 선전 무대로 돌변하고 말았다. 북평은 일본군 손아귀에 들어간 것이었다. 한동안 두절되었던 편지왕래가 다시 가능하게 된 것으로 보아 북평 산해관 간 기차도 다시 통하게 되었다는 것을 알 수 있었다. 九월 一일부터는 예년대로 입학시험이 있고 곧 채점에 들어가겠으니 상경해 달라는 대학측 편지를 웅덕이는 받았다.

북대하역에 나가보니 역은 무장한 일본군들이 수비하고 있었다. 짐이래야 뽀스톤 빽 두 개뿐이었으나 그 짐은 물론 몸수색까지 당하고야 기차에 올랐다. 불유쾌한 일이었다. 어데로 가면 일본 놈 세도 꼴을 보지 않고 살아갈 수 있을까? 중국 힘이 이렇게도 미약한가? 하고 의심도 나고 기가 막혔다.

북평역에 내려서도 출구에서 역시 일본인 군인에게 짐과 몸 뒤짐을 받고야 밖으로 나섰다. 인력거 거태만은 여전했다. 인력거를 타고 남문 밖 거리를 달리며 살펴보니 어느새 순 일본식 음식점들이 뜨문뜨문 개업하고 있는 것이 보였다. 점포전면에 초가지붕 챙을 달고 길죽한 헌겁에 음식 이름들을 찍은 광고가 출입문 대신으로 느려져 있었다.

남문 안에 들어서자 일본인 음식점은 보이지 않았다. 그러나 바로 웅덕이의 집 골목으로 들어서는 모퉁이 집 처마에 한문으로 '御料理(어요리)'(요리도 팔고 계집 몸도 파는 집)이라고 크게 쓴 간판이 걸려 있는 것을 그는 보았다. '북평의 고전미도 인제는 운이 다 진했나 보구나!' 하고 웅덕이는 장탄식했다.

개학을 하고 보니 일본인 교수 한 명이 새로이 부임해 와 있었다. 일본어 교수라고 했다.

웅덕이가 가르치는 클라스에도 전형적인 일본인 학생 둘이 있었다. 강의가 끝나자 그 일본인 학생들은 웅덕이에게로 가까이 와서 "센세이(선생님)" 하고 말을 걸었다. '이자들이 내가 조선 사람이라는 걸 알구 있다 하는 수작이구나.' 하고 생각되어 불쾌했다.

웅덕이는 손을 저으면서 "나는 일본말을 몰라요" 하고 영어로 딱 잡아뗐다.

"하, 소데스까(아, 그래요)." 하고 일어로 말한 두 학생은 입가에 비꼬는 미소를 짓고 후퇴해버렸다.

이것은 재작년 일이었었다.

웅덕이는 천정을 다시 쳐다봤다. 몇 백번 쳐다봤는지 모를 일이었다. 천정에 봉황새를 그려놓은 것으로 보거나 방 넓이로 보거나 창문 구조로 보아 이 건물은 유치장이나 감옥이 아니고 청나라 때 궁전의 한부분에 틀림없다고 생각되었다. 유치장치고는 아마 세계 최고급이리라.

이 밤이 왜 이리도 길까?

밤 자정이 다 되어서야 웅덕이 부처를 택시에 태워가지고 이 궁전 같은 감옥으로 온 조선인 형사가 중국인 전옥에게 신원을 넘기면서 "학교에 연락하는 것이 좋겠오?" 하고 물었던 것이 다시 생각났다.

"무슨 곡절인지 알기나 합시다." 하고 그는 말했었다.

"그건 차차 알게 되겠지오." 하는 것이 형사의 말이었다.

"하로라도 결강을 하게 된다면 그 이유를 알려야지요." 하고 그는 말했었다.

"몸이 불편하다고 전화로 학교에 알려줄테니 염려 마서요."

"아직은 몸이 불편하지 않은데 무슨 이유로 그런 거짓말을 해요?"

"통고는 내게 맞겨 두서요. 적당히 해 드릴게."

형사와의 대화는 이상으로 끝혔었다. 그러나 '적당히'란 말은 모호하기 그지없는 말이었다. "몸이 불편하다"고 통고하겠다니 그것은 이삼일 뒤에 석방해주겠노라는 말일까? 아니, 일개 말단 형사, 그것도 일본사람이 아닌 조선 사람이, 특고계 고위층 꿍꿍이속을 알리가 없다 하는 생각이 더 강하게 났다. '쉬 나가게 될까? 오래 끌게 될까? 허나 내가 법에 걸릴 만한 무슨 일을 한일은 없는데. 일본인 학생들에게 불친절하게 대해준 것도 죄가 구

성되는 걸까? 하기는 딸 이름지어준걸 다 가지구 말썽을 피우는 왜놈이긴 하지만.'

아무리 생각해도 소용없는 일이었다. 조롱에 갇힌 다람쥐가 바퀴위로 무한정 달리는 것과 같은 생각의 반복뿐이었다.

새벽 소식은 지저귀는 참새 떼가 제일 먼저 가져왔다. 그다음 어데선지 멀지 않은데서 중국 국가를 합창하는 여자들 노래 소리가 들려왔다. 일본군이 북평을 점령한 이래 중국국가 부르는 것은 금지되어 있었는데, 이상한 일이었다. '내 머리가 돌았나?' 하고 까지 그는 생각했다.

날이 밝았다.

간수가 교대될 때 감방 문이 열리고 중국인 수인은 뜰로 나갔다. 웅덕이도 불이낳게 뒤따라 나갔다. 좁은 뜰이기는 했으나 수백 년 자란 것같이 보이는 향나무가 빼죽히 선 것으로 보아 옛날 궁임에 틀림없었다. 뜰에서 웅덕이와 중국인 수인은 통성하고 이야기를 주고받았다. 중국인 수인은 중국 국민당 요인이노라고 자아 소개했다. 일본군이 북평을 점령하자마자 일본 헌병에게 체포되었는데 친일파 정권이 수립되자 이 공안서(公安署)에 인계되어 수감되었다는 것이었다.

이 감방은 청조 말기 어떤 왕의 삼춘 내외가 三十년간이나 연금되어 있었던 궁이라고 그는 말했다.

"남편은 바로 이방, 그리구 부인은 저 담 넘어 저쪽 방에. 담하나 사이에 두고 그 불행한 부부는 三十년간 한 번도 만나보지 못하고 따로 따로 감금되어 있었지요."

이 말을 듣는 웅덕이는 머리를 몽둥이에 얻어맞는 것 같은 얼떨떨한 감을 느꼈다.

담 저쪽에서 갑자기 개가 컹컹 짓는 소리가 났다. 이어서 여자들의 깔깔대는 웃음소리가 들려왔다. 수십 명이 한꺼번에 웃는 것 같았다. 개는 그냥 컹컹 짓고 있었다.

웅덕이는 흠칫했다. 귀를 의심했다. 귀를 의심했다. 두근거리는 가슴을 억누르면서 전 신경을 귀로 집중시켰다. 그 여러 여자들의 웃음소리 속에 아내 진주의 웃는 목소리도 섞이어 있는 것 같은 착각을 그는 느낀 것이었다. 흥분을 지채할 수 없는 그는

"진주, 진주 나 여기 있어!" 하고 소리 질렀다.

담 넘어 여자 웃음소리와 개 짖는 소리는 그냥 계속되었다.

2

"진주, 진주, 나 여기 있오. 나두 별고 없이……" 하고 웅덕이는 소리 질렀다. 중국인 간수가 달려들어 웅덕이를 얼싸 안으면서 손바닥으로 웅덕이의 입을 꽉 막았다.

"나두 편히 있으니 염려 마세요." 하고 아내 목소리가 담 넘어 들려왔다.

입을 막고 있는 간수를 떨쳐버리려고 웅덕이는 버둥거렸으나 간수의 억센 힘을 당할 수가 없었다. 간수에게 끌리어 웅덕이는 감방 안으로 들어갔다.

지루한 하루였다.

이튿날 새벽 담 저쪽에서는 다시 여자들의 웃음소리와 개 짖는 소리가 났다. 이쪽 감방에 갇히어 있는 웅덕이에게는 뜰로 나가는 것이 금지되었다. 고함지르지 않는 중국인 수인만 뜰로 나가는 것이 허락되었다.

감방 마루를 왔다 갔다 하는 웅덕이는 담 넘어서 다시 아내의 웃음소리나 고함소리가 혹시 들려오지나 않나 싶어서 귀를 기우렸으나 긴가민가 확인할 수는 없었다. 담 넘어 여자들의 웃음소리가 멎자 그는 "진주. 난 아직 무사하오." 하고 고래고래 소리 질렀다.

후에 안 일이지만 아내가 구금 되어 있는 감방에는 二十여 명의 중국 여학생들이 수감되어 있었다. 이 여학생들은 모두가 방화(放火)혐의로 구속된 것이었다. 일본인 상점으로 물건 사는체 하고 들어간 그녀들은 몰래 불을 지르군 했다는 것이었다.

그녀들은 감방 한 절반쯤에 꽤 높게 쌓은 캉(온돌) 위에서 비좁게 자는데

반하여 진주만은 나무 침대 위에서 혼자 잤다는 것이었다. 새벽 동이 트자마자 여학생들은 우루루 정원으로 나가 밤새 꼬부렸던 활개를 펴면서 웃어대는 것이었다. 교대되어 오는 노파 여간수가 강낭떡을 한 소쿠리 들고 들어오는데 이 강낭떡을 여학생들이 조반으로 먹으면서 뜯어서 개에게 던져주기도 했다. 떡 조각을 어서 던져 달라고 컹컹 짖으면서 이리저리 뛰노는 개를 놀리면서 그렇게 유쾌하게 웃었다는 것이었다. 일본인 세력에 눌리어 마지못해 그 여학생들은 구금하기는 했으나 간수들은 노골적으로 친절을 베풀더라는 것이었다.

사흘째 되던 날 오후 늦게 웅덕이 부처는 다시 일본 영사관 경찰서 특고계 사무실로 연행되었다. 두 시간 이상 우더머니 앉아 있었다. 전등불이 들어오자 중늙은이인 일본인(특고계 계장인 듯)이 들어와서는 닷자곳자 일본어로 "집으로 가도 좋소." 하고 말했다.

이 말을 듣고 안심되기는 했으나 싱겁기도 하고 부애도 났다. 따져보고 싶기도 했으나 그냥 놓여 나가는 것이 상책이라고 생각되어 묵묵히 구름다리를 내려왔다.

집 대문은 '예일록'⁹으로 잠궈두었었기 때문에 집안에는 아무 변화도 없었다.

아내는 저녁 지으려 부엌으로 나가고, 웅덕이는 사흘 밀린 양추질도 하고 면도도 하고 세수도 하고 있는데 초인종이 울었다.

아내가 대문께로 가는 발자국 소리가 들리더니 이어서 중국말로

"아야, 얼마나 고생했오!" 하는 여자 목소리가 들렸다. 웅덕이네 바로 앞집에 사는 뚱뚱보 중년 부인의 목소리였다. 대문 닫고 들어오면서

"그 똥양 퀘즈(왜놈)땜에." 하고 시작한 그녀의 욕은 일본 족속 고조할아버지부터 증손자 까지 올리 내리 입에 담을 수 없는 욕지거리를 퍼붓는 것이었다. 협화의원 내과 과장 부인의 입에서 이런 더러운 욕설이 나올 줄은

---

9 예일록 : 예일(Yale) 자물쇠. 문에 쓰는 원통형 자물쇠의 상표명.

뜻밖이었다.

더구나 놀란 것은 그 마나님이 찬합을 한아름 안고 들어오는 것이었다. 근 잇해 동안이나 이쪽에서는 파티에 청하기도 했으나 답례 한번 안한 그녀였다. 그런 구두쇠가 진수성찬을 몸소 들고 오는 데는 실로 놀랍고도 반가울 수밖에 없었다.

섣달 그믐날 어두워서였다.

안응권이가 웅덕이네 집에 찾아왔다. 놀랍고도 반가운 일이었다. 금방 석방되어 나왔다는 것이었다.

"세수나 하구 저녁 먹으러 나갑시다. 집에는 준비가 없어서……." 하고 웅덕이가 말하자 응권이는 손을 홰홰 내저으면서 "식사가 급한 문제가 아니고 곧 탕산으로 내려가야 하겠는데……."

"아니, 그새 가족이 도루 내려갔단 말요? 크리마스 방학 바로 전날 학교로 미쎄스가 전활 걸었던데……."

"그래! 그럼 어때서?"

"남문 밖 조선여관에 그냥 유숙하시는 모양이던데. 어린이들 데리구."

"망할 놈의 자식들 놔 줄 바엔 그런걸 알려줄 것이지. 그럼 난 그리로 곧 가봐야겠오. 안녕."

응권이는 급히 나갔다.

웅덕이 내외가 석방되어 나온 지 열흘 뒤 일이었다. 응권이 아내와 사촌 부부가 함께 웅덕이 집을 찾아 왔다. 응권이만 내놓고 그들은 다 석방되었다는 것이었다. 무슨 혐의로 체포되었는지는 그들도 모른다는 것이었다. 밤중에 체포되어 압송되어 왔었기 때문에 셋이서 탕산까지 갈 노비가 없다는 것이었다.

닷새 뒤에 응권이의 아내는 두 어린 딸을 데리고 다시 찾아왔다.

"그이가 언제 석방될런지 알 수가 없어서 남문 밖 여관에 방을 얻고 기다리기로 했어요." 하고 응권의 부인이 말했었다.

"어느 여관인데요?" 하고 진주가 묻자 "조선여관이야요. 허나 찾아오지는 마세요. 왜놈 경찰에서 그 여관에 들어 있으라구 지정해 준 것이니까요. 미행 형사가 따르는 것 같아요. 연락할 일이 있으면 선생님 학교로 전화해 말씀들이겠어요." 하고 웅권의 부인은 말했었다.

그 뒤 꾸준히 웅덕이는 전화 연락을 받고 있었다. 남편에게 차입하는 겹옷을 받아주었고, 다시 솜옷을 차입할 때 홑옷은 내주는 것으로 보아 웅권이는 한 장소에 그냥 구금되어 있는 것으로 믿어지나 면회는 절대로 허락하지 않는다는 것이었다.

이튿날, 그러니까 정월 초하룻날, 아침 웅덕이 내외는 조선여관으로 갔다. 웅권이가 석방되었으니까 왜경의 감시가 없으리라고 생각되었고, 무슨 일 때문에 넉 달씩이나 구금되어 있었는지가 궁금했다. 양력 설날이었기 때문에 중국인 거리에는 설 맛이 조금도 없었다.

간판만은 '조선여관'이었으나 외관상으로나, 종업원이나, 내부시설이나 모두가 전형적인 중국식 여관이었다.

웅권의 내외는 무척 반가워하면서도 어딘지 당황해하는 기색을 감추지 못하는 것 같았다.

웅덕이와 악수하는 웅권이의 정신은 문밖 복도에만 집중되어 있는 것같이 보였다.

문을 안으로 잠그고 나서야 웅권이는

"고맙소, 고마워. 위험을 무릅쓰고 이렇게 찾아와주니. 나는 어떻게 하면 다시 만날 수 있을까 하고 생각하던 중인데. 전화로 말하려면 학교 개학은 아직 멀었구."

"아니, 무사히 놓여나온 줄로 난 알았는데."

"아니야. 아직도 그놈들 손아귀 속에 있어요. 끈을 좀 풀어놓았다 뿐이지. 어제 밤 그놈들이 우리 가족이 이 여관에 있다는 걸 알려주지 않고 놔준 이유는 내가 어데로 가나 그 뒤를 밟노라고 그랬어요. 골목 밖에 나서서야 눈치를 챘거던. 멋도 모르고 내가 형 댁을 찾아 갔기 때문에 형에게 무슨 후환이나 미치지 않는가 걱정됐어요."

"무슨 일인데?"

"그걸 모르고 있는 것이 편할거요. 하여튼 그놈들이 냄새만 희미하게 맡았지 증거라고는 하나도 잡지 못했어. 위조 증거를 자꾸 내놓는 걸 보구 그놈들이 무턱대구 날 잡아 들인 것이라는 걸 알았어요. 별의 별 악형과 고문을 다 받았지만 불지는 않았으니깐. 그런데 좀 조용히 이야기할 일이 있는데. 음 저쪽 구석 탁자로 갑시다."

이야기라기보다도 밀담에 가까웠고 말을 할 때에도 서로 귀에다 대고 속삭였다.

응권이를 석방해주는 데는 조건이 있었다. 홍콩으로 가서 아버지를 권유하여 모셔오라는 조건이었다.

"왜놈들이 매쳤다면 매쳤고, 어수룩하다면 어수룩하기도 하거든." 하고 응권이는 속삭였다.

"그렇게만 볼 수는 없지. 무슨 꿍꿍이수작이 있을 꺼야." 하고 응덕이는 속삭였다. 그러나 응권이는 자기가 무척 기뻐하는 모양을 보이면서 석방만 해준다면 가서 모셔오겠다고 약속했더니 특고계 주임도 믿는 것처럼 보였다고 속삭였다. 만일 위약하는 때에는 가족에게 해가 있을 것이라고 위협하면서 가족을 인질로 잡아둔다고 하더라는 것이었다. 홍콩까지 갈 여권이나 노비에 대해서는 염여말고 기다리라고 했다는 것이었다.

그 뒤 응덕이는 응권이를 한 번도 다시 만나지 못했다.

二월 중순경이었다. 아침 강의 중에 응덕이는 학교 급사로부터 쪽지 한장을 받았다. 오하라라고 하는 아일랜드인 신부가 좀 만나자는 사연이었다. 숭인대학은 미국 천주교에서 운영하는 대학이었는데 교수 중에는 영국, 미국, 프랑스, 독일, 아일랜드, 신분들이 섞여 있었다.

캠퍼스를 나가 길 하나만 건너가면 천주교 성당이 있었고 그 성당 구내에 신부 교수들의 기숙사가 있었다.

오하라 신부의 침실로 들어가자 신부는 서랍을 열고 초 한주를 꺼내 불을 켰다. 침실 뒷방으로 들어갔다. 문을 닫으니 창문 하나 없는 골방은 촛불 하나로 희미하게 밝았다. 웅덕이는 슬그머니 겁이 났다. 이 신부가 좀 돌지 않았나 싶어서였다.

한쪽 벽에 세운 대리석 성모마리아 상이 펄럭거리는 촛불을 반사하여 웃는 것처럼 보이기도 하고 우는 것같이 보이기도 했다.

작으마한 탁자위에 초를 붙이고 난 오하라 신부는 품속으로부터 접은 종이 한 장을 꺼내서 아무 말 없이 웅덕이에게 주었다. 접은 것을 펴서 촛불 가까이 들여대던 웅덕이는 헉하고 놀랐다. 응권이의 필적이 분명했다.

"나는 무사히 곤명까지 왔오. 왜놈 경찰 덕에 홍콩까지는 공짜로 여행했고, 홍콩서는 아버님을 모시고 이곳까지 국부군 군용기로 날아왔오이다. 왜놈들이 내 가족에게 어떤 보복을 할런지 알 수가 없습니다. 그놈들이 무자비하게 날 고문한 것으로 미루어 볼 때 만일 내 아내가 그런 고문을 받게 된다면 죽고 말 것입니다. 그녀가 죽으면 내 사랑하는 딸들은— 그러나 지금 아내니 자식이니를 논할 때가 아닙니다. 남경을 쫓기어 난 국민정부는 곤명에 와 있고 우리 임시정부도 면목을 일신하여 국민정부와 공동작전을 하고 있읍니다. 대단히 미안하고 위험한 부탁을 하는 것을 용서해주시오. 우리 동지들은 절대로 불지 않는 강인한 사람들인 만큼 전적으로 신임해도 형에게 후환은 절대로 없을 것입니다. 동지가 가면 오하라 신부님을 통해서 만나 보실 것이니까 나로부터 아무런 편지로 가지고 가지는 않을 것입니다. 오하라 신부님을 신임하시고 그가 소개하는 사람을 신임해주세요. 가족은 잊어버리자 잊어버리자 하면서도 잊어지지가 않습니다. 내 가족이 행방불명이 되었으면, 아니 아시는 대로 편지를 써서 오하라 신부님께 맡겨주시오. 형이 이 편지를 몇 달 후에나 받게 될런지 모를 일이고, 형 회답이 또 몇 달 후에나 내 손에 들어 올른지, 아니 영 못 들어오고 말런지도 모르겠습니다. 그러나 그러나! 나는 기다리렵니다. 혹시 내 아내를 만날 수가 있으면 오하라 신부님을 곧 만나 보라고 말해주세요. 일본군 점령 지대와 중국 정부 통치하에 있는 지대 사이를 자유로 왕내할 수 있는 사람은 신부님들뿐입니다."

치욕(恥辱)의 나날

285

다 읽고 눈을 뗄 때 오하라 신부는

"한 번 더 읽으시오. 아니, 편지 사연을 다 기억할 때까지 되풀이 해 읽으시오." 하고 말했다.

웅덕이는 천천히 한 번 더 읽었다.

"얼추 기억하겠읍니다." 하고 그는 말했다.

"그러면 불살라 버려도 괜찮겠오?" 하고 신부가 편지를 도로 받아들면서 말했다. 웅덕이는 고개를 끄덕이었다. 신부는 그 편지를 말아서 촛불에 갖다 댔다.

"회답할 것이 있으면 이 자리에서 써 주시오." 하고 신부가 말했다.

웅덕이는 간단하게 회답을 써서 신부에게 주었다.

"안 선생 부인에게 가는 편지도 있는데 그 부인께 말 전달할 수 있읍니까? 황보 교수를 믿지 못해서 하는 말이 아니라 만일 들키게 되는 날에는 선생신상에 박해가 있을 것이오. 안 선생 부인에게도 해가 미치겠기에 그러는 겁니다." 하고 오하라 신부가 말했다.

"오늘이 될지 내일이 될지 또는 몇일 걸릴지 장담은 할 수 없으나 최선을 다 해보렵니다." 하고 웅덕이는 말했다.

웅덕이는 집으로 가서 스켙을 메고 북해 뒷문으로 갔다. 얼어붙은 북해 넓은 못에는 스켙 하는 남녀노소로 북적 댔다.

스켙을 신고 빙판위에 올라선 웅덕이는 어름 타는 데는 정신이 없고 응권의 부인 모습 찾는데 눈이 벌개 돌아갔다. 저쪽 끝은 너무나 멀기 때문에 잘 아는 사람 모습도 얼른 알아낼 도리가 없고 가까운 데서도 수백 명이 어울리어 밀려다니기 때문에 누가 누군지 알아보기가 힘들었다. 다섯 개나 되는 링을 일일이 돌며 찾아보았으나 허사였다. '혹시 그동안 어데 딴 데로 간 것이나 아닐까? 전화 받은 지도 열흘이 지나갔는데. 여관 전화번호나 알아둘걸. 번호책 보면 있겠지? 그러나, 그러나 이쪽에서 전화를 걸면 않될지도 모르지. 전화 걸어오기를 기다리고 있는 편이 오히려 낳지 않을까? 아니, 이렇게 무턱대고 찾아다닐 것이 아니라 한 곳에서 서성거리면서 기다리는 것이 좋지 않을까?

한곳에서 앞으로 지치고 뒤로 지치면서 그는 오락가락 했다. 어슬해졌다. 웅덕이는 초조해 지기 시작했다 집으로 돌아가는 사람이 많아졌다. 사람이 적어지면 찾기는 쉽게 되겠지만 형사가 미행해 와서 감사하고 있다면? 눈에 더 쉽게 띠일 것이다.

아! 저쪽에서 딸들을 앞세우고 응권이 부인은 천천히 지치며 오고 있었다. 반가운 마음에 마주 나가며 "미쎄스 안." 하고 불렀다. 그녀는 미소로 대답했다. 웅덕이는 빙글 돌아서 그녀와 나란히 타기 시작했다.

"미행이 여태 딸아요?" 하고 그는 앞만 보면서 물었다.

"저쪽 가에 있을거야요. 말씀하세요." 하고 그녀는 대답했다.

"미쓰터 안 한테서 편지가 왔어요."

"헉!" 하는 그녀의 숨소리를 그는 들었다. 앞만 내다보며 말했기 때문에 그녀의 표정은 보지 못했다.

"곤명까지 무사히 가셨대요."

"아!" 하는 탄성이 그녀 입에서 나왔다.

"편지를 오하라 신부님이 갖구 계셔요." 하고 말하고 난 웅덕이는 횡하니 속도를 내서 앞서고 말았다. 그는 다시 뒷걸음쳐 그녀 옆으로 천천히 지나가면서

"알아 들으셨지요?" 하고 다짐했다.

"예, 감사해요." 하는 소리를 들으면서 그는 그냥 뒷걸음하다가 휙 돌아서 북문께로 빨리 지치어 갔다.

그 뒤 四년간 웅덕이는 안응권 부처에 대한 소식은 모르고 지냈다.

一九四三년 사월 초순이었다. 어떤 날 오후 응권이의 막내 여동생 입을 통하여 미쎄스 안과 두 딸은 도로 탕산으로 가서 시 사춘댁에 얹히어 산다는 말을 들었다. 자세한 내막은 모르겠으나 응권이가 홍콩으로 간 뒤 약 한 달 뒤부터 미쎄스 안은 딸 둘을 다 데리고 매일 아침 일본 영사관 경찰서 특

고계로 가서 발악을 하군 했다는 것이었다. 남편이 여태 돌아오지 않는 것을 보니 당신네가 몰래 처치해버리고 홍콩으로 갔다고 나를 속였음에 틀림없다고 대들었다고 한다. 골머리를 앓게 된 왜경에서는 탕산으로 돌아가라고 허락했다는 것이었다.

웅덕이가 웅권의 막내 누이동생을 만난 것은 독일 카토릭 미쏜 경영인 정신 여학교 교장실에서였다. 그 여학교 교장인 수녀가 오하라 신부를 통하여 웅덕이를 좀 만나자고 한 것이었다.

북평 시내에 있는 카토릭 계통 남녀 학교들은 대개가 미국 천주교 미쏜에서 경영하고 있었었다. 그러나 一九四一년 八월 八일 오전 중에 벼란간 미국 천주교계 학교들은 독일 천주교 재단으로 인계되었다. 이날 새벽 일본 해군 특공대가 하와이 미국 해군기지를 급습하는 것과 동시에 주 북평 미국 대사관도 일본 군대가 점령하고 시내 미국인은 전부 체포해 감금한 것이었다. 따라서 미국인 경영 각급 학교는 폐쇄 당했다.

그러나 숭인대학 만은 폐쇄되지 않았다. 하루 사이에 재단 이사진이 독일 천주교로 경질되기 때문이었다. 독일은 일본의 동맹국이기 때문에 독일 신부들이 운영하는 학교를 폐쇄할 수 없었다. 숭인대학 미국인 교수들은 모두 다 구금되었으나 오하라 신부는 구금되지 않았다. 그는 중립국인 아일랜드 국민이었기 때문이었다. 미국인계통 중국인 대학생들과 교수들은 숭인대학에서 흡수해버렸다. 교실이 좁아진 것이 불편일 따름 수업에는 별 지장 없었다. 일본인 교수가 수명 더 오고 일본인 학생들이 한 五十명 가량 전입학해 왔다.

중국인 교수들에게는 그리 큰 타격이 없었으나 조선인인 웅덕이에게는 타격이 심했다. 재학중인 일본인 학생들이 공공연하게 웅덕이를 멸시하기 시작했고, 일본인교수들은 그들과 섞이지 않는다고 백안시하게 되고, 중국인 교수들은 조선인인 웅덕이를 경이원지하기 시작했다. 강의 뒤 교수 휴계실에 들리면 중국인 교수들은 말을 끊고 어색하리 만큼 침묵을 지키는 것이었다.

'일본에게 속방되어 있는 나라 사람이라고 역시 경계하는구나.' 하고 생각되기도 했고, 一九三七년 노구교사건[10] 이래 홍수 밀리듯 들어온 조선인들의 행패와 아편 밀매업을 밉게 보는 중국인들인지라 그들이 웅덕이를 바로 그리 반갑지가 않은 모양 같았다.

이런 일이 있었다. 어떤 몹시 추운 겨울날 밤. 웅덕이는 조선인 세 친구와 더불어 길을 걸어가고 있었다. 너무나 추워서 외투 깃을 펴서 귀까지 가리우고 가는데 키가 큰 것으로 보아 일본인이 아니고 중국인이라고 착각한 중국인 순경 하나가 길을 막고 몸수색을 하려고 했다. 웅덕이는 순순히 수색에 응하려고 외투 단추를 그르고 있는데 신 용선이라는 친구가 볼멘소리로

"우린 꼴리전(고려인)이야." 하고 쏘아 붙였다. 중국인 순경은 "미안하오." 하고 물러섰다. 그러나 웅덕이 일행이 열걸음은 더 가기 전에 뒤에서 중국인 순경 하나가 "곁방 사리들이야." 하고 흉보는 말을 동료에게 하는 것이 들렸다.

용선이는 핵 돌아서면서

"무엇이 어째." 하고 호통 치면서 그 순경에게로 달려가려고 했다. 그대로 내버려두면 그 중국인 순경이 얻어맞아도 호소무처였다. 웅덕이가 용선이의 멱살까지 잡아가며 겨우 만류했다. 웅덕이 아니었다면 그날 밤 그 중

---

10 노구교사건 : 1937년 일본·중국 양국 군대가 노구교에서 충돌하여 중일전쟁의 발단이 된 사건. 노구교는 베이징 남서쪽 교외 융딩강을 가로지르는 다리 이름이다. 1937년 7월 7일, 베이징 교외에 주둔한 일본군이 노구교 부근에서 야간연습을 실시하던 중, 몇 발의 총소리가 나고 병사 1명이 행방불명되었다. 사실 그 병사는 용변 중이었고 20분 후 대열에 복귀했으나, 일본군은 중국군 측으로부터 사격을 받았다는 구실로 주력부대를 출동시켜 다음 날 새벽 노구교를 점령했다. 7월 11일 양측은 중국의 양보로 협정을 맺어 사건이 일단 해결된 듯했으나, 화북 침략을 노리던 일본 정부는 강경한 태도를 보이면서 관동군 및 본토의 3개 사단을 증파, 7월 28일 베이징·톈진에 대해 총공격을 개시했다. 이로써 노구교사건은 전면전으로 확대되어 중일전쟁으로 돌입했다. 중국 측에서는 이 사건을 계기로 제2차 국공합작이 이루어지고 항일 기운이 높아졌다.(한국사사전편찬회, 『한국근현대사사전』, 가람기획, 2005)

국인 순경은 녹초가 되도록 얻어맞으면서도 아무런 저항도 못했을 것이었다.

여름 방학 때였다. 웅덕이는 거의 매일 아내와 아들을 데리고 공원으로 가서 종일 보내곤 했었다. 나무 그늘 아래 탁자 하나와 앉기도 하고 누울 수도 있는 침대 의자를 차지하고 있으면 시원하기도 했고 다방에서는 종일 차를 딸아주었다. 어린 아들은 놀다가 잠자라고 하고 웅덕이 내외는 이야기도 하고 책도 읽었다.

어떤 날 오후 중국인 청년 하나가 지나 가다가 발을 멈추고는 깍듯이 인사를 했다.

"저는 재작년 숭인대학 졸업생이올시다." 하고 그는 자아 소개를 했다.

웅덕이는 반갑다고 하면서 좀 앉으라고 권했다.

이런 이야기 저런 이야기 하다가 그 졸업생은

"선생님께 항의할 말이 있습니다. 노여워하셔도 할 수 없어요. 이 기분은 하나의 기분이 아니고 우리 청년들의 공통된 기분입니다."

"그래 말해보라구."

"저이들이 중학교에 다닐 때 안중근 선생의 사적을 교과서에서 배웠습니다. 가르치는 선생님께서는 고려인 남아 十八세면 모두 다 안중근 같은 애국지사라고 말씀하셨어요. 우리는 그것을 믿고 귀국 청년들을 숭배했었어요. 그런데 오늘날 실정은 어떻습니까? 고려인 十八세면 모두다 아편 밀매업자가 되고 말았으니!"

웅덕이는 변명할 도리가 없었다. 북평 실정에서는 그것이 숨길 수 없는 사실이기 때문이었다. 언뜻 묘한 생각이 났다.

"자네들 중국인이 사 피우지 않는다면 아편 장사가 자연 없어질 것이 아닌가?" 하고 그는 역습했다.

졸업생을 보내고 나서도 웅덕이는 오래오래 동안 멍하니 하늘만 쳐다보다가 한숨을 길게 쉬었다.

3

일요일이었기 때문에 공원 안은 북적북적했다. 몇 해 전에 비하여 일본인이 급속도로 늘어서 공원 안에도 많이 있었다. 그러나 그들은 녹아지 나무 그늘 아래 앉아서 한가스럽게 차를 마시는 것이 아니라 대낮부터 술추념이었다.

웅덕이네 가정은 나무 그늘 풀밭에 있는 참대 의자에 걸터앉아 차를 마시고 있었다. 그 옆에도 앞에도 뒤에도 중국인 가족들이 모여 앉아서 차를 마시면서 수박씨와 호박씨를 까먹고 있었다. 중국인들이 수박씨 까는 재주는 비상했다. 수박씨 한 톨을 입안에 넣자마자 쩍각 까지는 소리가 들리고는 짜개진 껍질이 입술 밖으로 나오는 것이었다. 웅덕이도 그 기술을 배워보려고 무척 애를 썼으나 허사였다. 아무런 기술이고 간에 역시 아주 어려서부터 길르지 않아 가지고는 숙련되지 못하는 모양이었다.

조선인 남자 十여 명이 조선말로 왁작 떠들면서 지나갔다.

"에키, 약제사님들께서 행차하시는구면" 하고 비꼬는 소리가 옆에서 나는 것을 웅덕이는 들었다. 얼굴에 모닥불이 붙는 것 같은 느낌을 느끼는 그는 그 목소리가 들려온 쪽으로 돌려다 볼 용기가 없었다. 조선인만 보면 의례히 비꼬는 중국 지성인들의 말이었다. 아편을 가지고 '흰약'(헤로인)을 만들어 파는 '약제사'라고 신랄하게 비꼬는 말이었다. 그러나 이 중국인들은 표면에 나타난 사실만 보고 평가하는 것이었고, 이면에 얼마나 더 악독한 흉계가 숨어 있는지는 모르고 있는 것이었다. 헤로인 제조는 일본인 공장에서 대량으로 하는 것이었고 소매만 조선인들이 맡아서 하는 것이었다. 헤로인 제조는 일본군이 적극적으로 장려하는 것이었고 일본군은 중국인 다대수를 아편 중독자로 만들려고 하는 것이었다. 아편 중독자들은 무슨 일에나 부려 먹기가 쉽고 비용도 얼마 들지 않는 것이기 때문이었다.

아편 중독은 중국인에게 있어서는 수백 년 내리 큰 암(癌)이 되어 있었기 때문에 장개석이가 영도하는 북벌이 성공하여 통일을 이룩하게 되자 '신생활' 운동을 전국적으로 추진시키면서 이 '신생활' 운동 중 가장 긴요한 것이 아편 금지였다. 중국인도 아편을 파는 사람은 초범에도 사형(死刑)이었고, 아편을 피우거나 주사 맞는 자는 초범에게는 팔뚝에 화인(火印)을 찍어 석방했다가, 재범으로 잡히면 사형에 처했었다.

일본군은 이면으로는 아편 중독자 수효를 늘리는 정책을 쓰면서도 표면으로는 중국인 (특히 지성인들)의 감정을 상하지 않을 목적으로 아편에 대한 중벌은 그냥 계속했다. 중국 관청에서 아편 범을 체포할 때에는 구법(舊法)을 그대로 적용했다. 그랬기 때문에 중국인은 아편장사를 하려면 목숨을 걸고야 하게 되었다. 그러나 일본인이나 조선인은 치외법권의 혜택을 입고 있었기 때문에 그들은 아무런 짓을 해도 중국인 순경과 형사들은 체포할 권리가 없었다.

일본인 또는 조선인 아편 밀매자들을 체포한다는 명목으로 일본인 헌병과 순경과 형사들은 일본군 점령 지대에서는 어데고 돌아다녔다. 그러나 이 일본인 관리들은 일본인 헤로인 제조업자들은 보호해주고, 조선인 아편 소매업자들은 연성 체포하면서 제조업자나 소매업자들은 일본이나 조선으로 추방하노라고 공언했다. 그러나 사실에 있어서는 조선인 아편 밀매자를 체포하면 초범은 설유[11]만으로 석방하고 재범은 二十九일간 구류하고, 三범이라야 석 달 징역 등 경벌에 처하고 있었다.

아래와 같은 괴이한 기사가 중국어 신문과 영자 신문에 사진까지 넣어서 보도되기도 했었다. 천진서 상해까지 가는 여객열차를 조선인 필육상[12]들이 무단 점령했다는 기사였다. 몽둥이를 든 수十명 조선인 장정들이 객차마다 침입하여 중국인 승객들을 때려 내쫓고는 인조 견필을 객차 가득가득 싣고 천진역을 떠났다는 것이었다. 이 광경을 사진 찍는 외국인 신문기자들 사진기를 빼앗아서 파괴해버리기까지 했다는 것이었다.

일본으로부터 중국 대륙에 밀수입되는 인조견과 설탕은 공공연하게 운반되고 판매했다. 일본서 일본 선박 하나 가득 실은 인조견과 설탕은 천진

11 설유 : 說諭. 말로 타이름.
12 필육상 : 피륙상. 포목상(옷감 파는 장사).

서 그리 멀지않은 해변 모래사장에 양륙해 쌓아놓고 그것을 산 조선 사람들은 나귀에 실리어 천진역까지 가져나가는 객차에 억지로 실어서 남하시켜 일본군 점령하 지역 중국인들에게 소매했다.

화북 일대에서는 중국 돈 대양 一원짜리 은전이 줄어들기 시작했다. 도시는 물론 시골 구석구석까지 싸돌아다니는 조선인들이 一원짜리 은전을 사들이는 것이었다. 조선은행권 지폐 一원 五十전을 주고 一원짜리 은전 한 개씩 사는 것이었다. 사들인 은전을 한 전대 두 전대 허리에 두르고 기차 타고 열세시간만 고생하면 매 一원에 五十전 벌이가 되는 것이었다. 산해관 역까지만 가면 역 구내에서 일본인에게 매 一원짜리 은전을 조선은행권 二원에 파는 것이었다. 조선은행권은 중국은행권과 동률로 화북 일대에서 통용되고 있었다. 이 은전들은 기차에 실리어 만주와 조선반도를 지나 일본으로 가서 병기(兵器) 제조 공장으로 들어갔다.

이와 때를 같이하여 조선 내에서는 五十전짜리 은전과 十전짜리와 五전짜리 백동전 그리고 一전짜리 동전이 싹 자취를 감추고, 五十전짜리 지폐와 十전짜리 지폐가 통용되고, 一전짜리 알루니움 돈은 손바닥에 놓고 혹 불면 날아갔다. 예수교 교회당 종은 물론 각 가정 유기는 놋수저까지 깡그리 강제로 공출되어 일본으로 가서 용광로의 밥이 되었다.

중국 와서 일본인들의 앞잡이가 되어 나쁜 짓을 골라가며 하고 있는 조선인에 대한 중국인의 악감정은 이해할 수 있는 일이었다. 그래서 웅덕이는 오전중 강의만 끝나면 곧 집으로 돌아갔다.

독서도 한이 있는 것이고 말동무가 그리웠다. 가끔 모여 즐길 수 있는 친구라고는 미국부인을 가진 박응수 노인과 중국부인을 가진 김국일 의사뿐이었다. 그렇다고 아편밀매나 하거나 그렇찮으면 사기 협잡이나 하고 돌아다니는 동포들과 사귈 수도 없는 노릇이었다.

이런 때 서울 있는 아우 창덕이나, 평양에 계신 아버지에게로부터 소개 편지를 가지고 오는 동포들이나 정당한 직업을 가진 동포들이 방문 오는 것을 그는 반가워하지 않을 수 없게 되었다.

곽 상응이라는 중년 사나이는 조선방직회사 화북 특파원으로 와 있었다. 신 용선이라는 사람은 젊었을 때에는 좌익운동에 종사하여 감옥 맛도 착실히 보았었으나 일본세력이 강대해 지는 것을 보고는 전향하여 북평으로 와서 일본인 상대 인쇄소를 차려놓고 있었다.

집을 어떻게 알았는지 문택수도 가끔 만주국 국기를 단 세단을 타고 방문 왔다.

이들은 모두가 다 홀아비 생활을 하고 있었기 때문에 김치나 고치장이 먹고 싶으면 고기 근이나 사가지고 웅덕이의 집으로 오군 했다.

북경호텔 옆에 있는 '백궁'이라는 땐스 홀에 웅덕이가 처음 발을 들여놓게 된 것도 이 세 사람 덕택이었다. 조선 사람이 경영한다는 이 땐스 홀 땐서들은 모두다 러시아, 일본, 중국, 조선 묘령[13] 여자들이었다. 러시아 여자들은 양장 一색이오, 중국 여자들은 중국옷 一색인데 조선 여자들과 일본 여자들은 맘 내키는 대로 양장도 하고 중국옷도 입고 일본옷도 입군 하기 때문에 언뜻 봐서는 어느 나라 여자인지 분간하기 어려웠다. 이 땐스 홀에서 동국의원 원장이라는 김 동국 박사도 소개 받았다. 병원에서 돈을 많이 벌어 이 땐스 홀을 꾸며 났다는 것이었다.

조선내 도시에서 머리 쪽지고, 긴치마 입고, 외씨버선 신고 요리점에 나오던 기생들이 갑자기 중국으로 와서는 중국옷이나 양복이나 일본옷을 입고 땐스 홀에 나타났다. 조선 내 카페 여급들도 '은주'가 벼란간 '요시꼬'가 되고, '홍난'이가 '데루꼬'가 되어 북평 카페에 나타났다. '노래가락' 부르는 대신에 "사께와 나미다까"(술은 눈물이던가)라는 일본 노래를 부르게 되었다.

노랑저고리에 다홍치마 입고 긴 머리 땋아 치렁치렁 늘어뜨리고 다니던 시골 처녀들이 벼란간, 백 명, 천 명씩 한꺼번에 울깃불깃하고 소매 긴 일본 여자 옷을 입고, 자주댕기를 들였던 머리꼬리를 풀어 올려서 일본식 '히사

---

13 묘령 : 妙齡. 스무 살 안팎의 젊은 여자 나이.

시가미'[14]로 틀고 나서, 일본식 '소리'[15]를 찰락찰락 끌면서 '황군(皇軍) 위문대'라는 괴이한 이름을 띠고 중국 대륙에 일본군이 점령하는 곳마다 곧 뒤따라갔다. '미나리타령'이나 하던 그녀들이 낯선 만리타향에 와서 '오륙고부시'를 부르면서 밤낮 없이 일본군의 수욕'[16]을 만족시켜 주었다.

조선서는 일본 헌병대 급사로 二十여년이나 살아온 박 서방이 '니시무라상'이라는 이름으로 창씨개명(創氏改名) 해 가지고 일본 군대 통역이 되어 중국으로 왔고, 시골 면서기였던 홍 씨가 '나까무라상'이라는 이름으로 중국으로 와서는 대륙을 정복해 나가는 일본군 뒤를 바싹 따라가면서 주보(酒保)를 차려 돈을 톡톡이 벌었다.

한쪽에서는 이런 일이 생기고 있는 동안 조선 내 다른 한쪽에서는 '조선어학회' 회원 전원이 왜경에게 체포되어 혹독한 악형을 받고 있었다. '한글사전' 원고를 써 모은 것이 일본 정부에 반역하는 죄가 된다는 것이었다.

一九四三년 四월 초순 웅덕이는 안응권의 망내 누이동생을 성심여학교 교장실에서 만났다. 그녀의 요구는 상해까지 갈 기차비를 달라는 요구였다.

"상해도 일본군에게 점령되어 있는데 거기 갔댓자 별 수 없으니 그냥 여기서 공부하면서 하회'[17]를 보는 것이 좋지 않을까?" 하고 웅덕이는 말했다.

"여기 그냥 있자니 독일 수녀들이 늘 불안해해요."

"왜?"

"독일하고 일본하고는 동맹국인데 독일인 경영인이 여학교 기숙사에다가 중경까지 가서 항일투쟁을 하고 있는 임정 요인의 딸을 숨겨두는 것이 언제나 겁이 난대요. 만일 발각되는 날에는 입장이 곤난하게 된다고 자꾸 그래요."

---

14 히사시가미 : 올린 머리. 앞머리를 쑥 내밀게 빗기.
15 소리 : 조리(ぞうり, 草履). 일본식 신발(슬리퍼).
16 수욕 : 짐승과 같은 음란한 성적 욕망.
17 하회 : 下回. 어떤 일이 발생한 다음에 벌어지는 일의 경과.

"상해에 가면 의지할 데가 있나?"

"사촌오빠가 있어요."

"이런 혼란 통에 과년한 처녀가 혼자서 그렇게 먼 여행을 해도 괜찮을까?"

"아니야요. 혼자 가는 것이 아니야요. 여기 수녀 한분이 상해로 전근되는데 노비만 있으면 절 데려다 주겠데요. 저는 중국어를 잘 하니까 중국 소녀인 채 해두 통해요."

"노비는 얼마나 드노? 지금 가진 돈이 없으니 내일 아침 꼭 갖다 주지."
하고 그는 약속했다.

그는 이 약속을 지키지 못했다.

그가 집에 도착하자마자 조선인과 일본인 형사들에게 체포되어 갔기 때문이었다.

그가 두 북평 일본 영사관 경찰서 특고계 사무실로 끌리어 간 것은 두 번째였다. 이번에는 웅덕이 혼자만이 체포되어 오고, 아내는 두 돌 지난 맏아들과 함께 집에 그냥 있었다. 아내는 다시 임신 중이었다.

이끌리어 가는 웅덕이는 겉으로는 태연한체했으나 속으로는 몹시 켕겼다. 응권이의 망내 누이동생과 만난 것을 알고 트집을 잡으려는 것일까? 중경 가 있는 응권으로부터 오하라 신부를 통하여 세 차례 편지를 받은 것을 눈치 챈 것일까? 그 일은 웅덕이 자신과 오하라 신부 외에는 아는 사람이 통 없으리라고 그는 굳게 믿고 있었다. 사랑하고 믿는 아내에게까지 일체 비밀로 해왔던 것이었다. 그러나 왜놈들이 무슨 냄새를 맡고 중립국 국민인 오하라 신부는 건들이지 못하고 나를 부뜰어다 족치려는 걸가? 아니, 며칠 전에 집으로 찾아왔던 두 청년? 수상했지!

웅덕이는 특고계 주임실로 인도되었다. 형사가 나가자 주임은

"무슨 일로 부뜰려 왔는지 알지?" 하고 일어로 물었다.

"모르겠는데요."

"대학 교수도 거짓말할 수 있는가? 하기는 센징(조선인)이니까 거짓말을

밥 먹듯 하기는 하겠지만."

"거짓말해본 경험 없습니다."

"그럼 내가 폭로할가? 중경으로 가던 후데이센진(일본 정부 비난하는 조선인) 두 명이 체포되어서 활활 다 불었는데 순순히 자백하는 것이 현명한 일이지."

이 말에 웅덕이는 도리어 안심했다. 학생처럼 보이는 청년 둘이 불쑥 찾아와서 중경으로 가는 길이라고 말하면서 임정 요인에게 소개 편지 써달라고 조른 일이 있었었다. 그러나 그는 딱 잡아뗐다. 일본측 스파이가 아닌가, 하는 의심이 났기 때문이었다. 그랬었기 때문에 그들이 체포되었다고 해서 그에게 불리할 일은 아무것도 없다고 그는 생각했다.

"두 청년이 찾아왔던 것만은 사실입니다." 하고 웅덕이는 태연하게 말했다.

특고계 주임 눈은 무섭게 빛났다.

"그들이 중경으로 가노라고 사칭하면서 임정 요인에게 소개 편지 써달라고 한 것도 사실입니다." 하고 웅덕이는 역습했다.

특고계 주임의 눈은 가늘게 되고 입가에는 이상야릇한 미소가 깃들었다.

"그러나 사실 말이지 나는 임정 요인은 하나도 모릅니다 그래서……."

특고계 주임 눈에는 번개가 지나갔다. 주먹으로 책상을 탁 때리는 그는

"증거가 있는데도……."

"증거라니요?"

"네가 써준 암호편지……."

"그럴 리가 없습니다."

특고계 주임은 서랍을 열고 서류철을 꺼내서 제 눈앞에 펴면서 "여기 있는데도." 하고 말했다.

"있으면 보여주세요."

"증거를 피의자에게 보여주는 법은 없어. 대학교수라는 직위를 존중하는 의미에서 신사적으로 대하는 것이니까 그편에서도 신사답게 자백을 해

야지.”

“사실무근입니다. 만일 있다면 그건 위조일 겁니다.”

“필적 대조를 해봐두?”

“좋습니다.”

특고계주임은 종이를 내밀었다.

“여기 써.” 하고 그는 명령했다.

“무엇을 써요?” 하고 웅덕이는 물었다.

“암호편지.”

“쓴 일 없습니다.”

“아무 말이나 써봐, 그럼.”

웅덕이는 망서리지 않을 수 없었다. 양복 저고리 안주머니에 꽂힌 만년 필을 꺼내 뚜껑을 빼면서 그는 생각했다. 그는 쓰기 시작했다.

“아무런 소개 편지도 써준 일이 없습니다.” 하고 한글로 써서 특고계 주임 앞으로 내밀었다. 그것을 받아든 특고계 주임은 서류철 옆에다 대고 대조해보는 체하면서

“내용은 다르지만 필적이 꼭 같은걸.” 하고 말했다.

“절대로 그럴 리가 없습니다.”

“할 수 없는 인간이로군. 맛을 좀 봐야 정신 차릴 테지.” 하고 소리 지르면서 후닥닥 일어 선 특고계 주임은

“유치장에 들어가서 곰곰히 생각해봐. 자백할 마음이 들거든 아무 때고 간수에게 말해. 네가 자진해서 자백하겠다고 신고해 오기 전에는 이쪽에서는 부르지 않을 테니까.” 하고 덧붙여 말했다. 서류철과 웅덕이의 필적을 서랍에 넣고 쇠를 채우고 난 특고계 주임은 밖으로 나가 버렸다.

좀 있다가 “나는 조선 사람이요.” 하고 이마에 써 붙이기나 한 것처럼 보이는 전형적인 조선인 형사가 들어섰다.

“이리 따라와.” 하고 그가 일어로 말했다.

사무실 밖에 나서다가 신 용선이와 마주칠 번했다.

"웬 일이오?" 하고 용선이가 다급하게 물었다.

"나두 영문 모르겠어요." 하고 웅덕이가 대답했다.

"말해서는 않 돼요." 하고 형사가 소리 질렀다. 형사는 웅덕이 팔을 끌었다. 끌려가는 웅덕이를 따라가면서

"염려 마시오. 내가 주임을 잘 아니까." 하고 용선이는 말했다.

유치장 사무실까지 끌려간 웅덕이는 소지품을 다 꺼내놓고 혁대를 끌렀다. 유치장 간수가 주소 성명과 생년월일을 물어 카드에 기입했다.

"직업은?" 하고 간수가 묻는데 웅덕이에게 대답할 겨를을 주지 않고 형사가 "대학교수" 하고 일어로 말했다.

웅덕이는 형사의 얼굴을 바라다봤다.

그의 착각이었는지는 모르나 형사의 얼굴에는 일종의 자안심과 통쾌감이 스치고 지나갔다.

四월 초순이건만 유치장 복도는 훅군 무덥고 악취가 코를 찔렀다.

두서너 유치장을 지나가는데 동물원 철창 같은 우리 속은 모두가 콩나물 시루 같았다. 감금되어 있다가 잡역하려고 잠시 복도에 나온 것같이 보이는 일본인 청년이 "이게 소위 대학교수랍니다." 하고 크게 광고했다.

유치장에서는 폭소가 터졌다.

제四호 문이 요란한 소리를 내며 열리자 그 감방 안에서는 "아 四호 영광이구먼." 하고 비꼬는 일본말이 웅덕이를 환영했다.

초입자에게는 변기 옆이 자리로 지정된다는 것은 웅덕이도 소년 시절에 이미 경험했었다. 뚜껑 없는 변기는 가득 차 있었다.

창살문 바로 안에 앉아 있는 것으로 보아 감방장임에 틀림없는 중년 사나이가 웅덕이를 똑바로 바라다보면서 일어로 "북경에도 조선인 대학이 있오?" 하고 물었다. 털은 별로 없고 헬슥해진 얼굴이기는 하지만 원숭이 타입이 분명한 전형적인 일본인이었다.

"중국인 대학입니다." 하고 웅덕이는 대답했다.

"그러면 그렇지 센징(조선인) 따위가 일본인 대학교수는 될 리 없고, 시시

껄렁한 쟝꼬로(되놈) 가르치는 선생이로구먼." 하고는 껄껄껄 웃었다.

웅덕이는 외면하고 입을 꽉 다물었다. 이가 덜덜 떨리었다.

한참 만에 겨우 진정하고 나서야 그는 감방 안 얼굴 얼굴들을 둘러봤다.

그의 눈과 맞부디칠 때 조소 가득 찬 눈매로 쏘아보는 사람들은 일본인임에 틀림없었고, 좀 놀라고도 존경하는 눈매로 바라다보는 사람들은 조선인임에 틀림없다고 그는 생각했다. 조선인 수인이 절대 다대수였다. 안응권이가 이런 데서 반 년이나 살았었고나 하는 생각이 들어 새삼스리 몸서리쳤다.

옆자리 앉아 있는 한 젊은이가 말을 할 듯 할 듯 한참 망서리다가 겨우

"선생님은 무슨 일로 이렇게……" 하고 조선어로 말하다 중단했다.

웅덕이는 "나도 모르겠오." 하고 대답했다.

"대강 짐작하겠읍니다. 우리 같은 놈이야 못된 짓을 하다가 부뜰려 왔지만 선생님 같은 분은……" 하다가 다시 말을 중단했다.

저녁 식사가 들어왔다. 한술도 떠볼 생각이 없는 웅덕이는 밥그릇을 옆 젊은이 앞으로 밀어놨다. 감방장 입에서 벼락같은 목소리가 튀어나왔다. "이리 보내, 이놈아. 감방 규칙도 모르는 자식. 그리구 오늘뿐 아니라 너는 사흘 동안 금식할 것을 나는 명령한다. 감방장의 명령이 아니라 대일본제국 천황폐하의 어명을 받들어 명령하는 거다. 너 같은 놈이 정말 교수라면 너는 후데이센징이 틀림없으니."

밤 열 시 취침 구령이 내렸으나 누구나 누울 자리는 없고 그냥 앉은 채 잘 수밖에 없었다. 앉은 채로도 잘들 자는 것이었다. 그러나 웅덕이에게는 잠이 오지 않았다. 감방장과 그 옆에 앉은 다른 한 일본인도 잠이 오지 않는 모양이었다.

그들의 창백한 얼굴과 귀를 덮은 머리칼로 보아 적어도 몇 달간 구금되어 있었다는 것을 쉽게 알 수 있었다. 그런데 그 일본인들은 그냥 눈을 번히 뜨고 있는 웅덕이를 적개심 품은 독한 눈으로 흘겨보군 했다.

웅덕이는 눈을 감아버렸다. 이윽고 일본어로 무어라고 속삭이는 소리를

그는 들었다. 잠자는 숨소리밖에 없는 정숙 속에서 그는 그들의 속삭이는 내용을 얼추 알아들을 수 있었다. 북평시내 어떤 중국인 갑부를 납치해다 가두어놓고 금품을 강요하다가 발각되어 잡혀 온 모양인데 누구던 먼저 출감되면 일본군 요로 누구누구 장성급을 포섭하여 그 중국인 부자를 항일(抗日)파로 몰아서 재산을 몰수하여 분식하자는 밀의였다.

두어 주일이 지나갔다. 다른 수인들은 나가고 새 사람이 들어오고 했으나 웅덕이와 감방장은 그대로 남아 있었다. 끌려 나가 심문 한 번도 받는 일이 없었다.

"염려 마시오. 내가 주임을 잘 아니까 알아보지오." 하고 말하던 용선이의 말을 웅덕이는 수천 수만 번 반추하고 있었으나 소용없는 일이었다. 첫 사나흘 동안은 그대로 용선이의 말을 믿고 있었으나 열흘이 지나고 보름이 자나자 그는 자기 자신의 어리석음을 통절히 느꼈다.

'혹시나 용선이가 모략하여 날 잡아 넣게 한 것이나 아닐가?' 하는 독사 같은 생각이 머리를 들기 시작했다.

4

'혹시나? 혹시나?' 의심하기 시작하니 한이 없었다. 의심하면 할수록 사실처럼 생각되는 것이었다.

'혹시나 용선이가 모략하여 날 잡아 가두게 하고는 하회가 궁금해서 경찰서로 왔다가, 원수는 외나무다리에서 만난다고 복도에서 만나게 된 것이 아니었던가? 그러나 용선이가 날 모략할 이유가 어데 있을까? 아니, 아니, 그럴 리가 없지. 이런 걸 생각이라고 하고 있는가? 내 마음이 이렇게까지 혼돈되어 있는 것인가? 내 머리가 지금 정상적인가? 학교 측에서 무슨 항의라도 있음직한데. 독일은 일본과 동맹국인 만큼 강경한 항의를 못하는 것일까? 끝없고 하염없는 생각과 고뇌였다.

감방에는 매일 수인들이 들어오고 나가고 하여 신진대사가 잘 되고 있었으나 웅덕이와 일본인 감방장 만은 한번 불려 나가는 일도 없이 나날이 지나갔다.

한 달 가까이 되자 웅덕이는 감방장 바로 옆자리를 차지하게 되었다. 감방장이 만일 석방 되거나 검사국으로 넘어가게 되면 웅덕이가 감방장이 될 차례였다.

하도 심심하니까 일본인 감방장은 웅덕이 신상에 관한 일을 고치고치 캐묻는 것이었다. 대꾸해줄 마음이 나지 않는 웅덕이는 마지못해 대충 이야기해주었다. 그가 독일 천주교 계통 대학교수라는 것을 확인하게 된 감방장의 태도는 돌변하여 가능한 한의 친절을 웅덕이에게 베풀어주기 시작했다.

"교수님. 당신께서 혹시 저보다 먼저 출감하시게 되거들랑 숭인대학 학장에게 부탁해서 제 석방 운동을 해주세요."라는 엉뚱한 부탁으로 시작된 감방장의 이야기는 끄칠 줄을 몰랐다.

"학장님의 힘을 빌려서 저를 석방시켜주시기만 하면 저는 군 당국에 의뢰해서 그 짱고로(중국인)를 항일 항독하는 악질분자로 몰아서 그놈을 잡아넣고 그놈의 재물을 몰수해버릴 힘을 가지고 있어요." 하고 그 일본인은 허세를 부리는 것이었다. 성사만 되면 재물 분배 때 숭인대학 학장과 웅덕이도 한목 끼게 해줄 것은 물론이오 그 부자 놈의 첩 분배에도 웅덕이에게 우선권을 주겠노라고 거듭 되뇌이는 것이었다.

"그놈이 첩을 작으만치 열 명이나 거느리고 있어요. 제가 독들인 그년 하나만 빼놓고는 교수님이 제일 먼저 골라잡도록 해들이겠어요. 맹세코." 하고 그는 말했다.

웅덕이는 하도 기가 막혀서 아무 대꾸도 하지 않고 묵묵히 듣고만 있었다.

거의 四十일째 잡히는 날 오후 웅덕이는 제 이름을 크게 부르는 소리를 들었다. 복도 한 끝에서 오는 소리였다. 제 귀를 의심하면서도 그는 얼떨결에 목청을 다해 크게 대답했다. 무슨 일로 부르는지는 알 도리가 없었으나 불러주는 것만으로 고마웠다.

"이리 나와." 하는 명령이었다.

후덕덕 일어서던 웅덕이는 벽을 짚으면서 비쓸 쓸어졌다. 머리가 팽 돌았기 때문이었다. 그를 부축해 일으켜주는 일본인 감방장은

"꼭 당부해요. 꼭이오. 제 약속은 맹세코 지킬 것이니까요. 제발." 하고 속사귀는 것이었다.

가까스로 감방 문 밖을 나서기는 했으나 다리가 후들후들 떨리기만 하고 좀체로 걸어지지가 않았다.

사무실에 들려 허리띠를 도루 받아 맨 웅덕이는 뜰로 나갔다. 눈이 부시고 현기증이 났다. 밤낮 어둑신한 방에 습관 되어 있는 그의 눈은 五월 대낮 또약 볕을 감당해낼 수가 없게 된 것이었다. 눈을 감았다. 감은 눈 속에서 영롱한 무지개가 맴돌고 있었다. 한참 있다가 다시 눈을 떠보니 모두 다 창백한 얼굴을 가진 사나이 수十 명이 옹기종기 서 있는 것이 보였다.

그들은 추럭에 실리어 경찰서 밖으로 나갔다. 길 가운데로는 형형색색의 차량들이 부산하게 달리고 있고 좌우 쪽 인도위로는 남녀노소가 자유스럽게 활개 치며 걸어가고들 있었다. 웅덕이 눈에는 이 자유세계가 그 어떤 신기스런 요지경 속 광경처럼 비치었다.

북경호텔 옆을 돌은 추럭은 동안시장 쪽을 향하여 달리기 시작했다. 그리 번화한 거리는 아니었으나 지나가는 사람들이 유심히 추럭 위를 쳐다보는 것 같았다. 추럭 위 수十 명 사람들은 창피하다는 듯이 고개를 푹 숙이고 웅크리고 앉아 있었다. 그러나 웅덕이만은 추럭 정면 운전대 지붕에 팔을 짚고 서서 사방을 두리번두리번 살폈다. 자기 집에서 五백 미터밖에 더 안 떨어져 있는 이 길 위를 추럭이 달리고 있는 동안 행여나 아내의 모습이 발견되지나 않을가 하는 욕망에서였다. 그뿐 아니라 혹시 누구던지 아는 사람이 지나가다가 지금 그가 추럭에 실리어 어데론가 이끌리어 가고 있는 것을 보게 되면 그가 아직 건재하고 있다는 사실을 아내에게 알려주려니 하는 기대도 가지기 때문이었다.

치욕(恥辱)의 나날

303

아내와 그녀 뱃속에서 자라나고 있을 새 생명 그리고 두 살 난 맏아들 그들 모두의 안위가 저윽이 염려되는 것이었다.

동안시장 옆을 끼고 돈 추럭은 북쪽으로 한동안 달리다가 세 길도 더 되게 높은 판자 울타리 앞에 멎었다. 육중해 보이는 대문이 열리자 추럭은 울타리 안으로 들어갔다. 송진내가 풍기는 것같이 느껴지는 새로 지은 이층 목조건물 앞에서 웅덕이는 내렸다.

그 건물 층층대를 올라가 중간 복도를 걸어가는 웅덕이는 놀랐다. 복도 좌우 쪽에 늘어선 감방, 감방, 감방 앞을 지나가는 그는 여기는 유치장이 아니고 감옥이라는 것을 인식한 그는 당황망조할 수밖에 없었다. 경찰에서 조서도 꾸미지 않고 검사국으로 넘기지도 않고 재판도 없이 그냥 징역을 시키려는 것이 아닌가 하는 위구심이 그를 사로잡았기 때문이었다.

二층 九호실 감방 앞에 웅덕이를 세워놓은 간수는 문을 열었다. 감방 문 안을 들여다보자 그는 안도의 한숨을 쉬였다. 그 안에 수감되어 있는 사람들이 죄수복을 입지 않고 그냥 사복을 입고 있는 것이었다.

방은 두 칸 착실히 되어 보이는데 수감되어 있는 사람은 열 명 가량뿐이었기 때문에 엄청나게 넓어 보였고 감방 특유의 악취도 없었다. 칠한 지 얼마 되어 보이지 않는 회벽이 눈이 부실 정도로 희고, 뒤 벽 꼭대기에는 전면 유리 창문이 끼어 있어서 방안이 밝았다.

한 귀퉁이에 놓여 있는 변기는 수선식이어서 깨끗하고 냄새가 나지 않았으며 아침마다 철철 넘치는 변기를 들어 내가는 고역은 없을 것이었다. 한 시간 전까지 기거했었던 그 어둑신하고 악취 풍기는 더러운 감방에 비하면 그야말로 하늘과 땅의 차이라고 할 수 있었다.

참으로 오래간만에 편히 앉을 수가 있었다. 그러나 그것도 잠시였다. 잠시 후 밖에서는 벼란간 "세이자(正坐)" 하는 호령이 일본말로 내렸다. 이 호령이 내리자마자 감방안 사람들은 제각기 두 발을 도사려 엉덩이를 괴고 꿇어앉았다. 꿇어앉아서는 두 손을 무릎위에 맞쥐어 도사리고 앞만 노려보며 앉아 있었다.

영문을 모르는 웅덕이는 그냥 책상다리 한 채 앉아 있었다. 잠시 뒤

"꼬라!"(이놈) 하는 불호령 소리가 바로 문 밖에서 났다. 웅덕이는 문께를 바라다보았다. 발자국 소리를 들은 것 같지는 않은데 어느 틈에 왔는지 감시 구멍으로 간수의 두 눈이 독을 품고 들여다보고 있었다.

"이놈. 왜 정좌하지 않았어?" 하고 간수는 호통 치는 것이었다.

"금방 새로 들어온 놈이 돼서 영문을 모르는 모양입니다." 하고 일본인 수감인이 일어로 웅덕이 대신 변명해주었다. 나이 六十이 넘어 보이는 착하게 보이는 노인이었다. 꿀어앉은 채 정면만 바라다보면서 말하는 것이었다.

"정좌하는 이유를 설명해줘라." 하고 간수가 명령했다.

일본인 늙은이는 후닥닥 일어서서 웅덕이에게로 가까이 왔다. 그의 설명에 의하면 꿀어앉는 이유는 정신 통일을 위하는 것이오, 정면만을 바라다보면서 '황국 신민의 서사'(皇國臣民誓詞라는 것은 일본인이나 조선인은 다 일본 천왕의 신하요 백성인 만큼 일본 왕에게 충성을 다한다는 서약문을 되풀이해 암송하면서 전쟁에 일본이 이기게 해달라고 기원한다는 뜻임.)를 거듭 속으로 외어야 한다는 것이었다. 한번 '정좌'를 두 시간 계속하는데 오전, 오후, 밤 하로 세 차례씩 꼬박꼬박 해야 한다는 것이었다. 그러고 지금 당번 간수가 순한 사람이었기에 다행이지 만일 사나운 놈에게 들켰더라면 불문곡직하고 끌어내다가 복도 세멘트 바닥에 꿀어앉히고는 무릎 위에 무거운 통나무 세 개를 올려놓고 두 시간 고생시키는 형벌을 받았을 것이라고 그 노인은 덧붙여 말했다.

"아직 경찰 신문도 끝이 않나고 기소도 되지 않았소. 재판도 받지 않은 만큼 죄인인지 아닌지 판결이 나지 않은 미결수에게까지 이런 형벌을 부과시키는 법이 어데 있어요?" 하고 웅덕이는 일어로 항의했다.

일본인 노인은 성을 발끈 냈다.

"그걸 말이라고 하오. 지금이 어느 때라구. 황군(일본군)은 지금 대동아 공영권을 확보하여 동양인 전체에게 번영과 행복을 주는 성업을 수행하기 위

하여 목숨을 초개처럼 버리고 있는 장엄한 행동을 취하고 있는 이 마당에서 이 거룩한 일에 다소나마 협조를 하기는커녕 도리어 죄를 짓고 잡혀온 놈이 당장 사형을 당하지 않는 것만도 감지덕지 한데 좀 꿇어앉아서 정신 통일하여 황국신민서사를 반복하는 것을 형벌이라고 생각하다니. 천벌을 받을 반역행동이지." 하고 늙은이는 열변을 토했다.

이 노인의 웅변이 돼먹지 못한 억설이라고 웅덕이에게는 생각되었다.

마침내 간수는 웅덕이를 감방 밖으로 불러냈다. 간수 숙직실 옆까지 데리고 간 그 간수는 웅덕이 더러 시멘트 바닥에 꿇어앉으라고 명령했다.

웅덕이는 묵묵히 그냥 서 있었다.

간수는 유도 기술을 써서 웅덕이를 세멘트 바닥에 내동댕이쳤다. 얼떨결에 뒤통수를 딴딴한 세멘트 바닥에 받아 찐 웅덕이는 번개불이 번쩍거리는 것 같은 감촉을 느끼면서 정신이 아물아물해졌다.

그가 정신이 든 때 그는 사지가 꽁꽁 묶이어 누워 있는 자신을 발견했다. 전등불이 들어와 있었다. 저도 모르는 사이에 그는 그날 오후 추럭에 실리어 오면서 보았던 거리거리의 풍경을 되새김하고 있었다.

그중에도 동안시장은 지나간 九년 동안 그가 거의 날마다 드나든 시장이었다. 백화점은 아니고 단층 아니면 二층 건물 개인 개인 상점들의 집단이어서 백화점 정도가 아니라 천화, 아니 만화점이었다. 그러나 지금 그의 눈앞에 선한 것은 다른 상품들보다도 음식점 간판들과 음식 접시들뿐이었다. 팥죽, 호떡, 국수, 비프스텍, 오리알 밥공기 채 수증기에 쪄 낸 광둥식 밥. 아직 천이 되지는 않았으나 마치로 때려 쪼갠 게발 살을 생강가루 섞은 간장에 찍어 먹는 맛. 통채로 구운 오리고기. 겨울에는 몽고식 양고기 불고기. 양식, 회회교식 요리. 중국요리에도 점포에 따라 순 북경식, 사천식, 광둥식, 산둥식, 화둥식, 맘대로 골라 들어가 포식할 수 있었다.

취침 시간이 거의 다 되어서야 간수는 웅덕이의 몸 결박을 풀어줬다. 엉금엉금 기다 싶이 감방으로 들어가자마자 간수부장이 손수 하는 몸 뒤짐을 받게 되었다. 취침 전에 각 감방을 돌면서 개개 수감인 몸 뒤짐을 하는 것이었다.

웅덕이 차례가 되었다. 휴지 한 장도 들어 있지 않은 양복바지 주머니를 일일이 다 뒤집어보는 간수부장은 "소위 대학교수란 자가 세계정세가 어떻게 돌아가는지도 모른다는 말인가. 그래 조선 독립이 가능하다고 보는가?" 하고 따지는 것이었다.

웅덕이는 대답할 기력조차 없었다.

웅덕이는 높은 벼랑 꼭대기 가상이를 걷고 있었다. 어둑신했다. 돌연 환한 광채를 발산하는 사람 하나가 마주 왔다. 신 용선이라는 것을 웅덕이는 봤다.

아…… 웅덕이는 발낄에 채였다. 용선이가 차는 발낄이었다. 벼랑 아래로 떨어지다가 그는 잠을 깼다.

'그러면 용선이가 정말로 날 모함해 집어넣었는가! 아니다, 아니다. 그럴 리가 없다' 하고 신음하면서 그는 몸부림쳤다.

식전 새벽에 웅덕이에게는 중국 두루마기 한 벌이 차입되어 왔다.

'아, 그럼 아내는 내가 이리로 옮겨온 것을 알구 있구나.'

눈물이 핑 돌았다.

웅덕이가 벗은 양복을 들고 나가는 간수는 "세면도구도 차입 들어왔는데 그건 아래층 욕실에 갖다 두었어." 하고 말했다.

감방 하나씩 따로 문을 열어주어 수감인들이 내려가 세수를 하는 것이었다.

'아침 세수까지 허락하고, 이건 고등관 대우로군.' 하고 생각하면서 웅덕이는 쓴웃음을 웃었다.

한 달반 만에 처음으로 이도 닦고 비누로 세수도 하고나니 날아갈 듯이 상쾌했다.

세수를 끝내고 도루 감방으로 오면서 아래 위층 복도 좌우 쪽을 쳐다보았다. 매 감방 문 위에 대, 여섯 개 또는 十여 개의 패쪽이 나란히 꽂혀 있는 것이 그의 눈에 띠었다. 대부분이 검은 바탕에 붉은 뺑끼로 쓴 이름들이었다. 그러나 매 감방문 위 패쪽들 중 한 개식만은 흰 뺑끼로 이름이 씨어져 있었다. 九호실 앞에 이르러서 쳐다보니 웅덕이 자신의 이름도 흰 뺑끼로 씌여져서 붉은 이름패들 끝에 고독하게 끼어 있었다. 그 흰 빛 이름이 무엇을 의미하는가를 그는 깨다른 상 싶었다.

'그럼 이 건물에도 특고계의 문초를 받는 사상범이 많이 갇히어 있고나.' 하는 생각이 든 그는 어쩐지 고독하지는 않다고 느꼈다.

고독하지는 않다고!

갑자기 웅덕이는 흠칫 놀라면서 귀를 기우렸다. 그의 귀를 의심하기는 하면서도 그러나 금시 그는 그 목소리를 한 번 더 들었다.

"아기타 하기야깅고."[18] 하고 길게 뽑는 성량 풍부한 빠리톤.

"오페라 가수가 되었어야 성공했을 사람이 직업을 잘못 택했어요." 하고 말하던 아내의 목소리도 쟁쟁 울리는 것 같은 착각을 그는 느꼈다.

골목골목을 하루 빠짐없이 싸돌아다니면서 "아기타 하기야깅고"라는 단 한 줄의 독창을 되풀이하는 중년 사나이는 볶은 콩 장사였다. 볶은 콩 자루를 자전거에 싣고 다니는 행상인이었다.

'저 작자가 조금 전 우리 집 골목에서도 저런 소리를 길게 뽑았겠지. 아들놈은 의례히 콩 사달라고 조르겠지. 그자는 내 아내의 얼굴도 보고 말도 주고받겠지. 그런데 나는! 나두 차라리 행상인이나 되었더라면 이런 고생은 안하고도 살아갈 수 있었을 것을!'

"아기타 하기야깅고." 독창 소리는 점점 멀어가고 있었다. 웅덕이의 전신경은 그 희미해 가고 있는 빠리톤 목소리를 놓치지 않으려고 기를 썼다.

한 시간 이내의 시간 속에서 자기 자신도 들을 수 있고 아내와 아들도 들을 수 있는 그 빠리톤 목소리는 그와 그의 가족 사이에 그 어떤 줄을 매주는 것같이 느끼는 것이었다.

---

18 아기타 하기야깅고 : 아아, 멋진 들판이 펼쳐져 있네.

웅덕이는 하루 세 번 두 시간씩 꿇어 앉아야하는 형벌은 면하게 되었다. 오래 가지는 못했지만. 그냥 한 다리 뻗고 앉아서 벽에 붙여놓은 '황국신민의 서사'를 골 백번 읽어 따로 외도록 하라는 것이었다.

그가 뻗고 앉아 있는 바른 다리 정갱이에는 피가 말라붙어 있는 것이었다. 그날 아침 전옥의 구두 발에 수十차례 채여서 살점이 떨어져 나갔고 정갱이 뼈가 골수까지 아픈 것이었다.

그날은 일요일이었다. 오전 중에 이발사가 출장 와서 수인들의 머리를 중머리처럼 박박 깎는 것이었다. 간수가 불러내는 바람에 멋도 모르고 감방 밖으로 나갔던 웅덕이는 머리 깎이우기를 거절했던 것이었었다.

"기결수가 아닌 나는 머리 깎는 걸 거절할 권리가 있어요." 하고 항의한 것이 화근이 된 것이었었다.

한 사람이 머리를 다 깎고 의자로부터 내려왔기 때문에 웅덕이가 머리 깎을 차례가 되었으나 그는 그냥 버티고 서 있었다. 만일 순순이 머리를 깎이우면 그것은 자기가 범죄인이라는 걸 자인하는 것이 되지나 않을가 하는 위구심도 품고 있었고, 또 아무런 증거도 포착하지 못한 일본 경찰은 조만간 그를 석방하지 아니치 못하리라고 그는 믿고 있었었다.

그것은 오산이었다.

난처해진 간수는 웅덕이를 서 있는 채로 버려두고 다른 수인을 한 명 불러내다가 머리를 깎게 하였다. 이 사람이 입고 있는 사복으로 보아 그도 기결수가 아님에 틀림없었으나 일언반구 항의 없이 순순히 응하는 것이었다.

조금 뒤 키가 六척도 더 커 보이고 몸집이 부대한 거인 하나가 성난 멧돼지 모양 씩씩거리며 달려 왔다.

"머리 안 깎겠다는 놈이 어느 놈이야?" 하고 그 거인은 불호령을 했다. 그 거대한 체격과 쩡쩡 울리는 목소리에 웅덕이는 기가 막혔다. 그러나 억지로 용기를 가다듬은 그는

"나는 기결수가 아닙니다. 미결수 머리를 강제로 깎는 법은 없지요." 하고 일본어로 말했다.

"법! 흥, 법! 언제부터 법을 배웠나? 이 안에서는 내가 바루 법이야. 이 안에 들어 온 이상 허부룩한 머리는 그냥 버려둘 수 없어. 들어와. 어서 깎아." 하고 거인은 소리 질렀다.

때 마침 한 사람이 중머리가 되어 의자로부터 내려섰다.

"어서 저리 가 앉아." 하고 거인이 소리 질렀다.

웅덕이는 아무 소리 없이 그냥 서 있었다.

그 뒤 생긴 일에 대해서 웅덕이의 기억은 선명치가 못하고 혼돈되어 있었다. 멱따는 돼지 우는 소리 같은 노호, 아픔을 지나 얼얼해 들어오는 뺨, 쇠몽둥이에 얻어맞는 것처럼 아프고 저린 정갱이, 코피, 발잔등으로 흘러내리는 피, 피, 피. 꽁꽁 묶인 부자유스런 몸, 그리고 싸늘하게 느껴지는 중머리. 감방까지 엉금엉금 기어가던 생각. 정갱이가 쑤시는 듯 아프고 감방 안에 두 다리 뻗고 앉아보니 바른 다리 정갱이 살점이 문청문청 떨어졌고 검붉은 피가 응결되어 있었다.

"세이자" 하고 소리 지르는 호령 소리에 웅더이는 부지중 꿇어앉으려고 해봤다. 그러나 정갱이가 쿡쿡 쑤시어서 다리를 가드러칠[19] 수조차 없었다. 꿇어앉기는커녕 책상다리로 앉기도 불가능했다. 다리 뻗힌 채 그냥 앉아 있을 도리밖에 없었다.

"꼬라." 하는 노호 소리가 문밖에서 났다. 웅덕이는 문께로 눈을 돌렸다. 두 눈만 보이는 감시 구멍으로는 독기 띤 눈이 응시하고 있었다.

"호, 이놈이 머리 안 깎겠다구 발악한 놈이로구나. 정갱이에서 피가 좀 났기로니 그걸 핑계로 정좌 안하고 백여날 줄 아는가. 센징(조선인)이란 모두 비겁. 할 수 없는 족속이야." 하고 그 간수는 비꼬았다.

그러나 제아무리 지독한 형벌과 강요로도 웅덕이를 꿇어앉힐 수 없다는 것을 간수부장도 인정하지 않을 수 없게 되었다. 더구나 웅덕이 정갱이가 세 군데나 곪아서 고름이 질질 나오는 것을 확인한 간수부장은 가장 자비나

---

19 가드러치다 : 오그려 붙이다.

베풀어주는 태도로, 웅덕이는 아무 때나 다리를 뻗고 앉아 있어도 용서한다고 선언했다.

고름이 흐르다 흐르다 나중에는 근이 백혔것만 약 한번 발라줄 생각은 하지 않는 그들이었다. 감방 안에 수감되어 있는 미결수가 그 어떠한 중병에 걸려도 치지도외[20]하고 있는 것이 이곳 관례라는 것을 그는 이미 알고 있었었다.

그가 이 九호실 감방 안에 들어서자 맨 처음 본 광경은 백지장같이 창백한 얼굴을 가진 수인 하나가 변기를 타고 앉아 오만상을 찌프리고 있는 모습이었었다. 한참이나 낑낑거리며 앉아 있던 그 사람이 내려오면서

"곱밖에 나오는 것이 없는걸." 하고 조선말로 중얼거리는 것이었다.

이질에 걸린 지가 한 달도 더 된 사람이라고 어떤 수인이 웅덕이에게 알려주었다. 너무나 자주 변기를 타고 앉았다가 순시 도는 간수들에게 들킬 때마다 악성 이질에 걸렸다고 호소했으나 간수들은 동정해주거나 약을 줄 생각은 없이 "굶으면 나을 껄 자꾸만 퍼 먹으니까 그렇지." 하고 껄껄 웃기만 한다는 것이었다.

"자꾸만 퍼 먹는"다는 음식이란 아침에 보리밥 한공기와 씨레기 국 한 공기, 점심에는 중국식 찐빵 한 개, 저녁에 다시 보리밥 한 공기에 씨레기 국 한공기라는 것을 웅덕이는 발견한 것이었다.

웅덕이가 이 새 감방으로 이감된 그 이튿날부터 그에게는 사식이 차입되기 시작했었다. 매끼 한 그릇 가득 담긴 흰 쌀밥에 고기국 한 사발과 구은 생선 한마리가 곁들여 들어왔다. 남들은 다 굶다싶이 하고 있는데 자기 혼자만이 진수성찬을 먹는 것이 미안하고 계면쩍어서 한 절반만 먹고는 간수의 눈초리를 피해가며, 다른 수인들에게 양보했다. "곱만 나온다"고 칭얼대는 그 이질 환자가 그 누구보다도 먼저 가로채서 먹군 하는 것이었다. 간수들 말마따나 "굶지 않으니까" 그의 병은 낳을 도리가 없는 모양이었다.

---

20 치지도외 : 置之度外. 내버려두고 상대하지 않음.

치욕(恥辱)의 나날

311

그런 장기 이질이 다른 사람들에게 전염되지 않는다는 것은 풀 수 없는 수수께끼였다. 그리고 근이 백힌 그의 종처가 고약 한번 붙여보지도 못한 채 제절로 차차 아무는 것 역시 풀 수 없는 수수께끼이었다. 어느 때고 출감되면 이 수수께끼를 아우 창덕이에게 편지로 알려주어서 의학계에서는 이 수수께끼를 어떻게 푸는지 알아보고 싶다고 웅덕이는 생각했다.

그리고 종처가 제절로 아물어 가고 있는 것이 그에게는 도무지 반갑지가 않았다. 두 시간 내리 끓어앉아 있어야 하는 고통이 훌훌 쏘는 종처가 주는 아픔보다는 좀 덜한 육체적 고통일런지도 모를 일이기는 했으나 그러나 성한 자리로 끓어앉아서 마음에도 없는 '황국 신민의 서사'를 되씹어야 한다는 것은 견딜 수 없는 정신적 패배와 고통이라고 그는 생각했다.

새 감방에 수감된 지 한 달쯤 된 어떤 날 오후 웅덕이는 감방 밖으로 불려 나갔다. 아래층 어떤 빈 사무실 안으로 그는 들어섰다. 일본인인 특고계 주임이 의자 위에 도사리고 앉아 있는 것을 그는 봤다.

"거기 좀 앉으십시오." 하고 그 주임은 깍듯이 경어를 쓰며 빈 의자를 가리켰다. 웅덕이는 오래간만에 참으로 오래간만에 의자에 앉았다.

5

◇등장하는 주요 인물 약력◇

1. 황보웅덕이는 소년 때 三 · 一 독립 운동에 적극 가담했다가 일본 경찰에 체포되어 징역까지 살았다. 출감하자 그는 비밀 사명을 띠고 중국 상해로 가서 대한민국 임시정부를 찾아갔다. 거기서 임정 요인 한 분의 지시에 따라 중국 학교에 들어가 교육학을 전공했다. 학업을 마치고는 국내 교육계에 헌신할 목적으로 귀국했으나 조선총독부 학무국에서는 그의 교원 자격 부여를 거절할 뿐 아니라 각 학교에 압력을 가하여 그의 취직을 막았다.

그는 다시 중국으로 가다가 북평에 들리어 그곳 숭인대학 교수가 되었다. 그는 결혼했다. 그의 아내가 된 한진주는 놀웨이 남자와 한국인 여자 부부의 혼혈아로 태어난 여자다.

일본군이 중국 본토 거이 대부분을 점령한 一九四三년 봄에 북평에 있는 일본 경찰에 웅덕이는 체포되었다. 중경에 망명해 있는 대한민국 임시정부와 비밀 연락을 하면서 항일지하투쟁 공작을 하고 있다는 혐의로 체포된 것이었다.

2. 창덕이는 웅덕이의 남동생이다.

그는 어렸을 때 발을 부상당했는데 의술이 발달되지 못했을 때라 올바른 치료를 받지 못하여 평생 절름발이 병신이 되었다. 자기 자신이 불구자이었을 뿐 아니라 질병과 미신 투성이인 환경에서 자라나는 그는 장차 의학을 전공하려고 결심했다.

서울 애비슨 의과 전문학교 재학 중 그가 사귄 어떤 여자 전문학교 학생으로부터 배반당한 그는 자포자기하여 주색에 빠졌다가 불치의 성병에 걸려 고민하고 있었다. 그리다가 세균학의 권위자인 곽 교수의 감화를 받아 개과천선한 창덕이는 곽 교수 아래서 세균학 연구에 몰두하고 있는 건실한 의학도가 되었다.

3. 왕우시는 황보창덕이의 쌍동이다. 젖먹이 때 유모에게 납치되어 압록강 건너 길림성으로 끌리어 갔던 그는 소년 때 어머니(유모)를 여이고는 백계 러시아인 가족에 쿡으로 있는 중국인 왕 서방의 아들로 자라났다.

쏘련 부정규군의 포로가 된 우시는 중국어와 러시아어에 능통했고 또 재주가 있는 것이 인정되어 적군에서는 그를 모스크바 대학으로 보내 교육시켰다. 졸업한 그는 중국에 파견되어 중국인 적화운동에 광분하고 있다.

4. 문택수는 황보창덕이보다는 나이 五년 위이면서도 소학교 동창생이

다. 어렸을 때부터 도벽이 있어서 절도범으로 징역까지 살았다. 출감하자마자 함경도로 가서 의병대에 참가했다. 산골 도시에서 읍으로 송금하는 우체국 공금을 중노[21]에서 강탈하는데 성공한 택수 일행은 무기를 사려고 시베리아 근방으로 갔다. 백계 러시아 부정규군 진지에서 무기를 구입할 목적이었다. 그러나 그때 적군의 습격을 받아 적군이 승리하게 되자 택수는 적군에 가담했다. 그 뒤 일본군이 만주에 만주제국이라는 괴뢰 정권을 수립하자 그는 만주국군 장교가 되었다. 그는 중국 북평으로 가서 화북 일대 중국인 민심을 교란시키는 일에 일본군 앞잡이 노릇을 하고 있다. 즉 박쥐같이 변하는 기회주의 실천파이다.

5. 안응권이는 대한민국 임시정부 요인의 아들로 중국서 학업을 닦고는 북평 숭인대학 체육교수로 있었다. 황보웅덕이를 그 대학 교수로 추천해 준 이가 바로 이 응권이다.

화북 일대가 일본군에게 점령되자 중국인 중 친일파가 정권을 잡게 되고 화북체육협회를 개편하게 되었다. 친일파 중국인들과 일본인들의 이사(理事)가 되었는데 응권이도 마지못해 이사의 한 사람이 되었다. 홍콩에 있으면서 이 사실을 알게 된 응권이의 아버지는 아들의 행동을 힐책하는 편지를 보냈다. 이 편지를 받은 응권이는 그 즉시 체육회 이사직과 숭인대학 교수직을 동시에 사직하고 탕산에 있는 석탄회사로 가서 취직했다. 그리고는 항일지하운동을 하다가 그만 일본 경찰에 체포되었다. 거이 一년 동안 갖은 악행을 다 당한 끝에 그는 홍콩으로 가서 부친을 모시어다가 일본 경찰에 자수시키겠다는 서약을 하고야 겨우 석방되었다. 일본 경찰이 그의 가족을 볼모로 잡아두고 있는 것을 알면서 응권이는 홍콩을 향하여 떠나갔다. 그 얼마 뒤 황보웅덕이는 응권으로부터 편지를 받았다. 비밀통노를 통하여 온 편지인데 응권이는 아버지를 모시고 중경으로 갔다는 것이었다.

웅덕이는 지금 북평 일본 경찰서 유치장에 감금되어 있다.

"신관이 아주 좋아지셨구면요." 하고 일본인 특고계 주임은 말했다. 이 말이 비꼬는 말인지 또 혹은 어떤 복선인지 종잡을 수 없는 말이라고 웅덕이에게는 생각되었다.

담배 한 대를 피워 첫 목음 들여 마셨다가 연기를 웅덕이 얼굴로 향하여 후 내불고는 그 담배를 웅덕이 앞으로 불쑥 내밀면서

"자, 한 대 피어보시지오." 하고 주임은 말했다.

웅덕이는 고개를 저었다.

담배를 푸푸 피우면서 주임은

"어떻게 생각하시오? 우리는 최대의 성의를 베풀어서 격에 넘치는 우대를 해들였는데. 당신 지위를 존중해서. 우리가 이만한 호의를 보인 이상 댁에서도 생각이 있어야 할 것이 아니겠습니까?" 하고 말했다.

그의 말은 어디까지나 존손[22]이요 공손한 것이었다.

웅덕이는 그냥 덤덤이 앉아 있었다.

반쯤 피운 담배를 재떠리에 비벼 끄고 난 주임은 다시 "그럼 자백서를 쓸 마음의 준비가 아직 덜 되었습니까? 자백서를 써내지 않는 한 여기서 그냥 썩을 수밖에는 없다는 운명은 각오하는 현명을 가추구 계시리라구 생각 하는데요." 하고 약간 어성을 높이어 말했다.

웅덕이는 그냥 침묵을 지켰다.

"여보시오 왜 대답이 없오? 그래 내말이 말 같지가 않다구 생각하는 거요." 하고 소리 지르는 주임의 말투는 반말로 변했다.

"나에게는 자백할 아무런 건덕지도 없는 걸 어떻게 합니까." 하고 웅덕이는 말했다.

담배 한 대를 새로 피어 물었던 주임은 발끈 일어서면서 한 목음 밖에 빨

---

22 존손 : 尊巽. 상대방을 높이고 겸손하게 대함.

지 않은 담배를 방바닥에 던지고는 발바닥으로 마구 비벼댔다.

"흥 그럼 좋아 좋아! 오늘부터 사식 차입 금지. 좀 굶어봐야만 정신 차릴 모양이지. 바보자식 같으니 그리구 또 오늘부터 세이자(정좌)하지 않으면 그 벌로 이틀간 관식도 금지." 하고 소리 지르며 주먹을 떨던 주임은 오른손 주먹으로 웅덕이 눈두덩을 한 대 갈기고는 방 밖으로 나가 버렸다.

웅덕이의 위(밥통)는 반역자가 되었다. 나흘을 꼬박 굶은 웅덕이는 정좌 시간에 꿇어앉기 시작하고 말았다. 두 시간은 커녕 단 五분도 못 가서 그의 발과 무릎은 아파 들어왔다. 엉덩이를 한편으로 기우려서 발 하나에게 만이라도 짐을 좀 덜 지워보았으나 짐이 가중된 한발의 고통은 견딜 수 없도록 더 아팠다.

이미 굴복해버린 바에는 비겁하게 보이는 기색을 보이지 않으려고 이를 악물고 견디기로 했다. 얼마 있으니 아픔보다도 두 발이 다 재려들어 왔고 미구에 거이 무감각해지고 말았다.

그러나 기다리고 기다리던 '안좌' 구령이 나자 엉뎅이를 들고 편히 앉으려니 마비된 발과 정갱이가 말을 듣지 않는 것이었다. 한참 만에 겨우 다리를 펴니 펴고 있는 것이 도리어 아파 들어왔다.

꿇어앉는 데 성공하자 세 끼 관식 식사는 꼬박꼬박 들어왔다. 그러나 그 음식 분량은 만복감을 주기는커녕 창자에는 기별도 가지 않고 감질만 더 나게 해주는 것이었다. 금방 먹고 나서도 보리밥과 쓰레기 국이 그립기 한이 없었다.

정좌하고 앉아 있으면서도 처음 며칠 동안에는 '황국신민서사' 외는 대신에 "어서 어서 망해라. 일본 어서 망해라" 하고 생각하거나 그렇잖으면 가족의 안위가 생각되었었는데 한주일이 못 다가서 머리는 공허해지고 맞은 벽에는 보리밥과 쓰레기 국과 찐빵만이 어른거려 보이는 것이었다.

꿇어앉아 있을 때 뿐 아니라 편히 앉아 있을 때에도 잠자리에 누어 있을 때에도 밥과 국 생각만 났다.

식욕만이 정신과 육체를 총 지배하는 것이었다.

꿈을 꾸어도 먹는 꿈뿐이었다.

찐방 한 개밖에 더 않 주는 점심시간이 보다 더 큰 긴장과 초조와 기대로 기다려지는 것이었다. 그 이유는 시계가 있을 리 없는 감방 안에서도 점심이 오는 정오만은 정확하게 알아마추는 재주가 있기 때문이었다.

감방 방바닥은 넓이 두 치 길이 석자 되는 나무를 깐 마루였다.

한쪽 벽 맨 꼭대기에 있는 유리창 문을 깨어 들어오는 태양 광선이 감방 한 중간 마루 제 몇재 나무토막 제 몇재 이은 짬까지 이동되면 그 순간이 바로 정오라는 것을 알아내게 된 것이었다. 그 선이 날마다 꼭 한자리가 아니고 매일 매일 조금씩 이동되는 것 까지도 정확하게 판단할 수가 있게 되었다.

늦 아침에 햇살이 마루바닥을 기어가기 시작하는 순간부터 수감자 전체의 눈, 눈, 눈, 눈은 그 빛줄기가 살금살금 기어가는 것을 주시하고 있었다. 문자 그대로 햇줄기는 달팽이 걸음보다도 더 느린 속도로 눈앞에서 기어가는 것이었다. 분명 기어가는 것이었다.

햇줄기가 정오를 표시하는 마루 틈새나 나무 곁에 거이 다달으게 되면 그것을 노려보고 있는 웅덕이의 가슴은 두근두근 뛰기 시작하는 것이었다. 수감자 모두가 다 숨을 죽이고 손에 땀을 쥐면서 햇줄기의 느리고 느린 이동만을 주시했다. 그 줄기가 정오 선에 다달을 때 보는 사람들의 맥박은 빠르게 되고 긴장도는 머리가 지끈지끈 아플 정도로 높아졌다. 이때 아래층 문 초인종 우는 소리가 들려오면 모두가 부지중에 긴 한숨을 쉬었다.

햇줄기가 정오 선을 넘어 선 뒤에도 몇 초간이라도 초인종 소리가 들려오지 않는 날에는 대개 수감인 입에서는 차마 입에 담을 수 없는 욕지거리가 폭포처럼 쏟아져 나왔다.

어떤 날 밤이었다. 당직 간수가 제 무료를 끄노라고 감방마다 들여다보면서

"색시 생각나지 않은가?" 하고 물어본 일이 있었다. 이때 늙은이들은 더 말할 것도 없고 새파랗게 젊은 축들도

"저 작자가 싱거운 잠꼬대를 하고 있다."고 비웃었다. 어렸을 때부터 뱀을 잡아 껍질을 벗겨 말리워 가지고는 명태 씹듯 매일 씹어 삼킨 덕택으로 장가가는 첫날 밤 방사를 여덟 번이나 계속해서 신부를 녹초로 만들었었노라고 수 없이 자랑해온 二十대 청년까지도 그 간수의 질문을 미친놈의 질문이라고 욕했다.

먹는 것, 오직 먹는 것 하나 만이 삶의 전부인 그들이었다.

보리 밥톨 한 알, 씨레기 국, 국물 한 방울을 위하여서는 체면도 의리도 애정도 애국심까지도 선뜻 표기해버리게 된 그들이었다. 세상만사가 다 소용없고 오직 먹는 것만이 삶의 최고 목표요 유일한 하느님이었다.

그러던 어떤 날 오후였다. 사식 차입은 물론 세면도구나 의복까지도 차입 받지 못하고 있던 웅덕이가 입고 있는 홋옷이 밤 추위를 당해내지 못하는 것으로 보아 가을이 깊었다고 생각되던 때였다. 웅덕이는 감방 밖으로 불려나갔다. 한 달 전이었었는지 두 달 전, 아니 석 달 전이었었는지 웅덕이로써는 대중도 잡을 수 없는 그 어느 날 오후 마찬가지로 그를 불러낸 사람은 특고계 주임이었다.

웅덕이를 바른쪽 의자에 앉힌 주임은 빵을 혼자 먹고 있었다. 빵의 덩지는 상당히 큰 것이었으나 한입에 넣고도 알맞을 정도로 조개송편만큼 밖에 더 크지 않은 적은 빵 쪽을 한 개씩 손으로 뜯어 먹도록 잘룩잘룩 자리가 나 있는 노란 빵이었다.

'이러면 않 된다 않 된다 않 돼. 체면을 지켜야지' 하고 그의 이성(理性)은 거듭 강요하고 있음에도 불구하고 웅덕이의 눈 신경은 감정의 포로가 된냥 주임의 손가락만 따라다녔다. 노란 껍질을 가진 빵 한 조각을 살짝 뜯으면 비단결같이 보드랍게 보이는 하얀 살이 나타나는 것과 동시에 달콤하고도 고소한 냄새가 물큰 그의 코를 찌르는 것이었다. 부지중 군침을 삼키고 있는 자신을 발견한 그는 육체의 연약을 스스로 타매했다.

아홉 개의 빵 조각을 뜯어 먹고 난 주임은 마지막 조각을 통채로 입안에 집어넣었다. 주임은 그 빵 조각을 도루 손바닥 위에 배앝아 났다. 그는

"자 먹어." 하면서 웅덕이 앞으로 손바닥을 내밀었다. 생각할 겨를도 없었다. 중추 신경의 명령이 내릴 새도 없이 그의 손은 벌써 번개같이 나가서 그 침 묻은 빵조각을 움켜다가 입에 틀어넣고 말았다. 하도 창졸간이 되어서 주임의 얼굴에 비웃음과 만족감이 겸한 미소가 깃들이는 것을 웅덕이는 인식하지 못했다.

'밀가루 빵이 이렇게도 달고 고소한가.' 하는 인식을 하자마자 빵 조각은 벌써 목구멍을 넘어가고 말았다.

먹으나 마나였다.

후회막급이었다.

머리가 지끈 아프도록 분노와 자조(自嘲)가 치밀었다. 문자 그대로 쥐구멍이라도 있으면 숨어버리고 싶은 심경이었다.

그러나 이미 엎질러놓은 물!

그는 잇발을 으드득 갈면서 몸을 푸르르 떨었다.

"맛이 있지. 자 곧 자백서를 써. 아니 쓴다고 약속만 하면 지금 금방 당신 원하는 무슨 음식이고 주문해 가져오도록 할 테니까……." 하는 주임의 목소리가 어데 먼 데서 오는 것처럼 느껴졌다.

혀를 입 밖으로 삐죽 내민 웅덕이는 위 윗발로 힘껏 깨물었다. 순간 부지중 비명을 지르는 그는 의자에서 떨어져서 방바닥에 딩굴면서 신음하기 시작했다.

"에잇, 천치 바보 같으니! 결국 따끔한 맛을 봐야 정신 차리겠구만." 하고 투덜거리면서 주임은 나가버렸다.

고난과 치욕의 부름이 지나갔다.

어떤 날 새벽 다섯 시경.

일본인 숙직 간수와 조선인 사복형사와 일본인 의사와 일본인 여자 간호원이 합세하여 웅덕이의 몸을 장지거리하여 층층대 위로 올려갔다. 희미하게나마 정신을 차린 웅덕이는 제 몸이 후주근하게 젖어 있는 것을 감각했고 머리께에서 병원 냄새와 분 냄새가 섞이어 발산되고 있는 것을 냄새 맡을

수 있었다. 그리고 또

"조선 놈이란 참으로 비겁하기 짝이 없단 말야. 고까짓 매에 기절하는 흉내를 피우는 음흉스런 놈……." 하는 숙직 간수의 욕도 웅덕이는 들을 수 있도록 정신이 회복되어 있었다.

지나간 보름 동안 웅덕이는 매일 밤 자정부터 동틀 무렵까지 아래층 고문실에서 가진 악형을 받아 왔었다.

고문을 가하는 자는 일본인 주임이나 형사가 아니었고 조선인으로 '기요하라 다께오'라고 창씨개명(創氏改名)한 한(韓)가 형사였다.

처음에는 고문을 하지 않고 증거를 제시할 테니 순순히 자백하라고 꾀었었다.

웅덕이는 증거를 보여달라고 했다. 한 형사가 아니, 기요하라 형사는 수첩을 꺼내 폈다.

"네가 공작금 받아 쓴 증거가 여기 다 뚜렷이 적혀 있단 말야. 三천 원짜리 집 한 채, 으리으리한 고급 가구, 피아노, 식모뿐 아니라 애보개 간호부까지 집에 두고 사는 그 돈이 다 어디서 났단 말야? 학교 선생질이나 하는 놈이 어디서 그런 돈이 생긴단 말야. 또 그리구……."

생떼도 이만저만이 아니라고 웅덕이는 생각했다.

"피아노 얼마에 산 것인지 알구나 하구 하는 말입니까? 간호부 월급은 몇 푼이나 되고. 三원이야요 三원. 그리구 피아노는 八十원에 사고요. 내 월급의 四분지 一밖에 더 않 되는 돈."

"그럼 고급 주택은?"

"내가 대학에 몇 해째 근무하고 있었는지 조사나 해보고 따지는 겁니까? 이곳 생활비가 한 달에 얼마 드는지 계산해보고 말하는 겁니까?"

형사는 말문이 막혀 얼굴만 붉히었다. 무안당한 것을 억지로 새기노라고 애매한 담배에게 화풀이를 하고 있던 형사는 수첩 딴 면을 펼쳐 웅덕이 코 앞에 내 밀었다.

"여기 적힌 이 사람들은 아는가 모르는가?" 하고 형사는 물었다.

"압니다."

"자주 만나기도 하지."

"가끔 만나지오."

"곽상욱이라는 자는 뭘 하는 잔가?"

"조선 방직회사 특파원이지오."

"신용선이는 뭘 하는 잔가?"

"인쇄소를 경영하고 있지오."

"문택수는?"

"그이는 만주국 장군이지오."

"흥, 다 잘 아는구먼, 이 자들과 네가 공모해서 역적질을 하고 있는 증거
가 나타났는데. 그래도 모르는 체 한단 말인가?"

어처구니없는 일이었다. 그러나 한편으로는 안심이 되기도 했다.

'이자들이 아무런 증거도 포착하지 못하고는 생연극을 꾸미고 있고나'
하고 생각되기 때문에 안심이 되는 것이었다.

웅덕이가 아무 말도 않 하는 걸 본 형사는 기세를 올려서

"이 자들은 모두다 활활 불었는데 너 혼자 거부한다고 죄가 경해질줄 아
는가? 천만에⋯⋯."

"무얼 분단 말이오?"

"그래도 발뺌을 하려고 드는 것인가. 내 다 폭노할까. 너는 불온문서 원
고를 쓰고 곽상욱이란 놈은 경비를 띠고 신 용선이의 인쇄소에서 찍어가지
고는 만주국 기빨을 보호색으로 차에 띠우고 다니는 문택수가 살포했다고
이자들이 모두 자백했는데. 흥 그자가 만주국 기를 단 고급 자동차를 타고
다닌다고 누가 무서워할 줄 알고! 이때까지 너에게 이 증거를 제시하지 않
고 끌어온 이유는 문택수란 자가 발각되었다는 눈치를 채구 만주국으로 도
망가 버렸기 때문이었어. 만주국은 일본 땅이 아닌가? 확실한 증거를 들어
만주국 헌병 사령부에 연락해서 그놈을 체포 해다가 엊그제 이리로 압송해
왔는데 덩치가 큰 만큼 그만큼 솔직하더구만. 활활 다 불었으니⋯⋯."

이 말을 듣고 있는 웅덕이는 일본 경찰의 두뇌를 의심할 수밖에 없었다. 그들의 각본이 너무나 유치하고도 몰상식한데 저윽이 놀라지 않을 수 없는 동시에 그런 서투른 연극에 웅덕이 자기가 넘어가리라고 숫보는 데 대한 반발심이 폭발되었다. 그러나 그는 억지로 시침이 뚝 떼고

"이분들이 정말 체포되어 왔다면 대질시켜주세요." 하고 말했다.

"이 자식이 건방지게, 누구더러 이래라 저래라 하는 거야!" 하고 발악하는 형사는 웅덕이의 뺨을 갈기고 발길로 차고 하여 심문이라고 하기보다는 형사의 화풀이로 첫날 문초는 끝났다.

그 이튿날 자정부터 본격적인 고문은 시작되었다.

물을 억지로 먹여주는 고문에 웅덕이는 굴하지 않았다. 몇 차례 않가서 그는 물 마시는 요령을 발견했기 때문이었다. 처음에는 물을 마시지 않으려고 머리를 이리저리 피했었다. 솜으로 코를 꼭 막아놓으니 숨을 쉬기 위하여서는 입이 자연 열렸고 물 주전자 주둥이는 입안까지 들어왔다. 숨을 쉬려니 물은 그냥 꼴깍꼴깍 목구멍을 넘어 흘러 들어갔다. 몸부림치는 것은 아무 소용도 없었다.

물로 퉁퉁해진 배가 거북해서 두 손으로 쪽 눌렀더니 물은 더 들어오지 못하고 입술을 넘치어 입 밖으로 흘러내리고 마는 것을 그는 깨달았던 것이었다. 물을 꼴각꼴각 겨우는 것을 보는 형사는 주전자를 아무리 대고 있어도 물을 더 먹일 수는 없다고 느낀 모양이었다.

화가 치민 형사가 담배불로 살을 태우는 것이 견딜 수 없이 아팠다. 그러나 약이 바짝 오르자 마지막에는 아픔에도 면역이 되고 살타는 노린내만 고약하게 맡아졌다.

연필을 손가락 사이에 끼우고 꽉꽉 죄는 형벌이 제일 아팠다. 고통을 참지 못하여 혀를 내 밀고 눈을 뒤집으면서 "예, 예, 자백, 자백……." 하고 비명을 지를 수밖에 없었다. 그러나 손구락을 풀어주면 그의 마음은 다시 굳어지군 했다. 웅덕이는 죽는 한이 있더라도 자백해서는 절대 안 된다는 제 입장을 잘 알고 있었다. 만일 자백을 하게 된다면 그것은 제 일신상 문제에

서 끝나는 것이 아니고 중국인 교수들 심지어는 아일랜드인 신부의 신상에까지 미치는 중대한 일. 국제적으로 조선인의 위신을 손상시키는 일이었다. 웅덕이 제 한 몸에 관한 문제가 아니라 조선민족 전체의 국제위신 문제라고 그에게는 생각되었다.

며칠 못가서 웅덕이의 전신은 푸릇푸릇 멍이 들었다. 무슨 채찍인지 넓이 한 치가량 되는 채찍으로 아무 데나 자꾸만 내리치다가 형사의 팔이 피곤하게 되어야 매질이 잠시 쉬군 했다.

매일 밤 자정부터 고문을 당하게 되자 고문 받는 그 자체보다도 끌려 나갈 자정이 가까워 오는 한분 한초가 보다 더 공포를 가져다주었다. 열시 정각에 '취침' 구령이 내리자마자 몸 전체에 멍이 들어버린 웅덕이는 올바로 눕지도 못한 채 금시 잠들어버리군 했다. 조름은 그 어떤 극심한 육체적 고통이나 정신적 고민보다도 더 강력한 생리현상이었다.

그런데 이상한 일이 있었다. 시간을 헤아릴 수 있는 햇살이 있을 리 없는 밤이었건만 자정이 가까워 오면 그는 가위가 눌려 잠을 깨군 하는 것이었다. 잠이 깨면 그의 전신경은 六감까지도 귀에만 모여들었다. 가죽 구두가 아니고 집으로 엮은 '조리'를 신고 살금살금 오는 당번 간수의 발자죽 소리가 웅덕이의 귀에는 징 박은 구두 소리보다도 더 크게 들리는 것이었다. 그 발자죽 소리가 가까이 오면 올수록 그의 가슴은 바작바작 더 죄어들고 전신이 떨리며 소름이 끼쳤다. 그 발자국 소리가 감방 밖까지 올 때 그에게는 숨 쉴 기력도 없어졌다. 그러나 그 발자국 소리가 멎지 않고 그냥 지나가 버리는 때에는 어쩐 일인지 서운한 느낌을 느끼는 것이었다.

"비행기를 타봐야 자백하겠나?" 하고 기요하라 형사는 호통 쳤다.

벌거벗긴 웅덕이는 묵묵히 웅크리고 앉아 있었다.

비행기 태우는 형틀 준비는 이미 다 되어 있었고 당번 간수가 응원 와 있었다.

허리 뒤로 비틀어진 웅덕이의 양손 엄지손가락이 꽁꽁 묶이었다. 그 노끈 한끝은 형틀에 끼운 쇠고리를 꿰어 늘어져 있었다. 간수는 끈을 잡아다리고 형사는 웅덕이 몸을 부축하여 올려 밀었다.

느러뜨린 웅덕이의 두 발끝은 발바닥에 닿았다 떨어졌다 했다. 두 어깨는 가슴 앞으로 통기어 나와 있었고 등 뒤에 있는 두 엄지손가락은 끊어지는 듯이 아팠다. 숨이 턱턱 막혔다.

"이래도 자백 않할 테냐?" 하고 형사는 소리 질렀다.

눈을 꽉 감은 웅덕이는 꼭 다문 잇발 사이로 신음소리만 내보내고 있었다. 말할 기운마저 없었다. 정신이 아물아물 흐미해갔다.

웅덕이에게 정신이 되돌아 온 때 그는 전신이 물에 흠빡 젖어 있는 것을 발견했다.

"흥, 인제 깨났구나. 하여튼 잘 됐다. 너두 편하게 되고 나두 인젠 편하게 되었으니. 자 이 조서에 도장을 찍어. 어서 어서."

웅덕이에게는 조서를 읽어볼 기력도 남아 있지 않았다.

"자 여기 어서 손 도장을 찍어." 하면서 형사는 인주 통을 내밀었다.

웅덕이는 고개를 저었다.

"소용없어 지금 아무리 부인해도. 네가 정신없이 중얼거리는 걸 내가 다 받아 필기해놨으니까. 우리가 생각했던 것보다도 더 어마어마한 음모를 꾸민 사실이 네 입을 통해서 자백되었으니까 증인도 있어." 하고 형사는 의기양양했다.

"못 찍어." 하고 웅덕이는 소리 질렀다. 어디에 그렇게 큰 고함을 지를 수 있는 기운이 남아 있었는지 웅덕이 자신으로도 알 수 없는 일이었다.

"이 자식이 아직도!" 하는 노호 소리와 함께 매질이 시작되었다. 잔등에 허리에 팔에 정강이에 목에 얼굴에 가슴에 배에 머리에 매는 사정없이 내려졌다. 약이 오를 대로 오른 웅덕이는 아픈 것을 인식 못 했다.

숨이 차서 씩씩거리는 형사는 매질을 멈추었다.

"참 지독한 놈이로군. 내 팔이 아파서 좀 쉬어야겠다." 하고 혼자말하듯한 형사는 담배를 피어 물었다. 한 두어 목음 빤 담배를 내밀면서 형사는

"자 피워." 하고 웅덕이에게 말했다.

물씬 풍기는 담뱃내에 이성을 잃은 그는 부지중 손을 내밀려고 했으나 팔이 움직여지지 않았다.

"홍 담배도 싫어?" 하면서 형사는 그 담배불로 웅덕이 살을 무작정 지져댔다.

"이놈아 날 죽여라 죽여." 하고 웅덕이는 울부지젔다.

"죽여 달라구! 홍! 자백 받기 전에는 죽이지도 않겠다. 절대로." 하고 형사는 막우 소리 질렀다.

6

"날 죽여라, 죽여." 하고 웅덕이는 소리 질렀다. "난 원귀가 되련다. 죽어 원귀가 돼서 네놈, 아니 네놈의 자식새끼 하나씩 하나씩 잡아먹겠다. 어서 날 죽여줘, 이놈아, 죽여." 하고 소리 지르면서 몸부림치는 웅덕이 꼴은 최후 순간에 발버둥치며 울부짖는 호랑이 같았다. 남아 있는 힘을 다하여 기요라 형사에게로 달려가던 웅덕이는 피실 쓰러져버리고 말았다.

군악대가 연주하는 행진곡 소리가 은은히 들려왔다.

큰길 좌우 쪽 인도에는 남녀노소 사람 떼가 흐늑흐늑[23] 물결치고 있었다. 행진곡 소리는 점점 더 가까히 들려왔다. 모자 챙 뒤에 두 뼘도 더 되게 길고 가는 막대기가 꽂혀있고 그 막대기 위 끝에는 흰빛 솔이 달린 모자를 쓰고 장교 군복 몸차림을 한 악대가 나타났다. 코넬, 트럼브, 클라렛, 도드락 소리 내는 작은 북, 통통통 큰 소리 내는 큰 북, 쩌르릉 쇳소리 내는 진유제 징 등을 들고 매고 행진하면서 연주하는 악대였다.

이 악대 바로 뒤로는 장의사에서 빌려주는 장례복 저고리만 걸친 쿨리(날품팔이꾼)들이 손에 손에 물건 하나씩을 들고 二열 횡대로 행진해 오고 있었다. 세로 가늘게 찢은 수숫강 껍질 언저리에 흰 종이를 발라서 만든 중국옷

---

23 흐늑흐늑 : 물결 등이 자꾸 느리게 움직이는 모양을 가리키는 북한어.

입은 남녀 하인 지상(紙像)을 든 쿨리가 수十명. 그 다음엔 역시 종이로 만든 꽃화분, 종이로 만든 기명과 세수대야와 변기, 종이로 만든 의거리와 장농, 교의, 책상, 가구 일체를 한절식 든 쿨리들이 줄지어 꾸역꾸역 지나갔다. 그 뒤로는 종이로 만든 달 한필, 인력거 한 채, 자동차 한대를 제각기 든 쿨리가 따라오고, 종이로 만든 창고 모형 주택 모형을 든 쿨리, 또 그 뒤로는 종이로 엽전처럼 만든 가짜 돈 꾸레미를 수十 꾸레미씩 등에 진 쿨리들이 뒤에 섰다. 그리고 그 뒤로는 잿빛 법의를 입은 수十 명의 중이 제각기 목탁 아니면 주먹만 한 종을 흔들면서 행진해 지나가고, 그 뒤에는 황토빛 법의를 입은 한 떼의 중, 그 뒤에는 자주빛 법의를 입은 중 한 떼가 모두 염불을 중얼거리면서 지나갔다.

시뻘건 만장 한 폭이 펄럭거리고 바로 그 뒤에는 울긋불긋하는 비단으로 씨운 상여 한 채가 따라왔다. 시뻘건 만장 길이는 三十자 넓이는 다섯 자 가량이라고 보이는데 그 시뻘건 바탕에는 시꺼먼 먹 글씨가 쓰여져 있었다. 한 획이 팔뚝만큼 식이나 굵은 한문글자였다.

'고려인 황보 공 웅덕의 영궤'

이 만장 뒤를 따르는 상여는 쿨리 六十四명이 앞뒤자우를 메고 리듬에 발자취 맞추어 걸어가고 있었다. 우쭐우쭐 춤을 추는 상여 안 칠성판 위에 놓여 있는 육중한 관 속에 반듯이 누워 있는 웅덕이는 저 자신의 장례 행열을 처음부터 끝까지 구경하고 있었다. 그러나 그것이 조금도 이상스럽게 느껴지지 않았다. 길가 구경군 틈에서나 장례 행열에서나 상제 모습은 한 명도 보이지 않는 것까지도 괴이하게 생각되지 않았다. 다만 한 가지 신기한 것은 어데서 돈이 나서 제 장례식이 중국의 어느 독군이나 갑부 못지않은 호화판이 되었을가 하는 의문이었다.

산위에 있는 절에 상여는 다달았다. 그런데 다시 이상한 것은 웅덕이가 들어 있는 관은 독방에 들여 놓이는 것이었다. 수백 개의 관들이 겹겹이 쌓여 있는 공동묘소에 안치되지 않고 독방에 안치된다는 일은 절에 수만금을 공양하지 않고는 있을 수 없는 일이었다.

그 많은 쿨리들이 들고 온 종이로 만든 하인들 가구, 돈 모두가 다 불에 활활 타 연기가 되어 하늘로 올라가고 땅에는 재만 수북히 쌓였다.

황천까지 가는 길에 웅덕이는 자동차, 인력거 다 비워두고 하필 말을 타고 가고 있었다. 그가 생존 시에는 말이라는 것은 먼발치로 보여도 무서워서 피하군 했었다. 어렸을 때 어머니를 모시고 용강 온천을 갔다가 오는 길에 조롱 말을 타고 오다가 마부가 잘 돌봐주는데도 불구하고 얼결에 말께서 떨어진 경험이 있었기 때문이었다. 그런데 지금 황천으로 가면서는 큰 말을 타고 가도 무섭지가 않았다. 하기는 무게가 없는 혼이 연기로 화한 종이 말을 타고 가는 길에 떨어지고 무어고 있을 덕이 없을 것이었다.

종이 돈 꾸레미를 진 쿨리들이 제일 앞서갔다. 요소요소에서 사바사바[24]를 해야만 편히 또는 빨리 갈수 있기 때문이었다. 주택 모형과 창고 모형, 가구 기명들이 앞서고 남녀 하인들은 웅덕이를 호위하고 걸어갔다.

황천 가에 다달으니 먼저 온 혼령들이 나룻배를 구하지 못하여 갈팡질팡하고 있는 것이 보였다. 그러나 웅덕이 보다 앞서 갔던 돈꾸레미가 효력을 나타냈다. 우락부락하게 생긴 뱃놈들이 "물렀거라, 쳤가라."를 부르면서 군중을 헤치고 웅덕이가 우선적으로 건너 갈수 있도록 길을 터주었다.

남녀 하인에게 호위선 웅덕이가 배 한척을 차지하고 그의 가장 집들이 세척을 차지하여 위풍당당하게 황천을 건너갔다.

강 건너 염라성 문직이 모습은 흉물이었다. 웅덕이가 어렸을 때 한번 보고는 질겁해서 그 근처로는 가지도 못했었던 관악묘 문직이 주쳉이보다도 더 무섭게 생긴 놈이었다. 그러나 그놈이 웅덕이를 보자 공손히 절을 하고는 문을 열어주었다.

돈의 힘이 이렇게 컸다.

웅덕이는 염라성 문안으로 들어섰다. 그런데 문안은 낯이 익은 곳이었다. 다른 데가 아니고 웅덕이가 가르치던 학생의 집이었다. 염라대왕의 나

---

24 사바사바 : 일본어. 떳떳지 못한 은밀한 뒷거래.

졸은 돌변하여 그 집 하인이 되었다. 한문으로 이끌인(引)자를 쓴 나무패를 머리위에 올려들고 앞서가는 그 하인이 무어라고 소리를 지르자 안으로부터는 우아한 풍악소리가 들려나왔다.

중문 안에 들어서자 제자와 그 밖 몇 사람이 두 손을 맞잡고 올해 서 있는 것이 눈에 띄었다. 제자가

"누추한데 와주셔서 고맙습니다. 자, 이리로." 하면서 비스듬이 앞서서 손을 내밀어 마당으로 안내했다. 마당 전체에 차일이 쳐져 있었다. 본채 지붕 처마와 뜰아래채 지붕 처마에 연달아 수수 껍질로 짠 얇은 돗자리 여러 개를 맞이은 차일이었다.

뜰 하나 가득 시뻘겋고 둥근 식탁이 수十개 놓여 있었다.

제자가 안내하는 식탁으로 웅덕이는 갔다. 서너 명의 숭인대학 교수가 먼저 와 앉아 있었다. 웅덕이는 무척 반가워서 환성을 올렸으나 동료들은 본체만체하고 그냥 앉아 있는 것이었다. 다른 식탁에도 두세 명씩 손님이 앉아 있었으나 웅덕이는 모르는 사람들이었다.

식탁마다 준비되어 있는 수저와 작은 접시들을 보아 대부분은 중국요리 식탁이고, 양요리 식탁이 서너 개, 회교식 요리상이 하나였다.

웅덕이가 앉은 맞은편에는 임시 가설무대가 있었다. 가정으로 고용되어 온 중국 창시단(오페라)이 출연하고 있는 것이었다.

제자의 할아버지 회강연이었다.

국수를 담근 조그만 공기를 갖다가 웅덕이 앞에 놔주는 하인이

"만찬은 좀 더 있다가 시작되겠습니다. 그동안 심심하실 텐데 이것으로 입노릇이나 하시지오." 했다.

국수를 보는 웅덕이는 벼란간 시장끼를 느꼈다. 그는 다짜고짜로 먹기 시작했다. 그런데 웬일일까? 아무리 먹어도 국수가 줄어들지 않고 배도 도무지 부르지가 않았다. 그러나 그는 그냥 꾸역꾸역 국수를 끌어 삼켰다.

오페라 이 막이 끝났는지 조용해졌다. 무대를 바라다보던 그는 놀랐다. 무대로 오라오는 주연 배우는 진나라 때 공주가 아니고 염라대왕이었다.

삽시간에 무대는 염라대왕 왕궁 내 재판성이 돼 버렸다. 눈을 돌려 식탁들을 휘둘러보니 손들은 점잔을 빼는 인간들이 아니라 두 손을 비비 꼬며 초조해 있는 혼령들이 아니면 풀이 죽어 심판을 기다리고 있는 혼령들이었다.

염라대왕 오른편에 앉아 있는 시종 무관은 생명부를 펴들고 있었다.

"황보웅덕이 이리 나와." 하고 무관이 소리 질렀다. 우뢰 같은 목청이었다.

웅덕이는 휘청거리면서 걸어 나갔다.

"으음! 비명횡사로구먼. 제 명에 죽었건 횡사했건 간에 원칙적으로 논하자면 지부에 떨어뜨려 천년 고생을 시킬 것이지만 특히 고려하여 즉시 환생시켜주고 싶은데 어떤가?" 하고 무관은 말했다.

'흥! 종이 돈 뇌물이 효과를 나타내는구나.' 하고 웅덕이는 생각했다. 얼른 대답을 못하는 것을 본 무관은

"환생시켜 주기로 작정했어. 그런데 무엇으로 환생시켜 줄까? 다시 인간으로 환생시켜 줄까?"

"인간으로 환생시켜 주시건 혹은 동물로 환생시켜 주시건 상관 없아옵고 단지 복수할 수 있는 요술을 부여해주셔서 환생시켜 주시기를 바라나이다."

"복수할 수 있는 요술이다. 흠, 원수를 죽이고 싶은가?"

"예. 죽이기는 죽이되 단번에 죽이지 않고 졸금졸금 고통을 주어 천천히 죽일 수 있는 방법을 하사해 주소서. 그리고 한 놈 뿐 아니라 그놈의 식구 전부를 하나씩 하나씩 싫컷 고생시키다가—그놈 눈앞에서 고생시켜서 그놈이 애타고 미쳐 죽도록 했으면 한이 없겠나이다."

"으음. 그래! 그건 어렵지 않지만 인간으로 환생해 가지고는 그런 요술을 부리기는 거의 불가능하지. 호랑이나 늑대로 환생시켜줄까?"

"아니옵니다. 산골에 환생해 가지고는 복수가 불가능하다고 아뢰요. 원수가 살고 있는 북평 시내에서 숨어 행동할 수 있는 어떤 동물로 환생시켜

주시옵기를……."

무관은 고개를 끄덕끄덕하더니 염라대왕과 한동안 쑥덕공론을 했다.

무관과 염라대왕은 번갈아 고개짓을 하기도 하고 주걱주걱[25]하기도 하더니 둘이다 고개를 주걱 거리고 나자 무관은 "에헴!" 하고 위엄을 모두 가추웠다.

"그대가 북평 시내에 十년이나 살았은즉 전갈이라는 놈이 인체에 얼마나 해독을 주는 놈인지 잘 알고 있겠구먼." 하고 무관은 말했다.

"예. 전갈에게 쏘여본 일은 없아와도 시민들이 얼마나 무서워하고 있는지는 잘 알고 있아옵니다."

"전갈이 어떻게 생긴 것인지 본 일은 있는가?"

"실물은 본 일은 없아오나 봄마다 시청 위생계에서 인쇄해 돌리는 해충 구제요령 전단에 그려진 그림은 늘 봤아옵니다. 그리고 전갈에게 한번 쏘이기만 하면 그자리가 퉁퉁 붓고 흘흘 아플 뿐 아니라 독이 전신에 퍼져서 十여 일식 고생하는데 해독하는 약은 없다는 것을 알고 있아옵니다."

"그렇지 그래. 그러니까 말이지. 닷새만큼 한 번식 정기적으로 쏴주면 봄내 여름내 고통하다가 늦은 가을에 가서는 죽고 만단 말야. 당자도 고생이려니와 보는 사람의 맘 고통도 이만 저만이 아니지. 그럼 네 소원대로 전갈로 환생시켜 주느니 좋은가?"

"네. 황공하오이다."

대답하기가 무섭게 옹덕이는 어떤 집 대들보 틈에 도사리고 있는 자신을 발견했다. 그는 전갈로 환생된 것이었다. 밤이었다.

기둥을 타고 살살 기어 내려간 전갈이 방바닥까지 가서 냄새를 맡아보니 기요하라의 체취가 맡어지지 않고 마늘내 풍기는 중국인 체취만 맡아지는 것이었다. 그는 낙망하지 않을 수 없었다. '이 넓은 국제 도시 수만호 집 가운데 있는 단 한집인 기요하라의 집을 무슨 수로 찾아낼 수 있단 말인가!

---

25 주걱주걱 : 주억주억(고개를 천천히 끄덕거리다)의 오류인 듯하다.

개탄하고 있던 그는 문득 "아, 참 그렇지. 일본 사람 냄새를 맡아 일본인 촌으로 가가지고 거기서 김치 냄새 풍기는 집만 골라 차례로 뒤지면 될 것이 아닌가." 하고 그는 중얼거렸다.

마당으로 기어 내려가 마당을 건너 담 위로 기어오르고 담을 기어 내려가 그 다음 집 마당으로 죽을 고비를 몇 백번 아슬아슬하게 모면하면서 천신만고한 끝에 그는 종내 기요하라의 체취가 나는 방안까지 도달하는데 성공했다. 문설주 밑에 몸을 숨기고 밤이 깊기를 기다렸다. 방안으로부터 코고는 소리가 들려오자 그는 살살 기어 들어갔다. 불 끄고 깜깜한 방안에 아무것도 보이지 않았다. 머리 양쪽에 꾀 길게 돋아난 한 쌍의 가는 수염에 집중된 후각을 최대한 이용하여 기요하라에게로 가까이 갔다.

술에 젖은 그자의 체취가 물씬 났다. 전갈로 화신된 웅덕이는 기요하라의 몸을 피하고 그 옆에 누어 자는 가족에게로 발발 기어갔다. 방바닥을 지나 홋이불 위로 기어가고 있는 것을 그는 그 숫한 발로 감촉할 수 있었다. 홋이불 위를 길 때 사각사각하는 소리가 났다. 그는 소리 내지 않도록 신경을 쓰며 천천히 아주 천천히 기어갔다.

매끄러운 기분을 발들이 느끼게 되자 그는 멈칫 서서 한숨을 쉬었다. 매끈매끈한 살. 그것이 다리건 팔이건 얼굴이건 상관없었다. 아무 데나 맨살 피부 속으로 독을 주사해주면 그 독은 전신에 퍼지는 것이었다. 국부적인 고통을 더 주려면 입술이나 눈 가장자리에 대고 쏘면 더 효과적이기는 하겠으나 그러나 맨살 위로 이리저리 기어 다니는 것은 위험천만한 일이었다.

숨을 죽이고 선 그는 살 위에 자기 밑구멍을 바짝 대고 바늘처럼 날카로운 살을 쓱 꽂으려고 힘을 아랫배에 줬다. 그런데 웬일인지 살이 맘대로 나가주지가 않았다. 엉뎅이를 가드려 쳤다가 다시 힘을 주면서 내 쐈봤으나 살은 나가지 못하는 것이었다.

안달이 났다. 심호흡을 하고 낑낑 힘주어 몇 번이고 계속 쐈봤으나 살이 나가주지 않았다.

"끙" 하는 사람 소리가 나더니 목적물이 움직였다. 사람 손이 와서 전갈을 덮쳤다. 기겁을 한 그는 비명을 질렀다.

화다닥 정신이 들었다.

처음 옹덕이의 코를 찌르는 냄새는 알콜 냄새였다. 그 다음에는 기요하라의 체취뿐 아니라 일본인의 체취, 분냄새, 콜드크림 냄새까지가 그의 후각을 자극하는 것이었다.

그는 눈을 떴다. 흰 까운이 눈에 띠이고 연달아 분바른 여자의 얼굴, 낯선 남자, 안경을 쓴 남자 얼굴이 어른거렸다.

"일어나, 정신이 들었으니." 하고 누군지가 소리 질렀다. 본능적으로 옹덕이는 몸을 움직여보려 했으나 움직일 수가 없었다.

이렇게 되어서 그날 새벽 동틀 녘에 일본인 의사와 간호부와 간수와 조선인 형사 기요하라에게 장지거리되어 옹덕이는 감방까지 들어다 놓은 것이었다.

이층으로 올라가는 구름다리에서 옹덕이의 다리를 들고 올라가는 일본인 간수가

"조선 놈이란 할 수 없는 족속이야. 그까짓 매에 기절하는 흉내를 내는 비겁한 놈. 민족성이 글러먹었다니까." 하고 투덜거렸었다. 그는 다나까라는 일본인 당직 간수였다.

사흘 뒤에야 옹덕이는 또렷하게 정신을 차렸다. 정신은 들었으나 몸은 기동할 수 없었다.

시레기 국과 보리밥 냄새가 무척 구수했으나 그는 식사하려고 일어나 앉을 수가 없었다. 누은 채로 손만이라도 늘려보려 했으나 쓸데없는 노력이었다. 옆 사람이 한술씩 떠서 입에 넣어주는 것을 받아 삼키면서 수치와 분노와 자아 멸시를 통절히 느꼈다. 차라리 굶어 죽어버렸으면 하고 생각은 하면서도 개걸이 들린듯 넙죽넙죽 받아 삼키는 자신을 저주했다.

모진 목숨!

고문은 다시 받지 않았다.

일요일은 목욕하는 날이다. 감방 안에서 옷을 벗고 벌거숭이가 되어 아래층 욕실까지 뛰어 내려가야만 했다. 저 혼자서는 뛰어 내려가기는커녕 옷도 벗을 수 없도록 팔을 맘대로 놀릴 수 없는 웅덕이는 그냥 앉아 있을 수밖에 없었다.

어물거리고 있다가는 간수에게 매 맞게 될 것을 염려해주는 잡범 청년 하나가 웅덕이의 옷을 벗겨주고는 등에 업고 내려갔다.

목욕탕 방바닥에 내려 놓진 웅덕이는 엉거주춤하고 앉아 있었다. 훈훈한 수증기가 피부를 어루만져주니 나른해지기는 하면서도 아픔이 좀 덜해지는 것 같았다. 공동으로 쓰는 타올을 누가 집어주기는 했으나 그것으로 몸을 씻기에는 그의 손과 팔이 말을 들어주지 않았다. 이때 그의 등을 슬슬 문대주는 손길을 그는 감각했다. "몹시 아픈가?" 하고 부드러운 음성으로 묻는 일본말. 그는 천천히 돌아다 봤다. 몽둥이를 한손에 들고 있는 다나까 간수였다.

"아니오. 아프지 않아요." 하고 웅덕이는 소리를 버럭 질렀다. 단말마의 절규였다. "조선 놈이란 할 수 없는 족속이야. 그까짓 매에⋯⋯." 하고 다나까가 비꼬았던 데 대한 반항이었다.

"호오—" 하고 감탄사를 말하는 다나까 간수는 푸릇푸릇 멍이 든 웅덕이의 등을 가볍게 쓸어주었다.

한 주일이 지났다. 웅덕이는 몸을 다시 자유롭게 움직일 수 있게 되었다. 밤이었다. 취침 구령에 응하여 잠자리에 누운지 얼마 못된 때 자기가 들어 있는 감방 문을 여는 소리를 웅덕이는 들었다. 옷싹 소름이 끼치고 몸이 떨렸다.

'고문을 다시 시작하는구나.'

조마조마하고 가슴이 조여왔으나 그는 눈 감은 채 그냥 뉘 있었다.

"웅덕이 이리 나와." 하는 명령이 금시 내리는가 싶었는데 이외에도 누군지가 감방 안으로 살금살금 걸어 들어오는 발자취 소리를 그는 들었다. 그는 눈을 더 꽉 감았다. 누가 그를 흔드는 것이었다. 귀에다 대고 "선생님 좀 일어나세요." 하고 일본말로 속삭이는 것이었다. 눈을 떠보니 다나까 간수였다. "숙직실로 가십시다." 하고 다나까는 속삭였다.

'꿈을 꾸는 것일가? 헛개비를 보는 것일가?'

다나까는 웅덕이의 팔을 끌었다. '이놈들이 전술을 바꾸는 것인가?' 하고 생각하면서 웅덕이는 일어날 수밖에 없었다.

숙직실로 웅덕이를 데리고 간 다나까는 말큰한 빵 한 개를 웅덕이에게 주면서 "선생은 사내다운 어른이십니다." 하고 일본말로 말했다.

어안이 벙벙했다.

"규칙에 위반되기는 하지만 저는 선생이 편의를 봐주렵니다. 저는 본래 군인입니다. 제아무리 적이라 할지라도 사내다운 행동에는 최대의 경의를 표하는 것이 군인 기질입니다." 하고 다나까는 말했다. 태도로 보아 허위가 아니고 진심인 것같이 보였다.

다나까는 웅덕이의 집 주소도 물어봤다.

다음 숙직날 밤 웅덕이를 숙직실로 데리고 간 다나까는 말했다.

"댁을 방문해보았습니다. 한 달 전에 부인께서 옥동자를 순산하셨더군요. 애기 산모 다 건강하십데다. 그리고 대학에서 봉급이 그냥 매달 지급되기 때문에 생활상 궁핍도 느끼지 않는다구요. 처음엔 경계하고 서먹서먹하시더니 선생께서 건재하다고 일러줬더니 무척 고마워하시드군요. 좀 더 친절을 베푸러드리고 싶지만 지금 제 위치에서는 댁 집안 소식이나 전해들이는 일밖에 더 도와들일 수는 없습니다."

어떤 날 저녁때 조선인 청년 하나가 웅덕이가 들어 있는 감방에 수감되었다. 인분 냄새가 훅 끼치는 것으로 보아 경찰서 구내 유치장에서 옮겨왔다는 것을 알 수가 있었다. 이 청년은 웅덕이를 보자 "아, 선생님은 아직도……." 하면서 넙죽 절을 했다. 낯익은 청년이었다. 아편 장사 초범으로 二十九일간 구류 벌을 받고 나갔던 그가 한 달이 채 못 되어 도루 잡혀 온 것이었다.

"저 같은 놈이야 나쁜 짓 하다가 벌 받는 게 당연하지만 선생님이
야……."

"나쁜 짓 그만두고 정당한 직업을 구하면 좋을 텐데."

"정당한 직업이 우리 따위 차례에 돌아와야 말입죠. 그리구 일확천금 하
는 방법으로는 그길 하나뿐인걸요. 더구나 이자들이 하는 짓은 눈 가리고
아웅 하는 것인데요 무얼. 흰 약 대량 생산은 국제 제약소에서 공공연히 해
내고, 군복 입은 일본 헌병들은 수천 원 어치도 더되는 걸로 텅크에 넣어 가
지구 뻐젓이 일선지구로 돌아다니는데, 우리 같은 조무래기 행상들만 달달
볶는걸요."

"밀매하는 방법이 천만가지라면서 어찌다가 발각되는 건고?" 하고 웅덕
이가 물었다. 조선인 수감자들은 극소수 사상범을 제외하고는 전부가 몰핀
밀매하다가 체포되어 온 사람들이었기 때문에 그동안 여러 사람에게서 밀
매 방법을 자세히 그는 들어 왔었기 때문에 그 여러 가지 교묘하고도 신기
한 방법에 감탄(?)하고 있은 것이었다.

달포 전 일이었다. 어떤 수감인은 석방되면 웅덕이더러 몰핀 제조공장
동업을 해보자고 조른 자까지 있었다. 웅덕이가 독일 미숀 계통 대학에 재
직하고 있다는 것을 알게 된 그 사람은

"귀교 학장댁 지하실을 빌려 흰 약을 제조한다면 그보다 더 안전한 곳은
없을 것입니다." 하고 말했었다.

아무리 지독한 일본 경찰이라도 일본과 동맹국인 독일 사람의 집은 냄새
를 분명 맡고도 감히 뒤지지는 못할 것이라는 말이었다. 몰핀 제조업은 적
어도 천퍼센트 폭리를 보는 사업(?) 인만큼 독일인 학장이라 할지라도 지하
실만 제공하고 이익을 반분하자고 꼬이면 엎으러질 것이라고 그 사람은 생
각하는 모양이었다. 중간에서 알선해주면 웅덕이에게도 후한 이익배당을
주겠노라고 거듭 되뇌이는 것이었다.

"밀매하는 방법이 천만가지라면서 어찌다가 그렇게 자주 발각되는 건
구?" 하고 재차 묻는 웅덕이의 물음에 새로 또 들어 온 청년은 머리를 극적

적 긁으면서

"밀매하다가 발각되는 것이 아니라 다 팔아 가지고 이익 분배할 때 싸우다가 머리가 깨지고 코가 뭉그러진 채 폭력행사 죄로 일본 경찰에 잡혀가서 활활 불기도 하고요, 미련한 것들은 이익 분배가 불공평하다고 고발을 했다가 남잡이가 제잡이로 되어 활활 불거든요." 하고 말했다.

"이익 분배라니?"

"왜놈한테서 도매급으로 사 내오는 사람과 운반하는 사람과 지방에서 받아서 소매하는 자들과의 이익 분배지요. 도매상만이 일본인 제조업자에게 현금주고 사내고 운반하는 거나 소매하는 자는 모두 외상이니까요. 가끔 가다가는 소매상이 통째 팔아먹기도 하고, 운반하던 자가 중도에서 경찰의 추적을 받게 되어 상품을 내버리고 몸만 겨우 도망쳐 왔노라고 거짓말을 하면서 시침이를 떼기도 하지요. 돈 잘리운 자가 가만있었으면 손해나 보고 말 것을 떼먹은 자를 횡령죄로 몰아 고발했다가 원고 피고 두 녀석이 다 체포되게 되는 겁니다."

몰핀 운반업은 일본군대가 점령하고 있는 일선 부대를 따라다니는 주보(酒保)[26]들이 대개 한다는 것이었다.

일본 군대 최전선으로 가서 주둔군에 납품하기도 하고 사병들에게 소매도 하는 식료품 속에 몰핀을 감추어 가지고 운반하는 것이 그래도 그중 가장 안전한 방법이라는 것이었다.

간장 통속에 숨겨가지고 가는 것이 한동안 유행했다. 둥글게 나무로 만든 빈 간장 통 윗 뚜껑을 떼내고는 몰핀 가루 가득 넣은 고무 벼개를 통 밑바닥에 놓은 뒤 그 위에 간장을 부어 담고는 뚜껑을 씌우고 못질해버린다. 고무벼개라는 것은 기차 여행객들이 애용하는 휴대용 벼개였다. 빈 고무주머니를 착착 접어서 가방 한구석에나 호주머니에 넣고 승차했다가 피곤을 느끼게 될 때에는 펼쳐 들고 입김을 불어 넣으면 고무풍선처럼 불숙해지는

---

26 주보(酒保) : 술집의 심부름꾼.

것이다. 차에서 내릴 때에는 벼개 꼭지 나사를 돌리고 누르면 그 속에 찼던 입김이 씩씩 소리를 내면서 빠져나오고 만다. 아편 밀매업자들은 이 고무 주머니에 입김을 후후 불어넣는 대신 몰핀을 솔솔 흘려 넣어 가지고는 간장 통 속에 감추는 것이었다. 고무주머니였기 때문에 간장이 새들어 가지 못한 말짱한 몰핀을 밀수할 수 있었던 것이었다.

이렇듯이 교묘한 밀수방법이 관리들에게 발견되게 된 것은 관리들의 우수한 상상력과 추리력에 대한 것이 아니라 아편 밀매자들이 서로 고발했기 때문이었다. 그 뒤부터 관리들은 간장 통을 그냥 통과시키지 않고, 통 뚜껑 한구석에 있는 동그란 나무 마개를 뽑고는 쇠꼬치로 통 안을 휘휘 저어보게 되었다. 쇠꼬치에 걸리는 것이 없으면 통과시키고 걸리는 것이 있으면 그 자리에서 통 뚜껑을 열어 간장을 쏟아버리고 아편 밀수가 확인되면 압수하는 동시에 하주[27]는 체포되는 것이었다.

통조림 깡통 속에 감추어 운반하는 방법도 있었다. 통조림 둘러싼 렛텔을 살작 뜯어내고는 깡통 허리를 잘라 파이앱플이건 복숭아건 말끔이 집어내고는 그 대신 몰핀 넣은 고무주머니를 깡통 속에 넣고 떼냈던 자리는 납으로 맨다. 그 위의 렛텔을 도로 붙이면 깜쪽같이 되는 것이다. 수十상자 통조림을 한꺼번에 운반하는데 관리가 그 수백 개 깡통들을 일일히 다 뜯어볼 수 는 없고 두서너 개 뜯어 봐서 걸리면 재수 없는 밀수자고 걸리지 않으면 재수있는 밀수자가 되는 것이었다.

바나나 속을 떼고 바나나 살 대신 몰핀을 숨겨 가지고 나르는 방법도 있었다. 바나나 하퉁구리는 대개 앞뒤 두 줄로 바나나 수十개가 붙어 있는데 그 중 한두 개만 퉁구리에 붙은 채로 껍질을 위서부터 아래까지 묘하게 짝 가른다.

살은 빼먹고 그 대신 몰핀 넣은 길죽한 고무 쌕을 넣고는 뺀 자리를 아교로 도로 붙인다. 큰 치롱에 바나나 퉁구리 수十개씩 한꺼번에 넣어 나르는

27 하주 : 하물의 주인. 짐 임자.

치욕(恥辱)의 나날

데 제아무리 부지런하고 열심인 관리라 할지라도 바나나 한 개 한 개식 다 뜯어 볼 수는 없는 것이었다. 혹시 다 뜯어보고 나서 몰핀 감춘 바나나가 한 개도 발견되지 않는데 하주가 그 관리에게 바나나 값 변상을 요구할 때 변상 못하겠다는 이유는 성립되지 못하는 것이다. 그러나 이런 방법까지도 발각되어 밀수가 어렵게 되자 운반에는 여자들이 나서게 되었다. 몰핀 넣은 고무 쌕을 하문 속에 집어넣고 다니는 것이었다. 그 뒤부터 역마다 여자 관리가 배치되게 되었다. 수상하게 뵈는 여자 승객이 있으면 밀실로 끌고 가서 여자 관리가 몸뒤짐을 하는 것이었다.

7

'일본어(日本語)'가 조선 사람들에게도 '국어(國語)'가 되고, '일본제국(帝國)'이 조선인에게도 '조국'이 되고, '침략전(侵略戰)'이 '성전(聖戰)'이 되고, '강제모병(强制募兵)'이 '지원병(志願兵)'이라고 불리워지며 '강탈(强奪)'이 '헌납(獻納)'이고 '강제노동'이 '근로봉사'였으며, '차별대우'가 '일시동인(一視同仁)', '헐벗고 굶주리는 것"이 '공정가격(公正價格)'이라고 불리우는 시절이었다.

동남아 여러 나라에서도 '일본군정(日本軍政)'이 '대동아공영(大東亞共榮)'이라고 억지로 해석되는 시절이었다. 一九四三년 十二월 一일 아프리카주 에집트 수도인 카이로에서 미국 대통령 루즈벨트와, 영국 수상 처칠과, 중화민국 총통 장개석 등 세 거두가 회동한 자리에서 장개석 총통은 "코리아 백성의 노예상태에 유의하여 적당한 순서로 코리아가 자유 또는 독립될 것을 결정"하자고 제안하여 만장일치로 가결되었다. 독일, 이탈리아, 일본 등 본국과 그들의 식민지와 군점령 지대를 제외한 전 세계 모든 지역에서는 이 기사가 신문지 탑 기사로 되었다.

그러나 한반도에 살거나 일본으로 끌려간 백여만 조선인 그리고 만주에 사는 三百만 조선인들은 이 사실을 알 도리가 없었다. 一九一九년 三월 一

일 한반도 방방곡곡에서 대한독립 만세 운동을 일으켰을 때 충격을 받은 일본 정부가 한글 신문잡지발행을 허가해주었었으나 제二차 세계대전이 일어나자 한글 신문잡지는 전부 폐간시켜 버린 뒤이었을 뿐 아니라 일본어 신문을 읽을 수 있는 사람들도 깜깜 무소식이었다. 일본 통신사 신문 모두가 다 군(軍) 통제하에 있었기 때문에 대본영(大本營)[28]이 발표하는 뉴스외 딴 뉴스는 절대로 실리지 못하는 것이었다. 그랬기 때문에 일본인들도 자기네게 유리한 뉴스만 읽을 수 있었고 불리한 뉴스는 군당국자 이외에는 깜깜이었다. 카이로 三거두 회의보다 一년 앞서 남태평양에서 날뛰던 일본함대가 참패하여 일본이 제해권을 상실했다는 사실까지도 일본군 점령하 대중은 알도리가 없었다.

일본과 동맹국이었던 이탈리아가 영국군에게 무조건 항복해버렸다는 뉴스는 일본어 신문에도 조그마하게 보도되기는 했으나, 독재자 무쏠리니가 이탈리아 군중에게 붙잡혀 나무 형틀에 꺼꾸로 매달려 절명했다는 사실 보도는 한 줄도 없고, 독일군이 이탈리아 반도 대부분을 점령하여 전투를 계속한다는 것과 독일군이 러시아 볼가 강까지 진격하고 코카서스에 있는 유전(油田)을 확보했다는 보도만 대서특필했다.

그리고 일본군이 중국 대부분 뿐 아니라 영국 식민지인 홍콩, 싱카폴을 비롯하여 필립핀, 스마트라, 솔로문 군도 등을 다 점령하고 베트남, 타일랜드, 버마까지도 점령했다는 보도만 과장하여 게재했다.

그리고 독일 독재자 히틀러를 만나보고 귀국하는 길에 쏘련 모스코에 들린 일본 전권대사 마쓰오까가 스탈린과 협의하여 러시아─일본 불가침 조약 체결에 성공했다는 기사를 대서특서해 냈었다. 국내에 있는 조선인들은 이런 과장된 기사와 은폐된 사례를 그대로 믿는 도리밖에 없었다. 그러나 국외에 있는 조선인들은 러시아─일본 불가침 조약 체결 축하 파티에서 어떤 일이 생겼다는 것을 알고 있었다. 자아 도취된 데다가 술까지 취한 마쓰

---

28 대본영(大本營) : 태평양 전쟁 중 일본 군대를 지휘하던 최고 사령부.

오까가 스탈린에게 "우리 일본이 이 조약을 절대로 폐지하지 않을 것을 서약합니다. 내 모가지를 걸어 장담합니다." 하고 말했다. 방그레 웃는 스탈린은 "글쎄요 내 모가지는 당신 모가지처럼 값싼 것이 아닌데요." 하고 대답했다.

점점 더 심해지는 압박에 신음하는 조선인들은 반감이 커지기는 하면서도 일본군 대본영이 발표하는 일방적인 보도만 읽게 되어 일본이 결국 승리하리라고 믿지 않을 수 없었다.

일부 친일파들은 일본이 승리하기를 희망했다. 조선 十三도 도지사 중 三, 四의 조선인 도지사가 있었고, 도의회(道議會), 부(府)의회, 면의회 등 선거에 약간 명의 조선인이 당선되어 있었고 총독부 관리 중에도 약간 명의 국장 과장 등이 임명되어 있었다.

그리고 일본군에 물품을 납입하여 벼락부자가 된 조선인이 상당수 있었고, 구한국 시대 귀족으로 일본 중후원 참의라는 고직에 임명된 자까지 있었다.

사분오렬(四分五裂)되어 있는 조선인 생활이었다.

지하에 숨어서 抗日(항일)투쟁하는 청소년 떼가 있는 반면에 일본이 꼭 승리하기를 진심으로 축원하여 일본공군에게 비행기를 헌납하는 자가 있었고, 일부러 천한 직업에 종사하여 소극적 반항을 하는 지식인이 있는 반면에 "학도에 궐기하라 대동아 공영을 가져오기 위한 이 거룩한 전쟁터로 나아가자."라는 사자휴[29]를 지르며 돌아다니는 지식인이 있었다.

자진해서 일본에 협력하는 자, 협박에 못 견디어 호신책으로 마지못해 협력하는 자, 박쥐같은 기회주의자, 돈 벌기 위하여서는 수단방법을 가리지 않는 자, 지하에서 투쟁하는 젊은 남녀 중에도 진정으로 우리 한민족의 장래를 위하여 투쟁하는 사람이 있는 반면에 공산당의 앞잡이로 쏘련에 충

---

29 사자휴 : 사자후. 사자의 우렁찬 울부짖음이란 뜻으로, 크게 부르짖어 열변을 토하는 연설을 이르는 말.

성하는 자도 있었다.

一九三八년 三월에 총독부 학무과에서는 각급학교 교수과목을 개정했었다. 그 전까지는 정과목(正科目)으로 있었던 '조선어'를 수의(隨意)과목[30]으로 변경해 놓은 그들은 실지로는 조선어를 전엔[31] 가르치지 않게 만들어놨다. 시일이 감을 따라 조선어를 가르치지 않는 데서 만족하지 않고 조선어 사용은 공사 간에 전적으로 금지되게 되었다. 조선 사람과 일본 사람은 '동조동본(同祖同本)'이요 '내선일체(內鮮一體)'(內는 일본을 內地라고 하고 鮮은 朝鮮을 의미하는 것)라는 표어를 내건 만큼 소위 '국어'가 아닌 '조선어'를 쓰는 것은 위법이라는 이론이었다. 황보애덕이의 차남인 김용구는 보통학교(소학교) 재학생이었다. 학교에서는 조선어를 배우지 못하지만 집에서나 거리에서는 조선말만 쓰는 것이 습관 된 그는 교정에서 무심코 조선말 한마디를 썼다. 그 죄(?)로 그는 벌금을 물었다.

며칠 뒤 상학[32]하는 길에 교문 밖에서 몇 마디 조선말을 한 죄(?)로 그날 종일 교실에 못 들어가고 교정에서 벌 받았다. 국기(일본기) 계양대 기둥에 새끼로 동여매진 그는 사지를 못 놀리는 체 점심도 굶고 바지가랭이는 오줌에 젖었다. 김 용구의 형인 용건이가 고등보통학교(중학교)에 입학하는 날 소중히 간직하여야 된다는 카드 한 장을 받았다.

'국어상용'(일본말 常用)이라고 쓰고 공난(空欄) 다섯 개 외에 아무것도 쓰여 있지 않는 카드였다. 교실이나 교정에서는 조선말을 쓸 엄두도 못 내는 용건이는 교문 밖에 나서자 조선말을 불쑥했다. 그 이튿날 교감실로 불려간 그는 카드 공난에 도장 한 개를 찍고, 어데서고 조선말 네 번만 더하면 무기정학 처분을 받는다는 경고를 듣고 나왔다. 한 학기(一년 三학기 제도였음)동안 조심조심하여 공난 네 개는 공백으로 그냥 남아 있기는 했으나 성적표 조행(操行)에는 병(丙)(C)을 맞았다.

---

30 수의(隨意)과목 : 선택과목.
31 전엔 : 전혀.
32 상학 : 上學. 등교.

'국어'(일본어)를 포함한 다른 과목들은 모두 갑(甲)아니면 을(乙)이었는데 조선말 한번 했다는 벌로 조행 끗수가 병(丙)이 된 것이었다. 무척 조심하노라고 했지만 三학년 二학기에 가서 공난 다섯 개에 다 도장이 찍히게 되어 그는 무기정학 처분을 받았다.

경성제국대학(서울대학전신) 의학부 조교수 겸 부속병원 내과 과장인 아버지가 왜과자 한 갑을 사들고 일본인 교장 사택으로 밤에 방문 가서, 일본식으로 꿇어앉아 한 시간이나 백배사죄하고, 다시는 조선말 쓰지 못하도록 철저히 단속할 뿐 아니라 가정에서도 꼭 일어만 쓰겠다는 서약서를 써 바치고야 겨우 무기정학을 一년정학으로 주리는데 성공했다.

황보애덕이는 지방법원 사무실 문안에 들어섰다. 집 한 채를 사게 되어 그 집 등기대장 열람 차 간 것이었다. 어느 관청에나 마찬가지로 벽마다 '국어상용' 표어가 붙어 있었다. 그녀도 일어를 아주 모르는 것은 아니었으나 사무직원이 조선인인데 일어로 말을 하는 것이 어색하고 쑥스러워서 조선말로 "가옥등기대장 열람 신청서 한 장 주세요." 하고 말하였다.

"아레 미엥까?"(저것 보이지 않는가?) 하고 일어로 반말질하는 직원은 벽에 붙은 표어를 손구락질 했다.

부애가 치밀었다. 그러나 꾹 참는 그녀는 다시 조선어로 말했다. "국어가 서툴러서 그러는 것이니 용서하시고 신청용지 한 장만 주세요." "통역을 데리고 와." 하고 직원은 일어로 말했다. "당신도 조선 사람이니 통역해주시면 될 거 아닙니까." 어색하고 민망스런 표정을 띤 직원은 책상 저쪽에 마주 앉아 있는 직원을 거들떠보고 나서 다시 사무실 중앙에 앉아 있는 일본인 과장을 곁눈으로 힐끗 보는 것이었다.

눈 깜짝 할 새 신청서 용지는 애덕이 앞으로 날아 나왔다. '조선어학회' 회원 三十여 명이 도처에서 체포되어 함경도 홍원 경찰서로 압송되어 갔다. 수백만매에 달하는 『조선어 사전』 원고가 송두리 채 압수되었다.

수十명 일본인 학자(?)들이 쓴 '동조동본' 증명(?) 논문이 발표되었다. 자타가 공인해온 조선인 역사 권위자까지가 동조동본 학설이 옳다는 긴 논문을 써서 발표했다. 한수 더 쓴 논문이었다. 단군(檀君)은 일본 신무천황(神武天皇)의 친아우였다는 기발(?)한 논조였다.

강원도 춘천 소양강 건너에 있는 소시머리 산은 일본왕인 '스사노 오미 가미'의 도읍처였었다고 우겨대는 학자도 생겼다. 신라가 三國을 통일하기 전 백제는 일본 식민지였었다고 고증(?)하는 학자도 나왔다.

부여에는 큰 공사가 시작되었다. 한반도 十三도에 있는 중등학교들과 전문학교 학생들은, 일본인 학생이건 조선인 학생이건 막론하고 윤번제로 부여로 갔다. 수학여행이 아니고 근로보국하려고 징발된 것이었다.

학생들을 인솔해 가는 교장, 교감, 교원 전부가 다 머리 빡빡 깎은 중머리였다. 캡 비슷하게 생긴 국방모(國防帽)를 쓰고 국방복 일색이었다. 국방모와 국방복 비슷하면서도 넥타이 대신 코트 목돌이 깊이 턱까지 감싸는 '쓰메에리'[33]였고, 다리는 무릎 아래까지 카키색 각반[34]으로 칭칭 감겨 있고, 신발은 가죽 구두가 아니라 무명으로 만든 '지까다비'[35] 일색이었다.

반월성 옛 백제 궁터에 '야스구니 진자'를 짓는 공사에 교직원과 학생들이 총동원된 것이었다. '야스구니 진자'라는 것은 일본 수도인 도꾜에 있는 신전(神殿)으로 일본국을 수호하기 위하여 목숨을 바친 충혼들을 모셔둔 사당이다. 도꾜에 있는 원 건물과 규모가 꼭 같은 신사(神社)를 짓기 위하여 학생들은 터를 닦았다. 일본서 가져온 목재를 나르는 데 동원된 학생들은 갑도꾼이 되어 어기영차를 부르며 메 날랐다.

그 신사가 준공되면 그 옆에 궁을 짓고 일본 왕이 천도해 온다는 소문이 돌았다. 근거 있는 소문처럼 들리는 것이 무리가 아니었다. 도꾜는 물론 일본전국 도시들은 매일같이 미공군(美空軍)의 폭격에 시달리고 있는데 반하여 한반도 상공에도 B29가 거의 날마다 날아 지나가기는 했으나 어쩐 일인

---

33 쓰메에리 : 깃의 높이가 4cm 되게 하여 목을 둘러 바싹 여미게 만든 학생복(일본어).
34 각반 : 발목에서 무릎 아래까지 돌려감거나 싸는 띠.
35 지까다비 : 노동자용의 작업화. 왜버선 모양에 고무 창을 댐.

지 폭격 받은 데는 부산 부두와 창고와 일본서 기항하는 선박에 국한 되어 있었다.

서울에도 단 한 번 폭탄이 떨어졌는데 불발탄이었다고 일대 소동을 일으킨 일이 있었다. 지나가는 비행기가 떨구고 간 것은 분명하나 폭발하지 않았을 뿐 아니라 땅속에 묻히지도 않고 땅 위에 그냥 누워 있는 것이었다.

생김새도 일본 것과는 다르고 빛갈도 검은 것이 아니라 은빛처럼 흰 것이었다. 미국서 만든 최신식 폭탄임에 틀림없다고 떠들어댔다. 당장 터지지는 않으나 혹시 시한폭탄일지도 모르니 가까이 가면 안 된다고 사방 멀리 새끼줄을 둘러치고 얼씬도 못하게 했다.

감시병이 주야 교대로 서서 망을 봤다. 바람이 좀 세게 불자 그 흰 폭탄이 숫척숫척 기였다. 감시병은 눈이 둥그래졌다. 이렇게 가벼운 폭탄이 있을 수 있을까? 시한폭탄이 아니고 불발탄임이 확실하다면 이것은 적(敵)의 신무기제작 비밀을 포착할 수 있는 귀중한 전리품이라고 일본군 당국은 생각했든 모양이었다.

불발탄 심지를 무사히 빼내는 기술자 결사대가 조직되었다. 그러나 아무리 자세히 봐도 심지 같은 것이 보이지 않았다. 한쪽에 언뜻 보아 병마개 같은 것이 붙어 있을 따름이었다. 혼자 순국하여서 '야스구니 진자'에 모심 받고 싶은 사병 하나가 다른 기술자들은 다 멀리 안전지대로 보내고 혼자서 그 마개를 비틀었다. 마개는 쉽게 뽑혔다. 속이 텅 비어 있는 것이 아닌가! 싱겁기도 하고 더 무섭기도 했다. 무엇에 쓰는 통인지는 알 수 없었으나 무척 얇게 꾸민 재료는 알루미니뜨[36]이라는 것이 판명되었다. 이런 이상한 통을 폭탄 대신 떨어뜨린 이유를 모를 일이었다. 일본이 패망하고 미군이 일본에 상륙 진주해오기까지 그 괴상한 알루미늄 통은 무엇에 쓰는 것인지 수수꺼끼로 남아 있었다.

미군이 무슨 전략상 필요로 한반도에 부산항 이외 딴 도시들을 폭격하지

---

36 알루미니뜨 : 알루미늄(aluminium).

않는지는 알 수 없었으나 하여튼 일본 왕으로써는 매일 폭격 받는 도꾜에 그냥 머물러 있으면서 부들부들 떨기 보다는 부여처럼 으슥한 곳으로 피신하여 숨어 사는 것이 상책이라고 생각할 것이라는 것이 공통된 의견이었다. 도로 공사나 목도꾼[37] 일에는 부적당한 여학생들은 교실 대신 가까운 솔밭으로 동원되어 갔다.

여학생뿐 아니라 가정부인들까지도 복색이 꼭 같았다.

치매 대신에 일률적으로 바지를 입어야 했다. 양 바지가랭이 끝에 끈을 달아서 발목에 다님 매는 '몸빼'라는 바지였다. '몸빼' 바지를 맵시(?)있게 입은 여학생들이 송림으로 가서 종일 하는 일은 소나무 뿌리를 캐내는 일이었다. 캐기는 무척 더 힘들었지만 수백 년 자라난 소나무 뿌리를 꺼내는 것이 수십 년 자란 솔뿌리 캐는 것보다 더 애국(愛國)하는 봉사라는 것이었다.

소나무 뿌리를 일본으로 실어다가 기름을 짜는 것이라는 설명은 들었으나 솔뿌리에서 도대체 얼마나한 기름이 짜지며, 솔뿌리 기름을 무엇에 쓰는지는 알 도리가 없었다. 조선인들의 성명을 일본식으로 고쳐야 한다는 창씨개명(創氏改名)제도가 선포된 것은 一九四〇년 이었다.

쪼무라기 친일파들은 좋다구나하고 호적을 고치노라고 야단법석 했으나 거물급 친일파들과 소극적으로나마 반항심을 가진 대중은 쉽사리 응하지 않았다.

황보애덕의 딸 김 용숙이가 고등보통학교(중학교)로 진학할 나이가 되었다. 입학시험 수속에 필요한 서류중 하나인 호적초본을 내려고 애덕이는 부청에 들렀다.

관청에서 조선어를 써보려는 것은 절대로 통하지 못할 뿐 아니라 멸시와 조소의 대상이 된다는 것을 뼈저리게 체험한 그녀는 발음이 엉망진창인 것을 불구하고 직원에게 일어로 말할 수밖에 없었다. 호적초본 용지에 사항

---

37 목도꾼 : 두 사람 이상의 한 조가 되어 무거운 물건을 밧줄에 나무를 꿰어 어께에 메고 나르는 일을 하는 사람.

을 기입해 들이 밀었다.

"창씨 왜 안 했지요?" 하고 직원이 일어로 물었다.

"그것도 강제인가요?"

"강제는 아니지만 이 이름대로 초본 내 가지고 갔댔자 입학시험 치를 자격을 얻지 못할 것입니다."

"큰 애들은 그냥 학교에 잘 다니고 있는데요 뭘."

"재학생에게 창씨 강요할 수는 없으나 창씨 안한 집 자녀 입학은 허가하지 않기로 되어 있어요."

기가 딱 막혔다. 부청 밖으로 뛰어나갔다.

몽둥이로 뒤통수를 한대 얻어맞기나 한 것처럼 머리가 댕하고 얼얼했다. 그냥 걸었다. 저쪽 어떤 이층 상점 점두는 여러 개 기치로 장식되어 있었다. '입영축하(入營祝賀)' 깃빨들이었다. 그것을 보니 일본인 촌이 분명했다. '고가네마찌 니쯔메'(현 을지로 二가)가 분명했다. 머지않은 장내에 조선인 거리인 종로 일대에도 그런 입영축하 깃발이 매여지게 되리라는 것을 꿈에도 생각 못했다. 아랫도리에는 '몸뻬'를 입고 울긋불긋한 '기모노' 상의를 입은 중년 일본 여자들이 인도에 줄지어 서 있었다.

'애국부인회' 완장을 팔에 두른 여인들이었다. 한 여인이 애덕이 앞을 막았다. 그녀 앞으로 공손히 내미는 것이 있었다. 타올 한 장만큼 넓은 허리띠인데 붉은 실로 깨알만큼식 뜬뜬 뜸이 수백 개 소리소리 눈을 현혹시키는 것을 느끼는 그녀는 정신을 확 차렸다.

'왜놈 거리를 걸어 다니면 이런 귀찮은 일 때문에 골머리를 앓고 볼일 못 보겠어' 하고 속으로 짜증내는 그녀는 그때로부터 一년이 채 못 가 자기 자신이 그런 허리띠와 붉은 실 낀 바눌을 들고 거리거리로, 인근 가가호호로 허둥지둥 찾아다니면서 만나는 여인마다 부뜰고 실 한 뜸 떠달라고 애걸하게 될 것이라는 것을 도무지 애견하지 못했다.

'천인침(千人針)'이라는 허리띠였다. 꼭 더도 아니고 덜도 아닌 一천 명 여자의 손으로 한 뜸식 뜸띠인 허리띠를 매고 나가는 군인에게는 총칼이 범접

하지 못한다는 것이었다. 일종의 부적이었다.

일본 여인이 내미는 바늘을 받아든 애덕이는 뜸 한 개를 떠주었다. 세 걸음 못 가서 또 딴 허리띠에 한 뜸 떠주고 가야만 되었다. 다섯 번째 허리띠에 다섯 번째 뜸을 떠주고 있는 순간 그녀에게는 어떤 결심이 내려졌다.

그녀는 돌아섰다. 오던 길을 되돌아 걸었다.

부청 안으로 도로 들어갔다. 아무리 계집애라고 할지라도 여학교(중등학교) 졸업을 못하면 마땅한 데 시집보낼 수가 없게 된 세상인데, 더구나 어미는 전문학교 교육까지 받았는데 하는 생각이 난 애덕이는 창씨를 하고라도 딸 입학을 시켜야 되겠다 결심한 것이었다.

그러나 부청 문안 넓은 복도에 주춤 선 그녀는 망서리지 않을 수 없었다. 몇 달 전 일이었다. 남편이 "여보, 큰일났오. 대학에서 우리 몇 사람이 여태 창씨하지 않았다고 백안시당해왔었는데 오늘 아침 조회 때 급기야 사태는 크게 벌어졌어요. 창씨 안 한 교직원들은 고하 막론하고 승진은 절대로 가망 없을 것을 각오하라고 교장이 엄포했다우." 하고 말한 적이 있었었다.

"빌어먹을 자식들!" 하고 그녀는 부지중 소리 질렀다. 분통이 터지는 것을 억누루지 못해 씩씩하고 있는 그녀는 二十여 년 전 처녀 시절을 갑자기 회상하고 있었다. 일본 놈 형사들에게 가진 고문을 다 받고 三년 동안 징역 살이까지 했는데. 자기 혼자만의 희생과 고난은 치지도 안 한다 할지라도 수十만 명이 흘린 피! 모두가 다 헛된 것이었는가! 가까수로 진정을 회복한 그녀는 "여보, 그놈들이 순전히 떠보는 것이 아닐까요? 협박에 불과한 것이 아닐까요? 매부까지가 창씨했다면 북평 가 있는 웅덕이가 얼마나 비통하겠어요!" 하고 말했었다.

"하긴 그렇기두 해. 꽁한 처남이 울화가 치밀어 주체 못 할 거야. 좀 더 하회를 보기로 하지요."

그러나! 신망해왔던 은사가, "최후일각 최후일인까지 싸우고" 쓴 독립선언서 공약 집필자인, 그 선생까지가 "단군은 일본 신무천황의 친동생"이라는 망발을 하고 있는 이때 그래?

치욕(恥辱)의 나날

347

입을 악문 그녀는 창구까지 빨리 갔다.

"창씨 수속은 오래 걸리나요?" 하고 그녀는 직원에게 일어로 물었다.

"뭘요. 최속도로 가능하지요. 서류만 갖추어 오면 기장은 천천히 하더라도 그 자리에서 초본은 써 들일 수가 있어요."

부청 밖을 나선 애덕이는 공중전화를 걸어 남편과 당장 의론해보고 싶은 생각까지 했으나 차마 못하고 집으로 돌아갔다.

저녁식사가 끝난 뒤에야 겨우 "여보, 용숙이 호적초본을 못해왔어요." 하고 그녀는 남편에게 말했다.

"왜?"

"……"

"응 알아요, 나두. 창씨 안 한 집 자녀는 학교 입학 거절이란 말이지요? 오늘 교장은 창씨를 하거나 사표를 내거나 양단간 결정지으라는 최후 통고를 선포했어요."

"정말? 그럼 창덕이는?"

"마찬가지겠지요. 미국 선교사들이 몽땅 구금되어 있는 오늘날 미숀 계통 학교라고 무슨 뾰죽한 수가 있을라구. 우리는 내가 호주니까 우리 맘대로 정할 수 있지만 당신 친정은 장인님 소견에 달렸지요." 오랜 침묵.

한참 만에 자리를 뜬 남편은 책상께로 가 앉아서 무엇인가 그적거리고 있었다. 제자리에 그냥 눌러 앉아 있는 애덕이는 혼나간 사람처럼 멍하니 허공만 노려보고 있었다. 얼마나 오랜 시간이 흘렀을까? 종이 한 장을 든 남편은 아내에게로 와서 앉으면서 말없이 그 종이를 방바닥에 놨다. 한문 글짜로 '金山, 金田, 金村, 金本, 金川' 등 일본 성(性) 비슷한 성이 쓰여 있다. 묻지 않고도 남편의 고충과 의도를 알 수 있었다.

억지로 성을 갈기는 갈아야 하겠지만 수천 년 대 물려받은 김(金) 성을 아주 말살해버리기는 싫고 그 밑에 한글짜 더 넣어 두자가 원칙인 일본 성과 근사하게 만들려는 의도였다. 일본성에는 밭, 산, 촌, 시내 표지가 많은 만큼 김(金) 자 아래 그런 뜻 글자중 하나를 골라 붙임으로써 일본식 성에 제일 가까운 창씨가 될 것이오, 그렇게 해서라도 자기 직장을 확보하고 자녀를 교육도 계속시키고 싶은 심정이었다.

"그럼 어디 차례로 읽어볼까?" 하고 혼잣말 하고난 남편은 읽기 시작했다. "가네야마, 가네다, 가네무라, 가네모도, 가네가와 아, 아니 가네모도가 아니라 가나모도라고 읽어야 발음이 맞는 거 아닐까?"

"올바른 발음은 용건이나 용숙이에 물어봐야 확실……" 하든 애덕이는 깔깔깔 웃기 시작했다. 웃음은 히스테리로 변했다.

웃다가 울고, 울다가 흐느끼고, 흐느끼다가 웃고 웃다가 울고…….

절망과 체념과 자학과 자아조소, 수치감과 경멸감의 교차……광난적인 웃음과 울음은 그칠 줄을 몰랐다.

고(高)씨는 대개 高山(다까야마)로 창씨했고, 안(安)씨는 安田(야스다)로, 전(田)씨는 다나가(田中)로, 노(盧)씨는 노무라(盧村)로 창씨 했다.

일본인 성에도 뻐젓이 있는 남, 오, 임(南, 吳, 林) 성을 가진 사람들은 한문 글자 성은 그대로 두고 발음만 일본어 식으로 '미나미', '구래', '하야시'로 하면 되지 않느냐고 따지다가 꾸중만 듣고 다른 두 자로 창씨했다.

창씨하기 위하여서 종친회 간부회를 연 씨족도 많이 있었다. 만일 용납된다면 본(本)지명으로 성을 대치하는 것이 좋겠다는 의견이 압도적이었다.

지명(地名)은 대개 다 두 자이니까 일본식 성과 비슷하게 될 것이라는 주장이었다.

서울 에비슨 의학전문학교에 재직 중인 아들 창덕이로부터 만일 창씨하지 않으면 직장에서 쫓겨나올 수밖에 없다는 편지를 받은 황보익준 노인은 대뜸 犬子(이누노고)라고 창씨계에 써서 평양부청에 제출 했다.

불호령이 내렸다. "이건 누굴 놀리는 거야?" 하는 직원의 노호!

"이 쌍놈의 새끼, 거사니(거위) 고길 처냈나? 소린 왜 질러." 하고 익준이는 조선말로 대들었다. 六十이 훨씬 넘은 그는 일본말을 정말 몰랐다.

직원이 아무리 일어로 욕을 퍼부어도 그 뜻을 모르는 노인은 젊은이의 불손한 태도에 울화가 치밀어서 "이 있놈의 새끼, 거사니 고길 처냈나?"만 되풀이했다.

둘이의 어성은 점점 더 커갔다. 보다보다 못한 일본인 과장이 창구 가까이로 왔다. "웬 소동이야?" 하고 그는 반말질 일어로 물었다.

"하이, 하이, 이 늙은 요보상이 이걸 창씨라고 써 냈어요." 하고 직원은 깍듯한 존대어로 대답했다.

"바새기 다나."(바보자식) 하는 과장의 목소리는 유리창을 덜덜 떨게 했다. 황보익준이가 일어를 정말 못하는 것을 확인한 과장은 직원에게 "자네가 통역 좀 해주게." 하고 말했다.

겁을 집어 먹은 직원은 "괜찮습니까, 과장님?" 하고 울상으로 물었다.

"과장이 시킬 땐 복종하면 그만이야."

"왜 이따위 성을 지어가지고 왔느냐고 과장님이 물으십니다." 하고 말하는 직원의 말에 익준이는

"성 가는 놈이 개아들 아니구 뭔가? 개놈의 새끼." 하고 말했다.

직원이 뭐라고 통역했는지 익준이가 알 도리 없었으나 과장의 얼굴 표정 목소리 몸짓으로 보아 굉장히 성난 것은 확실했다.

'개아들'이라고 창씨하려고 했다는 죄(?)로 늙은 익준이는 三개월 징역형벌을 받았다.

라듸오 방송 만담가로 명성을 날리는 강씨는 '에하라 노하라'(江原野原)로 창씨개명하여 통과되었다.

'고노에'라고 창씨 신청했던 사람은 느른하게 두드려 맞고 나서 五개년 징역언도를 받았다.

불경죄를 범했다는 것이었다.

'고노에'는 일본 왕족에 가까운 귀족의 성인데 그런 성을 본 따는 것은 무엄하기 그지없다는 것이었다.

조선서는 으뜸가는 평론가노라고 자처하는 전씨는 '류에도고가네 뮤슈노스께'(龍江戸黄金 無酒之助)라고 창씨개명하여 총독부 표창장을 받았다. (서울 龍山에서 나서 일본 수도 江戸에 가서 교육받고 서울 黄金町에서 살고 있다는 것

을 성으로 하고, 본래 술고래로 널리 알려져서 술주정을 많이 해왔었으나 지금 일본과 조선은 동조동본 일시동인으로 대동아공영권 확보를 위하여 싸우고 있는 거룩한 때 술을 아주 끊어버리고 결사보국하는 사나이가 되는 결심을 이름으로 했다는 것이었다.)

거액 헌금을 할 수 있는 군수공장주, 금융가, 상업가 몇몇 사람은 그들이 조선 사람이기는 하나 창씨개명 안하고도 뻐길 수 있는 반면에 五十전, 一원, 一원二十전 등 소액, 헌납밖에 할 수 없는 송사리들은 그들 힘에 겨우는 헌납과 근로봉사 등은 강요당하면서도 일일이 창씨하지 않고는 견뎌내지 못했다.

8

조선인 학생들뿐 아니라 일반인에게도 신사참배(神社參拜)가 강요되기 시작했다. 신도(神道)라는 것은 일본 국교(國敎)였기 때문에 일본국내 어느 도시에나 촌락에나 신사 건물이 반드시 서 있고 조선반도로 이민해온 일본인들도 집단 생활하는 도시나 읍에마다 명당자리를 골라 신사를 지었다.

시가지에서는 제일 높은 명당자리에만 세운 신사였기 때문에 사방 아무데서나 볼 수 있었고 건축양식이 이상하기도 하고, 산보 코스로도 좋은 목이었기 때문에 조선인들도 구경 가는 사람이 많았다.

남자들도 바지저고리를 입지 않고 앞자락 터진 두루막이를 입고, 아랫도리에는 허리띠 달린 통치마를 입고, 여름이건 겨울이건 맨발에 '게다'라고 하는 나막신을 달그닥 달그닥 끌고 다니는 일본인들은 수백계단이나 되는 돌구름 다리를 걸어올라 신사로 간다. 신사 본 건물 바른편에 있는 돌확에 담긴 찬물로 손을 씻고는 신사 앞으로 간다. 길죽한 나무 궤에 동전 몇 푼을 던지고는 방울 여러 개를 매단 줄을 세차게 잡아 다닌다. 쩔렁쩔렁 큰 방울 소리를 오래 서서 잠자고 있는 귀신을 깨우나보다고 첨보는 사람은 생각할 수밖에 없었다. 잠귀 밝은 귀신뿐 아니라 반 귀먹어리라도 깨지 않고는 못견딜 만큼 쩔렁쩔렁 자꾸 흔든 뒤에는 가슴 앞에 합장하고 서서 수없이 절

치욕(恥辱)의 나날

351

을 하는 것이 신사에 가서 비는 양식이다.

일본이 구한국을 합방하고 조선이라고 부르기 시작한 뒤 몇 해 동안 조선인에게 신사참배 강요는 안 했었다. 그러나 일본인 상관에게 아첨하여 말직이나마 그냥 붙들고 늘어지고 싶은 조선인 관리들, 일본인 상사기관에 취직해 있는 조선 사람들, 또는 친일파들은 차츰 자원해서 신사참배하기를 시작했다. 일본인 상관에게 더 곱게 뵈어야 승급할 수 있다고 믿는 조선인 노인 관리들 중에는 자녀의 결혼식까지도 신사로 가서 일본인 신주(神主) 주례로 올리게 되었다.

만주국 장군으로 만주뿐 아니라 일본군 점령하에 있는 중국 땅에서까지 세도가 당당한 문택수도 서울 남산 꼭대기에 있는 신사에서 결혼식을 올렸다. 신랑신부 둘이 다 명색만 총각 처녀였지 산전수전 다 겪은 노련 남녀였다. 문택수는 살아생전 적어도 천 명의 여인들과 관계하는 것이 평생 소원이라고 떠버리면서 그가 이미 관계한 기생, 갈보, 유부녀, 과부, 처녀들의 명단을 종별로 포켓북에 적어 넣고 만나는 사람마다에게 펴 보이며 자랑하는 사나이였다. 그리고 신부(新婦)라는 것은 일본인 기생 퇴물로 일본국 정계 요인들은 물론 만주국 정계 요인들의 첩살림으로 돌아먹다가 어찌되어 택수의 마술에 걸려든 四十대 여인이었다. 택수가 어떤 위인이라는 것을 아는 사람들은,

"헌놈 헌년이 오다가나 만나 살면서 결혼식이 다 뭐야?" 하고 비꼬기는 했으나 택수만이 아는 어떤 정략(政略)결혼이리라고 짐작했다.

'동조동본'이니 '내선일체'니 따위 표어들을 내세우기 시작하면서 조선인 학생들에게도 신사참배가 강요되었다. 국, 관, 공(國官公)립 각급 학교장, 교원들은 적극적으로 나섰고 학생들은 피동으로 순종했다. 그러나 기독교 미슌 계통 사립학교 당국자들과 학생 간에는 격심한 물의를 일으키게 되었다.

여호와 하느님 외 딴 우상을 섬기는 것은 죄 중에도 제일 큰 죄로 아는 강경파 학교들은 신사참배를 끝내 거부하다가 폐쇄당했다. 폐쇄된 건물들은

'조선군'(명칭은 조선군이었으나 조선인 군인이라고는 장교급 수십 명밖에 없는 군대로 기실은 일본군의 조선 내 주둔군에 불과했음)의 병영으로 변모되었다. 폐쇄 당한 학교 재학생들 더러는 국, 관, 공립학교에 전학 편입되고, 더러는 학업을 중단하고, 더러는 일본으로 유학 갔다. 교직원 대부분은 경험도 없고 자본도 없는 장사로 전업했다. 고작해야 채소, 숯, 장작 등 소매상이 되고 똥 구루마 끄는 인부가 된 교원들도 있었다.

어떤 미슌 계통 학교에서는 어떤 치욕 아래서라도 학업은 계속하여야 된다는 이론을 내세워 신사참배에 응했다. 그러나 학생들 중에는 신사 앞에서 '만세(萬歲)'를 부를 때 '망세(亡歲)'라고 부르는 소극적 반항으로 자위했다.

기독교 교회에서도 두 파로 나뉘었다. 끝까지 참배를 거절하다가 예배당은 폐쇄되고 목사와 신사들은 투옥당했다가 옥중에서 순교하는 사람들이 있는 반면에 '국어상용' 정책 때문에 예배 볼 때에도 조선어로 설교 못하고 일본어로 해야 되는 판에 신사참배만을 거부해 무슨 소용이 있느냐고 자포자기 해버린 축도 있었다. 그중에는 아첨 근성이 유달리 강한 목사는 정기적인 신사참배만으로는 부족하다고 느끼어 매일 아침 새벽에 비를 들고 오리도 더 먼 신사로 가서 신사 앞 광장을 깨끗이 소제하는 '근로봉사'를 자진해왔다.

八, 一五 해방 뒤에 와서 신사참배 거절했던 파와 신사참배했던 파가 두고두고 싸움을 계속했다.

제이차 세계대전이 일본 측에 불리해가기 시작하게 되자 '신풍(神風)'이 불어오도록 비는 신사참배를 매일 남녀노소에게 강요했다.

'태풍'을 일본민족이 '신풍'이라고 믿기 시작한 때는 十三세기부터였다. 흑룡강 상류지역에 살던 유목민(遊牧民)인 몽고족의 후예인 징기스칸(成吉思汗)이 여러 부족을 합쳐가지고 아시아 대륙은 물론 유럽주 여러 지대까지 정복했다. 러시아 전체가 몽고군 통치하에 들어가고 중국도 완전히 점령되어 원(元)나라라는 이름으로 통치하게 되었다. 그것이 十三세기 초였다. 몽고함대는 일본을 정복하려고 나섰지만 시기를 그만 잘못 택하여 해전 한번 못해보고 태풍에 전멸되었다. 태풍은 태고적부터 매년 몇 차례씩 일본을 거쳐 지나가는 것이었으나 그때 태풍이 몽고 함대를 전멸시켜 일본이 화를 면하게 되자 그들은 그 바람은 일본 수호신이 특히 보낸 신풍이라고 믿게 된 것이었다. 신사에 자꾸자꾸 빌면 十三세기 때처럼 지독한 태풍이 불어서 미국 함대를 멸망시켜주리라고 그들이 진심으로 믿는 것이었다.

매일 신사에 가서 비는 것도 부족하다고 하여 집집마다 안방에 선반을 매고 '가미다나'(신을 모신 위패가 든 나무 곽)를 얹어두어야 한다고 강요했다. 가정 가정에 강제로 모시게 하는 나무곽인데 해마다 한 차례식 새것으로 바꾸어 모시어야 했다. 애국반 반장이 새것을 가지고 와서 강제로 팔고 헌것은 회수해 갔다. 그 나무곽 속에 무엇이 들어 있는지 알려고 뜯어보는 것도 천벌이 내리는 죄라고 했다.

一九四五년 八월 十五일 정오 라듸오 방송을 통하여 일본 왕이 "나는 신이 아니고 연합군에 무조건 항복했노라." 하는 고백을 불은 직후 황보애덕이가 그 나무 곽을 내려 쪼게 봤더니 그 속에 별것이 들어 있는 것이 아니라 '와리바시'(짝 쪼개서 쓰는 나무젓가락) 한 개인 것을 발견하고 쓴웃음을 웃었다.

각급 학교건 직장이건 매일 아침조회 때 동쪽을 향해 절하고는 (일본 왕이 사는 도꾜가 한반도에서는 동쪽에 위치해 있었기 때문임) 아무 일도 시작하기 전에 우선 집단적으로 신사참배부터 했다. 집에 남아 있는 주민들은 동회 단위로 광장에 모여 동쪽 향해 절을 하고나서는 라듸오 방송 리듬에 맞추어 라듸오 체조라고 하는 손놀림 발놀림 목놀림 체조를 十분간 하고는 집단적으로 신사로 올라가곤 했다. 신사 있는 데까지 거리가 五리건 十리건 꼭 갔다 와야만 그날 일이 시작되었다. 라듸오체조 시작하기 전에 호명하고 신사참배 마추고 또 호명하기 때문에 한 가족 한 사람식은 참가하지 않을 수가 없었다. 만일 결석하는 경우에는 그 가족이 가진 배급통장을 몰수했다. 배급통장이 없으면 헐벗고 굶주려 죽는 도리밖에 없었다. 시장이나 상점은 다 없어지고 배급소에 가서 배급통장을 제시하여야만 물품을 살 수 있었다. 사가는 물품 품목과 분량을 통장에 일일히 써넣기 때문에 같은 물건을 두 번은 살수가 없었다.

신사 앞길로 걸어가다가도 신사 앞에서는 반드시 서서 신사를 향하여 四十五도 허리를 굽혀 절하고 지나가야만 했다. 만일 그냥 지나가다가 들키는 날에는 그 자리에서 반쯤 죽도록 두들겨 맞고 투옥되었다. 이런 재난을 피하려고 무척 돌기는 하지만 신사 앞길을 피해 딴 길로 오가는 사람들도 많았다. 전차타고 가다가도 신사 앞을 통과할 때에는 여차장의 구령으로 승객 전부가 모자 벗고 절해야만 했다. 전차 운전에 헨들을 잡은 운전수가 부러웠다. 그리다고도 부족했던지 일참(日參)제도가 생겼다. '일참'이라고 쓴 나무패쪽을 반장 집에 비치하고 각 가정에 윤번제로 그 패쪽과 반원 명단을 보내면 그 가족 식구 하나가 그날 신사참배하고 나서 신사직이가 참배했다는 도장을 찍어주는 것을 가지고와서 반장에게 돌려주어야 했다.

공장이라는 이름만 붙은 공장이면, 직공이 비록 四, 五명밖에 더 안 된다고 하더라도 모두다 군수품 생산업이 되었다. 공장주가 무슨 핑계든지 대서 근린 경찰관 파출소에 요청하면 순사들이 길목을 지키다가 길가는 사람들 남녀노소 불문하고, 강제로 끌어다가 공장주에게 맡겼다. 끌려 간 사람은 그날 종일 무보수로 노동을 제공해야만 되었다. 이렇게 하는 것이 '황국신문(皇國臣民)'의 '보국(報國)'이 된다는 것이었다. 그러나 끌려가다가도 때마침 공습경보 사이렌이 울면 '보국'을 모면할 수 있게 되는 것이었다. 거의 날마다 B29 폭격기가 하얀 증기 소리를 공중에 그면서 편대해 지나가기는 했지만 폭격하는 일은 도무지 없는데도 불구하고, 심리작전을 노리는 것인지 모르나, 거리 좌우 쪽에 파놓은 무개 대피소나, 비탈에 뚫은 굴속으로 들어가는 것을 용인이 아니라 강요했다. 이 방공호들을 파고 뚫는 공사가 '보국'이라는 미명하에 무보수 강제 노동으로 이루어졌다는 것은 물론이었다.

방공(防空)훈련 연습도 거의 날마다 시행되었다. 집 대문 밖마다 물 담긴 물통, 모래담은 나무통, 가마니, 갈구리 등을 비치해야만 했다. 동단위로 구성된 경방단(警防團)은 남녀 十五세이상 六十세 이하 전체로 이루어진 단체였다. 경방단장 세도는 순사세도 이상이었다. 단장이 심심할 때면 언제나 주민전체를 다 끌어내다가 방공연습을 했다. 큰 거리와 광장에 엷은 나무 얼거리를 세워놓고는 그 위에 짚이나, 썩은 가마니, 새끼 따위를 얹어놓고 불을 질렀다. '몸뻬'바지 입은 여인네들이 총출동되어서 더러는 물을 끼얹고 더러는 물을 길어오고 더러는 갈구리로 불붙는 물체를 긁어내리고 더러는 가마니로 씨우고 더러는 모래를 끼얹고 야단법석을 했다.

남자 十五세 이상 三十六세 이하는 누구나 다 '근로보국대(勤勞報國隊)'에 언제나 징발되어 나가야만 되게 되었고 여자도 그 나이 된 사람들은 언제나 '정신대(挺身隊)'에 끌려 나가야만 하게 되었다. 운이 좋으면 한반도 내에서 六개월 동안 강제 노동에 종사해야 되고 운이 나쁘면 일본으로 끌려가서 탄광부가 되거나 군수공장 직공이 되거나 혹은 멀리 남양군도 일본군 점령지대로 가서 목숨 내건 보급 나르는 지게부대가 되거나 참호 파는 일에 종사해야만 하게 되었다.

"제군, 대동아 전쟁은 드디어 결전기에 이르른 이때를 당하여 우리 국민은 남녀노소를 막론하고 이 시국을 가만히 보고만 있을 수는 없다. 국민개병! 우리 국민은 누구나 병정이다. 우리 동리를 대표하여 성스러운 직장, 아니 싸움터로 나가는 제군은 나라를 위해서는 생명을 애끼지 않는 우리 황군(皇軍)의 정신을 잃지 말고 죽기까지 나라를 위하여 봉사의 책임을 다하기를 바란다. 제군 어깨에 우리 대일본제국(大日本帝國)의 흥망성쇠가 달려 있다는 것을 자각하고 결사적으로 힘껏 일해주기를 바란다."

시골 한 동리에서나 도시 한 동리에서 근로보국대원을 강제로 징발하여 광장에 세워놓고는 촌장이나 구장이 이런 판에 박은 격려사를 낭독하군 했다. 억지로 '천황폐하 만세'를 부르고 난 젊은이들이 대기하고 있던 트럭위로 기어오를 때 떡이니 삶은 달걀이니 엿따위를 한뭉치식 든 할머니, 어머니, 누님들은 마지막으로 먹을 것을 주려고 갈팡질팡 하다가 트럭이 떠나가자 맨땅에 펄썩 주저앉아 땅을 치며 통곡했다.

"그 망할 자식이 우리 종자벼까지 다 먹어치우고도 기옇고 보류해주질 않았구나." 하고 속으로만 욕하면서도 겉으로는 딴 넉두리를 뽑는 것이었다.

구장이나 촌장은 격려사나 낭독하는 것이고 징발하느냐 보류하느냐하는 권리는 전적으로 부, 읍, 면(府邑面) 사무소 노무계 직원이 쥐고 있는 것이었다. 노무계 직원 집으로는 밤마다 야음을 타서 쌀되나, 달걀 꾸레미나, 닭 등이 몰래 들어가는 것이었다. 운을 좋게 만들어주는 것은 운이 아니고 노무계 직원에게 주는 뇌물의 힘이었고, 현금 가지고도 물건을 살 수없는 시절인 만큼 돈보다도 물품이 더 맥을 썼다.

공장 직공이 되거나 면사무소 사환만 되어도 근로보국대에 끌려 나가지 않을 뿐 아니라 예외로 승급이 빨랐다. 일본인 젊은이들은 고깜 떼가듯 징집되어 군인으로 나가기 때문에 군인이 될 자격(?)이 없는 조선인 직원들 승진이 빠른 것이었다. 그랬기 때문에 관청 직원자리는 물론 급사 자리까지에도 권리금이 붙어 있었다.

한반도내에서 근로 보국하는 사람들 중에서도 정거장에서 짐 싣는 노동에 종사시키는 것이 최고급 대우였고, 그 다음이 심심산골로 가서 숯구이가 되는 것이었다. 숯이 왜 그렇게 필요했던가? "피 한 방울과 휘발유 한 방울이 동격"인 정세하에서 국내 각종 차량은 그것이 뼈쓰건 트럭이건 세단이건 간에 모두다 가솔린 대신 목탄을 연료로 써야만 되게 되었기 때문이었다. 카바이트도 차량 연료로 쓰기는 했지만 카바이트 생산량은 제한되어 있었고 비료 공장까지도 개조해서 군수품 생산 공장으로 만드는 판에 카바이트 생산은 줄어들 판이오, 또 카바이트는 까딱하다가는 폭발될 우려도 다분 있었다. 그러나 三천리 강산, 산, 산, 산이 모두다 대머리가 되는 한이 있더라도 목탄만은 한동안 무진장으로 만들 수 있는 것이었다.

비료공장 대부분을 군수물자 제조공장으로 대치했기 때문에 농촌에서 화학비료는 구경도 못하게 되었다.

곡식증산, 증산, 증산을 중 염불 외듯 하는 일본당국이면서도 화학비료 공급을 못하게 되었기 때문에 퇴비 장려를 강제로 여행[38]하게 되었다. 그러나 인분도 한도가 있는 것이오 마른풀도 한도가 있는지라 (볏집은 한 오라기도 소홀히 할 수 없었다. 농촌 가가호호에 가마니와 새끼 공출─량이 엄청나게 과과하게 배정되었기 때문이었다) 촌락마다 억지로 배정시킨 퇴비를 쌓놓을 도리는 절대로 없었다. 그러나 총독부 농림당국 일본인 관리들은 뻔질낳게 감독 출장을 나와 배정된 퇴비량을 확보 못 시킨 것이 발각되면 리장과 군수 면장 등의 모가지가 잘리는 판국이라서 무슨 짓으로던지 감독관을 만족시켜야만 되었다.

감독관 일행이 출장 도는 코쓰를 무슨 짓을 해서라도 미리 알아 가지고는 첫날 들릴 동리를 중심으로 한 근린 四, 五十리 주위 촌락들이 조금식 모아 쌓아놓은 퇴비를 져 날라다가 그 동리 타작마당에 수북하게 싸놓았다.

웬만한 언덕만큼 높이 쌓여 있는 퇴비더미를 보고 감탄하는 감독관들을 리장 집으로 모시고 갔다. 밀주인 막걸리에 통닭, 달걀, 산채 등을 안주로 내놓고, 인물이야 잘났건 못났건 간에 일본 유행가나 좀 부를 줄 알고, 추파 던지는 재주가 있고, 잠자리 잘 모실 줄 아는 색주가들을 총동원하여 부어라 마셔라, 술과 색의 향연을 베푼다. 막걸리 밀주는 금지되어 있으므로 반드시 적발 처벌되어야할 것이나 그 일은 농림과 소관이 아닌 만큼 그들이 관여할 바 아니고 술에 굶주린 그들이라 정종이 아니고 조그만 잔에 따르는 술이 아님에도 불구하고 막걸리를 사발로 죽죽 들이킨다. 갈보가 돼지 멱 따는 것같이 고운(?) 목소리로 일본 유행가를 부르면,

"아니 이게 뭐야? 때가 어느 때라고 유행가야. 부를라거든 군가를 불러 군가." 하고 소리 지르는 자가 있으면 다른 혀 꼬부라진 목소리가 말 받아서,

---

38 여행 : 勵行. 엄격하게 시행함.

"건방지게스리. 내버려둬. 이런 시골구석에서도 유행가 못 들어본다면 손해가 아닌가." 하고 말하면서 갈보를 와락 껴안고 딩구는 작자가 반드시 생긴다. 평화시였더라면 거들떠볼 리도 없고 이런 빈약한 대접을 받는 것은 모욕이라고 악을 쓰며 상을 차고 행패할 것이었지만, 이렇게 막걸리나마 철야 맘대로 마시고 닭고기를 먹고 계집 끼고 흥청거릴 수 있는 기회가 도시에는 절대로 없는지라 대만족이었다.

리장 댁에서 이렇게 진탕치고 노는 주연이 버러지고 있는 이때 근방동리 농민들은 총 징발된다. 내일 아침까지 퇴비 전체를 그다음 지정장소까지 일일히 져다 날라서 쌓놔야 되는 것이다. 오래간만에, 참으로 오래간만에 취할 수 있도록 술을 마시고, 유행가를 아무리 크게 불러도 경관 취체가 없고, 삼년 묵은 땀내와 동백기름이 합친 악취가 코를 찌르기는 하나 일종의 변태적인 욕망을 느끼는 일본인 감독관들이 녹초가 되고 있는 동안 시골 신작로에는 퇴비 한짐식 진 농민들의 대행진이 밤새도록 계속되는 것이었다.

여나문 지정장소로 돌아다니면서 장소만 바뀐 퇴비 더미를 보고, 난생처음으로 막걸리와 똥갈보 체취를 만족한 감독관들은 만족 이상의 보고서를 제출한다. 도지사로부터는 면장이나 군수에게 감사장과 표창장이 하사된다.

쌀밥 먹기는 문자 그대로 별 따기보다도 더 어려웠다.

쌀농사 지은 소작인은 수확의 절반 이상을 지주에게 바치고 그 남어지는 전부 일본 정부에 공출해야 되었다. 지주도 쌀은 공출해야 되었고, 지주나 소작인들은 보리나 기타 잡곡으로 연명할 도리밖에 없었다. 도시인들도 쌀이라고는 구경도 할 수 없고 배급소에서 파는 수수, 감자 밀가루, 그리고 만주에서 수입해 오는 좁쌀로 만족할 수밖에 없었다. 외식하려고 거리 음식집으로 가도 고구마루, 감자가루, 밀가루로 만든 빵밖에 사먹을 것이 없었다.

배급소 벽은 물론 음식점 벽, 길가에 서 있는 전선대까지에도 '대용식(代

用食)으로 보국하자'라고 인쇄된 표어가 지저분하게 붙어 있었다.

한 도시에 사는 주민이었지만 일본인 가족이 가지는 배급통장과 조선인 가족이 가지는 배급통장은 그 표지 색깔이 다를 뿐 아니라 내용 항목도 달랐다. 일본인이 가진 통장에는 쌀과 설탕 배급 항목이 있는 데 반하여 조선인이 가진 통장에는 그 두 항목이 없었다. 일본인은 태고적부터 쌀을 주식하는 민족이었는 데 반하여 조선인은 태고적부터 잡곡을 주식하는 민족이었다는 역설과, 일본이 구한국을 합병하기 전까지는 조선인은 설탕 구경도 못했고 당분 섭취는 전적으로 엿에 의존해왔기 때문에 쌀과 설탕이 일본인에게는 필수품이요 조선인에게는 사치품이라는 역설을 내세워 차별대우를 합리화하려고 애썼다. '동조동본'설이 쌀과 설탕 앞에서는 맥을 못 쓰는 모양이었다. 그러나 여론이 상당히 악화되자 온돌방 생활하는 가족은 일본인다운 생활을 하는 자가 아니기 때문에 일본인 대우를 못해주겠고, 다다미(돗자리)방 생활을 하는 가족은 생활이 일본인과 같으니까 동등 대우를 해주겠다는 공식 담화가 발표되었다. 갑자기 온돌 위에 다다미를 펴는 가정이 불어나갔다. 다다미 짜 파는 일본인 상인들이 한목 착실히 벌었다.

배급소에서는 팔지 않는 달걀 한 알을 '야미'[39]로 사다가 들켜도 몰수와 구류, 사과 한 알 몰래 사다가 들켜도 몰수와 구류 처벌을 받았다. 배급소에서 파는 과일은 사과 껍질 말린 것과 바나나 말린 것뿐이었다. 사과 껍질 말린 것이 그렇게도 달다는 것은 황보창덕이가 四十 평생 처음 맛보는 진미였다.

그리고 창덕이가 가장 고통받는 것은 술 기근이었다. 술까지 배급소에서 아무 때나 팔 리 없고, 술 한 컵 사 마시려면 지정상점 창구에 오후 다섯 시 전부터 줄대 서야만 했다. 다섯 시부터 여섯 시까지 꼭 한 시간 동안만 한 사람에게 꼭 한 컵만 파는 것이었다. 다섯 시 퇴근하자마자 만사 제치고 제일 가까운 술 판매소로 달려가서 줄대서야 한 컵 겨우 사 마실 수 있었고,

---

39 야미 : 뒷거래(일본어).

조금이라도 늦었다가는 줄 꼬래비에 한 시간이나 섰다가도 헛탕치기가 일수였다.

에비슨 의과 전문학교 부속 병원에 근무하는 인턴 중에 감당(甘黨)이 두세 명 있는 것이 창덕이에게는 천행이었다. 주당(酒黨)의 간청에 못 이겨 감당이 술 판매소까지 같이 가서 줄서 주었다가 자기 목에 오는 술 한 컵을 주당에게 건너 주는 것이었다. 술 한 컵 더 마신 창덕이는 그 은혜를 갚기 위하여 감당을 모시고 다방으로 가야만 했다. 그러나 다방에서 파는 커피는 커피가 아니고 빛깔만 비슷한 볶은 콩가루 차로 변했다. 게다가 조그만 각설탕 꼭 한 개만 쳐주고 크림이라고는 한 방울도 두어주지 않는 콩차가 커피당의 비위를 만족시켜줄 수 없는 것은 물론이다. 그랬기 때문에 콩차 한 잔보다 값이 삼 배나 되는 대용식 저녁을 대접하고야 그 이튿날 그 감당의 특별한 호의로 술 한 컵을(그것도 술값은 창덕이 자신이 치르고) 더 마실 수 있다.

쌀, 쌀, 쌀에 굶주린 조선인 도시 주민들은 시골로 가서 암시세로 쌀 한 되식 사서 밀수입하는 도리밖에 없었다. 시골 소작인들은 매 맞고 징역 갈 각오를 하고 쌀 얼마씩을 감추어두는 것이었다. 추수하기 전부터 매 촌락당 공출량이 배정되어 있어서 공출 량에서 한 되만이라도 부족하게 공출하는 날에는 경방단 단원과 순사들이 와서 그 촌락 전체 집집을 샅샅이 뒤졌으나 "한 명 도둑놈을 열 명이 못 잡는다."는 격으로 농민들은 용히 감추어두었다가 조금식 비싼 값, 공출하고 받는 공정가격보다 十배나 되는 비싼 값으로 내파는 것이었다. 매마른 논뚝 옆에 구멍을 파고 감추어두기도 하고, 무덤이 있는 산 근처 동리 사람들은 제 조상의 무덤이거나 남의 무덤이거나 가리지 않고 야음을 타서 무덤에 구멍을 뚫고 쌀을 감추었다. 자작농이나 소지주들이 쌀 몇 가마니식 한꺼번에 몰래 운반해 갈 때에는 엉터리 상여를 꾸며가지고 관 속에 송장 대신 쌀을 넣고는 상여군들이 능청맞게 "아이고, 아이고" 곡을 하면서 대낮에 운반하기도 했다. 어떤 자의 고자질로 경방단원과 순사들이 상여를 강제로 멈추고 관 뚜껑을 열어보아 쌀을 발견한 일이 있었다. 그 뒤부터는 시골길에 상여가 지나가기만 하면 무조건 멈추고 관 뚜껑을 열어보게 되기 때문에 애매한 시체가 모독받는 일이 허다하게 되었다.

도시 사람 수십 명이 작당하여 가까운 시골로 가서 쌀 한 되를 사서 남자는 류크사크에 넣어 지고 여자는 자루에 넣어서 머리에 이고 떼 지어 시내로 들어오곤 했다. 순사와 경방단원들이 합세하여 길가에 잠복해 있다가 취체하려고 달려들면 쌀 밀수꾼들은 와 하고 사방으로 흩어져서 마구 달린다. 더러는 붙들려서 쌀을 압수당하지만 더러는 피하여 무사히 갈 수도 있었다.

기차라는 기차는 하루 왕복 가능한 단거리 승객으로 언제나 초만원이 되었다. 쌀 한 되식 지고 들고 다니는 수백명 남녀노소를 수십 명밖에 안 되는 순사와 경방단원이 다 잡을 수는 없었다. 더구나 쌀 사 오는 사람들은 결사적인데, 제아모리 충성심이 강한 경방단원이나 경관들이라도 결사적으로 달려들지는 못하는 것이다. 몸이 날랜 장정들은 기차가 역에 도착하기 전에 뛰어내려 도망치기도 했다. 전 가족이 총출동하게 되면 역이 까맣게 보이는데서 쌀자루를 차창 밖으로 던지면 대기하고 있었던 식구가 집어 들고 뿔뿔이 흩어져 달아났다. 철도 연변 도처에 경방단원을 배치시키지 못하는 한 성과를 거두기는 불가능한 일이었다.

9

五十전짜리 은전(銀錢)이 자취를 감추고 그 대신 五十전짜리 종이돈이 통용되기 시작한 것은 벌써 여러 해 전이었다.

그 뒤 十전짜리와 五전짜리 백동화(白銅貨) 대신 조그만 종이돈이 나돌았다. 곧 이어서 一전짜리 동전(銅錢)도 싹 거두어가고 그 대신 동전 一전짜리보다 十배나 적은 경금속 一전짜리 주화가 판을 쳤다.

이 一전짜리 주화는 어찌나 가벼운지 손바닥에 놓고 입김으로 훅 불면 냉큼 날아갔다.

一원짜리 五원짜리 十원짜리 百원짜리 '조선은행권'은 '내선일체'라는 국시(國是)에 거역하여 한반도 내에서만 통용되고 현해탄 저쪽 일본에서는 통용되지 못했다. '일본은행권'도 조선에서는 통용되지 못했다. 그래서 조선에 사는 사람이면 일본인이건 조선인이건 막론하고 조선 부산항과 일본 시모노세끼항 간을 왕내하는 '관부 연락선'에 올라타기 전에 돈을 바꾸어야만 되었다.

十원짜리 이하 지폐는 부태환권(不兌換券)이었기 때문에 국제적으로는 아무런 가치도 없는 종이조각에 불과했다. 그러나 百원짜리 '조선은행권'은 '일본은행권' 百원과 바꾸어준다는 명문(明文)이 지폐 정면에 쓰여 있었다. '일본은행권' 百원짜리 지폐 정면에는 百원어치 상당의 금(金)과 바꾸어준다는 명문이 쓰여 있었기 때문에 이 두 가지 지폐는 다 금값과 맞먹는 돈이었다. 그럼에도 불구하고 조선인이 가진 '조선은행권' 百원짜리를 百원짜리 '일본은행권'으로 바꾸어주는 것은 거북했다. 일본으로 가는 조선인이 부산 은행에서 돈 바꾸려고 百원짜리 '조선은행권'을 내놓으면 은행에서는 '일본은행권' 十원짜리 열장으로만 바꾸어주었다.

일본에서 통용되는 '일본은행권' 百원짜리는 명목상으로는 태환권인데도 불구하고 일본에서는 아무도 금으로 바꿀 수는 없었다. 전쟁하노라고 지폐를 무작정 남발했기 때문에 百원짜리 지폐가 금 一원어치 가치도 못가지게 되었기 때문이었다.

그러나 일본 외 다른 나라에서는 사정이 달랐다. 일본군이 점령한 나라에 살고 있는 일본 동맹국 또는 중립국 또는 중립국 국민이, 동맹국이나 중립국에 살고 있는 외국인이 그곳 일본은행 지점으로 가서 '조선은행권' 百원짜리를 내밀고 '일본은행권' 百원짜리로 바꾸어 달라고 하거나 금으로 바꾸어 달라고 할 때 거부할 근거가 없었다. 동맹국이나 중립국에 있는 일본은행 지점에서는 국제시세로 百원어치 가치가 나가는 외국 지폐로 바꾸어주지 않을 수 없었다. 일이 이렇게 되니 '조선은행권'이거나 '일본은행권' 百원짜리는 국내 시중으로부터 걷어 들이기에 혈안이 되고 일본군 점령하 외국이나 중립국으로 새 나가는 것을 막기에 분주했다.

약삭빠른 장사꾼들은 그 무슨 사업보다도 더 폭리가 남는 百원권 밀수품에 종사했다. 百원짜리 지폐 한 장을 十원짜리 三十매에 사자고 하는데 응하지 않을 만큼 강한 애국심(?)을 가질 수 있는 자는 있을 수 없었다.

압록강 건너 안동현까지 가는 완행열차 승객이건, 봉천이나 신경까지 가는 급행열차 승객이건 차련관역을 떠나자 부터 이동경찰 형사들의 심문을 받았다.

신문 조사는 물론 짐까지 샅샅이 뒤지고 경우에 따라서는 몸수색까지 당했다.

진남포, 인천, 군산, 여수, 부산 등 항구 여관에 든 손님들은 임검을 받고, 중국 땅으로 가는 배를 탈 선객들은 별도로 신분 조사와 짐과 몸수색을 받아야만 했다. 형사들의 눈초리는 부두에까지 따라 나와 번뜩였다.

진남포 부두에서 생긴 일이었다. 상해행 기선을 타려고 하던 젊은 여인 하나가 형사에게 이끌리어 부두에 그냥 남아 있게 되었다. 젊은 여자 혼자서 어린애 하나를 업고 초라한 행색으로 배에 오르려는 것이 형사의 六감을 자극시킨 것이었다. 신분을 조사해보니 평양경찰서장이 발행한 여행증명 서를 가지고 있었고 상해 근처에서 장사하는 남편에게로 간다는 설명이 있었다. 짐이라고는 조그만 가방 한 개뿐인데 아무리 샅샅이 뒤져보아도 걸릴 물건은 하나도 없었다. 업었던 애기를 내려놓은 포대기 옆에 자루 하나가 되는대로 누워 있었다.

"이건 뭐요?" 형사가 물었다.

여인은 말없이 자루 아가리를 펼쳤다. 껍질 채 볶은 낙화생 한 자루였다.

여인은 호콩 한줌을 덤썩 쥐어내어 형사에게 주면서 먹으라고 권했다. 그녀도 한톨식 꺼내서 까서는 애기에게도 먹이고 저도 먹었다. 형사가 아무리 유도 심문을 하여도 태연자약한 그녀는 호콩을 잘근잘근 씹으면서 선선히 대답했다. 형사와 여인이 까먹은 낙화생 껍질이 수북히 싸이게 된 때 기선은 승선 독촉 고동을 길게 불었다.

선실에 들어가서도 시치미 뚝 떼고 있던 그 여인은 배가 떠나서야 회심의 미소를 지었다. 낙화생 자루 속에는 百원지폐 二十매가 숨겨져 있는 것이다. 호콩 껍질을 곱게 까서는 알맹이는 먹고, 꽁꽁 접어만 지폐 한 장을 알맹이 대신 집어넣고는 양쪽 껍질을 도루 맞추고 아교로 땜한 것이다.

조선 기독교총연합회에서는 '국책에 순응하기 위하여' 한반도에 있는 교회당 전체가 가진 종(鍾)을 모조리 다 일본군에 헌납하기로 결의했다. 이 결의에 순응하지 않는 목사나 교인이 있을 수 없는 상태였다. 일요일이 되어도 수요일 저녁이 되어도 한반도에서 종소리는 들리지 않게 되었다.

여기 맛을 들인 군 당국에서는 조선인 가정에서 쓰는 유기그릇을 다 헌납해 달라고 호소했다. 일본인 가정에서는 본시부터 유기라고는 영 안 쓰고 사기, 나무, 유리그릇들만 사용했으나 조선인 가정에서 매일 쓰는 기명 절대 다대수는 유기였다. 쟁반으로 비롯하여 밥그릇, 국그릇, 밥주걱, 숟가락과 젓가락, 화로, 찻종요, 찻잔, 요강까지도 유기였다.

헌납 성적이 대단히 나빴다. 어떤 집단의 거두들이 권력에 아부하기 위하여 헌납 결의를 하게 되면 그 소속 단체들이 소유하고 있는 물건, 특히 공개되어 있어서 누구나 다 볼 수 있는 물건을 헌납하지 않을 수 없게 된다. 그러나 헤어져 있는 개개인에게, 그것도 집안에서만 쓰는 물건, 감추려면 얼마던지 남모르게 감출 수 있는 물건을 헌납하라고 무리한 요구를 할 때 효과를 거두지 못하는 것은 당연한 일이다.

유기를 돈 주고 사들이겠으니 협조 달라는 요청이 공고되었다. 十三도 방방곡곡 '애국반' 반장 집마다 저울이 비치되었다. 가정에서 팔려고 내놓는 유기를 반장 집으로 가지고 가면 즉석에서 저울에 달아 근량을 적은 쪽지를 판매자에게 준다. 반장은 총집계량을 동회에 보고하고, 각 동회에서는 총집계량을 구청에 보고하고, 구청에서는 부청에 보고하고, 부청이나 도청에서는 총집계량을 군(軍)구입과에 보고한다. 군에서는 트럭이나 달구지를 보내 각 반장 집을 역방하여 실어간다. 군에서 나오는 대금(代金)은 도, 부, 군(郡), 구, 동, 반으로 분배된다. 반장은 각 가정에 대금 찾아가라고 통고한다. 참 잘된 조직이었다. 그러나 유기 판 가정에서 그 대금 받는데 빨라야 석달이요, 반년이 지나가도 감감 무소식인 데가 많았다.

유기 판매 성적이 대단히 나빴다. 급기야 공출(헌납이나 판매가 아니라 강제 몰수)령이 내렸다. 한 달 이내로 유기 있는 대로 다 공출하지 않으면 그 뒤부터는 경찰관과 경방단원이 총출동하여 가가호호 샅샅이 뒤져 몰수하겠고, 그렇게 몰수당하는 집에는 몰수만으로 끝나는 것이 아니라 엄벌에 처한다는 엄포가 내렸다.

웬만큼 많은 유기를 가진 가정에서는 식구 총동원되어 유기 감추는데 분망했다. 뜰 안에 우물이 있는 집에서는 유기 한 개 한 개식 두레박 위에 다시 우물 속으로 내려 보내 감추고, 우물이 없는 집에서는 김장독에 김장대신 유기들을 넣어서 뒷뜰에 묻었다. 김장독 묻는 것보다 더 깊이 파묻고 독 뚜껑위에 흙을 덮고 오래오래 밟았다.

공출량이 씨언할리가 없었다. 가가호호 가택수색이 진행되었다. 뜰 구통이에 싸둔 장작더미를 허물어보기도 하고 곳간 안을 샅샅이 뒤져 보고, 부엌으로 들어가서는 여러 해 째 누렁지를 긁어서 한 절반 달아 없어진 놋숫갈까지 몰수해 갔다. 지까다비나 고무신을 신은 채 방안에까지 들어가서 벽장, 의거리, 뒤지, 궤 등 하나도 빼놓지 않고 샅샅이 뒤졌다.

서울의 부민관(府民館)[40]을 비롯하여 十三도 도청 소재지 공회당 마당에 조선인 전문학교 재학생들만 집합시켜놓고는 일본인이 아닌 조선인 지성인들이 일본어로 불을 뿜는 듯한 열변을 토했다. 일본에서는 도꾜, 교도, 고

---

40 부민관 : 일제 강점기에 경성부민(서울시민)의 공회당으로 사용된 건물로 지금의 서울시의회 의사당.

베 등 조선인 유학생이 많은 도시 각 대학 강당에 조선인 재학생들만 모아 놓고 역시 일본인이 아닌 조선인 유지(?)와 지도자(?)와 작가(?)들이 일어로 열변을 토했다.

연설을 시작하기 전에 반드시 '황국신민의 서사'(皇國臣民誓詞)라는 것을 제창했다. 세 조목으로 된 이 '서사'를 한 사람이 먼저 혼자 부르고 나면 모든 청중이 따라서 외우는 것이었다. 물론 일어로 된 '서사'였지만 우리말로 번역하면 아래와 같았다.

　一, 우리들은 황국신민이다. 충성으로써 군국(君國─임금과 나라를 의미함)에 보답하자.
　二, 우리들 황국신민은 서로 신애협력(信愛協力)함으로써 단결을 굳게 하자.
　三, 우리들 황국신민은 인고단련(忍苦鍛鍊) 힘을 길러서 황도(皇道)를 선양(宣揚)하자.

이 '선서'라는 것은 강연회 때 뿐 아니라 각급학교, 관청, 직장에서도 매일 아침 조회 때마다, 신사참배 가기 전에, 반드시 제창하여야 되는 것이었기 때문에 누구나 다 그 세 귀절을 따로 외우고 있어야만 했다.

전문학교와 대학 재학생 중 조선인 학생들만 집합시켜놓고 강연하는데 나서는 웅변가(?) 중에는 三 · 一 독립만세운동 때 선두에 섰다가 감옥에 갇히어 사오년 이상 징역 살고 나온 인사들도 있었고, 좌익운동 거물로 몇 해식 징역 살고 나온 자도 있었다. 나이 八十이 넘은 노인으로 구한국 시대에는 영의정 벼슬까지 했다가 한일합방 후에는 두문불출 지조를 지켜오다가 몇 달 전에 일본 정부 중추원 참의라는 요직을 수락하고 나서 유세에 나선 이도 있었고, 조선 신문학(新文學) 발전에 선구자가 되던 작가들도 있었다.

그들의 사자후(?) 내용은 무식한 촌장이 학교 못 다니는 시골 떡거리 총각들 앞에서 "나라를(일본) 위해서는 생명을 아끼지 않는 우리 황군의 정

치욕(恥辱)의 나날

신을 잃지 말고 죽기까지 나라를 위하여 봉사의 책임을 다하기를 바란다."는 요지와 대동소이했다. 조금 다른 점은 "대동아공영권이 무엇을 의미하는 지를 잘 아는 지성인인 학도들은 황군의 일원이 되어 전선에 나가 피를 흘려야만 된다."는 대목뿐이었다. 그리고 "근로보국대처럼 강제 징용이 아닌 만큼 지성인인 제군은 국제정세를 올바르게 관찰하고 자각하여서 지원병으로 나서자."는 권유였다. 조선인 학생들로 조직되는 학병은 어디 가서든지 특히 우대해준다는 약속으로 꼬이기도 했다.

한반도에서 공부하는 전문학교 학생들은 그들이 존경해오던 인사들이 갑자기 백八十도 전환을 하여 일본군의 개노릇을 하고 있는 꼴을 볼 때 속으로만은 분개하고, 타매하고, 환멸을 느꼈으나 겉으로는 아무런 의사표시도 못하고 꿀 먹은 벙어리처럼 굴었다.

그러나 일본에 가서 공부하는 유학생들은 연설장에서는 꿀먹은 벙어리였지만, 밤에는 연사들을 여관으로 찾아가서 따지기도 하고 빌기도 하고 협박까지 해보았으나 소용없었다.

학생들 더러는 서로 밀약하고 솔선 지원하기도 했다. 만일 중국 땅 전선에 배치되면 기회 노려 탈주하여 중국 군대에 가담하여 총뿌리를 꺼꾸로 들고 일본군에 항거해 싸우자는 밀약이었다.

합병 지원 호소가 별 효과를 나타내지 못했다.

일본군은 강권을 발동했다. 수효는 그리 많지 못했으나 조선인으로 총독정부 각급관리로 있는 자, 도의원이나 부, 면의원에 당선된 자, 조선인 실업가, 공업가, 금융가들 집을 호별 방문하여 그들의 아들들 입대를 강요했다. 부자(父子) 지간 대팡[41] 싸움이 벌어지는 집도 있었고, 아들이 도망가 숨어버려서 난가가 된 집도 있고, 엄친의 이해관계를 생각해서 혼연히 지원하는 아들들도 있었다. 아무래도 나갈 바에는 손자라도 받아 두어야겠다고 불야불야 결혼을 시키는 부모도 있었다.

---

41 대팡 : 너무, 많이, 크게.

서울 부민관에서는 학병 장행회[42]가 성대(?)히 거행되었다.

황보애덕이도 학병의 부모를 위하여 마련된 특별석에 앉아 있었다. 조선 총독과 일본군 사령관과 총독부 학무국장 등의 격려사가 낭독되고, 결혼한 지 두 달밖에 안되었다는 조선인 색시가 강단에 올라가 일본인 뺨때릴 정도로 유창한 일어로 제 남편의 입대를 극구 자랑하고 격려하고 있는 동안 애덕이의 생각은 딴 데서 헤매고 있었다. 맏아들 용건이가, 아버지의 직장을 확보시키기 위하여, 입대하겠다고 나서는 것을 막지 못한 그녀는 그날부터 一천명 여자에게 바눌뜸 한뜸식 받는 일에 눈코 뜰 새 없이 싸돌아 다녔던 생각, 천 번째 뜸을 받고 안도의 한숨을 쉬면서 집으로 들어갈 때 문득 생각나던 죄의식. 여자 천명의 손때가 묻은 허리띠를 띠면 총칼이 범접 못한다는 이국적인 미신을 무의식중에나마 믿고 돌아다녔다는 사실이 우스깡스러울 정도를 지나 그녀가 신앙하는 기독교 하느님 앞에 용서받지 못한 죄를 진 것같이 느껴지는 것이었다. 어려서부터 예수교 교육을 줄곧 받아온 그녀였고 지금도 주일날마다 꼬박꼬박 예배당에 가서 일어로 보는 예배에 참석하고는 집으로 와서 조선어로 기도를 올리는 그녀가, 예수교 사상이 살과 뼈와 피에 배는 그녀가 아들에게 성경책을 주어 보낼 생각은 미처 못 하고 바눌뜸 받는 데만 정신이 팔렸었다는 것은 어리석기 한이 없고 죄스러워 견딜 수 없는 것이었다.

방안으로 들어간 애덕이는 '천인침'을 내동댕이치고 성경책을 집어 들었다. 수십 년간 자기 손때가 묻은 성경책 이것을 아들의 수호부적으로 주고 싶었다. 여기저기 몇 군데 펴 읽던 그녀는 성경책을 품에 품고 엎드려 기도 올리기 시작했다.

"무소불능하시고 무소부재하시며 거룩하고 거룩하신 하나님 아버지시여, 마귀의 시험에 빠진 이 연약한 죄인의 죄를 용서해주옵소서. 이 연약하

---

42 장행회 : 壯行會. 장한 뜻을 품고 먼 길을 떠나는 사람의 앞날을 축복하고 송별하기 위한 모임.

기 한이 없는 종에게 용기를 주시옵소서. 마귀의 시험에 다시는 정복당하지 않을 믿음의 힘을 주시옵소서. 주여, 주여. 자비하시고 전능하신 아버지께서는 어찌하여 이 불쌍한 민족을 이처럼 비참한 시련을 받으라고 그냥 버려 두시나이까? 아직도 속죄가 덜 되었나이까? 주여 주께서 점지해주신 제 아들놈이 주검의 구렁텅이로 굴러 떨어지는 것을, 아니 살생하는 극악의 죄를 지으려고 끌려가는 것을, 구원해주시지 않으려시나이까. 보고만 계시려나이까! 주여, 자비하신 아버지시여, 이 종의 애타는 호소에 귀를 기우려 주사이다. 주여, 이 잔을 꼭 마셔야만 하나이까? 당신의 독생자인 예수님께서도 겟세마네 동산에서 무엇이라고 애원하셨는지 통찰하고 계시리라고 믿사옵니다. '아버지여, 능치 못하신 것이 없으시니 내게서 이 잔을 떠나게 하옵소서.' 하고 하소연 하지 않으셨습니까. 우리의 죄를 사하여주시고 우리를 구원해주시려고 보내신 당신의 독생자, 三위 一체의 한 분이신 그리스도께서도, 주검에 임하시기 전날 밤 그와 같이 애절하게 호소하시지 않았습니까! 그런데 초개같고 버러지 같은 우리 인생이 어떻게 이 쓴 잔을 그냥 받을 수 있아오리까? 자비하신 하나님 아버지시여, 어찌하여 당신은 저 하나뿐 아니라 우리 민족 전체가 겪은 이 환란과 굴욕과 절망과 치욕을 그대로 방치해 두시나이까? 미천하기 그지없는 저희들에게 옛날 욥[43]처럼 인내하기를 기대하시는 것이옵니까? 그것이 만일 주님의 뜻이라면 욥에게 시험해보신 것처럼 재산을 몽땅 불살라 주시옵소서. 그것을 인내하겠나이다. 제 몸 전신에 피부병이 생기게 해주옵소서. 그것도 인내하겠나이다. 그러나 제 아들을! 차라리 우리 집을 무너뜨려서 자식들이 치어죽는 시험을 하신다면 옛날 욥처럼 인내하겠습니다. 주님을 원망하지 않고 참고 견디겠나이다. 그러나 본의 아닌 전쟁 마당, 우리 편이 아니라 원수 편이 되어 싸우다가 개죽음을 시키는 것이 주님의 섭리일까요? 주여, 원수를 사랑해야 된

43 욥 : 기독교 구약성서의 「욥기」에 나오는 인물로 가혹한 고통과 시련을 견디면서 신앙을 굳게 지킨 사람.

다고요. 네. 그 말씀 기억하고 있아옵니다. 그러나 하나님 아버지시여, 지금 이 시각에 제 남동생 웅덕이는 만리타향 북평에서 죄 없이 원수 놈들의 악형에 신음하고 있아옵니다. 제 삼촌에게 악형을 가하고 있는 원수 편이 되어 싸우려고 나가야만 되는 용건이를 격려해주는 것이 당신의 섭리옵니까? 마귀보다도 더 악한 원수까지도 사랑하고 그 편이 되어야 한다는 말씀인가요? 마귀까지도 당신은 사랑하기 때문에 그처럼 행패부리는 마귀를 방관하고만 계시는 것이옵니까? 선이 악까지도 사랑해야 된다는 말씀입니까? 악이 선을 사랑하기는커녕 선을 통채로 살육하고 있는 이 자리에서 선만이 악을 사랑하고 있다면 세상은 악의 천지가 되어버릴 것이 아니오니까? 예? 무어요? 당신의 독생자로서 운명하실 때 말씀한 것을 기억 하느냐구요? 예. 너무나 잘 기억하고 있아옵니다. '이 무리들을 사하여주시옵소서. 그들이 그들의 하는 것을 아지 못함이니이다.' 하고 말씀 하셨지요. 그러나 예수님께서 이 말씀을 하신 것은 四복음중 단 한 복음인 누가복음에만 적혀 있고 마태복음과 마가복음에는 그 대신 '나의 하나님이여 어찌 나를 버리시나이까?' 하는 원망 비슷한 말씀을 하신 것이 기록되어 있어요. 또 그리고 누가복음에 기록된 '이 무리'는 당시 유대국 통치자인 로마인들을 지목한 것이 아니고 같은 족속인 유태인들의 무지를 지적한 것이 아닙니까. 주여, 우리 동족이 우리를 박해한다면 용서할 수도 있나이다. 그렇지만 원수가 박해하는데 그것을 어떻게 무지의 소치라고 보고 용서해줄 수 있겠아옵니까? 저는 지금 마태복음과 마가복음에서 당신의 독생자가 호소한 고대로 아버지께 호소하나이다. 아, 어찌하여 나를 버리시나이까? 버리시나이까?'

애덕이의 기도는 끝을 맺지 못하고 몸부림치며 원망하며 흐느끼는 것으로 오래 오래 계속되었다.

애덕이가 둘째 아들 용구를 보통학교만 졸업시키고는 상급학교에 보내지 않고 에비슨 의학전문학교 급사로 취직시킬 수 있게 된 것은 참으로 다행한 일이었다. 그렇게 할 수 있은 것은 남동생 창덕이의 덕이었다. 창덕이가 그 전문학교 조교수였기 천만다행이었지 그렇지 않았드라면 용구를 급사로 취직시킬 도리가 없었고, 상급학교에 가더라도 근로보국대에 끌려 나갔을 것이고, 전문학교에까지 진학시킨다면 그의 형인 용건이와 꼭 같은 기구한 운명의 손아귀속에서 헤어나지 못하리라고 생각되었다.

조카 용구를 학교 급사로 채용하도록 결사 노력해달라는 누님의 부탁을 받을 때 창덕이는 자기에게는 열한 살밖에 더 안 먹은 맏자식이 딸인 것이 한없이 다행하다고 생각했다.

창덕이는 二十九세나 된 노총각 때 결국 결혼하고 말았던 것이었다. 첫사랑에 채워버린 그에게는 여자란 모두 다 요물로만 보였고, 분김에 술 마시고 매음굴로 드나들다가 성병에 걸린 그는 결혼할 자격의 상실자라고 규정짓고 결혼을 단념했었다.

그러나 늙으신 어머니가 지긋지긋하게 조르는 데는 견디어낼 도리가 없었다. 맏아들 웅덕이는 자진해서 추방당하여 중국 북평으로 가서 살면서 그곳에서 혼혈아 여자와 결혼하고 고향으로 올 생각은 꿈도 안 꾸고 있으니 며느리나 손자들을 거느리고 살 수 있는 가망은 없게 되었다고 단념했다고 하는 어머니는 둘째 아들이나 본국에서 장가들여가지고 며느리나 좀 부려 먹으면서 늙으막에 편히 살게 해달라고 조르는 것이었다. 손자나 등에 업고 사는 것이 여생을 가장 즐겁게 해주는 것이라고 울기까지 하면서 호소하는 것이었다.

어머니가 조르는 이유는 그것만도 아니었다. 창덕이가 장가들지 않기 때문에 둘째 딸 순덕이가 나이 二十四세가 되었는데도 시집을 못 보내고 있으니 벌써 혼기를 놓친 순덕이를 평생 처녀로 늙혀 처녀귀신을 만들어놓을 심산이냐고 따지는 것이었다. 그러고 보니 자주 만나는 일은 없으나 혹시 만나는 순덕이의 오빠에 대한 태도가 달라가고 있는 것을 눈치 챌 수 있었다.

"그럼 며느리 감을 골르세요. 저에겐 아내가 소용없으니까 시어머니 모시고 살면서도 끽소리 않고 잘 섬길 수 있는 시골 처녀를 고르세요." 하고 창덕이는 마침내 말했다.

얼마 뒤 며느리 감을 골라났으니 평안북도 강계로 가서 선을 보자는 아버지의 편지가 왔다.

"제가 선볼 필요는 없사옵고 부모님 마음에 드시면 그뿐입니다. 특히 어머님 마음에 들어야 될 것이 아니겠옵니까." 하고 답장을 보냈다.

또 얼마 뒤 처녀의 사진을 동봉한 편지가 왔다. 명함판 상반신 사진을 들여다보는 창덕이는 깜짝 놀랐다. 남남북녀(南男北女)라는 속담을 입증하는 듯이 복스럽고 귀여운 얼굴이다. 나이는 二十도 채 못된 듯 애티가 있어 보였다. 편지를 읽었다. 예장은 이미 보냈고 혼인식 날짜는 八월五일로 정했다는 사연이었다.

창덕이는 양심의 가책을 억제할 수 없었다. 아무리 두메 처녀라고 할지라도 나어린 처녀, 복스럽게 생긴 처녀 순진한 동정녀. 더구나 一억五천만의 청중과 마라톤 경주를 하여 우승한 하나의 존귀한 성격의 소유자. 육체뿐 아니라 정신까지 구비한 인간이 아닌가! 아무리 교육 못 받은 무식한 처녀라고 하더라도 본능과 감정과 정서를 겸비한 한 인간. 그 순결한 처녀에게 성병을 감염시켜주는 것은 하늘과 인간이 다 함께 타매할 큰 범죄가 아닌가? 더구나 대대손손 자녀들에게 죄의 씨를 유전시키는 극악의 범죄.

마음의 혼란을 무마시키기 위하여 그는 일본 잡지 한권을 펴들었다. 물론 의학 잡지였다. 목차를 훑어보고 있는 그의 눈은 흠칫하면서 한 곳에 고정되었다. "매독은 유전되지 않는다." 허둥지둥 그는 그 페이지를 뒤졌다. 매독은 유전이 아니고 태아 때 전염되는 것에 불과하다는 새 학설이었다. 그리고 아무리 만성이 된 매독이라도 새로 나온 좋은 약으로 끈끼 있게 치료하면 완치 가능성 百 퍼센트라는 비약적인 논조였다.

일루의 희망을 품게 된 그는 일본인 병원으로 달려갔다. 아는 사람들의 이목을 피하기 위해서 일본 촌으로 간 것이었다. 피도 뽑고 척수 액까지 뽑았다. 이튿날 다시 갔더니 척수 액에는 아무 지장 없고 피 반응에 나타나는 플러스도 상당히 미약하니까 전염시킬 우려는 없어지고 신발명 약으로 치료하면 완치될 수 있다는 것이었다.

피 반응이 전부 마이너스로 나왔다는 선고를 받을 때 그는 사형수가 특사 받은 것 같은 심정을 느꼈다.

그러나, 그러나, 눈치 빠른 의사는 임질도 물론 앓았을 것이라고 단정 내리는 것이었다. 임질은 완쾌된 지 오래라고 창덕이는 단언했다.

"물론 완쾌되었겠지요. 허나 병이 심했더라면 고환을 침범하여 정충이 전멸되는 수가 있는데 정충 유무를 검사한 일이 있는지요? 만일 안했으면 지금 당장 검사해드리지요." 하고 의사가 말했다.

그럴 필요는 없다고 거절하고 나온 창덕이는 길을 걸으면서 생각했다. 의학도인 자기가 저 자신의 병에 대해서는 너무나 무관심했었다는 자괴심에 그는 사로잡혔다. 다른 사람들의 정액 검사는 이미 여러 차례 해준 그가 저자신의 정액 검사는 해볼 생각조차 못했다는 것은 어처구니없는 일이었다. 하기는 원래 그는 결혼할 생각이 도무지 없었고 자식을 가지고 싶은 생각도 없었기 때문에 무관심 했었던 것이었다. 그러나 지금 와서 생각을 달리 해야겠다고 느껴지는 것이었다.

그가 근무하고 있는 병원 실험실로 들어간 그는 유리로 만든 조그만 테스트 튜브 한 개를 가지고 변소로 들어갔다.

조금 뒤 실험실로 돌아온 그는 유리 슬라이드에 저자신의 정액 한 방울을 떨구어 가지고 현미경에 끼워놓았다. 정확한 촛점을 잡노라고 꼭지를 요리조리 돌리는 그의 맥박은 것잡을수없이 빨리 뛰었다.

"앗!" 부지중 그는 환성을 울렸다. 눈물이 핑 돌았다. 눈을 닦고 다시 들여다봤다. 곤두벌레 만큼식 보이는 미생물들이 꼬리치며 날래게 쏘다니는 것을 그는 봤다.

서울역 안팎은 사람사태로 흐늑거렸다. 땅거미 기어가는 무렵이었다. 부민관에서 열렸던 장행회를 끝마친 '학병 지원자'들이 보무당당(?)하게 역까지 걸어와서 특별 열차에 태워 훈련소로 수송되는 것이었다. 역 안팎을 메워 환송하는 사람들 모습을 보면 조선인은 '학병'들의 친척과 친지들뿐인데 반하여 일본인 주민은 각 반장 인솔 하에 집 지키는 식구만 내놓고는 다 털어 나온 것 같았다. 그 숱한 일본인들이 이 조선 청년들을 진심으로 감사하는지, '누르면 굴복한다'는 승리감에 도취되어 있는지, 속으로는 멸시하면서 겉으로만 호의를 보이는 것인지 의문이었다.

맏아들 용건이의 두 손을 모두어 꼭 부여잡고 억울하고 분하고 원통하고 억하고 슬퍼서 말 한마디 못하는 애덕이의 머리속에는 양돼지처럼 뚱뚱한 백 돼지(별명)의 모습이 스치고 지나갔다.

이를 뿌드득 가는 애덕이는 절망적인 열패감을 억제할 수 없었다. 그녀의 남편은 백 돼지가 가진 금력과 권력의 만분지일도 못 가진 옹졸(?)한 사나이었다. 아들이 중국 대륙 전선에 배치되건 남양 군도로 배치되건 아무런 손도 못쓰고 군입만 쩍쩍 다실 수밖에 없는 애덕이었다. 그러나 백 돼지의 힘이 부럽게 생각되지는 않았다. 자포자기 일까?

백 돼지는 일본군에 군수품을 납입하여 벼락부자가 된 사람이었다. 비행기도 헌납하고 상이군인 원호회니 적십자사니 등에 거금을 헌납한 그는 창씨개명을 하지 않고도 배겨낼 수 있었고, 누구보다도 솔선하여 입대시켰던 아들이 훈련을 끝내자마자 서울 시내 용산에 있는 조선군 사단에 배속시키는데 성공했다. 토요일 저녁마다 용산사단[44] 고급 장교들은 윤번으로 백 돼지 집에 초대받았다. 백 돼지의 아들을 데리고 나오는 조건하에서였다. 일본인 장교는 백 돼지 댁 밀실에서 진탕치듯 마시고 먹었다. 시장이나 식료품 배급소에서는 보고 죽을래도 볼 수없는 온갖 진귀한 식료품이 백 돼지 댁 찬장에는 언제나 가득 차 있었다. 경제범 취체 담당 형사들은 새우 떼 경제범들만 못살게 굴고 고래에게는 눈을 감아주는 것이었다.

---

44   용산사단 : 일제강점기에 일제는 경성을 경비하고 조선내 자국민을 보호하기 위해
        용산지역에 20사단과 13사단을 주둔시켰다.

"그 애가 입대하기 바로 사흘 전에 혼인했어요. 새 색시가 시집오자마자 독수공방하는 꼴이 가엾기는 하나 거룩한 전쟁을 위하여서는 그만 희생은 문제도 물론 되지 않지요. 그러나 애를 낳는 것이 무엇보다도 더 큰 봉사가 아닙니까?

우리 애가 충혼이 된 때 그애 대를 이어 나갈 씨나 하나 뿌려놓고 일선으로 나가 죽어야 되지 않겠읍니까." 하는 백 돼지의 이론을 돈과 술과 계집이 뒷받침해주어서 토요일 밤마다 아들이 집으로 나와 살 수 있게 된 것이었다. 백 돼지 댁 밀실에서는 토요일 밤마다 일본인 고급 장교와 조선인 기생 간 술 마시기 내기와 도색유희가 전개되고 있었고, 신방(新房)에서는 신혼 부부의 단꿈이 무르익곤 했다.

소위 거물들은 일본이나 한반도내 도시로 순회하면서 학병 지원 요청 연설, 영미(英美)제국주의 타도 절규, 미군이 점령한 지역에서 미군 사병들이 얼마나 잔인한 행패를 부리고 있다는 것을 있는 소리 없는 소리, 그럴사한 소리, 돼먹지 않은 소리를 횡설수설 주서섬기고 나서는 최후 승리는 일본에 있다는 인식을 주기 위해 목이 쉬도록 날뛰었다.

지식인중 가장 거물이라고 지목되였던 노인 한 사람을 변절시키기에 성공한 정무총감이 총독에게 그 성공을 보고하면서 "호랑이인 줄로 착각하고 기쓰고 잡아놓고 보니 똥개야요, 똥개." 하고 쓴 웃음을 웃더라는 소문이 자자하게 났다.

일본인 경찰에서 소위 '불령선인'이라고 낙인찍어 두었든 사람들 거의 전부를 변절시키고, 우익계통이건 좌익계통이건 붙잡아다가 장기 징역 시키든 혁명가들도 다 가출옥시켜 가지고는 보도연맹이라는 기관에 가입시켜 한편 감시하면서도 끌고 다니며 연설을 시켰다. 소위 '시국강연'이라는 미명하에 이들은 十三도 방방곡곡 순회하면서 영국과 미국에 욕을 퍼붓고 전쟁은 일본이 반드시 이긴다고 목에 핏대를 울리며 열변을 토했다.

문필가. 가수, 무용가, 극단 관계자들도 거의 다 총독부 학무국장인 '야스다'라는 일본인의 지도(?)를 받아가면서 '미소기'라는 정신수양 훈련을 받았다. 두 주일동안 합숙하면서 규칙생활과 육체단련과 정신수양을 강요당하는 것이었다. 새벽 일찍 일어나고 굶어 죽지 않을 정도의 주먹밥으로만 끼니를 때우고 술과 담배를 절대 입에 대지 못하고, 영하 十五도 찬 날 새벽에 쪽 벌고 벗고 얼음 뜬 못 속에 들어가서 三十분 이상 참선해야만 했다.

'미소기' 시험에 합격한 조선인 예술인(?)들은 三三, 五五 편대하여 일본군 최전선으로 파견되어 일본군 장병들에게 정신적 위안(?)을 주는 것이었다.

한반도 안에 사는 대부분의 기생, 갈보, 카페 껄들은 물론 농촌 여염집 색시들과 처녀들까지, 수만 명에 달하는 '황군 위안부'가 일선으로 나가서 일본군 장병들의 성욕을 만족시켜 주어 육체적 위안을 주는 동시에 예술인(?)들은 일선 장병들에게 정신적 위안을 준다는 것이었다. 참으로 행복(?)한 일본 군인들이었다.

깊은 산골로 도망가 숨어 있으면서 일본의 앞잡이 노릇을 피하는 소극적 반항을 계속하는 지성인들의 수효도 상당히 많았다. 그보다도 도심지대에 용케 숨어 있으면서 지하 반항운동을 지휘하여 일본인 경찰과 헌병들을 계속 뇌살시키는 지성인들도 더러 있었다. 일본 당국이 가진 모방을 다 써서 체포하려고 애썼으나 종시 숨은 곳을 발견하지 못한 예가 있었다. 이런 지하투쟁 거물을 숨겨준 사람은 다른 사람이 아니라 일본 국립경성제국대학 교수인 일본인 '우라시마'였다. 그는 가족의 동의까지 얻어 대학 관사 밀실에 숨겨두고 의식주를 다 대주었을 뿐 아니라 외부와의 비밀 연락도 그 교수가 전담해 준 것이었다.

미군의 공세가 시작되어 남양군도 섬들을 하나씩 하나씩 탈환당하게 되고 일본 함대가 거의 전멸하게 되자 초조감과 공포를 느끼는 일본 정부(군벌의 손아귀 속에서 꼭두각시가 된 정부)에서는 중화민국과 단독 강화조약을 교섭해볼 궁리까지 하지 아니치 못하게 되었다. 이 강화 교섭 특사가 될 수 있는 인물을 물색 중이던 그들은 조선인인 여운영 씨가 가장 적임자라는 결론에

도달했다. 여씨는 대한민국 임시정부의 기세가 가장 컸었다고 볼 수 있는 一九二〇년대 임시 정부 요인이었을 뿐 아니라 현재 중화민국 총통이요 국부군 총사령인 장개석 장군과의 지기요 중국어도 능통하였으며 一九二五년에는 十여 일간 일본 도꾜에서 일본 정부의 국빈 대접까지 받은 일이 있었든 사람이었다. 그 당시 일본 정부에서는 상해에 있는 대한민국 임시정부 대표를 도꾜로 모셔다가 조선 독립 혹은 자치권 문제 교섭을 요청했던 것이었다. 여씨와 일본 측 대표 간 협상은 결렬되고 말았으나 일본 정부는 여씨를 구금하지 못하고 상해로 도로 보낼 수밖에 없었다. 그 당시 일본의 동맹국인 영국 대사를 증인으로 내세워서 협상이 결렬되드라도 여씨의 신분을 구속하지 않는다는 사전 약속이 있었기 때문이었다.

그 후 얼마 못 가서 상해 주재 일본 영사관 경찰서에서는 권총을 감추고 행동하는 사복 형사대를 프랑스 조계에 밀파하여 여씨를 납치해 공동조계까지 와서 체포하여 조선으로 압송했든 것이었다. 징역 十년을 살고 나온 여씨는 농촌으로 가서 은퇴 생활을 하고 있었다.

장개석을 만나 강화 교섭을 해주었으면 고맙겠다는 일본 정부의 요청을 여씨는 두말 않고 딱 거절해버렸다.

국내에서는 쥐도 새도 모르게 여씨에게 교섭했다가 거절당한 일이 있었으나 그 소문이 중국에 사는 조선인 간에는 큰 화제꺼리가 되었다. 자칭 중국통이라는 신우석이라는 조선인 노인이 자기가 장개석이와 매우 친했었으니 가면 성공할 것이라고 자신해 나섰다. 중국어는 서툴기 때문에 북평에서 三十년 이상 중국인 환자 대상으로 의사 노릇을 한 김동곤 박사를 통역으로 데리고 가면 좋겠다고 까지 말했다.

물에 빠진 사람이 집 한 오라기라도 붙들고 매달린다는 듯이 일본 정부는 신씨를 강화 교섭 전권특사로 임명했다. 기밀비 六만 원까지도 현금으로 지급되었다. 신 전권특사(?)가 통역관 김 박사(?)를 대동하고 떠나는 날 북평역에는 일본인 고위층은 물론 거류민(일본인들과 조선인들을 다 포함) 전체가 동원되어 나와 성대(?)를 극한 환송이 있었다.

일본군 점령 제일선인 서주(徐州)까지 간 전권특사가 거기서 중경(重慶)까지 면담 요청 밀사를 보내고, 그 밀사가 거절 통지서를 가지고, 돌아오는 날까지 두 달 동안에 기밀비 六만 원은 주색잡기에 다 소비하고 말았다.

충청남도 계룡산 신도내(新道內)에 있는 일본 경찰관 주재소로 정 도령(鄭道令)이라는 소년을 생포하거나 사살하라는 밀령이 경시청으로부터 내려왔다. 신도 내에는 五백 년 전 이조태조(李朝太祖) 이성계가 대궐을 짓다가 중단한 유물들이 아직 남아 있다. 『정감록(鄭鑑錄)』에 의하면 신도내는 이씨 조선이 망한 후 정씨가 정권을 잡을 때 도읍지로 예정된 명당이라고 되어 있다는 것이다.

그런데 一九四五년 초여름에 갑자기 정 도령을 잡으라는 밀령이 왜 내려졌는가?

일본 왕 '소화'[45]가 꿈에 정 도령을 세 번이나 만나봤는데 정 도령을 잡아 없애지 못하면 조선을 잃어버릴 우려성이 있다는 것이었다. 소화 왕이 사흘 밤 내리 꿈에 패랭이 쓴 소년 하나를 만났는데 밤마다 바둑을 두어 세 번 다 소화가 패배했다. 세 번째 지우고 난 소년은 "三판 二승이 아니라 세 번 내리 그대가 졌으니까 조선 땅은 나에게 반환해주어야 돼." 하고 호통치고 나서 사라져 없어졌다. 왕의 꿈 이야기를 들은 일본 궁내대신(宮內大臣)은 『정감록』을 연구한 일본인 학자 전체를 모아 해몽시켜본 결과 꿈에 나타나 바둑을 둔 소년은 정 도령이라는 판단을 내렸다는 것이었다.

대한민국 임시정부는 중화민국 정부와 행동을 같이하여 중경까지 피난 가서 항일투쟁을 계속하고 있었다.

장개석이 영도하는 국부군과 모택동이가 영도하는 공산군은 공동의

---

45 소화 : 일제강점기 중 일본 황제 히로히토(裕仁, 재위 1926~1989). 연호(年號)를 소화(昭和)로 썼다.

적인 일본군에 항전하기 위하여 합작하고 있었다. 일본군이 점령하지 못한 중국 땅에 사는 조선인 청장년 전체는 국부군이나 공산군의 정규군으로 편입되어 전투에 가담하고 있었다. '학병'으로 지원해 나간 대학생들 중 중국 전선 일본군 부대에서 탈주하는 데 성공한 용사들은 중국인 게릴라와 합세하여 일본군을 뇌살시키고 있었다.

전 지구상 二十억이나 되는 인구 중 거의 억 명에 달하는 청장년들이 죽어가고 있었다. 전쟁터에서의 피살, 포로수용소에서의 무자비한 학살, 피점령 지대 민간인들의 살륙, 강제 노동자 수용소에서의 사망. 남자가 너무나 많이 죽기 때문에 남녀의 균형이 상실되어 여자 과잉 상태가 도처에 나타났다.

百五十년 전에 『인구론(人口論)』을 쓴 밀더스[46]가 만일 환생한다면 이 현실을 어떻게 해석할 것인가?

一九四五년 八월 六일 정오. 일본 히로시마는 인류 역사상 처음인 원자탄의 세례를 받았다. 사흘 뒤인 九일에 일본 나가사끼가 두 번째 원자탄의 세례를 받고, 그 같은 날 쏘련은 일본과의 불가침 조약을 일방적으로 파기해버리고 만주 국경선과 함경북도 국경선을 넘어 마구 쳐들어오기 시작했다.

한반도 방방곡곡에서는 경관과 경방단원이 총동원되어 조선인 대량 검거 투옥이 시작되었다. 一九一九년 三월에는 대중이 손에 손에 태극기를 들고 "조선 독립 만세"를 웨치며 길이 메게 시위하다가 수십만 명이 체포 투옥되었지만, 이번에는 숨어 앉아서 인도 원숭이처럼 귀 가리고 눈 가리고 입까지 가리고 있었다는 죄(?)로 수십만 명 사람들이 체포 투옥된 것이었다. 그리고 이번에는 三·一 운동 때와는 달리 취조니 재판이니 하는 거치

---

46 밀더스 : 토머스 로버트 맬서스(Thomas Robert Malthus). 영국의 경제학자이며 인구 문제를 처음 경고한 인물.

장스러운 수속을 밟지 않고 그냥 일제히 총살해버리라는 소문이 돌았다.

그러더니 十三일부터는 신문에서나 라디오 방송에서 十五일 정오 정각에 '천황폐하'(일본왕)의 특별 방송이 있을 예정이니 한 사람도 빠지지 말고 꼭 들으라는 공고가 되풀이되었다.

"일본이 이겼고나" 하고 믿는 일본인들과 친일파 조선인들은 기뻐 춤을 추고 돌아다녔으나, 겉으로는 말은 못 하면서도 속으로는 "만일 이겼다면 신문마다 호외를 발행하여 가두 판매원들이 손 종을 울려가면서 '고가이, 고가'[47] 하고 목청껏 웨치며 거기를 돌아다닐 것이고, 방송국에서도 十五일 정오 방송을 들으라고만 거듭 되뇌일 필요가 없는 것이 아닐까? 그럼 혹시나, 혹시나, 혹시." 하고 가슴을 두근거리는 조선인도 많이 있었다.

(끝)

---

* 作家의 辯(작가의 변)—너무 지루하기 때문에 여기서 일단 끊고 쉬다가 一년 후쯤 第三部를 쓰기를 시작할가 합니다. 제목은 "喜悅(희열)과 悲境(비경)의 交錯(교착)"이라고 붙여서, 八, 一五 해방 뒤 우리 겨레가 겪은 喜怒哀樂(희노애락)의 斷面(단면)을 그려 보고저 합니다.

---

47 고가이, 고가이 : 호외(號外)! 호외!(특별한 사건이 발생했을 때 임시로 발행하는 신문)

3 · 1운동 이후 조선 망명객들의 방황과 치욕
— 동북아시아 한민족 디아스포라 이야기

정정호

해방 뒤 써서 발표한 작품들 중 중요한 것은… 장편으로는『자유문학』지에『1억5천만대일』과『망국노 군상』2부작이 연재 되었는데 이것은 지나간 80년 동안 우리 겨레가 경험해온 수난을 소개로한 것인데 5부작에 달하는 대하소설을 꿈꾸었으나 발표되기는 2부작까지이다. 이것이 연재도중 다수 독자들의 평은 "스케일에서 방대하고 역사적 고증이 거의 원만에 가깝지만 가끔 잔소리가 많이 섞인다"는 것이었다.

　— 주요섭「재미있는 이야기꾼-나의 문학적 회고」(『문학』1966년 11월 호)

들어가며 : 조선인 디아스포라의 시작

장편소설『망국노 군상』은 제1부 장편소설『일억오천만 대 일』의 내용 요약으로 시작한다. 월간잡지『자유문학』의 연재소설 특성상 처음 읽는 독자들을 위한 배려일 것이다. 이 요약이 끝나고 제2부『망국노 군상』이 본격적으로 시작된다.

처음부터 무대는 나중에 다니게 될 중국 남부 강소성 소주 시내에 있는 미국 침례교 미션학교 안성중학교다. 황보익준의 장남 웅덕을 포함한 이 학교 조선 유학생 7명은 극비리에 중국인 학생 한 명을 린치(私刑)한 후 목매어 죽여버리기로 준비하고 있다. 그 이유는 이 중국 학생이 웅덕에게 "망국노 새끼 주제넘게시리"라는 치욕적인 말을 했기 때문이다. 당시 중국의 조선 유학생들은 일본에게 나라를 빼앗겨 망한 나라의 노예가 된 것에 극도로 열패감과 무력감을 느꼈다. 극심한 민족적 모멸감을 느낀 조선 유학생들은 그 언사를 내뱉은 중국 학생에 대한 복수심으로 불탔다. 이 당시 중국은 1920년대여서 상하이 등 일부 지역은 서양 열국들에게 내주었으나 대부분의 국토가 아직은 외국에 의해 침탈되고 빼앗기지는 않은 상태였다.

작가 주요섭은 어째서 소설 첫머리에 이런 잔인하고 끔찍한 이야기로 시작할까? 그것은 이 장편소설의 주제를 분명하게 밝히기 위해서일 것이다. 당시 조선인들은 모두 나라 잃고 노예가 된 설움을 당하는 국민 즉 "망국노 군상"이다. 자조 섞인 이 표현에는 이 소설 자체를 하나의 플롯으로 묶어주는 주제의 핵심이 들어 있다. 나라를 빼앗긴 수많은 신민들은 조국인 조선반도에서 살지 못하고 만주로, 중국으로, 일본으로, 하와이로, 미주로 뿔뿔이 흩어졌다. 이 소설에서는 조선 한반도를 중심으로 중국 상하이, 베이징 그리고 일본, 만주와 러시아로 조선인들의 디아스포라가 전개된다.

중국 안성중학교에 유학 중인 조선 중학생들의 끔찍한 중국인 살해 계획 결과는 후에 다시 언급된다. 눈치챈 중국 학생이 교장에게 보고하며 교장의 중재로 그 중국 학생이 조선 학생들에게 사과하는 선에서 해결되었지만 소설 첫머리에 등장하는 "망국노" 발언은 상징적 사건으로 볼 수 있다.

이 장면이 끝나자 다시 무대는 조선반도로 돌아와 1부『일억오천만 대 일』에서 시작되었던 황보웅덕의 평양 감옥(유년감) 생활이 계속 이어진다. 아마도 작가는 2부와의 연계를 고려하여 새로운 이야기를 시작하지 않고 제1부의 감옥 이야기로 계속성을 지속시키려는 듯하다. 아니면 이것은 일제 식민지 치하의 조선인들의 삶이 자치권을 지닌 자유민이 아닌 감옥에 있는 수인들의 삶과 다를 게 없다는 것을 보여주는 작가의 서사 전략일 수도 있다.

이렇게 웅덕의 감옥 생활 소개가 이어지며, 4인의 간수 이야기, 훔치고 속이고 빼돌리면서 감옥에서 살아남는 이야기, 일반 잡범들과 독립운동했던 사상범의 구분, 감방 내 죄수들 간의 우정과 배반 등 사소한 이야기들이 펼쳐진다. 6개월의 감옥 생활을 마치고 웅덕은 친구 태섭과 함께 연말을 하루 남긴 날에 출소하여 오랜만에 가족의 품에 다시 안기고 따뜻한 온돌방에서 흰 밥과 고깃국을 다시 맛볼 수 있었다. 그러나 누이 애덕은 3·1만세사건으로 3년 언도를 받아 아직도 복역 중이었다.

중학생 웅덕의 감방 생활은 그 지역 미국 목사의 소개로 외국 기자와의 인터뷰를 통해 대한민국 임시정부가 있는 상하이 영자신문에 알려지게 되었다. 이에 웅덕은 당시 1920년대 동양의 파리로 불리던 최대 국제도시 올드 상하이에 가서 독립운동을 계속 하고 싶은 마음도 들었다. 이 자리에서 웅덕은 처음으로 "커피"도 맛보았다. 그러나 독립만세를 부른 지 1년이 지났고 유럽에서 1차 세계대전이 끝나고 "민족자결주의"라는 말이 나와 조선의 독립에 대한 열망이 솟구쳤으나 독립 가망성은 거의 없어 보였다.

출소 후 웅덕은 숭실대학 1학년에 무시험 입학하였다. 1919년 3월 1일 만세운동에 참가하기 위해 2주 일찍 조선으로 귀국하여 일본에서 졸업장을 못 받았지만 중학 과정을 마쳤고 독립운동으로 징역살이한 것이 공로로 인정되었다. 웅덕은 중학 다니면서 다른 동급생들과 함께 "소극적 반항"을 하기로 했다. 당시는 3·1운동으로 제1대 총독 데라우치의 강압적 통치가 끝나고 사이토 총리가 부임하러 오는 길목인 남대문 역에서 강우규 의사가 폭탄을 던졌으나 성공하지는 못했다. 웅덕은 일본 유학 시 친구였던 김찬호와 만나 술집에 갔다가 술에 취한 일본 순사와 몸싸움을 벌였다. 유치장에 들어가 "시말서"를 쓰고 나온 에피소드도 소개되는데 이 또한 당시 일본 지배 계급의 전위부대인 일본 순사들과 조선인들의 불평등한 관계를 극명하게 보여준다.

그러던 어느 날 웅덕은 갑자기 등장한 "오경신 아주머니"란 분으로부터 무전여행을 가장하여 상하이 임시정부 지원 비밀 자금을 전달해달라는 뜻밖의 제안을 받는다. 평소에 상하이에 관심이 많았던 터라 위험이 수반되는 이 여행을 친구 태섭과 동행하는 조건으로 그 자리에서 웅덕은 승낙한다. 웅덕과 태섭은 노동자로 변장하고 평양을 떠났다. 그들은 금, 은, 가락지, 옥비녀 등이 담긴 부대를 지니고 떠났는데, 그것은 당시 가정부인, 기생, 갈보들이 내놓은 패물을 상하이 대한민국임시정부로 보내는 "헌납통"이었다.

　망명객인 그들은 천신만고 끝에 신의주에 도착하여 중간 접선자를 만나 영국인이 경영하는 상선을 타고 마침내 상하이로 떠났다. 앞으로는 이 소설의 망국노 망명객들의 방황을 주요 활동지인 상하이와 만주와 중국으로 무대로 나누고 그 중심지에 조선반도를 넣어 이 해설을 진행코자 한다. 이 해설에서는 독자들에게 현장감을 생생하게 불어넣기 위해 많은 소설지문을 인용문으로 가능한 많이 제시할 것이다.

중국 올드 상하이의 망명객들

　신의주에서 상하이까지 바다 이동은 부산에서 일본으로 가는 현해탄을 건너는 것보다 거친 항해였다. 웅덕과 태섭은 천신만고 끝에 마침내 도착한 상하이는 과연 동양 최대의 국제도시였다.

> 선객들은 그 넓은 갑판 위에 일열로 늘어서 있었다. 그 줄 한 끝에 서면서 고개를 쳐든 웅덕이는 흠칫 놀랐다. 그는 눈을 몇 번이고 껌뻑거리었다. 바로 그의 눈앞에는 까맣게 높은 대리석 건물들이 줄지어 서 있는 것이었다. 이렇듯이 높고 육중하고 아름다운 건물들이 삼림 속 나무들이 서듯 서 있는 모양은 도꾜에서도 그는 본 일이 없었다. 그는 이 건물들 앞에서 그 어떤 위압감을 느끼는 것을 억제할 수 없었다.
> 　한참을 얼빠진 듯이 바라다보고 있던 그의 눈이 아래로 약간 움직이었다. 그는 또다시 눈을 몇 번이고 껌뻑거릴 수밖에 없었다.
> 　자동차, 자동차, 자동차. 한 줄로 잇대어 가고, 한 줄로 잇대어 오는 자동차의 홍수.
> 　그는 지금 바로 국제도시 상해 뺀드를 보고 있는 것이었다.

그들은 1920년대 초 상하이의 고층 건물과 화려한 거리, 넘쳐나는 자동차들을 보고 크게 놀란다.

세관을 무사히 통과한 후 세 대의 인력거를 타고 프랑스 조계 주택지에 도착했다. 웅덕과 태섭은 자신들이 가져온 조선 여성들의 피어린 정성이 담긴 패물들을 넓은 탁자 위에 늘어놓았다. 그들의 거처로는 시멘트와 콘크리트로 지은 2층짜리 건물 중 하나를 정했다. 상하이에서 그들에게 가장 인상적이었던 것은 분뇨 처리 방식이었다. 건물들은 변소 없이 방마다 변기만 있어 용변을 본 후 새벽에 그것을 문밖에 내놓으면 트럭이 수거해가는 방식이었다. 그 밖에도 상하이의 여러 가지 새로운 문물을 경험하였다.

웅덕과 태섭은 대한민국 임시정부 청사를 방문했다. 그곳에서 그는 "얼굴이 허멀끔하며 흰하게 생기고 양복을 입은 중년 신사"를 만났는데, 그는 바로 도산 안창호(1878~1938)였다. 그들은 안창호 선생의 독립운동에 관한 일장의 훈시를 듣고 감동한다.

자네들처럼 중학까지 마친 청소년들은 공부를 계속하는 것이 그 무엇보다도 가장 적합한 독립운동이란 말야. 국내와 비밀 연락을 하다가 왜놈에게 잡히어 징역을 또 하기에는 자네들은 너무나 아까운 몸이란 말야. 국내와의 연락은 나이 늙은 사람도 할 수 있고, 소학교 밖에 못 마친 사람들도 넉넉히 할 수 있는 일이야. 내 말 좀 명심해 들어보게. 가령 지금 당장 우리가 독립을 한다손 치더라도 독립국가를, 그것도 왕정(王廷)이 아니고 우리에게는 처음인 민주주의 국가를, 운영하기에는 각 방면의 기술자가 너무나 부족한 것이 실정이야. 기술자가 거의 없다싶이 하고 또 문맹이 전 인구의 八할 이상을 차지한 현 상태에서 지금 독립을 해도 그 독립을 며칠 유지해나가지 못하게 된단 말야. 또 그리구 말일세, 정치적 독립만 가지구는 나라를 유지하지 못해. 경제적 자급자족과 군사적 방어의 힘이 뒤받침 못 해주는 한 자주독립 유지는 불가능하다는 말일세. 그러니까 자네들 같은 젊은이가 할 일은 공부를 더해서 실력을 길러야 한단 말일세. 가장 시급한 것은 농학, 응용화학, 교육학 등이고 그다음으로 군사학, 경제학, 정치학, 법학, 외교학, 이 모든 방면의 기술을 가진 사람이 적어도 몇만 명은 있어야만 우리나라 독립을 유지해나갈 수가 있다는 말이야. 그러니까 자네들은 자네들이 가진 소질과 취미에 따라 공부를 계속하는 것이 곧 독립운동일세.

두 소년은 즉석에서 곧바로 독립운동에 뛰어들지 않고 민족 계몽과 개조 준비를 위해 상하이에서 중학교부터 학업을 계속하기로 결정한다.

상하이에서 그들은 다양한 경험을 하며 지냈다. 어느 수요일 그들은 3·1교회라는 한인 예배당을 방문하였다. 태극기가 강대상 뒤에 걸려 있었고 예배 시작 전에 회중은 모두 애국가를 4절까지 합창하였다. 3·1운동의 33인 중 한 분인 목사님은 설교에서 "한민족이 지금 왜정 아래서 신음하는 것은 옛날 유대족이 이집트에서 종사리 하던 것과 같은 것이니 '모세'와 대비할 수 있는 위대한 지도자가 조만간 나타나서 우리 민족을 구원해줄 것이라고 하였다." 또한 이곳 상하이에서 여러 가지 색다른 경험 중 하나는 변소가 없어 고통받으면서 거리가 꽤 떨어진 프랑스 공원 공동변소를 방문한 것이다. 상하이에서 많은 조선인들의 직업인 "전차 인스펙터"는 정직하기로 이름이 나 있었다. 그들은 각국 조계 이야기들도 듣고 환전소에서 조선 돈으로 유리하게 환전하는 법도 배웠다. 이들은 뒤에 안성중학교에 정식으로 입학 허가를 받아 그해 겨울 소주로 기차 여행을 떠나고 중간에 창녀를 만나기도 하고 그 지역에 유명한 사찰인 한산사를 방문하기도 하였다.

상하이에서는 외국 소식들을 쉽게 들을 수 있다. 일본 도쿄역에서 반독립친일단체인 국민협회를 설립한 조선인 민원식이 양조환의 칼을 맞아 암살당했다. 수백 년 동안 영국의 식민지였던 아일랜드의 독립단체인 "씽펜당"(신페인당)에서 다시 반영(反英) 폭동을 일으켰다. 당시 상하이 임시정부의 상황에 대한 설명도 들어보자.

중국 상해에 본거를 둔 대한민국 임시정부 부서는 대통령, 국무총리, 외무총장, 내무, 재무, 군무, 법무, 학무 등 총장으로 구성되어 있었다. 청사 내 종업원은 三백 명에 달하였다. 이 三백 명 중에는 사무직원 외에 국내 각 지방에 설치된 '통련'(지하 독립운동단체)과의 연락을 맡은 사람, 무기를 숨겨 가지고 국내로 들어가서 군자금을 모집해 오는 사람, 만주 각지에 산재하는 무장 독립군과의 연락관, 일본인 정계 요인과 조선인 친일파를 암살하는 임무를 맡은 사람, 한반도 내 일본인 관청에 폭탄을 던지는 사명을 띤 사람, 그리고 몇 명의 러시아 과격파 스파이와 일본 경찰 앞잡이 스파이도 잠복하여 있었다.

쏘련의 공산주의 사상은 대한민국 임시정부 각료 한 사람에게까지도 전염되었다. 국무총리 이동휘는 그 적을 사면하고 쏘련 모스크로 갔다.

그는 볼쉐비키 정부와 교섭하여 다량의 무기를 받아 만주 길림성에 있는 한국 독립군 사령부로 수송하였다.

어느 가을 신학기부터 웅덕과 태섭은 소주 안성중학교를 떠나 후장(상하이) 대학 중학부 3학년에 편입하였다. 그들은 영어와 중국 백화문(白話文)을 더 익히기 위해 삼복더위의 상하이 북사천로에 있는 기독교 청년회 기숙사에 머물며 하기 강습소에 다녔다. 상하이대학 부속중학교의 생활 중 기숙사 식당은 중국 전역에서 몰려든 학생들 탓에 지역마다 말이 서로 달라 의사소통도 불가능하여 영어로만 소통해야 했다. 동양의 파리로 불린 국제도시 상하이에서 영어의 위상이 이미 세계어로서 정착되고 있었다.

식사 중 그 넓은 식당은 '바벨'탑이 되군 했다. 각 지방에서 유학 오는 학생들이 말하는 말은 중국어이기는 하면서도 발음이 너무나 판이하기 때문에 외국어 마찬가지였다. 그러기 때문에 이 식사 때만이라도 고향 사투리를 실컷 지꺼릴 수 있는 시간을 얻기 위하여 한 식탁에 한 고향 사람들끼리 모여 앉게 마련이었다. 이 식탁에서 상해 말로 이야기하면 바로 그 옆 식탁에서는 광동 말, 그 옆 테불에서는 남경 말, 또 그 옆에서는 소주 말, 그 옆에서는 항주 말, 그 옆에서는 양구 말―황포강 하나를 사이에 둔 상해 말과 양구 말이 외국어처럼 서로 달랐다.

표준어인 관화를 배운 사람들도 그 관화 발음에 고향 사투리 발음이 너무나 많이 섞였기 때문에 의사가 별로 통하지 못했다. 그렇기 때문에 학생들은 식사 때라야 제 고향 말을 실컷 지꺼리고, 공부는 영어로 하고 학생 자치회 회의 때 용어도 영어요, 방과 뒤 몇이 모여도 영어라야 피차 의사가 통하였다.

황보웅덕은 상하이에서 중학을 졸업하고 상하이대학에 무시험으로 입학허가를 받았다. 그는 여름방학을 이용하여 고국을 방문하였다. 상하이에서 일본 나가사키로 가서 시모노세키를 거쳐 부산을 가는 관부연락선을 탔다. 부산에서 중국 봉천행 급행열차를 타고 고향 평양까지 갔다. 이 노선이 가장 빠르고 값도 저렴했다. 관부연락선에서 옆자리에 앉게 된 일본 여성과의 부끄럽고 불쾌한 에피소드가 있었다. 부산에 내려 "일본 헌병"의 불심검문으로 짐 검사를 받고 취조도 받는다. 취조 중 일본 순사는 내지(일본)로 유학 가지 왜 상하이로 가느냐고 따졌다. 웅덕은 학비가 워낙 저렴하다고 대답했으나 믿지 않고, "배일 분자 후떼이센징(불령선인, 불순한 조선인)의 소굴인 상해에 가서 공부한다는 것은 그 동기부터가 불순하거든. 학생을 빙자해가지고 가정부(假政府, [대한민국] 임시정부) 밀사로 들어오는 것이지. 내 말이 맞지." 하고 계속 시비를 걸었다. 웅덕은 하룻밤을 유치장에서 묵은 뒤 평양경찰서로 신원조회 전보를 치고 난 뒤에야 겨우 풀려났다. 평양에서 가족들을 다시 모두 만나볼 수 있었다. 누구보다도 할머니가 제일 반가워했다.

9월 초 다시 상하이로 돌아와 교육학과 대학 신입생이 되었다. 웅덕이 상하이대학에서 교육학을 전공한 이유는 도산 안창호의 영향으로, 도산은 대한 독립의 기본 요건으로 무엇보다도 민중의 각성과 교육이 중요하다고 여겨 그 준비에 무게를 두었다. 당시 상하이대학 교수진은 대다수가 미국인이었다. 그는 안성중학교에서 만나 짝사랑했던 미쓰 후잉난을 다시 만났다. 그녀와 합창단도 같이하면서 따라다녔지만 긴 이별 편지를 받고 오랜 고뇌 끝에 끝내 헤어지고 말았다. 그후 웅덕은 가든 브리지 공원에서 백계 러시아 귀족 출신 창녀들을 만나 그녀의 포옹과 키스까지 받으며 유혹에 빠지기도 하였다. 이 여인은 러시아가 적계 볼셰비키들에게 공산화된 후 시베리아와 중국으로까지 쫓겨나온 백계 러시아 귀족이었다.

웅덕은 다시 한번 나라 잃은 "망국노의 비애"를 뼈저리게 느꼈다. 제국주의자, 자본주의자, 피식민자, 추방된 자, 무역하는 자, 유학생 등 미국의 뉴욕보다 더 다양한 종족과 계층들이 모여든 곳이었다. 이 소설에는 장개석 국민당파, 모택동 농민파, 여러 지역과 군벌들 등 중국의 국내 정치, 군사상황에 관한 논의와 설명들이 많이 등장한다. 이것은 중국에 있는 조선인들의 생활에도 관계가 있는 1927년 일본인들이 벌인 "상하이 사변"과 1932년 "난징대학살" 등과 관련되지만 여기서는 지면 관계상 논의하지 못한다.

상하이 대학살 중 웅덕이 특이하게 경험한 것은 상해 조선인이 설립한 도교계 신흥종교인 칠성교(七星敎)였다.

중국 상해 교포 간에는 칠성교(七聖敎) 전도사들이 가가호호 방문하며 포교에 바빴다. 칠성교 교주는 임시정부 요직에 있은 바 있었던 조 신앙이라는 五十대 노인이었다. 예수, 모하멧트, 석가모니, 공자, 노자, 조로아스터 그리고 조 신앙 자기까지 합친 일곱 명의 성현이 다 모인 종합 종교라는 것이었다. 전도사들 중에서도 가장 열성이 있는 사람은 교주의 애기를 배였노라고 자처하는 어떤 노처녀였다.

어려운 시대는 항상 고통 받는 민중들을 솔깃하게 만드는 사이비 종교가 생겨나게 마련인가 보다.

웅덕의 마음을 아프게 한 것은 무엇보다 상해 임시정부의 분열과 반목이었다. 안창호의 독립준비론, 이승만의 외교독립론, 김구의 무장독립론이 동휘의 공산주의 등 다양한 계파가 서로 자신들의 주장을 굽히지 않았으며 웅덕이 어렵게 조선에서 가져온 패물들이 들어 있던 금고도 탈취당했다. 임시정부도 재정적으로 파산 상태였다. 한때 임시정부의 재정난을 타개하기 위해 단원들이 강도짓을 했다는 소문도 있었고 금고지기 김 씨는 금고 열쇠를 황포탄강에 던져버렸다고도 한다. 임시정부 내 공산주의자들은 러시아 레닌에게서 받은 거금의 자금 분배로 이르쿠츠크파와 상하이파로 분열되고 임시정부 내부에서 공산당들을 쓰느냐 마느냐로 갑론을박도 있었다. 그래서 상해는 "속상해, 일 상해, 의 상해, 돈 상해, 몸 상해! 상해(上海)는 상(傷)해가 되고 말았다."는 탄식이 터져 나왔다. 해외에서 똘똘 뭉쳐도 독립 쟁취가 어려운데 서로 여러 노선과 파벌로 나뉘어 집안싸움만 하다니 통탄스러운 일이다.

그 후 웅덕의 친구 태섭은 상하이대학 대신 미국으로 직접 유학 가기로 결정하였으나 조선에서 부모님이 보내준 거액의 유학 자금을 기생에 빠져 탕진하고 푼돈을 꾸러 다니는 신세가 되었다. 웅덕은 치열한 상하이 전투를 통해 분열된 중국인들, 장개석 국민당의 북벌군과 모택동의 공산당, 그리고 군벌들 간의 반목과 분열이 중국통일을 방해하고 "대동아공영권"이라는 허울 좋은 이론으로 중국 대륙을 침략하고 있는 제국주의 일본에게 속수무책으로 당하며 만주와 베이징까지 빼앗기고 나아가 난징에서 30만 명에 가까운 중국인이 학살되기에 이르는 중국 현실을 목도하고 절망과 환멸을 느꼈다.

조선, 서울과 평양

황보웅덕이 중국 상하이에서 유학하면서 지내는 동안 한반도 조선에서는 어떤 일들이 벌어지고 있었을까? 웅덕의 동생 창덕은 기미만세운동이 2년 지난 뒤 경성의 에비슨 의학전문학교에 다니고 있다. 지금은 겨울방학을 맞아 고향 평양에서 의학 공부를 하고 있다. 누나 애덕은 아직 근화학당에 재학 중이고 이번 겨울방학에는 서울에 남아 있다. 동생 창덕은 만두를 좋아하는 누나를 위해 싸리대로 만든 대바구니에 평양만두를 담아 서울로 가서 남대문 역(오늘의 서울역)에서 내리다 일경에 잡혔다. 그들은 바구니에 담긴 것을 폭탄으로 오해하였다. 창덕은 어처구니가 없었지만 오히려 독립군인 양 자긍심을 가진다.

'전문학교 학생으로 가장한 독립청년단원 역전에서 체포'라고 쓰인 신문 三면 기사 제목도 그는 연상했다.

지나간 三년 동안 조선어 신문들 사회면에는 하로도 빠짐없이 독립운동 단체원들이 대량 검거되었다는 기사가 두세 건식 의례히 났었다. 단체 이름들도 가지각색이었다. 독립당, 혈복단(血復團), 독립군 환영단, 보합(普合)단, 대동(大同)단, 건국(建國)단, 광복(光復)단, 대한애국부인단, 한족회(韓族會), 적십자 의용단, 대한독립부인청년단, 군비단, 결사대(決死隊), 태을교(太乙敎), 회복(恢復)단, 대한독립연합청년단, 대한독립자유(自由)단, 여자독립단, 중흥(中興)단, 의용단, 향촌(鄕村)회, 의용대, 대동청년독립단, 공성(共成)단, 임시정부외교(外交)단, 국민회, 신민(新民)단, 계혈(鷄血)단, 불변(不變)단, 등등. 그리고 공산주의자들에 의한 적화(赤化)운동 단체로 사회장이니, 노농(勞農) 정부 지부니, 심지어는 무정부(無政府)주의단 이라는 것까지도 있었다.

　이러한 여러 단체의 이름만을 신문지상에서 보아왔던 창덕이는 그 단체원들이 검거될 때의 기분이 어떠하리라는 것은 실감할 수가 없었다. 그러나 지금 포승으로 결박되어 있으면서도 이처럼 태연자약할 수 있다는 것은 자기는 직접 독립운동에 가담하고 있지 않는 증거라고 생각되어 미안하기 그지없었다.

여기에 나열된 단체들은 당시 조선반도와 만주 그리고 중국에서 결성된 한인 독립단체를 망라한 것이다. 창덕은 누나 애덕과 형 웅덕이 독립운동 하다가 각각 3년과 6개월씩 감옥살이를 했으나 자신은 그렇지 못해 미안한 마음이 있었다.

　당시 경성의학전문학교에서 사건이 터졌는데, 한 일본인 해부학 교수가 조선인은 해부학상으로 국민성이 "야만"이라고 망언을 하여 조선 학생들이 들고 일어나 동맹휴학을 벌였다. 그러나 3·1 운동 후 사이토 총독이 부임한 이래 소위 유화론적 문화정책을 폈다. 이에 『동아일보』, 『조선일보』가 창간되고 민족의식과 자유정신을 고취하는 잡지들이 창간되고 서적들이 출간되었다. 그러나 물론 엄격한 검열이 수반되었다.

　독립운동을 계기로 하여 민족의식이 한결 더 강해진 대중은 좀 더 배우고 싶은 욕망이 솟아올라서 조선글로 쓴 것이면 무엇이고 다 읽고 싶어 했다. 정기 간행물로는 학생계, 신(新)청년, 여자계, 여학생, 청년, 현대, 계명(啓明), 아성(我聲), 신천지, 신민공론(新民公論), 낙원대중시보, 공제(共濟), 개벽(開闢), 창조 등과 도쿄에 유학하는 조선학생들이 편집 발행하는 학지광(學之光) 등이 있었다. 단행본으로 한 해 동안에 출판되어 나온 것은 '우국지성(憂國至誠)의 뜨거운 피눈물! 그리고 列士(열사)'라는 부제가 달린 『데모쓰테네쓰』 웅변집을 비롯하여 『순국열녀(殉國烈女)』 『짠 따크』, 『자유의 신(神)』, 『루쏘』, 『윌손』, 『理想村(이상촌)』, 『타골』, 『성길사한(成吉思汗)』, 『시문독본(詩文讀本)』, 『실지응용작문대방(實地應用作文大方)』, 동화집, 『익살주머니』, 『자습지나어집성(自習支那語集成)』, 『어이켄 철학』, 『군선요리제법』, 『과격파 운동과 반(反)과격파 운동』 등이 나오고 번역물로는 톨스토이의 『나의 참회(懺悔)』, 그리고 신소설로는 『박명화(薄命花)』, 『사랑의 한』 등등이 있었다.

이 밖에도 계몽 강연과 순회 연주단, 상조회, 무용단 공연과 활동사진(무성영화) 상영이 시작되었다. 장춘단 공원에서 일본인들이 조선 소녀를 겁탈하려던 사건, 경성부 위생계에서 파리 퇴치를 위해 "파리사기" 운동을 시작했고, 조선인과 일본인 전차요금 차별대우 등으로 시끄러웠다. 그리고 일제는 무엇보다 조선인 민족의식의 상징인 경복궁 바로 앞에 조선총독부 신청사를 새로 짓기 시작하여 1926년 완성하였다. 이것은 분명히 조선의 민족정기를 말살하기 위한 것이었다. 당시 경성에서는 다음과 같은 국제뉴스가 보도되기도 했다.

중화민국 광동성(廣東城) 상하 양원(兩院)에서는 긴급회의를 열고 손 문(孫文)씨를 총통(대통령)으로 선거하고 연성(聯省)자치안을 통과시키었다. 북경정부는 놀라 자빠지고 호북(湖北)성 독군(督軍) 오 패부는 제 三성부를 수립한다고 선언했으며 외몽고(外蒙古)는 독립을 선언했다. 이창(宜昌)과 무창(武昌)에서는 병란(兵亂)이 일어나서 시가지를 무자비하게 약탈하였다. 사단장들이 제배만 불리고 사병들은 굶기는데 대한 분노 폭발이었다. 상해에서는 학생 궐기대회가 개최되어 북경정부 내각(內閣) 개조에 친일분자(親日分子) 입각 반대를 결의했다.

자칭(?) 아일랜드 대통령 데 발레라는 영국 수상 로이드 죠지에게 편지를 보내 아일랜드 독립 문제를 토의하는 무조건 회담을 하자고 제의하였다.

미국 뉴욕에 있는 '말코니' 회사 사원 하나는 화성(火星)에서 지구로 보내오는 무선전신을 받았다고 발표하였다.

창덕은 누나 애덕의 급성맹장염을 치료하기 위해 모교 병원에 입원시켜 치료한 일과 처음으로 현미경을 사용하여 세균을 관찰한 세균학 전공 지망생으로서의 면모도 보였다. 입원 중 애덕이 읽은 신문에서는 세계 각지의 국내외 뉴스가 자주 보도되었다.

한때 청국 황제로 사억만 백성을 호령한 일이 있는 선통(宣統) 황제는 지금 북경 고궁 한구석 방에 연금되어 그 헤아릴 수 없이 많은 보물을 한두가지씩 팔아서 겨우 연명하고 있다는 기사를 그녀는 읽었다.

에집트 혁명당 수령 '자굴파샤'의 부인은 "전능하신 알라여! 우리의 망명자들로 하여금 조국에 속히 돌아오게 하사 독립의 태양 아래서 그 빛을 받게 해주옵소서." 하는 기도를 매 가정에서 매일 한번 식 드리라고 호소하였다는 기사도 났다.

인도의 '깐디'는 무저항 반영(反英)운동의 한가지로 이번에는 납세거부(納稅拒否)로 항거하라고 방방곡곡 돌아다니며 선동하고 '나이두' 여사도 거기 가담했다고.

새로 독립된 아일랜드 공화국 의회에서는 초대 대통령으로 '굴리피스'씨를 선출했고, 흑룡강 건너 동쪽 러시아와 조선반도 경계선 근처에는 二만여 명의 조선인 망명객들이 모여들어 신한촌(新韓村) 정부를 수립했다고.

국내에서 전국적으로 민족 교육의 자주권을 위한 동맹휴학 사태가 여러 건 있었고 천도교와 불교의 파벌분쟁 와중에 1923년에는 백백교조 우광현이라는 사람이 나타나 "무지몽매"한 백성들을 현혹시켰다. 이 밖에도 여러 가지 기괴한 사건들도 많았지만, 이 시절 국내에서 가장 기쁘고 중요한 소식은 "어린이날" 제정이다. 소파 방정환 선생(1899~1931)의 주도로 어린이회가 조직되고 1922년 5월 1일을 어린이날로 선포하였으며 다음과 같은 호소문도 발표했다.

1. 어린 사람을 헛말로 속이지 말아주십시오.
2. 어린 사람을 늘 가까이하시고 자주 이야기해주십시오.
3. 어린 사람에게 경어를 쓰시되 늘 부드럽게 하여주십시오.
4. 어린 사람에게 수면(잠)과 운동을 충분하게 하여주십시오.
5. 이발이나 목욕 같은 것을 때 맞추어 하도록 하여주십시오.

6. 나쁜 구경을 시키지 마시고 동물원에 자조 보내 주십시오.

7. 장가와 시집보낼 생각 마시고 사람답게만 하여주십시오.

그리고 제1회 조선미술전람회가 1922년 조선총독부 개최로 미술공모전(선전(鮮展))으로 시작하여 1944년까지 23회 계속되었다. 동시에 일본은 영국이 인도를 착취하기 위해 만든 동인도주식회사를 모방하여 동양척식주식회사를 만들어 조선인 농토를 빼앗아 조선 거주 일본인들에게 나누어주는 등 수탈 정책을 계속했다. 이 때문에 많은 조선 농민들이 만주로 이주해갔다. 또한 일본인들은 조선인 공장 노동자들을 저임금으로 착취하였다. 이뿐 아니라 많은 조선 노동자를 감언이설로 유혹해 일본으로 데려가 일본 공장과 건축 공사장에서 하루 12시간 이상의 중노동을 시켰고 이에 탈출하는 많은 조선 노동자들을 총으로 쏴 죽이기도 했다.

이런 와중에 조선에서는 조만식 선생 등의 주도로 1920년과 1923년 평양과 서울에서 '조선물산장려회'가 창설되어 밀려드는 일본 상품이 아닌 조선 상품만을 사용하자는 애국 운동을 벌였으나 2년 만에 흐지부지되었다. 또한 '조선민립대학기성회'가 결성되어 조선 민간이 설립한 사립대학을 설립코자 모금까지 다 마쳤으나 총독부의 허가 거부와 해산 명령으로 무산되기도 하였다.

절름발이 의대생 창덕은 할머니의 성화에 못 이겨 고향 평양에서 치유의 기적을 베푼다는 야소교 목사를 보러 갔다. 김익두 목사라는 분이 금강산 꼭대기에서 40일간의 금식 기도 중에 성령의 은총을 입어 질병 치유의 은사를 하나님께 받았다고 했다. 김 목사는 소경을 눈 뜨게 하고, 벙어리를 말하게 하고, 앉은뱅이를 일으킨다고 한다. 창덕은 평양에 가서 김 목사가 집례하는 예배에 참석하고 병자를 고치는 장면을 보다 의대생으로 여기까지 온 것에 부끄러움을 느끼고 돌아섰다. 뒤돌아오는 길에 무당의 푸닥거리도 보았다. 의대생 창덕은 혼란에 빠졌다. 조선의 민중들이 왜 광신과 어리석은 굿거리에 빠지는 것일까.

만주, 시베리아, 베이징 이야기

이제부터 그동안 밀쳐두었던 문욱봉의 아들 문택수의 이야기로 돌아가자. 문욱봉은 황보익준 가와 한 동네에 살았고 사고무친의 장돌뱅이였으나 청일전쟁 때 불로소득으로 얻은 재산으로 갑자기 부자가 되었다. 그 아들 택수는 황보웅덕과 소학교 같은 학년이지만 나이는 다섯 살 연상이다. 그는 소년 시절부터 어린이 깡패 두목이었고 도둑질을 잘해 소학교에서 퇴학까지 당하여 부랑아가 되었다. 그 후 도둑질 때문에 1년간 감옥살이를 했다. 감옥에서 그는 사형당한 의병대장의 부하를 만나 함경도로 가서 일본군을 공격하는 의병대에 들어가 활동했다. 택수는 동료 의병들과 함께 일본군으로부터 거액의 우체국 공금을 탈취하여 백계 러시아 비정규군에게 독립군 무기를 구입하러 시베리아로 떠났다.

그러나 택수는 러시아 볼셰비키 적군의 습격을 받자 그대로 적군에 가담했다. 이 당시 시베리아의 적군과 백군 상황의 유래를 살펴보자. 제정러시아는 1차 세계대전이 끝날 무렵에 엄청난 소용돌이 속으로 빠진다. 레닌이 이끄는 소수 과격파 볼셰비키의 선동에 따라 1917년 3월에 혁명을 일으켜 차르 니콜라이 황제와 그 가족을 학살하고 제정러시아를 무너뜨려 11월에 공산주의 소비에트 정부를 수립했다. 이것은 레닌파가 독일군과 강화회의를 맺어 군인들의 환심을 샀고 농지를 귀족들에게 빼앗아 소작농민들에게 나누어주어 지지를 얻어낸 결과였다. 그러나 러시아 귀족들은 그대로 물러서지 않고 공산주의 적군(赤軍)에 대항하는 백군(白軍)을 창설하였다. 동시에 수많은 러시아 귀족들이 러시아를 떠나 유럽과 시베리아, 만주, 중국 남부 등으로 몰려들었다.

그러나 혁명에 반대하는 장군 몇은 백군(白軍)이라는 새로운 이름으로 불리우는 군인들의 도움을 받아 여러 곳에 반공(反共)정부를 수립했다. 반공정부들 중 가장 중요한 것은 콜챠크 제독이 영도하는 시베리아 반공 정부, 유데니치 장군이 영도하는 뽈틱해 주변 반공 정부, 그리고 데니킨 장군이 영도하는 러시아 남쪽 지방 반공 정부였다.

이 반공 정부를 위하여 싸우는 백군을 대항하여 싸우기 위하여서 쏘비엘 정부는 급작히 적군(赤軍)이라고 부르는 十만대군을 편성하여 레온·드로츠키 지휘하에 두게 되었다. 이리하여 백군 대 적군 간 전투가 도처에서 벌어지게 되었는데 적군 세력이 커지는 것을 싫어하는 영국과 프랑스는 남방 백군을 지원하기 위하여 흑해 주변으로 자국 군대들을 파병했고, 일본은 시베리아 백군을 도와주기 위하여 일본군을 시베리아로 파견했던 것이다.

택수는 일본군과 러시아 백군이 협력해 싸우는 전투에서 적군의 편에서 싸워 승리하였다. 그는 시베리아 치타에 있는 적군 총사령부에 가서 스파이로 활동하기 위해 정보단 교육을 받으러 러시아 시베리아 횡단철도를 타고 바이칼 호수 남쪽에 있는 시베리아의 중심도시 이르쿠츠크로 향했다. 이 기차에서 택수는 소학교 동창 웅덕의 동생 황보창덕을 만나 깜짝 놀란다. 그러나 이 사람은 창덕이 아니라 어려서 실종된 창덕의 쌍둥이 형제였다. 자세한 이야기는 곧 다시 하자. 그 후 택수는 결국 일본이 만주국을 세우자 다시 만주국 장교가 되었다. 그의 임무는 베이징에서 화북 일대 중국인들의 민심을 교란시키는 것이었다. 그는 일본군의 앞잡이가 됨으로써 "박쥐같이 변하는 기회주의 실천파"라는 것을 보여준다. 이제 택수가 창덕으로 잘못 본 갓난아이 때 실종된 창덕이의 쌍둥이 형제 이야기로 돌아가보자.

창덕의 쌍둥이 형제의 현재 이름은 왕우시였다. 그가 실종된 것은 아주 어려서 유모에게 납치되었기 때문이다. 압록강을 건너 길림성으로 갔으나 유모는 죽고 중국인 왕 서방이 아버지가 되었다. 왕 서방은 백계 러시아 가정의 주방장으로 일했다. 왕우시는 그래서 중국어와 러시아어를 말할 수 있는 이중언어자가 되었다. 후에 러시아 비정규 적군에 잡혔으나 언어 능력을 인정받아 정규 교육을 받기 위해 모스크바 대학으로 유학 가는 중이었다. 졸업 후 중국으로 파견되어 중국 공산화 전선에서 활동하였다.

문택수가 기차 안에서 만난 사람은 바로 창덕과 똑 닮은 쌍둥이 형제 왕우시였다. 왕우시가 모스크바행 시베리아 횡단철도 기차 안에서 본 바이칼 호수 주변을 감상해보자.

이튿날부터 기차는 밀림지대 속을 달리기 시작했다. 기차 궤도만 내놓고 좌우 쪽은 아름도리도 더 되고 키가 까맣게 큰 수림이 가득 차 있었다. 좌우 쪽으로 한 메타 저쪽으로 보이지 않으리만큼 빽빽하게 나무가 서 있었다.

몇 시간씩 단숨에 달리다가야 역에 도착하군 하는데 내리고 타는 손님은 별로 없고 빽빽한 삼림 속에 조그만 고도처럼 되어 있는 역 광장은 지루한 승객들의 운동장 역할을 할 따름이었다.

이틀 가고 사흘 가도 밀림은 그냥 계속되었다. '아니 이 기차가 이 미궁 같은 삼림 속에서 길을 잃어버리구 무작정 헤매고 있는 것이 아닌가' 하는 터무니없는 공포까지도 느끼게 되었다.

바이칼 호수는 최근 들어 국내의 일부 재야 사학자들에 의해 한민족의 시원(始原)지로 여겨지기도 한다.

택수와 왕우시 이야기는 여기서 마치고 다시 황보웅덕에게로 돌아가자. 웅덕은 이제 상하이에서 대학과 대학원 교육학과를 졸업하고 귀국하여 고향인 평양으로 돌아왔다. "평양이 낳은 세계적 대학자 황보웅덕 박사 대강연"이라는 웅덕에 대한 과장된 선전과 더불어 "여권 운동의 사적 고찰"이란 제목으로 여러 신문사들의 평양지국 공동 주최로 대중연설을 하기도 하였다. 그 후 한때 민족계몽을 위한 종합 교양지 『패강[대동강]문예』지 창간에 참여하기도 했는데 사기를 당하고 환멸로 끝났다. 그 후 평생 목표인 조선에서 교육계에 헌신하고자 했으나 조선총독부 학무국에서 과거 독립운동 전적을 문제 삼아 웅덕을 반일반동분자 "불령선인"으로 분류해 교원자격증 발부도 거부했고 각 학교에 연락해 교사 취업 자체를 아주 막아버렸다. 그는 이제 조선 어디에도 발붙일 곳이 없었다. 그는 새로운 삶을 개척하기 위해 지금까지 알고 지냈던 동창생들을 찾아 중국 베이징으로 건너가기로 결심했다. 사실 그는 중국 상해에서 7, 8년 살면서 양자강 이북은 한 번도 가본 적이 없어 가보고 싶기도 했다. 또 중국 가면 태극기도 맘대로 보고 애국가도 4절까지 마음껏 부를 수 있지 않은가.

웅덕은 평양을 떠나 기차로 만주의 봉천(현재의 심양)을 향해 가고 있었다.

압록강을 건너 만주에 들어오자 그는 눈물을 흘렸다. 그의 눈물은 최근 돌아가신 할머니 때문인가, 아니면 서글픈 자신 때문인가, 아니면 식민지 고국을 떠나는 것 같기 때문인가? 웅덕은 베이징 가는 길에 광활한 만주 벌판을 보았다. 웅덕은 만리장성을 관광하고 돌아오는 기차가 벼가 한창 무르익는 광대무변의 평원을 지날 때 무서운 구름떼같이 몰려다니는 메뚜기 떼를 처음 목격하였다.

　　구름떼 중 하나가 급속도로 논 위로 내리덮이는 것이었다. 구름이 아니고 파들파들 나는 곤충 떼였다. 수만 마리의 곤충 떼.
　　"메뚜기로구나!" 하고 웅덕이는 부지중 소리 질렀다. 미국인 여류 소설가 펄 벅이 써 내놓은 대지(大地)에서 메뚜기 떼가 주는 피해 상을 읽었던 일이 회상되었다. 그러나 메뚜기 떼가 이렇게 많이 거의 하늘을 덮도록 집단적으로 습격하는 것이라고는 상상하지 못했었다. 몇천 아니 몇만 마리의 메뚜기가 논에 내려앉아 한꺼번에 벼를 다 먹어버리고 나서 유유히 그 다음 논으로 떼 지어 날아간다는 것은 몸서리쳐지는 광경이었다.
　　좀 넓은 논뚝마다 남녀노소가 다 모여서 싯벌건 깃발을 마구 흔들고 꽹과리를 때리면서 아우성을 치며 날뛰었다. 그러나 메뚜기들은 소경인양 귀먹어리인양 한 뙈기를 다 뜯어먹고는 와그그 날아올라 다음 뙈기로 가서 내려앉는 것이었다. 메뚜기 떼들이 달리는 기차 좌우 쪽을 싸고 따라오는 것인지 기차가 메뚜기 떼 속에서 그냥 맴돌고 있는 것인지를 분간할 수가 없었다.

　　베이징에 도착한 웅덕은 상하이 대학 2학년 때 같이 다니다가 베이징 의과대학으로 전학하여 졸업 후 베이징 연합의과대학 부속병원의 의사로 일하는 김국일을 만났다. 그 뒤 자금성, 서태후의 인공호수와 이궁 등을 관광하였다. 그리고 상하이 교육대학 출신으로 현재 베이징 숭인대학 체육학과 교수인 안응권을 만났다. 그는 대한민국 임시정부 요인의 아들이기도 했다. 그의 소개로 웅덕은 숭인대학 영문학과 교수로 취직할 수 있었다. 웅덕의 나이 이제 30세가 되었고 동그란 얼굴의 처녀 "클레오파트라"를 만나기 시작했다. 그는 그녀를 상하이에서 사귀었던 후잉난과 비교해 보았다. 웅덕은 결국 클레오파트라 한진주와 결혼하였다.

1934년 봄은 이미 일본군이 중국 본토를 거의 차지할 때라 베이징은 일본 경찰이 치안을 담당하고 있었다. 그런데 어느 날 웅덕은 베이징 일본 경찰 특고계 형사에게 체포되었다. 망명객으로 방황 끝에 베이징에 정착했는데 그때 중경에 있었던 대한민국 임시정부와 비밀 연락을 하면서 항일지하투쟁을 공모했다는 혐의로 체포된 것이다. 어떻게 된 일일까? 웅덕이 체포된 것은 안응권과의 관계 때문이다. 화북체육협회를 일본인들과 친일파 중국인들이 장악하게 되자 안응권이 어쩌다 이사(理事)가 되었다. 이 사실을 알게 된 상하이의 응권 부친은 아들에게 사직하라고 종용하였고 그는 대학을 떠나 탕산에 있는 탄광회사에 취직하였다. 그 후 항일지하운동을 하다 잡혀 1년간의 모진 고문 끝에 홍콩에 있는 아버지를 설득해 자수시키겠다는 조건으로 가석방된 응권은 가족을 베이징에 볼모로 남겨두고 홍콩으로 가 부친을 장개석 정부의 수도이며 대한민국 임시정부의 두 번째 수도인 중경으로 모시고 갔다.

응권이 비밀경로를 통해 웅덕에게 보낸 편지 때문에 웅덕은 또다시 일본 경찰의 취조와 고문을 당하게 되었다. 고문을 하는 자는 일본인 주임이나 형사가 아니고 기요하라 다께오로 창씨개명한 조선인 한(韓) 형사였다. 웅덕과 한 형사 간의 자백 강요와 고문과 혐의 부인의 과정은 며칠간 계속되었다. 웅덕은 어느 날 자신의 장례식을 치르는 꿈을 꾸기도 하였다. 꿈속에서 자신이 전갈로 변해 한 형사를 복수하러 찾아다니기도 했다. 감옥에 들어온 사람들에 의해 당시 모르핀(흰약)의 은밀한 밀매가 당시 중국 사회에 다양하게 성행한 것이 자세히 기술되고 있다.

치욕의 나날들

이 무렵 조선의 일본 제국주의는 마지막 발악을 하고 있었다. 각종 신문과 언론 장악으로 태평양전쟁에서 일본이 유리하다는 가짜 뉴스를 일방적으로 보도하였다. 따라서 대부분의 사람들은 결국 일본이 전쟁에서 승리하리라고 믿고 있었다. 일제 막바지의 한반도 조선인들의 생활상은 그야말로 분열과 혼란으로 얼룩져 있었다.

　　점점 더 심해지는 압박에 신음하는 조선인들은 반감이 커지기는 하면서도 일본군 대본영이 발표하는 일방적인 보도만 읽게 되어 일본이 결국 승리하리라고 믿지 않을 수 없었다.

　　일부 친일파들은 일본이 승리하기를 희망했다. 조선 十三도 도지사 중 三, 四의 조선인 도지사가 있었고, 도의회(道議會), 부(府)의회, 면의회 등 선거에 약간 명의 조선인이 당선되어 있었고 총독부 관리 중에도 약간 명의 국장 과장 등이 임명되어 있었다. 그리고 일본군에 물품을 납입하여 벼락부자가 된 조선인이 상당수 있었고, 구한국 시대 귀족으로 일본 중후원 참의라는 고직에 임명된 자까지 있었다.

　　사분오렬(四分五裂)되어 있는 조선인 생활이었다.

　　지하에 숨어서 抗日(항일)투쟁하는 청소년 떼가 있는 반면에 일본이 꼭 승리하기를 진심으로 축원하여 일본공군에게 비행기를 헌납하는 자가 있었고, 일부러 천한 직업에 종사하여 소극적 반항을 하는 지식인이 있는 반면에 "학도에 궐기하라 대동아 공영을 가져오기 위한 이 거룩한 전쟁터로 나아가자."라는 사자후를 지르며 돌아다니는 지식인도 있었다.

일제가 종말에 가까웠는지 조선인들을 탄압하고 착취하는 것이 극에 달하였다. 1942년 4월 조선어학회 사건에서 일제는 최현배 등 30여 명의 회원들을 체포하고 수백만 매의 『조선어 사전』 원고를 압수했다. 일제는 일본어를 국어로 정하고 조선어를 노골적으로 말살시키기 위해 1938년 3월 조선어를 선택과목으로 바꾸었다. 그러나 실제로는 학교에서 거의 가르치지 않았고 조선말을 학교 내에서 쓰면 정학 등의 처벌을 받고 상급학교 진학도 어려웠다. 일본사람과 조선 사람은 "동조동본(同祖同本)"이요, "내선일체(內鮮一體)"였다. 역사 왜곡도 심각했다. 예를 들어 단군은 일본 신무천황(神武天皇)의 친아우라고 하고 강원도 춘천 소양강일대가 일본 왕 스사노 오미가미의 도읍처였고 백제는 일본의 식민지였다는 억지주장을 역사적 사실로 둔갑시켰다. 전 국민의 복장도 군대식으로 통일시켰다.

> 학생들을 인솔해 가는 교장, 교감, 교원 전부가 다 머리 빡빡 깎은 중머리였다. 캡 비슷하게 생긴 국방모(國防帽)를 쓰고 국방복 일색이었다. 국방모와 국방복 비슷하면서도 넥타이 대신 코트 목돌이 깊이 턱까지 감싸는 '쓰메에리'였고, 다리는 무릎 아래까지 카키색 각반으로 칭칭 감겨 있고, 신발은 가죽 구두가 아니라 무명으로 만든 '지까다비' 일색이었다.

여대생과 가정주부들도 모두 치마대신 바지를 입어야 했다.

1940년 조선인들의 성명을 일본식으로 바꾸는 창씨개명(創氏改名) 제도가 선포되었다. 친일파들은 앞다투어 창씨개명을 했지만 애국시민들과 소극적 저항심을 가진 대중은 오히려 쉽사리 바꾸려 들지 않았다. 창씨개명을 하지 않으면 일상생활 전반에서 불이익이 너무나 컸다. 이 소설에는 당시 창씨개명에 관한 웃지 못할 슬픈 이야기들이 소개되고 있다. 또한 신사참배가 강요되었다. 그 당시의 한 장면을 읽어보자.

> 그러나 기독교 미슌 계통 사립학교 당국자들과 학생 간에는 격심한 물의를 일으키게 되었다.
> 여호와 하느님 외 딴 우상을 섬기는 것은 죄 중에도 제일 큰 죄로 아는 강경파 학교들은 신사참배를 끝내 거부하다가 폐쇄당했다. 폐쇄된 건물들은 '조선군'(명칭은 조선군이었으나 조선인 군인이라고는 장교급 수십 명밖에 없는 군대로 기실은 일본군의 조선 내 주둔군에 불과했음)의 병영으로 변모되었다. 폐쇄 당한 학교 재학생들 더러는 국, 관, 공립학교에 전학 편입되고, 더러는 학업을 중단하고, 더러는 일본으로 유학 갔다. 교직원 대부분은 경험도 없고 자본도 업는 장사로 전업했다. 고작해야 채소, 숯, 장작 등 소매상이 되고 똥 구루마 끄는 인부가 된 교원들도 있었다.
> 어떤 미슌 계통 학교에서는 어떤 치욕 아래서라도 학업은 계속하여야 된다는 이론을 내세워 신사참배에 응했다. 그러나 학생들 중에는 신사 앞에서 '만세(萬歲)'를 부를 때 '망세(亡歲)'라고 부르는 소극적 반항으로 자위했다.

신출귀몰한 변절의 명수 한택수는 서울 남산 꼭대기 신사에서 결혼식을 올리기도 했다.

15세 이상 36세 이하 남자는 언제나 근로 보국대에 징발대상이었고 여자도 그 나이에 정신대(挺身隊)에 끌려 나갈 수 있었다. 국내에서 강제노동하거나, 일본의 탄광이나 군수공장으로 나가거나, 멀리 남양군도에 있는 일본점령지에 보급품 나르는 지게부대로 끌려가기도 했다. 일부여성들은 황군위안부로 중국과 동남아와 태평양 전쟁터로 끌려 나갔다. 전쟁 막바지에 일제는 퇴비장려사업, 쌀과 설탕배급제, 술배급, 교회 종 헌납 등을 시행했다. 이런 와중에서 황보애덕의 아들은 학병 지원 입대했고 황보창덕은 늙으신 어머니의 간청으로 29세가 되어서야 결혼하였다. 무엇보다도 가장 치욕스러운 일들은 당시 사회지도층에 있는 조선인들의 친일행각이었다.

> 서울의 부민관(府民館)을 비롯하여 十三도 도청 소재지 공회당 마당에 조선인 전문학교 재학생들만 집합시켜놓고는 일본인이 아닌 조선인 지성인들이 일본어로 불을 뿜듯한 열변을 토했다. 일본에서는 도꾜, 교도, 고베 등 조선인 유학생이 많은 도시 각 대학 강당에 조선인 재학생들만 모아놓고 역시 일본인이 아닌 조선인 유지(?)와 지도자(?)와 작가(?)들이 일어로 열변을 토했다. …(중략)… 전문학교와 대학 재학생 중 조선인 학생들만 집합시켜놓고 강연하는데 나서는 웅변가(?) 중에는 三·一 독립만세운동 때 선두에 섰다가 감옥에 갇히어 사오년 이상 징역 살고 나온 인사들도 있었고, 좌익운동 거물로 몇 해식 징역 살고 나온 자도 있었다. 나이 八十이 넘은 노인으로 구한국 시대에는 영의정 벼슬까지 했다가 한일합방 후에는 두문불출 지조를 지켜오다가 몇 달 전에 일본 정부 중추원 참의라는 요직을 수락하고 나서 유세에 나선 이도 있었고, 조선 신문학(新文學) 발전에 선구자가 되던 작가들도 있었다.

드디어 1945년 8월 6일 낮 12시 일본 히로시마에 역사상 처음으로 미군에 의해 원자탄이 투하되었다. 8월 9일 나가사키에 두 번째 원자탄도 떨어졌다. 소련군도 일본군과 불가침협정을 깨뜨리고 만주와 함경북도 국경선을 넘어

진격해 내려왔다. 8월 13일부터 일본 전쟁의 특별 방송 예보가 반복해서 나오기 시작했다. 일본인과 친일파들은 일본이 이겼다는 방송을 거의 믿었고 나머지 많은 사람들은 혹시나 해방되는 것 아닌가 하고 기대 반 의심 반 하고 있었다. 조선이 일본에 강제로 합방된 1910년 이래 36년간의 일제의 수탈과 탄압으로 인한 수많은 망명객들의 방황과 치욕의 나날들이 드디어 끝날 것인가? 아니면 계속될 것인가?

나가며 : 일제강점기 재현전략─파노라마와 다큐멘터리

작가 주요섭이 이 소설에서 일제강점기를 그리면서 의도한 것은 무엇일까? 그것은 "파노라마"와 "다큐멘터리"다. 고통스런 한 시대를 하나의 단일한 주제와 플롯으로 묶어 통일성을 유지하며 재현하는 것은 바람직한 일이며 작가가 마땅히 노력해야 할 작업이다. 그러나 일제강점기라는 징후적 시대 앞에서 소설가는 그 복합적이고 다층적 요인들을 역동적으로 지탱시키며 이야기를 진행시키기 위해서 일종의 자기분열 수법에 의존하였다. 여러 장면과 사건들을 일종의 모자이크식으로 병치시키면 말하기(telling)보다는 보여줄(showing) 수가 있다. 이 소설의 두드러진 기법 중 하나가 바로 파노라마를 전개하면서 다성성(多聲性)을 유지하는 것으로 여러 가지 다양한 소리들이 병치되면서도 지리멸렬에 빠지지 않고 하나의 구성 원리로 지탱되고 있는 것이 장점이다.

그러나 작가 주요섭은 거기에 머무르지 않고 소설로서의 역사를 꿈꾼다. 역사도 결국 이야기에 다름 아닌가? 그는 소설이란 상상력의 허구 속에서 가능한 실제 사건들을 많이 개입시키고자 하였다. 일종의 허구(fiction)와 사실(fact)이 혼합된 팩션(faction)이라고나 할까? 소설은 물론 통계학이나 실증사학이 아니니 엄정한 학술적 정확성이 목적은 아니다. 이런 의미에서 이 소설은 분명히 역사소설이다. 또한 단 한 사건만을 중점적으로 다룬 역사소설만이 아니라 한 시대를 포괄적으로 아우르는 대하소설이다. 또한 이 소설은 시대와 역사를 그렸을 뿐 아니라 작가 주요섭 자신의 개인적인 경험들이 촘촘히 들어 있는 매우

자서전적인 소설이기도 하다. 작가 주요섭은 최근에 한반도를 배경으로 한 대하역사 소설로 원래는 모두 5권의 장편소설을 야심적으로 기획했었다.

작가는 『망국노 군상』의 연재를 마감하면서 "1년 후쯤 제3부"인 『희열과 비경(悲境)의 교착』이란 제목의 장편소설에서 "8·15 해방 뒤 우리 겨레가 겪은 희노애락의 단면을 그려보고자 합니다."라고 약속했지만 아쉽게도 이루어지지 못했다. 해방 공간의 극렬한 이념 분쟁 등 너무 복잡한 사정과 상황들을 문학적으로 재현하는 것이 쉽지 않아 작가 자신의 생각을 정리하지 못한 탓이었을까? 주요섭이 밝힌 대로 해방 공간의 이야기였을 것이고 마지막 4부는 1948년 대한민국 정부 수립과 6·25전쟁을 거쳐 4·19혁명 전까지가 아니었을까? 한 시대를 살아간 한 작가로 그리고 한 지식인으로 역사적 인간 주요섭의 소중한 개인 경험의 엄청난 양이 소설화되지 못한 것은 아쉽다. 그것은 주요섭 개인의 작가적 역량의 결과이기도 하지만 그보다는 해방 공간과 그 이후 한반도의 분단으로까지 이어진 이념적 분쟁과 정치적 혼란의 효과일 것이다.

▛1902년(1세) 11월 24일, 평안남도 평양에서 아버지 주공삼(朱孔三)과 어머니 양진심(梁眞心) 사이의 5남매 중 둘째 아들로 태어남. 아버지는 목사로서 부유한 편이었음. 형은 시인으로 「불놀이」라는 시로 유명한 주요한(朱耀翰)인데, 많은 문학적 영향을 받음.

▛1915년(14세) 숭덕소학교를 졸업하고 숭실중학에 입학.

▛1918년(17세) 숭실중학교 3학년 때 일본으로 유학을 갔고 도쿄 아오야마(靑山) 학원 중학부 3학년에 편입.

▛1919년(18세) 3·1만세운동이 일어나자 귀국하여 평양에서 소설가 김동인(金東仁) 등과 어울려 등사판 지하신문 『독립운동』을 발간하며 독립운동에 가담. 이로 인해 체포되어 10개월간 옥고를 치르게 됨.

▛1920년(19세) 중국 상하이(上海)로 건너가 후장대학(滬江大學 호강대학) 중학부 3학년에 편입. 독립운동을 하기 위해 중국으로 간 것이었으나, 도산 안창호의 가르침에 따라 학업을 계속하기로 결정.

▛1921년(20세) 『매일신보』에 단편 「깨어진 항아리」가 입선. 4월, 형 주요한과 김동인이 주관하던 우리나라 최초의 동인지 『개벽』에 「추운 밤」을 발표하면서 문단에 정식으로 등단.

▛1923년(22세) 상하이 후장대학 교육학과에 입학함. 이후 본격적인 문학 활동을 시작.

▛1925년(24세) 단편소설 「인력거꾼」(『개벽』 4월호), 「살인(殺人)」(『개벽』 6월호), 중편소설 「첫사랑 값 1」(『조선문단』 8~11월호) 「영원히 사는 사람」(『신여성』, 10월호) 등을 발표해 신경향파 작가로서 명성을 얻음.

▛1926년(25세) 상하이로 유학 온 8세 연하의 피천득을 만나 일생 동안 가깝게 지냄.

▚1927년(26세) 상하이 후장대학을 졸업. 곧장 미국으로 건너가 스탠퍼드대학 대학원 교육학과에 입학함. 미국에서의 생활은 매우 어려워 접시 닦기, 운전수, 청소부 등의 일을 하면서 고학.

▚1929년(28세) 스탠퍼드대학 대학원에서 교육학 석사과정을 수료하고 귀국. 평양에 머물며 황해도 출신의 여인 유씨(劉氏)와 결혼.

▚1930년(29세) 유씨와 이혼.

▚1931년(30세) 『동아일보』에 입사함. 새로 창간된 『신동아』지의 주간으로 있으면서 같은 잡지에 짧은 수필과 단편소설을 발표. 이은상, 이상범 등과 친교. 아동잡지 『아이 생활』 편집장.

▚1932년(31세) 『신동아』 주간 취임.

▚1934년(33세) 중국 베이징에 있는 푸렌대학(輔仁大學 보인대학)에 영문학과 교수로 취임하여 1943년까지 재직. 이때부터 그의 작품은 초기의 신경향파적이고 자연주의적 경향에서 벗어나 여성편향적이고 내면화된 순수문학으로 전환. 이 기간 중 당시 중국을 침략하던 일제 경찰에 의해 검거되어 펄 S. 벅의 소설 『대지』의 영향으로 쓴 영문 장편소설도 압수당하고 수개월의 옥고를 치름.

▚1935년(34세) 첫 장편소설 『구름을 잡으려고』를 『동아일보』에 2월 17일부터 연재하기 시작. 대표작이라 할 수 있는 단편소설 「사랑손님과 어머니」를 『조광』 11월호에 발표. 이 작품으로 새로운 전성기를 맞음.

▚1936년(35세) 『신가정』지 기자로 있던 8년 연하의 김자혜(金慈惠)와 재혼.

▚1938년(37세) 장편소설 『길』을 『동아일보』에 9월 6일부터 연재했으나 얼마 안 가 알 수 없는 이유로 중단. (아마도 일제의 방해와 검열 때문일 것이다.)

▚1941년(40세) 장남 북명(北明) 출생.

▚1942년(41세) 차남 동명(東明) 출생.

▚1943년(42세) 일제의 식민지 군국주의가 극에 달해 있던 이 시기에 일본의 대륙 침략에 협조하지 않는다는 이유로 중국 정부로부터 추방당해 귀국.

▚1945년(44세) 장녀 승희(勝喜) 출생. 평양에 머물며 감격의 해방을 맞음. 해방이 되자 월남해 서울에 정착.

▶1947년(46세) 상호출판사 주간 취임. 영문 중편소설 *Kim Yu-Shin*(김유신)을 출간.

▶1950년(49세) 10월, 영자신문『코리아 타임즈』의 주필로 취임.

▶1953년(52세) 부산 피난 시절 2월 20일부터『동아일보』에 장편소설『길』 연재 시작. 경희대학교 영문학과 교수로 취임.

▶1954년(53세) 국제 펜(PEN)클럽 한국본부 사무국장, 부위원장, 위원장을 역임함. 한국문학 번역협회장 선임.

▶1957년(56세) 장편소설『1억 5천만 대 1』을『자유문학』 6월호부터 연재 시작.

▶1958년(57세) 『1억 5천만대 1』의 속편인 장편소설『망국노군상(亡國奴群像)』을『자유문학』 6월호부터 연재 시작.

▶1959년(58세) 국제 펜(PEN)클럽 주최 제30차 세계작가대회(프랑크푸르트) 한국 대표로 참가.

▶1961년(60세) 코리언 리퍼블릭 이사장을 역임.

▶1962년(61세) 작품집『미완성』을 을유문화사에서 출간.

▶1963년(62세) 1년간 미국으로 가서 미주리대학 등 6개의 대학을 순회하며 '아시아 문화 및 문학'을 강의. 영문 장편소설 *The Forest of the White Cock*(『흰 수탉의 숲』)을 출간.

▶1965년(64세) 경희대학교 교수직을 사임. 사임과 함께 7년여의 침묵을 깨고 다시 작품을 발표하기 시작. 단편소설「세 죽음」과「비명횡사한 유령의 수기」를『현대문학』 10월호에 발표함. 한국 아메리카학회 초대회장 역임.

▶1970년(69세) 단편소설「여대생과 밍크코트」를『월간문학』 6월호에 발표. 그 뒤 건강상의 문제로 더 이상 창작 활동을 계속하지 못함.

▶1972년(71세) 4월 전신 신경통으로 세브란스병원에 잠시 입원. 11월 14일, 서울 연희동의 자택에서 심근경색으로 갑작스레 사망.
[2000년대 들어서 주요섭은 1919년 3·1만세운동에 참여하고 등사판 신문「독립운동」을 발행한 죄로 10개월간 유년강에서 옥고를 치른 것이 뒤늦게 인정받아 독립운동가로 추서되었다. 현재 대전 현충원 독립유공자묘역에 안장.]

주요섭 작품 목록[1]

1920. 1. 3	「이미 떠난 어린 벗」(『매일신보』)
1921	「깨어진 항아리」(『매일신보』)
1921. 4	「추운 밤」(『개벽』)
7	「죽음」(『新民公論』)
1924. 3	「기적(汽笛)」(『신여성』)
10	번역시 「무제(無題)」(『개벽』)
11	수필 「선봉대」(『開闢』)
1925. 3. 1	시 「이상(理想)」(『新女性』)
4	「인력거꾼」(『開闢』)
6	「살인」(『開闢』)
9~11.	『첫사랑 값 1』 중편소설(『朝鮮文壇』 연재)
10	「영원히 사는 사람」(『新女性』)
1926. 1	「천당」(『新女性』)
5	평론 「말」(『東光』)
10	시 「물결」, 「진화」, 「자유」(『東光』)
1927. 1	「개밥」(『東光』)
2~3	『첫사랑 값 2』 중편소설(『조선문단』 연재)
6	시 「넓은 사랑」(『東光』)
7	수필 「문명(文明)한 세상?」(『東光』)
11	희곡 『토적꾼』(『東光』)
1928. 12	수필 「미국(美國)의 사상계(思想界)와 재미(在美) 조선인(朝鮮人)」(『별건곤』)
1930	동화 『웅철이의 모험』
1930. 제4호	「할머니」(『우라키』)

---

1   장르 표시가 없는 것은 모두 단편소설임.

2.22~4.11	산문 「유미외기(留美外記)」(『동아일보』)
8	시 「낯서른 고향」(『大潮』)
1931. 4	평론 「교육 의무 면제는 조선 아동의 특전(特典)」(『東光』)
10	평론 「공민 훈련(公民訓練)에 관한 구미 각국(歐美各國)의 시설(施設)」(『新東亞』)
11	수필 「웰스와 쇼우와 러시아」(『文藝月刊』)
1932. 3	수필 「음력 설날」(『新東亞』)
3	수필 「상해 관전기」
4	수필 「봄과 등진 마음」(『新東亞』)
5	수필 「혼자 듣는 밤비 소리」(『新東亞』)
5	수필 「문단 잡화―아미리가(아메리카)계의 부진」(『三千里』)
6	수필 「마른 솔방울」(『新東亞』)
9	수필 「미운 간호부」(『新東亞』)
10	「진남포행」(『新東亞』)
12	수필 「십년과 네 친구」(『新東亞』)
12	수필 「아메리카의 일야(一夜)」(『三千里』)
1933. 1	수필 「사람의 살림살이」(『新東亞』), 「마담 X」(『三千里』)
3	동화 「미친 참새 새끼」(『新家庭』)
5	「셀스 껄」(『新家庭』)
8	수필 「금붕어」(『新東亞』)
10	평론 「아동문학 연구 대강(研究大綱)」(『學燈』)
1934. 4	수필 「안성 중학 시절」(『學燈』)
5	수필 「1925년 5·30」(『新東亞』)
7~8	수필 「호강(扈江)의 첫여름」(『學燈』)
11	수필 「상해(上海) 특급(特急)과 북평(北平)」(『동아일보』)
1935. 2	수필 「심양성(瀋陽城)을 떠나서」(『新東亞』)
2.17~8.4	『구름을 잡으려고』(첫 장편소설)(『동아일보』 연재)
4	「대서(代書)」(『新家庭』)
7	수필 「취미생활과 돈」(『新東亞』)

11	「사랑손님과 어머니」(『朝光』)
1936. 1	「아네모네의 마담」(『朝光』)
3	「북소리 두둥둥」(『조선문단』)
4	「추물(醜物)」(『신동아』)
9~1937. 6	『미완성(未完成)』 중편소설(『朝光』 연재)
1937. 1	수필 「봉천역 식당」(『사해공론』)
6	수필 「중국인들의 생활을 존경한다」(『朝鮮文學』)
1937. 6	수필 「북평 잡감」(『백민』)
11	「왜 왔던고?」(『女性』)
1938. 5. 17~25	「의학박사」(『동아일보』)
1938. 6~7	「죽마지우」(『女性』)
1938. 9. 6~11. 23	『길』(중편소설)(『동아일보』)(61회 연재 이후 일제 검열로 갑자기 중단)
1939. 2	「낙랑고분의 비밀」(『朝光』)
1941	『웅철이의 모험』(장편동화)(『조선아동문화협회』)
1946. 11	「입을 열어 말하라」(『新文學』)
1946. 11	「눈은 눈으로」(『大潮』)
1947	「극진한 사랑」(『서울신문』) 영문소설 『Kim Yu-shin(김유신)』(중편)
1948. 9	「대학교수와 모리배」(『서울신문』)
11	수필 「과학적 생활」(『學風』)
1949. 7	「혼혈(混血)」(『大潮』)
1950. 2	「이십오 년」(『學風』)
1952. 4	번역 「미국의 모험적 군수생산」(타임誌에서)(『자유세계』)
1952. 8~9	번역 「자유의 창조자」(버트랜드 럿셀)(『자유세계』)
1953. 2. 20~8. 17	『길』(장편소설)(『동아일보』 연재)
1954. 8	「해방 1주년」(『新天地』) 번역 『현대미국 소설론』(프레데릭 호프만)(박문출판사)
1954. 10	"One Summer Day" 「어느 한 여름날」(『펜』)
1955. 2	「이것이 꿈이라면」(『思想界』)

1955	번역 『서부개척의 영웅 버지니언』(오웬 위스티어) (진문사(進文社))
1955. 9. 11~1956. 1	번역 「오레스테」(헨리 슐츠 소설)(『새벽』)
1956. 8	번역 「영미 현대 극작가들의 동태」(영국 편)(『자유문학』)
1956. 12	번역 「영미 현대 극작가들의 동태」(미국 편)(『자유문학』)
1957. 6~1958. 4	『1억 5천만대 1』(장편소설)(『自由文學』 연재)
1957	번역 『불멸의 신앙』(윌라 캐더)(을유문화사) 번역 『현대 영미 단편선』(공역)(한일문화사)
1958. 4	「잡초」(『思想界』)
1958. 5	「붙느냐, 떨어지느냐」(『自由文學』)
1958. 6 ~ 60. 5	『망국노 군상(亡國奴 群像)』(장편소설)(『自由文學』 연재)
1958. 9	수필 「閑山島 · 頭億里」(『자유문학』)
11	수필 「내가 배운 호강대학」(『思潮』)
1959. 1	평설 「다이제스트『의사 지바고』」(『자유문학』)
1959. 3	권두언 「상은 좋으나 공평하게」(『자유문학』)
1959. 6	수필 「나의 문학 편력기」(『신태양』)
1960	『미완성』(중편소설)(을유문화사)
1962	번역 『펄 벅 단편선』(펄 벅)(을유문화사) 「제3차 아세아 작가회의 소득」(『현대문학』) 번역 『연애 대위법』(올더스 학스리)(을유문화사) 영문 장편소설 *The Forest of the White Cock : Tales and Legends of the Silla Period*(『흰 수탉의 숲 : 신라시대 이야기와 전설』 어문각)
1963. 3	수필 「이성 · 독서 · 상상 · 유머」(『自由文學』)
1964	번역 『천로역정』, 『유토피아』(을유문화사)
1964. 10	수필 「다시 타향에서 들여다 본 조국」(『문학』)
1965. 10	「세 죽음」, 「비명횡사한 유령의 수기」(『現代文學』)
11	수필 「죽음과 삶과」(『現代文學』) 번역 『크리스마스 휴일』(서머씻 몸)(정음사)
1966. 3	수필 「공약 삼장(公約三章)의 3월」(『思想界』)

11	수필 「재미있는 이야기꾼 – 나의 문학적 회고」(『文學』)
1967. 5	「열 줌의 흙」(『現代文學』)
1968. 7	「죽고 싶어 하는 여인」(『現代文學』)
1969	『영미 소설론』(한국영어영문학회편 공저)(신구문화사)
1969. 6	「나는 유령이다」(『月刊文學』)
1970. 6	「여대생과 밍크코트」(『月刊文學』)
1972	『길』(장편소설)(삼성출판사)
1972. 4	「마음의 상채기」(『月刊文學』)
1973. 1	「전화」(『문학사상』)
1	「여수」(『문학사상』)
1974	번역 『나의 안토니아』(윌라 캐더)(을유문화사)
1987. 4	「떠름한 로맨스」(『현대문학』)

주요섭 장편소설

망국노 군상
亡國奴 群像

정정호 엮음